JN039660

Héros-
criminels
de la
Belle
Époque

Zigomar

LÉON SAZIE

ジゴマ

上

レオン・サジ
安川孝
訳

ベル・エポック怪人叢書

国書刊行会

ジゴマ　上✺目　次

第1部　不可視の支配者

第2部　ライオンとトラ

（下巻目次）

主要登場人物

ポーラン・ブロケ……警視庁治安局刑事長
ガブリエル……刑事。ポーラン・ブロケの部下
ラモルス……刑事。ポーラン・ブロケの部下
シモン……刑事。ポーラン・ブロケの部下
ボミエ……警視庁治安局長
ユルバン……予審判事
モントルイユ……モントルイユ銀行頭取
ラウール・モントルイユ……モントルイユの息子。弁護士
ロベール・モントルイユ……モントルイユの息子。医師
レモンド・モントルイユ……モントルイユの娘
マルスラン……モントルイユ家の召使い
ド・レンヌボワ大尉……レモンドのフィアンセ
アリス・ド・ブリアル……ド・ブリアル侯爵の娘。レモンドの親友
ド・カゾモン大尉……アリスのフィアンセ
ド・マルネ伯爵……ド・ブリアル侯爵の甥。ド・ラ・ゲリニエール伯爵の友人
イレーヌ・ド・ヴァルトゥール……ド・ヴァルトゥール伯爵の娘。レモンドとアリスの親友
ブリュネル……モントルイユ銀行の会計課主任
ベジャネ……モントルイユ銀行の公証人
メナルディエ夫人……零落した未亡人
リリー・ラ・ジョリ（リレット）……メナルディエ夫人の娘アンリエット。お針子
マリー……リリーの姉
ロラン……会社経営者。モントルイユ殺人未遂事件の容疑者
オクタヴィー……ロラン夫人
ビルマン……オクタヴィーの父。農場経営者
アンドレ・ジラルデ……オクタヴィーの友人
フォスタン・ド・ラ・ゲリニエール伯爵……没落貴族。モントルイユ殺人未遂事件の容疑者
リュセット・ミノワ……女優。ド・ラ・ゲリニエール伯爵の愛人
デュポン男爵……ド・ラ・ゲリニエール伯爵の友人
ヴァン・カンブル男爵……投資家。ド・ラ・ゲリニエール伯爵の友人
トム・トゥウィック……アメリカ人刑事
クラフ……カフェバー〈アヴェロンっ子たち〉の経営者
赤銅色がかったブロンド髪の女……？
ジゴマ……？

ベル・エポック怪人叢書

ジゴマ　上

装画　榊原一樹

第1部

不可視の支配者

①章　血染のサイン

その朝、パリでは、すべての住民の憤慨と恐怖と怒号が鳴り響いた。大通り、小路、路面電車、乗合馬車のすべての人の手のなかに、ひどく興奮して読まれた、センセーショナルな大見出しで飾られた新聞が見られた。

露天商たちがしゃがれ声で叫びながら、走りまわっていた。

「ル・ペルティエ通りの惨劇！　謎の犯罪……モントルイユ銀行家殺人未遂事件！　その詳しい情報はいりませんか！……」

昨日の夕刻、使用人のミシェルは、短刀で胸を突かれ、倒れて血だまりに浸かった主人(あるじ)を発見した。仰天したミシェルは警報を鳴らした。

急報を受けた警視は、すぐさま医者と一緒に到着した。検事局と警視庁は電話で通報を受けた。

重傷を負ったモントルイユ氏は大量出血し、床に横たわっていた。それでも医者は被害者には息があり、心臓がまだ動いていることを確認した……。

銀行の行員の一人がすぐにシャルグラン通りに遣わされた。そこで銀行家は立派な館に家族とともに暮らしていた。報せを聞いた銀行家の二人の息子である弁護士のラウールと医師のロベールは、大いに気を配って母と妹のレモンドに、この重大な不幸を打ち明けた。

モントルイユ家の人々はとても仲睦まじく、愛情に満ちた親密な生活を送っていた。子どもたちは父と母を心から愛し、限りなく尊敬していた。二人の兄弟は決して離ればなれにならず、同じことを考え、同じことを望んでいるようだった。

頭が烈火のごとく熱し、心が大いなる不安にさいなまれ、精神がかき乱されたロベール医師は、父の執務室に急いだ。銀行家の父に飛びつくと、愛情のこもった口づけで包んだ。

「ああ、なんという不幸だ！　なんておぞましい犯罪だ！　とっても親切で、とっても優しい、われわれの父さんを！……父さんを殺そうとするなんて！……人間のなかでもっとも善良な父さんを！」

ロベール医師よりも少し前に到着したユルバン予審判事とボミエ治安局長の司法官たちは、しばらく、ロベールが苦しみを吐露するがままにさせておいたが、予審判事は彼のそばに来て言った。

「ムッシュー、気をしっかりしてください！　気力を、勇気をふりしぼるのだ。司法にとっては初動が大切なのです。われわれが任務を遂行することをお許しください……」

ボミエ氏のそばには、治安局のうちでもっとも腕利きで、もっとも鋭敏な、フランスいちのポーラン・ブロケ刑事がいた。

彼はまず司法官らに捜査を続けさせ、正式に捜査が開始されるのを待った。まだ彼が介入するときではなかったからだ。それでも、医者とロベール・モントルイユが銀行家の服を脱がせ、傷口を特定し、応急処置を施したとき、彼は冷静さと無関心なさまを失った。ポーラン・ブロケは医者たちに近づき、傷口をよく観察させてくれるよう願い出た。傷口は、鎖骨の少し下、体の右側に見られた。

「おや！　おや！」ポーラン・ブロケは言った。「これは短刀の見事な一撃だ！」

彼は加えた。

「殺人犯ですが、ヤツは左利きです」

「左利きだって！」みなが叫んだ。「なぜそうだと？」

「その一撃は被害者の右側に跡をとどめていますから、殺人犯の左手で与えられたことになります」

「それは確かな証拠になるまい」予審判事が言った。「殺人犯は、被害者の右側に……あるいはうしろに立って、右手で右側を刺すことだってできただろう」

刑事は敬意を表しながら、答えた。

「確かに！　でもそうはなりませんでした。これがその証拠です」

彼は銀行家の首を指し示した。

「殺人犯は右手でモントルイユ氏の首をつかみました。首の左の、四つの爪跡を見てみてください、親指の爪痕は声門の右にあります……よって短刀の一撃がもたらされたのは左手によってなのです」

このとき犯罪人体測定課の担当者が、犯行現場となった銀行家の執務室を写真に収めていた。

ブロケは彼に頼んだ。「金庫の上のかすかな血痕を、よくわかるように撮ってくれないか？」

金庫の扉は茶色で、かつ血痕は非常に黒ずんでいるから、写真の乾板にはなにも出ないだろう、と写真係は答えた。

ポーラン・ブロケは執拗には頼まなかった。一方彼は、一枚の手紙用の大きな写し紙を頼み、入念に濡らし、準備した。彼はその紙を金庫の扉に慎重に貼り付けると、両手で強く吸い取り紙を押しつけ、望んだ痕跡が完璧な形になるよう、それでもって紙を覆った。
二、三分経ち、彼は吸い取り紙を一枚ずつ取りのぞいた。すると、重なり合った白い紙の真ん中に、ロベールと司法官たちが驚いて見守っているなかで、血で描かれた、身の毛もよだつ大きなZの文字が現れたのだ。

「殺人犯のサインです！」ポーラン・ブロケは重々しく言った。「しっかりとそれを保管しておいてください、判事殿、大切にです……きっとこれから何度もごらんになることになるだろうこのZを、保管しておくんです。このZを保管するんです……これは故意に残されたサインです。そこに描かれたサインがです、わざと、われわれに向けて」

ロベールに聞かれないように、声をひそめ、したり顔で、謎めいた様子で、彼は加えた。

「このZは、意図的にわれわれのために残されたんだ……俺たち司法のために……ほかの犯罪者連中のために、共犯者たちのために……被害者のためにな！」

②章　最後の訪問者

治療が終わると、負傷者の状態は目に見えてよくなった。医者の意見では、いまの彼の体力ならば自宅に問題なく移送できるだろう。

司法官らは捜査を続け、銀行の部屋べやの配置を調べた。そして最初の尋問にとりかかるために、彼らはモントルイユ氏の執務室に戻った。会計課主任と出納担当者が呼ばれた。

ポーラン・ブロケは、司法官らの面前で行員たちが緊張しないように彼らから少し離れた。彼はゆっくりと暖炉のほうへ向かった。火床の真ん中では石炭の火が燃えていた。すると彼はかがみ込んだ。そして半ば燃えて引き裂かれた微量の紙切れを灰のなかから集め、注意深く観察した。

「おや！　おや！」彼は予審判事のほうへ戻りながら言った。「これは奇妙だな……有価証券、約束手形です。このたぐいの金券が焼かれるのを見るのははじめてだ、紙幣よりも貴重な金券がね……実際、これらの手形がすでに支払われていたにせよ、受取人は大切に持っておくものです。まだ未払いだったらなおさら、所有者は大事に保管するものです。決してこんなふうに焼いたりはしませんよ……」

「まさにその通りですね」会計課主任は言った。

「もっとも」ポーラン・ブロケは結論した。「われわれは、こんな奇妙なことがおこなわれた理由を知ることになるでしょう。ここに住所の断片があります。あなたたち会計課のご協力があれば、署名した人たちを見つけられるでしょう」

刑事は、手形の切れっ端を大きな鞄に慎重にしまった。

一同はポーラン・ブロケからもっと意見を聞き出そうとしたが、彼はなにも話すつもりはなかったらしい。むしろみずからを遠ざけるように部屋の隅へ行き、尋問される人々の表情をよく見渡せるよう座った。


会計課主任と出納担当者は、銀行の職務についての専門的な細々としたあれやこれやや、あるいはモントルイユ氏の習慣についての情報を司法官らに伝えることしかできなかった。

壁に埋め込まれた金庫は巨大で、要塞のように頑丈で、まるで強盗の攻撃に抵抗したかに見えた。だが、鉄のかんぬきと錠前で補強された頑丈な扉は半ば開き、完全に閉まっていなかった……。

扉は簡単に開いた。司法官らは棚の上の鉄の箱に、何本かの筒状の金貨とひと握りの銀貨を見つけた。しかし紙幣は一枚もなかった。

いくつものボール紙の箱には、約束手形、有価証券が几帳面に並べられていたが、会計課主任はその存在を知らないとはっきりと即答した。ただある箱は、きちんと閉じられた箱とちがって中身が見え、その乱れ具合に、大急ぎで探され、引っかきまわされ、ある種の略奪をこうむったことを示していた。

金庫が閉じられ、封印されると、使用人のミシェルが呼ばれた。戦功章をもらった元軍人で、古くからモントルイユ氏に仕えていたミシェルは、すっかり涙に濡れ、深く動揺して入ってきた。予審判事はいくつか言葉をかけ元気づけたあと、彼に質問した。

「ミシェルさん、面会を求めた方たちをご主人のところへ案内したのはあなたですね」彼は言った。「モントルイユ氏の部屋へ最後に通した人たちが、どんなふうだったのか教えていただけるかね?」

年老いた使用人は、やっとのことで声を大きく言った。

「最後に訪ねてきた方々でございますか?　はい、判事殿……」

そこで年老いた使用人は動揺し、口ごもった。

「ああ!　誰だったのか?」彼は言った。「おお!　判事殿、おかしなことで……とても困ったものですが……最後に誰を案内したか言うことができないのです……お許しください、判事殿……なにしろ、私の気の毒な頭は脳がひっくり返るほどのショックを受けてしまって、私の記憶はもはや正確ではございません……。ロラン氏……それから、ド・ラ・ゲリニエール伯爵が残っていたことは承知しておりますが……」

この名前を聞くとポーラン・ブロケは、その自制心を誇る彼も、わずかにビクッとした。

「確かなことは」年老いた使用人は続けた。「ロラン氏とド・ラ・ゲリニエール伯爵を通したということです。ですが、最後に誰が入ったかはわかりません……もうわからないのです……」

「おやおや、あなた」予審判事はおだやかな調子にも重ねて執拗に言った。「ご存じのように、このことはわれわれにとって非常に重要なことですぞ……しっかりと思い出してほしいのだが……」

そこでポーラン・ブロケは、尋問がはじまってから守ってきた沈黙を破った。

「無駄なことですよ、予審判事殿」彼は言った。「この正直なお方の心を痛ぶることは」

「しかしながら……」

「われわれは最後の二人の訪問者が誰かわかったんです。すべきことは、ド・ラ・ゲリニエール伯爵もしくはロラン氏に、誰が最初に通され、誰が最後に入ったかを聞くのみです」

「確かに、正論だな」

「ええ。問題は」刑事は予審判事に低い声で言った。「彼らが、われわれにそれを教えるかどうか……」


翌日の朝早く、ポーラン・ブロケはボミエ氏の執務室に入った。

「おはようございます、局長」彼は言った。「苦労しましたが、モントルイユ銀行家の執務室の暖炉でかき集めた紙片から、昨晩ようやく証拠資料を復元できましたよ。われわれにとって、大変重要となるものです。これです。ロラン氏が署名した有価証券です、五千フラン相当の。支払期日は十五日後で」

「よろしい」

「それと私は、ロラン氏が現在そうとう金に困っていることを知りましたよ。彼は、この手形の支払いには確実に応じられないでしょうね」

「それは知っておいて損はすまい！　じゃあ、ド・ラ・ゲリニエール伯爵についてはどうだ？」

「ド・ラ・ゲリニエール伯爵は、愛人のリュセット・ミノワ嬢というリュテシア座の花形女優のところで、昨晩、二時間ほどを過ごしています。それからいつものようにサークルへ行き、大金を賭け、結構な金をすっています」

「彼は払ったのか？」

「支払いました！　それについて疑っているのですか？」

ボミエ氏は少し黙った。なにか考えているようだった。すると彼は、次の質問を待ってボミエ氏から目を離さずにいた刑事に尋ねた。

「このド・ラ・ゲリニエール伯爵とはなんだ?」

「ド・ラ・ゲリニエール伯爵ですよ!」

「わかっている……そうじゃなくて、この男はいったい何者だ?」

ポーラン・ブロケは平然として答えた。

「貴族です」

「正真正銘の?」

「ほかの多くの貴族と同じように、です……」

「つまり?」

「証書でもって、つまり紙で……その名前、その肩書きを証明できるという意味です……」

「どうやって彼は生活してる?」

「ほかの多くの貴族と同じように、です」

「貴族?」

「あるいは……確かな収入もなしに、豪勢な生活をしているかもしれませんね……」

ポーラン・ブロケの落ち着いたさまに、ボミエ氏はいらだちを隠さなかった。

「さあ、話すんだ。伯爵について、いま言った以上のことを君は知っているはずだ」

みじんも動揺せずに刑事は、淡々と冷静な調子のままに言った。

「お話ししましょう、局長、お話しします。彼はキザな男で、パリ社交界のパーティでもっとも人気のある、もっとも粋なメンバーの一人です。そして彼は乗馬競技会で見事に馬を乗りこなします。驚くべき狩人であり、恐るべき拳闘士であり、かつ手ごわい剣術士です……鋼の筋肉を持ち、去年モリエのところで、賭博場の格闘技会の優勝者であるパトシュニーというコサック騎兵と闘い、倒したのです！」

「おお！　おお！　ちょっとおおげさではないかな？」

「いいえ、局長、まったくもって。そしてそれでいて……魅力にあふれた話し上手で、教養は申しぶんなく、ワルツの妙なる踊り手であり……とても美しい男であり、金払いがよく、その社会的成功はとどろいております」

「めぐまれた男だな！」

「彼には愛人として、ダイヤモンドの首飾りを最近失くしただか、盗まれただかしたリュセット・ミノワがいます」

「ああ！　よろしい！」治安局長は言った。「いま思い出したよ……伯爵は、盗まれた首飾りのなんだかの手続きをしに、ここへ来たよ。知っているよ……ああ！　結構！」

　ポーラン・ブロケはしばらく黙った。それから治安局長に単刀直入に尋ねた。

「彼を逮捕しなければなりませんか？」

　ボミエ氏はハッとした。

「なんだって？　冗談を言っているのか？……ド・ラ・ゲリニエール伯爵を逮捕すべきかどうかを訊いているのか？」

「そうです、局長」

「ド・ラ・ゲリニーエル伯爵を逮捕するか！……」

「彼を、もしくはロラン氏を逮捕すべきです。どちらかが最後にモントルイユ氏の執務室に入ったのですから。どちらかが銀行家を殺害しようとした、それは明らかです！」

治安局長は当惑したようだった。

「逮捕はまだしないでおこう」彼は言った。「とり返しのつかないヘマだけはしないように。これについてはユルバン予審判事と話し合うつもりだ。新たな指示はあとで出すことにする」

「わかりました、局長」

「銀行家についての情報は収集に行かせている。私はそれを待っているところだ……」

「最新情報ならもうありますよ。銀行家はこれ以上なくおだやかな夜を過ごしました。彼は意識を取り戻し、妻と子どもたちも見分けています……」

「よし」

「このまま回復するのであれば、明日、銀行家にロラン氏とド・ラ・ゲリニーエル伯爵を対質させられるでしょう」

「ちょっと早すぎやしないかね？」

「ええ、局長。ただやってみるべきではありますね」

「重大なリスクを犯すことになる……」

「怪我人の枕許で、この憂慮すべき問題の解決の糸口を見出せると私は考えています」

その日は過ぎ去った。夕刊は朝刊同様、飛ぶように売れた。事件は世論を熱中させ、好奇心を最高潮に刺激した。

当然ながら、治安局やパリ警視庁、検事局には、翌日のために新たな情報を必要とする報道記者が襲うように詰めかけた。しかし、既報以外とくに与えることはできなかった。それでも、捜査活動の妨げにならぬよう極秘にしておきたかった司法官らが禁じたにもかかわらず、いくつかの新聞がロラン氏の名前とド・

ラ・ゲリニエール伯爵の名前を報じたのだった。

　ロラン氏は瞬く間に有名人となり、彼に取材がおこなわれようとしていた。しかしこの商売人は、ある奇妙な偶然の一致から、突然パリを離れたばかりだった。

　そこで、もう一人の訪問者、つまり最後の訪問者の一人であるド・ラ・ゲリニエール伯爵が標的となったのである……。

　この洗練された紳士は、パリに友人ばかりを持っていたわけではなかった。そのありとあらゆる成功によって彼はだいぶ嫉妬を買っており、敵だと公言するほどではないにせよ、今日び、彼がついに忌まわしい出来事に巻き込まれたことに満足する人たちがたくさんいたのである。ところが伯爵は、こんな状況下でもあいかわらず粋な遊び人としてふるまい、すべての取材に快く応じた。

　予審判事に呼び出された彼は、この憎むべき犯罪がおこなわれたと思われる時間にモントルイユ氏のところにいたことをあっさりと認めたが、ただこの犯罪を知ったのは、ほかの人々と同様にあとのことで、夕刊によってだったと断言した。

「私が、最後の訪問者か、ひとつ前の訪問者ですって?」彼は予審判事に言った。「誓って言いますが、私はそうだと確言することはできませんよ。私が確実に言えることは、いつものようにモントルイユ氏は私を執務室の入口まで見送り、握手をして別れたということです」

　しかしながら翌日、この光彩を放つ貴族に不快な一撃を加えたくて手ぐすねを引いている記者が、伯爵が予審判事のもとへ出頭したのを明らかにした。さらにその最終行でド・ラ・ゲリニエール伯爵が逮捕されるとの噂が法廷を駆けめぐっているなどと、熱心にほのめかしたのだ。

　すると公衆は、この知らせを伯爵自身が思いもよらぬほど歓迎したのである。

　伯爵は、この剣呑な雰囲気にすぐさま反発し、世論の風向きを変える必要性を思った。彼は侮辱され、名誉を汚されたと公言し、信頼できる友人二人を派遣し、記者に記事を取り消すか、さもなければ決闘による償いを要求したのである。

それから彼は、いつもの朝のように、ブーローニュの森へ馬で散歩に出かけた。

森から帰ると、召使いが書斎で誰かが待っていると告げた。

「誰だ？」伯爵は尋ねた。

「このお方はお名前を打ち明けたくないようです。しかし、今朝の一件のことで、伯爵さまと会いたいと言い張っております」

怪訝に思いながらも伯爵は書斎へ向かった。奇妙な訪問者を見分けると、彼は身震いせずにはいられなかった。彼はかなり狼狽したが、叫ぶのを必死に抑えた。

「ポーラン・ブロケ！」

③章　被告人

「ムッシュー、身勝手にも、ここであなたをお待ちしたことをどうかお許しください」ポーラン・ブロケは言った。「しかし、ご自宅まであなたに会いに来たことを知られたくなかったものでね……」

「どういうことでしょう？　あなたさまはどなたでしょう？」

「私はポーラン・ブロケ、治安局の者です」

「いいでしょう、有名な刑事さんですね。あなたの手柄についてはよく存じ上げていますよ。どういったご用件でしょうか？」

「ご同行を願います」

「検事局へ？　またですか！」

「いいえ。モントルイユ宅へです」

「なぜです？」

「モントルイユさんは判断能力を、正常な意識を完全に取り戻しました」

「私と彼とを対質させようと？」

微笑みながら伯爵は加えた。

「私が犯人ではないと信じてもらえることを期待してますよ！」

「私は密かに一人でまいりました」刑事は同じ調子で言った。「ですから、あなたは十分に安心すべきです」

「もっとも、ムッシュー、私はあなたに同行することを拒んだりしませんがね」

ド・ラ・ゲリニエール伯爵は尋ねた。

「モントルイユ宅へはいつ？」

「いまです」

「いま、このままで！……でも着替える時間くらい、いただけませんか？」

「一分一秒も無駄にできません。医者たちの見解では良好ですが、致命的な容態の急変があるかもしれませんから」

「それでは同行しましょう」

伯爵は右手に帽子を持っていた。

「鞭は持っていかないのですか？」刑事は、伯爵が部屋に入ってきたときにテーブルに置きっぱなしにしていた鞭を取りながら言った。

「ええ、ありがとう」

彼は刑事が差し出した鞭へ左手をやり、握った……しかし、鞭は伯爵の手を逃れ、絨緞の上に落ちた。

伯爵は身をかがめてすぐさま拾いあげ、ポーラン・ブロケに言った。

「私の左手はうんざりするほど不器用でしてね！」

刑事はなにも答えなかった。彼はモントルイユ氏が左利きの人物によって刺されたと、司法官らの前で推理したことを思い出していたのだ。

自動車を待たせた、シャレた邸宅の入口の石段に二人は着いた。すると使用人がド・ラ・ゲリニエール伯爵に一通の電報を渡し、彼は急いで封を開けた。にわかに、この貴族の表情が一変した。刑事はそれを見逃さなかった。伯爵はいまや微笑み、頭を上げ、自信に満ちた、そして少しばかりひやかしたような目つきでポーラン・ブロケを見た。

「よし」彼は言った。「私はこの報せを心配しながら、いまかいまかと待っていました」

彼は大きな声で刑事に読んでやった。


面会の準備ができた……ことはあなたの望むように運ぶでしょう……よろしく……

ジャック

伯爵は加えた。

「この人物もまた私の友人の一人でね。もう一人の友人とともに、ある男のもとへ急いで行ってもらっていたのです。この男は、私への侮辱ととれることを大胆にも公然と述べたのです」

銀行家の邸宅前の路上には興奮した人々が群がっていた。この手の惨劇が大好きな連中は、対質することは、すなわち有罪であることのなによりの証拠だと確信を持っているものだ。今回のケースにおいても、このような意見は確かなものだった。というのも、最後の訪問者であるロラン氏とド・ラ・ゲリニエール伯爵の名前を報じたいくつかの新聞によれば、二人のうちどちらかが有罪だとすれば、それは伯爵のほうだろうと見込まれていたからだ。

このきらめく貴族紳士の人格や肩書き、彼について知られていることやその恋愛事情について、ものにした女たちについて、彼の所有する馬についての噂によって、伯爵はみなのお気に入りの主人公になり、この事件は奇妙にも誇張され、影響されやすく衝動的で小説好きな人々の趣味を大いに満足させた。

車が通りに現れ、刑事――彼もまた有名である――のそばに伯爵の姿を認めると、人々は伯爵が逮捕されたと信じた。

はじめのうちは「ド・ラ・ゲリニエール伯爵だ！　ヤツが着いたぞ！」と囁く程度だったのが、すぐあとに「殺人犯だ！……」との怒号が響いた。

そして、いくつもの握りこぶしが激しく突きあげられ、叫び声が上がった。

「殺せ！　殺せ！　殺人犯を！」

怒りに震えた伯爵はこの下層民の群れに飛びかかり、持っていた鞭で叫びまわる連中を強引に黙らしてやろうと思った。しかし、ポーラン・ブロケが車内の奥から彼を引きとめた。

このとき、モジャモジャの髭をたくわえ、形の崩れた、垢まみれのハンチングをかぶった男が、警察の警戒線をなんとか超えて、車のドアにしがみついた。アルコール焼けしたかすれた声で、パリの城塞跡周辺や郊外で聞かれる強い訛りで、この男は叫んだ。

「ようやくお上も貴族に手を出すんだな。おしまいだ、伯爵さんよ！　対質に行ってもいいぞ！　よし！」

呆気にとられたド・ラ・ゲリニエール伯爵だが、この男を見据え、彼の言うことを聞いた。下層民の群れに鞭のひと振りをくらわせようとした彼だったが、すぐそばで侮辱の言葉を吐き出すこの下品な口許に、こぶしの一撃を加えようとはしなかった。

ポーラン・ブロケといえば、彼はすぐさま飛び出し男の襟首を引っつかもうとした……しかし、男を逃してしまった。彼は大きな声で警察官らに叫んだ。

「その男を捕まえろ！　ソイツを捕まえるんだ！」

だがこの刑事がとり逃がした男は、異常なすばやさで群衆のなかへと消えていった。

このちょっとした出来事からまもなくして、自動車は銀行家の館の前に停まった。伯爵は軽快に地面へと飛び降り、このうえなくのびのびした様子で、玄関へと続く階段を何段か上がった。反対にポーラン・ブロケは不機嫌な顔をしていた。額にシワを寄せ、眉をひそめ、瞳は驚くほど燃え上がっていた。彼を見た人々、その同僚たちや上司は思った。

「おや！　おや！　なにか不都合なことがあるようだな。ブロケは不満げだ！」

小さなサロンでは、ルイ十五世時代風のテーブルのうしろに、ユルバン予審判事がボミエ治安局長を従えて待っていた。別のテーブルには、裁判所の書記たちが尋問を速記するために控えていた。入室した伯爵は予審判事の正面の椅子に腰掛けた。ポーラン・ブロケは彼のうしろに立った。

「ムッシュー」予審判事は尋問をはじめた。「あなたの姓と名、それからあなたの身分を教えていただけますか？」

「フォスタン・ド・ラ・ゲリニエール伯爵、金利生活者です」

「それは間違いなく、あなたのお名前ですか？」

「そうです。身分も本当です」

「わかりました。あなたはこれまで刑罰を受けたことはありますか？」

伯爵はビクッとした。

「予審判事殿」彼は激高し叫んだ。「あなたの質問は私を深く傷つけるものですぞ！」

「あなたは司法の前にいるのです。私の質問に答えなさい」

「犯罪記録をお調べになられたらわかるでしょう。しかしながら、私は断固として抗議いたします。私の知る限り、証人に対してこのような質問をする慣例はない」

「おっしゃる通り……ゆえに伯爵殿、あなたは証人として召喚されたわけではないのですぞ」

「それではどんな資格で？」

「被告人としてです」

伯爵ははじかれるように立ち上がった。

「被告人だって！」彼は叫んだ。「私が！　どんな罪状で？」

「モントルイユ氏を殺害しようとした罪です」

「まさか、バカげています！　私が被告人だなんて！」

「起訴状は正式なものだ」

「バカな、あなた、バカげていますよ！」

「落ち着いて、落ち着くんだ！」彼の腕をとり、着席させようとしながらポーラン・ブロケは言った。

「落ち着けだと！　あなたたちのようなやりかたによって、人間としての自意識、貴族としての名誉を愚弄されて、取り乱しも抵抗もしないとでも思っているのか？」

「静粛に！」ユルバン氏は言った。「お願いだ、騒ぐんじゃない！」

「いや、私の頭は烈火のごとく、心臓は激しい動悸でいまにも張り裂けそうで、体全体で憤慨してるのだ。私がこの殺人未遂で告発されただと……殺人が犯された日に私がたまたま銀行に行ったからですか！　しかるべき論拠は！　さあ、みなさん、私を告発するには信頼に値する、確固たる、反論を許さぬ根拠が必要ですぞ。この告発はなにに基づいているのですか？　誰がこの私を殺人の廉で告発しているのですか？」

「モントルイユ氏自身ですよ」

「それは事実ではない、間違いだ。モントルイユ氏は嘘をついている……」

「いいえ！　モントルイユ氏はわれわれの前で長々と証言しました。彼は証言に署名したのだ」

予審判事は続けた。

「あとであなたに読んで差し上げましょう、モントルイユ氏の前でね。さしあたり彼の証言は次の通り。あなたはモントルイユ氏に会いにきた、あなたは大金を借りようとしたが、モントルイユ氏は拒んだ……」

「その通りです」

「モントルイユ氏は立ち上がり、執務室のドアまであなたを案内した……」

「そして私は立ち去った。だから私には彼を殺害することはできなかった」

「だが、あなたは戻ってきた」

「戻ってきた……この私が戻ってきただと！　ちがう！　それにもう一人、最後に訪ねてきた男がいる。私はこの男を告発したりしないが、私が戻るのは不可能だったことを確言し、証明してみせる」

「あなたに銀行家と対質していただきたいのは、まさにこの重要な点を明らかにしたいからです」

「いいでしょう、ムッシュー、わかりました！　そういうことなら、私はなんの苦労もなく無実を証明できるでしょう」

伯爵はいまや正気に戻り、神経の昂りを完全に抑え込めているように見えた。彼の態度はおだやかになり、椅子に座り直し落ち着いてはいたが、まだ声は感情に震え、彼はユルバン氏に言った。

「お許しください、判事殿、憤慨に身をまかせてしまいました。しかし、まともであれば誰しも、同じ状況では私のようにふるまったことでしょう！　お許しいただけますか？」

「お話をおうかがいしましょう、ムッシュー」

「この不愉快な告発について、まったく別の出どころを想定して、私は激しい憤りをおぼえていました。この告発の真の出どころがわかったいま私は落ち着きを取り戻し、安心しています。この対質を恐れてなどいません。むしろ望むところです、私はこの対質を要求しましょう。モントルイユ氏ご本人に、私の訪問を事細かに思い出してもらいましょう。誓って申し上げますが、そうなれば彼の証言などひとつ残らず無効となるでしょう」

④章　文書の秘密

銀行家の悲痛な帰宅のあと、モントルイユ夫人、娘のレモンド、二人の息子たちには休む暇もなかった。今日彼らには、レモンドの婚約者で、フォンテーヌブロー駐屯部隊配属のド・レンヌボワ大尉が合流していた。彼は事件の報せを聞いて駆けつけたのだった。

医者たちとロベールが、大怪我を負ったモントルイユ氏は尋問に耐えうる状態であると告げると、それを知らされた司法官らが到着した。彼らはモントルイユ夫人とレモンドに退室するように願った。この不幸な女性とこの若い娘が、新たな苦しみにさらされることを望まなかったのだ。そこでド・レンヌボワ大尉が彼女たちを連れ出し、銀行家のところには二人の息子たちロベールとラウールが残った。

　思考力が完全に回復し、記憶も明瞭で鮮明になったモントルイユ氏は、さまざまな客が訪問したあと、ド・ラ・ゲリニエール伯爵と、最後に商売人ロラン氏の訪問を受けたと、司法官らにはっきりと述べた。

「私はド・ラ・ゲリニエール伯爵の話を聞き入れることはできなかった」彼は言った。「またロラン氏とはかなり激しい話し合いをし、彼の希望に応えられなかったら、帰ってもらった。私が目前にド・ラ・ゲリニエール伯爵を見たのは、金庫のなかの、ロラン氏名義の書類を整理していたときだ。伯爵は私の首を締め、私は叫ぶことができなかった、そして彼は、短刀で私の胸を突いたのだ」

「確かにド・ラ・ゲリニエール伯爵だったのですか？」ユルバン予審判事が執拗に訊いた。

「そうだ！　絶対にそうだ！　倒れる瞬間まで、私の記憶はとてもはっきりし、確かなものだ」

　モントルイユ銀行家は長々と丁寧に襲撃に関する詳細を整理し、証言した。証言が音読されると、彼はそれに間違いがないことを認め、しっかりとした手つきで署名した。そこでド・ラ・ゲリニエール伯爵に対して令状が発せられ、ポーラン・ブロケはそれを手落ちなく実行する任務を負ったのだ。


　司法官らが驚くべき証言を受理するとすぐに、大怪我を負った銀行家のところに、モントルイユ家の公証人を昔から務めているベジャネ氏と、同様に長いあいだ銀行の訴訟や取り立て業務を担当しているグリヤール氏の二人の古い友人が現れた。銀行家は二人を紹介した。二人の裁判所補助吏は、いまとなってはモントルイユ氏も笑いながら言っていたように、殺人犯に刺されたのによく〈生き残ったな〉と彼を称えた。そのあとで、ベジャネ公証人とグリヤール執達吏は、モントルイユ氏に少し内密の話し合いをしたいと願い出た。司法官らは席をはずした。

　だがラウールとロベールは、父のそばに残ることを望んだ。

「君たち、それはダメだ」ベジャネ氏は言った。「君たちでもダメだ……」

「なぜです？」ロベールは問いかけた。「私は医師として、ラウールは弁護士として、ここに残ることはできないのですか？」

「できないよ、君たち。私たちが話し合うべきことは誰にも知られてはならないのだ。それはどうあっても、内密にすべきことなのだ」

「ともかく、息子たちよ」銀行家は妙なことだと思いながらも、子どもたちになんとか笑みを見せながら言った。「私のよき友人であるベジャネとグリヤールが、未遂で終わった殺人を念入りに仕上げようなどとは思っておらんよ。さあ、息子たちよ……戻ってもいいときになればすぐに呼ぶから」

ロベールとラウールは心配しつつ、しぶしぶ父の部屋から出ていった。

こうして公証人と執達吏だけが怪我人の部屋に残り、注意深くドアを閉めた。念のためにベジャネ氏はベッドのほうに身をかがめ、銀行家の耳許に近づき、低く、もったいぶった、悲しい声で、印紙が付された紙に正式に転写された証書を読み上げた。

読み上げられるあいだ、モントルイユ氏は慄き、手足は震え、目に涙を浮かべていた。

「おお！」彼は言った。「恐ろしいことだ！　じつに恐ろしいことだ……」

公証人と執達吏はできる限り彼を勇気づけた。

「君、さあ、勇気をもって！　子どもたちのことを考えるんだ。うち負かされてはなりませんぞ。乗り越えてください、この新たな試練を！　がんばるのだ……」

司法官らがそっと伯爵の到着を告げ、対質ができるかどうか訊いてきたので、二人の裁判所補助吏はロベールとラウールを呼んだ。二人の兄弟は、父が感情を抑えようとしつつも意気消沈しているのに気づいた。

そして彼らは、父がいましがた流した涙を決して見逃さなかった。二人は、対質を別の日に延期したかった。

だが銀行家は、ただちにおこなわれることを強く主張したのである。

「愛すべき子どもたちよ」モントルイユ氏は言った。「私のそばにただいてほしい。息子たちよ、父を見捨てないでくれ」

伯爵が現れると、銀行家は床のなかで身を起こした。彼は、むさぼるような、かつ不思議がり詮索するような一瞥でこの貴族を包み込むと、固唾を呑んで気もそぞろに彼を食い入るように見つめた……。落ち着き払ったド・ラ・ゲリニエール伯爵は、無表情で部屋のなかを進んだ。その顔つきは普段よりは少しばかり青ざめていたかもしれないが、動揺を見せることはなく、その表情にごくわずかの不安も浮かべていなかった。乗馬服を見事に着こなした彼は、なんの気づまりもなしに怪我人のベッドの前に立った。モントルイユ氏といえば、伯爵をもっとよく見ようとするように、彼に引き寄せられるように前かがみになり、洗練された紳士から目を離すことができなかった。彼は震えながら、とても低い声で、誰も聞きとれない、誰も理解できないいくつかの言葉をブツブツと言った。

息子たちは両脇から彼を支え、手を握り、優しく勇気づけた。父がはっきりと殺人犯だと名指したこの男を前にして、彼らは筆舌に尽くしがたい動揺をおぼえ、震え、不安げにこの悲痛な場面が終わるのを待っていた。

司法官ら、裁判所補助吏らもまたすっかり動揺し、恐ろしく、不可解な、この興味津々たる重大な出来事のすべての局面を注意深く追っていた。

伯爵と怪我人のすぐそばにいたポーラン・ブロケは、ひどく震えるモントルイユ氏と、すっかり落ちついた伯爵を、細大漏らさず見つめていた。

ようやく予審判事は進み出て、モントルイユ氏に質問した。

「あなたは、このお方がわかりますか？」

「フォスタン・ド・ラ・ゲリニエール伯爵」銀行家は抑えた声でゆっくりと答えた。「ええ、彼には見覚えがある」

「あなたのところ、銀行のあなたの執務室に来たのは本当に彼ですか？」

「彼は来ましたよ、ええ、確かに。彼だ」

「あなたがご自分の証言で言及したのは、ここにいるド・ラ・ゲリニエール伯爵、その人ですか？」

「そのとおりだ、みなさま、そうだ。間違いなく彼だ」

この言葉を聞くと、治安局長は合図した。ポーラン・ブロケは伯爵に近づき、彼の肩に手をかけると言った。

「法の名のもとに……」

しかし、銀行家はさえぎった。

「待て！」彼は叫んだ。「待つのだ……」

伯爵は微動だにせず、驚くことさえなかった。

誰もが銀行家のほうを向いた。

「私はド・ラ・ゲリニエール伯爵について話した」彼は言った。「そう、私は彼の名を挙げ、彼が殺人犯だと指名した。しかし私は間違ったのだ」

この言葉を聞いた一同に戦慄が走った。

ただ一人、ド・ラ・ゲリニエール伯爵だけが身じろぎもせずに、ほっそりとした黒い口髭の下に奇妙な笑みを浮かべていた。そしてその目にはひとつの炎がきらめき、その視線は無意識のうちにポーラン・ブロケに注がれた。

さらに銀行家は、自分の口から発せられるひとつひとつの言葉に苦しめられるように、ゆっくりと続けた。

「私は間違えた……そうだ……私は偽りの証言をおこなった……」

「しかし」ユルバン予審判事が割って入った。「あなたには一度、二度と、供述を読んで聞かせましたよ。事実をよく確認したうえで、正常な知性の状態で……完全な判断力、完全な記憶に基づいてあなたはそれに署名しました。署名したのです」

「みなさま……そうだ……だが、私は間違ったのだ」

「あなたがド・ラ・ゲリニエール伯爵を犯人として指名したとき、われわれは念を押しましたね。あなたはその通りだと明言されました……」

「みなさま……信じてほしい……私は間違ったと言っているのだ」

「しかし……」

「そう、私がド・ラ・ゲリニエール伯爵の名前を挙げたのは、彼の姿が記憶に残っていたからだ……そう、彼は私の執務室に来た……私たちは話し合ったが、同意に至ることはなかった。それで私は彼をドアまで案内した……私は彼と握手をした……そうなのだ、みなさま。そして彼は出ていった」

「それから彼は戻ってきた……」

「戻ってきた、彼がか！……いや、戻ってこなかった……」

「このことがあなたの証言の核心ですよ、あなたがとくに明言したことです。それがあなたの証言の、告発の根幹なのですぞ」

「みなさま……みなさま……もう一度言うが……断言する、彼は戻ってこなかった」

「それじゃ、いったい誰があなたを刺したのですか？　誰があなたの首を絞めたのですか？　誰があなたに傷を負わせたのですか？」

「それを言うことはできぬ……言うことはできない！」

「なぜ、いまになって言えないと？」

「犯人はド・ラ・ゲリニエール伯爵だと言ったが、私は間違っていたのだ。彼をまのあたりにし、彼がここに私の前にいるいま、私は自分が間違いを犯したと気づいた。いや、彼は戻ってこなかった。私を殺そうとしたのは彼ではない……誓って！　彼ではない……」

「ああ、ムッシュー」予審判事は言い切った。「このような変説は奇妙で、尋常ではない。司法にあれこれとよからぬ憶測をさせるものです……われわれには最初の証言を有効とみなし、告発を遂行する権利があります」

「いや……」モントルイユは言い返した。「私は間違ったかもしれぬ……」

「お疲れになって、おそらくは知性が混乱して、あなたを殺そうとした犯人を目の前に動揺し、いまや分別を失ったのではないかな？」

「いや……ちがう……私の知性は正常だ……だから最初の証言を撤回し、破棄する。私は間違った……私は偽りの告発をした……みなの前で、息子たちの前で、古くからの友人たちの前で、あなたたち司法官の前で。ド・ラ・ゲリニエール伯爵は私を殺そうとした犯人でない、そんなことはありえないと確言しよう！」

それから、すっかり震えていたモントルイユ氏はだんだんと弱々しくなる、息も切れぎれの声で言った。

「署名を……早く……この撤回に署名したいのだ。いま断言したことに署名を……それだけが正しく、それだけが本当なのだ！　ド・ラ・ゲリニエール伯爵は無実であり、決して犯人ではないことに署名を……早く、早くしてくれ、署名をさせてくれ……」

秘書官が書き入れていた紙が彼に渡された。彼はペンをとるとやっとの思いで、だいぶ苦しみながら署名し、書きながら低い声で繰り返していた。

「ちがう……彼じゃない！……彼は無実だ！……彼ではない、彼ではないのだ！……ちがう、彼じゃない！……」

モントルイユ氏の手からペンが落ちた。頭が胸のほうへ傾いた。彼は床（とこ）に崩れ落ちた。

「父さん！　父さん！……」彼の息子たち、ロベールとラウールは狂ったように同時に叫んだ。「父さん！……」

二人は、父が極度に弱り、気絶したと思い、彼を抱き起こした。しかし怪我人は、悲嘆に暮れて呼びかける息子たちに応えなかった。署名を終えると彼は息絶えていたのだ……。

この悲劇的な最期が引き起こした混乱のなかで、伯爵は予審判事のほうを向き、言った。

「ごらんになりましたでしょう、私は無実なのです……」

しかし、ポーラン・ブロケはド・ラ・ゲリニエール伯爵にすぐさま近づき、治安局長に訊いた。

「それでも逮捕すべきですよね？」

治安局長はなにも答えなかった。彼は、同じように刑事の言葉を聞いていた予審判事に目をやった。一人の人間の名誉と自由と人生をその手に握るこれら二人の司法官に、こうしてこの深刻な問題が提出されたのだ。

「ド・ラ・ゲリニエール伯爵を逮捕すべきか、すべきでないか？」

司法官らはこの問題を解決するのをためらった。彼らの人間としての本能と司法官としての意識がたがいにぶつかり合い、相反する答えが提示されたのだ。しかし、予審判事は真っ先にこの種の幻惑から目を覚ました。彼は治安局長にモントルイユ氏の遺体を指差した。その前には、銀行家が署名したばかりの、ド・ラ・ゲリニエール伯爵の無実を主張する言明書が置かれたままだった。

「こんなことがあったからには、合法的に逮捕できないだろう」彼は言った。

それから治安局長は、自分の獲物を射程におさめ、いつでも撃ちとる準備ができている狩人のように待機していたポーラン・ブロケのほうに顔を向けた。

「逮捕してはならん！」治安局長は彼に言った。

ポーラン・ブロケはしぶしぶ手を下ろし、従った。

「仕方ないな」彼はただそう言った。

この非常に短い、しかしそこにいた全員にとってはとても長い時間を、伯爵はまったく平然としていた。彼は司法官らの決定を待っていたが、その表情にはわずかな恐れも、わずかな不安も読み取れなかった。

「あなたは自由の身です。ムッシュー」予審判事は言った。「お帰りいただけます」

ド・ラ・ゲリニエール伯爵は軽く会釈し、ひとことも発することなくゆったりと退出した。ドア近くでくるりと振り向き、彼は勝ち誇り挑発するかのような、からかいの眼差しで刑事を一瞥した。この挑発に対してポーラン・ブロケは毅然としていたが、抜身のサーベルのように冷ややかで鋭い目つきで応えた。この胸を刺すような刹那に、二人の男のあいだにその後情け容赦ない抗争へと至ることになる、のっぴきならない ある憎しみが生まれたのだった！……

⑤章　二人の兄弟の誓い

傷を負った銀行家が家に戻されてからというもの、館の門は閉ざされたままだった。この厳しい禁足を免がれたのは四人の人物だけで、ド・ヴァルトゥール伯爵の娘イレーヌ・ド・ヴァルトゥール、ド・ブリアル侯爵の娘アリス・ド・ブリアル、アリスの婚約者ド・カゾモン大尉、そして侯爵の甥ド・マルネ伯爵である。イレーヌとアリスは、レモンドの寄宿学校の友人同士だった。彼女たち三人はたがいに慕いあい、寄宿学校を出てからも途切れぬ友情の絆で結ばれ、文通をできる限り続けていた。というのもイレーヌとアリスはパリに住んでいなかったからだ。

電報で事件を知らされたイレーヌとアリスは、銀行家が快復のきざしを見せたあとで亡くなったことを、パリに着いて知ったのだった。

アリス・ド・ブリアルは深い悲しみのなかにいた。

「私ほど」彼女はレモンドに言った。「あなたの苦しみを理解できる者はいないわ」

「そうね、アリス。いとおしい人を失ったときどんな悲痛が私たちのなかに生まれるか、あなたは知っているのよね。彼らは、私たちの人生の一部を道連れにし、彼らの魂は私たちの魂の一部を奪ってしまうのよ。私たちは、これら愛する人たちのために涙を流すのね」

二年前アリスの母親は、世の中を恐怖に陥れ、医学界の最高権威者ですら太刀打ちできなかった奇妙な病のために、数日のうちに亡くなったのだ。一年後、同じ不可解な病のため、健康でたくましかった彼女の兄も亡くなり、またつい最近、妹も奪われたのである……。

ド・ブリアル家を無残にも襲ったこれらのたび重なる不幸は、その地域に大きな苦しみだけでなく深い不安をもたらした。

ロベール・モントルイユ医師は、亡くなった、まだ子どもだったアリスの妹の遺体解剖を申し出た。アリスはそれを冒瀆だとして拒んだ。そしてド・マルネ伯爵は従妹が拒否することに強く同意した。しかしロベール医師は、少女の体に最後に施された包帯を密かに持ち出したのである。

「私はこれを顕微鏡で研究したい」彼は妹のレモンドに言った。「私はなんの病なのか想像はついている。でも、その病名をおおやけにする前に、自分の診断を科学的に裏付けなければならないんだ。それほどまでにそれは恐ろしいものだ、その名前だけで恐怖を撒き散らしてしまう……」

今日（こんにち）、あれほどにひどいやりかたで不幸が入り込んだのはロベールの家だった。今度はレモンドが、イレーヌとアリスに囲まれて泣いていた。

嗚咽でさえぎられ、切れぎれに発せられる言葉でレモンドからその父の死を詳しく聞かされたアリスは、不安げに訊いた。

「それは本当にフォスタン・ド・ラ・ゲリニエール伯爵なの？」

「一人しかいないわよ」

今度はレモンドが驚いて尋ねた。

「アリス、なんでそんなことを訊くの？」

「私もド・ラ・ゲリニエール伯爵を知っているからよ」

「知ってるの？」

「ええ、彼はソローニュ〔サントル＝ヴァル・ド・ロワール地方の自然林地域〕の私たちの家によく狩りをしに来るの。彼は従兄のド・マルネの親友で、私の父に紹介されて、狩りに招待されたのよ」

そのとき二人の兄弟に仕えるマルスランが、平和通りのパーキンズ工房の従業員を通してよいかどうかを訊きにきた。喪服を仕立てるために訪問しにきたのだ。

「ここへご案内して」レモンドは答えた。「それから母にも知らせて」

世間にその名をとどろかせる仕立屋パーキンズは、その代理としてポルテ氏を派遣してきた。彼は、選びぬかれ、特別に指名された一人のお針子を同行させていた。それはアンリエット・メナルディエで、工房の同僚からはリリー……リリー・ラ・ジョリのあだ名で呼ばれていた……そして客たちも、親しみを込めて笑顔でリリーと呼んでいた。

人々は彼女の美しさに心地よい驚きをおぼえていた。彼女は同僚たちがうっとりとするほどで、なのにその美しさで嫉妬を買うことはなかった。同僚たちは、リリーほど美しき者はいないと思っていた。彼女はまさに理想的な顔立ちを完璧に具現していた。それでいながら、生粋の美人にありがちな感情を見せず、こわばった表情を見せることもなかった。とても表情豊かで、生きいきとしていた。豊かなブロンド髪で奇跡的な輪郭が描かれ、青く、ときには深い紫色になる目は、ピンク色の頰に、雅やかな輝きを添えていた。どちらかといえばその雰囲気は重々しく、まじめで、感情を垣間見せるときは悲しげなことが多かった。しかしひとたび真珠のような歯を見せて口を開けば、その愛らしい顔は優しく、魅力的な微笑に輝いた。

かなり背が高く、しなやかで、かといってブティックのマネキンのような人工的な体つきではない、せいぜい二十歳になるかならないかのこの若い女は、少女の愛らしさを残しつつも、彼女がどのような女性になるかの予感を漂わせていた。革製のやや底の厚いブーツをしても、彼女の脚は、子どもの足よりもたくましくなることはなかった。きわめて繊細な彼女の手は指が長く、それがしわくちゃにするサテンよりもツヤがあり、絹よりもやわらかく、織物のくすんだ生地から透き通るような白さで、くっきりと見えていた。それは初期の信心深いキリスト教信者の宗教画で描かれる、先に向かって細くなった聖母マリアの手のようだった。

リリーは、バティニョールの奥にある粗末な住居で、年老いた不随の母、そして背中が曲がった身体の不自由な姉と暮らしていた。リリーはこの二人が大好きだった。そして自分の仕事によって二人の苦労を少しでも和らげ幸福感をもたらすことが、まさに彼女の願望と希望であり、またよろこびだった。そのことはよく知られており、それによってリリー・ラ・ジョリは同僚たちから慕われ、上司たちから評価され、顧客からは好かれ、そして誰からも尊敬されていた。

だからパーキンズはポルテ氏の同行者に彼女を指名したとき、それが正しい選択であると確信していた。リリーは温かくもてなされるだろう。リリーならば、モントルイユ夫人という重要な顧客のもとで、未聞の苦しさに会社としてフォーマルにふるまうであろうポルテ氏以上に、如才なさを発揮するだろう、そしておだやかに誠意を込めてまったく別様に、つまりはより巧みに望ましいことを言い、弔意を表すだろうと、パーキンズは考えていたのだ。


モントルイユ夫人は息子に腕をとられながら小さなサロンに入ってきた。ラウールは母親を大きな安楽椅子まで支え、そこに座らせた。そして彼はこの安楽椅子のうしろに立った。すると彼はリリーを見て、驚きを隠せなかった。彼は身震いし、突然、青ざめたのだ。

彼女が話しているあいだ、彼は胸を刺すような興奮をおぼえ、聞いていた。そして彼女が妹のレモンドの前で裁縫箱を開けると、彼はもはや動揺を悟られまいとして部屋から出ていったのである。

「彼女が」彼はつぶやいた。「リリーが！　彼女がここに……」


通夜の長い夜に、二人の兄弟は、父の館で自分たちがそれぞれ使っている部屋をつなぐサロンに閉じこもった。そこにポーラン・ブロケ刑事も合流した。できるだけ早く会いにきてくれるよう頼んでおいたのだ。

「ド・ラ・ゲリニエール伯爵と対質したときの父の変節は、まったくもって奇妙だとお思いになりませんか？」弁護士のラウールが訊いた。

「お父上のように襲われた怪我人というものはときに、このたぐいの思いがけないことを言うものなんですよ」刑事は答えた。

「奇妙にも最初の証言を撤回したのは、なにによると考えるべきでしょうか？」

「司法的な観点からすれば、なんとも言えません。なにも言うべきではないのです。ただ、科学的、医学的な見地から医師がどう考えているかを聞くことはできるでしょう」

ロベール医師は答えた。

「医学的な見地からすれば、納得できる説明ができるでしょう。私たちの父と同じような状況で怪我を負った人間というのは、トラウマの影響によって、脳に与えられたショックに脅かされて、のちのち撤回を余儀なくされるようなことを言うことはあります」

「そうですね」

「しかし私たちの父は、この種の本能的な反射作用の対象とはなりえませんでした。はじめ伯爵を見分けたとはっきり言ってから、証言を取り消したのですから」

「とはいえ、そうなってしまった」

「そうは思いませんね。父の判断力は正確で、その知性は聡明で、その思考は揺るぎないということを、私たちは熟知しておりますので、非の打ちどころのない彼の頭脳が動揺してしまうなどと認めることはできませんよ」

ラウールは加えた。

「それに襲撃されたあとも、彼はその頭脳が明晰で、その知性がまったく虚弱していないことを十分に示してくれました」

ポーラン・ブロケは同意を示し、結論した。

「それならば、お父上のふるまいの変節は、ベジャネ先生とグリヤール先生との短い話し合いに原因があったと認めるしかありませんね」

「私たちはそういうことだと理解しています」

「確かに、そうかもしれない。その場合、お二方、この秘密の話し合いではもっぱらド・ラ・ゲリニエール伯爵が話題になったと？」

「はい。そしてそれこそがまさしく、私たちの意見を裏付けるのです」

「どんな意見です？」

「ド・ラ・ゲリニエール伯爵が犯人だということです」

「えっ！　本当にそうお思いですか？」

「あなたご自身だって」弁護士のラウールは大きな声で言った。「ブロケさん、あなたご自身だって、私たちと同じくそう考えておられる……」

「私が！」

「私たちには聞こえましたよ……父が最初の供述を撤回したにもかかわらず、それでもあなたがド・ラ・ゲリニエール伯爵を逮捕すべきかどうか訊いておられたことをね。犯人が彼だと確信していないんですか？ド・ラ・ゲリニエール伯爵が大胆にして巧妙なる恐るべき悪党だと考えていないのですか？　正直に言ってください」

ポーラン・ブロケの目にひと筋の光が走った。彼はふと目を閉じて返事の代わりに、抑えた声でラウールにすばやくこう言った。

「確かめてください。誰かが隣りの部屋でわれわれの話を聞いていますよ……」

ラウールはポーラン・ブロケが指したドアのほうへ歩み寄っていこうとしたが、刑事は彼を制した。

「礼儀知らずが逃げてしまいますよ。どうぞここから見てみてください」

ポーラン・ブロケは廊下に通じるドアを指した。ラウールはそれを開けた。

「私でございます。ラウールさま」すぐにある声が返ってきた。

「ああ、マルスラン、おまえか！　よかった、よかった……」

安心したラウールは、ポーラン・ブロケのほうへ戻った。

「心配するに及びませんでしたよ」彼は言った。「私たちに仕える使用人です」

「ああ！」刑事は言った。「あなた方の使用人でしたか」

「非常に献身的で真面目な男です」

「長いことあなた方のところに？」

「六ヶ月か八ヶ月です。彼には満足していますよ。友人のド・マルネ伯爵から是非にと推薦されて、やってきたのです」

「ド・マルネ伯爵」刑事は妙な調子で言った。「では、申し分ないですね」

ポーラン・ブロケは、ド・マルネ伯爵がド・ラ・ゲリニエール伯爵の親しい友人であることを知っていた。だが彼はそのことを二人の兄弟には言わなかった。それには触れず、すぐに彼はずっと抑えた声で続けた。

「あなた方は私の見解を求めているのでしたね？　お父上が最初の供述を撤回したあと、法によって私の上司や予審判事に命じられたことが私の見解です……これ以外の見解を持つべきではないでしょう、おおやけにはね。ただし、この見解は変わるかもしれませんよ」

「どういうことです？」

「ベジャネ先生とグリヤール先生がお父上に示した証書が、この男に関しての真実を含んでいるということです。この証書だけが、彼が犯人であるかどうか明らかにできるでしょう。そうすれば、ド・ラ・ゲリニエール伯爵を確実に逮捕できる」

「それではあなたは私たちに」ラウールは言った。「この証書を見せてくれるようベジャネ先生のところへ行くべきだと、そうおっしゃるのですね？」

「そうしなければなりません」

「いいでしょう。葬儀が済み次第、ノートル＝ダム＝デ＝ヴィクトワールの事務所に行くことにします」

「しかし」ロベールが危惧した。「ベジャネ先生が、この証書を見せるのを拒んだら？」

ポーラン・ブロケは両手を広げた。

「その場合は、あなた方の心が」彼は答えた。「どうふるまうべきかを命じることでしょう。われわれ法律側の人間にやれることはもうありません。法律によってじゃ、この書類を押収することはできないのです。この事件をふたたび捜査するためには、われわれは新たな事実を待たねばなりません」

「ならば今度はわれわれが、その新たな事実を引き出す番だ！」ラウールはきっぱりと言った。

ポーラン・ブロケはうなずいた。まもなく彼は二人の兄弟にいとまを告げた。

彼らの苦悩と不安に拍車をかけるある悲痛な出来事が、二人をさらに激しくこの目的へと突き動かすことになった。父親の葬式が、彼らにとって驚きと狼狽の源となったのだ。

モントルイユ氏は裕福で、上流階級の人々とたくさんのつきあいがあり、いわゆるパリ社交界に属していた。彼が催すパーティには、文学界、芸術界、財界、政界の著名人たちが姿を見せていた……しかし、モントルイユ氏の訃報を伝えたいくつもの新聞は、雑報欄で話題にしたにすぎなかった。これらの新聞はそこにただ葬儀の日時だけを付け加えた。それですべてだったのだ！

これらの新聞に目を通したロベールとラウールは、別のこと、つまりお悔やみや、その経歴を称賛するような記事を期待していた。しかし彼らは、自分たちの妹、弁護士と医師である自分たち自身、その才気と気品が称えられる母親についての、儀礼的で丁重な通りいっぺんの文章を読んだだけだった……ことに父に関しては、まったく触れられない、あるいはほんの少し言及されるだけだったのだ。「ル・ペルティエ通りの著名な銀行家……大変有名な金融業者……」という平凡な言葉で表現され、ほかには月並みな紋切り型のみで、お悔やみが表されることも、丁重な思い出話も、なにもなかったのだ。

「なぜだ?」二人の兄弟は自問した。「なぜなんだ?」

ロベールとラウールは数千通にもおよぶ通知状を送らせておいた。父の葬儀への、ものすごい数の参列者を期待していたのである。しかし、ド・レンヌボワ大尉、ド・カゾモン大尉、ド・マルネ伯爵に付き添われた二人の兄弟が、父親の亡骸を乗せた豪華な装飾の施された霊柩馬車に続こうとしたとき、確かに街路には大変な数の人の群れを認めたが、それは野次馬、物見高い群衆であった……葬列に加わる人々に知っている顔は、ほとんど見つからなかった。

モントルイユ銀行の行員たちがそこにいた。自分らの不幸な父とつきあいのあった貸金業の代表者たち……ベジャネ氏、グリヤール氏、そして弁護士会、ロベールが勤める病院の友人たち、出入りの商人、兄弟が名前を知らない人たちが数名……しかし、兄弟の父が開催していたパーティの客人たち、自分らが母親のサロンで会った客人たち、自分らの家に足しげく訪れた、例のパリ社交界の名士たちについては、せいぜい十人いるかいないかだったのだ。そのうえ、この名士たちはここに姿を見せるのを憚るかのように、このうえないつらい務めを果たさんばかりに苦しげだったのである。教会は、街路と同じく、無関係な人々や野次馬、見世物めあて、つまり亡くなった銀行家を弔う芝居じみて神への哀歌を歌うオペラ座の歌手たちを、タダ同然で聞こうとやってきた人々であふれていた……。

墓地ではラウールとロベールは、自分たちの前を、せいぜい百人くらいが列をつくって進むのを見ただけだった。彼らは何人かの友人たちと握手を交わしただけだった。

「これはいったいどういうことなんだ?」二人の兄弟は自問した。「なぜこのように、喪に沈むわが家のまわりはがらんとしているんだ？」

ラウールは力を込めて言った。

「俺たちは苦しみにあって、かつてつきあいのあった人々の変節によって侮辱された。なぜ俺たちがこのひどい侮辱を受けたのかを知る必要がある。われわれの家に足しげくやってきたあれほどの人々が、なぜモントルイユ銀行家の葬儀に参列することを恥だと思ったのか、それを知る必要があるんだ！」

重々しい表情で二人の兄弟は、さらにもう一度誓った。

埋葬の翌日の夕方、二人の兄弟は普段の生活に戻るべく、母のもとから去った。一人は裁判所に立ち寄ると言い、もう一人は病人の診察へ行くと言った。ロベールはパッシーのほうへと向かった。ラウールはシテ島のほうへ降りていった。つまり彼らは、それぞれ正反対のほうへと向かったのである。


夜の七時半頃、キャピュシーヌ大通りとオペラ広場の角を、喪服姿の一人の粋な紳士が平和通りのほうへ向かって歩いていた。この頃合いのこの通りは、婦人用帽子屋の店員やファッションモデル、ずうずうしくてひやかし好きのパリのスズメのような、例の快活で可愛らしい女工たち……つまりピーピーと騒ぎ笑いながら工房から出てグループとなって大通りへと急ぐお針子たちでいっぱいだった。

若い娘たちのいくつものグループがオペラ座や大通りのほうへ移動していくあいだ、例の紳士はこれらのグループをもれなくながめ、おめあての人物を見つけだそうとしていた。すると、彼は喪服姿の若く粋な紳士と突然出くわした。彼もまた、お針子の陽気な集団のなかに一人の若い娘を見つけだそうとしているようだった。

二人の紳士はすれちがいざまに啞然として立ちどまり、たがいに大きな声で言った。

「ロベール！」

「ラウール！」

「こんなところで会えてうれしいよ！」

「うれしい驚きだよ！」

二人の兄弟は笑顔で誠意を込めて握手した。しかし彼らの笑みには、どこか気まずさと、ぎこちなさがあった。二人のあいだに言葉で言い表すにむずかしい、耐えがたい気づまりがあったのだ。

「俺は患者を診察してきたところだよ」ロベールが言った。「これから別の患者の家に行くところだ」

「こっちは、このあいだのつらい日々に代ってもらった、同僚のところへ行くところだ」

「どっちに行く？」

「大通りを通ってドゥルオ通りのほうだ」

「俺はマドレーヌのほうだ」

そして二人の兄弟が別れを言おうとしたとき、握手していた二人は不意に不安げに強く身を寄せ合った。

「見ろよ……」ロベールに寄り添うようにラウールは言った。

「わかってる」ロベールは言った。

片眼鏡をかけて、ボタンホールに珍しい花をさし、流行の服をまとった、カイゼル髭の粋な紳士が二人のほうへのんびりと歩いていた。彼は、通りをやってくるお針子の一団を恥ずかしげもなくジロジロ見ながら、笑みを浮かべ自信満々に勝ち誇ったように歩いていた。

この格好のいいシャレた若者の、自信たっぷりのカイゼル髭と笑顔に魅了されたお針子たちは、思わず振り向いて悦に入って彼をながめていた。これらの頭の弱い若い娘たちにとって、この紳士は工房で隠れて読む小説のヒーローの完璧なる典型、つまり、新聞連載小説（ロマン・フイユトン）のうっとりさせるようなプリンス、彼女たちの誰もが夢想し……渇望し、待ち焦がれ、期待するようなプリンスだった。

そして、この女たらしが群衆のなかに消えたとき、二人の兄弟は心配そうに言った。

「ヤツだ！　ド・ラ・ゲリニエール伯爵だよ！　今度は誰の家に悪さをしにいくんだ？……」

するとそのとき、白髪の上につばの広いシルクハットをかぶり、青みがかった眼鏡をかけ、ゆったりとしたフロックコートに身を包んだ田舎教師風の、善良そうな老紳士が、少々ぎこちない様子でためらいがちに二人の紳士に近づいてきた。

「お二方、大変申し訳ないのだが」彼は恥ずかしそうに言った。「ノートル゠ダム゠デ゠ヴィクトワール通りはどちらになるかな？」

「ノートル゠ダム゠デ゠ヴィクトワール通りですか！」二人はビクッとした。「ムッシュー、とても簡単ですよ……この九月四日通りの先……証券取引所の裏です……」

「ああ、感謝申し上げる、お二方！」

そして、しっかりと確信に満ちた声で、老教師は加えた。

「おっしゃるように……ノートル゠ダム゠デ゠ヴィクトワール通りへ行くのは簡単ですな……」

こうして挨拶を済ませると、彼はその場から去り、すばやく群衆のなかへと消えた。すると最後の言葉の、老紳士の声色の変化に驚いた兄弟二人は落ち着きを取り戻して、大声で言った。

「ポーラン・ブロケ！……」

「そうだ」ラウールは言った。「ド・ラ・ゲリニエール伯爵が俺たちの面前を意気揚々と通り過ぎるとき、ポーラン・ブロケは俺たちになすべきことを教えにきたんだ。俺たちの義務をな」

「おお！」ラウールは力を込めた。「それを忘れないようにしよう」

そこで二人の兄弟は不安げにしばし沈黙した。弁護士のラウールがロベールに言った。

「ポーラン・ブロケは、この事件にとても関心があるようだな」

「それについては俺も同じく確信してるよ」

「彼は知性に優れ、極めて巧みで、もっとも勇敢な人々も驚く勇気に満ちあふれるすばらしい刑事だ」

「彼はわれわれに献身的だ、もっとも頼れるパートナーだ……俺たちのやるべきことは、つまり、彼の任務を手助けすることだ」

「われわれにできる限りな。ポーラン・ブロケの重要な言葉を聞き逃してないだろ？　彼は、俺たちがこの秘密文書の恐るべき内容を明かすことを、彼が捜査にとりかかるための新しい事実を待っているんだ」

「その通りだ、ラウール」

「よし。俺と同じようにおまえも彼を手助けすることを腹に決めたんだろ。俺たちの哀れな父を殺したこの文書の中身を知りたいんだろ？」

「そうだ、ラウール。ポーラン・ブロケを手助けしなければならない、この秘密を暴かないとな。いまやそれは父の思い出、われわれの名誉……きっとわれわれの心の安らぎにも、母さんの心の平安にも、妹レモンドの将来にも関わることとなんだ」

「俺もそう思うよ。この秘密をなにがなんでも暴くことは、俺たち息子の義務だ」

「そうだな、暴かなければ。どんな手段を使ってでも……極端なやりかたによってでも……場合によったら犯罪と見なされるものによってであっても、それを成し遂げないとな」

「わかった、誓うよ！」

「誓うよ！」

⑥章　リリー・ラ・ジョリ

この時刻、バティニョールとモンマルトルのあいだを走るクリシー並木通りは、二人の兄弟が歩きまわっていた通りと比べて、通行人に品がなく、ひしめきあい、どよめいていた。顔ぶれもちがった。プチブル、勤め人、とりわけ労働者といった面々だった。事務所で、工房で、店で、一日しっかり稼いだこれらの人々は、地下鉄や路面電車から降り、歩いて通りをのぼり、夕食が待っているわが家へと急ぐのだ……。

この群衆のなかを一人の実直な労働者が、耳あてのついたハンチングをいなせにかぶり、質素だが小ぎれいに背広をはおり、ビロードのズボンをはいて歩いていた。この男は、一方の手で小さな男の子を抱きかかえ、もう一方の手でいっぱいになった網の買い物袋を持ち、そこから大きなバケットとワインの瓶がはみだしていた。彼の横には妻がいた。まだ年若く、はつらつとして、美人ではないが、ほかではとんとお目にかかれない、パリの庶民階級の女性の明るい微笑をたたえていた。彼女は腕に、小さな女の子を抱いていた。

突然、労働者が驚いて声をあげた。

「おやおや、これは先生ではありませんか！　こんな時間にこんなところで」

「フェルナンさん、あなたでしたか！　お元気ですか？」

「ええ、先生。こんなところであなたに出くわして驚いてしまい失礼しました。あなたとお会いできてうれしくて。こんな下町におられるところをみると、誰か哀れな人を看病しにいらしたんでしょう、それがあなたの日課ですからね」

医師は労働者が差し出した手を握り、若い妻に挨拶すると、小さな女の子を撫でた。

「この子はあなたの患者ですよ、先生」フェルナンは言った。「もうそうは見えませんがね。ねえ、そうでしょう！　ああ、あなたは、この子をしっかりと看病し、救ってくださった」

「そうです、先生」若い妻が言った。「この子が私たちのところにまだいるのも、あなたのおかげですよ」

「そんなことありませんよ、お二人さん。医者というものは自然の能力を手助けしてやるだけです。その証拠に、ほら、私が面倒を見なくなっても、この子はずいぶん元気じゃないですか」

「とにかく、われわれはあなたにはいつも感謝しています」

医師がもう一度言葉を返そうとすると、そのとき子どもたちのグループが喚き叫びながら駆けていった。

「おい、醜い妖精だ、醜い妖精がいるぜ！」

フェルナンはすぐさま振り向いた。

「またあのガキどもか！」彼は叫んだ。

網の買い物袋を息子に渡しながら、「これ、持ってろ」と言った。「すみません、先生、すぐ戻るんで……」

彼は悪ガキたちへ向かって走り、手あたり次第に何発か平手打ちを喰らわせた。悪ガキの一団は逃げていった。悪ガキたちが遠くで「醜い妖精だ」とまだ叫んでいたが、フェルナンは入口の扉にもたれて怯えていた、貧しい身なりの、背中の曲がった身体の不自由な哀れな女性の手をとった。

「怖がらないでくださいよ、マリーさん」彼は言った。「こっちへ。いま帰ってください。もう小路で、なんか言われることはありませんから」

「ありがとう、フェルナンさん」身体の不自由な娘は言った。「ありがとう、ご親切に」

フェルナンは彼女をガヌロン小路まで連れていき、しばらくその姿を目で追い安心すると、妻と医師のところに戻った。

「すみませんね、お医者さま」彼は言った。「ああ、家内が説明しましたよね……彼女たちは理不尽にも不幸な境遇にありますが、私たちが大好きな人たちです。背中の曲がった娘さん、身体が麻痺してほとんど死にかけた母親をね……」

医師は訊いた。

「誰が母親の世話を？」

フェルナンは大きな声で言った。

「誰が彼女を世話しているかですって！　ねえ、誰が彼女の面倒を見られるというんです？　彼女はひどく貧乏で……」

だがフェルナンは、自分の言うことが愚かなことだと悟り、話すのをやめた。すると医師は悲しげな笑みを浮かべ率直に頼んだ。

「彼女の家に案内してくれませんか？」

「なんですって、あなたをですか？　お医者さまのあなたを！　そうですね……あなたしかいません。すみません、私も少しばかりまぬけでした。ロベール先生が、私のような一介の労働者の子どもの面倒も見てくれて、その学識と同じくらい思いやりを持っていらっしゃることを、私はすっかり忘れておりました。すみません！　あなたがお望みなら、ええ、これらの真面目な人たちの家にご案内しましょう。いつにしましょうか？」

「いますぐにしましょう。苦しんでいる人たちを待たせてはいけませんので」

「承知しました、お医者さま。彼女たちに代わって感謝申し上げます。ありがとうございます」

そしてフェルナンは妻に言った。

「子どもらと一緒に先に帰ってろ、すぐに戻るから」

若い妻は、娘を治療してくれたこと、これから成し遂げられるだろう親切なおこないにもう一度お礼を言って、クリシー並木通りをくだっていった。一方フェルナンは、ロベール医師とともにガヌロン小路に入っていった。

道すがらフェルナンは医師に言った。

「すみません、お医者さま。あなたが喪中であることにさっきは気づきませんでしたよ」

「父を亡くしたんです、数日前にね」

「お悔やみ申し上げます」

いろいろな新聞で報じられたモントルイユ銀行家の死をフェルナンが知らないと知って、医師はいささか驚いた。不審に思って彼は労働者に訊いた。

「私の父が亡くなったことを知らないとは、新聞を読んでいないのですか？　それとも私の苗字を知らないと？」

「すみません。あなたのお名前、それを私は決して忘れたりはしませんよ。ロベール先生でしょう！」

「そう、そうです！」ロベールは言った。「……そうか、私はロベール先生か」

フェルナンが病気の子どもを診察に連れていった病院では、それ以外の呼び方をしない医学生時代の友人たちの習慣にしたがって、親しみと好意をこめてモントルイユ医師はそのように呼ばれていたのである。彼はロベール先生になっていたのだ。彼が診察する貧しい人々にとっては、ファーストネームで呼ぶほうが都合がよく、簡単でわかりやすいようだった。こうして、このファーストネームは感謝を忘れない彼らの心に深く刻まれていた。貧しい人々、苦しむ人々のあいだでは、モントルイユ医師は知られておらず、ロベール先生が有名だったのだ。だからモントルイユ医師は、このように呼ばれるのがいいだろう、ファミリーネームは知られずに、ロベール先生のままがいいだろうとそのとき思った。

ガヌロン小路は薄暗く、物悲しかった……それは、いずれ消滅する運命にある古い通りのひとつである。この小路には、黒っぽく陰鬱な家々がひしめき合っていた。もっとも嘆かわしい佇まいのある建物の前で、フェルナンは立ちどまった。

「こちらです」彼は言った。「どれだけ貧しいか、おわかりになるでしょ！」

「いかにも、じつに哀れですね」

「メナルディエ夫人がかつて上流社会の裕福な女性だっただけにね。彼女の旦那は、商売や銀行、株で華々しい立場にありました……でも、ある友人に金を騙し取られ、無一文になったんですよ。彼は悶え死んだわけです。彼は古くからの友人の家で自殺したという人さえいます。それ以来ですよ、奥さんと娘さんたちが落ちぶれたのは。あなたがごらんになったあの背中の曲がった障害もちの娘と、もう一人、お針子の娘がいるんです！」

「行きましょう」ロベールは言った。「案内してください」

フェルナンと医師は玄関を通って、汚くジメジメし、喉もとに突き刺さるようなきつい匂いを放つ階段をのぼっていった。

七階の踊り場でフェルナンは言った。

「お医者さま、まずは私がメナルディエ夫人に会って、先生がいらしていることを知らせてきますよ。マリーさんと、ちょっとお待ちください」

「うまいことお願いします、フェルナンさん」

フェルナンはいつものやりかたでドアをノックした。すぐさまわずかにドアが開いた。

「あなたでしたか、フェルナンさん！」背中の曲がった娘は言った。

「そうです、しー。不審に思わないでください。私たちがよく噂していたロベール先生がいらしてるんです」

「ロベール先生！　でもフェルナンさん、あなたもよくご存じのように、私たちには……」

「そんなことは心配しないで。まずはお母さんと話して、先生がいらしていることをお伝えしたいのです」

フェルナンは家の内部を知っていた。彼はロベールを娘たちの部屋に案内し、自分は病に苦しむ母の部屋へと向かった。

背中の曲がった娘はロベールに言った。

「ああ！　先生……フェルナンさんを通じて、あなたがどれほど博識で親切でおられるか、よく存じ上げております。こんなにもみすぼらしいあばら家までお越しくださって、私たちのような貧乏人と不幸な母を気にかけてくださったことに、お礼を言わせてください」

「お待ちください、マドモワゼール」ロベールは微笑んだ。「お礼を言うのは、ご病気のお母さまを診察するまでお待ちください」

ロベールは思いがけずこの小さな部屋に入ることになり、見渡して、驚いた。それはかなり狭く、天井の低い屋根裏の部屋で、屋根に設けられた小さな窓しかなかった。それでも若い娘たちから醸し出される淑やかさと美しさが、このあばら家に明るい色合いをもたらし、窮乏を包み隠していた。取るに足らないもの、つまり服飾工房の切り損じやレースのはぎれで、二人の姉妹は器用にもカーテンやベッドカバーをこしらえ、椅子の藁を覆う粗末なクッションをつくっていた。この背中の曲がった娘は、陶器や砂糖菓子を入れる袋に絵を描いていた。またパネルに花々を描き、飾り紐で縁取り、壁に掛け、くたびれた壁紙を隠していた。部屋のすべてのものはきちんと整理され、丹念すぎるほどに清潔さが保たれていた。

ふと、ロベールの目が、壁に掛けられ、造花で飾られた石膏のレリーフに釘づけになった。ロベールはレリーフに近づいた。彼は注意深くながめた。そして彼は心底驚いた。彼は胸に衝撃を感じ、呼吸もままならず、心臓が止まる思いだった。

「私の妹のレリーフです」背中の曲がった娘は言った。

「あなたの妹さん！」ロベールは驚いて大きな声で言った。「これがあなたの妹さん……」

「妹のアンリエットです、リリーと呼ばれています、リリー・ラ・ジョリです！」

「リリー！　これがあなたの妹、リリー……」

「私たちの仲のよい友達の一人で、親戚みたいな隣人の、若い彫刻家のポールがこのレリーフをつくってくれたのです。とっても似ていますが、私にしてみれば、レリーフよりも実際のリリーのほうがずっと綺麗です」

そこにフェルナンが現れて、マリーの言葉をさえぎった。

「お医者さま、来てください」彼は言った。「メナルディエさんがようやく納得してくれましたよ」

彼によって部屋に案内されるあいだも、ロベールは気持ちが舞い上がり、心臓は張り裂けんばかりにドキドキして、抑えた声でつぶやいていた。

「俺はいま、リリー・ラ・ジョリ！　俺の愛するリリーの家にいる！　リリー・ラ・ジョリ！　俺の愛するリリーの家に……」

二人の姉妹の部屋と同じように飾られた部屋の、鉄製の低いベッドの上に、顔が痩せこけ、ほお骨の露（あらわ）になった老いた女性が心の高ぶりから目を輝かせながら、つらそうに枕にもたれていた。それは、背中の曲がったマリーとリリー・ラ・ジョリの母、メナルディエ夫人だった。

石油ランプが病人を照らしていた。

ロベールは、この哀れな女性の悲しむべき病状を見抜くのに、また余命いくばくもないことを知るのに、じっくりと診（み）るまでもなかった。

「ああ、先生」彼女はほとんど聞きとれない声で言った。「フェルナンさんは親切な人で、厚かましくもあなたの善意と慈愛に甘えてしまったようです。彼はあなたの恩義にすがることを強く私に勧めたのです。私には報いることができませんが」

「まあまあ、メナルディエさん」フェルナンは大きな声で言った。「すでに言いましたよね、ロベール先生は善意について話されることを望んでおられないのですよ。先生は気分を害してしまいますよ」

「マダム、フェルナンさんの言う通りですよ。医者にとって単なる義務であることを善意とは言えないでしょう」

それからフェルナンは、医師が差し出した手を握った。そして彼は幸運を願いながら病人の手をとり、マリーに心のこもったさよならを言うと、善行に関わったことに満足して立ち去った。ロベール先生が、自分の娘と同じように、この母親のために奇跡を起こすだろうと確信し、ハンチングをかぶり、彼は妻と子どもたちのもとへ駆けていった。

ロベールは病人の診察にとりかかった。ただ彼は、この家に長くはとどまりたくはなかった。これまで感じたことのない、まったく奇妙な感覚に彼はとらわれていたのだ。その性質を明確にすることのできない、しかし彼を魅了しかつ不安にさせる、気づまりとよろこびが入り混じったような感覚だ。確かに彼は、メナルディエ夫人と同様の、哀れむべき病人たちのそばにいたことは何度もあった。もっといたましい住まい、もっと嘆かわしい貧困を彼は知っていた。

それゆえにロベールをこのようにかき乱すものは、生活環境でも、背中の曲がった娘でも、死にかけた母親でもなかった。彼に強い印象を与えたもの、それは壁にかけられた、造花で飾られたレリーフ……この嘆かわしい住居の暗闇のなかでまばゆい星のように輝く、石膏のレリーフだった。それは、あの見事な表情、あの輪郭の美しさだった。それはまた、髪の毛に加えられる金色の光沢、眼差しをたたえる紫色の輝き、制作者がその魅力のすべてを表現できなかった、あの口許のバラ色の微笑みだったのだ。

そして病人の弱々しい声に耳を傾けながらも、ロベールは一方でこう思っていた。

「そろそろリリーが工房から戻ってくる時間だ……」

ところでロベールは、ここでリリーと会うわけにはいかなかった。もうすぐリリーが工房から帰ってくるにもかかわらず、さきほど動揺しつつそわそわしながら楽しげなお針子たちのグループにそれとなく誰かさんを探していた平和通りを、リリーがのぼってくるにもかかわらず……ロベールはここにいたくはなかったのだ。

彼はこの家に来るまでどんな病人を診察するか知らなかったたし、フェルナンにまさかリリーの母親のところへ連れていかれるなどと、みじんも思っていなかった。だが、良心のためらいから、彼はここにいるのをリリーに見られたくなかった。医者という立場を利用し、哀れな病人の家に上がり込んだなどと彼女に思われたくはなかった。打算的な目的のために援助し、献身的な母親への診察の見返りに彼女の娘リリー・ラ・ジョリを求めているとリリーが信じるかもしれないことを思うと、彼は身震いしたのだった。とんでもない！　リリーが帰ってくるとき、ここにはいたくはない。それでもリリーがいまにも帰ってくるというのなら、自分の人生の一年を犠牲にしてもかまわない。

なんという残酷な二者択一！

自分の意志ではどうにもならない状況の人間が運命論者となるように、ロベールは偶然に身をゆだねた。彼は帰ろうと決心しつつも、それとは裏腹に帰る時間はどんどんのびていった。彼は書類入れを取り出し、一枚のメモ用紙をとり、万年筆を手にした。

「処方箋を書きましょう」

「でも……先生」マリーは反対した。「私には……」

「マドモワゼール、これは必要なことですよ。処方箋をつくらない医者なんて……本当の医者には見えないでしょう。それにこれはあなたへ向けたものです……」

「私に？」

「この処方箋は、いくつかの指示、つまりあなたがお母さまに薬を飲ませるときのやりかたについてのものです。薬については、あなたにご迷惑をかけませんよ。あとでお持ちしますから」

「でも先生、それでは……」

「あなたがすべき唯一のことは、マドモワゼール、お母さまを看病することです。明日、またおうかがいします、がんばって」

彼は感謝の言葉を聞きたくなかったので、すぐにドアへと向かった。彼はねばつく階段を降り、路地を横切った。さきほどまで陰湿に見えたこの路地は、いまや金色に輝き、紫色の光を放ち……まるでリリーの髪と目、リリー・ラ・ジョリの微笑みで輝いているようだった。こうして、彼が物思いにふけり歩いていると、一人の男とぶつかった。この男の驚きの声で彼は現実へと引き戻された。

「ロベール、おまえか！」

医師もやはり驚いて返した。

「ラウール、おまえか！」

さきほどのくりかえしで、平和通りの下で、二人の兄弟はすっかり動揺しておたがいを見た。

「なんて偶然だ！」ラウールがどうにか言った。「今日はパリの街角という街角で俺たちは遭遇してるな」

「そうみたいだな」

「ガヌロン小路の近くまで、なにしに来たんだ？」

「病人を訪ねてきたところだよ。ラウールは？」

「依頼人にちょっとした置き手紙をしてきたところだ」

「そうか！」

ロベールは本当のことを言っていたが、ラウールのほうはそうではなかった。弁護士というものは、このように依頼人のところへ置き手紙をしにいくようなことはない。ただロベールはひどく混乱していたので、このラウールの返事の不自然さに気がつかなかったのだ。

ロベールはラウールの腕をとり、歩いていった。自分を締めつけていたリリーに出くわすのではないかとの不安から逃れられるのがうれしかった。それ以上話すこともなく、二人の兄弟はクリシー広場のほうへ向かったが、ふと、三人の若いお針子たちがやってくるのを見て、ビクッとして立ちどまった。

そのうちの二人は確かにきれいでういういしかったが、その若さをのぞけばとりたてて傑出したものはない。一方で、三人目は背が高く、しなやかで優雅な歩きぶりで、驚くほど美しい輝きを同僚に対して放っていた。パリのお針子たちだけがつくることができる、気どりのない、小綺麗な帽子の下で豊かなブロンド髪で縁取られた理想的な輪郭の純真な顔が、薄紫の大きな目で輝いていた。

ガヌロン小路の入口に着くと、三人のお針子は立ちどまり、たがいに頬ずりした。

「また明日ね、リリー」

「ええ、また明日……」

そうして友人たちがふたたび歩きはじめると、リリーは足ばやに小路に入り、病気の母と姉の醜い妖精(カラボス)マリーのもとへと急いだ。

ロベールとラウールは、この魅力的で可愛らしい一連の動きを目で追っていた。彼らは惹きつけられるようにその場にとどまり、リリーの、とびきりの若さ、とびきりの美しさ、とびきりの色香が入り込んだこの薄暗い路地を見つめていた。

突然彼らはビクッとし、胸が引き裂かれんばかりに叫んだ。

「ヤツだ！」
一台の車がすぐそばの歩道に停車したところだった。するとド・ラ・ゲリニエール伯爵が降りてきて、リリー・ラ・ジョリが入ったばかりの小路に消えたのだ。
そのとき近くのバーから、作業服を着て、その上に何度も繕われた色のない外套（パルトー）のような上着を羽織り、だぶだぶのズボンをはき、メッキ職人の重そうな箱を肩にかけた、真面目そうな労働者が出てきた。この男は二週間分の収入を得て、通り沿いの飲み屋という飲み屋に立ち寄り、この思わぬ授かりものを祝っているようだった。
そのあいだ、彼は労働歌を口ずさんでいた。そのリフレインはエスプリに富んだものではなく、ああ！ただただ現実的なものを歌っていた。

　メッキ職人のためにこそ、
　いたるところに安酒場！……

彼は、二人の兄弟の前を通りがかると立ちどまった。この庶民の群れにきちんとした身なりのブルジョワを見つけたことに驚いているようだった。明らかに陽気な酔っ払いの思いつきで、彼はうやうやしくハンチングをとり、おごそかに挨拶をした。そしてまた歩きだし、威勢よく軍歌を歌いだした。

　ヴィクトワール（勝利）が歌えば、
　われらのために城門は開く……

両腕を振って、体を縦に横に揺らしながら、彼はガヌロン小路のほうへ、あいもかわらず歌いながら向かって行った。

ヴィクトワールが歌えば……

こうして彼は、リリーと、彼女のあとを追う、シャレたド・ラ・ゲリニエール伯爵がのみ込まれた暗がりに姿を消した。彼の粗野な声は、繰り返して聞こえてきた。

ヴィクトワール……ヴィクトワール……

さきほど平和通りで田舎教師風の老人が去ったあとにも、二人の兄弟は驚いたが、少し落ち着いて考えあわせた。

「ポーラン・ブロケだ!」彼らは言った。

彼らはようやく理解し、見抜いたのだ。

「ポーラン・ブロケは」ラウールは言った。「俺たちのすべきことがノートル゠ダム゠デ゠ヴィクトワール通りへ行くことだと知らせているんだ」

二人はそれぞれこう考えていた。

「俺たちはまずは、自分たちの任務を成し遂げなければならない。それからだ、あの愛らしいリリーがどんなに美しかろうと、可愛らしいお針子たちに関わるのは」

⑦章 悲劇の文書

翌朝、ロベールとラウールは、父の死を取り巻く謎を明らかにすべく奔走しはじめた。

まず彼らは、話し合って決めたプラン通りに、ノートル＝ダム＝デ＝ヴィクトワール通りの、父の公証人を務めていたベジャネ氏のもとを訪れた。

裁判所補助吏のベジャネ氏は、じつに愛想よく、古くからの親友の息子たちを迎え入れた。彼はロベールとラウールを幼いときから知っていて、二人の成長を見てきたのだ。二人とは親しい間柄でとても愛していた。彼は心を込めて握手をし、親愛なる故人について夢中になって話し、いまは亡き友人を褒め称えた。

「僕たちがあなたに会いにきたのは、あなたが不幸な父の親友だからです」ラウールは言った。「あなたの愛情を頼りに、いまこの執務室にいます」

「君たち、遠慮することなどないぞ。なんでも協力するから、安心しなさい。要件を言ってごらんなさい」

「グリヤール先生の立会いのもとで、あなたが父に渡した文書を見せてもらいに来ました」

公証人は肘掛け椅子のなかで身を乗り出した。

なるほど、ベジャネ氏はこのような頼みごとは予想していなかったのだ。

「ラウール、いったいなにをしてほしいというんだい？」彼は大きな声で言った。「なにが言いたいんだ？言っていることがよくわからないよ！」

ラウールは平然と答えた。

「では、説明します、どうか聞いてください。父は殺人未遂の被害者になりました。短刀による致命的な一撃からは幸いにも逃れました。彼は快方に向かっていました。彼は意識を取り戻しました。知性は正常に戻り、記憶もかつてと同じくはっきりとし、正確なものになりました」

「その通り……」

「この状況において、父は司法官たちの前で正式に証言し、そして父を殺害しようとしたのがド・ラ・ゲリニエール伯爵であるという、みずからの確言に署名したわけです」

「そうだね……そのことなら知っているよ。でも……」

「続けさせてください。司法官たちは、ポーラン・ブロケ刑事に逮捕状を持たせ、ド・ラ・ゲリニエール伯爵に同行を求めにいかせました。彼を被害者と直接対面させるためにです」

「知っているよ……知っているとも……」

「聞いてください。父が陳述し、ド・ラ・ゲリニエール伯爵がやってくるまでのあいだ……あなたとグリヤール先生はお望みになられましたね、父と話をすることを。父と内輪で話すことを、です。それは、なにか重要なことを父に急いで伝えるためにでした」

公証人は言い返した。

「でも君、それのなにが驚きなんだね？　まったく普通のことだよ。グリヤールさんと私は、君のお父さんの古くからの友人であるだけでなく、公証代理人を務めているんだよ。代訴人として、執達吏として、私たちは内密の書類を彼に渡すことはしょっちゅうあったんだよ」

「わかりました！　でも、ド・ラ・ゲリニエール伯爵が来る前に、あなたが父に急いで渡した書類は非常に重要なもので、特別の性質を備えたものでした……。だからこそ、あなたの話を少し聞いて、父は落ち込み、虚弱し、涙を流したように僕たちには見えたのです、僕たちが別れたときは満足できる健康状態で、微笑んでいたにもかかわらずですよ」

「しかし、誓って言うけどね、ラウール……」

「もうひとこと、言わせてください。父は、正常な意識の状態で事情をよく承知のうえでド・ラ・ゲリニエール伯爵を正式に告発しましたが、あなたが父に書類を渡したあとすぐに、その陳述を取り消しました。彼はその供述を撤回したので全員を大いに驚かせたんです、あなたをのぞいてね……」

「私をのぞいて？」

「そうです……あなたと、あなたと一緒にいたグリヤール先生をのぞいて、と言っているのです……。父は、ド・ラ・ゲリニエール伯爵が犯人ではない、犯人ではありえない、と確言した」

公証人は不安げになんとか答えた。

「でも君たち、そのことについてはいろいろな理由……いろいろな説明があるのだよ……」

ラウールは彼の言葉をさえぎった。

「僕たちはそうした理由や説明についてよく考えました。僕たちが不安を払拭し、納得するためにはひとつの方法しかありません。それはあなたが、父に提出した文書を僕たちに、息子である僕たちに見せることです」

「無理だ！　できない！」ベジャネ氏は声を荒げた。「そんなことは頼まないでくれ。無理なんだから」

「では、裁判に委ねるしかありませんね」

「どんな裁判でも、私にこの文書を引き渡すよう命じることはできない。私は、それを必要としていた人のために自分の任務を遂行したまでだ！……職務上の守秘義務によって、なにひとつ明かすことはできない」

ラウールは大きな声で言った。

「いいでしょう、あなたに言わせたかったのはこれですよ。あなたは僕たちの疑念が正しかったことを証明したのです……父の死の原因となったのは、まさにこの文書だ。あなたはそれを僕たちに見せることを拒んだ、それはあなたの自由です！　僕たちとしては、その内容を知るためにやるべきことを考えるだけです」

「でもね、君たち」ベジャネ氏は二人の兄弟を納得させようとなだめるような調子で言った。「では、君たちはいったいなにを考えているのかな？　どんな絵空事を描こうとしているのかな？　君たちに対する私の愛情がどんなもので、私とお父さんを結びつけていた友情がどんなものか、君たちならわかっているね。それでも、この私が公言できないような任務をみずからに課し、あの悲劇的な状況のなかで、君たちが思っているような、異常で奇妙な、不可解でおぞましい性質の書類を私が渡したのだろうと、君たちは想像するのか？」

「それでは、文書を見せてください」

「それはできない……してはならぬのだよ……」

「あなたはその決定を取り消さないのですか？」

「別なふうにふるまうことは法律家としての私の義務に、誠実な人間としての良心に背くことになる」

この断定的な主張を前に二人の兄弟は一瞬、呆然自失した。公証人の執務室は、重く、息苦しい沈黙で包まれた。三人の男たちは不安げにたがいを見つめていた……ロベールとラウールは興奮していたが、ベジャネ氏はいまや動揺を抑え、冷静で強情な様子だった。

この耐えがたい沈黙を破ったのは、公証人に一枚の名刺を渡しに執務室に入ってきた書生だった。ベジャネ氏はこの名刺を見ると、驚きと不安から動揺を抑えられなかった。彼は震えていた。

「よろしい」彼は書生に言った。「待っていただくように」

彼は書類の下に注意深く名刺をすべり込ませた。それから幅の広いデスクを離れ、彼は二人の兄弟のところに来て、両手を差し伸べた。

「さようなら、君たち」彼は言った。「君たちの訪問を早々に切り上げることになって申し訳ない。さようなら。私よりもよい友人、誠実な味方はいないと信じなさい。私ほどに君たちの幸せを願い、不幸なお父さんの思い出を尊重する者はいないのだよ」

彼は二人を階段に直結するドアへと導いた。事務所を通らずに彼の執務室から出ることができるからだ。そして彼は、例の新たな訪問者を迎えるために執務室に戻ったが、その名刺のせいで彼はひどく狼狽していた。

二人の兄弟は階段を降りた。

「ラウール」突然ロベールが言った。「おまえ、ベジャネ先生が慌てていたことに気づいたか？」

「急に、俺たちを追い払ったからな。不意に訪ねてきた人と俺たちが、顔を合わせてしまうことをひどく恐れていたと思わざるをえないよ」

「そうだな。事務所に来る、ごく普通の依頼人じゃないな。むしろ、この俺たちと関わりのある誰かにちがいない」

すると、二人の兄弟は同時に考えついた。

「アイツだ！　そうだ、ヤツだ！……」

彼らは加えた。

「本当にアイツかどうか確認しないとな。これは重要なことだぜ。いったい誰なのか、絶対に知る必要がある！」

誰からも疑われずに実行できる唯一の方法は、付近に張り込み、待ち伏せすることだった。

事務所の建物の門のほぼ真向かいに、彼らは小さく質素ではあるが居心地のよさそうなカフェを見つけた。それは首都パリに散在する田舎じみた片隅によくある、あの常連客でにぎわう気どりのない飲食店のひとつである。ラウールとロベールはそこに入り、通りを見渡せる窓際のテーブルについた。地味なカーテンをめくると、公証人の建物の入口を見張ることができた。

常連客が集まる時間以外、こうしたカフェは閑散としている。カフェの奥のほうには、新聞を読むのに照らすため入口のほうに背を向けた一人の客がいた。二人の兄弟が店に入ると、この客は気にするわけでもなく、振り向きさえもしなかった。彼は目をあげて、女店主を見下ろすように傾き、店内全体を映し出すカウンターの鏡を新聞越しに覗いただけだった。

十五分ほど経過した。新聞を読んでいた客は代金を払い、新聞を置くと、静かにタバコを巻きはじめた。

そのとき、二人の兄弟は身震いした。公証人の戸口にド・ラ・ゲリニエール伯爵が現れたのだ。歩道に出ると伯爵は左右を見て少したためらったのち、決然とした急ぎ足で通りをのぼりはじめた。

すると例の客も、タバコに火をつけ、席を立った。彼は少しも慌てずカフェを出ると、通りをのぼり、歩道で少しばかり歩みをはやめた。彼が二人の兄弟が見張る窓の前を足ばやに通り過ぎたなかに、ラウールとロベールは気づいた……。

「ポーラン・ブロケ！」彼らは言った。

⑧章　金庫の略奪者たち

すっかり驚いた二人の兄弟はテーブルに硬貨を投げ置き、ギャルソンが来るのも待たずに刑事のあとを急いだ。しかし彼らは、ポーラン・ブロケも伯爵も見つけることはできなかった。彼らは証券取引所界隈の、ますます密度を増す人混みのなかに消えてしまっていた。

「追っても無駄だな」ラウールは言った。

「そうだな、時間のロスになる」

ロベールとラウールはこれまでの出来事について話し、検討し、ベジャネ氏が見せるのを拒んだ文書を手に入れるため、検事局に問い合わせる必要があるかについてしばし考えた。しかし弁護士のラウールは、無駄な手立てになるだろうと断言した。いかなる結果も得られないだろう、と。

「この場合、得策なのは」そこでロベールは言った。「過激な方法をとることだよ。そうなっても決して尻込みしないと、われわれはすでに決めてあるんだ」

「わかっているさ、ロベール。グズグズせずにやろうぜ。ベジャネ先生の金庫から、われわれに見せることを拒んだあの文書を奪わなければならない」

「そうだな。ラウール、いつでもいいぞ」

「今晩だ」

「よし……今晩だな」

彼らは誰にも知られないよう密かに、一日かけて冒険の準備をした。やがて夜が近づくと、おのおの理由をつけて彼らは別れ、夕食の時間にまた母の家で合流することにした。

ロベールはガヌロン小路に行き、病に伏すメナルディエ夫人の家を訪ねた。前日と同じように彼は、工房から帰ってくるリリーを待っていたい強い衝動に駆られたが、美しいお針子がその光かがやく姿を現す前に、今日も立ち去った。それでもやはりひと目彼女を見たいと思った彼は、誰の目にも触れずに寂れた小路を見渡せる、ある家屋の陰に身を潜めた。

ほどなくして、ロベールは心苦しい驚きに打たれた。目立たないよう遠くから、美しいリリーをむさぼるような視線で追うラウールを見つけたのだ。リリーがいつもの二人の同僚と別れの頬ずりをし、太陽の光のような彼女が寂れた小路の暗がりに姿を消したとき、ラウールは心配そうに、あるいはうっとりして歩道に立ち尽くし、若い娘の魅力的なシルエットが暗闇のなかに入り込み、消え去るのをながめていた。ラウールは平静を取り戻し、意を決してその場を離れるとき、彼は大きなため息をついて、忘我の状態から脱して遠ざかっていった。

ロベールのほうはといえば、彼はこれらすべてをなにひとつ見落とさなかった。彼の心はかつてなく苦しんでいた。

「おお」彼は心のうちで言った。「もはや疑うまでもない、ああ！　俺がそうであるように、ラウールもリリーのことが好きなんだ。なんて不幸だ、なんて深刻な不幸なんだ！　二人とも同じ女を愛しているだと！」

兄弟の秘密を抱え込んだロベールは、自分の苦悩を心の奥底に押しやった。彼は、リリー・ラ・ジョリへの愛がどれほど強くとも、じつに素敵なこの若い娘の魅力にすっかり心奪われたとしても、敬愛する兄弟ラウールが恋敵となることだけは望まなかったのだ。自分が苦しまなければならないのにもかかわらず、である。その自己犠牲と苦しみのなかで、やがて彼はラウールの幸せを願うようになった。むしろ、ラウールのほうでも自分がリリーを愛していることを見抜いているのではないか、そのせいで自分と同じく苦しみを抱いているのではないか、それがいまや唯一の心配ごととなったのだ。

それゆえ以降ロベールは、ガヌロン小路の界隈でラウールに見られないよう配慮した。ラウールがそこで自分を目にしたのではないかと疑って不安にならないようにである。己を律し、心の奥底に苦しみをしまいこんだ彼は、恋愛よりもこれから自分がやるべき真面目なことだけに関心を注ごうと努めたのである。

彼はすっかり患者や病院に身を捧げ、細菌学の研究をふたたびはじめた。彼は、アリス・ド・ブリアルの妹の身体に最後に施された包帯に残る痕跡の研究にも積極的に取り組んだ。そして彼は、その痕跡のなかに、この不可解な病の病原菌を発見しようとしたのだ。彼はこの身の毛もよだつ病がなにかを推測していたが、それが恐慌をきたす限り、声高に公言することなどできなかった。

他方でロベールはなにがあろうとも、ラウールとともにみずからに課した重要な使命を蔑ろにしてはならなかった。達成するのがむずかしかろうが、なにがあろうと逃げてはならなかったのだ！

二人の兄弟は、両親の館で使っているアパルトマンのほかに、マテュラン通りに別のアパルトマンを借りていた。そこには医師のロベールが週に三回診察をおこなう診察室と、弁護士のラウールの事務所があり、夕方になれば裁判所への出向を終えた彼に会うことができた。このアパルトマンで二人の兄弟は、毎晩七時に待ち合わせ、シャルグラン通りの館に帰っていった。ときどき、銀行家の父が職場から息子たちを迎えにきて一緒に帰宅することもあった。しばしば、モントルイユ夫人と妹のレモンドも百貨店やブティックで買い物をしたり、誰かを訪問したあとに、そこで合流することもあった。そこから、連れ立って幸せそうに帰宅するのだった。

さて、ロベールとラウールはその日の夜、それぞれガヌロン小路を立ち去ったあと、マテュラン通りのアパルトマンに戻ってきた。別々の道を通ったが、二人同時にそこへ着いた。彼らは一緒に車に乗り、夕食のいつもの時間にシャルグラン通りに到着した。考えることがたくさんあったので、彼らはほとんど言葉を交わさなかった。

ロベールにとってはそのほうがよかった。彼には沈黙が必要だったのだ。ある種の苦しみにさいなまれているとき大声で泣き叫んで気が晴れるように、沈黙というものがロベールの心を締めつけていた苦しみに、おだやかな慰めをもたらすこともあるのだ。

夕食を終えると、ロベールとラウールは、遅くまで母と妹のそばで過ごした。母が自室に戻る時間になると、二人の兄弟はゆっくりと彼女に抱擁し、母と妹がおだやかに夜を過ごすことを心から願い、自分たちの部屋へ上がった。召使いのマルスランが、その日最後の指示を仰ぐために彼らを待っていた。

「コーヒーを持ってきておくれ」ラウールは頼んだ。

召使いは驚いた。

「こんな時間にでございますか！　おやすみになられないのですか？」

「心配しなくてもいい。コーヒーを持ってくれれば、おまえは休んでかまわない」

「おお、ムッシュー、私めのことではございません。そうではなくて……これまでおつらい出来事がありましたから、ロベールさまもそうですが、あなたさまにも休息が必要です。それなのに、こんな時間にコーヒーだなんて……」

ラウールが手ぶりをすると、召使いはもうなにも言わず出ていった。

しばらくして、マルスランはポットとコーヒーカップを盆に載せて持ってきた。

「サロンに置いといてくれ」ラウールは言った。

それから彼は加えた。

「もう、やすんでいいから」

「私はもう無用でございますか？」

「そうだよ。おやすみ、マルスラン。おやすみ」

兄弟は、それぞれの部屋を結ぶ小さなサロンに二人きりになった。二人とも肘掛け椅子に座り、カップにコーヒーを注ぎ、葉巻に火をつけた。館のなかは次第に物音がやみ、灯(あか)りが消えた。家の者と召使いたちはそれぞれの部屋にいて、この階をのぞいたすべての階は寝静まっているようだ。

玄関に据えられた、ノルマンディーの古い大時計の重々しい音が静けさのなかで鳴り響いた。

「真夜中だ！」ラウールが言った。

「ああ、真夜中だ」ロベールが言った。「真夜中だ」

そして、古い大時計はふたたび鳴りだし、十二時をよく響く音でゆっくりとひとつひとつ打った。

ラウールは、すばやく肘掛け椅子から立ち上がった。

「行くぞ、ロベール」彼は言った。「行こう、時間だ。行動しなければな」

しかしロベールは、コーヒーカップを暖炉のマントルピースの上に置いた。

「行動するって」彼は言った。「ラウール、俺たちのすることが理に適っていると、本当にそう思うか？」

ラウールは驚いて兄弟を見た。

「ためらっているのか？」彼は言った。

「怖いんだよ、無益なことをしでかしそうで……なんかひどく軽はずみな行動をするんじゃないかってね」

「どうしてだ？」

「われわれはなにをするというのだ？」

「われわれは」ラウールは答えた。「調べるんだよ。ベジャネ先生が父さんに見せ、不可解にもその供述を撤回させ、彼をまさしく死に至らしめた、あの文書をな」

「そうだ。でも……」

「ベジャネ先生は素直にわれわれに見せようとはしない、しかしわれわれはその内容を知りたい、だから、渡してもらえないものを手に入れるべくみなが利用する方法を、われわれは使うんだよ」

「要するに、ベジャネ先生の事務所に強盗に入るってことだろ」

「その通りだ。こんな方法しか思いつかない」

ふと、ロベールは兄弟が話すのをすばやくさえぎった。

「待て」彼は言った。「聞けよ」

「なにを？　なんか聞こえたのか？」

「わからないが……廊下の……床の軋む音が聞こえたような気がして」

「この階の廊下を？　ポーラン・ブロケが俺たちのところに来た夜みたいに？」

ラウールはサロンを横切り、ドアを開けにいった。

彼はのぞいてみて……耳を澄ました……。

「誰かいるのか？」彼は訊いた。「マルスラン？　おまえなのか？」

しかし返事はない。

廊下は闇のなかに続いていた。天井のランプのつまみはそれぞれのドア付近にあった。ラウールはすぐそばのつまみをまわした。彼はまわりを見たが、なにも見えなかった。彼が電気を消すと、廊下はふたたび真っ暗になり、彼はドアをそっと閉めて、ロベールのところへ戻った。

「誰もいなかった」彼は言った。「なんでもない」

「よかった……でも俺にはそんなふうに思えたんだが……」

「いま、誰がわれわれを盗み聞きしに来るっていうんだよ？　なんのために？　誰も疑ってなんかいないよ……。母さんも……レモンドも来るわけないだろう？……」

「マルスランは？」

「おお！　マルスランは寝させてやったんだからとっても満足してるさ。そもそも、なんの目的で、われわれを盗み聞きして楽しむっていうんだ？」

「そうだな、確かにそうだ……ここに来る理由なんてないな！」

しかし、ロベールがこんなことを言っているあいだにも、廊下で、今度は十分聞きとれる床の軋みが聞こえたのだ。

　ロベールは低い声で言った。

「ほら！　またたぜ……今度は聞こえたろう？」

「ああ」ラウールは耳を澄ませながら答えた。「確かに」

　彼はロベールに口を閉ざすよう合図し、つまさき立ちでドアへ向かった。もう一度、床の軋む音が静寂のなかに響いた。

　ラウールはサロンのドアを一気に開け放ち、腕を伸ばして廊下の電源つまみをまわした。それはあまりにも一瞬のことだったので、誰か廊下にいれば逃げられはしなかったろう。しかしラウールと横のロベールもなにも見えなかった。二人は廊下をくまなく歩きまわり、なにも発見できずに戻った。

「ほらな」彼らは言い切った。「木が自然に音を立てているだけさ。季節の変わり目は、古い建物は軋むんだよ」

　そういうわけで彼らはサロンに戻り、ふたたび話し合いをはじめた。もう物音は繰り返さず、彼らももうそれについて考えなかったが、それゆえ彼らは疑うべきだったのだ。

「だから言っただろう」ロベールはふたたびはじめた。「廊下で物音を立てる幽霊が邪魔しにくる前に、こんな冒険をすることが本当に正しいのかどうかと、俺は疑っていると言ったんだ」

「なぜ正しくないんだ？」

「俺たちのすることがわかるか？　ベジャネ先生のところで、しっかりと警備されているはずの執務室に侵入して、金庫をこじ開けようとしてるんだぞ」

「そのために鍵束もバールも持ってんだろ」

「確かに。大物強盗犯も羨む道具一式をわれわれは持っている。でも、われわれに不足しているのは道具でもないし、勇気でもない。わかるか……」

「ではなんだ？」

「場数、経験だよ……いいか、ラウール。われわれのような人間は、もちろん、スポーツで身体を鍛えてはいるがこのような企ての準備をまったくしたことがない。そんなわれわれが、プロの強盗でも大胆でむずかしく、危険な冒険に身を投じようとしているんだぞ。公証人の金庫を略奪しようとしてるんだぜ」

「まあな。成功すると願っているよ」

「どうすべきかわかっているのか？　事務所に侵入できるのか？　公証人の執務室までたどり着けるのか？」

「なぜできない？」

「ならばまあ、たどり着いたとしよう……でも、夜警に不意をつかれたら、警報が鳴ったら、どうするんだよ？」

「それはそのときに考えるまでだ」

「われわれは夜警を黙らせなければならない、でもどうやって？　ソイツを殺してか？　われわれは人を殺すまでは考えていない！……殺人までをやらかすはめになるのか？」

「人間を黙らせる方法はほかにもあるさ。クロロフォルムを持っていくんだ」

「うん。でも、われわれが万事用心したとしても、仕事にとりかかっているときに不意をつかれたら、強盗の最中に捕まったら、なんて弁明するんだ？　明日、パリ中で、われわれが現行犯で取り押さえられたことが知られたら、おまえの弁護士としての、俺の医者としての立場はどうなるんだよ？」

ラウールは言い返した。

「おまえの反論なんて了解済みさ。とにかく安心してくれ、その問題については俺も自問したよ。生じうる不都合な事態についてよく考えて、そのひとつひとつを着実に消していったさ。なあ、ロベールよ……俺たちが卑しい盗人だなんて誰も信じないよ。俺たちは亡くなったモントルイユ銀行家の息子でかなり裕福で、これまで紳士として高く評価され、認められているんだから」

「それでも、盗みを働いたという事実は残るさ」

「そうだな、その事実はな……だけどわれわれがただ盗みの目的だけで、父さんの友人の金庫を略奪しようとしたなんて思われないだろう。第一、現金はたいして入っていないはずだから。なにか別のことをわれわれは望んだとわかってもらえるだろうし、父さんを死に至らしめる悲劇を引き起こしたあの出来事を思い出せば、われわれの目的がなんなのか、みんなは見抜くだろう。ベジャネ先生は悲劇をもたらしたあの文書を見せるのを拒んでいるわけだから、われわれが彼の意に反してまでもそれを知りたかったと思い至らない人はいない。そういうことだ。俺の望むように、もし成功するなら、すべてはうまくいく。失敗するにせよ、われわれの評判に傷がつくことは絶対にないはずだ。われわれが不器用だった……さもなければツイてなかった、ただそれだけのことだ」

ロベールはさらに反論しようとしたが、ラウールはさえぎった。

「要するに」弁護士は結論づけた。「われわれの父さんを殺したこの文書は、われわれにとってとっても重要なんだ。その内容を知るためには、ほかのことにはかまってられないほどにな。この恐るべき文書が、父さんを殺したあとさらに、家族に新たな不幸をもたらさないとは限らないだろ？　われわれは闘うんだよ、愛すべき母さんと妹のレモンドの安らぎのために、それとわれわれの安らぎのためにもな。殺された者の名声と名誉、われわれ残された家族の名声と名誉のために闘うんだ……だから、なにかしらの危険を犯す価値があるんだ」

結局、ロベールはラウールの情熱に屈した。

「行こう」彼は言った。「正論だ、ラウール。やらなきゃな。そうだ、やらないといけない。行こう、神のご加護を」
二人の兄弟は外出着を脱いだ。そして田舎や狩りで身につけるような、地味でゆったりとした服に着替えた。彼らはラシャのハンチングをかぶり、ゴム底のテニスシューズを履いた。ポケットに鍵束とペンチ類を押し入れたので、歩いても、動いても、それらが音を立てることはない。こうして、装備を整え、変装し身軽になり、決然としてあらゆる危険を犯し、それに果敢に立ち向かい、この大胆な仕事を成功させる覚悟を決めた彼らは、さきほど軋みを立てた床板の、例の廊下に注意しながら出た。

この廊下に面する扉のひとつひとつは壁布で縁取られていた。いくつものコート掛けや腰掛け、いくつかの古い戸棚と大きな花瓶に生けられたヤシでいっぱいの廊下は、数々の絵画や彫像、外国産の品々やスポーツ道具一式が壁にかけられ、ある種の美術館を思わせた。二人の兄弟はそこに青春時代の思い出の品々や、学生時代の記念品を飾ることが好きだった。

それゆえ、誰かがこの廊下に身を隠そうとすれば簡単だった。ゆっくりと歩きながらロベールとラウールはそれを確信していた。彼らの足許では、さきほどと同じような床の軋みがした。彼らが止まると、軋む音もやんだ。誰かがここにいて、自分たちが話すのを盗み聞いていたとの確信を彼らは得た。これは彼らを不安にさせた。不安にかられた彼らは訝しんだ。

しかし、はなっから不安になっても、彼らはもはや後戻りできない。彼らは先に進んだ。テニスシューズと廊下に敷きつめられた絨毯のおかげで彼らの足音はかすかになったが、床はなおも軋む音を立てた。

心配になり、不安になった二人の兄弟は、ふたたび立ちどまった。

「いまや」ラウールは抑えた声でロベールに言った。「さっきわれわれが部屋で話していたとき、誰かが廊下に来たと確信したよ」

「俺もそう確信した」

「それはいったい誰だろうな？　誰だよ？」

「誰なんだ？　理由はなんだ？……」

「明日、調べてみよう」

「そうだな、いまはとにかく遅れるわけにはいかない」

慎重に、耳を澄ましながら、恐るおそる、彼らは階段を一段一段、降りた。ノルマンディーの大時計の家の心臓の鼓動のごとく響く針の音以外、なにも聞こえなかった。彼らは通りに面した配膳室のドアの前に着いた。彼らはそれを開けた。階段を降りたり、ドアを開けることは、彼らにとっては準備運動のようなものだった。外に出る前に彼らは、ふたたび耳を澄ました。館のなかではなにも動いていないようだった。

それゆえすべりだしは、さほどむずかしいものではなかったにせよ、上々だった。

「いいきざしだな」ラウールは言った。

「そう思うよ……われわれはかならず優秀な盗人になれるよ」

通りに出ると、彼らは深呼吸した。

ラウールは苦笑いしながら言った。「途中でポーラン・ブロケの手中に落ちなければいいけどな」

彼らはグランダルメ大通りをのぼった。一台の車がパリに戻るために、通り過ぎようとしていた。彼らはその車を停めて乗り込み、証券取引所広場へと向かった。そこから彼らはベジャネ氏のところへ行った。

公証人の事務所は、ノートル＝ダム＝デ＝ヴィクトワール通りの大きな建物のひとつの階を占めていたが、ベジャネ氏のアパルトマンはこの建物とは別だった。

階段が二つあった。ひとつは広々とした石造りで、ヴィクトワール界隈の家々が建設された、大王、つまりルイ十四世の時代に由来する練鉄の手すりが備えつけられていた。もうひとつは、中庭に面していて、使用人が使う裏階段だった。二つの階段はどちらも事務所につながっていた。一つ目の階段は書生室に、二つ目の階段は書生の部屋へと通じる廊下につながっていた。たった一人の夜警がこの事務所全体を見張っていた。

ロベールとラウールは、この試みがそうとうむずかしいことだとだんだんわかってきた。一朝一夕で強盗にはなれないし、警報を鳴らさずしてすばやく金庫を開けるためには、長い修練が必要だ。夜警の口を封じる方法に関しても数も種類も多く、それを実行するには特殊な了見が要求される。

しかし、周知のように、これらすべての問題を予想していた二人の兄弟は、大変な困難の数々を認めながらも立ちどまらなかった。目的達成に近づきつつあるいま、一瞬たりともためらわなかったのだ。

「ほかのヤツらが悪事のために使う方法を」彼らは思った。「われわれは、正しくよい目的のために適用するんだ」

通り沿いの門を開けてもらい、管理人室の前を通り過ぎるときに半ば寝込んでいる管理人に賃貸人の名前を告げることは簡単だった。面倒なことは、事務所のドアの前からはじまったのだ。ロベールとラウールは、使用人が使う裏階段のドアから入ろうと決めていた。この階段ならば誰かと出くわす危険は少ないし、夜警は裏階段のドアから十分離れた書生室に簡易ベッドで寝ていたからだ。わりと強盗の素質があるなどと思っていたラウールは、すぐにこのドアを開ける鍵を見つけた。

そうして二人は、なんなく廊下に入り込んでいった。テニスシューズはいかなる音も立てなかった。彼らは書生の部屋へと向かった。彼らはよく事務所を訪れていたから、その内部をよく知っていた。だから、真っ暗であってもぶつかることなくそこを歩けた。書生の部屋のドアで彼らは止まり、耳を澄ました……このドアはただ閉じられていた。なので、軋むこともなく、彼らはわずかに開けた。夜警の規則正しく、よく響くイビキは、彼らを安心させた。夜警よりよく寝る者はいない、という諺を体現していた。

ロベールとラウールは書生の部屋にすべり込んでいった。壁沿いに置かれたいくつもの段ボール、書類が山積みにされたいくつものテーブルで埋めつくされる、この広々とした部屋のなかへ、すみやかに行動するに十分な青白いほのかな光が、大きくて高い十字窓から差し込んでいた。

二人の兄弟はいまや安心して、ベジャネ氏の執務室へ向かった。ドアはここでもただ閉じられているだけだった。これは、誰かがこの部屋に入れば音がよく響くだろう夜警の習慣だと、彼らは考えた。そしてそれ以上細かなことは考えずに、ロベールとラウールはゆっくりとドアを押した。ドアが動き、半分開いた。すると、二人の兄弟は敷居の上で釘づけになった。彼らを仰天させ、唖然とさせる光景を目にしたのだ。

二人がベジャネ氏の執務室に見たのは、公証人のデスクにかがみ込む三人の男たちだった。彼らは積み上げられたさまざまな書類を漁っていたのだ。

三人の男たちは懐中電灯で照らしていた。これらのライトの豆電球は青いガラス製だった。この青色というのは、画家たちが言うように精彩のない色であり、白や、とりわけ赤の光のように目に強い印象を与えず、視覚を刺激することがない。そう明るくはないが照らすには十分で、そのとてもおだやかな青色の光のもと、三人の男たちはなんなく不可解な作業を進めていた。明かりが目立たないとふんで、外から気づかれることも、こんな時間に公証人の部屋に明かりがと不審に思って通行人や賃貸人に通報されることも、心配する必要がなかったのだ。

ラウールとロベールは、いつまでもこの不測の光景に驚いているわけにはいかなかった。いまはどう行動すべきか、ためらっている場合ではない。不意に、テーブルにかがみ込んで書類の山を漁っていた一人が身を起こして金庫のほうを振り向いた。彼のうしろでその扉は開いているようだった。そのときこの男の手にしたライトで、その顔が照らし出された。

ロベールとラウールは同時に叫んだ。

「ド・ラ・ゲリニエール伯爵！」

すぐさま彼らは駆けだし、たったいま見分けた人物へ飛びかかった。と、その瞬間、一枚のヴェールが彼らの目を覆った。彼らの頭に、綿のいっぱい詰まったある種の袋がかぶせられ、首までしっかり下ろされ、結ばれた。

ロベールとラウールは大声を出そうとしたが、袋のなかの綿が彼らの声を押し消した。彼らは抵抗しようとしたが、がっちりと腕をつかまれ、腕は身体に縛り付けられた。と同時に、彼らは頭部に強い平手打ちを喰らい、袋のなかの上のほうでなにかが壊れた。すぐに凍った空気と液体ガスが吹き出し、蒸発しながら、彼らにひやりとした感覚を引き起こし、彼らの顔を包み込んだ。

危険を察知したロベールとラウールは激しくもがき、息苦しさに窒息しそうになりながら、水に溺れる者のごとく残酷な恐怖を感じて必死に抵抗した。しかし、この格闘は長くは続かなかった。次第に腕から力が抜け、足がたわみ、強い眠気に襲われた彼らは、自分たちがその奇妙な仕事の邪魔をしたミステリアスな三人組の手に落ちたのだった。

床に倒れた彼らは、生気を失いぐったりとし、まるで死体のようだった。

⑨章 手押し車にぶつかる自動車

そのみずみずしさ、艶姿さ、驚嘆すべき微笑みでもってパリ中をとりこにする歌姫リュセット・ミノワが、今宵ほどよく笑い、官能的で魅惑的な姿を見せたことはなかった……。その夜、ミュージックホール〈リュテシア座〉で初演が催された、ある風刺喜劇で、彼女は口上役を務めていた。ベジャネ氏のところで、あの重大な出来事が起こった夜のことだ。

風刺劇の大家ルジョとアルヴェの手になる『パリにはそれがある』は才気に満ちた作品だった。滑稽で魅力的な場面のひとつひとつは少しばかりキワドイ歌詞によって際だち、観客たちはわれんばかりの喝采を送っていた。リュセット・ミノワは美しい若い娘の一団を率いて劇を指揮し、喝采やアンコールを獲得していたのだ。

ほかにも増して、ある桟敷席が熱狂に包まれていた。ド・ラ・ゲリニエール伯爵がド・マルネ伯爵、デュポン男爵、ヴァン・カンブル男爵、グットラック銀行家ら数名の友人とともにそこに陣どっていたのだ。最近ものにしたばかりの愛人リュセット・ミノワの成功を導こうと、伯爵は友人たちを引き連れてきていたのである。

観劇が終わると、ド・ラ・ゲリニエール伯爵は成功を祝うために、作者たち、何人かの友人、『パリにはそれがある』に出演したなかでもっとも美しい女優たちを夕食に誘い、歓楽の夜のパリでもっともシャレたレストランの一軒に連れていった。彼は、そこの一番広い部屋を予約しておいたのだ。

隣りの個室では、もっとも美しい脇役の一人、マッド・ミュゲットが、最近ものにした地方の裕福な卸商人サンドロン氏と二人きりで夕食をとっていた。彼女は彼を大胆にも「放っておく」ことはできなかったが、隣りで同僚たちの笑いながら話すのが聞こえてくると、ひとり退屈していった。

彼女はリュセットにそのことを知らせると、リュセットは彼女とその新しい恋人をこちらに招待することを思い立った。ド・マルネ伯爵は仕切り役を買って出た。飲んで騒ぐのが大好きな連中はすぐに打ち解けられるものである。個室の客たちはすぐに大きな部屋で大いに歓迎された。

ド・ラ・ゲリニエール伯爵は、この田舎の卸商人がパリ風の習慣を身につけていることを褒め称えた。彼は自分自身や友人たち、若い女性たちを紹介した。彼はサンドロン氏に、自分とデュポン男爵のそばの、リュセットとマッドのあいだの席を与えた。そしてパーティはさらに盛り上がった。サンドロン氏は陽気で感じのいい客人だった。彼は大いに楽しんでいた。ド・ラ・ゲリニエール伯爵は驚くほど陽気で活気があり、グラン・ブールヴァール気質（かたぎ）〔大衆娯楽劇に見られる軽妙な機知に富んだ性質〕に満ちあふれていた。

「次回の劇に是非、ご協力をお願いしますよ」才気煥発な作家ルジョとアルヴェが伯爵に言った。「次の作品づくりにご参加ください……」

夜が明けるにつれて電灯の光が薄まっていくなか、ド・ラ・ゲリニエール伯爵のまわりではまだみんなの笑いが絶えなかった。実際のところは、ずいぶん前に、客の何人かは帰ってしまった。しかし、パーティを続けるに十分な、快活な友人たちや美しい女性たちがまだ残っていた。

「友人のみなさま」ド・ラ・ゲリニエール伯爵は言った。「夜明けです。私たちは高潔な人々として、夜が明けるの見にいかねばなりません」

数台の自動車がレストランの戸口で待っていた。まもなく、一行はたがいに助け合いながら、また歩くのもままならい何人かの客人はギャルソンに支えられて運ばれ乗り込んだ。ド・ラ・ゲリニエール伯爵の自動車には、リュセット・ミノワ、マッド・ミュゲット、あるもう一人の女優、それからド・マルネ伯爵、そしてほかの人と同じくそうとう酔っ払った地方卸商人サンドロン氏が乗り込んだ。自動車は走りだした。

気まぐれから、ド・ラ・ゲリニエール伯爵が運転を代わった。彼は、新鮮な空気を吸いたがったデュポン男爵と一緒に前の座席に乗った。彼はハンドルを握り、楽しげな車の行列の先頭をきった。すべては順調だった。車は、この時間ひとけの少ないシャンゼリゼ通りを軽快にのぼっていった。

突然、エトワール広場のところで、理由はよくわからないが、伯爵は年老いた野菜売りの女の手押し車を引っかけた。働き者の女性は中央市場（レ・アール）から通りをのぼってきたところだった。衝撃で、手押し車はひっくり返った。

哀れな女は、自動車の衝突のせいというよりは、おそらくその恐怖のせいで、地面にひっくり返った。ド・ラ・ゲリニエール伯爵はすぐさまエンジンを止め、急いで車道に飛び降りた。伯爵は女行商人を抱き起こそうと駆け寄った。女行商人は悪魔のような車に押しつぶされ、砕かれ、切り刻まれると思い込んで、地面に散乱する野菜のなかで、気も狂わんばかりにもがいていた。

伯爵の客人たちも自動車から降りてきた。駆け寄ってきた彼らに取り囲まれた善良な女は、死んでもなければ怪我もしていないことに気づいたが、なお恐ろしさのあまり喚き続けていた。彼女を落ち着かせるのはひと苦労だった。一同はそのためになんでもした。働き者の女は恐怖から立ち直り状況をすっかり把握したので、余計に彼らの言うことに耳をかさなかった。相手にしている人が誰かを知ると、彼女はこの出来事からそうとうな利益を引き出せるとふんだようだ。

思いがけず、手持ちぶさたの二人の巡査が事故現場のすぐ近くにいた。彼らは即座に駆け寄り、調書を作成するためすぐに手帳を取り出した。

嫌な顔をひとつせずド・ラ・ゲリニエール伯爵は所定の手続きに応じ、氏名と身分を伝え、住所を教えた。「私は」彼は断言した。「自分の不手際が引き起こした深刻な結果から逃げ出したりしませんよ。どうぞ調書をおとりください、巡査殿。あなた方の義務を果たしてください。あなた方の職務を遂行してください。私はこの働き者の女性にきちんと償いをするつもりです」

それから彼は加えた。

「ただ、友人たちも私も、実は少し急いでいるんです。もう行ってもよろしいでしょうか」

「野菜はどうなるんだい?」老婆は喚いた。「今朝の商売はどうなるんだい？　どうすればいいんだ？　私はその日暮らしなんだ……裁判官が賠償金を決めるのを待ってはいられないんだよ」

伯爵が割って入った。

「ごもっともです、奥さま」彼は言った。

そして、財布から百フラン札を一枚取り出して、彼は野菜売りの老婆に渡し、言った。

「どうぞこれを、賠償金を待つあいだの足しに」

地方の卸商人サンドロン氏は、恋人マッド・ミュゲットに代わって、この百フランに五枚の金貨を加えた。

これに対し、野菜売りの老婆はしきりに礼を言った。彼女にとってはいい一日の稼ぎだった。

面白がって伯爵の友人たちは、何束かのネギを拾い集め、花束のように自動車のライトのところにくっつけた。さらにはエンジン・カバーのところもニンジンで飾りつけた。女性の一人ひとりにはキャベツがブーケのように贈られた。

「野菜のパーティだ!」みんなして笑いながら叫んだ。

こんなして飾り立てられた自動車は、善良な巡査が愛想よく見ているなかで、ふたたび走りだした。その一方で、野菜売りの老婆は満ち足りた様子で、大声で言った。

「なにはともあれ、彼らはいい人たちさ」

⑩章　砂の文字

さて、残念ながら、終わらぬパーティはない。

ブーローニュの森をひとまわりすると、地方の卸商人は愛人に帰宅するよう促した。彼はマッド・ミュゲットをワグラム大通りにある彼女のアパルトマンまで送り、おやすみではなく、よい一日を、と言い、また夜に戻ってくることを約束し、帰宅した。

サンドロン氏はオーバーを脱ぐとすぐに、電話で呼び出された。

「急いで来てくれたまえ……ノートル＝ダム＝デ＝ヴィクトワールの、ベジャネ氏のところだ……」

サンドロン氏は急いで服を脱ぎ、冷たい水に浸したタオルで顔を拭い、ブルっとした。すると、夜のパーティの疲れはすっかり消え、地方の卸商人は姿を消し、ポーラン・ブロケ刑事が現れた。そして彼は治安局長の呼び出しに応じたのである。

ベジャネ氏の事務所に仕えるアルフレッドは、ほうきがけや水撒きのため、つまり、掃除というよりは埃の場所を単に変えるだけだが、書生たちがやってくる三十分前に事務所に着いていた。彼は羽ばたきを持って執務室に向かったが、ドアの敷居をまたぐや、はたきとほうきを放り投げ、狂ったように叫びながら逃げ出した。

「人殺し！　人殺し！」

彼の叫び声に建物中の者たちや近所の人々が集まってきた。ドアというドアから人々が駆けてきたのだ。床には、血だまりに浸った夜警の身体が、そしてその傍らに二人の男が横たわり、怪我をして意識はなかった。

ただちに、この地区の警視に通報された。すぐに医者とともに到着した。警視はいつものように検事局と治安局の到着を待ちながら、捜査を開始した。検死医の確認では、三人の男たちはちがった方法でそれぞれ深刻な傷を負ったが、幸いにも命に別状はなかった。警視は、検事局が来るまでは、たとえなにが起ころうとも、どんな口実があろうとも、絶対に現場を乱さないよう執着した。

ゆえに、ボミエ、ポーラン・ブロケ両氏が到着したとき、彼らはこれ以上ない状況から捜査を開始することができたのである。

執務室では、夜警の身体のそばに、彼が毎晩ベッドの枕許の手の届くところに置いておいた太い杖と、柄に見事な彫刻が施された短刀が血のついた状態で発見された。犯行に使われた凶器である。

ポーラン・ブロケはもう二人の男の上に身をかがめ注意深く調べると、すぐに勢いよく身を起こした。それから彼はボミエ治安局長へ歩み寄り、執務室のはじに連れていって、抑えた声でなにごとかすばやく伝えた……ボミエ氏は身を震わせ、大いに驚いているようだった。今度は彼が、二人の強盗の上に身をかがめた。

「君の言う通りだよ、ブロケ君」彼は言った。「非常に興味深く、奇妙だな！」

そこでいくつかの命令が出された。すでに要請されていた救急車から、三つの担架が運びだされた。これらの担架に三人の男が横たえられ、最初の二人は用心深くヴェールで覆い、顔全体が隠された。新聞記者の目とカメラのレンズを避けるためだ。夜警はといえば、彼は隠されなかった。好きなように彼に近寄り、見たり、写真を撮ったりできた。そして救急車は、怪我人に付き添う看護師と医者だけでなく、重要な指示を受けた一人の巡査をともなって出発した。

夜警は決まり通りに、市民病院へと運ばれた。ほかの二人の怪我人については、留置場の医務局へ搬送され、特別な事態に使われる部屋に置かれた。


そのころベジャネ氏の事務所では、ボミエ治安局長が使用人や門番、最初に駆けつけた人々の尋問をはじめるよう警視に指示を出していた。ベジャネ氏の執務室には、ユルバン予審判事、ベジャネ公証人、ボミエ治安局長、ポーラン・ブロケ刑事しか残っていなかった。

ポーラン・ブロケの願いで治安局長は、デスクと怪我人が発見された場所からできるだけ離れたところに少し間隔をおいて一同を座らせた。ポーラン・ブロケは四つん這いになり、床、その寄木張りの床を調べ、いつものように捜査をはじめた。彼が望んだように一同は彼にかまわず、放っておいた。そのあいだ司法官らは到着したばかりの公証人にいろいろな質問をしていた。

だいぶ経ったところで、ポーラン・ブロケが突然声をあげ、公証人に尋ねた。

「ここには電灯はありませんよね、ベジャネ先生?」

「ええ。ガス灯を使っております」

「わかりました。では、電灯のランプを壊すなんてことは、これまでありえなかったわけですね」

「確実にありませんね」

「ガス灯はガラス、球型のガラス蓋、かさを支えるパイプ、つまり、十分に厚いガラスでできております。だから、これではありませんね……」

ポーラン・ブロケは一枚の名刺を使って床に散らばったガラス片を集め、白い紙の上に置き、公証人に見せた。

「このガラスのかけらの出どころがわかりますか?」彼は公証人に尋ねた。

「いいえ」ベジャネ氏は答えた。「腕時計のガラスのようにも見えますね、それほどにこれは薄いですよ……でも形状からすると、楕円形か、球型か、小さなアンプルのようですね」

「なにか思い出しませんか?」

「あなたに伝えられるような情報は、ほかにはありません……」

「ありがとうございます」

ポーラン・ブロケはこれらのガラス片を紙で丁寧に包み込み、上着のポケットに入れた。引き続き彼は調べを続けた。次は床ではなく、家具やテーブルの上を探した……。

「このハンチング」彼は尋ねた。「これはどなたのものですか?」

それはグレーの生地でできた、イギリス風のハンチングだった。

「怪我人の一人のハンチングだ」

「そうですか……さらに血が染みていますね……」

ハンチングはさきほど床で拾われ、公証人のデスクの上に置かれていた。

ポーラン・ブロケはそれを手にとり……観察し……爪でなにかを引っ掻き、スナップボタンで留められたひさしのつなぎめのところの折り目を広げた。彼はそこからいくらかの綿の切れっ端、それからわずかなガラス片を取り出し、床で採集したガラス片と比べてみた。

「よし！ よし！」彼は言った。

そして彼はハンチングを大きな紙で慎重に包み、さきほどと同じように、上着のポケットに突っ込んだ。

それから彼は、公証人の金庫に近寄り、観察し、時間をかけて入念に調べた。

いまや司法官らは押し黙っていた。心配するベジャネ氏とともに、彼らはポーラン・ブロケを視線で追っていた。

部屋は、重々しく、驚くほど完全な沈黙で包まれていた。息苦しいほど不安げな一同の視線を注がれたポーラン・ブロケはそれに動じることなく、性能のよい反射鏡と集光レンズのついた小さな懐中電灯を使って、金庫の側面を右から左へ……左から右へとジグザクを描くように……ゆっくりとだんだんに下がって見ていった……。

今朝こじ開けられ、閉められた金庫の扉の下のほうへ到達すると、ポーラン・ブロケはしばし手を止め、ライトの光線を規則正しく縦に横に当てずにランダムに動かして、金庫の表面全体を覆った。

ようやく彼は沈黙を破った。あいかわらず金庫の扉を調べながら、落ち着いた声で言った。

「ベジャネ先生、大きな白い紙一枚と瓶の糊をお願いできますでしょうか？」

公証人は首席書生を呼び、刑事が必要としているものを持ってくるよう指示し、刑事の合図で下がるよう命じた。書生はこれからおこなわれる作業に自分も立ち会いたかったが、その好奇心を満たすのが叶わないとわかると、名残り惜しそうに部屋から出ていった。こうして、ポーラン・ブロケは丁寧に大きな紙の四隅に糊を塗り、きわめて慎重にそれを金庫の扉に貼り、しばらく抑えつけ、固まったところで手を離した。

そして彼は、ふたたび公証人のほうを振り向いた。

「あなたは」彼は尋ねた。「銀行家のモントルイユ氏のご友人であるばかりでなく、彼の公証人でもあられたのですよね？」

「いかにも。ずいぶんと前からです」

「わかりました……では、すべて納得がいきます……。金庫は開けられ……荒らされました……」

「しかし、金庫には金はありませんでしたよ。私に委ねられたすべての現金は、大きな銀行に預けてあります。ここよりも、そちらのほうが安全ですからね」

「ごもっともです……しかし、ある種の連中にとっては、金目のものや紙幣だけが興味を引くわけではありません。書類や証書だって同じように貴重なものです」

公証人は震えだした。

「なにを考えておられるんです？」彼は尋ねた。「私がなにを奪われたというんです？」

「わかりません……確かな事実ならあります。それは金庫が巧妙な手口によって開けられたということです。強引にこじ開けようとした形跡はありませんから」

「金庫が開けられた、そうお思いですか？」

「開けられ、そして荒らされました。私の確信では、あなたが金庫に入っている証書をお調べになるなら、モントルイユ銀行の顧客、もしくはモントルイユ氏自身に関係のある書類が欠けていることにお気づきになるでしょう！」

　公証人はいまや恐れ慄いていた。彼は汗ばんだ額に熱っぽい手をやった。

「えっ！」彼は言った。「なにをおっしゃるんです？　どういうことでしょうか？　それはあまりにも恐ろしいことだ！　ぞっとすることです、そんなことありえません！」

　ポーラン・ブロケは頭を振った。

「それでも、それは確かなことです」彼はあっさりと言った。

　公証人は驚き、不安げな視線を刑事に向けた。

「ご存じなんですか？」彼は問いかけた。「では、あなたは知っているのですか？」

「昨日の朝に、亡くなられた銀行家の息子たち、モントルイユ家のロベールとラウールがあなたに会いにきた。私が知っているのはただそれだけです」

「その通りです……」

「それとほとんど同時に、フォスタン・ド・ラ・ゲリニエール伯爵があなたに会いにきた、ということも存じ上げております」

「ええ……そうです……」

「これが私の知っていることのすべてです。そして、二つの訪問が同時になされたことについて、あれこれ推測することはできません。私の上司もそういう意見です」

　予審判事が割って入った。

「でも、ベジャネ先生。あなたの金庫から文書が、つまり、モントルイユ銀行の顧客に関わる文書が盗まれたとポーラン・ブロケは考えている。それをただちに確認し、本当にそうなのかわれわれに教えることはあなたにとって簡単なことではないかな？」

「そう思います……」

「そうしてくださると、われわれの仕事は大いに楽になります」

　ポーラン・ブロケははっきりと言った。

「ベジャネ先生、金庫は開けていただいてかまいません、私のさきほどのちょっとした作業はお気になさらないでください。それについてはのちほど説明いたしますから」

　動揺を隠せない公証人は震えながら金庫に近づいた。

「しかしながら、錠は秘密仕掛けです」彼は言った。「どうやって開けたんだ？」

　公証人の疑問を聞いて、ポーラン・ブロケは口許に笑みを浮かべた。

「お時間があるようでしたら、それがどれほど簡単なことか見ていただくこともできますし、いわゆる秘密仕掛けの錠のすべてはポリシネル社製であるということも証明できるんですがね。でも、目下のところは説明する必要はありません。それに、扉は秘密のからくりなしに閉まっています。ただ鍵をまわすだけです。〈開け、ゴマ！〉と唱えることさえなしに、扉は開きますよ！」

　公証人は実際になんなく金庫を開けた。スチール製の棚の一段一段に、大雑把に整理されている書類を確認した。すぐに彼は、紐でくくられた、かなり分厚いファイルの束を手にとった。角には〈モントルイユ家〉という言葉が記されていた。

　彼は紐を解き、ファイルの書類をいらだたしげに調べると……安堵からため息をついた。

「モントルイユの書類は全部揃っている！」彼はファイルを綴じ紐でくくりながら言った。「書類にはいじられた形跡はない、ちゃんと全部揃ってる」

　予審判事は公証人に尋ねた。

「文書はありますか、先生？　大切な文書が本当にあるかどうか確認できるかな？」

「どの文書のことを話しておられるんです？」驚いてベジャネ氏は訊いた。「どの書類についてですか？」

「あなたがモントルイユ氏に見せた、あの文書のことですよ。私も含めたここにいる全員、さらには息子たちでさえ大いに驚かされた、彼の心身の信じがたい変化をもたらすほどに深刻な内容の、あの文書についてです。モントルイユ氏をして、われわれの前で正式にはっきりとした告発をおこなったにもかかわらず、突然、その言明を取り消させ、はじめの断言を撤回させた、あの文書についてです。要するに、これはわれわれの司法官の内輪の確信ですが、短刀による一撃以上に銀行家を確実に死に至らしめた、あの文書のことですよ」

ベジャネ氏は青ざめ、神経の高ぶりのせいで手足が震えていた。彼は予審判事に説明し、釈明しようとした。

「誇張しすぎですよ、判事殿」彼は言った。「執達吏のグリヤール氏の協力で私がモントルイユ氏に見せた文書の影響力をね。確かに問題の文書は内密のものですが、ただ単に、進行中であるがゆえ急を要する案件に関わるものです。私は気の毒なモントルイユ氏の、もっとも古くからの友人ですよ。だから、こんな結果をもたらすような文書を彼に渡す任務を私が負っていたなどと断じてないことを、あなただってわかってらっしゃるにちがいない。このことは彼の息子たちにも言いました……」

「まったくもってそんなふうには思っておらんよ。それでは、この文書を殺人未遂事件に関係する書類に添付していただくようお願いします」

「できない！」ベジャネ氏は腹立たしげに大声で言った。「無理だ！」

「とにかく、参考資料として提出してもらえませんか？」

「いいえ、判事殿。私は職務上の守秘義務に縛られているのですぞ」

「この件に関しては、守秘義務を免除しますよ」

「この文書を手放すことを私に許可できるのはモントルイユ氏だけです。だがモントルイユ氏は亡くなった。私は裁判所補助吏としての信念、自分の義務を守らねばならんのです。確言いたしますが、私にはこの文書の内容を明かすことはできない」

「あなたのお言葉、われわれはしっかりと記憶に留めておきましょう、ベジャネ先生」予審判事は厳かに言った。

そして彼は言葉を続けた。

「それでは、教えていただけませんか。モントルイユ銀行の顧客の書類がなにも欠けていないかどうかを?」

「おやすいご用です、司法官殿。ここには、いろいろな微妙な理由で書生の目には触れてはならない書類だけが保管してあります……」

「そうでしょうね」

「ここには個人的で内密で……特殊な種類の、三、四件の書類しかありません」

ベジャネ氏は何人かの名前を口にしたが、司法官らの注意を引くことはなかった。加えて彼は二人の名前を挙げた。

「ド・ラ・ゲリニエール伯爵……ロラン氏……」

予審判事は公証人に、これら二人の書類を確認するように頼んだ。

「ド・ラ・ゲリニエール伯爵は」ベジャネ氏は言った。「モントルイユ氏に、かなりの額の貸付金の補償として、いくつかの不動産登記証書の提出をしておりますが、モントルイユ氏の依頼で私がそれを審査・調査しました」

「ド・ラ・ゲリニエール伯爵は」予審判事が尋ねた。「モントルイユ銀行の顧客だったのですか?」

「ええ、予審判事殿」

「私の知る限り、商人でもないし、株式仲介人でもない。投機家でもないし、実業家でもない。彼はいったいどんな資格で顧客だったのかね？」

「ド・ラ・ゲリニエール伯爵はとても社交的で大変な浪費家ですので、ときどき、モントルイユ氏の好意にすがらざるをえない状況にあったんです」

「貸付のために？」

「そうです、予審判事殿。友人としての貸付、社交界の人間への金融家としての貸付です」

「なるほど。ド・ラ・ゲリニエール伯爵の書類を確かめていただけないかな？」

こうして書類に目を通すと、公証人ははっきりと言った。

「ド・ラ・ゲリニエール伯爵の書類は手をつけられてはいません……」

司法官らはこの明言に対してなにも言葉を発しなかった。彼らはいかなる意見も示さなかった。

そのあいだ、ポーラン・ブロケは肘掛け椅子に静かに座っていた。彼は公証人の動きをつぶさに目で追いながら、この場面を細大漏らさず聞いていた。

「さて、これがロラン氏の書類です」ベジャネ氏は言った。

書類を開くやいなや彼は叫んだ。

「ああ！　大変重要な文書が二件、欠けている！」

「ロラン氏の書類でかね？」司法官らは尋ねた。

「そうです……私はみなさまにいくつか説明しなければなりません。ロラン氏は非常に真面目で誠実な人物だった……いまでもそうです……私は、それに反論する証拠が出てくるまで、少なくともそう信じております！　ロンバール通りで化学製品を扱う会社を経営し、かつては非常に順調でした。不幸にも彼は、投機という悪魔にとり憑かれた。彼は株取引、鉱山やほかの分野の投機に身を投じ、たくさんの金を失ったわけです。少々厳しい返済期日を守るため、ロラン氏はモントルイユ氏を頼りました。ロラン氏はモントルイユ氏に多額の借金があります。その返済のために彼は銀行家に、奥さんの持参財産に由来する、さまざまな証書や有価証券を提出しました。ロラン夫人は、レーグル〔ノルマンディー地方オルヌ県の自治体〕近郊で畜産を営む地主ビルマン氏の娘です。ノルマンディー出身の父親は、同じく地主で同郷の、ある友人の息子と、自分の娘を結婚させようと考えていました。そうすることで両家の事業をうまく運ぼうとしていました……ところが、うら若き娘は、当時外交販売員をしていたパリ人のロラン氏に惚れてしまった。彼女は、父親に彼との結婚を認めてもらうためにある極端な方法に打って出た。名誉が汚されることを避けるために父は譲歩しました。ただ彼は、娘も婿も許さなかった。彼は娘に、持参財産として彼女がその母親から相続した財産を与え、レーグル近辺の所有地に引きこもり、娘婿とはほとんど連絡をとりませんでした。当然のことですが、ロラン氏のせいでこうむった損失は、生真面目なノルマンディー人の、娘婿に対する怒りを増長させました。ビルマン氏は莫大な財産を所有しておりますが、極端に頑固なところがあります。ケチというわけではありませんが、彼は自分の金にあまりに執着し、それを簡単には見せないのです」

「ロラン氏は当然、義父の性格を知っていたにちがいないでしょうから、こんな場合でも彼を頼ることはこれまでなかったのですか？」ポーラン・ブロケは尋ねた。

「いいえ……ロラン氏は何度も彼を頼りにしました」

「ビルマン氏はそれを拒んだと？」

「かならずしもそうではありません……」

「彼は金を与えたと？」

「本当のところは、そうではありません」

「あいまいですな」予審判事は言った。「しかし、捜査のためには、もっと正確な確証が必要なんですがね」

「それについては、みなさまに申し上げます。といいますのも、ロラン氏が金を借りるためにモントルイユ氏に預けた書類のなかに、ロラン夫人の父親から譲渡されたらしい、いくつもの証書があるのですよ。ところでモントルイユ氏は、義父の気持ちを知っているので、証書が本物かどうかはともかく、少なくともそれらの証書がどのようにロラン氏の所有になったのかその経緯についてきっと疑ったのでしょう。だから彼はそれらの証書を私に委ね、私がそれを引き受けたわけです……」

「申し訳ないが、先生」予審判事のユルバン氏がさえぎった。「それでもモントルイユ氏はロラン氏に金を貸したのかね？」

「ええ、判事殿、かなりの額の金を」

「これらの証書を担保に？」

「これらの証書を担保にです」

「疑わしいと知っていながら？」

公証人はすぐには答えなかった……予審判事のこの質問に、彼は少し気づまりを感じたようだ。それでも彼ははっきりと言った。

「ロラン氏はとても急いでおりました……彼を助けるためだったのです……。それからこれらの書類を、私は精査しなければなりませんでした……」

「あとからかね？　そうすると、モントルイユ氏というのは、とても寛大で善意に満ちた、高潔な心を持った人物ということになる。ビジネス界や金融業界でほとんどお目にかかれないようなね……」

「まさにそうです。確かにそうかもしれません」

「ということは、ロラン氏に必要とされた援助をするにあたり、モントルイユ氏はロラン氏に大きな代償を払わせたということですな……」

ベジャネ氏はこれになにも答えなかった。

予審判事はこの点に関しては、もうくどくど言わなかった。

「ちょっと見てみようかね」彼は言った。「ロラン氏の書類を」

「二件の証明書がありません」

「ロラン氏の書類では二件の証書が欠如している」予審判事は言った。「それは確実な事実だと。ところで、ロラン氏が、モントルイユ氏の殺害未遂の夜に彼のところにいたことを、あなたは知らないわけではありませんね？」

「それは承知しています」

「彼は、ド・ラ・ゲリニエール伯爵と同様にそこにいたわけだ」

「それも承知しています。だが、ド・ラ・ゲリニエール伯爵が潔白であるとモントルイユ氏が認めています」

「つまり、ロラン氏が罪を犯したのだと考えることができるわけです……」

「そうじゃないですよ！」公証人は声を荒げた。「私は彼を告発したりはしません。申し上げましたね、確固たる反証がない限り、ロラン氏は誠実な人間だと私は考えている」

「きっと、ベジャネ先生はご存じないんですね」治安局長は言った。「モントルイユ氏のところでも、金庫がここと同じように荒らされて、ロラン氏に関わる証書が紛失しているのをわれわれが確認したことを」

「同じように！」公証人は大声で言った。「向こうでも、そうなんですか！　でもどんな証書です？」

「先生、あなたのところで欠けている証書がどんなものか言っていただけないでしょうか、お願いいたします。あなたのご協力のもとで、モントルイユ銀行で盗まれた証書を特定するよう努力いたします」

「私が思うに」公証人は言い切った。「ロラン氏の協力がなければ、その書類を確実なやりかたで明確に復元することはできないでしょう」

「では、彼の帰りを待たなければなりませんね」

「彼の帰り？」

「モントルイユ氏の殺害未遂のあとから、この事件の日以来、ロラン氏は姿を消しているのです」

「姿を消した！」

公証人は不安になって叫んだ。

「では！　そうだ、彼がモントルイユ氏を殺したんだ！　私の金庫を荒らしたのも彼なんですね！」

治安局長は答えなかった。

ポーラン・ブロケが立ち上がった。

「いずれにせよ」彼は言った。「確かな事実ならあります。それは、モントルイユ氏の殺害未遂と、今夜の企て、夜警の殺害未遂はたがいに結びついているということです。銀行家のところの書類盗難、ベジャネ先生の金庫荒らしは同一の手による犯行です」

「どういうことですか？」公証人は尋ねた。

「つまり、この人物は犯行に及ぶたびに残しているんですよ、あるサインを。その理由についてはまだわかりませんが、おそらくは挑発のためか、虚勢を張るためでしょう」

「サインを？」

「モントルイユ氏の金庫の扉に」刑事は言った。「発見したんです、犠牲者の血で記されたZという文字を！　そして今回も、荒らされた金庫の扉のところに、さっき私が貼り付けたばかりの白い紙の下に、同じZという文字が見られるんです、あとで写真に収めますが」

「Z？」

「ただ今回は、その文字を記するために血は使われていません。あなたの瓶のアラビア糊と筆が使われました。糊でZを書いたあと、その上に、小さなお椀の砂をふりかけてます。Zは砂で形づくられています……」

この説明は大きな効果をもたらした。それは、途方もない憶測を生み出す余地をつくり、いくつもの小説じみた仮説を生じさせたのだ。

ポーラン・ブロケがいみじくも言ったように、事件の首謀者のサインとして残された血のZと砂のZは、異常で、不安をかきたてる、恐ろしい性質を見せていた。

しかしながら、ポーラン・ブロケは続けた。

「みなさま、確実なことは、われわれが怖いもの知らずで見事に組織化され、計画した仕事はかならず成し遂げる強力な犯罪集団を相手にしているということです……強盗から殺人までなんの躊躇もなくね……。おそらくわれわれのために、まだこの種の驚きを用意していることでしょう」

それから彼は加えた。

「さあ、ベジャネ先生に訊いてみなければなりませんね。ご自分のところで演じられた惨劇で役割を担った登場人物を、見分けられたのかどうかを」

「私のところの夜警です」

「では、ほかの二人は？」

「わかりません、本当に……彼らの顔をよく見ませんでした。彼らを知っているとは思いませんが」

「彼らは、モントルイユ家のロベールとラウールですよ！」

ポーラン・ブロケのこの確言は、公証人に強烈な印象を与えた。

「ロベールとラウールだって！」彼は大声で言った。「夜に彼らが私のところに？　なにを望んでいたというのだ？」

「おそらくですが」刑事は言った。「昨日の朝、あなたが彼らに拒んだものですよ」

「おお、そんなことありえない……この二人が……彼らがそんなことするはずはない……」

「こじ開けられた、極秘書類が保管されていた金庫のそばで二人は発見されました」

「だが彼らはなにも見なかったし……なにも読んでいない……なにも知りえることはなかった……」

「それは、今後の捜査で明らかになるでしょう」

「ああ、気の毒な兄弟だ！」悲しみに打ちひしがれた公証人は言った。「気の毒な子たちだ……」

⑪章　知らずに負傷した男

夜警は背中を短刀でひと突きされていた。傷は深く、大量の血を流していたが、実際のところその傷は深刻にはならずに済んだ。短刀は肩から肩甲骨に沿って突き刺さったが、いかなる器官も傷つけてはいなかった。夜警は意識が回復し、病院のベッドで目覚めると、肩に痛みを感じて驚いた。

真面目な男が十分な判断力を取り戻すと、ポーラン・ブロケはその枕許にいた。彼は、ユルバン予審判事がこれからおこなう尋問に立ち会いたかったのだ。

「いつもの夜のように」夜警は言った。「私は事務所の見まわりをしました。ドアをひとつひとつ確認しました……」

「ドアが全部閉まっていたことを確認したかね？」

「もちろんです。それから安心して寝ました」

「物音はまったく聞こえなかったかね？　疑わしいことは？　なにか異常なことは？」

「なにも、全然にまったく。でなきゃ、考えてもみてください。安心なんてできやしませんし、寝ることだってできませんよ……」

「いかにも」

「いま、私は病院のベッドで目を覚まし、怪我をしています。私がこのことにどれほど驚いているか認めていただきたい！」

「ということは、あなたは昨夜、事務所で誰も見ていないと？」

「誰も」

「目を覚まし、起き上がったときのことをおぼえていらっしゃらない？」

「まったく」

「誰かと格闘になったことは？　ご自分の杖で誰かを殴ったことは？」

「誰も……いいえ、誰も……肩が痛くなかったら、あなた方にそんなことを訊かれなかったら、夢だと、悪い夢を見ていたと思ったことでしょう」

この真面目な男の言葉を疑うことはできなかった。すべては彼が証言したとおりにちがいない。だから司法官らは、早く快復するよう見舞いの言葉をかけたあと、退出した。

道すがらユルバン氏は、証言についてどう思うか、ポーラン・ブロケに尋ねた。

「私の意見では」刑事は答えた。「夜警は本当のことを言ってますね。彼はなにも見ることはなかった。寝ているときに不意をつかれましたからね……おそらくこの眠りは強いられたものですよ」

「だが、そのあとのこと……つまり彼が怪我をして、ほかに二人が怪我をしたことは？」

「残りのことすべては単なる芝居ですよ、見事に仕込まれたね」

「では君は、モントルイユ家のロベールとラウールが夜警を襲ったとは考えていないのか？」

　ポーラン・ブロケは不可解な笑みを浮かべた。

「彼らにとって、この男が寝ているところを不意にとらえ、動きを封じるのは簡単だったにちがいありません」

「確かに」

「けれども三人とも負傷したわけです。この状況を理解することはできませんよ」

　ポーラン・ブロケは結論づけた。

「われわれは、そうとう有能かつ巧妙で大胆なヤツらを相手にしているんです。でもヤツらはこの諺を忘れている。〈証明しようとしすぎる者はなにも証明しない！〔証拠を必要以上に残す者はかえって疑いを招く〕〉」


　ポーラン・ブロケが、記者やカメラマン、要するに一般人がその身元を知ることがないように、治安局長にすぐに二人の兄弟を運び去るよう願ったのには、確固たる意図があった。彼は、二人の素性が極秘のうちにあることを強く望んだのだ。

　さて、ラウールとロベールは夜警ほどの傷を負わなかった。彼らは留置場の医務室のベッドであいかわらず深くおだやかな眠りについていた。

「よし」ポーラン・ブロケは言った。「彼らもまた夜警のように深く眠っていたことに、疑いはない」

　負傷したのではなく単にぐっすり眠っている二人の上に、さきほどからポーラン・ブロケはかがみ込んで、注意深く観察していた。刑事の行為がなんの変哲もなく普通のことに見えても、彼がすることに無駄なことはないと知られていた。彼はいつも彼だけが知る目的を持ち、毎回、その結果には驚かされたのだ。

　こうして、医師のロベールを観たあと、彼は次に弁護士のラウールの枕許に座り観察した。ラウールはよく手入れされ、整えられた、褐色の、絹のようなあご髭をたくわえていた。ポーラン・ブロケはこのあご髭に指を通し、何本かの白い繊維質の糸と、雪のようにふわふわした小さな塊をひとつ取り出した。

「綿だ！」

「綿だと、あご髭に！」驚いて一同が叫んだ。

「そうです……なぜこんなところに綿があるんだ？　とにかくこれは綿の切れっ端です」

彼は慎重にそれを脇に置き、次に弁護士の頭部を観察した。

「あれ！」彼は言った。「これはおかしいな……」

彼は親指と人差し指でなにか光るものをつまんだ。それは見分けられないほど小さなものだった。

「なんだね、それは？」一同は彼に訊いた。

「ガラスの破片ですよ」

「髪の毛に！」

「そうです！」

彼は加えた。

「このガラスの破片は、ベジャネ先生の事務所で見つけたものに奇妙にも似ていますね」

そして彼は結論づけた。

「つまりこれらすべてを考慮すると、ラウール・モントルイユは顔を綿で覆われて、アンプルが彼の頭上で割れたと考えられます」

ユルバン氏はとても興味深そうに刑事の話に耳を傾けていた。ボミエ氏は笑みを浮かべていた……治安局長である彼は、この刑事の離れ業に、いわゆる魔術師の仕業に慣れ親しんでいたのだ。予審判事のほうは賞賛していた。

「ロベール・モントルイユに関しては」ポーラン・ブロケは続けた。「彼は口髭しかありません。そこにはなにも見つかりませんでした。同じく髪の毛にもなにもなかったのは、襲われたとき、ロベールがハンチングをかぶったままだったからでしょう。その証拠に、私が参考資料として預かっているハンチングにはガラスと綿が付着してました」

「完璧だ」

「兄弟二人は、同じ手口をこうむったと認めることができますね」

「つまり？」

「彼らは眠らされたということです」

「眠らされただって？」

「確かです。これが証拠ですよ！」

ポーラン・ブロケはポケットからハンチングを取り出し、予審判事に見せた。

「おわかりになるでしょう。ひさしの近くのこの染み、印と言ったほうがいいかもしれませんが……」

「わかるよ、丸くついているが」

「そうです！……ロベール・モントルイユは大変身なりがよく、髪にも気を使っています。彼は髪に整髪料、ポマード、つまり脂肪性物質を付けています。この物質がハンチングの裏地まわりに付着していました。わずかな量ながら、気づくには十分な量です」

「そうはいっても、優れた目、君の炯眼が必要だな……」

「この脂肪性物質の痕が、ここだけ完全に取り除かれています」

「確かに」

「ところで、完全かつ完璧に脂を取り除く効果のある薬品は二つしかありません。つまり、エーテルとクロロフォルムです」

「そうだ……エーテルとクロロフォルムだな」

「いま寝ている二人の顔に――同じように夜警の顔にも――綿が押しあてられ、クロロフォルムの入ったアンプルが割られたことは、いまや確実と言えましょう」

予審判事は刑事の両手を握った。

「君には敬服してしまうよ、ブロケ君」彼は言った。

「まだ早いです、判事殿……」ポーラン・ブロケは答えた。「はじまったばかりです。この事件の第一段階にようやく達しただけです。いま、あなたに明かしたことはすべてごく初歩的なことですよ。真にわれわれが解明すべきことは、もっと深刻です！……」

「実際、なぜ二人の兄弟があんな時間にベジャネ先生のところにいたのか、その理由を解明しなければならないな」

「まずはそうですね」

「それと、どのように彼らは不意をつかれたのか……彼らをあんな状態にしたのは誰か……その理由はなにかだな……」

「どんなふうに捕らえられたのか言えるのは彼らだけです」ポーラン・ブロケははっきりと言った。「しかし、二人が公証人の事務所にやってきた理由・目的・動機については、もうわかっています」

「それは？」ユルバン氏は尋ねた。

「昨日の朝、ベジャネ先生は、金庫に保管していた例の文書を彼らに見せることを拒んだのです。今日あなたに拒んだように。すなわち、銀行家の息子二人は公証人の意に反してそれを調べたかった……知りたかったんです。不幸な父親の最期を不審にも覆い隠す不可解な謎がなにを意味するのか」

治安局長は、部下の捜査官がこう言明したことを支持した。彼の目には、二人の兄弟をして強盗を働かせるような理由がほかに見あたらなかった。

「だが」彼は加えた。「ブロケ君、ひとつポイントを見落としているね、これはとても重要だよ」

「どんなポイントですか、局長？」

「見事に組織化された犯罪団を相手にしているからＺ団と呼ぶが、なんのためらいもなくモントルイユ氏を殺そうとしたこのＺ団が、昨晩、モントルイユの息子たち二人に犯行現場を目撃されたにもかかわらず、その目撃者をすぐに消さなかったことが奇妙なんだ。ヤツらがこんな騒ぎを起こしただけで満足しているとは思えない。あとになってかならずや証言される不手際を、これほどまでに組織化された犯罪グループが犯すとは考えられない。彼らがモントルイユ銀行家の息子たちを殺さなかった理由はなんだろうか？」

「奇妙ですね、確かに。なぜでしょう？」

「彼らは殺害することだってできた。もっと言えば、それを仕損なってはならなかった、彼ら自身を救うためにね！　だが彼らはそうしなかった。彼らは途中でやめた、彼らはあえてそうしなかった、殺人を犯そうとはしなかった。なぜだ？」

予審判事と治安局長は、その意見を促すように、ポーラン・ブロケのほうを向いた。

しかし刑事は、単にこう答えた。

「私の考えていること、私の頭のなかに湧き出ていることをいま声高に言うことはできません」

「それでも、言ってほしいんだがね」

「いいえ！　治安局長……言えません、それはあまりに重大なことですから！」

「だがね！……」

「治安局長、わかりました。ただ私が言えるのは、この血に染まった事件の、このミステリーのすべてのカギは、ベジャネ先生が公表を拒んだあの文書のなかにあるということだけです。これ以上、意見を述べるのは控えますよ」

「あの極秘の文書か?」

「この文書によって、なぜモントルイユ氏がド・ラ・ゲリニエール伯爵に対する告発を撤回したのか、なぜ昨日モントルイユ氏の息子たちが殺されなかったのか、その理由が明らかになるでしょう」

予審判事とボミエ氏はビクッとした。

「では、ブロケ君、君が告発しているのは……」

刑事は司法官らの言葉をさえぎった。

「私が告発しているのは」彼は言った。「犯罪の偉業にそのイニシャルでサインをした人物です。つまり、私はジゴマを告発してるんです!」

司法官らは飛び上がった。

「ジゴマ!」彼らは叫んだ。「ジゴマとはいったいなんなのだ?」

ポーラン・ブロケは答えずに、二人の兄弟を指差した。

「静かに!」彼は言った。「彼らが目を覚ましますよ……」

⑫章 あまりにも見事なアリバイ

ほとんど同時に、二人の兄弟は重い眠りから目覚めた。夜警と同様、彼らは知らない部屋のベッドに寝かされていることにひどく驚いた。枕許に、自分らが目覚めるのを待っている人物たちを見て、彼らは不安げな様子を見せた。

「ユルバン殿！　治安局長殿！」

「ポーラン・ブロケ！」

彼らは勢いよく起き上がり、びっくりして叫んだ。

「どうしたんですか？　われわれはどこにいるのですか？」

「われわれになんの用ですか？」

刺激しないよう司法官らは彼らをなだめ、安心させ、すぐに警戒を解いてやった。

スピーディに彼らへの取り調べがはじまった。ロベールとラウールのほうも判断力、落ち着き、記憶をすぐに取り戻し、この不可解な出来事について知っている限りを話し、打ち明けることを欲した。

ラウールが口を開いた。

「ロベールも私も」彼は言った。「真実から逃れたり、真実を隠すつもりはありません。われわれは、その結果のひとつひとつを吟味したうえでおこなった行動の全責任を、受け入れるつもりです。われわれは自分たちの名誉をあなた方の手に委ねます。われわれはあなた方が公平に判断してくださると信じております」

「われわれもそのつもりです。どうぞはじめてください、心配しないで」

「みなさま。ロベールと私は、家族の名誉のために、父の名声のために、われわれの名誉と名声の安寧のために、モントルイユ銀行家を殺した……文字通り殺した文書がなんであるかを知ることは、われわれの義務だと考えております」

司法官らは大きな興味をもって聞いていた。若き弁護士の言葉は、さきほど刑事が口にした意見を見事なまでに立証したのだ。

ラウールは続けた。彼は、必要とあらば極端な方法で、法が犯罪と認定する方法に訴えてでもこの文書を探し出し、その内容を知ることをロベールとともに誓ったと司法官らに伝えた。それゆえ彼らはこのような身なりをして、真夜中の十二時過ぎに、ベジャネ氏の事務所へ行ったのである。

「ああ！」治安局長は口を開いた。「いまこそ、よく思い出さねばなりませんぞ」

ラウールは司法官らに事務所に侵入した状況を語った。深い眠りにつき、豪快にイビキをかいていた夜警を発見したことを伝えた。

「なんだって！　彼はそれほどまでに眠り込んでいたのかね？」治安局長は念をおした。

さらにラウールは、自分とロベールが酸っぱい匂いを嗅いで、夜警が飲んでいたラム酒かリュウマチに使う薬の匂いと思ったと付け加えた。

こうして若き弁護士は公証人の執務室のドアを開けると、こじ開けられた金庫の前に、三人の男が青い光のライトで照らし、資料の山を漁っているのを目撃したときの驚きを描写した。

「彼らの顔を見ましたか？　彼らが誰かわかったのかね？」

「そのうちの一人は……でもロベールと私にとってはそれで十分でした。みなさま、三人のうちの一人を見分けたんです。おお！　その人物をしっかりと見分けました。なぜなら、ヤツの名前を叫びながら、ロベールと私は同時にすぐさまヤツに飛びかかったんですから」

「その名前とは？」

「ド・ラ・ゲリニエール伯爵！」

この名前を聞いても、ポーラン・ブロケは動じなかった。彼は微笑んだだけだった。しかし、司法官らはそうではなかった。予審判事と治安局長は身震いした。

「ド・ラ・ゲリニエール伯爵だって！」彼らは叫んだ。「確かですか？　間違ってはいないかね？　他人の空似では？」

「いいえ、みなさま」二人の兄弟は声を張りあげた。「われわれはしっかりとド・ラ・ゲリニエール伯爵を見分けました。疑いの余地はありません」

「それから？」

「そこまでです。みなさま、これ以上申し上げることはなにもありません」

「私もです」ロベールは言った。

「なぜです？」

「なぜって、ロベールと一緒にド・ラ・ゲリニエール伯爵に飛びかかった瞬間、つかまれ、捕らえられたからですよ」

「私も同じです」ロベールも言い切った。

「私は頭に綿でいっぱいのヴェールか、頭巾か、袋のようなものをかぶせられ、叫ぶことができなかったのです」

「私に関しても同じです」ロベールは言った。

「抵抗しようとしたのですが、私は押さえつけられました。そして頭の上で、なにかガラスの小瓶のようなものが割れて、頭を覆った袋のなかが刺すようにひやりとしたものでいっぱいになるのを感じました。それで、揮発したクロロフォルムに覆われてると気づきました。さらに抵抗しましたが、そこで私は意識を失いました。私がお伝えできるのはこれだけです！」

「ラウールの話に付け加えることはなにもありません」ロベールもはっきりと言った。「ラウールがあなた方に話したことは、まぎれもなく、私が体験したことです」

沈黙につつまれた。

それから予審判事は尋ねた。

「お二方、間違いありませんか。あなた方の記憶になにか言い忘れていることはないかね？」

「いいえ、予審判事殿。これが全部です……これが真実です」

「夜警と格闘はしなかったかな？」

「おお、しませんよ！ そんなことしません。それは間違いありません。そうだろ、ロベール？」

治安局長は重ねて尋ねた。

「それで、ド・ラ・ゲリニエール伯爵を見分けたというのは確かかな？」

「そうです、みなさま！ 誓います。ヤツでした、ヤツです！」

そこで治安局長は言った。

「あなた方お二人の供述を書き留めておきますよ。ただ、ひとつお伝えすることがあります。それは私の義務です……」

「おうかがいしましょう」

「その日、ド・ラ・ゲリニエール伯爵はひと晩を劇場で、リュテシア座で過ごしていたことがわかっている。そこで愛人のリュセット・ミノワが口上役を務める喜劇が上演されていた」

「しかし真夜中の十二時以降なら」ラウールは言い返した。「彼には可能だった……。リュテシア座はモンマルトル大通りにあります、ベジャネ氏の事務所はノートル＝ダム＝デ＝ヴィクトワール通りです、したがって、とても近い。ド・ラ・ゲリニエール伯爵は簡単に飛んでくることができた」

「確かに。しかし観劇のあと、ド・ラ・ゲリニエール伯爵は友人たちや愛人、出演した何人かの女優を、深夜レストランへ夜食に連れていきました。マドレーヌのすぐそばです」

「夜食中、彼は抜け出すことができた……」

「いや、彼は一瞬たりとも夜食の席を離れなかった、とても盛り上がっていましたからね。そのあいだ彼は驚くほど才気煥発だったそうですよ……」

治安局長は断言した。

「この点について、私の情報は確かです。ポーラン・ブロケの部下の一人が夜食の給仕をしていました。それから、その席に地方の商人サンドロン氏がいましたが、彼の言動についてはポーラン・ブロケみずからが請け合うことができます」

彼は加えた。

「夜食のあと、したがって今朝ということになりますが、つまりわずか数時間前に、ド・ラ・ゲリニエール伯爵は宴会好きの陽気なグループをブーローニュの森へ連れていきました。自動車でです。私のデスクの上にはそれを証明する報告書があります。そのあいだ彼は、このくだらないお祭り騒ぎをもっと盛りあげようと、野菜売りの老婆の手押し車をひっくり返しました。そのときの二人の巡査が作成した調書もありますし、食事をふるまった主役の車に乗っていたサンドロン氏からも話を聞きました」

「それゆえ?」

「それゆえ、お二方。われわれは昨夜のド・ラ・ゲリニエール伯爵のスケジュールを逐一知っているわけです」

「アリバイは」ラウールは重々しく明言した。「完璧に成立している」

「おお! その通りです」

そこで若き弁護士は大きな声で言った。

「みなさま、このアリバイがあまりにも完璧だとはお思いになりませんか?」

この疑問は司法官らに強い印象を与えた。ラウールのこの疑問は、そこにいた各人が密かに思っていたこと……誰もあえて言うまいとしたこと、言うべきではないことを、憚ることなく表明していたのだ。

予審判事と治安局長は、視線をポーラン・ブロケに向けた。

刑事はじっとしていた。彼は話を聞き、感情を表に出さなかった。この世において、彼の態度を変え、彼から冷静さをもぎ取るものはなにひとつとしてなかっただろう。彼はただ聞いていたのだ。

そして二人の兄弟は、最後に荒げた声で言った。

「みなさま、いずれにしても、あなた方がお集めになった証拠がどれほど有力だとしても、あなた方がわれわれの証言と反対のことをおっしゃられようとも、われわれが証言したこと、われわれが断言したことを取り下げることは一切ありません。われわれがベジャネ先生の事務所で出くわしたのは、まぎれもなくド・ラ・ゲリニエール伯爵です！」

予審判事はポーラン・ブロケのほうを向いた。

「どう思うかね？」予審判事は彼に訊いた。

「私が思うに」刑事は重々しく答えた。「われわれは、想定していたよりもずっとすぐれたヤツらを相手にしています。Zという文字とともに、われわれは驚きに驚きを重ねて進むことになるでしょう……そして私は認めるのですが、私の友人である地方商人サンドロン氏は欺かれたのです」

「それはどうして？」

「モントルイユ家のお二人がド・ラ・ゲリニエール伯爵を本当に見たように、私の友人サンドロンもまた確かにそうなのです。それにしても、友人サンドロンが彼にとってのド・ラ・ゲリニエール伯爵とマドレーヌ付近の深夜レストランでシャンパンを飲んでパーティをしているあいだ、これと同じド・ラ・ゲリニエール伯爵はノートル゠ダム゠デ゠ヴィクトワール通りの公証人の金庫を略奪していた……すごいですよ、本当にすごい」

ポーラン・ブロケがはっきりと述べたことは、強い衝撃をもたらした。この事件はますます不可解なものになったと、みなは思った。

すぐあとで予審判事は口を開いた。

「お二方、夜警と格闘はしなかったとなおも断言できますか？」

「断言します」

「わかりました！　そうであるなら、あなた方にお伝えしましょう、あなた方はお二人とも気絶し、負傷した状態でベジャネ先生の執務室で発見された。そしてあなた方のそばには、短刀によるひと突きで重傷を負った夜警が横たわっていた」

予審判事はそこで、ひと振りの短刀を二人の兄弟に見せた。

「この武器に見おぼえはあるかね？」彼は尋ねた。

ラウールは大声で言った。

「はい！　この武器は私のものですよ」

「私も同じ短刀を所有しています」

「これは私のです、私のイニシャルがつかの部分に刻印してあります。見てください、J・R・M、つまりジャン＝ラウール・モントルイユ」

「よろしい」

「なぜあなたがこの武器を？」

「ベジャネ氏の執務室で見つけたのだ」

ラウールは飛び上がった。

「この短刀！　この短刀をですか！」彼は言った。「おお、そんなことはありえませんよ……ありえません……この武器は確かに私のものです、ロベールも同じものを持ってます。でも、この短刀は、私の部屋の壁の武具飾りに掛けてあった。武器なんて身につけていませんでしたよ、ロベールも私も。この短刀だって持ってきてません！　ベジャネ先生のところで落とすなんてことはありえない。もう一度言いますが、昨日私は武器など身につけてなかった。ただこの武器が私のものだということは認めます……でもそれは昨日、私の部屋に掛けてあった、そして、それを持ってきてません」

「そうは言ってもね」予審判事は言い放った。「短刀がひとりでにベジャネ氏のところに来るなんてことはありえん。誰かがそれを持ち出して使ったにちがいない……」

「それを使った？」

「夜警がひどい目に遭わされたのは、この短刀、あなたの短刀によってです！」

⑬章　トム・トゥウィック

その出来事から数日経ったある日の朝、ボミエ治安局長は執務室で郵便物の整理を終えたところだった。取次が彼に一枚の名刺を渡した。

「よろしい……」彼はそれを見て言った。「入室させなさい」

ほどなく、取次は訪問者を招き入れた。彼は四十歳くらいの、きちんとした身なりの、かなりきどって洗練された、完璧なまでに典型的なアメリカ人だった。髭は几帳面に剃られ、あごの幅は広く、輪郭のはっきりとした顔だちは大胆さと活力を示していた。鋭く、詮索するような、とても知的な輝く黒い目のあいだから、たくましい、ワシのくちばしのような鼻が突き出ていた。口はひと振りされたサーベルのように、我の強そうな先の尖(とが)ったあごの上で、弓なりのかたちをしていた。

アメリカ人が低い声を出すときの、あのしゃがれていると同時に鼻にかかった声で彼は挨拶し、治安局長に言った。

「私、トム・トゥウィック、ニューヨーク出身ね……」

治安局長はデスクの前に置かれた肘掛け椅子に、彼を手招いた。トム・トゥウィックはそこに座ると、ビジネスについて話すアメリカ人に見られる、あのぶっきらぼうな調子で尋ねた。

「英語、話せる?」

「いいえ、残念ながら」

「残念ね。この私、フランス語、うまくないね」

「それでも、十分にわかり合えると思いますがね」

「それなら、私、幸運ね」

それからアメリカ人は言った。

「私の名刺で私の名前わかるね。でも肩書き、まだね。私、トム・トゥウィックね、第一級のアメリカ人刑事」

「確かに、お名前は存じ上げておりますよ」

「ええ、そうね。私、アメリカ合衆国で一番著名な刑事、一番高給取りね」

「感服しますよ……」

「イエス。かつて私、シャーロック・ホームズと一緒に仕事した、かけだしのころ。彼はとても優れた、ホントにとても優れた人物ね……当時にしてはね。いまはもっとうまくやれますね」

「でも……」

「イエス、もっとうまくやれるね」

「そう言えば、噂によれば、ニック・カーター〔アメリカの大衆作家ジョン・ラッセル・コリエル（John Russell Coryell, 1851-1924）が創作し、その後さまざまな作家に書き継がれる人気探偵〕は……」

「おお！ ニック・カーター！」笑みを浮かべながらアメリカ人は言った。「ニック・カーター、私の弟子ね！ イエス！ ヤツは、ハッタリ、得意ね。自分のしたこと新聞に公開するけど……他人のした、自分の手柄にするね。それホントなら、ヤツが言ったこと一人で実現するには、ゆうに百年かかるよ。ニック・カーターは、いまバーナム社にいるよ。いとこのバッファロー・ビル〔Buffalo Bill, 1846-1917 アメリカ西部開拓時代の大興行主。ウェスタンショーで一世を風靡〕と一緒にね。イエス！ ハッタリ社です」

アメリカ人は加えた。

「私の名声、子ども向けのくだらない本じゃなく、人々の記憶にあるね。トム・トゥウィックについて書くこと、禁止よ。もっとも私、銀行家や金融資本家のために働く。だから、犯罪事件に関わらない。ニック・カーターとか、ほかの刑事が解決できないとき以外ね」

彼は結論づけた。

「私が何者か、おわかりなったですね。見てください。これ、刑事バッジ。これ、身分証明書。これ、アメリカ法務省長官の手紙と、アメリカの警察庁長官の手紙、あなた宛の信任状を発行した、パリのアメリカ合衆国大使からの推薦状よ」

トム・トゥウィックはひとつひとつ数えあげながら、これらさまざまな書類をボミエ氏のデスクに置いた。治安局長が儀礼的にこれらの書類に目を通していると、トム・トゥウィックは繰り返した。

「書類よく確かめ、慎重に精査するね。私の肩書き認め、ためらうことなく私に協力するためね」

そこでボミエ氏は改めて資料に目を通し、肘掛け椅子に座り精査結果を静かに待っていたアメリカ人に返した。

「申し分ない」彼は言った。「これらの証明書は本物で、真正であると証明された。あなたは信用に足る者として認められましたよ」

するとトム・トゥウィックは立ち上がり、ボミエ氏に手を差し伸べた。

「イエス」彼は言った。「お知り合いになれて光栄ね」

そして彼は書類を集め、大切そうに鞄に入れて言った。

「では、ポーラン・ブロケ紹介して。お願いね」

「おやすい御用です」ボミエ氏は脇の横の小さなテーブルに置いてあるたくさんの電話のボタンのひとつを押した。

「アメリカで、ポーラン・ブロケは大変な賞賛の的ね」トム・トゥウィックは続けた。「彼の利発さ、度胸、勇気、われわれアメリカ人驚きます」

ポーラン・ブロケは朝早くに出かけ、警視庁にも自宅にも不在で、一日中戻って来ないだろうということだった。

「ということなので、明日ですね、トム・トゥウィックさん。あなたの住所を教えてください。ポーラン・ブロケに朝のうちにあなたのところへ寄るように言っておきましょう。どうです？」

「問題ないね、了解」

トム・トゥウィックは住所を教え、もう一度力を込めて治安局長の手を握り、退出した。

翌朝、彼はフランス人の同業者を待っていた。彼はどうしても知り合いになることを願っていたのだ。アメリカ人刑事は、アメリカ人たちが足しげく通う、グランダルメ大通りにある〈ファミリー・ハウス〉の小さなアパルトマンに住んでいた。彼は自分で連れてきた中国人召使いに世話をさせ、この召使いは彼の奇癖や面倒な一切を熟知していた。

十時頃、チンがポーラン・ブロケの訪問を知らせた。フランス人刑事が入ってくるところだった。小さなテーブルで書きものをしていたトム・トゥウィックは立ち上がり、ドアのほうを見た。

ポーラン・ブロケが現れた。彼が部屋のなかを二歩進むと、チンはドアを閉めた。彼は立ちどまり、感情の読めない目でトム・トゥウィックを包み込んだ。二人の男はしばし身じろぎもせず、たがいに見合い、観察し合い、それぞれ相手の心を理解しようとしているようだった。

「ポーラン・ブロケ?」アメリカ人がようやく口を開いた。

「私です!」

「オール・ライト!」

「トム・トゥウィック?」ポーラン・ブロケは訊いた。

「私ね!」

「よろしい!」

そしてアメリカ人はポーラン・ブロケのほうへ手を差し伸べながら歩み寄り、英語でお世辞を言った。

ポーラン・ブロケは微笑んだ。

「おっしゃっていることがわかりませんね」彼は言った。

アメリカ人は大いに驚いて大きな声で言った。

「おお!　あなた、英語をとても、お上手に話すと、思ったよ」

「いくつかの単語を、ようやく言える程度です、ほかのフランス人と同じようにね」

「でも、イギリスやアメリカに長く滞在した?」

「その通り。ですが、私の補佐の一人が英語を見事に話しましてね。それが間違いのもとでした」

「そうね」

沈黙が流れ、ふたたび二人の男はたがいを観察した。ある種の気まずさ、とまどい、不安が二人を支配していた。

そしてポーラン・ブロケが無表情で、不可解な態度をとると、アメリカ人はとてもやかましい大きな声で笑った。

「よろしい」彼は言った。「それでも、われわれ、仲良くできますね」

「そう願いましょう」

トム・トゥウィックは笑うのをやめて、ポーラン・ブロケを肘掛け椅子に手招きし、一本の葉巻を差し出した。二人の男は静かに葉巻をふかし、ときおりちらりと相手を見やった。

もう一度、アメリカ人が口火を切らなければならなかった。

「ボミエ氏は」彼ははじめた。「書類、よく精査して、私に信任、与えた」

「知っています」

「ボミエ氏は私の身元、確認した」

「彼からそう聞いてます。あなたがまぎれもなくトム・トゥウィックで、アメリカ人刑事である明白な証拠をあなたは提供したと」

「イエス。しかしここ、この家では……パリでも……私、徹底して身分を隠すよ、ウィリアム・ドナルドという名のもとに。仕事のためね」

「わかりました」

「で、その仕事のため、あなたの協力、必要です」

ポーラン・ブロケの灰色の目を炎が走った。しかしすぐさま彼はまぶたを閉じた。さらに、もっと顔を隠すために、葉巻の大きな煙を二度、三度と吐き出した。

「イエス」アメリカ人は続けた。「すべてを成功させるため、ポーラン・ブロケの素晴らしい才能、並はずれた手腕、賞賛すべき勇気、必要よ」

「お世辞を言っておられるんでしょ」

「ノー！　ホントのこと、言ってます」

「アメリカの刑事のなかでもっとも有能で有名、評判が高いトム・トゥウィックのお世辞より、私にとってありがたいお世辞はありませんよ」

トム・トゥウィックはポーラン・ブロケに手を差し伸べた。

ポーラン・ブロケも手を前に差し出した。そしてごく普通に握手せずに、完全にアメリカ式のシェイクハンドで肩がはずれるほど強く手を振った。

また二人の刑事は肘掛け椅子に座り、葉巻を静かに吸ったが、目の端ではたがいを見やっていた。

二人はしばし沈黙し、身じろぎもしなかったが、さきほど同様、アメリカ人が口を開いた。

「さて」彼は言った。「私、ニューヨークの二つの大きな銀行の依頼でヨーロッパに派遣されたね。これらの銀行、ある振出を準備している。その発行日に備えて、数束の有価証券と、非常に重要な極秘資料を、モントルイユ銀行家に預けた」

ポーラン・ブロケはなにも言わず聞いていた。

トム・トゥウィックは言葉を続けた。

「モントルイユ氏は、亡くなったね……それ、二重の意味で遺憾よ。彼の金庫で盗まれた有価証券、振出がおこなわれてないから、登録されていないね。それら所持人に属すから、公示勧告もできない。これらの有価証券が、パリやロンドン、ベルリンの市場で投げ売りされたら、私を遣わした二つの銀行にとって、恐ろしい価格低下や、パニック、莫大なドルの損失を、引き起こすね。さらに、例の極秘資料が専門家の手に落ち、ほかの取引を台無しにする、可能性があるよ。私を遣わした二つの銀行は、深刻な損害をさらにこうむるね」

アメリカ訛りで話していたが、トム・トゥウィックはフランス語で十分正確に自分の言いたいことを説明した。とはいえ言葉の途中で単語がどうしても思い浮かばないとき、彼は英語で言ったりもした。ポーラン・ブロケがその英語にフランス語訳を与えてくれるよう期待するかのように。

ポーラン・ブロケはただ聞くだけだった。トム・トゥウィックに必要な言葉を探させ、彼がそれを見つけるのをただ黙って待っていた。

「そういうわけで私」トム・トゥウィックは続けた。「これらの有価証券、取り戻すよ」

そして彼は結論づけた。

「ここで問題が生じる、われわれの師シャーロック・ホームズなら、そんなふうに言うよ！」

ポーラン・ブロケは言った。

「ええ、問題が生じますね。ただそれを解決するのに私は必要ないでしょう」

「申し訳ないね、あなたがいなければ、私、なにもできない」

「なぜです？」

「モントルイユ銀行家殺人未遂事件を捜査しているのは、もっぱらあなたよ。私、事件のことよく知ってるね」

「この種の書類が盗まれたかどうか、われわれは知らないんですよ」

「証拠、示すよ。盗まれた書類の購入の提案が、しかるべき方法を通じて、隠匿者と強盗によっておこなわれたね」

「それはもっぱらあなたに関わることでしょう。私は介入すべきではない。盗みはわれわれによって証明されたわけではありませんからね。殺人未遂事件については、おそらく公訴棄却となるでしょう……」

アメリカ人はビクッとした。

「公訴棄却、この事件が！　あなたという人は、ポーラン・ブロケさん。あなたという人は、このような事件が公訴棄却にされるの、許すのか、あなたほどの人が！」

「そうするしかないのです」

「ノー、絶対ダメね！」

荒々しく、アメリカ人刑事は短くなった葉巻を遠くへ放り投げた。ポーラン・ブロケのほうは葉巻を灰皿に静かに置いた。

トム・トゥウィックはそこで葉巻ケースを出し、もう一本渡そうとしたが、ポーラン・ブロケは彼を制して自分の葉巻ケースを取り出して、アメリカ人に渡し、そこから一本を取らせた。二人の刑事は、ハバナ製の葉巻に火をつけると、あたりに煙が立ち込めた。ポーラン・ブロケは肘掛け椅子に座り直し、上半身を倒して椅子の背にもたれかかり、両腕を肘掛けの上に伸ばし、足を組んだ。

突然トム・トゥウィックは、こぶしを椅子の肘掛けに打ちつけて訊いた。

「結局、ド・ラ・ゲリニエール伯爵のこと、どう考えてるのか？」

「なにも！」ポーラン・ブロケは口先で答えた。

「おお！　なにも……ですか！　なにもとは、どういうことですか？」

「なにも、です……それだけです……」

「彼、有罪、無罪？」

「どちらでしょうね、それは確かですよ」

「そうじゃないよ、あなたの見解？　あなたの意見？」

「ありませんよ、そんなもの」

「おお！」

「われわれ全員よりもよく彼のことを知っているモントルイユ氏は、はっきりと言いました、伯爵は無罪であると」

「では、ロラン氏か？」

「それを証明するものはなにもありません」

「でも」アメリカ人は声を張りあげた。「必然的に二人のうち一人が、強盗、殺人犯」

ポーラン・ブロケは頭を振った。

「ちがいますよ！」彼は言った。

「なぜ、ちがう！　確信をもって、ちがう、と言ってる？」

「揺るぎない確信をもって」

「誰なのか、知ってる？」

「ええ」

「誰？」

「ジゴマ！」

アメリカ人刑事はビクッとした。

「ジゴマ！」彼は大声で言った。「誰、ジゴマとは？」

ポーラン・ブロケは静かに答えた。

「ジゴマですよ」

トム・トゥウィックは跳ねるように立ち上がった。

「そんなんじゃ、誰なのか、ジゴマとは誰なのか、私、わからない」

「ジゴマです。それ以上お話しできることはありません」

いまやアメリカ人刑事はイライラした様子で下を向き、ひっきりなしに葉巻を吸いながら、手を腰にまわし、指を鳴らしながら部屋のなかを縦横に歩いていた。

ポーラン・ブロケは動じることなく平然としていた。おだやかでゆったりとした様子で彼はアメリカ人の同業者を目で追っていたが、トム・トゥウィックは激怒して繰り返していた。

「ジゴマ！……ジゴマ！……」

やがて部屋の端に来ると、トム・トゥウィックはピタリと止まった。そしてポーラン・ブロケのほうを向いて尋ねた。

「なぜわかるの、ジゴマだと？　誰か、あなたに言ったのか？」

「彼自身が書き残したんですよ」

「ああ！　そうだ、Zという文字ね。金庫の扉の表面の、そのZね！」

アメリカ人はふたたび歩きだし、ブツブツとつぶやいた。

「ジゴマ！……Z！」

彼はそのようにして何度もポーラン・ブロケの前を通り過ぎたあと、突然彼の真正面で立ちどまり、両足で傲然と立って彼に訊いた。

「で、あなたは、あなたは、それで十分なのか、ポーラン・ブロケさん？」

「なにに対して十分だと？」

「ジゴマだと、知ることに対して」

「いや！」

「なぜ彼を逮捕しない？」

ポーラン・ブロケは笑いだした。

「想像してみてください」彼は答えた。

「おお！　そうなの……では、それほどこの紳士、手強いね……」

「残念ながらね！」

トム・トゥウィックはふたたび歩きだし、もう一度、ポーラン・ブロケの前で止まり、声を荒げた。

「まあ、それでも、逮捕しなければよ」

「是非ともそうしたいものです」

「それも、できるだけはやくね。振出、あるね。わかりますね……私、そのために、ヨーロッパ来たよ。急がないと」

「急ぎましょう」

「イエス、ふたりで一緒に仕事しよう……いいか？」

「いいでしょう！」

「オール・ライト！　なにかもう、はじめてますか？」

「いいえ」

「計画も方針もない？　なにもないの？」

「ええ！　偶然に頼っておりますので」

「その偶然、つくりだすね。事件を引き起こすよ。いつ会えますか？」

「必要があればいつでも」

「どこで？　ここはダメよ、私、身を隠しています……あなたのご自宅、どう？」

「私はそこにいませんので、こうするのはいかがでしょう。まず手紙で簡単に日時を伝えてください。そしてボミエ治安局長のところで会いましょう」

「どうして、そこ？」

「なにも心配する必要はないと思いますけどね？」笑いながらポーラン・ブロケは言った。「治安局にアクセスする道はたくさんありますので、たいていの場合、怪しまれずに行くことができます。ただ治安局でジゴマがわれわれを監視することはありえませんよ」

「ごもっとも！　了解。また、近いうちに」

ポーラン・ブロケはもう立ち上がっていた。彼はアメリカ人刑事にいとまを告げると、来たときと同じく落ち着き払って出ていった。

同業者が出ていくと、トム・トゥウィックはしばし物思いにふけっていた。いましがたポーラン・ブロケに別れの挨拶をしたドアの敷居から離れることができなかった。ようやく彼はがっちりとした肩をすくめた。

「ジゴマ！」彼は大きな声で言った。「ポーラン・ブロケ！　Z団！……警察！……見事な勝負だ！」

彼は新しい葉巻に火をつけ、テーブルの前に座り、一通の手紙を書きはじめた。ややあってチンが入ってきて、抑えた声である名前を伝えた。

「入ってもらうように！」刑事は言った。ふたたび手紙を続けた。

中国人の召使いは、上品な礼服をまとった一人の訪問者を案内した。彼は驚き不思議がる様子で部屋に入った。

トム・トゥウィックは訪問者のほうを一瞥もせず、あいかわらず手紙を書き、葉巻を吸っていた。この敬意のなさにすっかり呆気にとられた訪問者は、少しためらったあとでアメリカ人のほうへと進んだ。

「ウィリアム・ドナルドさん？」彼は傲慢な調子で言った。

「私よ！」相手はその場から動くことなく答えた。「私です」

「あなたは私に会いに来るように言いましたね、非常に重要な内密のある用件のことで」

「イエス、イエス」

「あなたが奇抜な迎え入れかたをするので、私は非常に驚いていますよ」

「ノー、終わるよ……待ってね」

「私はこれまで一度も待たされたことはないのだ」

「私がはじめてで、残念ね」

「さあさあ、ムッシュー！」自尊心を傷つけられ、激怒した訪問者は怒声を張りあげ、脅すように一歩前に出た。

「座ってね」

「私は耐えられないんだよ、誰かが失礼にも……」

「座ってください」あいかわらず書きものを続けながらトム・トゥウィックは言った。

「私はド・ラ・ゲリニエール伯爵だ」

トム・トゥウィックは理解していない様子だった。

「私はド・ラ・ゲリニエール伯爵だ」伯爵はもう一歩前に出てテーブルのすぐ脇に立って、さらに大きい声で繰り返し言った。

アメリカ人は今度は肩をすくめた。

「私の言うことを聞いているのか？」いまや震える手でステッキを振り上げ、殴る用意のできた伯爵は問い詰めた。

「おやおや！　落ち着いて」そこでアメリカ人は言った。「落ち着いて」

伯爵は三度、繰り返して言おうとしていた。

「私は……」

「ジゴマ！」刑事は伯爵の言葉をさえぎった。

伯爵はびっくりしてピタッと止まった。胸のど真ん中に強烈な一撃を喰らったかのように。

しかし彼はすぐに落ち着きを取り戻した。

「バカらしい！」彼は言った。「あなた、どうかしているぞ！」

「ノー」

「では、私を侮辱していることになりますぞ」

伯爵は勢いよくステッキを振り上げ、この男の頭でそれを叩き折ろうとした。しかしその瞬間、刑事は椅子から離れ、伯爵の真ん前に立った。

「ジゴマ！」彼は繰り返した。

そして伯爵は、彼を見ながら叫んだ。

「あなたは！」

治安局長は、不在だったロラン氏の帰りを待たねばならないと、予審判事に言っていた。化学製品会社の経営者は、実際に数日前から不在だった。しかし、その日の朝に、彼は店に戻っていた。そしてその日の夜、いつものように彼は夕食をとるために自宅に戻ったのである。

彼が陰鬱で考えにふけった様子に、ロラン夫人は夫がただならぬ悩みごと、大変な心配ごとを抱えているのだと理解した。数年前から彼女は、夫が決済の時期になるとときどき陰鬱そうに帰宅し、落ち込んでいるのを目にしていたのだ。ゆえにロラン夫人は彼を助け、励まそうとした。諸々の計算、帳簿管理、商業文書のやりとりを手伝っていた。彼女は夫をとりわけ精神的になぐさめ、愛情で支え、優しさで勇気づけていた。彼らは恋愛結婚だった。

そして稀なことだが、結婚してからも彼らの愛は継続していた。二人はとても愛し合っていた。どちらがより愛情を示すか競い合っているようだった。

ロラン氏は三十五歳くらいで、妻は二十八歳になったばかりだった。彼女は綺麗で、髪は褐色で、健康的で魅力的な美しさのまっさかりにあった。彼女はとても優しい大きな黒い目で、素敵な微笑を浮かべていた。ロラン氏は頑強で活発で非常に知的かつ大胆な人間であり、さらにはかなりの美男子で真っ黒なあご髭をたくわえ、櫛を通した豊かな髪と同様、そこには一本の白髪も見せてはいなかった。かなり感じのいい話し上手で、出張営業のパリ人に固有の饒舌さを持ち合わせ、会社の顧客を友人にしてしまうような人物だった。

かつて彼はノルマンディーに出向き、数日間レーグルに滞在した。周辺の地主や畜産業者、工場経営者に自社の商品を売り込んだのだった。また彼は、いくつかのピン工場の主要株主で、イトン川の流れるイトンヴィル〔架空の村〕という小さな村の村長にして大地主であるビルマン氏の御用納入業者だった。

当然ながら、彼はビルマン氏のもてなし客であり、よく昼食や夕食に招待された……それは大変な栄誉とみなされていた。ビルマン氏は普段は人を招待するほど気前がいいわけでもなく、愛想がいいわけでもなかったからだ。ビルマン氏はノルマンディー人でさえも驚く貪欲さで、自分の所得や収入を増やしていたのだ。彼は、要塞のように重厚で頑丈で巨大な金庫に貴重品や現金を自宅で安全に保管していた。

ビルマン氏は両親から受け継いだ大きな家に長いこと住んでいた。その家はまずよじのぼれない高い壁が設置された庭に囲まれ、さらに数頭の大型犬によって守られていた。鉄のバーで内側からかんぬきをかけられた頑丈な扉を備えたこの大きな家に、ビルマン氏は妻を失って以来ずっと娘のオクタヴィーと暮らしていた。一人の女性が料理人かつ使用人を務め、すべての家事をこなしていた。またこの女性の夫は卸者、庭師、さらに村長のボディガードを兼任し、信頼のおける男だった。

オクタヴィー・ビルマンは美しかった。彼女の美しい目と、そうとうな高額で見積もられたその持参金に魅了されて数多の求婚者がやってきた。しかしオクタヴィーは彼ら全員を断ったので、仕事仲間の息子と自分の娘を結婚させるつもりでいた父を大いによろこばせた。この若い男は持参金を地代で満足し、オクタヴィーと結婚することになっていた。それどころか、彼は義父の土地を経営し、できるだけ利益をあげるようまかせられた。それはすべての点で、この吝嗇家の父にふさわしい結婚だった。彼はこの結婚を一人で決めていたのである。

父はオクタヴィーの思いについては考えていなかった。そこで彼女が父の選んだ男を拒み、ロラン氏を愛しているから、なにがなんでもこの化学製品のセールスマンと結婚すると言い放ったとき、これを聞いたイトンヴィルの村長の怒りをここでは描かないが、それは恐るべきものだった！　すさまじい言い争いの数ヶ月のあと、オクタヴィーがもうこれ以上ロラン氏との結婚に反対しても無駄だと父に告げたとき、ビルマン氏は頭に血がのぼって倒れるかと思ったのだ。

彼は娘をその誘惑者と結婚させたが、彼女が母から引き継いだわずかな財産だけを持参金として与えた。

そしてパリ人の義理の息子と自分の娘を勘当した。

ロラン氏は妻をパリへ連れていき、義父とは疎遠な関係になった。不仲な親族でも捨てきれない、そんな関係である。もっとも彼の商売は繁盛し、彼は出張営業をしていた会社の経営者になると、妻と幸せな日々を送った。だがロラン氏は間違いを犯した。人も羨む幸せな生活に満足しなかったのだ。彼は妻のために贅沢な生活、それも並はずれた贅沢な生活を夢想し、投機に身を投じたのである……。

それは彼にとって損失だった。彼はこの種の取引に不向きだったのだ。

大損を補うために、常ならぬ弥縫策に仕方なく頼らねばならなかった。金貸し、闇金融仲介業者、高利貸しで、彼は目撃された。彼は未払手形を保有するモントルイユ銀行家と示談するため担保を与え、有価証券を抵当に入れ、妻のサインを提供しなければならなかったのだ……さらには義父のサインも、そう、ビルマン氏のサインを！

その日以来、ロラン氏はカタストロフに向けてまっしぐらだった。

駆け引きと犠牲を繰り返して、彼はカタストロフがやってくる日をなんとか遅らせてきたが、ただ遅らせるだけで、避けることはできなかった。


さて、この日の夜——それはベジャネ氏の事務所で不可解な強盗事件があった翌日だった——ロラン氏はかつてないほどに動揺し、混乱して帰宅した。モントルイユ銀行家が襲われて発見された夜に、銀行家のところにイライラし激怒しながら訪ねたときよりもさらに取り乱していたのだ。

日中、彼はモントルイユ銀行で最後の試みをおこなった。モントルイユ銀行で一般取引の決済管理を担当する会計課主任は、銀行家よりも厳格で、手形の書換、決済日の延期を拒んだのだった。それゆえ、モントルイユ銀行の会計課主任との荒れに荒れた話し合いのあと、彼はこうして激怒し絶望して帰宅したのである。

妻は、その夜に彼が見せた怒りの原因を尋ねた。

「モントルイユの意地汚いヤツが支払い期日の延期を拒んだとすれば」夫は答えた。「ヤツの代理人は俺を絞め殺そうとしている……今度こそ終わりだ！」

「終わった！　まあまあ……。完全に終わった、これまでもあなたはよくそんなふうに思ったわよね」妻は愛情を込めて言った。「それでも最終的にはうまく解決したわ」

「これまでは紙一重でどうにかうまく切り抜けられたからさ。ただ今度は無理だ、もうなにもない。終わりだ」

「いくら必要なの？」

「一万フラン、八日以内に」

「一万フラン！」

「一万フランの手形の支払いがある。だけど、それを支払うための最初の百フラン札も俺にはない。払えなかったら終わりだ、自殺するしかない！……」

「自殺だなんて！」

「破産だ！　確実な破産なんだ……破産というより、恥だ。軽罪裁判所、刑務所だ！」

「おお！」ロラン夫人は気も狂わんばかりに叫んだ。「なにを言うのよ？　ねえ、アルベール！　あなたが軽罪裁判所ですって……なぜ？……あなたが刑務所ですって！……」

「守銭奴モントルイユのせいだ！」

ロラン氏は、いまや部屋のなかをイライラしながら縦横に歩いていた。彼は不満を口にしていた。

「あの守銭奴が！　守銭奴野郎！」

それから彼は妻の不安を理解して、意を決して言った。

「ほかの支払いに応じるために、必要な金を貸してもらうために、モントルイユに頼みにいった。ただモントルイユは通常の担保では納得しなかったのだ……」

「どうして？」

「どうしてって、要するに俺がこれまで以上にこの金を必要としているからだろ。そして、ヤツが言うには、俺に金を貸すことは大変なリスクだからだよ」

「どんな担保だったの？」

ロラン氏は歩くのをやめた。彼は答えなかった。

妻はもう一度尋ねなければならなかった。

「どんな担保だったの？　その担保はもう有効じゃなかったの？」

「いや」

「どうして彼は拒否したの？」

「その担保の担保を、ヤツは要求したんだ……」

「わからないわ」

ロラン氏はふたたび答えに窮した。

そして突然、自分自身を激しく奮い立たせて、彼は叫んだ。

「もういい！　時は来た。すべてを君に言わなければならない。もうすぐ、数日後に、君はことを知るだろうから」

「そうよ……そう。話して……私を信頼できるってことも、あなたへの私の愛情と愛が弱まることなんてないってことも、わかってるでしょ！」

「過ちを犯したとしても？」

「安心して、あなた。でもどんな過ちを犯したの、思いきって言ってくれる？」

ロラン氏はやっとの思いで妻に言い切った。

「文書偽造した！」

ロラン夫人はひどく慄いた。

「文書偽造！　文書を偽造したの！　あなたが、アルベール！　あなたが文書を偽造したですって……おお、なんて情けない人なの！　なんて情けないのよ！」

「待ってくれ、君。説明させてくれ、君が思っているほど俺が罪深くはないとわかるから」

「話して、もう後戻りはできないわ。すべて全部を聞くわ！」

「さっき君がもう一度約束してくれた君の愛と愛情にかけて、面倒や苦しみを君から遠ざけたかった。君がなにも知らずに、すべてが解決することを俺は望んでいた。だから、モントルイユが要求してきたから、君を……保証人としたんだ、俺が署名して」

「でもそれはうまくやったじゃない！」

「ちがうんだ！　君……ちがうんだ！　君を保証人にしたんだ。つまり君に代わって署名したんだ。君の署名を真似たんだよ、文書を偽造したんだ……」

ロラン夫人は夫のそばに寄り、とても優しく言った。

「それだけなの？　では、この文書偽造は文書偽造ではないわよ。あなたが本当に望むなら、私だって署名したんだから。だからこの署名の確認を求められたら、それを私のだって認めるわ」

ロラン氏は妻の両手を強く握った。

「ありがとう」彼は言った。「ありがとう……」

「とにかく安心して！　私のサインのことであなたを徒刑場に送るのは私ではないわ！」

悲痛な様子でロランは続けた。

「それだけじゃないんだ！　ほかの人のサインも偽造したの？　誰の？　話して？　誰のサイン？」

「愛するオクタヴィーよ。君の持参財産のすべてを……君に知らせずに抵当に入れたんだ」

「私の持参財産を！　仕方ないわ。それは私のでもあるし、あなたのものでもあるから。まだほかにサインしたの？」

「おお！　あとひとつだけ」

「誰の？」

「モントルイユはそれを強く望んだんだ」

彼は告白した。

「お義父さんのを」

ロラン夫人は今度ばかりはたじろいだ。

「お父さんの！　お父さんのサインを偽造したの？」

「君の持参財産が担保に入れられたとき、将来、君のものになる財産、君がお父さんから相続する分も担保に入れざるをえなかった！」

「それで？」

「モントルイユは要求してきた、お義父さんのサインを」

「でも、お父さんは絶対に認めないわよ……」

「ああ、そんなことは十分わかっている。お義父さんは俺たちの愛を許していない。でも、彼の財産は君のものだ、俺たちが結婚したとき君に与えたくなかったものは、彼が亡くなれば、君に戻ってくることになる。

モントルイユはこの将来の取り分にかけて、俺が必要としているものを貸すのに納得したんだ」

「それで、お父さんに訊かなかったの？」

「いや。俺がサインした、彼に代わって」

「おお、哀れだわ、アルベール！」

「俺がサインした証書を、モントルイユは友人で公証人のベジャネに預けた。しばらく、手形の支払いに応じられたのは、これらの偽造文書のおかげなんだ。少しずつ立て直して、すべてを返済し、すべてを取り戻せると見積もっていた。そうすれば、お義父さんだってなにも知ることはない、君自身もね。でも俺は僥倖にめぐまれていなかった。反対だった。もうモントルイユは新たに貸付することも、まもなく支払い期日を迎える手形を更新することも拒んだのだ。彼は俺を脅した、八日以内に払えなければ、俺のすべての手形をもう一人の友人で執達吏のグリヤールに引き渡すと言ってね。そうすれば、わかるだろ、グリヤールはこの手形をお義父さんに差し出すことになる。俺はそれを支払えないのだから、お義父さんがなにをするか君ならわかるだろ。つまり、わかるだろ、俺は終わったんだ、終わったんだよ！」

⑮章　メリーおば

この災難を前に、いまやロラン夫人は泣いていた。

「許してくれ」夫は彼女に言った。「なぜそんなことをしたか、どのようにそんなことをしたか、俺は君に告白したんだ。俺の過ちの結果がどんなものか君は知っている……俺のせいでこれから君に降りかかる苦悩には、ただただ謝ることしかできない」

しかし、ロラン夫人はたいした女性だった。彼女は自分を失墜させ、自分の人生を台無しにし、自分への父親の嫌悪をもう一度、それもきわめて悲劇的に招いたあまりも罪深い夫を、非難することさえ考えていなかったのだ。

しばし苦悩に浸ったあと、彼女は目を拭い、夫に言った。

「私はあなたを咎める必要はないわ。あなたのことを許す必要もない……やってしまったことは仕方ないんだから。いますべきは、その結果を和らげるように努力することよ」

「どうやって？　俺たちにはなにもできない……」

「なにか方法を見つけなければならないの。その方法はきっとあるはずよ」

「ひとつしかない、俺たちにはできないことだけど」

「支払うってこと？」

「支払う、そう……どこで八日以内に一万フランを見つけられるというんだ？」

「見つけないといけないわ。せめて探すべきよ」

「どこでそれを？　誰に頼むというんだ？」

「友人はいないの？」

「友人は頼りにしないでおこう、金が必要なときはね」

「そうね！」

「わかるだろ、この卑劣な銀行家が手形の更新を拒んでから友人にすがっただけでなく、田舎の両親のところへも行ったけど、なにも見つけられなかった。俺が窮地から脱するのを誰も助けてくれない」

数日間、実際にロラン氏は不在だった。そのことがポーラン・ブロケをして、銀行家が亡くなってから、彼がパリを離れていたと言わしめたのだ。

「なにも！　なんにもなしだ！」ロラン氏は言った。「友だちも、親戚もだ……」

「では」ロラン夫人はきっぱりと言った。「断固とした方法を使いましょう」

「どんな？」

「お父さんに会いに行きましょう」

「俺に会うのを拒むさ。追い出されるよ。さらに侮辱される」

「きっとそうはならないわ……それに、試せるものは試すべきだと思うの。確かに、お父さんは憤慨し、声を荒げ、怒鳴りつけるかもしれない……でもお金への愛着以上に強いなにかを彼も持っているのよ。それは名誉に関する配慮よ！」

「俺が犯した文書偽造を、彼に打ち明けてほしいのかい？」

「ちがう、そうじゃないわ。あなたがどれほど絶望的な状況にあるか、それだけを伝えてちょうだい。彼があなたの話を聞くことを私は信じているし……望んでもいる……確信もしているのよ。一人の人生、自分の娘の、結局は自分の家の名誉に関わることなんだもの。お父さんは譲歩すると思うわ……私は彼に手紙を書きます。ただ、私は仕事やお金のことは話題にはできません……あなたたち二人がそれを解決してちょうだい。とにかく、私はあなたが訪ねることを伝えておくわ」

「彼は会ってくれるかな？」

「ええ、私の手紙を読んだあとならね」

「おお！　骨の折れる奔走だな」

「さあ、あなた……さあ、勇気をだして。もちろん、お父さんのところでは居心地のいい時間は過ごせないでしょう。でも救いは、この話し合いにかかっているのよ。がんばるのよ！」

彼女は便箋をとり、書きはじめた。それは何度も何度も書き直され、涙に濡れる長くつらい手紙だった……。

彼女はそれを夫に読んで聞かせた。

「そうよ。こんなふうにお願いし嘆願するのは屈辱だわ」彼女は言った。「でもようやく手紙は書けたわ。あとは、あなたがお父さんのところへ行って、私の手紙への答えをもらうだけよ」

彼女は手紙を封筒に入れ、封をすると夫に言った。翌日にイトンヴィルに手紙が着くよう自分で郵便局へ行って送るようにと。うちのめされたロラン氏はただ妻に従うだけだった。

彼が出ていくと、ロラン夫人は一気に絶望にさいなまれ、夫の前で抑えていた神経の高ぶりにおそわれ、激しく嗚咽した。しかし、ロラン氏が三十分後に戻ってきたときには、その目は涙に濡れていたもののできる限りその跡を消し、おだやかで愛情深い笑みを浮かべた。

「明日の夜レーグルに出発してね」彼女は彼に言った。「明後日、お父さんに会って、彼と一緒に一日過ごして。落ち着いてね、興奮しちゃだめよ。彼の話を聞いて、それから彼を納得させるよう努力するのよ」

彼女は加えた。

「救われるための別のあてが、私たちにはあるのよ」

「どんな？」

「お父さんが拒んだら、私自身が奔走するわ。メリーおばさんのところへ行ってみる」

「メリーおばさんだって！　彼女はお義父さんよりもケチだよ……」

「お父さんのところからあなたが戻ったら、よく考えてみましょう。あなたが成功すれば申し分ない。そうじゃなければ、メリーおばさんのところへ行ってみるわ」

いまやロラン氏は妻の支えを信じ、自分が犯した文書偽造に対する彼女の非難とはいわないまでも彼女の不満を恐れることなく、おだやかな夜を過ごした。

翌日、彼は自分の店へ行き、二日間の留守に備え、パリで用事を済ませた。彼は夜の十一時にレーグルに着く列車に乗りつもりだった。ロラン氏は、義父がオクタヴィーからの手紙を受け取る時間をつくりたかった。ときにいろいろな仕事のために義父が近隣へ用足しに出かける場合も含めてである。彼はまた、手紙の到着と自分の訪問とのあいだに数時間、あるいは一日が経過することを望んでいた。そうすれば、イトンヴィルの村長は好きなだけ怒りに身をまかせ、そして落ち着くための時間を持てるだろう。こうしてロラン氏は、少しでも楽に義父に迎え入れられるのを期待していた。

こうした次第で、夜になると、彼はモンパルナス駅へ向かった。妻はホームで最後、彼を勇気づけるために同行した。ロラン氏は、旅行用の鹿毛色の革の肩掛け鞄だけだった。家の門から出て、女中が呼んでおいた辻馬車のほうへ向かうと、大通りの並木に背負子を立てかけ座っていた使い走りがすばやく立ち上がり、彼のところにきて、両手で鞄を受け取った。

使い走りはロラン夫人の前で辻馬車のドアを開け、旅行鞄を御者に渡した。そしてハンチングをとると、妻の横に座ったロラン氏に、御者に伝えるべきことを尋ねた。

「モンパルナス駅へ」ロラン氏は使い走りの手に何スーか握らせ答えた。

辻馬車は遠ざかっていった。使い走りは辻馬車が大通りをくだっていくのを確かめると、近くの小さなカフェバーへと向かった。すぐに彼は、テーブル席で飲んでいた客に低い声で話しかけた。

「モンパルナス駅……」

客はすぐに飲み代を支払い、カフェバーを出た。一方で使い走りはカウンターへ行き、ロラン氏からもらった金でリキュールを注文した。

さきほどの客はカフェバーから出ると、少し離れて停まっていた車に乗り込んだ。

「モンパルナス駅へ」彼はそれだけ告げた。

車は走り、当然ながら、ロラン氏と妻を乗せた辻馬車よりも先に駅に着いた。

車掌が列車のドアをひとつひとつ閉めていたとき、小さなスーツケースを持った一人の男が、ロラン氏が乗ることになっている車室に入り、その隅に座った。通路側の開いたドアの反対側の角にはすでに一人の乗客がいて、毛布にくるまり、枕に頭を沈め、なるだけ快適に旅ができるよう準備していた。この男は、使い走りがカフェバーで言付けした男だった。出発間際に到着した人物は、彼もまたセバストポール大通りからきていた。
三、四日前から、ロラン氏の家がある正面の歩道に一日中、露天商が居座り、犬用の鎖、キーホルダー、靴ひも、香りのするヌビア〔エジプト南部からスーダンへ至る地域。古代エジプト文明の遺跡で有名〕製の紙を単調な売り声で通行人に売りつけていた。この男は——偶然だったのか？——ロラン氏が辻馬車に乗り込んだとき、物売りをやめた。すなわち店を閉めたのだ。
彼は大通りを横切り、停まっていた辻馬車に飛び乗った。すると、なにも伝えずして卸者は平凡な馬具を付けた血統のよさそうな馬に鞭を入れ、ロラン氏と妻が乗った辻馬車を追跡しはじめた。駅に着くと、露天商の乗っていたこの辻馬車から、趣味がいいとは言えないまでもきちんとした身なりの男が、小さなスーツケースを手に降りてきた。彼はロラン氏と同時に切符売場に近づき、レーグル行きの切符を同じように購入したのだった。

列車の出発を待っているあいだ、この乗客はホームに出る前に、メモ帳を破って走り書きをした。そして御者のもとへ行き渡した。こうして彼はホームへと急ぎ車室に到着し、あとはすでに見た通りである。

すぐに列車は動きだした。ロラン氏と二人のミステリアスな旅行者を乗せて。優しさのこもった最後の抱擁のあともホームにとどまっていたロラン夫人は、上等なハンカチで愛情深い別れの仕草をし、美しい目の涙を拭った。

そして、列車が遠くのほうに消えると、ロラン夫人は駅を出た。彼女は近くの郵便局へ行き、電報用紙をとり、こう書いた。

アンドレ・ジラルデ　ヴィル゠ダヴレー

アルベール二日間不在。明日会えるかどうかお知らせください。よろしくお願いします。

オクタヴィー

彼女は電報を郵便局員のところへ持っていった。郵便局員はそれを受け取ると、文字数を数え、送信料を告げた。美しい電報差出人を見ながら、彼は彼女に言った。

「この電報は明日の発信になってしまいますが、マダム」

「明日になってから？」ロラン夫人は言った。「じゃ、修正しなければいけないわ……」

慇懃に郵便局員は彼女にペン軸を渡した。ロラン夫人は「明日」という言葉を消し、「今日」に代えて、念のため日付を加えた。

それから料金を払い、彼女はそこを去った。

「明日」彼女は言った。「きっと彼と会えるわ」

アンドレ・ジラルデ氏とは……あの強情なメリーおばだったのだろうか？

⑯章　ホテル泥棒

何年も前からロラン氏がレーグルに現れることはなかった。彼はかつてそこではかなり知られていた。イトンヴィル村長の娘と結婚したことで彼はすっかり有名になったのだ。しかし、レーグルにこなかったとはいえ、そのせいで顧客たちが彼を見捨てたわけではなかった。顧客らはあいかわらず仕事を依頼し、ロラン氏が出張販売していた会社の社長となってからも、彼の社員を温かく迎え入れていた。だが、とりわけいまは、自分の人気を満喫したり、長ったらしい会話のネタを求め最新情報を探す、これら純朴な人々に質問責めされることは望んでいなかった。

かつて彼は、グラン＝デーグル・ホテルに泊まっていた。今回もまたそこに泊まった。幸いにも主人はかつての人物ではなく、従業員も入れ替わっていた。それは彼の意にかなうことだった。わずらわしい好奇心を引き起こさず、ごく普通の旅行者として部屋を借り、ゆっくりと寝ることができるからだ。

ほかの二人の旅行者も、同じ階の部屋を割り当てられた。

地方では早く寝る。グラン＝デーグルでも、この列車の客を待って、みんな寝るところだった。したがって、三人の旅行者がそれぞれの部屋のドアを閉めるとホテルは閉め切られ、灯(あか)りは消された。夜警は、地方や田舎でとりわけ見られる心地よいおだやかな眠りにつくところだった。ベジャネ氏のところの夜警のように。やがて建物は静まり返った。

しかし、静けさは長く続かなかった。

ホテルの玄関のベルが鳴り夜警が飛び起きて走っていったとき、宿泊客たちはまだ眠っていなかった。それは車の運転手たちだった。故障したので、パリへ到着できず、グラン＝デーグルでひと晩過ごすことを選んだのだった。なるべく音を立てないよう彼らは車をガレージに入れると、夜警が割り当てた部屋に向かった。

先客の部屋の前を通ると、彼らは思わず笑ってしまった。ある旅行者は、翌日に従業員に油を塗ってもらうため、ブーツをみんながそうする床に置くのではなく、ドアノブに縛り付けていたのだ——おそらく暗いなかで誰かがつまずかないようにである——。

そうしてふたたび静けさがホテルを支配した。

「変わったヤツだな」着いたばかりの一人が言った。「偏執狂か実用主義のイギリス人といったところか」

だがある旅行者は、眠るつもりがないようだった。彼はドアを少し開けたままにして、ロウソクの灯りが廊下に漏れていた。彼が行ったり来たりしているのがちらちらと見えた。檻のなかのジャッカルのごとく、彼は部屋をまわっていた。気分がすぐれないのだろうか？ 眠る前に最後のパイプをくゆらしているだけなのかもしれない。

ふと、先客の一人のドアが、廊下を覗き込むかのように、おお！ わずかな物音をも立てずにこっそりと、わずかに開いたが、灯りに気づいてすぐに閉まった。

すると、あとから着いた旅行者のある部屋から人影が出てきた。細身のブルーグレーの服をまとい、ゴム底靴を履いた男で、確実にホテル泥棒だった。

ホテル泥棒は、わずかに開いたドアからの光も、歩きまわる宿泊客も気にかける様子もなく、廊下にそっとすべり込み、ドアノブにブーツがぶら下がる部屋まで来た。するとドアがすぐに開いた。明らかにホテル泥棒を待っていた。ブルーグレーの服の男は、影のように、わずかな物音も立てずに一気にすべり込むと、彼の背にしたドアは閉まった。このとき、廊下の端のほうで、あいかわらず男は部屋を歩きまわっていたが、そのときそのドアはいくらか大きく開かれていた。

ホテル泥棒――このドアのゲームをより理解するために、引き続き彼をこのように呼ぶことにしよう――は、侵入した部屋に少しいただけだった。彼がそこにいるあいだ、小さなスーツケースの男のドアがもう一度そっとわずかに開いたが、廊下の灯りに気がつき、また部屋に閉じこもった。

宿泊客が誰も部屋にとどまるのを欲しない、じつに奇妙な夜だった……。ただし、ロラン氏だけは静かに眠っていて、失礼を承知で言えば、悠々とイビキをかいているのが聞こえた。

四、五分経つと、小さなスーツケースの男の部屋のほぼ真向かいにある、ブーツのぶら下がるドアが、わずかに開き、ホテル泥棒が出てきた。彼は自分の部屋のほう、つまり廊下の上(かみ)へ行かず、階段のある別の端へと向かい、壁の暗がりに溶けるように消え去った。

すると、廊下の奥の宿泊客は行ったり来たりをやめた。ようやく彼は少し音を立てつつドアをしめた。すると、廊下は真ん中あたりに据えられた貧弱なガソリンランプの光ではとうてい届かず暗闇に沈んだ。この階のロラン氏と、下の階の夜警がイビキをかいてなかったら、この大きな建物の夜の沈黙は完全なものになったろう。

長く静かな数分が過ぎると、三つ目のイビキが、さっきのイビキのデュオに重々しくリズミカルに調和した。ドアノブにブーツを吊るした宿泊客が、ようやくぐっすりと眠りについたのだ。

小さなスーツケースの宿泊客のドアが三度(みたび)わずかに開いた……。するとこの宿泊客は、響き渡るイビキ以外、怪しい物音も聞こえず、疑わしいモノや灯りも見えなかったので、チャンスとばかりにそっと廊下へ出た。彼はブーツをぶら下げたドアの前へ立った。彼は驚くほど器用にドアを開け、さきほどホテル泥棒が忍び込んだ部屋に侵入した。

彼が入ると、階段の暗がりに隠れていた、あのホテル泥棒がすかさず廊下に現れた。すばやく軽やかな足どりで彼は、小さなスーツケースの男の、いまや誰もいない部屋へと向かった。

このとき、さきほどから不気味な行ったり来たりをやめていた宿泊客がふたたび歩きはじめた。彼は具合が悪かったにちがいない。彼はもう一度ロウソクに火をともし、廊下に出て、つまさき立ちで歩いたが、床を鳴らしてしまい、自分の存在を知らせてしまった。すると、ブーツをぶら下げたドアが不安げにわずかに開き、すぐに閉まった。

その直後ホテル泥棒は、入ったときと同様に、軽やかに、器用に、しなやかに、静かに、侵入先の小さなスーツケースの男の部屋を離れた。

行ったり来たりした具合の悪そうな宿泊客は階段にたどり着き、下に降りて夜警になにか飲み物を頼むと、ようやく自分の部屋に戻り、今度は鍵をかけて閉めた……そしてふたたびイビキの三重奏が、邪魔されることなく三人が寝入っていることを告げた。

すると、小さなスーツケースの男はドアノブにブーツをぶら下げた部屋を離れ、すばやく自分の部屋に戻り、彼もまもなく眠りについた。

この人の入れ違い（シャッセクロワゼ）のゲームは、田舎の古いホテルの静かな廊下をパレ＝ロワイヤルの別館のようなものに変えたが、こうしてやっと心休まるいつもの落ち着きを取り戻したのだった。

夜が明ける頃、夜警が小さなスーツケースの男を起こしにきた。この宿泊客はいそいそと身支度を整え、朝食をふた噛みで食べると、小さなスーツケースを手に駅のほうへと向かった。

彼の出発からほどなくして、ブーツをぶら下げた男のドアと、廊下を歩きまわっていた具合が悪いらしい宿泊客のドアが開いた。二人は、ホテル泥棒を巧みに演じた人物の部屋へと入っていった。ホテル泥棒はいまや観光客のいでたちで、小さなテーブルの前に座り、さまざまな書類に身をかがめ、じっくり読み入っている様子だった。

「どうしたんです、刑事長！」ブーツをぶら下げた男が言った。「おやすみにならなかったのですか！」

「いや、そんなことはないさ！　寝たさ。おまえのところに盗みに入った泥棒が夜警に起こされるときまでな」

　そしてポーラン・ブロケは笑いだした。

「ガブリエル、うまくやってくれたな」彼は言った。「褒めてやるよ！」

　ポーラン・ブロケは彼に手を差し伸べた。

「おまえもだ、ラモルス」彼がもう一人の仲間に言った。

「落ち着きのない宿泊客を完璧に演じてくれたな。ホテル全体を混乱させ、ほかの客の邪魔をしてくれた。申し分ない！」

　彼らはポーラン・ブロケと二人の部下だった。一番弟子ガブリエルと、そそのかして聞きだす驚くべき才能を持ってそう呼ばれるラモルス〔仏語の名詞〈アモルス amorce〉に由来し、「撒き餌」や「起爆剤」、「糸口」の意〕である。彼は、人々に話すよう促し、打ち明けさせる、あるいはささいなことをきっかけに誘導し、望んだ結果を獲得する術（すべ）を心得ていた。

　ポーラン・ブロケと忠実な二人の部下がなぜホテルにいたのか。それを説明するには、刑事がパリに戻ったロラン氏にいくつか質問しようとしていたことを思い出さなければならない。化学製品の経営者、ロラン氏がよく出張することをポーラン・ブロケは知っていた。彼の配下の一人が、このモントルイユ銀行の怒りっぽい顧客を、つまり、殺害された銀行家のところと、不可解にも強盗の被害に遭ったベジャネ公証人のところから、その立場を危うくする書類が奪い取られた人物を監視していたのだ。そういうわけでロラン氏の家の門の前に、使い走りを演じる配下がいたのである。

　そして、あのカフェバーでは、ブロケ分隊のもう一人の配下が待っていた。

昨夜、ガブリエルは自分自身で状況を少し把握したかった。運がいいことに、偽者の使い走りが言付けしたのはこのガブリエルだった。ガブリエルは車を待たせていたので、モンパルナス駅に向かうのに彼はそれに飛び乗るだけでよかった。運転手に指示を与え、刑事長に告げるべきことを言付けた。車はポーラン・ブロケ専用車で、彼の設計によって、仕事の要求のひとつひとつに応えるものになっていた。

ガブリエルは車の箱のなかに、小さな旅行鞄、毛布など、旅行者を装うに必要なモノを見つけた。そうして彼とばれないよう化粧をし、列車の客室に現れたのだった。

こうして彼は、命令に従い、ロラン氏の追跡を開始した。ロラン氏がモンパルナス駅から妻の親類がいる地方に行くだろうと予測したガブリエルは、刑事長に知らせるべきだと思った。

実際に、ポーラン・ブロケはビルマン氏その人についてや、ロラン氏がこのイトンヴィルの村長の娘と結婚したことについての情報を得ていた。ビルマン氏は強引に結婚を承諾させられたことをいまだ許していなかったから、義理の息子を嫌っていることを、彼は知っていた。またポーラン・ブロケは、モントルイユ銀行家の金庫とベジャネ氏の金庫に、ビルマン氏のサインがなされた証明書、有価証券、裏書が保管されていたことも知っていた。ゆえにポーラン・ブロケは、ロラン夫人の父親が不仲の義理の息子のためにこれらの書類にサインしたのなら、彼は比類なき善意を示したことになるだろう、そう考えていたのだ！

したがって、ロラン氏が義父を訪ねるのであれば、絶対的な必要にせまられて行かざるをえないのだから、ポーラン・ブロケはすぐにでもこの面会の結果を知りたかったのである。こうして刑事は、自分の部下ラモルスとともに自動車でレーグルに来たのである。

レーグルに立ち寄るにあたり、彼は車の故障を口実とした。ガブリエルは、自分がどこの部屋に投宿するか、ホテルの従業員に尋ねなくとも見つけられる方法をポーラン・ブロケに知らせておいた。すべてはとてもうまく運んだ。またガブリエルのほうでも刑事長にどうしても会いたかった。彼のほうでも、あの小さなスーツケースの男の存在はいささか奇妙に思ったからである。

　訓練はしっかりとおこなわれていた。ポーラン・ブロケの部下たちはそれぞれの役割を熟知していたので、打ち合わせせずとも完璧に立ちまわったのである。そういうわけで刑事長がガブリエルの部屋にいるあいだ、ラモルスは小さなスーツケースの男が部屋から出るの妨害し、ポーラン・ブロケは思う存分ガブリエルと話し合うことができたのである。

　ガブリエルはゆっくりと刑事長に報告し、すべてを彼に伝えた。

「よし……」ポーラン・ブロケは言った。「この小さなスーツケースの男がいったい誰なのか、コイツが狙うのはおまえか、それともロラン氏か、それを知る必要があるな」

「なぜロラン氏なんです？」

「モントルイユ銀行とベジャネ氏のところで、ロラン氏の書類・証書をめぐって事が起こったあとなのだ。はっきりは言えないが……確認はしなければならないが……」

　ポーラン・ブロケは続けた。

「おまえは、俺の分隊の人間だ。だから追跡される恐れがある。あらゆることを想定しなければならない。ところで、ポケットに面倒になりそうなものは持ってないよな？」

「はい、身分証も持っていません」

「よし……それはここにある。二、三通の手紙、いくつかの書類、ル・アーヴルのとある商店のものだ……おまえはギボワゾーという名前で、従業員だ。これは、すっかり酔っ払って巡査らを侮辱した廉で数日間の禁固刑に服することになる、つまらない野郎から昨日没収した手紙だ。ギボワゾーになることでおまえが不都合がこうむることはないな？」

「はい、刑事長」

「よし。書類はおまえの上着のポケットに入れておく。小さなスーツケースの男がそれを調べれば、ヤツは情報を得ることになる。放っておいてかまわない。安心して寝ていろ。また明日な……ギボワゾー！」

ポーラン・ブロケは部下と別れた。そして、小さなスーツケースの男が自称ギボワゾーの部屋でその所持品を漁っているあいだ、ホテル泥棒の役を演じるポーラン・ブロケは、このミステリアスな人物の部屋に侵入し、例の小さなスーツケース、衣服のポケット、財布を捜索し、いろいろな書類を収集したのである。

自分の部屋に戻り、彼は夜のうちにこれらの書類に目を通し、朝にそれらを精査していた。そこへ、二人の部下が彼の部屋に入ってきたのだった。

「この紳士は」彼は二人の部下に言った。「慎重な男だ。恐れるものがなく、人生を面倒なものにしない正直な人間では考えつかないような用心深さだ。コイツはいくつもの名前の名刺を持っている。そして、どの名刺にも住所は記されていない。さらにここに俺が持っている二、三通の手紙は封筒に入っていない。二通は取るに足らない内容で、三通目は暗号化されている……」

刑事長は部下たちにそれらを見せた。

「見てみろ。俺たちにとってまず興味深いのは、最初の二通の手紙だ。多くの人々にとっては一見なんの意味もないが、青鉛筆であのサインが記されている」

ガブリエルとラモルスは驚いて叫んだ。

「Z！」

「そうだ」ポーラン・ブロケは言った。「Zだ！　殺害された銀行家のところ、強盗に入られた公証人のところで俺たちが発見したあのサインだ……」

彼は加えた。

「昨日はかなり運がよかったな、そう思うよ！」

「そうですね、刑事長！」

「だがもっとも興味深く奇妙なのはこれだ、これだよ。二人とも、見てくれ」

ポーラン・ブロケは二人の部下に一通の手紙を見せた。彼はそれを折った状態でもって、手紙の半分だけを彼らに見せた。ガブリエルとラモルスは、ポーラン・ブロケがテーブルの上に押しあてた手紙をかがみ込んで見た。それはタイプライターで書かれた手紙だった。

「おや、暗号化された手紙だ！」二人の刑事は大きな声で言った。

「そうだ」ポーラン・ブロケはもったいぶらずに言った。「暗号化されているんだ。時間ができ次第、解読してみるよ。だけど俺にとってものすごく大きな価値があるのは、隠されている文章のほうではなく、暗号化された手紙に記されたサインだ」

「サインですか！」

「そうだ、サインだ」

「Z？　またZですか！」

「サインが完全なんですか！」

「まさしく完全だよ。ほら、読んでみろ……読んでみてくれ……」

二人の刑事はサインに目をやりながら同時に叫んだ。

「ジゴマ！」

ポーラン・ブロケは勝ち誇ったように手紙を頭の上に掲げ、うれしそうに叫んだ。

「そうだ……ジゴマだ。やっとだぜ……ジゴマ！」

⑰章　村長の家で

夕方ロラン氏は車を頼み、イトンヴィルへ向かった。イトンヴィルはレーグルから十キロほどのところに位置する、田園まっただなかの畑に囲まれた小さな村だ。

しかしながら、ロラン氏がビルマン氏の家に赴いているあいだ、ポーラン・ブロケとその二人の部下がなにもしなかったわけではない。同じく、あの小さなスーツケースのミステリアスな男もまた列車のなかで眠りこけていたわけではなかっただろう。

ロラン氏が借りた車で出発したすぐあとに、ポーラン・ブロケは、昨晩、部下のラモルスと一緒に乗ってきた車に乗った。ギボワゾーを演じるガブリエルは、その役を最後まで演じきらねばならなかったから、あとで彼を迎えに来ることになっていた。

ポーラン・ブロケの配下が巧みに運転する自動車はまず村を一周し、元に戻り、道を探すふりをして村長の地所のまわりをまわった。ポーラン・ブロケと部下たちが現地を調べ、確認したかったことを確認すると、彼らはある農民に話を聞き、さらに必要な情報を得た。それから彼らは全速力で出発した。

一方で、彼らがその場を離れたすぐあと、一台の車がやってきた。五人乗っていた。もう夕方の五時で、日が暮れようとしていた。これらの旅行者は見るからにパリの人々で、村で唯一のカフェで停まり、そのうちの二人は村役場へと向かった。彼らは村長との面会を望んだ。だが、役場の事務所は閉まっていた。それで彼らは、村はずれのビルマン氏の住所を教えてもらった。一人の少年が彼らをそこに案内し、お駄賃に汚れていないきれいな銀貨を渡された。

われわれが知っている通り、ビルマン氏は義理の息子が訪ねてくるのを待っていた。まだ到着していなかったのだ。彼は書斎に座り、この時間にならないと届かない朝刊を読んでいた。

旅行者たちが鳴らしたベルの音に彼は顔を上げた。彼はそれがロラン氏だと思っていたから、随行の者がいるのを見て驚いた。年老いた女中は庭先の鉄格子の門を開けると、村全体を驚かせるように吠えていた二頭の巨大な番犬パトーとミロを黙らせた。自動車でやってきた二人もまた愛想のいい声と、おもねるような言葉で有能な番犬をなだめようとした……。彼らは庭を横切って、年老いた女中の案内でビルマン氏の家に入った。

「申し訳ございません、村長殿」二人のうちの一人――細く黒い口髭を蓄えた愛想のよさそうな気品ある顔立ちの若い男――が言った。「このような時間にこんなかたちでお邪魔し、お宅まで押しかけて申し訳ございません」

「お二方」義理の息子がいないことに驚きつつもビルマン氏は言った。「どうかお座りください、ご用件をなんなりとお申しつけください」

「この地を大変気に入っております。獲物がかなり多いとうかがっております。まだお借りできるような狩場があるかどうか、お尋ねしたいと思いまして」

村長は狩猟家たちに彼らの望む情報を与えた。狩猟やこの地方のこと、購入できる土地についてしばらく話したあと、それ以上村長の親切は乞わず旅行者らは別れを言い、丁寧に迎えてくれたことに礼を言い、立ち去った。彼らは玄人ぶって感心し、庭や番犬に関して村長を褒め称え、別れたのだった。そうして彼らは、カフェに待たせた二人の連れを迎えにいった。

車に乗り込むと、二人は尋ねた。

「どうだった？」

「計画通り。犬は毒入り肉団子を食ったぜ」

「それで家は？」

「あばら家のように単純なもんだ。扉は簡単に開く……階段は頑丈……部屋は全部二階だ……子どもの遊びだな」

旅行者たちはこんなことを話しながら、ロラン氏が義父の家の庭先の、鉄格子の門のベルを鳴らすのを確認すると出発したのだった。

ビルマン氏は訪問者たちを見送ったあと、わざわざ新聞を読むにランプをつけるには及ばないと、静かにパイプを嗜み、夕食の時間と義理の息子の到着を待っていた……。この日、準備されていた美味しいキャベツのスープほどは楽しみなものでもなかった。

義理の息子がベルを鳴らすと、彼みずから鉄格子の門を開けた。

「ああ！　あなたか、ロラン！　入りなさい、入って……」

ビルマン氏は自分の名誉、自分が治める自治体の名誉のために、自分の家のいさかいを外には見せたくなかった。村長は地域のよき模範となるべきだったのだ。だから彼は、娘の健康について訊き、義理の息子が自分の健康について尋ねたので、うれしそうに答えた。

「元気だよ！　元気だとも！」

彼はやけに気立てよく加えた。

「さてと、夕食前に、パイプか葉巻を吸う時間があるね」

彼はロラン氏を散歩に連れ出した。彼は心配そうな義理の息子をよそに、穀物、家畜、針工場、りんごやりんご酒（シードル）など、要するにいろいろなことについて話した。しかし、イトンヴィルの村長はノルマンディー人そのもので、彼のつくるりんごジュースのように純粋で、彼のつくる蒸留酒のように癖の強い人物だった。彼は心の底をうかがわせないままだった。

「ああ！　ああ！　ロランよ」彼はテーブルに着くと言った。「あなたの訪問には少し面食らってしまったよ。パリでいつも食べているような、ひどく取るに足らない食事とはちがうさ！……そうじゃなくて、本物のキャベツでつくったキャベツスープと、本物の豚の赤身肉だ。それは、すべてが不自然なパリの料理を一変させるだろう。まあ、味わってみなさい。あなたは食べたことがあるんだがね……その昔に……」

スープのあとに豚の赤身肉、豚の赤身肉のあとにカマンベールが出されたが、その産地が近隣であることが真正さと品質を保証していた。それから食器が下げられた。

かまど、食堂、寝室、家全体の世話を引き受け、なんでもこなす年老いた女中がアップル・ブランデーを一本持ってきた。イトンヴィルの村長はパイプを取り出し、ロラン氏は葉巻の先を切り、そして二人は静かにアップル・ブランデーを味わいながら嗜みはじめた。

かなり長い時間、ロラン氏が自分と同じ名前を持つ聖人〔ローマ皇帝ウァレリアヌスの命で、生きながらに熱した鉄格子で焼かれ殉職した聖人〕の受けた責め苦を追体験したあと、イトンヴィルの村長はようやく口を開いた。

「普段はね」彼は言った。「夕食のあと、私は仕事のことを話さないんだ、頭が少し重くなるからね。政治のことだけを話すようにしている。バカなことを言ったとしても、それはいかなる重要性も持たないからね。でもね、あなたは私の義理の息子だ。そのために遠くからやってきたわけだから、この習慣に背こうと思う」

「心から感謝します……」

「その必要はないさ。さて、あなたの妻が――私の娘だがね――、とても心配にさせるような長い手紙を書いてよこした。あなたの仕事のことでね。ということは、うまくいってないのかね？」

「残念ながら！」

「まあまあ。落ち込んで、うちのめされちゃだめだよ。それではなんにもならないからね。あなたはとても賢い人だ。私がその手腕を評価するほどにね。あなたの会社は順調だ、私はそれを知っている。たくさん稼いでるはずだ。あなたには大きな欠点がない……怠け者でも遊び人でもない……あなたは妻や家庭をとても愛している、私はそのすべてを知っているよ……。だからわからないんだよ、なぜあなたが窮地に陥ってしまったのか。オクタヴィーは破産や不名誉を話題にしていた……私はそれよりも恐ろしいことを知らない。オクタヴィーはおおげさなんだろう」

「そうではありません」ロランは大きな声で言った。「オクタヴィーは悲しい真実だけをあなたに伝えました」

「おお！　おお！　それじゃ、そのためになにをしたんだ！」

「投機を試みました、うまくいくはずでしたから……」

「すべての投機はうまくいかなければならないが、あなたの投機はほかのと同じように失敗した」

「その通りです」

「それは許されるはずだ、間違えることはある」

「ええ」

「そのせいであなたが、借金に高利が加わる悪循環に陥っていないと信じたいものだ。もしそうなら、絶対に許されないよ」

「私には、あなたに伝えなければ……」

「真の実業家というものは、そんな状況にはまり込んだりしないものだ」

「それは確かです……ですが……」

「苦難から脱するために不誠実な人々にすがるのは、自分自身を信用していないからだ」

イトンヴィルの村長は黙った。彼は自分のブランデーをつぎ、義理の息子に渡した。

ビルマン氏はついに、ぞんざいに言った。

「いくら必要なんだ?」

このときロランは身震いした。思いちがいをしたのだろうか、義父は情け深いのだろうか? 彼は安心感を取り戻した。

「一万フランです……」彼は口ごもった。

「一万フランだって!……それが多いのか……取るに足らないのか……それは場合にもよるね」

「私にとっては、いまのところ……」

ビルマン氏は尋ねた。

「それは期日に支払うべき金額なのかね?」

「そうです」

「そうか。期日の延期はできるだろう」

「いいえ……」

「いやできる、できるとも。債権者らはあなたのことを知っているし、認めてもいる。彼らはあなたの力量がどんなものかわかっている。彼らだって、この一万フランのために、あなたが面倒なことになるのを望んではいないだろう」

「債権者は一人だけです。彼は頑として応じない人物です」

「一人だけ！　それはさらに深刻だ。でも、何度も頼んでみたら……」

「彼は亡くなりました、突然に！」

「えっ……困ったことだ！」

「そのあと任命された財産管理者はなにも同意しないし、なにも認めないんです」

「なるほど、非常に困ったことだな。でもまあ、つきあいのある人やパリの友人に、この金額を貸してくれる人を見つけられるのでは？」

「私は窮地にあることを知られたくないのです」

「それもそうだね。でも、パリだったら一万フランの貸付を確実に受けることはできそうだが。探さなかったのかね？」

「見つけられませんでした」

「一万フランを？」

「はい」

「ああ！　では、あなたには一万フランを貸すだけの信用がなかったということだ……だからあなたは、自分にとってそうとうな苦痛をともなう奔走をしに私のところに来たというわけだね。私の娘にあらかじめ根まわしをしてもらったうえで」

「あなただけなのです、お義父さん。私たちを救えるのは」

「それじゃ、見込みはないのかね？」

「まったく！」

「あなたくらい金を持っていた人間が、一万フランごときで一文無しになると言うなら、つまりそれは一万フランで救えないということだ」

「断言しますが……」

「へえー……この一万フランのあと、ほかの金の要求が次々とやってくるだろう……私にはそれがわかるんだ……。あなたに一万フランを与えることは一滴の水を砂漠に垂らすこと、無駄なことだ」

「それじゃ？」

「もちろん断る。そんなことしてなんになる！　あなただって、そんなふうに私があなたの借金のすべてを払うなんて思っていないだろ？　私は、最初の借金も、引き続く借金も払うべきではない」

「でも、お義父さん」絶望したロランは叫んだ。「私は破産してしまいます！」

「私だってそれを恐れている！」

「あなたの家の名のもとに訴えているのです」

「あなたは私の意に反してこの家に入ったんだ」

「あなたの娘の名のもとに」

「彼女は私の子ではなく、あなたの妻になることのほうを好んだんだ」

「私たちみんなの名誉のために」

「あなたの名誉だけが危険にさらされているんだ。こっちは、私の名誉は、はねっかえりのすべてからまぬがれている」

「でも、私の名が汚されれば、妻だって不名誉をこうむることになるのです」

「離婚できるさ。そうすれば不名誉は償われる」

「私が自殺するとしたら？」

「彼女は未亡人になる、そして人生をやりなおすことができる、あなたに台無しにされたね」

「あなたは冷酷だ、愛情も憐れみの心も持っておられない」

イトンヴィルの村長はそっけない態度で遮った。

「申し訳ないが、ロランよ」彼は言った。「おおげさな言葉を使わないでくれ、困惑してしまうよ。私は、単刀直入に物事を言わねばならないような愚直な農民だ、私自身もそういうふうに言っているようにね」

「私は言ったんです。もし破産を避けられなければ、死ぬしかないと……」

「そんなふうに自殺や死をほのめかしても金を貸すという愚かなことはしないと、私はあなたに示したんだ。娘だけが私をあなたと関わらせているにすぎない。しかしあなたが、あなたが死ねば、どのみち娘は私のところへ戻ってくる。だからもうやめなさい……」

「ああ！　あなたは残忍な人だ！」

「ちがう！　ただのノルマンディー人だ。昔……あなたに騙されたノルマンディー人だ！　あなたはその善意と友情につけ込んで、このノルマンディー人から娘を奪ったのだ。自分のそばにもはや愛情をなくし、このノルマンディー人は無慈悲になった。このノルマンディー人の心は干からびてしまったのだ。なぜなら、彼を愛情深くさせていたものをあなたが奪ってしまったからだ。あなたに生じたことに関して、あなたは自分自身しか責めることはできないのだ」

そして彼は立ち上がり、締めくくった。

「私としては、今日できることはなにもない！」

それから声の調子を変えて、彼はいたっておだやかに加えた。

「床に就く時間だね。休むことが必要でね。明日、労働者を監督しに遠くまで行かねばならん。あなたのために部屋は用意しておいたよ。ここに泊まってくれるね？　よし！　失礼するよ。おやすみ！」

そして彼は、暖炉にパイプの灰を振り落とすと、平然と出ていった。

⑱章　カーチェイス

ロラン氏は、自分の言い分を弁護することも、この頑固な男に無慈悲な決定を取り消させようと試みることも必要ではないと理解した。彼は、義父が出ていくとすぐに食卓を離れ、用意された寝室に案内してもらった。彼はビルマン氏の部屋の前を通らねばならなかった。この部屋にある、貴重品や現金でいっぱいの分厚く頑丈な金庫のことを思うと、彼は思わずため息をつき、怒りと悔しさと憎しみの混じった仕草をした。ビルマン氏のほうはといえば、野外で一日中過ごした人々の、あのおだやかで大らかな眠りについた。近くで砲弾が爆発しようと彼は目覚めなかったろう。

しかしそのとき、一人の男が彼の深い眠りを見張っていた。ベッドの枕許で、綿の詰まったゴム製のマスクを手に持って、少しでも目を覚ませばそれを顔にかぶせようと身構えていた。

このとき二人の男が、ロラン氏も知る例の金庫を荒らしていた。そこには少なくとも十回はロラン氏を救えるものが入っていたのだ。二人の男はピッタリとした目立たない服をまとい、急ぎつつも冷静に、あせることなく行動していた。彼らは持っていくものを選び、紙幣を重ね丸めて金貨や銀貨を動かぬよう包み束ね、音が立たないよう布でできたある種の長い袋に入れた。この袋には肩から斜めにかける紐がついていて、腕や手を自由に使え、動きを妨げなかった。

作業が終わると、男たちは金庫を閉め、来たときと同じく慎重かつ静かにその場を去り、自分らの痕跡を少しも残すことなく家から出た。鉄格子の門を通らないで済むよう彼らは幹線道路に通じる庭を横切らず、家の裏手で広場のような佇まいを見せる、モミの生い茂る小さな森を通っていった。彼らは畑のただなかで敷地を囲むようにそびえる壁の前にいた。そこには細く丈夫な縄ばしごがぶら下がっていた。反対側では、二人の男がしっかりと縄ばしごを固定していた。強盗たちがすっかり安心して壁を乗り越え、縄ばしごを回収する仲間と合流したとき、彼らのほど近くで突然、かん高い警笛が鳴った。

意表をつかれ驚いた彼らは、不安げにこの警笛の意味を理解しようとしていると、突然一人の男が彼らに飛びかかり、たった一人で五人相手に戦いはじめた。

「ポーラン・ブロケ!」強盗たちは叫び、とっさに絹製の黒い目出し帽で顔を覆った。

しかし彼らは、十分にすばやくかぶることができなかった。ポーラン・ブロケはその鋭い目で彼らの一人の顔を識別したのだ。

「ド・ラ・ゲリニエール伯爵!」彼は叫んだ。

すると彼は邪魔をしようとする男たちを突き飛ばし、伯爵めがけて突進した。これら五人の男を相手にしても、刑事が闘いをやめるはずはなかった。驚くほど勇猛だったからだ。

ポーラン・ブロケは勇敢にも、盗んだものを抱えている二人の男に飛びかかった。ポーラン・ブロケは優秀な拳闘士だった。鮮やかに放ったこぶしの一撃で、ピッタリとした目立たない服の男の一人を地面に打ち倒した。彼は次にもう一人の強盗に挑みかかった。彼はこの男の正体をド・ラ・ゲリニエール伯爵と認めていたので、当然のごとく躍起になって彼を抑え込み、拘束しようとした。

彼は伯爵とともに地面に転がった。戦い続けながら彼は警笛を吹き部下たちを呼んだ。

「ここだ……こっちだ!……」

ところが二人の強盗が彼に飛びかかり、彼を押しのけた。ポーラン・ブロケから引き剝がされたド・ラ・ゲリニエール伯爵はすかさず立ち上がり、一歩下がった。伯爵はポーラン・ブロケから逃げようとした。

それでも刑事はすばやく立ち上がり、さきほどは縄ばしごの下にいて、いまは伯爵を守ろうとする男たちをパンチで押しのけ、またしても彼に飛びついた。彼はいっそう血気盛んに激昂した。彼は強く伯爵をつかみ、すると衣服の一部がちぎれ、彼の手に残った。

その間に、身が自由になった一味の一人が一歩下がり、ポーラン・ブロケの頭にゴム製の棍棒ですさまじい一撃を加えた。ポーラン・ブロケはかわそうとしたが中途半端になり、側頭部を打たれた。彼は顔を血に染め、意識を失い、地面に倒れた。敵たちはそのすきに逃亡した。

そのとき、彼らの一人がポーラン・ブロケの上にかがみ込み、彼を見て英語で叫んだ。

「デッド！（死ね！）」

そして、彼は走って仲間に追いついた。

ビルマン氏の、広大な敷地の両側をそれぞれ監視していたポーラン・ブロケの部下たちは、刑事長の発した警笛を確かに聞いていた。彼らはそれに応え、すぐに走りだした。ただ彼らは遠くにいて、ポーラン・ブロケに合流するには数分走らなければならなかった。彼らが格闘の現場に着いたときは、時すでに遅しであった。

強盗団は、ポーラン・ブロケのすさまじいパンチで激しく負傷した仲間を連れ、また刑事が引きちぎったド・ラ・ゲリニエール伯爵の衣服の一片をも現場に残すことなく、逃走した。彼らはすぐ近くの、木陰に停めておいた自動車に飛び乗り、全速力で逃げた。

一方、ポーラン・ブロケの運転手も警笛を聞いて、念のため手を貸そうと駆けつけていた。それゆえ車は、ほど近い幹線道路に停まっていた。ガブリエルとラモルスは刑事長の状態を詳しく調べるのはあとまわしにした。彼がまだ息をしていることに安心し、彼らにはそれで十分だった。二人がポーラン・ブロケを車に乗せると、運転手は強盗団の跡を全速力で追った。

車の通れる道は一本だけだった。追う者と追われる者のスピード勝負となった。運転手、エンジン……そしてタイヤにかかっていたのだ！

追いかけているあいだ、ガブリエルとラモルスは、刑事長の傷の手当てをし、彼の意識を回復させるに必要なすべてのものを、トランクから取り出した。道路は直線で、この種の追跡にもってこいだった。わずかな起伏に合わせて車が遠くで消えたり現れたりしていた。それは手に汗握るカーチェイスだった。ヘッドライトの光を頼りに追っていった……刑事の車のほうが、スピードで勝っているようだった。

「追いつきますよ」運転手が言った。「われわれが勝っています」

車内ではガブリエルとラモルスが刑事長の顔を水で拭いていた。冷たさがいい効果をもたらしたのか、強心剤を少し使うと彼は意識を取り戻した。続けて、ガブリエルは彼に応急処置を施した。皮膚だけが傷ついているようだった。

「頭蓋骨は質がいいんだ！」刑事が微笑みながら発した最初の言葉だった。

そして彼は尋ねた。

「どんな様子だ？」

彼は簡単に状況を教えてもらった。

「よし！　ヤツらに追いつくんだ……捕まえようぜ、アイツらを……俺たちは獲物を手中に収めるんだ。公証人宅の強盗犯、銀行家の殺人犯、例の強盗団Ｚは俺たちの掌（てのひら）の上にあるんだ。アイツらのうち一人がド・ラ・ゲリニエール伯爵だ」

道路はいつまでも続き、二台の車によって猛然と貪り食われていた。あと数分かければ刑事の車が、ヤツらの車に追いつくだろう。

突然、ヤツらの車の後方の幌が下がり、ポーランン・ブロケの車を銃撃しはじめた。

「おやおや！」刑事は言った。「撃ってきやがる！」

彼はすかさず拳銃で武装し、同じくガブリエルとラモルスも前座席から伯爵たちの銃撃に応えた。しかし、エンジンの振動やタイヤの跳ね返りによって、この射撃はまったく正確さを欠いた。この銃撃はムダだったのだ。こうして車対車のこの決闘は、有名な軍隊用語にならえば、〈およそ百発の弾丸が成果なしに交わされた〉。

それでもポーラン・ブロケが銃撃すると、強盗団の一人がうしろに倒れるのが見えた。

「一人負傷！」刑事のまわりでみんなが叫んだ。

強盗団は銃撃をやめた、弾薬が切れたにちがいない……そして二台の車の間隔がどんどん縮まっていった。

「加速しろ！　加速するんだ！」ポーラン・ブロケは運転手に言った。「エンジンの回転数を上げろ」

刑事はいまや、強盗団の車に横づけし捕らえようとしていた。海上での海賊船の追跡もかくやである。

一方、強盗団は弾丸を切らせたので、もはやポーラン・ブロケと部下たちを狙えなかった。こうして彼らは車そのものに攻撃を仕掛けてきたのである。彼らは釘やビンの破片は撒き散らさなかった、強化タイヤには効果がないとわかっていたからだ……彼らは、くっきりとしたZ型の小さな器具を投げ落としてきた。その先端は尖(とが)っていて、どこかしらがつねに上を向くようねじ曲がっていた。

運転手は、その動きから強盗団がなんらかの武器を撒いたとみた……しかし夜だったので、それがなんなのか識別できず、避けられなかった。

「かまわん、突き進め！」ポーラン・ブロケは彼に言った。「かまうな、行け！　ヤツらを捕まえなければ！」

彼らにはまだ幸運があり、この武器をよけられた。強盗団もその武器をそんなには持っていないのだろう。するとある町の灯りが見えてきた。こんな時間は町の人々はすでに寝入り、通りには人影がないにちがいない。だが敷石や、通りがふさがっているかもしれず、スピードをいくぶん落とさざるをえないだろう。フランスの町や村は通りを家々の一部とみなす困った習慣を、まだ潔く捨て去れなかったのである。

この町にたどり着ければ勝利だ……ド・ラ・ゲリニエール伯爵とその仲間にきっと追いつくだろう。

「乱闘になるぜ」ポーラン・ブロケは言った。「しかも、激しいものにな」

「大丈夫ですよ、刑事長！」部下の刑事たちは大きな声で言った。「大丈夫です！　あなたの仇をとりましょう。あなたを負傷させた代償を払ってもらいますよ！」

格闘を予期し、ポーラン・ブロケと部下たちはゴム製の棍棒で武装した。強盗団も同じ武器で武装しているのは確実だ。さっきのポーラン・ブロケのように、大胆きわまりないゴロツキを相手に丸腰になってはいけない。

強盗団の車には五人の男たちが乗っていた。そして運転手も乱闘に加わるだろう。ポーラン・ブロケのほうは彼のほかに、運転手も含めて三人の男たちだけだった。しかし、二人分のハンデキャップは軽いだろう。なにせ、ポーラン・ブロケがパンチで打ち倒した男は当然ながら負傷しているはずだし、さっきうしろ向きに倒れた強盗団の一人は撃たれて確実に怪我を負っているのだ。

いまや二台の車は、二十メートルと離れていなかった……闘い、つまりスピード競走は、熱のこもったものになっていった。

「この間隔を維持しろ」ポーラン・ブロケは運転手に言った。「追いつくなよ。急停止には注意しろ！」

なるほど、慎重な忠告だった。あらゆるカーチェイスでたびたび不意に起こる強盗団の急停止には気をつけなければならない。障害物に突っ込んだり、先行する車に激突しないようブレーキをかける時間、制動距離を確保しなければならない。追いつかれるとわかって、強盗団が新たな策略を使うかもしれなかった。その攻撃をかわすための余裕も持たなければならない。

しかしながら、ド・ラ・ゲリニエール伯爵とその仲間たちは、ポーラン・ブロケが想定していたあれやこれやを考えてはいなかったようだ。なぜなら彼らは、二つの先端部を持つ釘を撒き散らしたにすぎなかったから。いまや二台はそうとうに接近していた。ゆえにその先の尖ったものを偶然にまかせるのではなく、車のタイヤの進行方向、つまり、タイヤが必然的に通る地面にそれを撒くことができたのだ。この狙いは正しかった。いやポーラン・ブロケたちにとって間違いだったと言うべきか。それは成功したのだ。

ものすごい爆発音に刑事たちは、タイヤのひとつが破裂したとわかった。怒り心頭の運転手は罵りの言葉を吐いた。

「走れ！　もっと走れ！」ポーラン・ブロケは彼に叫んだ。「追いつけ、ヤツらに。ホイールで走ってでも、だ！」

ああ！　かくして、入念に準備した策略の成功を妨げるのはいつだって、あまりにもバカげた出来事なのだ。引き裂かれた強化タイヤの接地面は空気の抜けたチューブではもはや支えきれず、タイヤは緩み、はずれ、後輪に巻き込まれた。自動車がひっくり返らなかったのは奇跡だった！

運転手は、反射的にスロットルレバーを戻し、完全にブレーキをかけた。

後輪は激しくスリップし、地面を引っ掻きこすれ、車は停まった。

すると強盗団は、腕を振り、ハンカチをひらひらさせて別れを告げると、さらにはラッパまで鳴らして、よろこびに叫びながら勝ち誇ったように全速力で駆け抜けていった。

ポーラン・ブロケの運転手は車から飛び降り、損傷を調べ、逃走者たちのほうへ怒りのこもったこぶしを突きあげ、叫んだ。

「ゴロツキめが！」

ガブリエルとラモルスは悔しさに震えていた。彼らは刑事長のほうを向いた。

目下のところなにをもってしても和らげることのできないこの大きな敗北を前に、ポーラン・ブロケは静かに葉巻を取り出し、落ち着き払ってそれに火をつけた。

⑲章　見栄えのいい介添人

「準備はいいかな、お二方？」介添人は対峙する男たちの剣先をつかんで訊いた。

「はい、介添人殿」二人の剣士は答えた。

「よろしい。お二方、はじめ！」

彼は一歩うしろに下がり、几帳面な庭師が念入りに整えた決闘場から退き、ステッキを手に決闘の行方を見守ろうとした。

この決闘仕切り人は、ド・ラ・ゲリニエール伯爵の第一介添人で、五十五歳くらいの男だった。大変身だしなみがよく、巻きぐせのついた白く柔らかそうな髭をたくわえ、頭の上にはしっかりと分け目がつけられ、見事に仕立てられたフロックコート、明るい色のゲートルのところで留まるズボンを身につけていた。彼はボタンホールに勲章を付けていた。

それはひときわ見栄えのいい介添人だった。彼はデュポン男爵と呼ばれ、社交界やスポーツ界ではかなり有名だった。

決闘は、ヴィル゠ダヴレー近郊のある私有地でおこなわれていた。慣例にしたがい完全非公開で、介添人や医者をのぞき誰も見物できなかったが、百人ほどのフェンシング愛好者が邸宅のカーテンの陰や屋根裏の小窓などに身を隠していた。実際にこの決闘は、世間を騒がせることが予想された。有名かつ評判の高い優れた二人の剣士が対峙していたのだ。それは、ジャーナリストのマルク・コラとフォスタン・ド・ラ・ゲリニエール伯爵である。

モントルイユ銀行家殺人未遂事件についてマルク・コラが新聞にある短評を掲載したところ、それをド・ラ・ゲリニエール伯爵が侮辱的だととったのである。ジャーナリストは、殺人が犯されたとき伯爵がモントルイユ氏のところにいたがゆえに検事局に呼び出されたと書いた。ド・ラ・ゲリニエール伯爵はそのまま拘留されるだろうとの噂が流布し、判事がのちのちまで拘束しても不思議ではない、そうジャーナリストはほのめかしたのだ。言うなれば、行間を読めない人でも、はっきりとド・ラ・ゲリニエール伯爵が逮捕されると理解されるものだった。

この記事は掲載されると、大きな反響を呼んだ。ただちに伯爵は、友人二人をジャーナリストのもとに遣わした。われわれが先に見たように、それは、ポーラン・ブロケがちょうどド・ラ・ゲリニエール伯爵の家を訪ね、伯爵がブーローニュの森の散歩を終えて帰ってくるのを待っていた朝だった。

すると、まったき勇敢なマルク・コラは介添人を立てて、自分が報道者としての権利の範囲を超えていないことを伝えてきた。かくして、伯爵の無罪が正式に宣言され、自分の申し立ての誤りが証明されるまでは、伯爵に対する謝罪も、訂正文の掲載も一切拒んだのだ。それゆえ、モントルイユ氏の突然で意表をつく変節によってド・ラ・ゲリニエール伯爵の無罪が言明されると、伯爵はあらゆる手段に訴えて、この事実を可能な限りおおやけにすることを望んだのだろう。いま一度、二人の友人をジャーナリストのもとへと派遣したのである。

決闘は決定した。それが今朝おこなわれたのだ。

マルク・コラとド・ラ・ゲリニエール伯爵は、「お二方、はじめ！」の厳粛な掛け声のあと、勇ましく戦いはじめた。二人の剣士は手合わせしたことはなかったが、たがいの力量を熟知し、勇気のみならず、技術と敏捷性が求められることもわかっていた。彼らは互角だった。二人は見事な剣士だった。

はじめはたがいの手の内をうかがう、分析する小競り合いだった。フェンシング道場の言葉で言えば、こんなふうに表現できるだろう。決闘の最初のラウンドは稽古のように展開し、どちらからも攻撃らしい攻撃が見られなかった。両者ともやすやすと突きをかわし、いい一撃につながるようなフェイントを押さえ込んでいた。第二ラウンドも同様で、それでも伯爵の手数が増えたように見えた……結果は同じだった。第三ラウンドも、第四ラウンドも同じである。

続くラウンドでは、ジャーナリストはさらに気合いを入れて攻撃した。すると彼が優勢になった。伯爵はかわし、わずかに後退したが、軽やかで、見事な身のこなしで防御していた。決闘は白熱したもので、フェンシング愛好者たちを感服させた。各ラウンドが終わると、熱烈な拍手が湧き起こった。

再開すると、すぐにマルク・コラが激しい攻撃を仕掛けた……優勢とわかると、彼は躍起になった。彼は敵をラインまで追いつめるミスを犯し、ますますがむしゃらに奮闘した。伯爵ははじめと同様、力強く冷静に応戦していた。

ルールにしたがって伯爵は最初の位置に戻された。

マルク・コラはさらに血気盛んに攻撃した。彼は巧みな防御にあせりだし、いらだち、そしてよい結果を求めているようだった。一方、伯爵はあいかわらず冷静に笑みを浮かべて、相手の猛烈な攻撃を余裕でかわした。彼はまた後退した。各ラウンドで、彼は決闘場のラインの前まで押された。しかし、今度は彼は最初の位置に戻されなかった。

マルク・コラは、さきほどと同じミスで伯爵を決闘場の端に押し込んだ。そして、彼に突きを決められなくても場外に追い出し、失格させようとした。決闘はすでに一時間近く続き、命中しなかったいくつかの突き以外の結果はなかった。

とうとう、伯爵はその背後に二メートルの場所を残すのみだった。デュポン男爵はそのことを彼に知らせた。

一方、マルク・コラはラインでふんばる敵の剣士をいらだちながら激しく打っていたが、疲労を見せはじめた。伯爵といえば、彼ははじめと変わらぬ元気で攻撃を避け、防ぎ、その細い口髭の下には、冷ややかで不可解で残酷な笑みを浮かべていた……。

マルク・コラは突進した。彼はどうあってもケリをつけたかった。彼は相手の剣を叩き、突きを入れようとした。そこで伯爵はこの攻撃をよけなかった。彼の剣は相手の剣の一撃で下がった。しかし伯爵の剣は相手の剣を追い、すばやく跳ね上がりいったん水平になると、伯爵の剣は自由になり、離れ、すべり込んだ。あとは伯爵は片腕を伸ばすだけでよかった。マルク・コラは相手の剣を激しく叩いたせいで前のめりになり、止まることも、かわすことも、防御することもできなかった。いやおうなしに彼はみずから串刺しにならんとしていた。伯爵の剣は彼の胸を貫こうとした。するとマルク・コラの本能的な動きで剣は腕で受けとめられ、上腕部に入り、反対側に貫通した。

マルク・コラは剣を落とし、介添人たちによって移送された。

相手の腕から剣を引き抜いた伯爵は、落ち着いた様子であいかわらず笑みを浮かべ、すっかり血に染まった剣を召使いに差し出し、肩に外套をかけてもらった。それから自分の介添人や、そばの小道にだんだんあふれはじめた見物人に挨拶すると、彼は祝福の言葉に控えめに答えながら着替えにいった。

小道を整え、決闘に立ち会った庭師は、仕合場のために取り除いていた砂利を淡々とした様子で熊手を使って元通りにしはじめた。それから、負傷者、勝利者、介添人、見物人、すべての人々が行ってしまうと、庭師も重い足どりで庭を離れ、壁に穿たれた小さな出入口から通りに出た。さきほどまで馬車や自動車、見物人でいっぱいだったが、いまはもう人影はなかった。

いや、ほとんど人影がなかった。というのも、この小さな出入口のすぐそばに、一台の車がまだ停まっていたからだ。庭師は左右を見て誰もいないのを確認すると、一気に自動車に飛び乗った。すぐに車は走りだした。

車のなかには男が一人いて、さっそく庭師に尋ねた。

「どうでした、刑事長？」

「見事な闘いだったよ！」

「誰が突きを決めたんです？」

「ド・ラ・ゲリニエール伯爵だ」

そうしてポーラン・ブロケは、庭師用のくたびれた服を脱ぎながら、大きな声で言った。

「ヤツは本当に運がいい」

「いまのところは、です。刑事長」ガブリエルは言った。「でも、復讐してくださいよ」

「そう願おう」

ポーラン・ブロケはタバコに火をつけた。

「今回の決闘で俺が一番驚いているのは」しばらくして彼は口を開いた。「見事な決闘者たるド・ラ・ゲリニエール伯爵の勝利ではなく、この決闘そのものなんだ」

「どういうことでしょうか、刑事長？」

「ヤツがマルク・コラを仕留められたことには驚いてはいない――それはそれで素直に残念に思ってるさ、マルク・コラも優れた剣士だし、とても感じのいい男だからな。伯爵が加えた剣の一撃より、この一撃を与えた伯爵の存在そのものが驚きなんだ」

「どういう意味で？」

「昨日の夜、ド・ラ・ゲリニエール伯爵とその手下たちはイトンヴィルにいて、村長のビルマン氏のところに密かに行ったという意味でだよ」

「その通りです」

「さらに、今日の朝方の二時か三時頃、俺自身がド・ラ・ゲリニエール伯爵の顔面に何発かお見舞いした……断言するが、とっておきのパンチさ。俺はヤツをノックアウトして、目のまわりに黒いアザをつくり、鼻にツーンとくる辛いソースで味つけしてやったんだ」

「わかってます……」

「そのパンチの跡は残っているはずだ」

「そうでしょうね、刑事長」

「パンチの跡はしっかりと刻まれた。俺たちと一戦交えたあとだから、今朝もド・ラ・ゲリニエール伯爵の顔にははっきりと目立つアザがあったはずだ」

「もっともです」

「で、驚くべきこと、びっくりすること、理解できないことに、さっき戦ったド・ラ・ゲリニエール伯爵はおだやかで、すこぶる元気で、すっかり疲れの癒えた顔だった……俺たちと戦った形跡を少しも感じさせなかったんだ」

「そんなはずありませんよ」

「確かにヤツは少し青ざめていた。誰でも決闘の場に行くと、ふつうそうなるようにな。だからとくに……〈パンチの痕〉はきれいにくっきりと浮かび上がるはずなんだ」

「その通りですね」

「だけど、俺が痛めつけたところをよく見ても、なにもなかった……なんにもだ！　まるでコールドクリームでド・ラ・ゲリニエール伯爵の顔が手入れされたかのようだ！　伯爵の顔には、俺が殴った跡がないんだよ！　殴ったことは確かだし、その跡が数日間残ることも確実だとすると、そこにパンチの跡が見られない以上、伯爵はもうひとつの顔を持っているにちがいない……ヤツは予備の頭部を持っているにちがいないことを認めねばならない！」

ポーラン・ブロケは結論づけた。

「俺が驚いているのは、まさにこのことなんだよ」

それから彼は残りの道中、なにも話さなかった。

⑳章　暗号解読格子の設問！

ポーラン・ブロケは自宅に送ってもらった。彼はトリュデーヌ大通りとロディエ通りに面する角の建物に住んでいた。ずっと前からこの建物のアパルトマンを使い、それをセンスよく改修して、とても快適な家具を備えつけていた。

ポーラン・ブロケは新しいスタイルの刑事だった。ル・コック〔フランスの大衆作家エミール・ガボリオ（Étienne Émile Gaboriau, 1832-1873）の一連の推理小説に登場する警部〕あるいはヴィドック〔Eugène François Vidocq, 1775-1857 元犯罪者ながらパリ警視庁に協力し、のちに世界初の探偵になる〕のたぐいの刑事や、かつて名声を得たそのほかの刑事は完全に消え去った。今日では、イギリス同様フランスでも、刑事の新たな種族が生み出されている。それは、悪党たちと手錠をかけるぐらいの違いしかない乱暴で卑しい警察官、元ならず者ではない。ポーラン・ブロケの流派の刑事はまったく別である。今日刑事というものは学識が深く、礼儀正しく、品がある。かつての粗暴な刑事は存在しないし、存在することもできない。五十年前よりもはるかに多くの、さまざまなややこしいことが求められる現代生活の潮流に乗り遅れ、場違いになるだろう。また現代の刑事は、みずからその価値を高め、みずから真正の技能としたその職業以外でも紳士である。

もっとも有名かつ、ほかの刑事が規範とみなし手本とするポーラン・ブロケといえば、センスのいい男で、芸術愛好家で、才能あふれるスポーツマンだった。

彼は真の達人のごとく剣を扱った。出版界や芸術界のフェンシングの強者たちがこぞってやってくる、警視庁のフェンシング道場の約二週間続く総当たり戦で、彼はいとも簡単に優勝した。ここ二年間は「フェンシング競技会」個人部門のチャンピオンだった。また彼は、プロの重量挙げ選手のようにバーベルを挙げた。そしてボクシングでも、ロンドン滞在中に有名なボクサーたちと互角以上にわたりあった。彼のおかげで、日本の格闘技、例の柔術が警察官たちに教えられた。彼はカウボーイのように馬を乗りこなし、鉄道であろうが船舶であろうがすべての種類の蒸気機関を運転し、自動車やヨットのレースでいくつもの優勝カップを勝ちとっていた。

それに加えて彼は繊細であって、文学界や演劇界にも精通し、さらに熱狂的な音楽愛好家で、とても心地よくピアノを奏で、とても巧みに絵を描いた。彼はたくさんの言葉に通じ、とくに英語を見事に話した。

彼は、ガブリエルとラモルス、また数人の配下を選抜し、手ずから訓練した。彼らはポーラン・ブロケの好みによく応えたからだ。またポーラン・ブロケは、彼らが身なりや態度や会話、あるいは社交界のマナーを如才なく扱い、現代社会の上流から下流にいたるすべての社会階層に正体がバレることなく溶け込む能力を備えることを欲したからである。

「ゴロツキの世界でのみ悪党たちに出くわすわけではないんだ」彼は言っていた。「ときとして、立派な公爵のところもまわらないといけない！」

この立派な公爵とは、社交界の人々、放埒な生活を好む、見せかけだけ輝かしい人々を意味する。

全身全霊で彼に尽力する正直なジュール少年も当然ながら配下のうちに数えられ、使用人として働いていた。ジュールの母親は食事係だった。ポーラン・ブロケは自分の部下たちと同様、この二人にも信頼をおいていた。家はよく守られ、見事に維持され、しっかりと世話されていたのだ。

道すがら町着に着替えたポーラン・ブロケが家に着いたとき、正午だった。決闘は十時におこなわれたのだった。すでに昼食が用意されていた。

「誰も来なかったか？」刑事は使用人に尋ねた。

「いいえ、誰も。刑事長」

「言付けはないか。電話もなし、なにもなしか？」

「ええ、刑事長」

「よし、待つことにしよう……まずは昼食だ……」

テーブルには二人分の食器一式が置かれていた。ブロケとガブリエルが席に着くと、食欲旺盛に食べはじめた。

「腹を減らせるものはないな」刑事は苦笑いがら言った。「決闘ほど腹を減らせるものはない」

そのあと彼らは喫煙室へ移り、ジュールがコーヒーを持って入ってきた。ポーラン・ブロケは葉巻ケースを部下に差し出し、自分も一本選んだ……彼はロッキングチェアに寝そべった。そして大好きなコーヒーを少しずつ味わい葉巻を愉しみながら、部下に言った。

「俺が庭師に扮して花の植え込みに隠れて見事な決闘の行方を見守っていたとき、ある男にやけに興味をそそられたんだ。その男は決闘の仕切り役だった」

「デュポン男爵！」ガブリエルは言った。

「そうだ。とても洗練されていて、フロックコートを見事にまとい、鮮やかな色のゲートルを見事に身につけ、見栄えのいい人目を引く……見事な決闘の仕切役デュポン男爵だ。どこでこの顔を見たのか？　どこでこの男の突き刺すような鋭い目を見たのか？　さっきからそれを考え、思い出そうとしているんだ！」

ポーラン・ブロケは眉根を寄せ、渦巻き状の煙が天井へとゆっくりと昇っていくのをながめていた。この煙のなかに、この見事な決闘の仕切り役の名を見つけようとしているかのようだった。このセンセーショナルな名誉をめぐる果たし合いを捌いた紳士の名を。

ガブリエルが邪魔しまいとしていたこの夢想は、ジュールが来ると中断された。彼はシモンが来たことを告げた。

「ああ！　よし、入ってもらうように！」

すぐにシモンが現れた。刑事の主要な部下の一人で、腕っぷしが強く、首が太く、顔はごつく骨ばっていて、その存在から力をみなぎらせる、背の低いずんぐりとした人物だった。それでいて、重そうで粗野なあごを持つ顔はきらきらと光る二つの小さな目で輝き、鼻は極端に上を向き、口は絶えず笑っているようだった。彼はかつてピエロであり格闘家でもあった。時間があくと彼はすぐにバーベルを挙げ、ボクシングをし、また、刑事という仕事で必要とあれば、見事に芝居を演じた。

彼は微笑みながら入ってきた。飼い主の指示ひとつで誰彼を貪り喰らう忠実な犬のように、彼は誠実な目で自分の上司を見ていた。

「座ってくれ」ポーラン・ブロケは言った。「まあ、葉巻とコーヒーを一杯やってくれ。それからわかったことをたのむ」

「わかりました、刑事長」元ピエロは答えた。「簡単です……。あなたが車で出発したあと、私はあなたの指示通りに一瞬たりともド・ラ・ゲリニエール伯爵から目を離しませんでしたが、ヤツは……」

「そうか、ヤツを見失わなかったんだな？」

「はい、刑事長。一瞬たりとも」

「よし。話してくれ」

「ヤツは生活スタイルを変えませんでした。日中はさほど重要でもない用事を済ませ、午後はバスティーユ近くの武具屋に行って、何振りかの決闘用の剣を選び、それからサロンで決闘の介添人を務めるデュポン男爵とド・マルネ伯爵に会いました。そして八時くらいになると、平和通りをひとまわりしに行きました。ヤツはクリシー並木通りまで行って……」

「ああ！　またか！」ポーラン・ブロケは言った。「あいかわらずあの女工を追っかけるためか？」

「そうです、リリーをです。刑事長」

「モントルイユ兄弟はヤツを目撃したのか？」

「いいえ、刑事長。私は弁護士のほうは見かけませんでした。ただ医者のほうは患者のメナルディエ夫人を診察していたことがわかっています。薬屋が言っていました。彼は余命いくばくもないこの不幸な女性のために薬を注文したと……」

「例の紳士に話を戻そう」

「ガヌロン小路の前でヤツは、本当に美しく、魅力的なリリーを見ていました……」

「それはいいね、じつにいいよ。ただ伯爵だけに専念してくれ。おまえが見張るべきはヤツであって、この可愛らしい娘ではないんだぜ」

「はい、残念です、刑事長……私はむしろ……まあいいです！　それで伯爵は車に乗ってもう一度サロンへ行きました。そこで介添人らと夕食です」

「ヤツはサロンから出なかったんだな！」

「はい、刑事長。われわれのところの男が食卓でヤツをもてなしました。ヤツが劇場へ、リュテシア座へ行くまでです。で、私といえば、ヤツが陣どった桟敷席の前の一階椅子席に座っていました。その夜、ヤツは私に見られずに一瞬たりとも動くことはできなかったことは信じてください」

「いいだろ。あとは？」

「観劇のあと、ヤツはマドレーヌ近くのレストランに行きました。そこでもまたヤツを見失うことはありませんでした。ヤツの横で私も夜食をとりましたので」

「夜食をとりながらの見張りは気に入ったか？」

「はい、刑事長。ただ、見張り中にとった夜食が消化される時間はあまり心地いいものではありませんね……というのも私は伯爵と美しいリュセット・ミノワを、この女性歌手の小さな館まで追跡したんです。そして、朝の四時まで通りからこの家を見張っていました」

「いい気分転換になったな……」

「ええ、刑事長。四時になると、ド・ラ・ゲリニエール伯爵は帰宅しました。彼は寝ました。そして、十時頃に介添人の二人がヤツを起こしに来ました。あとのことはご存じでしょう……」

　ポーラン・ブロケは続けた。

「では、確かなんだな。おまえがひと晩中跡をつけ、決闘の時間まで追跡したしたのは間違いなく、絶対確実にド・ラ・ゲリニエール伯爵なんだな？」

「はい、刑事長」

「間違ってないよな？」

「はい、刑事長。間違ってなどいないと断言します！　ヤツです！　間違いなくヤツです！」

「よし！　だけどな、シモン、おまえが大好きなリュセット・ミノワに拍手を贈っていたとき……」

「私がですか、刑事長？」

「そうだよ。そういえばおまえはリリー・ラ・ジョリにも……」

「ちがいますよ、刑事長！」

「おまえは女に欺かれるところがあるからな。まあ、話を進めよう。なにしろお前は惚れっぽいと同時に食いしん坊だから、ド・ラ・ゲリニエール伯爵の隣りで夜食をとっていたあいだ……」

「そんなことありませんよ、刑事長」

「聞いてくれ！　俺たち、つまりガブリエルとラモルスと俺は、向こうで、ノルマンディーのイトンヴィルでド・ラ・ゲリニエール伯爵を追いかけていたんだぞ」

「まさか？」

「そうだ！　俺はおまえの横で夜食をとっていたヤツに俺流のスイングを一発かましてやり、完全にノックアウト、気絶させて地面に打ち倒したんだ。それからヤツの服の半分を引きちぎってやった」

シモンは唖然として刑事長を見ていた。その小さな目をパチパチさせ、上を向いた鼻をヒクヒクさせ、そして口をポカンと開けて、この世でもっとも滑稽な様子だった。だからポーラン・ブロケとガブリエルは大笑いした。しかし刑事は、元ピエロの正気を取り戻してやった。

「シモン、おまえは完璧に任務を遂行してくれたよ」彼は言った。「俺がどうしても知りたかったことを、おまえは教えてくれたんだ。おまえがここパリでド・ラ・ゲリニエール伯爵と道楽にふけっていたとき、俺は向こうで、同じド・ラ・ゲリニエール伯爵を殴り倒していた。だが俺はさっき、レーグルで負傷させたド・ラ・ゲリニエール伯爵がここパリでは傷跡をとどめていないことに気づいた。いまとなってはなぜこんなことが起こったのかを知るのみだな……」

それから三人の男がいた部屋は沈黙に包まれた。ブロケは葉巻の渦巻き状の煙をまたながめていた。

すると突然、彼は大きな声で言った。

「そうだ！」

刑事たちはビクッとして刑事長のほうへ不安げな視線を向けた。

「わかった！」ポーラン・ブロケは彼らに言った。「わかったぞ！　誰かわかったぞ！」

「誰です？　伯爵の正体ですか？」

「ちがう、伯爵じゃない！」

「ジゴマですか？」ガブリエルは尋ねた。「ようやくわかったんですか、このミステリアスなジゴマが誰なのか？」

「たぶんな！」ポーラン・ブロケは答えた。「パリの強盗たちが賞賛し崇拝し、ひそひそと噂するこのジゴマが誰か、俺にはわかったかもしれん。だがジゴマについて話すのはもっとあとだ。いま話すべきは、失業中の労働者風の身なりをして、モジャモジャの汚い髭をたくわえ、アル中のような顔で汚らしい服の、醜い姿の妙な男だ。コイツは、俺が車でド・ラ・ゲリニエール伯爵を対質のためにモントルイユ銀行家のところに連行したときに車のドアに近寄ってきて伯爵を罵り、こう言ったんだよ。〈対質に行ってもいいぞ、準備はできている……！〉とな。俺はこの男を捕まえたかったが、ヤツは人混みに消えた。それでだ。この醜いゴロツキは、ことのほかきちんとした紳士、ひときわ見栄えのいいデュポン男爵なんだよ！」

シモンは声を張りあげた。

「デュポン男爵だって！　ド・ラ・ゲリニエール伯爵の第一介添人！　ヤツは私たちと夜食をとっていました！」

「その通りだ。今朝の果たし合いの仕切り役……かつ第一介添人であるド・ラ・ゲリニエール伯爵の友人は、あの悲劇の朝の妙なゴロツキと同一人物なんだ！」

この確言は、刑事たちに大きな印象を与えた。

一方ポーラン・ブロケは、いたって落ちついた様子で立ち上がった。

「話を変えよう」彼は言った。

彼は自分の机に向かい、引き出しから一通の手紙を取り出した。

「暗号化された手紙だ」彼は言った。「これが解読したものだ」

「ああ！　刑事長、なんて書いてあるんです？」

「これだ」

ポーラン・ブロケは、鉛筆で大きな方眼用紙に一文字ずつ二行書き写した。部下たちは彼を目で追った。

彼らは順々に綴りを言った。

ティ、イー、エヌ、アイ、アール（TENIR）……エル、オー、アール、エー、エヌ（LORAN）
ディー、アイ、エム、エー、エヌ、シー、エイチ、イー（DIMANCHE）……ケー、エル、エー、エフ（KLAF）

ポーラン・ブロケは訳しながら言った。

「掌握する（Tenir）、ロラン（Laurent）……日曜（Dimanche）、クラフ（Klaf）！」

「クラフ?」刑事たちは叫んだ。

「そうだ。クラフは……クラフ（Clafous）を意味している……」

「クラフ!」

「クラフ、間違いない。クラフは、クラフ（Clafous）の短縮した語だ」

「その通りです。刑事長……」

「クラフ、ラ・シャペル大通りのカフェバー、〈アヴェロンっ子たち〉の経営者だ。知ってるだろ、クラフのところで札付きの悪党連中が溜まっているってこと。つまりそこで仕事が計画され、成功した悪事を祝い、その報酬が払われる」

シモンははっきりと言った。

「はい、刑事長……加えてご報告したいのですが、クラフのところにはジゴマの強盗団に属する何人かの男たちが集まっているとのことです」

「いいぞ、シモン」

ポーラン・ブロケは続けた。

「〈掌握する、ロラン……〉これに関しては、その意味はわかっている。これは、俺が衣服のポケットを漁った小さなスーツケースの男に、ジゴマが与えておいた指示だ。コイツはロランを見張ること、監視する任務を与えられたんだ」

「このロランというのは……」刑事たちはなにか言おうとした。

「ロラン氏というのは、モントルイユ銀行で殺人未遂があったときに最後に訪れた人物だ。最後か、あるいは例のド・ラ・ゲリニエール伯爵と同時にな」

「ああ!　ああ!　わかってきましたよ」

「そもそも、これはかなりわかりやすいことだ。ロラン氏は銀行家の殺人未遂がおこなわれたとき、モントルイユ銀行にいたんだ。彼はド・ラ・ゲリニエール伯爵の前か、もしくはあとに、この金融家の執務室を訪ねた最後の二人のうちの一人であることに間違いはない。

そしてとっても奇妙なことには、このロラン氏の、その名が記された手形が銀行家の暖炉の火に投じられて半分燃えていた……このロラン氏の書類だけがめちゃくちゃにされ、掠奪されたんだ。銀行家の金庫にあったほかのたくさんの書類はまったく手付かずだったのにな」

「なるほど」

「ベジャネ氏の金庫からもこのロラン氏の書類が奪われた……要するに、血痕で、あるいは砂で描かれたZの文字が発見されたところで、ロラン氏の痕跡が見つかっているってことだ……」

ポーラン・ブロケは加えた。

「さらに注目してほしいのは、ロラン氏が仲の悪い義父のビルマン氏の家に泊まったまさにその夜、俺たちが追跡したヤツらは――いまにわかることだが――、イトンヴィルの村長の厳重に警備された金庫の中身を奪い取ったということだ」

「だから、〈掌握する、ロラン〉が意味するのは……」

「つまりそれは、小さなスーツケースの男、あのホテル泥棒を働いた男、俺がその書類の暗号を解読した男に、ジゴマが与えた命令だ。この男は、ロラン氏を見張ること、彼を見失わないこと、彼を追跡することを命令されていたんだよ、ちょうど俺たちの勇敢なシモンが、華やかで陽気なド・ラ・ゲリニエール伯爵を見張っていたようにな……。そのことが意味するのはこれだ」

ポーラン・ブロケはタバコを、もう少しで唇を焦がすほどに短くなったタバコを捨てた。彼はもう一本巻いて火をつけると、続けた。

「だが、俺がおまえたちに解読してやった二行の手紙はほかにも驚きをいくつか残していた、さっき言ったようにな。この紙にあったのはじつはこの二行だけではない。いま解読してやった二行の裏面には、別の文章があった。最初は気づかなかったがね。硬い鉛筆でとっても薄く書かれていたんだよ……これらの新たな文は、大いに役立つものだ、解読を容易にする暗号解読格子を組み立てるうえでね。俺が読み解いたのはこれだ……解読しながらの解釈で少々心細いんだよ。問題の文は解明できても、その内容そのものを見抜くことは簡単じゃない。見てくれ、これだ」

ポーラン・ブロケはまたもや方眼用紙に青鉛筆の大きな文字で、これらの語を書き記した。

エム、イー、エヌ、イー（MENE）……ビー、エー、アール、オー、エヌ、イー（BARONE）……シー、オー、エル、アイ、イー（COLIE）……

エス、オー、アイ、アール（SOIR）……ビー、エー、エル（BAL）……エム、エー、エイチ、オー、エヌ（MAHON）……

彼は書きながら言い添えた。

「これが普通の綴りで復元した文字だ。〈連れていく（Mène）、男爵夫人（baronne）、首飾り（collier）、夜（soir）、ダンスパーティ（bal）、マオン（Mahon）……〉でも、これでは俺たちの役に立たない」

「そうですね、刑事長」

「この文はいろいろに解釈できる。もっとも真意に近いと思われる解釈がいくつかある、こんな感じだ。このなかから選ぶべきだろう、聞いてくれ……」

そうしてポーラン・ブロケは言った。

「〈男爵夫人を、首飾りを見に……あるいは首飾りを持った男爵夫人を……あるいは首飾りのために男爵夫人を……あるいは首飾りのゆえに男爵夫人を……ダンスパーティの夜、マク゠マオン大通り、連れていく〉もうひとつの解釈はこうだ。〈自分の首飾りを持った男爵夫人を……あるいは彼女の首飾りだけを、マク゠マオン大通り、ダンスパーティの夜、連れていく〉三つ目の解釈はこうだ。〈彼女が身につけることになる……あるいは購入することになる……あるいは奪われることになる首飾りのために、マク゠マオン大通り、ダンスパーティの夜、連れていく〉ほかにも解釈はまだあるが、結局は相互に関連しあっている、次の点でね。すなわち、男爵夫人、首飾り、ダンスパーティ、マク゠マオン大通り」

彼は加えた。

「俺たちが相手にしているヤツらがどんな連中かわかっているし、この奇妙な文書を所持していたあの男がどんな階層に、市民のどんな特別なカテゴリーに属するのかがわかっているから、そう間違いを犯すことなく、だいたい見抜くことはできる」

「われわれもそう思います、あなたと同様です、刑事長」

「つまり、ある男爵夫人、あるいはヤツらが男爵夫人と呼んでいるある女性が、値打ちのある首飾りを所有し、ダンスパーティへ行くために、それを身につけ……そして彼女はその首飾りを奪われる」

「そうです、そうにちがいありませんよ、刑事長。それは、われわれもまたこの文章のなかに見出したことです」刑事の助手たちは言った。

「だよな？　でも、どのようにこの首飾りは彼女から奪われるんだ？　俺はここで当惑してしまうんだ。マク゠マオン大通りに連れていかれるのが男爵夫人なのか？　マク゠マオン大通りでおこなわれるのがダンスパーティなのか？　そこに住んでいるのが男爵夫人なのか？　俺が見抜けないのはこの点なんだよ。文字を解読するのがすべてじゃないからな、それらが意味するものを解く手がかりが必要なんだ」

ポーラン・ブロケは声を張りあげた。

「それでも俺たちはこの不可解な点を明らかにし、このたくらみを阻止しなければならない。手がかりを見つけ、この文章の本当の意味を発見しなければならない。みなよ、なにがなんでも、ジゴマをうち負かさなければならないんだ」

「はい、刑事長。命令してください……指揮をとってください……」

「なあ、みんな。俺はおまえたちの協力を強く求める、俺一人じゃ、どうすべきかわからないんだ」

「おお！　それじゃ、たやすいことではないんですね……」

「俺はそう思っているよ。だけど、解決するのが簡単なものは面白くないってことさ」

彼は結論づけた。

「みんな、探そう。探そうぜ、みんなで。これらの言葉をしっかりとメモしておいてくれ」

刑事たちは反復した。

〈連れていく、男爵夫人、首飾り、夜、ダンスパーティ、マオン〉

「それでよし」

「よし、刑事長！　それじゃ、行きましょう！」

㉑章　協力者レモンド

ノルマンディーで、またヴィル゠ダヴレー近郊で、あのような出来事が起こったとき、モントルイユ銀行家の館では、それほど劇的な性質のものではないにせよ、それでもやはりある重要性を持った場面が見られた。

二人の兄弟は、留置場の医務室での尋問のあと釈放されていた。明らかに反論の余地のない罪が彼らには重くのしかかっていたが、司法官らは彼らを引きとめておく必要はないと考えたのだ。このときから司法官たちの確信は固まり、ポーラン・ブロケが主張したことはひとつひとつ目に見えて現実のものとなったのだ。ロベールとラウールが公証人の金庫を破ろうとした――どんな意図のもとかは周知である――という点で罪を犯したことは確かだが、彼らは先を越されたのであり、彼らよりも大胆で巧妙で確実にこの種の営みに慣れている連中の犠牲者だったのである。

ポーラン・ブロケは、留置場の中庭に一台の車を引き入れた。誰にも目撃されることなく、二人の兄弟は乗り込んだ。しっかり時間通りに彼らは帰宅せねばならなかった。彼らが夜間不在だったことを気づかせぬように、母親と一緒に朝食をとれるようにである。そうすれば彼女は不安にならず済むのだった。ロベールとラウールは使用人たちや人々の注意を引くことなく、シャルグラン通りの館に帰った。彼らは自分たちの部屋に忍び足で戻った。しかし、大きな驚きが彼らをそこで待ち受けていた。共用サロンで妹が肘掛け椅子に座り、読書しながら待っていたのだ。

「レモンド！」驚いて彼らは声をあげた。

若い娘はすっと立ち上がり、読んでいた本を投げ置き、二人の兄のもとに近寄った。

「帰ってきたのね！　ああ！　なんて幸運なんでしょう！　二人とも怪我はしてないのでしょう？」

「怪我してる？」

「彼を殺したのですか？」

「殺した！　誰を？　われわれが誰を殺さねばならなかったと思ってるんだ？」

「ド・ラ・ゲリニエール伯爵よ……」

二人の兄弟はビクッとした。

「ド・ラ・ゲリニエール伯爵！」彼らは声を張りあげた。「なぜそんな想像をするんだ？……そんなふうになぜ思ったんだ？」

「彼じゃなく？　彼と闘うために行ったんじゃないの？」

「全然ちがうよ、レモンド」

若い娘は兄たちの言葉を信用できずに、二人を見た。

「私にはすべてを話すことができるのよ」彼女は言った。「私はお兄さまたちと心をともにしているのだから」

「はっきり言うが、ド・ラ・ゲリニエール伯爵と果たし合いなんてしてないよ」

「ああ！」レモンドは失望したように言った。「それじゃ私にはわからない。もうなにも理解できない！

私は信じていたのです……望んでいたのです……だから、お兄さまたちが今朝こんなにも遅く帰ってきたのを見て、私はそう思ったのです……。でもそうじゃないのなら、もうなにも訊きたいことはありませんわ」

するとロベールとラウールは言い返した。

「ちょっと待て、レモンド、今度はわれわれがおまえに訊きたい。なぜおまえはそんな想像をしたんだ……なぜおまえはわれわれがド・ラ・ゲリニエール伯爵と戦うことを望んでいたんだ」

　レモンド・モントルイユは優雅で、まさしく可憐な、とても美しい若い娘だった。その目は黒く、慣用表現にしたがえば、ビロードのようにやわらかい優しさを備えていたが、ときどきその褐色の眉をひそめると、その目は黒いダイヤモンドのような光で輝いた。このようなときは、いつもなら微笑みを浮かべている口許がわずかに引きつり、彼女を美しく飾る小さなえくぼがあごから消え失せ、その顔全体が非情で懐柔できないなにかに満ちた表情で包まれ、そこには父親ゆずりの意志が認められた。それは同時に二人の兄弟が父から引き継いだ意志と活力だった。

　レモンドはロベールとラウールが不安げに投げかけた質問を理解したが、燃えるような視線で兄たちを包み答えなかった。彼女は、暖炉のそばの肘掛け椅子に静かに座った。それから彼女はふたたびロベールとラウールに燃えるような視線を向けて、ようやく意を決して答えた。

「私は思っていた……望んでもいたのです。お兄さまたちがド・ラ・ゲリニエール伯爵と戦うことを」彼女は静かで毅然とした声で言った。「だって二人のうちどちらかが、ド・ラ・ゲリニエール伯爵を殺さねばならないから」

「でも、レモンド」ラウールは声を張りあげた。「もう一度言ってくれ、なぜそんなふうに強く主張できるんだ？」

「そんなことよくわかっているでしょ……」

「われわれの考えが同じか見てみよう」

「いいでしょう」若い娘は冷静に言い切った。「私は、ド・ラ・ゲリニエール伯爵が不幸なお父さまを殺したと確信してるの……」

ロベールとラウールはビクッとした。

レモンドは続けた。

「これは私の確信だし、お兄さまたちの確信です！　司法官の方々がいらっしゃったとき、お父さまの部屋でなにがあったのか正確なところはわからない……でも、回復中のお父さまが殺人犯としてド・ラ・ゲリニエール伯爵を正式に名指したことは知っています。その通りでしょ、このことは？」

「そうだ」二人の兄弟は言った。

「それから、ベジャネ先生とグリヤール先生との極秘の短い話し合いのあと、お父さまが供述を撤回したこと。すると突然具合がとても悪くなって虚弱して、ド・ラ・ゲリニエール伯爵が無実だと宣言したこと。そして、短刀の一撃というよりはこの数分間のできごとのために彼は死んだ……いわば殺されたということを知っています」

「それはわれわれの確信するところだよ」

「それだけじゃなくて、お父さまのお葬式は、私の思いとしてはそうあるべきものではなかった。誰もがお葬式に参列してその姿を見られるのを心配していた。なぜ？……この死別の悲しみの日々に、かつてパーティに来ていた人々は遠ざかっていった。なぜなの？……お兄さまたちはこの屈辱の原因をつきとめようとしたのだと私は思ったのです」

「おまえの言う通りだ」

「お兄さまたちはベジャネ先生に、その秘密を訊きにいったと思いました……」

「そうしたよ」

「それに私はこうも思っていました。ベジャネ先生が自分の義務として当然それを明かすことを拒んだから、お兄さまたちは剣とピストルを手にその秘密を知っているはずのド・ラ・ゲリニエール伯爵から、強引にそれを聞き出そうとしたんだと」

二人の兄弟は身震いした。

「なんだって！　疑っていたのか、レモンド、おまえもそう思っていたのか？」

「私は二人の妹です。気の毒なお父さまへの、子としての愛をともにしているのです。お兄さまたちと同じくらい、お父さまの思い出と私たちの名の名誉を守りたいと強く思っている。よく聞いて。どんな犠牲を払っても、私たちはこのひどく悩ましい秘密を解く手がかりを見つけなければならないのです……」

そのときドアのところで音がし、若い娘の言葉をさえぎった。彼女は不安になり話すのをやめた。

「そこに誰かいる！」彼女は言った。

ロベールがドアを開けにいこうとすると、向こうから誰かがノックした。

「入ってくれ！」医師が言った。

使用人のマルスランが現れた。

「おうかがいをしにまいりました」彼は言った。「お二人が身繕いのためになにか必要なものがないかを。朝食を給仕するところでございます」

「いや、ないよ。なにも必要なものはない。ベルを鳴らしたときにだけ上がってきてくれ。われわれだけにしておいてほしい」

マルスランが出ていくと、レモンドと二人の兄弟はひどく不審に思い、心配になってしばしたがいに顔を見合わせた。二人の兄弟は、昨晩これと同じ不安を抱いたこと、そしてここで、このサロンで、ポーラン・ブロケと話し合ったときもまた、この怪しげなマルスランによって同じ場面が生じたことを思った。

「彼は私たちの話を聞いていたのです」レモンドは言った。「彼はちょっと前からドアの前にいて、私たちが話すのに聞き耳を立てていたんだわ！」

「そう思うか、レモンド？」

「そうよ！」

「どんな目的で？　なぜだ？……この男はわれわれに忠実だ」

若い娘は頭を振った。

「私は彼を信用しないわ。なぜかわからないけれど、忠誠を尽くしているように見えてうさんくさくて、不安を抱かせ疑わしく見えるのです」

レモンドの言葉は二人の兄弟の懸念を大きくした。

「彼を見張っておこう」ラウールは言った。「もっとも彼が聞いたとしても、なんの得にもならない。彼はなにも理解できないだろう」

「そうだといいけど」

レモンドはさっきの話にふたたび戻った。

「それで、私はお兄さまたちの意図を見破ったの。昨夜、私は起きていました」

「起きていた……われわれを見たのか？」

「起きてたから、お兄さまたちが出ていくのを見ました」

「どう思った？」

「私たちに課せられた聖なる任務のために出ていった、そう理解しました」

「確かに、それはわれわれの望みだった」

「それから今朝、お母さまを心配させないようにしました。お兄さまたちに来てほしいと言ってたけど、二人が外にいることを知ってたから。私ここで、お兄さまたちの帰りを待っていました」

「よくやった、レモンド。おまえが理解してくれることほどわれわれの励みになるものはないよ。おまえの協力ほどより確実に勝利に導いてくれるものはない」

「まだ言わなければならないことがありますわ。私たちには味方がいるのよ……」

「味方！」

「私の婚約者」

「ド・レンヌボワ大尉？」

「彼は高潔な心の持ち主で勇敢な人です！　私が彼を愛したのは、彼の心を認めたからです。彼の心は私たちの心にひけをとらないわ……だからお父さまの死で不安になった私の気持ちを婚約者に打ち明けたのです。私は彼に言いました。私があなたの妻になるのは、不可解なヴェールを剝がし、私たちの大きな苦しみ、私たちが公然とした屈辱、恥だと思っていることに対して恨みを晴らし、正義を勝ちとったときだけです、と」

「大尉はおまえに応じたのか？」

「お兄さまたちは彼を頼りにできるわ、三人目の兄弟としてね」

「ありがとう！　ありがとう、レモンド」

「では、私は行きます。着替えてくださいね、お母さまを待たせないように。この高貴で聖なる女性がなにも疑いを持たないように、私たちの計画がいっさい知られないように注意しましょう。これ以上に彼女を苦しめないようにしましょう！」

　レモンドが出ていくと、ロベールとラウールは妹が自分たちに言ったことに関しての印象を話し合い、それからサロンの武具飾りに向かった。

「ラウール、昨日、短刀を持ち出さなかったというのは確かなのか？」

「その通りだ。おまえのほうは、自分のを持っていかなかったのか？」

「ああ」

「しかし、武具飾りには短刀がない」

「そして短刀は、俺たちと一緒に発見された。この短刀が夜警を刺すのに使われた」

ラウールは結論づけた。

「それなら、こういうことだ。昨日ここから誰かが俺たちが出たあとにそれを持ち出し……俺たちにこっそりと持たせたんだ……それから俺の武器を使って刺した、俺たちがベジャネ先生のところで気を失っていたときにな。だから敵のヤツらは仲間の一人を昨日の夜、俺たちの部屋に招き入れたということになる……」

そのときドアのところにマルスランが現れて、こう告げた。

「お二方、食事の準備ができました！」

㉒章　二人の名刑事

ポーラン・ブロケは午前中にボミエ治安局長の執務室に入った。

彼はボミエ氏に言った。「トム・トゥウィックからの通知を受け取りました、この偉大なアメリカ人刑事は今日の朝のこの時間に、あなたの執務室で会うことを求めてきました」

「私にも通知してきたよ」

「われわれは、伝えるべき興味深い報せを得たときだけ、会うことになっているんです」

「では、彼はそれを持ってるんだな」

「おそらく。あらかじめ言っておきますが、もし彼が私の知らないなにかを発見したのならば、伝えられている以上に彼は有能だということです。というのも、われわれ自身を褒めそやすわけではありませんが、局長、われわれは今回の事件を適切に処理してきたからです……。もしこの事件がわれわれだけに関わるものであったなら、ずいぶんと前に……」

「そうだな。でもモントルイユ氏自身がわれわれの腕を縛り付けてしまった」

「だから新たな事実がなければ、われわれはいましていること以上のことはできません」

「アメリカ人がその事実を持ってくると？」

「じきにわかります。ほら、トム・トゥウィックだ」

アメリカ人の刑事が現れた。彼は晴れやかだった。彼は治安局長と握手し、同業者のポーラン・ブロケとは荒っぽいが好意のこもった力強いシェイクハンドを交わした。

「おお！　治安局長殿」彼ははじめた。「あなたのところの、驚くべきポーラン・ブロケが称賛されるの、あなた一度ならずとも、聞くことになるね」

「あなたからであれば、それは私にとって二重のよろこびとなります」

「ブロケさんここにいて、私の話を聞いても関係ないね。とにかく、私が思っていること、あなたに伝えないと」

ポーラン・ブロケは治安局長の幅の広いデスクのすぐそばで、肩で壁にもたれかかり、ぞんざいな片足立ちで立ったままでいた。彼はいつものようにタバコを念入りに巻くと火をつけた。すると彼は、話を続けるアメリカ人に視線を向け、笑みを浮かべながら、その鋭い目を彼から離さなかった。

「ねえ、あなた」アメリカ人刑事は話していた。「あなた方の世界的な名声、つくり話できたものではないね。あなた方に、ホント感嘆するよ。すばらしい。イエス……イエス……まったく」

「なぜそんなふうに思うんです？」ボミエ氏は訊いた。

「私が役に立つと思う、鉱脈を見つけたと思っても、すでにポーラン・ブロケ、それを細かく調査しているね。私が適切だと思う道進もうとすると、ポーラン・ブロケ、すでにそこを通ってる。私が無謬の手がかり追おうとすると、ポーラン・ブロケ、それすでに発見してる。私が目星をつけた人物を、捕まえようとすると、ポーラン・ブロケ、その人物すでに排除してる。いたるところで、どんなときでも、ポーラン・ブロケ、私の先をゆき、捜査すべき場をくまなく調べ、残るものなく焼き尽くすね……なにも言わず、そぶりも見せず、そっとね。彼、すべてを、手中にしている。断言する、見事だ、大いに唖然とさせられるね」

この熱のこもった称賛の嵐のなかで、ポーラン・ブロケはそのままの姿勢で微動だにせず静かにタバコを吸っていた。ひやかした表情で、目が生きいきとして、ひどく謎めいた笑みを浮かべる頑丈そうな女像柱（カリアティード）に似ていた。

アメリカ人は続けた。

「シャーロック・ホームズについて話すが……彼、名人ね、ええ……でも、私思うに、その手の込んだ方法では、あなた方が魔術師を演じることなく、いとも簡単に解決したこと、なしえること、できないね。ハッタリのニック、ニック・カーターはといえば、アイツ、あなた方のところに、勉強しに来る必要あるね。理論と意欲、誠意を学ぶために」

トム・トゥウィックが黙り、ポーラン・ブロケのほうへ目を向けると、いつもの笑みでニヤリとしていた。その笑みが、いま聞かされたあのような賞賛に対するひやかしなのか、猜疑心なのか、あるいは満足なのかは見抜くことはできなかった。トム・トゥウィックのファミリーハウスで初対面したとき二人が何度も相手を読み合ったことをわれわれは知っているように、二人の男はそんなふうにしばしばしたがいを見合ったのである。

それからアメリカ人はふたたび口を開いた。

「ねえ、ポーラン・ブロケさん、断言します。あなたもっとも偉大で、もっとも優れて、もっとも素晴らしい」

二度目の短い沈黙のあと、ポーラン・ブロケはおだやかに言った。

「あなた、お世辞を言っておられるのでしょ」

「ノー！　ノー！　ホントのこと言ってるね、私。ホント、そう思ってるよ」

「あなたは愛想がよすぎるんですよ」

「ノー！　ただただ公平に、あなた、驚くほど、素晴らしい！」

「そういうことでしたら、あなたが私に与えた栄誉の言葉をそのままお返ししますよ」

「いったい、どうして？」

「私が成し遂げたことを、あなたがとても見事だと思っていることを、あなただって成し遂げたからですよ。それにあなたの手柄は、あなたの街ニューヨークではなくて私の街パリが舞台となっているだけに、さらに素晴らしいんです」

「イエス、その通り。私もまた、優れた刑事ね」

笑いだしてアメリカ人は結論づけた。

「じゃあ、われわれ、二人とも、世界でもっとも優れた刑事ね」

ポーラン・ブロケは彼に尋ねた。

「ところで、なにか見つけたんでしょ？」

「イエス、大きな出来事ね……驚くよ」

「そうではないかと思っていました」

また短い沈黙があった。それからアメリカ人は続けた。

「私、モントルイユ事件の調査を、すべてやりなおした、銀行家の、殺人未遂以降のね」

「結果は？」

「とてもいい！　わかったよ、盗まれた有価証券がどこか」

「われわれが知らなかった有価証券」ポーラン・ブロケは指摘した。「おわかりになるでしょ、あなたのほうがわれわれより優れていることを」

「ノー！　待って……犯行おこなわれた夜、銀行家のところに、最後までいた人物、調べたね」

「ド・ラ・ゲリニエール伯爵」治安局長が言った。「そしてロラン氏ですね」

「イエス！」

アメリカ人の刑事は笑いはじめ、肩をすくめた。

「哀れな人たち！」彼は軽蔑するような調子で言った。「彼ら、こんな犯罪するなんて……おお、そんなこと考えるなんて、ありえないね。彼ら、臆病者だから！」

「でも、ド・ラ・ゲリニエール伯爵は手強い剣士ですよ」

「イエス、イエス、剣士ね……人前で……観客の前で敵の腕を刺す。よろしい、それ気どった芝居ね。でも決闘で、華々しく闘うことは、銀行家を、その執務室で殺害できること、意味しないね」

「ええ、確かに」

「ホントに、ド・ラ・ゲリニエール伯爵は、飲んで騒ぐこと好きな人、道楽者ね……リュセット・ミノワに、とても惚れている、ただそれだけ」

「では、ロラン氏は？」

「こっちは……数千フランのせいで苦労する、哀れな男、妻を愛しすぎる、ブルジョワ、化学製品の卸商で、滑稽な人物よ」

彼は結論づけた。

「イエス、どちらも、刺していないね」

「ああ！」治安局長とポーラン・ブロケはただこう言った。「それではあなたの見解としては、それは……」

「別の人物ね」

「別の人物？」

「イエス、ああ！　この人物、彼は大変よ。スケール大きいね、重量級だ。この人物、まさにポーラン・ブロケの、好敵手ね」

ボミエ氏は、勝ち誇って冗長に語るアメリカ人の話をもっと快適に聞こうとするかのように、肘掛け椅子に深く身を沈めた。ポーラン・ブロケはといえば、彼は身動きもせずに平然とタバコを吸いながら、大西洋のかなたからやってきたこの大切な仲間から目を離さなかった。

するとトム・トゥウィックは、直接ポーラン・ブロケに話しかけた。

「この別の人物は強く、豪胆ね、イエス。あまりにも豪胆、恐ろしすぎる」

「たしかに？」ポーラン・ブロケは言った。

「この人物、ジゴマね！」

ボミエ氏とポーラン・ブロケは同時に叫んだ。

「ジゴマ！」

「イエス、ジゴマ！」アメリカ人は念を押した。

彼は加えた。

「ポーラン・ブロケさん、先日、この名高いジゴマについて、話してくれたね。私、よく理解できなかった」

「だが……」

「待って、あなた。私、思ってたよ……なんて言えばいいかな？……それは未確認の、つくりものの、想像上の、人物を表現するための……パリ流の、気の利いた言葉、俗語とね。たとえば、ナントカとか、アレとかのような」

「ナニガシとか？」

「イエス、ナニガシ。その通り」

「だが、いま、あなたは知っている……」

「ジゴマ、存在してることね」

「ああ！　そうですか！」ポーラン・ブロケはすっかり驚いて言った。「まさかあなた、ふざけているんでしょ……そんなのハッタリ、アメリカンジョークでしょ」

「全然ちがうね……ノー、全然ちがうよ……ホントよ。すべて、まったくホントよ」

「ジゴマが存在している？」

「イエス！」

「あなたには驚かされますよ！」

「どうして。あなた、このこと、知らなかったの？」

「そんなこと信じたくなかったからです」

「でも、サイン、金庫に残されたZが、すでに、あなたに……」

「その通り！　私を欺くために、存在しないこのジゴマの、想像の産物であるこのジゴマの追跡に私を駆り立てるために、盗人のヤツらがこのZを書き残した、そう思っていました」

「ですから、このジゴマ、現実のもの。私、その証拠持ってる」

「証拠を？　ヤツを見たんですか？　ヤツと話したとか？」

「見た、ノー……話した、ノー……でも私、知ってる。私が、アメリカに持ち帰りたい、証券と書類を持っているの、ヤツよ。私、それを、ヤツから取り戻すね」

ポーラン・ブロケは寄りかかっていた壁から離れ、ボミエ氏のデスクに近づき、タバコの先を灰皿に投げ入れ、大きな声で言った。

「局長、あなたに言っておいたじゃありませんか、トム・トゥウィックはわれわれの師であると。みんなにとっての、私やほかの者たちにとってのね。あなたに言いましたよね、彼の弟子のニック・カーターは彼のそばでは赤子同然であり、あの偉大なシャーロック・ホームズですら彼には及ばないとね」

「そう！　そうだ！」ボミエ氏は言った。「その通りだよ！」

そしてポーラン・ブロケはトム・トゥウィックのほうを振り向き、彼の前に立ち、その灰色の鋭い視線で捕らえ、しばし彼を見た。

「そうか」彼は続けた。「そうか、あなたはジゴマを発見したんだ！　あなたのおかげで、私がありそうもないと考えていたことが現実のものとなったのです。あなたはその証拠を持っておられる……ああ！　あなた、私があなたの大勝利をどれほどうれしく思っているか、あなたは想像できないでしょう。なんという助けを私にもたらしてくれるのか！　なんというよろこびを私は感じているのだろう？　あなたの驚くべき利発さ、私を仰天させる才能を称賛させてください！」

「ノー、あなた」トム・トゥウィックは主張した。「ノー、ただ、運よかったね」

「ええ、謙虚な天才というのはいつだってそう言うのです。だけど、私はこの職業を少しばかり知っています。私にはわかりますよ、私が努力の甲斐なく挫折したところから成功を勝ちとるために、忍耐力や勇気は言うに及ばず、知性、想像力など、あなたがお使いになったすべてのことをわかっているんです……ああ！

あなた、おめでとうございます。心から祝福いたします！」

トム・トゥウィックはポーラン・ブロケに賞賛の礼をしてから加えた。

「しかしあなた、ジゴマを発見すること、結局、たいしたことないよ」

「そうなんですか？」

「イエス。もっとも重要なこと、それは、ヤツを逮捕すること」

「ヤツを逮捕する……ええ確かに、それは簡単ではない」

「そうです！　だからこそ、ここで、ポーラン・ブロケさん……あなたに、尽力してほしいね。なぜなら、この私、フランスにいるよ、権限ないね。ああ！　われわれが、アメリカにいるなら、すぐに終わるのに。でもパリでは、それは、あなたに関わるよ」

「あなたなしでは私はなにもできませんよ、トム・トゥウィックさん」

「だからあなたに、必要なすべての情報、伝えるね。あなたが、ヤツを捕まえるために……」

ポーラン・ブロケがすぐさまさえぎった。

「ダメです！　ダメですよ！」彼は声を張りあげた。「あなたの手柄で自分の身を飾るような真似はしたくありません。二人で一緒にジゴマを逮捕すべきです」

「無駄なことね、あなた……」

「いいえ！　ジゴマが最終的に逮捕されたら、それはあなたのおかげだと知られるべきです」

「どうして？」

「手柄は逮捕した者にあるのです。でも議論するのはやめましょう……もしあなたが私のジゴマ逮捕に協力してくださらないなら、関わり合うのはやめましょう。私はもうあなたの話を聞きません。あなたが私にはっきりと言ったように、ヤツが本当に存在している以上、私はこのジゴマの捜査に一人で身を投じることになります。しかし、いつになっても捕まえることはできませんよ」

二人の刑事はいかに無私無欲であるか、いかに同僚を思っているかをさらに競い合おうとしたが、治安局長が割って入った。

「トム・トゥウィック」彼は言った。「さあ、筋を通してください。あなたは断ることができないのですよ」

するとアメリカ人は頭を下げた。

「ウェル」彼は言った。「わかりました」

それから彼は尋ねた。

「どうしますか?」

「わかりません」ポーラン・ブロケは答えた。「ジゴマが誰なのか、ヤツがどこにいるのか、どうやって生活しているのか、私にはわかりません……ですから、ヤツのところまでたどり着く方法が思いつかないのですよ。この作戦を取り仕切れるのはあなただけです」

トム・トゥウィックは数分考えたあと、口を開いた。

「鳩が、巣にいるところを、捕まえる」

「どういうことでしょう?」

「あなたに、巣のありかを教える、不意をついて、突入するね」

ポーラン・ブロケは頭を振った。

「いい方法です」彼は言った。「ですが、それは適用できませんよ」

「なぜ?」

「決められた時間前に家宅に侵入することは法律が許しません。捜査令状を待ってはジゴマに逃げる時間を与えることになります……また、われわれがヤツのところへ突入する日、彼は帰らないかもしれない……しまいにヤツは抵抗するかもしれない」

「でも、不意打ちをかければ……」

「不意打ちに頼ることはできません。私はあまりにも知られていますのですぐに気づかれ、監視されます。ジゴマはつねに警戒するでしょうね」

「イエス！　その可能性ある。でも急がないとね。ヤツが所持している、書類や証券が……結局、なにできるのですか？　アドバイスを……」

「私がもっとも理に適っていると思うのはこれです。すなわち不意打ちです、あなたが望んでおられるね……だが、普通の方法ではダメです」

「どういう方法……」

「ジゴマをヤツの住処から遠いところにおびきよせなければなりません、われわれの庭にね」

「待ちぶせ？　それよくないよ。ヤツ、とても賢い、来るわけないね」

「いいえ、彼はそこに来ますよ」

「そう、思いますか？」

「絶対に。ヤツと書類の取引をしてください」

「イエス。それで？」

「あなたとなら、ヤツは疑わないでしょう。われわれがすべて準備します。ヤツに会う約束をするんです。いくつものドア、たくさんの出口があって、簡単に侵入できる建物でね……」

「ここ、みたいな」アメリカ人刑事は笑いながら言った。

「そしてわれわれが許さなければ、出ることができないようなね」

「ここ、みたいね……」

「そう、ここみたいな」

「ウェル……あとは？」

「あと？」ポーラン・ブロケは言った。「あとですか？……あなたが、もっとも優れたアメリカ人刑事であるあなたが、この大胆かつ驚くべき狙いが完全に成功し、この極端に手荒な試みに勝利したと判断したときに……それから……ジゴマがポーラン・ブロケというこのバカ者にまた一杯食わしてやったと思ったときに……」

「えっ！」アメリカ人は反駁した。

「そこで、ポーラン・ブロケが突然現れる……」

「イエス」

「ポーラン・ブロケはジゴマに近づく……」

「イエス！」

説明していることをトム・トゥウィックによく理解してもらいたいと思ったので、ポーラン・ブロケは展開されるだろう場面を演じはじめた。トム・トゥウィックはといえば、この身ぶり手ぶりの説明を理解すべく、座っていた肘掛け椅子を離れた。彼は立ち上がり、とても興味深そうに自分の仲間を目で追っていた。

そしてポーラン・ブロケはこう言いながら、彼のほうへ近づいた。

「そのとき、いいですか……ちょっと失礼しますよ、あなた……。ポーラン・ブロケはヤツの肩にこんなふうに一撃を加えるわけです……」

彼は言葉にジェスチャーを荒々しく交え、強く突きのけた。アメリカ人刑事はよろめき、思わず支えようと両腕を前に伸ばした。するとポーラン・ブロケはすばやい動きで伸びた両腕を受けとめ、手首に頑丈な鎖の手錠をかけた……。

そして彼は叫んだ。

「それからポーラン・ブロケはこう叫ぶんです、〈ジゴマ！　捕まえたぜ！〉とね」

この一連の動きはほんの数秒の出来事だった。信じがたく、途方もなく、常軌を逸したことだった。ボミエ氏はなにも理解していない様子で茫然としていた。

格闘、恐るべき戦い、罵り合う野獣のような叫び、ひっくり返る家具……とうとうトム・トゥウィックはソファの上でひっくりかえり、怒り心頭で血で顔を染め、衣服が引き裂かれ、両手に手錠をはめられていた。

そしてポーラン・ブロケは彼の首元をつかみ、親愛なる仲間の、息を切らせる胸を膝でもって押さえつけ、激怒すると同時に勝ち誇った様子でアメリカ人刑事の上にかがみ込み、言った。

「わかるだろ……ポーラン・ブロケを騙すことなんてできないんだよ！……これでよし！　捕まえたぜ、ジゴマ！」

㉓章　遍在するジゴマ

治安局長は呆気にとられたが、すぐにわれに返り、ポーラン・ブロケのもとへ近寄った。ポーラン・ブロケはソファに横たわったトム・トゥウィックの首をますます締め上げ、その胸をさらに強く押しつけながら、言った。

「ダメだよ、おまえさん。ダメだよ……ポーラン・ブロケはいつだって騙されたりはしない！　アメリカ人の、世界一優秀な刑事のふりをしても無駄だ、俺を二度も騙すことなんてできないぜ。俺はおまえの化けの皮を剝いだ。おまえの見せかけを引きちぎってやったんだ……俺はおまえを離さないぞ、ゴロツキ、悪党……ジゴマ！……」

トム・トゥウィックは強烈に締められたせいで、窒息寸前だった。彼は真っ赤になっていた。目は血走り、口はひどくこわばりその端から血の混じった唾液が流れていた。

「まあまあ、ブロケ君」治安局長は言った。「いったいどうしたんだ？」

ポーラン・ブロケは興奮した面持ちで笑いながら答えた。

「どうしたかですって？　いえいえ、局長、ヤツを捕まえたんです」

「君は思い違いをしている……」

「いいえ、局長。この悪党は……」

「まあまあ。君はどうかしているぞ」

「どうかしている！　では、見てください、局長、とにかく見てくださいよ。この顔を見てください、この激昂を、この恐怖を……私がどうかしているかどうか言ってください！……この紳士に私が過ちを犯しているか、間違えているかどうかを。われわれが探している恐るべき悪党の一人を私が捕まえているかどうか、言ってください」

「そうかもしれん。でも君、彼を殺すんじゃない、放してやりなさい……」

「では、逃すんですか？　ダメです、局長、コイツを拘束しましょう。コイツはとても手強く、とてもずる賢いですから、しっかりと拘束しましょう」

「でもね、君、われわれにはできない……彼は捕らえられた、君が彼を捕まえている。しかし彼に説明させてやりなさい、息をさせてやりなさい」

ポーラン・ブロケは、自分の親愛なる仲間の手首に手錠がしっかりとはまり、閉まっているかを確認した。

彼はトム・トゥウィックの首を放し、アメリカ人の胸を押さえていた膝を離した。

トム・トゥウィックは大きく息を吸い込むと、ボミエ氏に言った。

「心から感謝します」

彼はもう一度息をすると、ポーラン・ブロケのほうを振り向き、彼に言った。

「私、あなたを、心から賞賛します。あなた、象も叩き潰す、こぶし持っている」

そして彼は笑いだした。

すると、もっとも驚くべき意外な、特筆すべき場面が展開した。アメリカ人は、同情したボミエ氏に手伝ってもらいながら身を起こし、すっかり安心した様子で静かにソファに座り直した。

「おお！」彼はポーラン・ブロケに言った。「この哀れなジゴマを本当に気の毒に思うね、彼があなたの手に落ちるなら！」

ポーラン・ブロケはいまだ大きく身を震わせてこの男を見ていたが、彼はこの男のなかに筋金入りの性格を認め、その活力、その沈着、その見上げた自制心を賞賛せずにはいられなかった。

「局長」ようやく彼は口を開いた。「われわれは強盗団Zの首領ではないにしても、主要な幹部の一人を捕まえているのです。われわれはジゴマを、あるいはジゴマと呼ばれるものの中心を、意志を、頭脳を捕らえているのです！」

アメリカ人は首をかしげた。

「ポーラン・ブロケは」彼は言った。「豊かな想像力、持ってるね」

フランス人刑事はこの差し出口を気にもとめずに続けた。

「トム・トゥウィックは確かにトム・トゥウィックです。彼があなたに見せ、あなたに精査してもらうことを望んだ書類のひとつひとつは合法的で正確で偽りのないものです。彼はまさしくアメリカの有名な刑事ですが、彼がとりわけ何者かというと、国際的な強盗団の王です！　数々の銀行、数々の裕福な家で強盗団に盗みをさせたのは彼なんです。だから被害に遭った人々は盗人らを探そうとすると、彼を見つけることになるのです」

治安局長は大きな声で言った。

「君が言っていることは重大なことだぞ、ブロケ。証拠が必要になる」

「それならこれから手に入れますよ」

ボミエ氏はトム・トゥウィックのほうを向いた。

「聞きましたか？」彼はトム・トゥウィックに尋ねた。

「イエス」

「なにか抗弁すべきことは？」

「なにも！　じつに愉快。ただ、私、だいぶ気分損ねてます。私自身、この想像力豊かな作り話の、主人公だなんて」

ポーラン・ブロケはふたたび言った。

「局長……ご理解いただきたいことは、私が軽率にふるまったわけではないことです。私はこの男を追跡しました。私は目撃したんです、ド・ラ・ゲリニエール伯爵がファミリーハウスの彼の部屋へ訪ねるのを。彼が、この男が、ド・ラ・ゲリニエール伯爵とデュポン男爵、ほかの何人かと一緒にいるのを見たんです」

「申し訳ないね」トム・トゥウィックが割って入った。「ド・ラ・ゲリニエール伯爵、デュポン男爵は、法的に認められた、犯罪者ですか？」

「われわれは答えるべきではありません」

「申し訳ないね、私の保身のため、あなた、それを言うべきよ！　彼らが犯罪者なら、あなた方は義務を怠っているね。彼らを逮捕してないから。私、彼らは自由の身ですから、まったき紳士とみなしているよ。彼らと話したからといって、私を告発できない」

　治安局長が割って入った。

「そうであっても、あなたに関する、ポーラン・ブロケの告発に関しては損なわれません。なにか抗弁すべきことはありますか？」

　アメリカ人は頭を振った。

「なにもないね」彼は言った。「ホント、なにもないね」

「しかしながら……」

「イエス、なにもないのです。自分を、弁護しようと、すべきではないよ」

「その場合、私としては、あなたを司法の監視のもとに拘留せざるをえないのですよ」

「お望みなら。ただ、治安局長殿。敬意を込めて指摘します、私、あなたに、真正の証明書を提出し、あなたから、信任を得たよ……だから、そんなふうに私を拘留すれば、あなた、職権乱用することになるね」

「この場合、重大な正当性があるのです」

「イエス。だが私、アメリカ合衆国の市民ね」

「国際条項では許可されている」

「イエス、知ってるね。でも私、あなたに見せた、パリ駐在アメリカ合衆国大使の信任状を。だから私に、保証人いるよ。大使に通知しないで、私拘束できないね」

「これからしますよ」

「イエス。でも、すぐにお願いね」

「電話で」

「ノー。門に、私の自動車あるよ。あなたの部下を乗せていかせ、私のこと大使に、説明してもらってください。私、ここから、出ることができないよ、大使館から要請され、迎えに来てもらわないと」

ポーラン・ブロケは局長を広い事務所の角に連れていった。二人の男は低い声で白熱した様子で議論した。

そしてポーラン・ブロケはボミエ氏に言った。

「いいですよ、従います」

「われわれにはほかにやりようがないんだ」

「あなたの思うように、してください。しかし、われわれにとっては残念なことです……」

治安局長は統括する部門の課長を呼び出し、アメリカ大使館に派遣した。トム・トゥウィックはこの手続きがなされたのを知らされるとボミエ氏に礼を言い、いたっておだやかにあいかわらず笑みを浮かべ、葉巻を吸っていいか尋ねた。

そうして葉巻に火をつけると静かに煙を吐き、ポーラン・ブロケに言った。

「あなた……イエス……あなたはそれでも、私の尊敬すべき友人ね……。さきほどのちょっとした格闘のこと、私、あなたをちっとも恨んでないね。おお！　私、ちゃんとわかっています。いま、あなたと、この私に、なにが起こっているかをね。あなたは、固定観念、妄想を抱いてるね。あなた、いたるところに、ジゴマを見てる。最近まで、あなたにとって、ジゴマは、ド・ラ・ゲリニエール伯爵だった。今日は、あなたにとって、ジゴマは、あなたの仲間です。明日、あなた、上司のボミエさんを、ジゴマだと言うかもしれない！……」

いまやすっかり平静を取り戻したポーラン・ブロケが笑いだした。彼は黙ってタバコに火をつけた。

やけに丁寧にボミエ氏は、アメリカ人に尋ねた。

「手錠をはずしましょうか？」

「ノー！」トム・トゥウィックは答えた。「ノー！　そのままにしてください、あなたが、私を解放するときまで」

彼はプロの目で鋼の鎖を見た。

「よし！」彼は言った。「しっかり留まっているな！　犯罪者を挑発してやるんです、この輪っぱから逃れてみろってね」

長くは待たされなかった。まもなくアメリカ大使館の職員が自動車で連れて来られ、ボミエ氏に必要な説明と、不可欠な保証を与えた。トム・トゥウィックはそれゆえ自由に立ち去ることができた。

彼はソファから立ちあがった。そして大使館職員を案内した捜査員がボミエ氏の合図で、ポーラン・ブロケによってしっかりと固定された手錠をはずすためにトム・トゥウィックに近寄ったとき、アメリカ人刑事は微笑みながら礼を言った。

「必要ないね」彼は言った。「ほら！」

するとなんなく彼は手錠をはずし、治安局長のデスクの上に置いた。そうして挨拶し、彼はいとまごいをし、同国人のあとに続いた。ポーラン・ブロケの前を通るとき彼に言った。

「うらみっこなしで！」

そして彼は出ていった。

㉔章　〈アヴェロンっ子たち〉

「オメエか！　アントナン！」クラフはよろこび、大声で言った。「アントナンに、ギュシュタヴ！　オメエもか！　元気か？」

クラフはアルミ製のカウンター越しに、肘までまくりあげたシャツの袖から出た、けたはずれに太く毛深い両腕を差し伸ばした。腕の先は、ものすごく幅が広く骨ばった手で、その指の一本一本は万力のような形をしていた。

アントナンとギュスターヴは親しげに、心を込めてそれぞれの手をこの恐るべきワシの爪のなかにおいて挨拶すると、三人の男たちは話しはじめた。

「ナニにする？」クラフは尋ねた。「一緒に乾杯スッカ？　ホント長いこと会ってなかったな……スゲエうれしいな！……」

クラフは、ラ・シャペル大通りで、この界隈では名の知れたカフェバーを構えていた。十年くらい前から、彼は〈アヴェロン〔仏中部のオクシタニー地域圏北東部の県〕っ子たち〉という店を切り盛りしていたのだ。ずいぶん以前から財を築いてきたから、いつでも故郷に帰ると噂されたが、クラフはカウンターに留まり、飲みものを注ぎ、サイコロ遊びに興じ、政治的なことやほかのこと、警察のことから社交界のことまで、その日のさまざまな出来事に対して意見を述べ、聞き入れられていた。

またときとして、彼は話をわからせるため断固としたパンチを数発お見舞いすることもあった。彼の言うことを聞かない者はいつもかなりの傷を負って運ばれていったのだ。カフェバーの客はこの力を尊敬し、本物の棍棒のようなこの手を崇め、クラフを大いに慕い、心から敬服していた。

　クラフはこの業界にもっとも適した人物だった。そして、彼の店よりも濃厚なパスティス〔ニガヨモギを加えたリキュールの一種〕はどこにもなかった。彼はなんにでも目をつむり、また彼の出すものは美味しいもの、飲み干すと熱くなり、すぐに酔いがまわる極上のものだった。客は満足していた。さらに彼の出すアヴェロン産のマークブランデーは、いろんな庶民的な大通りで話題になるほどの名声を得ていた。

　それから彼は自分の客をよく知っていた。彼がある客に特別の敬意を示すとき、この客は彼にこう頼むことができた。

「クラフ、これをツケといてくれ」

「わかった、ボウズ！」クラフは言った。

　この〈わかった、ボウズ〉は、客のあいだでは誠実さを保証するものだった。クラフの店で信用を得た者はこの界隈を堂々と歩き、どこでもツケで飲むことができた。ただクラフは、ツケを回収することを絶対に忘れなかった。ときどき、いや。しばしば、いや。つまり恐らくは毎回、彼は、ツケや給料日払いの飲み物の数を少しばかり加えていた。しかし、これに誰も異議を唱えることはできなかった。クラフが今後ツケを拒むかもしれないし、するとこの界隈のすべての飲み屋もそうするかもしれない。そうなれば、現金払いで飲むしかない、生きることもできない！

　反抗すること、クラフはそれを許さなかったのだ。彼の店にあっては乱闘もである。それ以外はなんでもできた。飲むこと、酔っ払うこと、トランプをすること、叫ぶこと、吠えること、たわいもない口喧嘩をすること、これらすべてがよろしかった。しかし、最初のこぶしが一発放たれるや、クラフはカウンターから出ていった。彼は人混みをかき分け喧嘩する二人に張り手を喰らわし、首根っこを引っつかみ、まったくぞんざいに外に放り出すのだった。このことは絶対に必要だった。彼は店の品位や平穏、家族的な雰囲気にこだわっていた。

カフェバー〈アヴェロンっ子たち〉は、ラ・シャペル大通りを通ると連なって見える二つのホールだけを持っているわけではない。二番目のホールにはビリヤード台があり、そしてこれら二つのホールに続いて、もうひとつダンスホールを備えていた。そこで週に二回、ダンスパーティが開かれていたのである。

このダンスパーティの客は変わった面々からなっていた。さまざまな人々がいざこざなく交流し、危険に巻き込まれることなくごった返すのが見られるのは、ここパリだけである。

売春婦とその客はそこへやってきては悩ましげなワルツを踊り、淡い恋を確かめ合い、それからどこかにしけ込むか、いかがわしい仕事に励む。ヒモや泥棒、悪事や犯罪で生きる連中がそこに現れた。一方、そこにはまた、クラフの友人たちや同郷人たちもやってきた。これらのかたぎの人々は石工現場や建築現場で働き、妻や子どもと一緒にここへ姿を現した。盛大なパーティの夜は、気軽に若者たちや婚約したカップルがバイオリンの甲高い音と、ピアノで伴奏されるミュゼットで踊った。

クラフには信条があった。自分の店にかたぎの家族がいるあいだは、品のないダンスを認めなかった。もしそうなっても、すぐに謝った。もっともこれら二つの世界のあいだに争いは決して起こらなかった。わずかなトラブルも生じなかった。これらすべての人々はたがいを知っていたし、自分たちの立場をわきまえ、一方からの軽蔑も、また嫌悪もなかった。ナンパ好きな客は、若い娘たちの名前や、彼女たちの働く工房を言えた。若い娘たちも、踊りながら軽く触れてくる男たちがなんという名前か、誰と一緒なのかを知っていた……若い娘たちは彼らに「ごめんなさい、あなたが独身か結婚しているか知っているのよ」と言って揶揄(からか)い、笑顔を交わした。そしてそこを出れば終わりだった。またこれらの女たちは、たとえ昼間に街中で出くわしても、たがいに見ることはなく、もはや知り合いではなかった。

アヴェロンの律儀で謙虚で正直な人々は、クラフのガラの悪い客にとっては神聖不可侵なものだった。絶対に手を出したり、襲ったり、金品を奪ったり、脅したりしないことになっていた。もっともそれは稀なことだが、ときに一家の律儀な父親が興奮して、女の色気に、帽子をかぶらず踊る女の刺激に屈したとしても、それは秘密のままだった。誰もそれを暴露して夫婦喧嘩を引き起こしてはならなかった。若い娘たちは、彼女たちを絶対に尊重しなければならなかった。クラフは、この暗黙の了解を守らない者は殴り倒し、この罪を犯した者に対してはけんもほろろに店の扉を閉ざすだろう。

ところで、このランデヴーの場所は、これらの人々にとっては言うなれば必要不可欠な場所だった。彼らはクラフの店に集まり、そこで落ち合い、いろいろな情報を交換し、さまざまな交渉をしていた……。その生活が偶然に左右され……悪巧みを準備し、その結果を気にかけて生活する連中や……愛人を待つヒモ、好機をうかがい、身を隠す強盗たちはたがいに知り合いで、みなクラフを信頼していた。彼らは、信用のない人物や疑わしい人物、あるいは面倒を引き起こしそうな人物はクラフの店に入ることができないと確信していたので、この溜まり場、この避難所、この助けなしではやっていけなかった。彼らはそこでは、自分の家にいる以上に快適だった。

優しくて律儀な男であり、風変わりな客たちを心から慕うクラフが、ヘタを打った悪党を窮地から救い、匿い、世話し、食わせたことが何度あったろうか！　クラフの店では決して逮捕はおこなわれなかった。だからといって、カフェバー〈アヴェロンっ子たち〉の外で、クラフの大勢の客たちが手錠をかけられなかったわけではない。彼の店では決して、逮捕がなかったということだ！　外のことには、彼は一切関知しなかった。

クラフは自分の客を救うためならなんでもしたが、もしこの客が捕まったら、たとえ、その逮捕が予測不可能で、不意の、察知できないものであっても、それは彼自身の不手際のせいであり、ツキがなかったということだった……クラフは逮捕を残念に思い、客を救うためにできる限りのことをしたとはっきりと言った。クラフは信用されていた。そして当然、客は彼に忠実だった。

そういうわけで、彼が例のアントナンやギュスターヴのような友人を迎え、雷のような声とすさまじいリムーザン〔仏中部の地域圏で、現在はアキテーヌ地域圏とポワトゥー＝シャラント地域圏と統合されている〕訛りでとても親しみを込めて挨拶するとき、客たちはバーを出ていく必要はなく、カードゲームに興じ、ちょっとした悪事について話し続けることができた。

クラフはボーイにカフェバーの仕事を委ね、カウンターを離れると、アヴェロンの古いマークブランデーの瓶と三つのグラスをその巨大な手で持って――それは彼が客たちに与える大変な名誉だったが――、二人の友人が座るテーブルに来て腰を下ろした。

話がはじまった。

「長いことオメエたち両方に会わねかったけど、なにしてたんだ？　どっか行ってたのか？……仕事、少しは順調か？　乾杯！」

グラスがぶつかり、そして会話がはじまった。三人の男はあれこれ故郷のこと、資材の石膏のこと、建設中の新しい建物のこと、パリのいろいろな通りに開けられた穴のことを話した。

「俺らにとっていい時期だな。道は穴ぼこだらけ、柵だらけ……順調だな！」

そして突然、アントナンは自分のグラスをもう一度クラフのグラスにぶつけながら、小さな声で言った。

「ザラモール（Zalamor）！」

クラフも答えた。

「ザラヴィ（Zalavi）！」

それから三人の友人は古いアヴェロンのマークブランデーを静かに味わった。

なにかの合言葉や集合合図のようなザラモール、ザラヴィという、彼らがいましがた交わしたこの不可解な二つの言葉は、犯罪大通り〔タンプル通りのこと。この通りの劇場では犯罪をテーマとするメロドラマが上演された〕で上演される古いメロドラマに由来するおなじみの冗談のひとつだった。劇の主人公がこう叫ぶ。「ジュ・スュイ・ザ・トワ・ジュスカ・ザ・ラ・ヴィ！（私は生きている限り君のものだ！）」別の登場人物はこう答える。「モワ・ザ・ラ・モール！（私は死ぬまでだ！）」

そして略して、こう言われていた。

「ザラヴィ！（Z、生きている限りは！）」

「ザラモール！（Z、死ぬまでは！）」

この言葉を交わし、古いマークブランデーを飲むと、三人の友人たちはしばらく中断していた会話をふたたび続けた。彼らは建築や、セメント、石、石膏を使った建物について話しはじめた……。

クラフは、ドアの上の開閉小窓に設置したばかりの強化ガラスについてしゃべりはじめた。

「いつもはよ」彼は言った。「普通のガラスと面格子を入れんだ、うん……でもガラスが割れたとき、ちっこい破片が人の頭の上に落ちるんだよ！」

「じゃあ、その強化ガラスは？」

「こいつは、そのなかにピアノ線が入ってんだ！　だから割れても、ちっこい破片は落ちてこねえんだよ。だからその下でゆっくり寝ることもできるのさ！」

この心踊らされる会話は無限に続くのだろう。しかし、クラフと友人たちがいたテーブルのすぐ隣りに、新しい二人の客が来て座った。クラフは彼らを知っていた。クラフは彼らに挨拶をしたからだ。

飲み屋の主人はカウンターの仕事に呼びつけられると、立ち上がって最後にもう一度友人たちと乾杯し、こう言い残して席を離れた。

「ダンスホールも見てみろよな。またあとでな……」

そのあいだ、ボーイが新しく来た二人のテーブルに近づいた。

「なににしましょうか！」彼は大衆酒場の習慣にしたがって訊いた。

二人の客は注文を済ませると、雑談しながらホールの奥でカードゲームに興じ、下町訛りで「サリューウ（Salu……e）！」と大声で言っている別の客たちに手で挨拶を送った。

彼らの身ぶりは空中である種のジグザグを描き、それに対して何人かの仲間が同じように応え、同様の不良っぽい言い方で挨拶を返した。

「サリューウ！」

ところで、これらの連中は場末や外周道路や城壁跡近辺に特有の、くぐもった音でこの語を発音し、語頭のサを必要以上に強調していたので、「ザ」という音価をそれに与えていた。

彼らはむしろこう言っていたのだ。

「ザリューウ（Zalu……e）！」

ボーイが注文の小ジョッキをテーブルに置いたとき、彼らの一人が冗談めかして大声で言った。

「テュ・ルール＝ジィ＝アンナ・ミ・デ・フォ＝コル！（おまえ、こいつらに泡だけついだな！）」

そして彼は、この「ジ」と「ィ」の危険なリエゾンを強調した。

「テュ・ルール＝ジィ＝アンナ・ミ……」

この男は来たジョッキをつかむと、その底をテーブルを拭くように擦りつけた。そうしながら、彼は、隣りの席の友人二人組アントナンとギュスターヴを見ながら手を左から右へと動かし、それを左に戻しつつ降ろし、もう一度、右に戻し、そこで止めた。つまり彼は、ジョッキでテーブルの上に大きなZの文字を描いたのだった。彼の連れ合いも同じようにした。

するると今度は、アントナンとギュスターヴが、古いアヴェロンのマークブランデーの小さなグラスで同様のサインを描いた。こうすると、二人の客はいっそうくつろいだ様子になって、競馬や馬、ちょっとした悪事について話をはじめた。

そのあいだ、ダンスパーティではワルツとポルカが流れていた。

アントナンとギュスターヴは立ち上がった。

「踊るかな」彼らはクラフに言った。

「そうだな！」カフェバーの店主は答えた。「あとでな！」

マニラに興じる連中がいる奥のホールを横切ると、アントナンとギュスターヴは、彼らがトランプのカードを出しながら自分たちのほうを一瞥し、こう言っているのを聞いた。

「セッ・ザ・モア・ザ・フェール（Z、今度は俺の番だ）」

「ウィ……セッ・ザ・トワ（Z、ああ……お前の番だ……）」

彼らを取り囲む連中は特になにも話していなかった……ある者はタバコを指先ではさんで灰を落とし、ある者はグラスを手にZを思わせるサインを送っていた。

アントナンとギュスターヴは、若い女や娘たちがワルツを踊るのを見てすっかり満足した。彼らはホールをひとまわりした。とりわけ幸せそうなグループが、二人の注意をひいた。

テーブルを囲んで、父親、母親、小さな女の子、小さな男の子、それから十八歳くらいの若い娘と、二十四歳か二十六歳の若い男がいた。小さな男の子と小さな女の子は兄と妹で、いましがたポルカを踊り、両親のいるテーブルに戻ってきたのだ。上気して赤らみ、少し汗ばんでいたが、彼らは両親にその可愛らしい頬を優しく差し出した。

楽団はワルツを演奏しはじめた。若い娘は、若い男と一緒に立ち上がった。「またか！」父親は咎めるように言った。「またか！　おまえたち、いいかげんもういいだろう……」「まあまあ！　いいですよ、ほうっておきなさいよ、アルセーヌ」妻が言った。「子どもたちを、彼らを楽しませてあげなさいよ！」「わかった、わかった！　おい、おまえたち、父さんの話を聞きなさい！　父さんはいたずらっ子のおまえと従妹を見張っているからね！……」

二人の若者はもう向こうをむいていた。両親たちは感服し、そうはいってもうれしかった。

母親は優しそうな太ったお母ちゃんで、家事で赤ぎれた両手をお腹の上に置き、その体つきに少々窮屈な椅子にもたれかかっていた。

父親は石工の親方だろう。立派な顔は、白いあご髭で縁取られ、子どもたちの頬ずりでモジャモジャにされていた。フェルト帽をかぶり、気立てのよさそうな雰囲気だった。ジャケットと、たったひとつのボタンで留められるベストを着ていたから、ストライプ柄のシャツがのぞいていた。しっかりと結ばれた月並みなネクタイが首のところでたなびいていた。工具を扱ってきた手はまめだらけだった。この界隈の定食屋で日曜の夕食をたらふく食べたあとだったからお腹がふくれあがり、木製のパイプを歯でくわえていた。

アントナンはこのグループを見ると、ギュスターヴの耳許に身をかがめ、例の人のよさそうな父親を示しながらささやいた。

「ヤツから目を離すな。デュポン男爵だ！」

ギュスターヴを置いてアントナンは人混みに入り込み、すぐあとにダンスホールから出た。ただこのとき、彼は酒場のホールを通らなかった。彼は狭い廊下に忍び込んで、小さな中庭に出たのだ。

すると、クラフ親父の客の身なりの一人の男が、壁の角の暗がりから出てきた。

「OKです」彼はアントナンにそれだけを言った。

「よし……ギュスターヴと合流してくれ」

㉕章　三角形の部屋

アントナンは、それから小さなドアを押して、〈アヴェロンっ子たち〉が入る建物に入った。彼は螺旋階段をのぼり二階に着くと、石油ランプだけで照らされた小さな部屋で待った。

するとせいぜい三分くらいで、重たげな階段の軋む音がした。すぐにクラフ親父が現れた。

クラフは小さな部屋のドアを背中押しに閉めた。

「少々お待ちください、刑事長」彼は言った。「警報を付けますんで……」

彼が仕切り壁に差し込んだ電線は、小さな階段のステップと部屋の壁のベルと直結していた。その存在を気づかれることなしに、誰も階段に足をかけることはできなかった。

この部屋はクラフの住居の一部だった。角に位置したこの部屋は、のっぺりした二枚の壁と、ひとつの開口部のある壁を備え、二人はさきほどここから入ったのだが、普段は締め切られ、誰にも気づかれなかった。壁はなかに隠れることはできず、耳もなく、この奇妙な三角形の部屋では、これから二人の男がおこなうだろう話し合いのような、重大な性格の会話にはぴったりだった。

ギュスターヴを演じ、アヴェロンの典型的家庭の父親に扮したデュポン男爵を見張る忠実なガブリエルを下の階に残したアントナンは、ここでポーラン・ブロケに戻った。さきほど小さなドアの前で彼を待っていたのは、ラモルスだった。

　クラフは本物のクラフだったが、じつにポーラン・ブロケのチーム、つまりブロケ分隊に属していた。彼は、ブロケのもっとも大切な部下の一人だったのだ。カフェバー〈アヴェロンっ子たち〉は、ポーラン・ブロケが追いかけるたぐいの溜まり場だったことをわれわれは知っている。クラフは客たちの信頼に応え、ときとして彼らを助けた。クラフは彼らを保護し、匿ったが、それは見せかけのことで警察の逮捕を容易にしたり、客たちの秘密を嗅ぎつけるためだった。そうしてクラフは、これからおこなわれる、あるいはすでに犯された悪事の情報を自分から直接求めずして仕入れていたのだ。そして、クラフは非常に賢かったので、裏切りの現場を押さえられたこともなく、警察に密通していると疑われたこともなかった。

　ポーラン・ブロケは日曜に訪ねると、この部下に報せていた。人混みのなかなら、リスクも低くなり、たやすく行動できるからだ。

「さて」刑事はクラフに言った。「モントルイユ銀行家が殺されたのは知っていたか？」

「ええ、刑事長、知ってますよ。Zという文字が金庫に書きつけてあったっていう話ですね」

　いまは刑事長と話しているので、クラフはアヴェロン訛りを捨てたほうがいいと思った。

「よし」ポーラン・ブロケは言った。「公証人のベジャネの金庫も荒らされたことを知っているか？」

「そして、Zが書きつけてあったんですね」

「そうだ」

「田舎で、つまりノルマンディーで、見事な悪事がおこなわれたってことも知ってますよ」

「そうか、そういうわけで、あるグループが存在しているんだ。腕の立つよく組織されたね」

「ええ、刑事長。このグループはそのサインとしてZを使い、悪さをしたとき、Zを書き残す。仕事が成功し、金の分配がおこなわれることを仲間たちに知らせるためにです」

「そうだな……俺もそう思ってたよ……。さっきわかったが、ほかの犯罪グループと同じように、Zのグループもおまえのところに居場所を定めたらしいな」

「ヤツらは、俺の店だけで待ち合わせをします」

「気づいたが、ヤツらはたがいを識別するためにいろんな方法でZを描いていたな。それから、話すときにZを強く発音してた。どこでもわざとそうしていた」

「そう、そうです、刑事長！　さっき下で、隣りにいた何人かの客に、あなたがサインで応えるのを見ましたよ。それでヤツらは安心してましたね」

「そうだな」ポーラン・ブロケは言った。

それから彼は尋ねた。

「ダンスホールに家族と一緒にいる、あのアルセーヌというのは誰なんだ？」

「アルセーヌは、いくつかの石工の仕事を請け負っている元労働者です。あの人はちょっとした財をつくりました」

「真面目な男か？」

「見た目はね」

「うさんくさいか？」

「そう思いますよ」

「ヤツはZ団に属してるんだ……」

クラフは大きな両手を広げた。

「刑事長、それについては私も望むところですが、断言はできません。アルセーヌは家族と一緒にここに来てます。あの人はZ団の連中のサインに決して答えません……もっとも、それにはなんの意味もないですけどね」

「どうして?」

「それは、Z団の幹部たちは確認されていないからです。ヤツらは決して目撃されたことがないんです。それが誰なのかわかっていない……」

「ああ! やれやれ!」

「幹部たちが命令を出す、それが実行される、それだけです」

クラフはこのZ団についていくつかの説明をした。それは最近結成されて、すぐれた組織を持っているようだった。メンバーはあらゆる社会階層から募られた。より正確にいえば、もっとも高く、もっとも近づきがたく、もっとも閉鎖的な階層ですら、いたるところに忍び込むことができるような肩書きや地位を、彼らは持っていたのだ。Z団は、特性や才能、実績に応じた等級や階級によって序列化されていた……しかし、ありふれた略奪や強盗の任務を遂行する最下層のメンバーたちはたがいに知り合いだったり、たがいに識別する必要に迫られることはあったが、彼ら以外のZ団のメンバーたちは未知のままだった。だから同じ結社、同じグループに属していることを知らずに、日常生活において出会うこともあったのだ。したがって、Z団の一人、あるいは数人を投獄し彼らから情報を引き出しても、なんの意味もなかった。これらZ団のメンバーが結社は存在していると言っても、結社そのものが危険にさらされることも、その機能が停止することもなかったのだ。

「わかった」ポーラン・ブロケは言った。「かなり巧妙だな」

しかし彼は加えた。

「でも、俺は知ってるんだ、首領がジゴマだってことをな……」

「ジゴマ!」クラフは叫んだ。「そう、ヤツらは首領をそんなふうに呼んでますね」

「だがこのジゴマとは、いったい何者なんだ？」

クラフは頭を振った。

「刑事長、情報を得る手段はありません。ジゴマが存在していることは知られている……みんな、ヤツに盲従している。けど誰もヤツを見たことはない。ヤツが何者なのか誰も知らない。ジゴマは覆い隠されているんです、深い深い謎のなかに」

「おまえでも、なにも知ることはできなかったのか？」

「ええ、刑事長。ご存じのように、俺はZ団の連中を手助けしました、ヤツらの秘密を探るためにです。ヤツらみんな、こう答えるんですよ、〈ジゴマはジゴマだ！〉とね」

「じゃ、アメリカ人は？　アメリカ人のことは知ってるか？」

「アメリカ人ですか？」

「トム・トゥウィックっていう？」

「いいえ、刑事長。ヤツらはまだ、その人物については話してませんね」

ポーラン・ブロケは無言になった。しばらく考えにふけったあと、クラフに言った。

「今日の夜、Z団の集会があるんだよな？」

「そうです、刑事長」

「どこでやるんだ？　おまえのところか？」

「いいえ、刑事長。ラ・バルボティエールです」

「ラ・バルボティエール……ピガール広場に近いゲルマ袋小路のか？」

「そうです。ラ・バルボティエールはいかがわしいバーで、その界隈でもっともたちの悪いヒモや、もっとも知られたアパッチがいつも出入りしていますよ。この名前はそれに由来します〔動詞barboter（バルボテ）に由来する。この動詞には「盗む」や「くすねる」などの意味がある」」

「知ってるよ……」

「しかし、集会がおこなわれるのは、ラ・バルボティエールではありません。それに隣接するあばら家のひとつでです。そこに、石膏型枠工の作業場があるんです……」

「よし……」ポーラン・ブロケは言った。「わかった……」

「作業場から入って合言葉を言うと、作業場の奥の揚戸が開く、そして地下に降りていく。Z団はそこに集まるんです」

「今晩、それを見にいってみる……」

クラフは怯えてビクッとなった。

「ダメですよ、刑事長」彼は声を張りあげた。「ダメです！　そんなことしないでください！」

ポーラン・ブロケは驚いて彼を見た。

「どうしてだ？」彼は言った。

「申し訳ありません、刑事長」クラフはさらに感情を込めて言った。「申し訳ありません。でも俺は言ったんです、そんなことしちゃいけません、ラ・バルボティエールへ行ってはなりません、とね！」

「この威厳ある盗賊団と俺が関わるのを心配してるのか？」

「ああ！　刑事長！　笑わないでくださいよ……これはとても重大なことなんですよ！　無駄にご自分の命を危険にさらそうとしているのですよ」

「それは毎日のことさ……なぜラ・バルボティエールが、ほかの強盗団の隠れ家よりも危険なのだ？」

クラフは答えた。

「ああ！　刑事長……。よろしいですか……」彼は言った。「あなたの部下、補佐、助手の名においてだけではなく、あなたを慕い、称賛し、あなたに愛着を抱くすべての人々の名においてもまた、俺はあなたに訴えているんです……」

「おまえ！」ポーラン・ブロケはクラフの手を握った。

「それでです、刑事長。ラ・バルボティエールみたいなスズメバチの巣に身を投じるのは無謀であるばかりか無益だと、俺はあなたに言ってるんです。さあさあ、刑事長、いまあなたは知ってるんですよ、Z団のヤツらの結社に関するおおまかな主要なことをね。ご存じのように、ヤツらはまず俺の店に集まる、それからラ・バルボティエールで極秘の会合を開く。刑事長、あなたにとってはこれで十分なんですよ。ヤツらを尾行したり、あなたが好機と判断するときにヤツらを捕まえるためにはね。なぜあなたはさらにご自分を危険にさらそうとするんです？」

ポーラン・ブロケは答えた。

「俺が望んでいるのは、何件かの逮捕じゃない。なあ、クラフ、おまえが言ったじゃないか、Z団の組織とは、そのメンバーを逮捕してもグループを壊滅できない、そうしたものだとね」

「確かに」

「だから、討つべきは首謀者なんだ。俺が知りたいのは首領だ。会うべきはジゴマなんだ。俺が捕まえなければならないのはヤツなんだよ」

クラフは答えた。

「刑事長、俺たちはあなたの驚くべき勇気を知ってます……だけどここで、あなたの気分を害することを承知で、懸念される危機、避けるべき危険について伝えます……」

「教えてくれよ、クラフ」

「ラ・バルボティエールには地下室があります。そこでZ団の集まりがおこなわれるわけです……」

「しかし、この地下室はZ団の集会場としてだけでなく、法廷として……また刑の執行場としても使われています」

「よし……。で？」

「なかなか便利だな」刑事は笑った。「そんな施設を見られたら、楽しいだろうな」

　クラフは刑事長にもう一度嘆願した、無駄に命を危険にさらしにいかないでください、と。それは無駄だった。ポーラン・ブロケはすでにZ団の集会を見物しようと決心していた。彼にこの意図を放棄させられるものは、この世に存在しなかった。

「せめて、刑事長」クラフは言った。「ガブリエルでもラモルスでも、部下の一人をついていかせてやってください……」

「いや、クラフ」刑事は答えた。「この作戦を成功させるには、俺一人のほうがいいんだ。絶対に必要になる身分の隠匿が、二人だと確実にはできなくなるからな」

「しかし、刑事長。それでも……お願いしますよ」

　どんな異議も反論もにべもなく、ポーラン・ブロケは加えた。

「もうよせよ！　戦いはもうはじまってる、ジゴマとポーラン・ブロケの、犯罪と正義のな。俺が僕(しもべ)として兵士として仕える正義は勝利しなければならない！……あらゆる方法を使って、その命さえ引き換えに、ポーラン・ブロケはジゴマを捕らえなければならないんだ！」

　クラフは頷くしかなかった。

　ポーラン・ブロケはそこで彼に尋ねた。

「この身の毛もよだつラ・バルボティエールに侵入するための合言葉は、間違いなく俺たちが知っているあれだな。〈ザラヴィ！〉」

「〈ザラモール！〉そうです、刑事長」

「よし！」

「最後に加えてください、〈ジゴマ〉と！」

「手でZのサインをやりながらか？」

「そうです！」

「ありがとう！」

㉖章　ラ・バルボティエール

ポーラン・ブロケが去るとクラフは当然に不安となり、カウンターに戻る前にダンスホールへ行った。店主としてそこを見まわるというていで、彼はダンス好きの客たち、自分たちの子どもが踊るのを優しく見守る親たちに混じってギュスターヴ別名ガブリエルか、ラモルスがいないかどうか確かめたかったのだ。

ポーラン・ブロケは三角形の部屋で話したとき、アルセーヌの名を出した。刑事が部下の一人にこの気がかりな人物を尾行させ、情報を報告するよう求めていると当然クラフは推測した。ゆえに、あの石工の親方の近くで刑事長の部下を見つけだせるかもしれない。

石工の親方、その妻、二人の子ども、上の娘と若い従兄、これら全員の姿がなかった。彼らを尾行するギュスターヴ、ラモルスもまた同じだった。

クラフは絶望した。ポーラン・ブロケの忠実な部下の誰かに、刑事長が無謀にも大変な危険を犯そうとしていることを伝え、注意を促したかったのだ。ポーラン・ブロケのこの大胆な試みによって起こるかもしれない懸念に緊急策を講じるためにである。しかし彼は、いまやなにをすべきかわからず、すっかり途方にくれた。だが、自分の持ち場を留守にして怪しまれるわけにもいかなかったので、仕方なしにカウンターに戻り、客と冗談を言いながらもうちしおれて、リキュールを提供した。

例の不気味な巣窟は、その環境が完全に把握され、その利点が長期にわたり調査されてようやくZ団の秘密の集会場となり、その用途に改築された。それは見事なつくりだった。ラ・バルボティエールを知っていても、石膏型枠工の作業場に侵入したとしても、地下貯蔵庫として使われる通路を通ったとしても、事情に通じていなければ、クラフが言っていたような強盗団の集会場や法廷、刑の執行場として使われる部屋まではたどり着けなかった。

ラ・バルボティエールのバーを抜けて袋小路に向かうと、大通りから見られずに型枠工の作業場にたどり着く。事情を知る者のみ、作業場から複雑な地下の迷路のようなところを、ある種の終わりのないラビリンスのなかを進む。Z団の許しがなければ、そこから脱出することはできなかった。

いくつもの通路や地下坑道が入り組み接続し合い、錯綜した網目を形づくっていた。その行き着く先の地下の奥深いところに、かなり広い部屋があった。大声で話したり、叫んだり、喚(わめ)いたりしても、わずかな音も外や地上や通りに到達することはなかった。この広い部屋は前世紀まで使われていた旧石膏採掘場だったが、壁で塞がれ、長いあいだ忘れ去られていた。偶然にも誰かがそれを発見し、その秘密をZ団に伝えたのである。

この採掘場へ至るいくつもの通路のひとつは、かつて道路管理課によって使用されていた。それは、市門の外で依然として田園だったモンマルトルの丘に、パリの家々が侵入しはじめた頃のことだ。この通路はこの界隈に仮の下水道をつくるのに使われた。フランスでは仮のものがいつまでもそのままなので、この下水道はいまだに使用されている。それは現在のピガール広場の下を地下数メートルのところを通り、ブランシュ通りに沿って流れ、サント＝トリニテ教会の裏からオペラ座まで続き、テュイルリーの近くでセーヌ河に到達するのである。

Ｚ団が罪人たちをこの下水道に突き落として処刑したと噂されるが、その証拠はない。実際には、不幸な者たちはゆっくりとセーヌ河までくだって行ったのだ。激しく損傷し腐敗したその死体は、ようやく数ヶ月経ってこの大河に浮いているところを発見された。その死体がどこから、どんな経路で流れてきたのか誰も言えなかったし、まさかこの遺体がモンマルトルの高台からくだってきたとは誰も信じなかったのだ！　また、ときに遺体はポワン＝デュ＝ジュールのほうや……それよりも遠くで回収されることもあったのだ！

ポーラン・ブロケがこれらのことすべてを思い出していたことは間違いない。下水道のなかの漂流を思い出しぞっとして、もっとも勇敢な者でさえ前に進むのをやめてしまっただろう。しかし、自分の計画をまっとうし、自分の意志を貫徹するポーラン・ブロケを妨げることはできなかった。自分の義務だとみなしていたものを彼に断念させるものは、なにものもなかったのだ。

だからこそ彼は、不気味なバー、ラ・バルボティエールに侵入したのである。

ポーラン・ブロケはクラブの客たちのような身なりだった。したがってここでもまた彼は、バーのカウンターで一杯やって裏手口から出てゲルマ袋小路に向かう連中にいっそう似ていた。

彼は、クラフの店で見かけた男と一緒に出ていった。彼はラ・バルボティエールで念のためこの男に仲間内のサインを送り、この男はそれに応じたのだ。ポーラン・ブロケは、道案内として利用したこの男とともに、石膏型枠工の作業場に入った。

彼は作業場から、隣りの部屋へ移動した。そこは寝室として使われていた。石膏型枠工と思しき男が、鉄製のベッドに横になっていた。

「ザラヴィ！」この男は言った。

「ザラモール！」ポーラン・ブロケは答えた。

「通れ！」

そう言うと、石膏型枠工はロープを引っぱった。壁と同じ紙が貼られた木製のパネルが持ち上がり、小さなガソリンランタンで照らされる階段が現れた。そしてこの階段を降り、ポーラン・ブロケはある通路に出て、先を進んだ。

彼は、自分の目の前にいくつもの地下坑道があるのに気づいた。暗がりで見張るメンバーが「ザラヴィ！」と声をかけなかったら、彼は先に進むのにそうとう混乱しただろう。

刑事は取り決め通りに答えた。

この声は彼に進むべき道を示した。ポーラン・ブロケは声をかけてきた男のほうへ行くと、遠くに薄暗いランプに照らされたもうひとつの地下坑道があることに気づいた。これらのランプはまぎれもなく、メンバーたちに道を指し示し、目印として、別れ道のところどころに設置されていた。

しばらく前から、馬の蹄（ひづめ）や路面電車の音は聞こえなかった。

さらに別の地下坑道を進んだ先で、ポーラン・ブロケの前に、また別の男が現れた。この男は地下坑道の真ん中で刑事の前に立ちはだかった。薄暗いなかで黙って身じろぎせずに、彼は待っていた。

「ザラヴィ！」ポーラン・ブロケは言った。

「ザラモール！」男は答えた。

だが彼は動かず、刑事の行く手をあいかわらず塞いだまま、依然として待っていた。

「ジゴマ！」ポーラン・ブロケはクラフの指示を思い出した。

「ジゴマ！」男は答えた。

すると離れて壁沿いに寄ると、彼はぶっきらぼうに言った。

「通れ！」

ポーラン・ブロケは前に出て、男が開けた通路を歩いた。すると突然、彼は広い地下坑道にいた。ここには男たちが整列し、立ったまま、微動だにせず沈黙を守り待っていた。ポーラン・ブロケは男たちのなかに身を置くと彼らの真似をし、彼らの姿勢に倣った。誰も彼のほうを振り向かず、その存在に気づいていないようだった。ほかのメンバーたちもあとから到着し、彼と同じく整列したが、誰も彼らを気にかけなかった。

一同はそのまま長いあいだ待っていた。すると突然、前方で灯(あか)りがついた。ドアが開いたのだ。集会用の大きなホールのドアである。ゆっくりとメンバーたちは入っていった。ポーラン・ブロケも彼らに続いた。

その地下ホールはアーチ状の天井を支える柱に二つのアセチレンランプが掛けられ、燃えるような光で十分に照らしていたので、ポーラン・ブロケは思いのまま観察することができた。もっとも、そこには注目すべきものはなかった。それは地下坑道の採掘場のなかの部屋で、ジメジメとして灰色で、奥のほうをのぞいてはいかなる装飾も施されていなかった。いくつかの段からなる幅の広い木製の壇に、演説台のようなものが置かれていた。それは壁の灰色と対照をなす黒色の織物で覆われ、その黒に赤いラシャの飾り紐の大きなZの文字がよく調和していた。この演説台の前の、平台の役目を果たす最上段に、ロウソクの置かれたテーブルがあった。このテーブルもまた黒い織物で覆われていた。テーブルにはノートと青鉛筆が置いてあった。そしてテーブルのうしろには、二つの黒い穴の開いた赤みがかった大きな覆面頭巾付外套(カグール)をまとった男がいた。

演説台のうしろでは、同じように赤い覆面カグールをまとった別の五人の男たちがいた。そのうちの一人、真ん中の男の胸のあたりには、金の飾り紐の大きなZが施されていた。

壁には黒い大きな紋章旗が掛けられ、この不気味な紋章旗のなかに赤く大きなZがくっきりと浮かびあがっていた。

演説台の男たちは、平台のテーブルのうしろに立つ男と同様に、まったく微動だにしなかった。

Z団のメンバーたちは部屋のなかで立ったままだった。ぎゅうぎゅう詰めだったので、彼らはなるべく動かず、かつ厳かな沈黙を守っていた。

身動きしないこと、沈黙することは絶対だった。このアーチ状の天井のもとでは、ほんのわずかな物音でも大きくなり、大聖堂のように響き渡ったからだ。地面は、粗っぽい厚板と粗野な木の薄板でてっとりばやくつくられた床で覆われ、壁づたいに流れ落ち、いたるところからぽたぽた滲み出る水がその下を流れていた。この床のおかげでメンバーたちは深く、うっとうしい、ねばりつく泥のなかを歩かずに済んだが、少し歩くだけでこの床は激しく鳴り響いた。

さて、ポーラン・ブロケは見落とすことなく部屋のなかをすばやく一瞥し、配置を把握すると、メンバーたちに混じって動かず静かに待っていた。

この光景と、この待っている時間には驚かずにはいられなかった。彼はこれから命をかけるところなのだ。だが彼は、そのことを心配してはいなかった。敵のまっただなかの、敵の巣窟の奥深いところで、敵の手の内の完全に敵のなすがままのところで、決して動揺せず、決して恐怖に慄(おのの)かず、このように平然といるには、ポーラン・ブロケのようなきわめて強い精神力が必要だったにちがいない。これからの出来事次第では拷問されるかもしれない、殺されるかもしれないというのにこんなにも落ち着いて待っていられるには、彼のような、不動の揺るぎない心が必要だったにちがいない。ポーラン・ブロケは、いまここでのように、一見単純だが実は度肝を抜く行動を可能にする、あの冷静で揺るぎない心を備えていたのだ！

天井を支えるいくつもの柱に掛けられたランプが、メンバーたちを背後から弱々しく照らしていた。それは、行商人や車椅子の人や露天商が使うような、ごくありふれた二つのランプだった。ランプの反射鏡はそのほのかな光で演説台を前方から照らし、部屋の残りの部分は壁や仕切り壁の照り返しによって明るんだ。柱の陰は真っ暗だった。それゆえ、そこにいる人々の顔は識別できなかった。すぐ隣りにいる人の顔さえもである。

演説台で前触れもなく、突然ベルが鳴った。すると平台の小さなテーブルにいた赤い覆面カグールの男が両手を挙げて、二つの大きくて赤い翼のように、両袖をたなびかせた。

「ジゴマ！」彼は叫んだ。

集まった人々が繰り返した。

「ジゴマ！」

この叫びは何本もの地下坑道の天井を伝い、雷鳴のようにとどろいた。そしてより深く、より不安をかきたてる静寂にかえった。

だいぶ時間が経ったところで、誰かの声が聞こえた。この声は、演説台の覆面カグールの一人、真ん中のマントから発せられた、ポーラン・ブロケにはそう思えた。

この声は、赤い布の覆面を通ることで必然的にその声質を変え、アーチ状の天井のせいで奇妙に震えた。ポーラン・ブロケはそれを聞き分けたと思った。しかし彼にとって、この声を聞き分けるのはそう驚くことではなかった。実際のところ、ここでこの声を聞くことを予測していたのだ。

「諸君」この声は力強くはっきりと言った。「同志たちよ！　ジゴマが君たちを今晩集結させたのは、二つの理由からだ。一つ目はよろこびの動機となるかもしれない。二つ目は、よく聞いてくれ、深刻なこと……非常に深刻なことなのだ……だがそれも、いずれよろこびに、勝利へと変わるだろう！

改めて言うまでもないが、知っての通り、われわれはいくつかの実り多き作戦を成功させた。われわれの強力な結社の印である、あの不安をかきたてる恐るべきZは、このうえなく華麗にきらめいた。ただそれは、われわれがなすべきこと、これからなされるであろうことと比べれば、たいしたことではない！……それでも、最初の成功は、将来の企てにとって、大いなる繁栄のすばらしき保証のようなものだ」

演説者はこの前置きのあとしばらく黙り、ふたたび言葉を続けた。

「同志たちよ。われわれの結社がなんであるか、なにを望んでいるか、その目的がなにかを、ここでもう一度君たちに伝え、思い出してもらうことをこのジゴマに許してもらいたい。

われわれは、文明社会という堆肥に生えるキノコのごとく、偶然にかつ突如として叢生する、どこにでもあるような結社ではない！　これらの結社は平凡なグループでしかなく、それ相応のものを手に入れればすぐに死に絶える。われわれにいたっては盤石な基盤を、揺らぐことなき土台を持ち、われわれは偶然の出会いではなく、幾星霜の何世紀もの伝統によって支えられているのだ。われわれは闘いの、栄光の、苦悩の、そして勝利の過去を生きてきた！　われわれは、さまざまな勇敢な人種と同様の歴史を歩んできたのだ！

世界の起点であり、諸々の宗教の発祥の地であり、さまざまな思考の源であるインドを出発したわれわれの祖先は、巨大石像のエジプトを、約束の地のイスラエルを、学芸のギリシアを、支配者のローマを、光り輝くムーア人のスペインを、果てしなく豊穣なフランスを、黄金できらめくイギリスを、優しき心のアイルランドを、重々しい兵器が鳴り響くドイツを、風が音楽で満ちたボヘミアを、そして中国を、アメリカを生きてきたのだ。いたるところを！　いたるところをだ！

われわれは、世界の息子の子孫である！　この子孫の祖国は山や川、あるいは単なる標柱によって境界づけられはしない……世界の息子の代理人であり、世界の支配者たるわれわれは、貴族然として、この土地に住まわされた奴隷どもから貢ぎ物を徴収するのだ！

われわれは、ジン〔アラブ世界の超自然的な精霊、魔人〕であり、ツィガーヌであり、ヒターノであり、ジタンであり、ジプシーである。われわれはロマニシェルであり、ラモギズである！〔ツィガーヌ、ロマニシェルは北インド出身と推定される移動型民族ロマの別称。スペインやポルトガルではヒターノ、フランスではジタン、イギリ

スではジプシーと呼ばれた。ラモギズは著者による造語〕

われわれは、ラモギズだ。

ラモギズ（Ramogiz）、伝統的にこの名を逆さまにして、われわれはジゴマ（Zigomar）と呼んでいる！

ジゴマとは、ラモギズの叫びだ！　それは何世紀も響き渡った叫びだ！　それは、首領の、王の象徴的な名だ！　誰も見たことがなく、知ることができない、しかし、誰もがその力を感じ取れる者の名だ……太陽のように不死身で毎日あらたに生まれ変わることができ、同一でいながらも別人になり変われ、生きながらにして死ぬことができ、光り輝きながら消え去ることのできる者の名、それがジゴマだ！……」

集まった人々が熱狂して叫んだ。

「ジゴマ！　ジゴマ！」

ポーラン・ブロケは横のメンバーとともに叫んだ。

「ジゴマ！」

演説者は続けた。

「われわれの目的は、知性や勇気、力や熱意で生きる人間や、ジゴマとともにあるに値すると判断された人間が当然の権利として享受すべき取り分を、愚鈍で粗野な贅沢を極める連中や、気の狂った裕福連中から奪い取ることだ！」

自分の激しい言葉のひとつひとつがその効果を最大限発揮する短い沈黙のあと、演説者は四人の参謀と、平台の小さなテーブルの前にいる男と同じように、微動だにせずにふたたび口を開いた。

「しかしながら、同志諸君。本日、ジゴマが君たちを召集したのは、単にわれわれの起源、われわれの目的を君たちに思い出してもらい、われわれの栄光について君たちに話すためだけではない。あるいは単に、君たちがすでに知っていること、いくつもの仕事が成功したことを知らせるためだけではない。彼が君たちをここに来させたのは、われわれがある大いなる危険にさらされていることを伝え、今晩君たちに裁きをおこなってもらい、判決を言い渡してもらうためなのだ」

聴衆に戦慄が走った。聴衆はなにか重大なことを予期したのである。

「諸君、しっかり聞いてほしい！」演説者は言った。「しっかり聞くんだ。このような荘厳なる言葉を、ジゴマはほとんど発することはない。

ジゴマは、各人の献身、全員の忠誠心、他者への絶対的自己犠牲によってしか繁栄できない。すでに何人かの不誠実な同志が、われわれのなかに見出されている……これは避けがたいことだ……あらゆる社会に卑劣な者が、あらゆる党に買収された者が、あらゆる国家に売国奴が、あらゆる宗教に背教者が存在するからだ。さて、われわれがどのように不誠実な同志を暴くのか、君たちは知っている……まさにこの場で、われわれは裁判をした、この場で即座に死刑を執行してきたのだ。

それでだ、諸君。われわれのなかにまた一人裏切り者がいる。極秘の言葉、ジゴマという名のみならず、合言葉と仲間内のサインが敵に暴露された」

聴衆はもう一度不安で身震いした。

「われわれの敵はいまや」演説者は続けた。「どのようにして、われわれの同志によって、われわれの同志として見なしてもらえるのか、それを知っている！ 彼らは、どうすればわれわれの計画、われわれの行動、われわれの企てについての情報を得られるか、それを知っているのだ。彼らによってわれわれは妨害され、もっとも大きな損害を引き起こされ、もっとも有能で役に立つ勇敢な同志の何人かが逮捕されるかもしれないのだ。

そうなのだ、危険は差し迫っている。しかしジゴマの義務とは、その危険を包み隠すことではない、それを認めしっかりとうち負かすことだ。ジゴマの力は偉大だ。だが、秘密を与えられたただ一人の男だけが、ジゴマを恐れさせる……。

彼は、われわれが賞賛をもって平伏するような男だ。ライオンのような驚くべき勇気、狐のような機敏さ、ワシのような即断力を持っている。勇敢さそのもののように勇敢でありかつ大胆で、大胆でありかつ強い！　この男はわれわれに戦いを挑んでくるかもしれない。彼に対してもっとも美しい賞賛を与えられるのは、まさにこの点なのだ！

この男は大いなる名誉に値する。われわれ全員を集結させ、彼ただ一人だけのために、今後の防衛を組織させたからだ！　世界でただ一人この男だけがジゴマに戦いを挑み、対峙できるのだ！」

演説者は叫んだ。

「その男とは、ポーラン・ブロケだ！」

聴衆は不安に駆られた。その名は、ならず者たちのなかで大いに発揮したのである。全員ではないにしても大勢が、ただその名が発音されただけなのに、身震いするのを禁じえなかった。

一方、ポーラン・ブロケといえば、平静をまったく失っていなかった。彼を褒め称え、大いに賞賛したジゴマが真実を言ったことを、まさに敵のまっただなかで彼は証明していたのだ。さらにポーラン・ブロケはまったくの他人事で、この演説者は結局はなにを言いたいのかと自問しつつ彼が話し終えるのをいまかいまかと待っていた。その罠に気づき、しばらく前から危険を感じ取っていた。

「われわれはこの男に売られたのだ」例の声は続けた。「ジゴマはポーラン・ブロケに売られたのだ！　諸君、われわれは裏切られた。この裏切りに対してどんな罰をお望みだろうか？　敵に対してどんな罰をお望みだろうか？」

すべてのメンバーは、たった一人の男であるかのように答えた。

「死を！　死を！」

ほかの者たちと同様、ポーラン・ブロケも叫んだ。

「死を！」

それは極端にいたましく、ことのほか悲劇的なことだった。自分のことでありながら、みずから死刑を宣告したのだから……。不気味なアーチ状の天井のもとでこの叫びが低く重々しく響いたあと、この恐るべき判決を宣言した声の響き以上に不安をかきたてる重苦しい沈黙が流れた！

演説者はふたたび話しだした。

「そういうわけで死が採決された」

「そうだ！　そうだ！　死を！　死を！」

演説者は続けた。

「いいだろう！　諸君。君たちはここでこの採決の責任を果たすことになる。そしてわれわれの法にしたがって、書記が持っている死刑宣告証明書に署名をしてもらう」

するとメンバーたちは一人ずつ、静かに、うやうやしく、神聖な儀式をおこなうかのように、左側から壇にのぼり、書記の小さなテーブルに近づいた。彼らは左手でZのサインをつくり、それから青鉛筆を手にとり、白い用紙に署名し、鉛筆を置き、右側から壇を降り、順々に進み出るほかのメンバーたちのうしろを通った。一人ずつ彼らは縦列をつくってこのように進んだ。

ポーラン・ブロケの番がきた。彼はこの手続きをまぬがれることはできなかった。同志らに間隔をつめられ、押された彼は壇まで来て、書記に近づかねばならなかった。それは危機的な瞬間だった。だが、その命がかかっている数分間のポーラン・ブロケを見た者は、その表情に少しの動揺も、彼のうちにわずかな震えも認めることがなかったろう。彼は冷静さを保ち、見事な勇気をもって前に進んだのだ。なるほど、彼はこの手続きに罠が仕掛けられていると疑っていたが、それでも彼はその裏をかき、危険を回避できると思っていたのである。

彼は、自分の前を行く同志たちのやりかたを注意深く観察した。彼は壇に上がり、左手で慣例となるサインを表した。ここまでは、すべてが順調だった……しかし、白い用紙を前にして、失敗の不安にとらわれた。署名するとき連中は身をかがめていたので、彼らの手許は隠されてしまっていた。ゆえにポーラン・ブロケは、なにを記入すべきか本当のところはわかっていなかった。にもかかわらず、大胆にも彼は鉛筆を手にした。白い用紙は単にたくさんのZで埋め尽くされているように見えた。同志たちが添えたのはただひと文字の署名だった。刑事は身をかがめ、同じようにZを記した……。

彼が署名を終えて身を起こすと、演説者が勝ち誇った口調で叫んだ。

「ありがとう！　ポーラン・ブロケ！……おまえは、みずからの死刑宣告に署名したのだ！」

演説者の言葉に、激しい叫び声が答えた。

「ポーラン・ブロケに死を！　死を！　死を！」

これらの男たちは、いまや自分たちのなすがままの男に対して突如として怒りが湧いているようだった。さきほどはその名を聞いただけで震え上がっていたのに。彼らは興奮し、猛り狂い、威嚇するようなこぶしを突き上げていた。彼らは自分たちに恐怖を与え怯えさせたことに対して、すぐにでも仕返しをしたかったのだ。

「死を！」彼らは吠えるように叫んだ。「死を！」

ポーラン・ブロケといえば、彼は群集に対して振り向いた。狂ったようにいきり立ったこれらの男たちを見ていた。喚きたてるこの集団に対してたった一人の彼は、自分を物珍しそうに見ている連中をながめ、「死を」という叫びが自分に向けられていないかのように、平然としたままだった。

そこでベルが鳴った。すぐに沈黙が流れた。獲物を争奪したいありさまの集団は魔法にでもかけられたかのように、もとのように身動きするのをやめた。本当に、これらの連中は見事に規律を守った。世界のどんな議会においても、政界の、財界の、さらには単なる文学界の会合においても、この集会のように激しく興奮する審議のさなかに、ベルの音ひとつでこのような静寂がつくりだされることはないだろう。

すると演説者の声が、ふたたびこの静けさに響いた。

「ポーラン・ブロケよ。さきほどおまえが聞いた言葉、おまえの勇ましさと勇気に向けられた賛辞を、ジゴマは取り消すことはない。それは、おまえのような驚くべき男に対する、ジゴマの心からの誠実な称賛の表れだ。

だが、それはまた別れの言葉でもある！　おまえの耳に心地よく響いたのはおまえへの追悼演説なのだ。それは、これからすぐにおまえが永遠に沈むことになる、墓の前で発せられた言葉なのだ！」

ポーラン・ブロケは演説台の足許にいる男たちと、赤い覆面カグールをかぶり裁判員を演じる者たちをあいかわらず落ち着いて順々に観察していた。彼は腕を組んで微笑んでいたのだ。

演説者は続けた。

「われわれの秘密を見抜いたおまえの鋭い知性に、われわれを攻撃するおまえの度胸に、ここまでやってきたおまえの見上げた勇気に、われわれはしかるべき敬意を表す。われわれ全員のなかでおまえだけが称賛に値する！　これから死ぬとわかっているいまも、おまえは微笑む強さを持っているのだ！　ポーラン・ブロケ、おまえは英雄だ！　ジゴマはおまえに敬礼する」

演説者は命令した。

「諸君、脱帽！」

メンバー全員が帽子を脱いだ。

「おまえは自分の死にみずから同意した」演説者はふたたび話しだした。「おまえは自分の有罪宣告にみずから署名し、この判決を承認したのだ。優れた洞察力を備えるおまえにそんなことをさせるためには……よほど才能にめぐまれる必要があるということを認めてほしい！　われわれにとっていかなる危険もなくなったいま、おまえに言えることがある。おまえはわれわれの合言葉を知ることができた。だが、そのすべてを知ることはできなかったのだ。おまえはささいなことで正体がバレたのだ！　おまえは詮索することや推理することが大好きだ……われわれは最後におまえの好奇心を満足させたい。

聞け。おまえは、白い用紙にいくつもの暗示的なZが描かれているのを見た。各人はそれぞれのZを描き、おまえもまた自分のZを描いた……ただおまえは、どのように書くべきか、それを見ていない。おまえにはそれが明かされなかった。おまえはZを普通に上から下へとおろして書いた。だが秘密は下から上へとあがるように書くことなのだ。このことは見抜かれなかった。おまえのような敵に対しては、いろいろ用心をしてもしすぎることはないからな！

われわれにとって、死の決闘だったのだ！　ジゴマか、それともポーラン・ブロケか……どちらかが消え去るべきだったのだ！　役目を終えたのは、任務をやり遂げたのはおまえだ！　ジゴマはもっとも強く、支配者、勝利者だともう一度宣言する。ジゴマは輝くばかりに不死身なのだ！」

そのとき突然、ポーラン・ブロケはよく響くはっきりとした声で叫んだ。

「おまえは間違えている、ジゴマよ！　俺はこれから死ぬ。だが俺は闘いのなかで倒れる一人の兵士にすぎない。おまえの力に勝る力がある……それは法だ！　まぎれもなく不朽で、おまえの栄光を粉砕する栄光がある……それは正義だ！　おまえは今晩、いともたやすく勝ち名乗りをあげるだろう。だけどな、裁きの刻はかならずやってくるんだぜ！　さあ、俺を殺してみろよ、ジゴマの野郎ども、俺を処刑してみろ！　おまえらの首はすでに刎(は)ねられる運命なんだぜ！」

メンバーたちはさらに吠えた。

「死を！　ポーラン・ブロケに死を！」

「俺はおまえたちなんて怖くない、悪党ども！」ポーラン・ブロケは叫んだ。「俺は、おまえたち全員を嘲ってやる！」

「コイツを殺してやろう！」

「情けねえヤツらだぜ！　おまえらは死刑執行人なんかじゃない、おまえらは単なる殺人者だ！」

「死を！　死を！」

「死ぬ前に、ポーラン・ブロケは復讐して別れを告げてやる！」

そう言うと、彼はリボルバーを抜き、裁判官たちに狙いを定め、撃った……。

ポーラン・ブロケは拳銃、つまりリボルバーを見事に撃ったことをわれわれは知っている。銃弾はすべて命中した。結果、銃弾は覆面カグールの二つの穴を穿ち、頭を撃った。

しかし、大きな笑い声が彼の銃撃に応えた！

覆面カグールが剝ぎ取られた……。

ポーラン・ブロケは、銃弾が当たったのがマネキンだと気づいた。

そのとき、ベルが鳴り響いた。刑事が立っていた床が突然動き、大きく開いた。

「卑怯者！　人殺し！」ポーラン・ブロケは叫んだ。

そして彼は、下水道につながる竪穴へと転落した。彼の体が落ちたとき、水を打つ、鈍い音がした……それから下水道のアーチ状の天井の下は、すぐに静かになった。

上から悪党たちがトラップを閉め直している一方で、ある笑い声が恐るべき言葉遊びをするかのように、英語でこの言葉を発した。

「ブロケ・イズ・ブロークン！（ブロケはうちのめされた！）」

㉗章　クラフの不安

大小のグラスを使いわけ、できる限り強いさまざまなアルコールを注ぎながら、クラフは客を監視していた。客が金を払わずに出ていくのを心配したからではない。あの警察の恩人たる偶然、要するに幸運によって客のなかから、ポーラン・ブロケの分隊の誰かが自分のもとに送り込まれるのを期待していたのだ。

彼の期待は無駄だった。クラフは自分の持ち場にとどまり、うちしおれて貴重な時間をやり過ごし、刑事長を迅速に助ける方法をますます見失った。

そもそもどうやって彼を助けるべきなのか？

彼の分隊に知らせることができたとしても、どうやってポーラン・ブロケのところまでたどり着けるのか。いまやもう手遅れで、すべてが終わり、刑事長にたどり着いた人々は彼の死体を発見するだけ。そう信じないでいられようか？

だがクラフは、いてもたってもいられず、ポーラン・ブロケに仕える自分の義務は――たとえ自分の正体や警察とのつながりをさらし、自分の店を潰し、長いあいだ騙してきた悪党から復讐されるとしても――なにがなんでもポーラン・ブロケの部下たちに知らせることだと考えた。彼がようやく意を決して店を閉めようとしたそのとき、ある客のグループが〈アヴェロンっ子たち〉に入ってきた。

これらの客とは昔からの知り合いだった。少し前まで彼らはクラフの店にいた。さきほどのダンスパーティのあいだに、アントナンとギュスターヴが、クラフと一緒に古いアヴェロンのマークブランデーを小さなグラスで飲んでいたときだ。それからクラフは小さな三角部屋へ刑事長に会いにいって、ラ・バルボティエールやZ団に関する情報を彼に与え、そのあいだにこれらの客は出ていったのである。

その客たちがいま戻ってきたのだ。彼らは、みのりある大きな企てに成功したかのようによろこび、異常なほど上機嫌だった。テーブルをこぶしで叩いて大きな音を出し、飲み物を注文した。

彼らの楽しげな理由を予感して不安になったクラフは、みずから注文をとりにいった。

「君も俺たちと飲めよ、クラフ！」彼らは大声で言った。

「もちろんだ。だけど、スゲエうれしそうだな！」

「あたりまえだ！」

「いい話か？」

「そうだ。これで安心してほかの仕事ができるからな」

それからボーイが飲み物を持ってくると、クラフの客たちはこう言いながらグラスを鳴らした。

「ザ・ラ・ティエヌ！（Z、お前に乾杯！）」

「ザ・ラ・ヴォートル！（Z、お前たちに乾杯！）」

すると大笑いして、彼らはいっせいに声を張りあげた。

「ザ・ラ・スィエヌ！（Z、ヤツに乾杯！）」

クラフは寒気を感じた……自分の不安が的中したのだ。それでも確かめるために、彼は一緒に笑いながら訊いた。

「誰に乾杯してんだ？」

笑いがいっそう大きくなった。

「あとで言うよ、クラフ親父！」

「どうでもいいけどな！」クラフは言い返した。

男たちの一人が仲間たちに言った。

「ラ・バルボティエールよりも、こっちで飲むほうがいいよな……」

仲間たちはこの冗談に吹き出した。

「俺たちは一回に少ししか飲めないが、ポーラン・ブロケは下水を腹いっぱいに飲んでるぜ……俺たちはもう一杯飲めるな」

「じゃあもう一杯だ。ザ・ラ・スィエヌ！」

クラフは、もはや泣きだしたかった。刑事長が不幸に見舞われたのがいまや確実だったからだ。クラフはこれらの悪党の首に飛びかかり、首を締め、ポーラン・ブロケの仇をとろうとするのを必死で抑えた。クラフは、連中と同じく笑いながら、卑劣な男たちのグラスに自分のグラスをぶつけ、声を張りあげた。

「じゃ……もういっかい乾杯！」

いまや問いつめる必要もなかった。彼には事情がわかっていた、ポーラン・ブロケの運命を知ったのだ……だが、深い悲しみのなかも彼はしっかりと自分の仕事をした。彼がカウンターに戻ると、同じくよろこびながら店に入ってくる別の客たちを見た。

このよろこびはこう意味していた。

「俺たちはポーラン・ブロケを処刑したのだ！」と。

そしてクラフはボーイに言った。

「店を閉めておけ……俺は寝るから……」

彼はその場から去った。

店主が出ていくことは、そう驚くことではなかった。朝方、こんなふうに店からいなくなることは――ああ！　かなり稀なことだったが――あったのだ。そこでボーイは彼の代役を務め、いつかは彼のあとを継ぎたいと思っていたので、店主の不在を感じさせずうまく切り盛りした。

クラフは、自分のようにポーラン・ブロケに仕える人物を従業員として雇うことを望んでいた。しかし刑事長は、彼にそうすることを思いとどまらせたのだった。より安全を期して、ボーイや店員はただこの仕事に、この仕事だけに専念するほうがよかった。クラフはポーラン・ブロケになにか知らせるときには、従業員を巻き込むことなく、うまくやっていた。この日の夜のように、彼がこんなにも困っているのは、それは特殊なケースにちがいなかった。そういうわけで彼はみずから体を張ったのである。

少ししてクラフは、隠しドアを通って家を出た。常連客や、彼をよく知る連中も彼に気づくことはなかった。それればかりか、道でばったり会ったとしても、彼を見分けることはできなかったろう。〈アヴェロンっ子たち〉の経営者は見違えるほどだった。彼は変装していたのだ。

クラフは、普段から褒められるような珍しい服を身につけないようにしていた。なるほどクラフには、見栄えのいいデュポン男爵と、風采や趣味のよさや格好よさで競うつもりはなかった。

実際にクラフは町の巡査の制服を着ていた。あごに髭だけ付けた。その腹のせいでボタンがはちきれんばかりの上着を羽織り、太ってがっしり、かつどっしりとした彼は、そんなわけで首都の通りをゆっくりと巡回する、例の気のよさそうなパリのお巡りさんとなった。親切でおだやかで、手押し車の商人にとっては恐怖の的だが、いかなる人の不幸も望まず、どうしようもなく犯罪人を逮捕すべきとき申し訳なく思う人々である。

しかし町の巡査の制服をまとい、いったん通りに出てみたものの、クラフの足は一向に前に進まなかった。どこへ行くべきか？　なにをすべきか？　彼は頭をかきむしり、アイデアをひねり出そうとした。だがクラフはなにも思いつかなかった。ただ頭をかきむしり、いろいろ逡巡しながらその場に留まっていても仕方がない。クラフは決心がつかぬままその場にとどまり笑い者にならぬよう歩きはじめた。彼はなんとなく、ロシュシュアール通りに入り込んだ。

クラフは家で身なりを整えているあいだ、ガブリエルやラモルス、さらにシモンの家……ロディエ通りのすべての隣人を訪ねようと考えていた……。しかし、刑事長が戦っているのだから部下たちが自分たちの家にいるはずないはない、彼はもっともながらに思ったのだ。

では、いまやどこへ行くべきか？

「まあいい」彼は思った。「いったん外に出れば、なにか思いつくだろう」

こうして外にいるが、彼はなにも頭に浮かばなかった。しかしなんとしても一刻も早く、ポーラン・ブロケがなにをされたのかのみならず、どこに監禁されたのか、つまりどこに投げ捨てられたかを正確に知り……早急に彼のもとにたどり着くもっとも確実な方法をとにかく得る必要があった。ラ・バルボティエールで危惧すべき事件が起こったというだけでは不十分だった。ゲルマ袋小路の建物という建物をくまなく探して地下坑道にたどり着いたとしても、仕掛けが施された未知なる地下坑道を備えるミステリアスなラ・バルボティエールは、その内奥を打ち明けることはないだろう……。

合言葉だけでなく、ポーラン・ブロケが拘留されているだろうとクラフが怯えながらも考える奥まった場所、牢獄のような場所、果ては下水道に導いてくれる正確なあらゆる情報を、メンバーの誰かから、つまり、あのいたましく悲劇的な集会に参加した連中の誰かから与えてもらうことが、どうしても必要だった。というのも、店で悪党たちがあんなにうれしげだったにもかかわらず、彼らが大胆にも刑事を死に追いやったなどと、クラフにはどうしても認められなかったからだ。むしろZ団はポーラン・ブロケを手中に収めても、殺害するような不手際を犯さず、人質として捕らえ、ついには恩赦、解放、無罪放免を得ようとするだろう、クラフはそんなふうに想像していたのである。クラフは刑事長が死んだなどという恐るべき考えを、認めたくはなかったのだ！

しかし、どうやってそれを知るのか？　どうやって彼のところにたどり着けるのか？　まだ間にあうならば、どうやって彼を救うことができるのか？　それにはひとつの方法しかない。悪党たちの誰かに白状させるのだ！　そうだ、これだ……やるべきことは……ぜひとも必要なことは……なにがなんでも達成すべきは、これだ！

だけど、どうやってジゴマの手下に白状させる？……

クラフはしばらく前から頭をかきむしる手をとめていたが、アイデアはいっこうに浮かんでこなかった。頭をたれ、沈んだ様子でぶつぶつ言い、いらだちながら歩いていると、突然彼は殉教者通りの近くで、向こうから来た二人の男とぶつかった。考えにふけるクラフは二人に気づかなかった。

「おいなんだよ！」男の一人が怒鳴った。「なにやってんだよ、ポリ公！」

大通りはひとけがなかった。このジェントルマンたちは、わが家にいるがごとくのテリトリーでは罰せられないだろうとふんでいた。彼らにとって絶好の機会だった。取り締まられる恐れもなしに、取り乱した一人の巡査をぶん殴って警察に対する日頃の仕返しとするのは、なんて愉快なことか！

クラフがうっかりぶつかった男たちの一人が、彼を強く突き飛ばした。

もう一人が激しいパンチで加勢すると、下品な罵りの言葉を添えた。だが、クラフを殴ることは壁を叩くに等しい。クラフはなにも感じもせず、殴ったほうが怪我をしたのだ。

とはいえクラフはこの一撃、この騒ぎによって、いま置かれている事態を思い出した。クラフは顔を上げ、ふたたび攻撃しようとしていきこれらの襲撃者を見て、彼らを分析した。さきほどまで頭をかきむしりながら探し求めていた答えが、数発のこぶしを喰らったことで不意にひらめいたのである……想像力を刺激する思いがけない方法はいくらでもあるものだ。ひとつの方法が、いい方法がこうして与えられたのだ！

クラフは、稲妻のようなすばやさで襲撃者の一人の顔面に見事な一発を叩き込み、殴り倒した。彼は血に染まり、死んだように気絶し、本当に殴り殺されたようになった。

もう一人のほうはナイフを取り出し、仲間の復讐を試みようとしたが、クラフはすぐさまサヴァットの蹴りをすねに放ち、左足を激しく壊した。男はあまりの痛みに喚（わめ）いた。しかしすぐにその喚きもやんだ。クラフが彼のみぞおちに、息ができなくなるほどの一撃を加えたのだ。

男は倒れた。クラフはそのナイフを証拠品として拾いあげ、大切にポケットにしまった。彼は歩道に横たわる男のもとへいき、その服を調べ、リボルバーとナイフ、いくつかの鍵と短刀、そして数枚の紙を押収した。

それから二人目の敵のところへいき、体を起こし抱きあげると、酔っ払いにそうするように、ラ・トゥール＝ドーヴェルニュ通りの最寄りの警察署に連れていった。

この男とともに警察署に着くと、クラフは二言、三言、当直の巡査部長にすばやく伝えた。警視の執務室の絨毯に捕まえた男を寝かせたが、まもなく息を引き取るかのようにみえた。すぐに巡査部長は部下を警視の家に派遣した。警視を起こし、警察署に来てもらうためにである。次に巡査部長は救急箱を持ってきた。そして彼は、〈アヴェロンっ子たち〉の経営者が捕らえた男を手当てするのを手伝った。

「コイツはすぐにでも意識を取り戻す必要がある」クラフは言った。「コイツをできるだけ早く回復させ、警視が来たらすぐに、話ができるようにしなければならない」

そこでクラフと当直の巡査部長は、捕らえた男に精一杯の手当てを施した。服を脱がすと、彼らは男の身体の皮膚が剝がれ、ろっ骨が折れそうなほど強く擦り、また揉んだ。彼らは自分たちで調合した強心剤をときどき強引に飲ませた。マッサージの効果を上げるためだ。それはアルコールとアルニカチンキ、気つけ薬、エーテル、カフェインを混ぜたもので、二人は大さじでそれを彼の喉に押し込んだ。アンモニア水でこめかみを擦ることはもちろんのこと、このような治療で覚めない気絶は存在しない。

実際、例のジェントルマンはまもなく意識を取り戻したのだ。

㉘章　裏切り者ビパール

警視が警察署に到着したとき、この怪我人はクラフと巡査部長をひどく罵っていた。それは彼が完全に元気を取り戻したことを証明していた。慎重を期して怪我人の両手は手錠で繋がれ、両足は鎖で縛られた。

クラフは警視の正面に向かった。まず彼に身元を確認してもらい、それから捕らえた男がなに者か、そして、この悪党からなんとしても白状させることを彼に伝えるためにである。この男はもっとも危険な前科者の一人で、最近刑期を終えて追放処分に科されていた。したがっていまパリにいる彼は、滞在禁止処分を守らず、不正を犯していたことになる。

警視は彼に単刀直入に言った。

「ビパール」彼は言った。「私たちは仲良くやらないといけないんだ」

囚われの男は反抗し、それを拒み、ビパールであることを否定しようとした。しかし警視はクラフから情報を得ていたので彼に反論し、囚われの男の身元に誤りがないことを証明した。

「なんなんだよ！」男は喚（わめ）いた。「それがどうした？……おまえらに俺を拘留する権限なんてないだろ。俺はなんも悪さなんてしてないんだからよ！」

「悪いが、君。悪いが……まずパリに住むことが君には禁止されているのだ。それから君は一人の巡査を殴り、ナイフを使って脅した。君の逮捕を正当化して拘留するのに、これで十分だ」

「殴ってなんかねえよ……やってねえって……」

「もういい！　結構だ！　君を裁判官の前に出頭させれば、また何年かひどい目に遭うことになる」

「いい弁護人を雇うさ、あとでわかるさ……」

「君はいい裁判官を相手にすることになる。そして法は厳格だ。この点について話すのはやめよう。わかっているだろうが、君は捕まっているのだ。たっぷりと後悔することになるぞ」

「しょうがねえだろ」

「そんなふうに言うのはやめなさい。君はすっかり腹を立て、激しくイライラしている……」

「監獄なんてどうってことねえよ……徒刑場だって俺の気に入りになるだろうな……」

「わかってる……わかってるとも……。ただ、ラ・ガンシューズから引き離されることになるぞ」

この名前にビパールは思わず身震いした。警視はこの粗暴な男のなかで振動する的確な琴線、唯一の琴線を掌握していたのだ。

ラ・ガンシューズは色っぽい娘で、ビパールは狂おしいほどに惚れ込んでいた。彼が盗みを働き、恐るべき犯罪者になったのは彼女のためであり、彼女の金銭欲を満たすためだった。彼女のために彼は監獄へ行き、彼女のために死刑覚悟でやってきた。不動の重々しい情念と、本能的ですさまじい執着をもって彼はラ・ガンシューズを愛し、そのせいで大いに苦しんでいた。ラ・ガンシューズは、通称〈ガンシュ〉と呼ばれるダンスが好きだったから、外周道路界隈ではそんなふうに呼ばれていた。彼女は最高の踊り手、魅力的な踊り手で、疲れ知らずの、体を激しく揺らすダンサーだった。彼女はもっとも魅惑的に、もっとも官能的になり、その淫らな身体を観客に見せつけることができ、そして自分と踊る男に対してはすっかりその身をゆだねた。

ビパールにラ・ガンシューズを話題にすること、すなわちそれは耳を傾けることを意味した。

「さて」警視はふたたび口を開いた。「君が抵抗するなら、われわれは君を投獄する。そしたらラ・ガンシューズは君なしで踊ることになるぞ」

ビパールは悔しくて叫んだ。

「それに、踊りのうまい男なんてラ・ガンシューズのまわりにはいくらでもいる」

「そんなヤツら俺が殺してやる……」

「ダメだよ、君、ダメだ。今回のように何年ものあいだ投獄され……さらに追放されてしまうぞ。君が帰ってきたとしても――いつか戻ってくるならだが――、君は年老いて見る影もないだろうね……。一方でラ・ガンシューズは、何度も何度も君の代わりを補っているだろうし、彼女はたくさんの男と踊ってしまっているだろうから、彼女はもう君だとわからないよ。いま彼女は君をすこぶる愛しているがね」

まるで熱した鉄を押しあてられたかのようにビパールは荒れ狂って喚き、床で暴れ、自分を縛る鎖を破壊しようとした。警視は彼にその虚しい激昂を吐き出させ、すっかり怒らせ、あらゆる侮辱の言葉を吐き出させた。

彼はふたたび言った。

「だが少しでも君が協力的になってくれるなら、こちらも君に協力するんだがね」

「誰がだよ！」罪人は吠えた。「誰がだよ？　俺か？　俺がサツとうまくやるってことか？」

「君は私の言うことをよくわかってないね。君が協力的になれば、君を探しているラ・ガンシューズに安心してもう一度、会いにいけると言ってるんだ……仲間たちは彼女を狙ってるんだよ。彼女にビパールのことを忘れさせるためにね」

また罪人はすさまじい嫉妬に襲われた。

「このことをおぼえておくんだ、ビパール」警視は言った。「君は釈放されるだろうことをね」

「釈放？」悪党は尋ねた。「釈放！」

「そうだ。君はここから立ち去ることができるんだ」

「いつだよ？」

「すぐにだ。ラ・ガンシューズに会いにいって、彼女がほかの誰かと出かけるのを引き止めるのに、十分まにあうさ」

「出ていかせてくれるのか？」ビパールは尋ねた。「行っていいのか？」

「それに、出ていってもらうだけじゃない。われわれは目をつぶることにする。さらには君がしかるべき滞在地を離れたことを、われわれは知らないことにする。だから、君は好きなように踊ることができるんだ……」

罪人はいまや黙っていた。まだ痛みが残っていたので、警視のデスクの脚に寄りかかりながらどうにか身を起こした。

彼は、陰鬱な声でばつが悪そうに腹を決めて尋ねた。

「なにをすりゃ、いいんだ？」

「たいしたことじゃない。君はラ・バルボティエールの集会に参加した……」

ビパールは警視の言葉をさえぎった。彼は声を荒げた。

「俺にダチを裏切らせるなら、なんもしねえぞ！　絶対にだ！　絶対、俺は白状なんてしねえ。俺を捕まえておけよ、俺を繋いでおけよ、もう俺は捕まったんだから。だからおまえら、俺に仲間たちについて話させることはできねえぞ」

「そういうことじゃない」

「俺はおまえたちの考えを見抜いてんだぜ。ラ・ガンシューズに会えなくなっても、ひとことも話さねえからな」

この断固たる宣言は、この罪人にもプライドが欠けていないことを示していた。警視とクラフは彼の哀れな気高さを称賛せずにはいられなかったが、しかし二人は感化されるような人間ではなかった。

いたっておだやかに警視は続けた。

「われわれはよく知っているよ、君が仲間たちを裏切らないことをね」

「だから？」

「だから、われわれが君に願うのはそのことではない」

「なにを望んでるんだよ？」

「ちょっとした地理的な情報だ」

「地理的な？」

「そうだ。われわれはどこでラ・バルボティエールの集会がおこなわれたかわかっているし、〈ザラヴィ……〉〈ザラモール……〉という合言葉も知っている。全部わかってるんだ」

「じゃあ、おまえらに教えることなんてなんもねえよ」

「われわれは、集会のおこなわれた部屋に行きたいんだ。誰かにそこへ案内してもらいたいんだよ」

「探せよ」

「それは君だ」

「絶対ダメだ！　おお、絶対にな！」

「そうか……では、ラ・ガンシューズにおやすみと言いなさい……」

「おやすみ、ラ・ガンシューズ！」

「そして、君が彼女を譲ることになる男たちを祝福しなさい。君のおかげで彼らは幸せになるんだ」

ビパールは身震いした。彼はふたたび訪れた激しい怒りを必死で抑え、なんとかひざまずき、そうして自分の足で立ち上がった。野獣のような情熱、この女への愛、最低限の良心、風変わりな面子(めんつ)と、激しくすさまじいせめぎあいが彼のなかで生じていた。ラ・ガンシューズのために譲歩すべきなのか。盗みを犯し、人を殺し、投獄されて苦しむほどに愛するラ・ガンシューズのために？　それとも仲間のために彼女を犠牲にし、同志への忠誠心のために彼女への愛を諦めるべきなのか？

警視は、ビパールがその無骨で粗野な心のなかで闘わせる葛藤からすぐに引き出すだろう結論を理解し、事を急がせるのが得策だと思った。

「さあ」彼は言った。「ラ・バルボティエールまで、集会のおこなわれた部屋まで、われわれを案内してくれたまえ。そうすればわれわれは君を釈放するんだ」

「ダメだ！　ダメなんだ！」

「そうしなければ囚人護送車が君を拾いにくる、一時間後にね。それから留置場だぞ」

「ダメだ！　ダメなんだ！」

「それじゃ裁判所だ……それから有罪判決、それから徒刑場……少なくとも二十年はラ・ガンシューズに会うことはない」

いまやビパールは抵抗するのをやめていた。彼は打ちひしがれ、敗北を感じていた。彼の目からは、激昂のあまり大量の涙が流れていた。

「俺を釈放してくれるのか？」ようやく彼は尋ねた。

「すぐに」

「俺が再逮捕されることは？」

「君を再逮捕することはない。クラフの店でも別のところでも行くことができるし、ほかの男が連れ出す前にラ・ガンシューズに会いにいくこともできる」

肉屋に気がつき、これから自分がどうなるかを理解した牛のように、おどおどし、恐れ、屈服して、彼は言った。

「行こう！……」

しかし彼は尋ねた。

「どうやってそこへ行くんだ？　こんなんじゃダメだ、仲間に気づかれちゃダメだ……そんなんなら、おまえたちが俺からラ・ガンシューズを奪うより先に、俺がヤツらに殺されちまう」

「安心しなさい。誰も君のこともわれわれのことも見分けることはできないよ」

警視は悪党の肩に大きなコートを掛けてやり、顔を隠すフェルト帽とマフラーを渡した。もっとも顔を隠すことは簡単だった。だいぶ前から雨が滝のように降っていたのだ。

クラフと警視も身なりを変えた。警視は亜鉛メッキ工が着るようなコーデュロイの作業服を身につけ、クラフは辻馬車の御者に変装した。馬車の車庫が近くだったから、肥満体型のクラフの変装としては、まさにうってつけだった。

それぞれ異なる服を着た別の二人の巡査が少し距離をおいて、彼らに続いた。また制服姿の巡査たちがラ・バルボティエール近辺を見張り、通りには治安局の警察官たちがいた。

「網が張られた」警視はビパールに言った。「君が逃げようとしても、すぐに捕まることになる。同時に、ラ・ガンシューズはわれわれの二人の部下に監視されている。君がタチの悪いいたずらをした場合にはラ・ガンシューズは牢に入れられ、君の前からいなくなる」

「行こう！　行こうぜ！」悪党は言い返した。「自分の仲間を裏切ると決めたときから、おまえたちを騙そうなんて気はもう俺にはないんだぜ。俺はおまえたちの囚人だ。俺の自由、俺の幸せはおまえたちの思うがままなんだ。向かおうぜ！」

　警視とクラフはビパールの足を固定していた鎖を解き、手錠をはずした。クラフは友達のような仕草で、悪党の腕の下にその屈強な手を通した。するとビパールは、この男の恐るべき握力を感じた。もっとも、彼はすでにこの握力を知っていて、ゆえに、それがもたらす痛みもまた感じたのである……。

「少し急ごうぜ」ビパールは言った。「この時間は、寝てる石膏職人以外、ラ・バルボティエールには誰もいないんだ」

　こんなふうにして降りしきる雨のなか、三人の男はできるだけ急いで警察署を出発したのだ。ビパールはあいかわらず苦しそうにどうにか歩いていたが、彼を腕で支えるクラフの仕草はごく普通に見えた。それは人のいい男が酔っ払った仲間を住処へ連れて帰るようだった。そのあいだにも出動要請された治安局の警察官らが、少し間隔をおいて前後を歩いていた。

　ラ・トゥール＝ドーヴェルニュ通りからゲルマ袋小路までの道は長くない。ゆっくり歩いたとはいえ、数分で三人の男はその道を歩き終えた。彼らはヴィクトール＝マセ通り、フローショ通りを通ってピガール広場に達し、あとはそこを横切るだけだった。

　クラフはビパールの仲間やZ団のメンバーたちに出くわすことを恐れていた。ビパールとわかり、警戒され……この試みが失敗するかもしれない。幸いにもそうはならなかった。もっとも、クラフと警視は、ラ・バルボティエールのバーの前を通ってゲルマ袋小路に入らないよう注意した。彼らはいくつもの建物を迂回し、通りをのぼり、アベス通りまで延びる中庭に通じる入口から袋小路に入った。加えて、滝のような雨のせいで、夜遅くまで遊ぶ客たちは通りにはいなかった。だから、誰も三人を見抜き、特定し、追尾できないことは絶対に確実だった。警視、クラフ、そしてビパールは石膏型枠工の作業場まで降りていった。彼らはすぐに扉を開けた。

「これをよく見ろ」クラフはリボルバーを見せながらビパールに言った。「ほんのわずかな裏切りの動きでも、おまえの頭をぶち抜くぞ」

「わかってる！　わかってるって！」ビパールは答えた。

作業場に入った。型枠工は熟睡していた。にもかかわらず、作業場の扉の鍵に触れたとき、彼は目覚めた。

「降りるのは誰だ？」彼は叫んだ。

「ザラヴィ！」ビパールは彼に言った。

「ザラモール！……」

「よし。心配すんな、下にちょっとしたものをとりに来たんだ」

「ああ！　下に？」型枠工は言った。「わかった、降りろ！」

ビパールは尋ねた。

「灯(あか)りは？」

「ないよ」型枠工は答えた。「でも、ランプに燃料を入れてある、たっぷりだ。火をつけるだけだ」

「よし……わかった……寝ろ。自分で火をつける。俺がつける……」

クラフと警視は、二人の男が交わした言葉を最大の注意を払って聞いていた。

ビパールはクラフに言った。

「通路のランプは全部消えてっから、そのライトを持っていこう」

彼はテーブルのライトを指した。警視がそれを持った。いまやクラフはビパールの右手首をつかみ、弾の込められたリボルバーを手にしていた。

「俺たちを裏切るなら」彼は念を押した。「俺たちを罠にはめるなら、死ぬぞ、うまくやれよ」

ビパールは肩をすくめた。

「心配なら、案内しろだなんて俺に言うんじゃねえよ」

彼は扉を押し、Z団のメンバーたちがいつも通る道を示した。三人の男たちはこうして地下室へ降りて、石膏採掘場の古い坑道に入り込んだ。

進めば進むほど、クラフの心臓の鼓動は大きくなっていった。彼は一歩一歩、ポーラン・ブロケに近づいているのを感じていた。彼には数分が数世紀に思われ、集会と裁判と刑の執行がおこなわれる部屋にたどり着くのが待ちどおしかった……待ちきれない彼は、ビパールのこめかみにリボルバーを押しつけると、こう叫んだ。

「さあ、言えよ、ポーラン・ブロケはどこにいるんだ？」

三人はずいぶんと前から、ねばつき、うっとうしい泥にまごつきながら、いくつもの地下坑道を歩いていた。ライトが放つほのかな光で幻想的な影法師が揺らめいていた。

「左だ……右だ……この通路だ、真ん中の……」ビパールは方向を示しながらときどき言った。

三人の男は身動きできなくなったり、すべったりしながら、やっとの思いで歩いていた……彼らは何度もよろめき、転びそうになった。

「もう少しか？」だいぶ長いこと歩いていることに心配になったクラフは尋ねた。

「もう少しだ」ビパールは答えた。「この通路の先だ……」

だがこのとき彼は、よろめき、すべり、地面に倒れた。

ビパールは痛みに叫んだ。

「足をくじいちまった」彼は言った。「散歩にはなんとももってこいだぜ。ちょうど、おまえに痛めつけられたところだ……」

「俺を支えにしろ！　行くぞ、もう少しがんばれ」クラフは言ったが、ますますいらだっていた。

さらにゆっくりと、さらに苦労しながら、歩きだした。

「よかった、着いたぜ！」ビパールは言った。

前方に長く伸びた、薄暗い通路を指して彼は加えた。

「あそこだ、この地下坑道の先だ、集会場がある！」

彼は立ちどまった。

「おお！」彼は言った。「ちょっとだけ休ませろ……もう足がいうことを聞かねえんだ……」彼は壁に背中をもたれ、本当に苦しんでいるようだった。

クラフは彼の腕を放した。一分一分が経過し、自分がポーラン・ブロケから引き離されることを考えながら、負傷したこの男がこの通路で逃げることはありえない、そんな頭は毛頭ないと確信し、クラフはビパールを自由にし、ふたたび歩きだすよう促した。警視もそばに寄った。

「さあ」彼は言った。「元気をだすんだ。もうすぐなんだ……」

「わかった！」ビパールは声を張りあげた。「もうすぐだな！　あそこだ。もう何メートルか先に、驚くほどふてぶてしくポーラン・ブロケが侵入してきた部屋がある……ヤツが裁かれたのもそこだ……ヤツが落とされた穴があるのもそこだ！」

「卑劣な野郎どもだ！」クラフはすぐさま叫んだ。

ビパールは痛めた足をさするのに身をかがめた。すると、突然起き直り、飛び上がった。彼は、警視が持っていたライトを手の甲で叩き落とした。ライトは泥のなかで消えた。

苦痛の叫びが響いた。クラフは、ビパールがさきほどライトをとったときに密かに手にしたナイフで背中を刺されたのだ。

すると今度は、暗闇に負傷したクラフと途方にくれた警視は、大きな笑い声を聞いた。

「さあさあ、お二人さん」笑いを抑えながらひやかしたような声は言った。「まあ、おまえたちにはジゴマと闘うような力はない！　ポーラン・ブロケがどこにいるか、それを知りたかったんだろ？　それほど簡単なことはない。おまえたちはヤツと一緒になるんだからな」

そこへいくつもの声が響いた。拍手喝采、歓呼が。

「ジゴマ万歳！」

同時に猛烈な光がドーム状の天井を照らし出し、すさまじい音が天井を揺らした。爆発が起こった……ものすごい轟音を立てて地下坑道の一部が崩壊したのだ！　悪党たちが巣窟を吹っ飛ばしたのだ。

確かに彼らは、この過激な手段に打って出ることに思い迷わないはずはなかった。この隠れ家は便利で、快適で、安全だったからだ。しかし彼らのルールでは、発見され、知られたすべての隠れ家は放棄され、破壊されねばならない。したがってラ・バルボティエールを占有した当初から、彼らは地下坑道に爆薬を仕掛け、つまり自分たちが改修したそこを爆破する準備をしていたのだ。ダイナマイトがいくつもの爆弾に巧みに充塡され、期待された効果を得るために周到に配置され、備えつけられていた。これらの爆弾は型枠工、あるいは監視の男が見張る作業場の電源とつながっていた。何本もの地下坑道には、幹部たちだけが知る秘密の起爆装置があり、不意打ちや捜査の阻止、あるいは逃走のため、任意のアーチ状の天井を爆破できたのである。毎日、爆弾のひとつひとつは点検され、チェックされ、確認されていた。毎回の集会の前後にも同じように点検をおこなっていたのである。

ビパールが型枠工と話したとき、警視やクラフにとっては普通の言葉だが、まったく別のことを意味する隠語で彼がいろいろな質問をしていたのは確実だった。

ビパールと型枠工が話していた〈ランプに燃料を入れてある、たっぷりだ。火をつけるだけだ〉は明らかに爆弾のことを意味していた。

　ところで、ビパールが警視に言い張ったように、地下坑道に誰もいなかったわけではない。〈たっぷりだ〉という石膏型枠工の言葉は、まだそこにメンバーたちがいることを意味していたにちがいない。そして、警視とクラフが地下坑道を進んでいるあいだ彼らに警告が伝わったのである。なぜビパールが何度も迂回し、長い道のりを行かせたのかが理解できるだろう。彼は、仲間たちが防御体制をとり、逃げるための時間をかせぎたかったのである。

　ビパールはといえば、メンバーたちの準備が整ったと判断したとき、彼は逃げようと思っていた。彼は転倒し、足をくじいたように見せかけた……自分はもう歩けない、もう先へは進めないと言って、壁に背中で寄りかかったのには理由がないわけではなかった。じつはこの壁、小さな灯り（あか）で照らされる限りはほかの壁と同じに見えたが、実際は灰色のペンキで塗られた仕切り壁で、別の地下坑道を塞ぐ扉になっていた。ビパールはこの仕切り壁によりかかりながら、一見亀裂と見える仕切り壁の板と板の細い隙間に身を置いた。すると、この隙間からナイフの刃のような薄い木片が出てきた。ビパールが身を置いたのは、その木の先端だった。扉のうしろに身を隠すメンバーは、ビパールに準備が整ったことをこの木の刃で伝えたのである。そうしてビパールは、Z団がポーラン・ブロケになにをしたかを言ったあと飛び上がり、ライトを消し、クラフをナイフで刺した。それから、自分は、開いた木の仕切り壁から逃げ出したのだった。彼は見事に首尾よく役目を果たし、仲間のもとへ戻ったのである。

　爆破は狙った通りの結果をもたらした……集会場のアーチ状の天井を支える柱がダイナマイトによって剪断され倒壊すると、天井は崩壊し、部屋の跡形を残すことなくすべてを押しつぶし、ポーラン・ブロケが永遠に沈んでしまった竪坑を完全に塞いでしまったのである。

幸いにも、クラフと警視は押しつぶされなかった。だが、彼らの前後にはがれきが堆積し、一切の逃げ道を塞ぎ、彼らはゆっくりと窒息死すること、あるいは餓死することを運命づけられたのだ。彼らに余儀なくされた暗闇、完全な漆黒がさらに彼らを苦しめた。加えてクラフは怪我のせいで苦痛に悶えていた。彼らの状況は恐るべきものだった。彼らはそのことを完全に理解していた。何日も掘り起こし、何週間も捜索しなければ、彼らのところにたどり着くことは望めないだろう。そしてそのときまでには死んでしまっていることだろう!

それでも彼らは、絶望的な状況におかれた勇気ある行動的な者が試みるあらゆることにとりかかった。まず彼らは、がれきの山に挑みかかり、石の塊をどかし、通路を掘り起こそうとした……しかし彼らには、自分たち自身の手しかなく、すべての努力は無駄になるだけとすぐに理解した。彼らはびくともしない物体、石や壁に阻まれていた。これら不動のものに対して、彼らがいかに見事に鍛えられた意志とエネルギーを持っていたとしても、その前には無力なままだったのだ。

それは彼らにとってもっともおぞましく、もっとも緩慢な死であり、もっとも恐ろしい断末魔だった。救助に向かい、きっと助けられるだろうと思って、ただ数歩のところでがれきに阻まれ、彼らは死んでゆくのだ。勇敢なポーラン・ブロケの墓の上で二人は死んでゆくのである。

㉙章　リリーを説得するために

朝がきた。激しい雨の長い夜のあとがつねにそうであるように、光り輝き、澄みきった陽気な朝だった。

洗い流されて清らかなパリは、チュール生地のように軽やかで白く大きな雲が浮かぶ青空に微笑んでいるようだった。家々はピンク色に染まり、花売り商人の車の、摘み取られたばかりの可愛らしい花々の香りが自然と漂い、通りの雰囲気を包んだ。敷石のなかに草原のスミレが隠れているようだった。パリの人々は生きいきと目を輝かせ、微笑みながら、仕事場、事務所、店へと向かっていた……そして、あのパリのにぎやかな花々たち、つまり女工たちは、笑い声をあげながら、マフ〔筒形の両手用防寒具〕や模造革のコートのなかに、小さなピンク色の鼻をときおり隠しながら工房へと急いでいた。その日の朝はとても冷え込んでいたのだ。

しかしながら、ピガール広場、クリシー広場の周辺、ブランシュ通りとクリシー通りでは、土木作業員のいくつもの作業班が柵を設置し、急いで車道を掘り、歩道のマンホールを開けたりしていた。数時間ほど前の夜明けに、地下から大きな爆発音が聞こえたのだった。多くの場所で地面が割れ、大きく引き裂かれた何本もの水道管からは水が吹き出していた。ガス爆発が起こったようだったが、どこで起きたかよくわからなかったので、調査をはじめるところだったのだ。

お針子の一人が、クリシー通りの歩道をその小さな足で足ばやに歩き通っていると、マンホールの前に安全柵を設置していた一人の土木作業員が彼女に言った。

「向かい側の歩道を通ったほうがいいですよ、リリーさん」

びっくりして彼女は立ちどまった。彼女は自分の名前を言ったこの土木作業員を見た。いたずら好きな目の、鼻が上を向いたこの男を、彼女は知らないようだった。彼は陽気で人のよさそうな表情をしていたが、彼女にはかつて彼を見た記憶はなかった。

「私のことをご存じなんですか？」驚いた彼女は尋ねた。

「ええ……はい……リリーさん」この土木作業員はためらい、困惑して答えた。「はい……」

「どうして？」

「クリシー並木通りの……ガヌロン小路の界隈に……住んでいるんです」

「ああ、そうなの！」

「それで失礼ながら、向かいの歩道を通ってもらうよう言ったんです。この下にはガス管が通ってまして、さきほど事故があったので工事するんですよ……また爆発するかもしれませんのでね……」

「ああ！　ありがとうございます。よく知らせてくださいましたね、ありがとうございます！」

それからリリーは車道を横切り、向かいの歩道へ行き、軽やかに可愛らしくふたたび急ぎ足で歩きはじめた。

この土木作業員の同僚が彼に近づき言った。

「刑事長の言う通りだな、シモン。おまえはいつも女のせいでバカなことをする」

「うっかり口から出てしまったんだよ、ガブリエル。ごめん、思わず彼女の名前を言っちまった。でもたいしたことじゃない。なんで俺が彼女を知っているのか、どうやって俺が彼女の名前を知ったのか……見抜かれることはないさ……」

「わかった……わかった……仕事だ」

こうしてガブリエル、シモン、彼らの部下たちの班は仕事にとりかかった。

ガブリエルとラモルスは刑事長の姿をふたたび見なかったので、彼がまだラ・バルボティエールの地下にいるのだと疑っていた。ラ・バルボティエール付近に張り込んでいたポーラン・ブロケの分隊の捜査員たちは、彼がゲルマ袋小路に入り込むのを目撃していたのである。

ひどく不安になったガブリエルとラモルスは、刑事長が向こう見ずな行動に打って出るのではと疑い、情報を得ようとクラフの店に戻ってきた。〈アヴェロンっ子たち〉の店主は最後にポーラン・ブロケと話をしたので、なにか知っているはずだ。だが、クラフはいなかった。そこで彼らは、ポーラン・ブロケが単独で、あるいはクラフと一緒に悪党らのところへの侵入を試みたと理解したのである。

「刑事長のなかで、それは決められたことだったんだ」彼らは言った。「彼は俺たちにそれを話したくなかったんだよ、俺たちが刑事長を思いとどまらせることがないようにな。それはとてもむずかしかったろう……。だって、ポーラン・ブロケがなにかを考えているとき……砲弾ですら、彼からその考えを吹きとばすことはできないだろうからな」

ガブリエル、ラモルス、シモン、また分隊の何人かの捜査員は相談した。今度は彼らがこっそりと、さもなければ強引に悪党たちの巣窟に侵入し、隅から隅まで調べあげ、ポーラン・ブロケを見つけだし、脱出しようと決めたのだ。だが集会がラ・バルボティエールでおこなわれることを知っていても、どうやって悪党たちのアジトに到達できるのか、皆目わからない。巣窟の入口があるのはこのバーではないと彼らはにらんでいたのである。この点について情報を得るのはむずかしく、時間がかかると彼らはふんだ。そのあいだ刑事長は苦しみ、そうとうな危険にさらされているにちがいない。

するとポーラン・ブロケの部下たちは、偶然会った顔見知りの治安局の警察官たち、彼らはクラフと警視が出動要請した警察官たちで、彼らから最新情報をもらい、クラフと警視がビパールに先導させてラ・バルボティエールに降りて行ったことを教えてもらったのだ。それでポーラン・ブロケの部下たちは目下のところ、クラフと警視の報告を待つしかなかった。

そのとき突然、爆発が起こった。彼らはなにか重大なことがラ・バルボティエールで起こったと確信した。彼らは、ガス管が爆発したなどという憶測をはなから認めなかった。不意をつかれ、追いつめられた悪党たちが自分たちの巣窟へと続く地下坑道を爆破させ、捜査者たちをがれきで埋め尽くすことで身を守ったのだと、すぐに彼らは考えた。

いまや絶望感に覆われた彼らだが、捜索活動をはじめた土木作業員にすでに混じっていた。彼らはそこにいて、最初に降りて駆けつけたかったのだ。でもどうすれば刑事長を発見できるのか……生きたまま刑事長を見つけだせるのか、不安になりながら彼らは自問自答していた。ただシモンだけはこの不安のなかでもまだのんきに冗談を言ったり、可愛らしい女工たちにちょっかいを出し、リリー・ラ・ジョリに話しかけ楽しんでいたのだ！　ただもうシモンもふざけるのをやめて、不幸な刑事長のことだけを考えて、熱心に仕事にとりかかったと言わねばならない！

リリーのほうはといえば、彼女は工房へと急いでくだって行った。さきほど自分を驚かせたちょっとした出来事については、もう考えていなかった。自分の隣人を自称するこの土木作業員の記憶は、彼女の脳裏からすぐに抜けていってしまっていた。彼女の頭はもっと深刻で真面目な、別の心配事でいっぱいだった。だから彼女は、明るく澄んだ目、魅力的な微笑を絶やさずも、胸は悲しみでいっぱいで心は打ちひしがれて立ち去ったのである。

工房の同僚たちの前でリリーは、気の毒にもいたましい芝居を一日中演じていた。工房やその行き帰りでは、彼女は楽しく幸せそうにして、ほかの人たちと同じように笑っていた。だがいったん一人になると、誰にも見られない、あの薄暗いガヌロン小路に入り込むとすぐに彼女は、たくさんの苦しみが潜む家々から放たれる沈んだ雰囲気にとり込まれてしまう。微笑みはただちに消え去り、それまで光り輝いていたその美しい顔は、苦しみのベールで覆われる。明るい太陽に照らされたこの美しい朝、一人で仕事へ向かう道すがら、彼女はそんなことを考えていたのである。工房では、そのプライドから自分の苦悩や心痛を知られたくはなかった。だがその行き帰りでは、心配事や不安、自分や敬愛する人にのしかかる不幸な厳しい現実に、彼女はいやおうなく押しつぶされていたのである。自分の家を出るとすぐにこの恐るべき帰宅のことを考えてしまっていたから、いくら道すがらを楽しく過ごしても悲しみは払拭されなかった。

ああ！　この帰宅を、どれほど彼女は恐れていたか！　彼女にとって、なんという苦悩なんだろう！　姉が苦しみ、母が死のうとしている自宅の入口に、毎晩ただただ震えながら彼女は近づくのだった。守衛室のガラス戸越しに門番が彼女の帰りを無慈悲にも待ち伏せているのを、彼女は知っていたからだ。そして若い娘が震えながら発する挨拶に対して、門番の視線は、この視線は、こう言っていた。

「大家さんに二ヶ月分の家賃の借りがあるのよ！　次の支払いは数日後よ。三ヶ月分全部、払うことはできるの？　一ヶ月分も払えないいんじゃないの！」

リリーが、このみすぼらしい住処の家賃を支払っていた。そして、リレットはずいぶん前から一ヶ月分の家賃領収書を引き出すことも、一部金を支払うこともできないでいた。だから怯えたリレットは門番の視線で残酷に圧迫され、それが焼ごてのように自分を痛めつけると感じていたのだ！

確かに、門番のトマ夫人は意地悪な女性ではなかった。できることなら彼女だって、賃借人が願い出る家賃支払いの延期に同意したかったのかもしれない。だが彼女は大家の命令を受けていたのであり、それを実行せねばならなかった。リリーもそれはわかっていた……トマ夫人は、次の家賃の支払いが期日までにおこなわれなかったら、管理人が差し押さえと強制退去の手続きをとることを彼女にやんわりと知らせていた。屋根裏のみすぼらしい住居から強制退去させられたら、屋根裏の二つの部屋から追い出されたら、彼女は、死にかけた母は、身体の不自由な姉は……路上に投げ捨てられるのだ！　大家が情け深さと寛容さを装って彼女たちにまだ住居を使わせていたのは、単にだいぶ前から表に募集を貼っても、新たな賃借人が現れなかったからにすぎない。いかなる貧乏人も、こんなあばら家で満足するほど哀れではなかったのだ。しかし、粗末なブリキの屋根のもと冬は凍えて過ごし、夏は息づまりながら過ごすこの住居から、もし彼女たちが追い出されたら、リリーは、姉は、母はどこに行くのか？　不幸な彼女たちはほかに身を寄せる場所をどこに見つけるというのか？

今朝から、考えていたこのつらい帰宅は、ある種の不吉な予感のせいで哀れなリリーにはかつてないほどに悲しく、苦しく感じられた。また同時に――この不安な予感のせいだろか？――最近生じたある出来事が同様に彼女をことのほか心配させ、もう十分悲しんでいる彼女の心の不安を倍増させたのである。しばらく前から彼女は、その道すがら、工房から帰るとき、あるいはとくに朝一人で大通りのほうへ向かっているとき、一人のシャレた紳士と出くわすようになった。すこぶるすてきな若い男で身なりのいいこの紳士は、まず彼女の注意を引くようまく立ちまわった。次に、控えめだが顔見知りであるかのように彼女に微笑みかけた。それから彼女に挨拶をした……そして最後に、大胆にも彼女に話しかけたのだった。

確かに、このような大胆な行動は珍しくなかった。図々しい漁色家や、なんの前触れもなく失礼を顧みずに厚かましく言い寄ってくるゲスな男ではないにしても、リリーは毎日、色男たちに声をかけられ、褒め称えられ、会話に誘われた。それこそが通りの危険であり、女性というものは多少なりとも美しいと、歩道に出るや危険にさらされるものなのだ。ところで、リレットが大変に美しかったことをわれわれは知っている。彼女はいやおうなしに賞賛を集めた。彼女は欲望という欲望を呼び起こし、歩いた跡に知らず欲情と愛欲をかきたてたのだ。

だが、リレットは身持ちが堅く、不誠実な口説きのすべてをはっきりと毅然と拒否したから、大胆な色男もそれ以上は言い寄らず、ふたたび口説くこともなかった。もっとも強情な男でも遠ざかっていったのだ。だが例の紳士は、かなり控え目で愛想よく見えたから、彼女はほかの男たちのように邪険にあしらわなかった。だから彼がようやく彼女に話しかけてきたときも、彼女はぶっきらぼうに彼をはねつけなかったのだ。それに彼の声色は柔和で魅力的で、彼女のなかにすべり込む、これまで体験したことのない繊細な愛撫のようなものだった。

「マドモワゼール」紳士は言った。「私の厚かましさを失礼だと思わないでください。私はあなたがどなたか、私が話をしているのはどなたかを存じ上げてます。あなたに話しかけているのは、決して恋愛沙汰が好きな人間でも、若い女性の漁色家でもありません。それは、心の底から惚れてしまった男です。情熱的に恋する心があるがゆえ、私はあえてあなたに声をかけ、私の話を聞いてもらうようお願いしているのです」

リレットは歩みを速め、この紳士から遠ざかろうとした。だが彼はついてきて、もう一度言った。

「お許しください、もう二言あなたにお伝えすることを。あなたはご自身の家でとても不幸だ。お母さまは苦しんでおられる。それでもお望みなら、これらすべての不幸を、これらすべての苦しみを終わらせることができるのです。あなたは美しい、リレットさん、この世のいかなる女性も美しくないほどに。私はあなたを愛している！　私は裕福だ……それに……」

リレットは今度は彼に最後まで話させなかった。憤りによってさらに美しくなった目を紳士に向けて彼の言葉をさえぎり、言い放った。

「結構です、ムッシュー！　いいかげんにしてください！　あなたが私を知っていると主張しているわけですから、あなたは知っているはずです、私がもうこれ以上あなたの話を聞かないことを！」

「しかしながら……」

「私にかまわないでください！　さようなら、ムッシュー」

「はっきり言って、リレットさん、私の話を聞かないのは間違いです。あなたは私の考えを取り違えているのです、説明させてください……」

「お願いです、ムッシュー。私にかまわないでください！」

リレットはぶっきらぼうに歩道を離れ、車道を横切った。いくらか本当に悔しい思いをした紳士を反対側に残して。

ところで、リリーは気づいていなかったが、工房の同僚の一人がこの口説きの全容を、この場面のすべてを見ていた。当然ながら、彼女はさっそくほかのお針子たちにそのことをしゃべった。若い娘たちのあいだでそれは噂になり、リリーのふるまいの話でもちきりとなった。もっともお針子たちは全員この紳士を知っていた。彼は、彼女たちのあいだで「伯爵」と呼ばれる人物だった。

実際、ド・ラ・ゲリニエール伯爵、その人だったのである。彼はといえば、ガヌロン小路や平和通りのリリーの工房の周辺で二人の兄弟を見かけたとき、モントルイユ銀行家の息子二人も、自分が心底欲してやまない女を愛しているのではないかと疑っていた。ド・ラ・ゲリニエール伯爵は、この美しき獲得すべき女がライバルたちの手に渡ってしまわぬよう事を急いだのだ。しかし彼は、リリーの貞節さをきちんと見積もっていなかった。この可愛らしいお針子より説得するのがむずかしそうな数々の女たちが、自分の最初の口説きで屈するのを見慣れていたから、すっかり見誤ってしまったのだ。誘惑者としてのはじめての失望、漁色家としてのはじめての敗北を、おそらく彼はこのとき味わったのだ。二人の兄弟に対する嫌悪感のみならず自尊心にもかられて、彼はこのはじめての失敗にもかかわらず、リリーをものにしようとした。彼は本当に彼女を欲していると明言し、なにがなんでも彼女を手に入れたかったのだ。

彼がこの可愛らしいお針子を執拗に追い求め、ものにしようとしたからには、単にゆきずりの愛を満足させること以上の魅力があったのかもしれない。ド・ラ・ゲリニエール伯爵は、大きな利益なしに、このような恋愛沙汰に身を投じ、笑い者にされる危険を犯すような人物ではなかった。しかし、このリリー・ラ・ジョリに、あばら屋で餓死しそうなメナルディエ夫人の娘に、彼はいったいなにを期待できるというのか？

とはいえ彼は、リリーの抵抗に打ち勝とうと強く決心したのだ。

「少しの辛抱だ」彼は言った。「もう一度、思いきった一手だ。それで俺たちはこの美しいリリーを手に入れられるだろう、その美貌は思いのままになるだろう」

もっとも、ド・ラ・ゲリニエール伯爵はこの種の荒々しい拒絶に屈したり、このような侮辱を快く受け入れることなどありえなかった！

「俺にはたくさんの方法がある」彼は思った。「リリーに道理をわからせるためのな。簡単ないつもの方法がダメでも、もっと決定的でいい方法がある、俺はそれを使う！」

それから彼は繰り返した。

「リリー、俺の美しいリリー……おまえは俺のものにならないといけないのだ！　もちろんだ！　それは避けられないことだ！　有無を言わさず、リレット・ラ・ジョリ、おまえは俺のものになる！　そうならなければならない！」

哀れなリリー！　不幸なリリー！

㉚章　二通の恋文

一方で工房ではリリーの同僚たちが、あんなふうに伯爵を拒んだ彼女を自分の立場や趣味に応じて好き勝手に褒めたり、非難したりしていた。

「ダメだよ……ダメだってば」ある同僚が言った。「彼を拒むなんて！　金持ちの男よ！　貧乏ともお別れ！　仕事もナシ、贅沢……そう思わないの、なんてこと！　受け入れないなんて狂ってるわ。あたいがあんたならすべきことはわかっているわよ……明日、あたいはもう自分の家具に囲まれて館のなかにいるのよ、馬もいるし、自動車もね……そして豪華な暮らしにまっしぐらよ！　幸せ、結婚！……チャンスを逃しちゃダメよ！」

また彼女たちはリリーに、こんなことさえ言っていた。治療を受けられない母親を救えるなら、その一点だけでも伯爵の口説きを受け入れない権利は彼女にはない、と。

一方、別の同僚たちはリリーのふるまいを支持し、彼女の貞節を褒め、幸せのため、親孝行のためとつけ込んで、甘い言葉でつろうとする男の言葉なんて聞き入れる必要はないとはっきりと言った！　たくさんの女たちが色男、伯爵、男爵との甘い約束に屈したのを、彼女たちはおぼえていたのだ。これらの女たちは自分が夢見た、あるいは約束された幸せを結局見出すことはなかった。豪華な暮らし、結婚といったものは、その華やかさにもかかわらずとても苦痛のともなう生き方であって、まったく羨むようなことではないと彼女たちは告白し、それを証明していたのである。

リリーはといえば、この相反する二つの意見のはざまでひとりごちた。

「お母さんの世話をできるようになるために！　お母さんとかわいそうなマリーのために少しばかりのお金を持つために！　ひさしく苦しみの涙を流した悲しい家に、少しばかりの幸福をもたらすために！」

彼女は自問した。

「伯爵の話を聞き入れるべきなの？　もう一度、追い返すべきなの？」

そして、服従することのない心を持ち、誠実で正直な性格の彼女は、奇妙なかたちではじまった一日を終え、わさわさと落ち着かぬ気持ちで戻ってきた。ガヌロン小路にすべり込み、家の玄関に足を踏み入れるとき、いつものように自分に問いかけた。

「次はいったい、どんな不幸が家で待っているのかしら？」

門番が彼女に気づき、廊下でとめた。

「リリーさん、リレットさん……」彼女は呼んだ。「待って……手紙が届いているわよ、あなた宛の……」

「私宛の手紙ですか？　トマ夫人？」リリーは驚いて言った。「私宛、それとも母宛ですか？」

「あなた宛よ！　封筒に〈個人宛〉とありましたから。上に持っていってお姉さんに渡すべきではないと思って、あなたを待っていたの。どうぞ」

トマ夫人が二通の手紙を渡すと、若い娘はそれを手にとった。署名を見たが、彼女はその筆跡を知らなかった。封筒のひとつは、黒で縁取られた喪の印のある手紙だった。もうひとつは、凝った用紙で金色の封蠟に印章のような伯爵冠と縦型紋章が押されていた。

門番はリリーにいくつか説明した。

「喪服を着た、若くて立派な男性がこの手紙を持ってきて、あなたに渡すようお願いされたのよ」

「彼は名前を言いませんでしたか？」

「ええ、リリーさん。でもロベール先生にそっくりだったわ、あなたのお母さんを診察に来られた」

「ああ！　ロベール先生！」

リレットは彼にまだ会ったことがなかった。彼の資質をしきりに褒める姉や母親、例の親切なフェルナンの言葉を通じて、彼女は彼を知っていた。

「たぶん、彼が誰かわかるわよ……」

「たぶん……」

「手紙に名前を記しているはずだわ。家柄のいいとても立派な男性で、上流社会の方だと思うわ。わかるのよ、そういうのに慣れていればすぐにわかるものなの」

「たぶん、母宛の商用手紙か」リリーは言った。「私か姉への仕事についてだと思います」

リリーは赤くなり、言い繕った。自分が恥じることなく恋文をもらったとトマ夫人が信じていると思うと、どうにも気まずくなったからだ。彼女は与えるべき説明、なにが書かれているのかわからないこの手紙を受け取った理由を探していた。

さらに、門番は声を低くして言った。

「ああ！　あなたに伝えることがまだあるのよ！　男の人が来たの。おお！　こちらの紳士は完全に大貴族で、格好のいい洗練された男性、伯爵よ」

リリーはビクッとした。

「なんですって、図々しくもここへ来るなんて！」

「彼は言ってたわよ、マドモワゼールにただ二言だけ伝えられれば幸いだと」

「応じなかったんですよね、そう願ってますが！　彼の二言なんて聞きたくありません」

「彼には、そうほのめかしておいたわ」

「よくそうしてくださいました」

「彼には言っておいたわよ。彼女を相手にすると時間を無駄にしますよ、とね」

「おお！　その通りです！」

「私はわかっているわよ……」

「彼が次に来たら、つきまとわれるのは迷惑だし、本当に不愉快だと彼にわからせてくれるとありがたいのですが。彼が、私のことを長く知る真面目な女性であるあなたに声をかけたことは幸いでした。そうでなければ、私はどんなふうに思われるか！……」

「そう言っておいたわ。でも、彼はこう答えたわ。あなたを不安にさせるつもりはないし、あなたの評判を傷つけるつもりもない。あなたのご家族、あなたのお母さまをはじめ、あなたのためになるものをたくさん与えたい、だから自分は望んでいるん……」

リリーは彼女をさえぎった。

「そうなら」彼女は言った。「彼が手紙を書くべきは私へではなくて、母へですね。彼が話すべきは私ではなくて母です！　とにかく、ねえ、お願いです、トマ夫人。彼がまた来たら彼に言ってください、私にかまわないでって。パリでは彼の言うことをよろこんで聞いてくれる若い子たちがいくらでもいるでしょうし、彼はそんな子たちを追いかければいいのよ。私のように、そんなことじゃなくて別のことを考えている者はそっとしておいてほしい！」

トマ夫人は同意した。

「あなたの言う通りよ、リレットさん、本当にその通り。あなたのような誠実な若い子がそんなふうに話すのを聞くのはいつだってうれしいものよ」

それから調子を変えて、彼女は加えた。

「あなたにはほかの伝言も預かっているのよ……」

「えっ！　もうひとつですか？」

「全然別のことなんだけど、残念ながらあまりいいものではないわ」

「お話しください……」

「管理人が午後に来たのよ。彼は私に言いつけたの。家賃支払いの約束をあなたに確認し、それを信用していいかどうか聞いてくれ、と」

リレットは青ざめた。ゆっくりと苦しそうに、彼女は答えた。

「はい、それについては考えています。トマ夫人……そう望んでいます……そう思っています……」

「管理人はもう支払い期日の延長を認めたくないそうよ、もう待てないって」

「わかりました、トマ夫人……わかりました……」

門番が守衛室に入ると、リレットは、彼女がたくさんの不幸を抱えるあの狭く不健康な住居に戻るため、ねばつき、ぬるっとし吐き気を催させる、例の階段をやっとの思いでのぼりはじめた。

守衛室に戻るとトマ夫人は、キュラソー酒のご相伴にあずかりにきた、おしゃべり好きの隣人ボシュ夫人に言った。

「やれやれ、ボシュ夫人、あなたは証人よ。私が言ったことをお聞きになったでしょ……」

「すべて聞いてました」

「私はしっかりと伝言を伝えましたからね……」

「申し分ありませんわ」

「伯爵から百フラン、いただきましたのでね。そうなんですよ、ボシュ夫人。リレットにそれを伝えるだけで百フラン！」

「彼女に伝えるだけで百フラン。じゃあ、彼を受け入れさせたら、なにをいただけるのかしら！……」

「ああ！　あなた、ボシュ夫人。伯爵のような人たちは恋をすると、目的のためには彼らはなんだってやってのけるのよ！」

「ねえ、あなた、そんなこと私もわかっていますよ！」

「本物の貴族ですよ、この人。百フラン……つまり五ルイですよ、一通の手紙で！」

「ああ！　リレットが彼の話を聞き入れれば、それこそ彼は滞納分の家賃に母の薬……あれやこれや残りの全部も支払うのにねえ……」

「そうですねえ、ボシュ夫人。ところが、リレットは誠実な娘でねえ」

「まったくそうですね」ボシュ夫人は口笛を鳴らして言った。「だけれど、彼女はあまりに美しすぎるから……」

「彼女はとても貞淑なのよ、あなたもわかるでしょ。私がそれを保証しますわ。まったき純白な誠実な女性なんですよ」

「ただ彼女は一文無しですよ！」

「そうですね！」

「ということは？」

ボシュ夫人はキュラソー酒のグラスを口許に近づけて、加えた。

「美徳というものは、考えてみてくださいよ、トマ夫人。美徳は貧しいときには余計なものなのよ！」

こんな不誠実な言葉を発し、ボシュ夫人はリキュールをわずかにきゅっと喉に通した。


門番が言ったことにひどく動揺して家に帰ったリリーは、病気の母親の首に飛びつくと、彼女を長々と優しく抱きしめた。リリーにはそれが必要だったのだ、自分自身を励ますため、勇気を取り戻すため、うちのめされるがままにならないため、意地悪な言葉を自分の耳から追い払うため、そして耳にした不愉快な忠告を自分から遠ざけるために。

「おお！　お母さん……ねえ、お母さん」彼女は言った。「どれほど私はお母さんを愛しているのでしょう！私がどれほど愛しているかわからないでしょう！」

それから彼女はロベール先生の訪問について尋ねた。

「そう、今日もまたいらしたのよ」病人は答えた。「ああ！　なんてすてきな人なのでしょう、なんて心の優しい人なのでしょう、なんて情深い人なのでしょう、なんて献身的な人なのでしょう！」

「それに」背中の曲がったマリーが加えた。「先生は、お母さんの状態が少しずつよくなっていると思いはじめてるのよ」

「本当？」

「そうよ、リレット。先生は回復という言葉をはじめて口にしたのよ！」

「おお！　なんて幸せなの！」

それからリレットはつましい夕食を準備するマリーを手伝った。

自分の部屋でしばし一人になると、彼女はトマ夫人から渡された二通の手紙、喪の印で黒く縁取られた手紙と、紋章の封蠟で閉じられた手紙を開けた。彼女は二通目の手紙から目を通しはじめた。

「マドモワゼール」彼女は読んだ。「さらにあなたにしつこく懇願することをお許しください。今朝、あなたは思いちがいをされました。私が自分の言いたいことをうまくお伝えできなかったからです。あなたとお話しするという大変な、思いがけない幸福のせいで私は動揺し、言葉が混乱してしまいました。あなたへの手紙を書きながら、私は冷静さを取り戻しております。ゆえにもっと落ち着いて、あなたに理解していただきたいことをお伝えできるでしょう。私はこんなふうにあなたが不幸だと知って苦しんでおります。私は、それにふさわしい環境であなたの美しさを見たい。私はとても裕福ですから、私にできる……」

リレットは先を読まなかった。彼女は手紙をしわくちゃにした。

「いつも同じことばかりだわ……あなたは美しい……私は裕福だ……私はあなたのためにお金を払える……私のものになってください！……おお！　うんざりだわ！……」

彼女はもう一通の封筒をしばらくながめた。それを開ける決心がつかなかった。この手紙も、いま読んだような自分を怒らせ、自分を恥辱まみれにするフレーズの数々ばかりであったらどうしよう。

すると、トマ夫人の言葉が浮かんだ。

「そう……とても立派で礼儀正しい若い男性で……喪服を身につけていて、とても愛想がよくて……ロベール先生にそっくりだったわ」

　彼女は喪の印の封筒を開封し、読んだ。この手紙の調子はちがった。リレットはそれを最後まで、ゆっくりと読んだ。これまでたくさんの恋文をもらっては引き裂いてきたが、うんざりすることなしに最後まで読み通せる手紙は彼女ははじめてだった。

「マドモワゼール」彼女は読んだ。「なによりもまず、失礼を顧みず一筆差し上げたことに対してあなたにお詫びさせてください。くれぐれも気を悪くしたり、あなたに対して抱く心からの敬意を蔑ろにしていると思わないでください。お手紙を差し上げたことについていつか直接謝罪することをお許しいただきたく存じます。私にはほかに方法がありません。毎日あなたが通られる道で厚かましくも声をかけることはできませんし、あなたへの敬意と、私自身の尊厳のために、そんなことはしたくありません。しかし、ありきたりな愛によってあなたに惹かれているのではなく、確固たる関心、深いがゆえに説明できない感情、そして誠実な愛によって私はあなたが通った跡へと絶えず導かれることを、ご理解いただけたら幸いです。あなたは、お姉さまと苦しむお母さまのために、支えもなく、援助もなく、親類もなく、たった一人で生きておられます。私は、私を信頼し、私を信じ、ずっと前からのあなたの友人、あなたの親類、あなたの兄弟であるかのように私を、あなたが愛してやまない方々のもとへ導く特別のはからいをしてくださるようお願いするものです。私は見返りを求めません。将来いつの日か、私が試練を克服したあと、私がそうされるに値するとご判断なさるのなら、少しばかりの愛情を私にお与えください。私は調子のいい、いい加減な約束なんてしません。あなたの目がもう涙に濡れず、最後にはあなたが将来に向かって微笑むことができるようになるのを知ったらどんなによろこばしいか、私はあなたにただこれだけをお伝え申し上げます」

　リレットは驚いて、これまで受け取った数々の手紙とは異なるこの手紙をもう一度読んだ。最後の数行がとくに彼女の心に触れた。

「私は見返りを求めません。将来……試練を克服したあと、少しばかりの愛情を……あなたの目がもう涙に濡れず、最後にはあなたが将来に向かって微笑むことができるようになるのを知ったらどんなによろこばしいか！」

彼女はこの手紙をしわくちゃにしなかった、彼女はそれをすぐに引きちぎることはなかった。彼女はそれを手に握り、物思いにふけりながら繰り返した。

「あなたの目がもう涙に濡れず、将来に向かって微笑む……」

しかし、われに返った彼女は肩をすくめ、つらそうに大きな声で言った。

「ああ！……嘘つきだわ、ほかの人たちと同じように。しかも抜け目ない嘘つきだわ、ほかの人たちより不誠実よ！　なにを望んでいるっていうのよ？　自分への特権をつくるため……私たちの家に、ここに来ること……彼はなにも求めていない、なぜなら、彼はすべてを手に入れようとしているから！……ああ！　言い方はちがうけど、いつも同じなのよ。あなたは美しい、私はお金を払う……私の愛人になってくれ！　うんざりだわ！……」

しかしながら彼女は、伯爵からもらった手紙をそうしたように、この手紙を引きちぎるのにためらいを感じた。無意識に引きとどまった彼女は、なにを考え、なにを感じて手紙をそのままにし、自分の思い出の品々をしまう小箱に入れたのか、彼女自身にもわからなかった。

そして、姉に母親のもとへ行くよう呼ばれたとき、手紙の最後の言葉が思い浮かんだ。

「あなたの目がもう涙に濡れず、将来に向かって微笑む！」

㉛章　富と貧困

それから数日後、リリーは将来に向かって微笑むこと、そんなこともありえるのだと一瞬想像することができる出来事が起こった。病気の母の部屋で背中の曲がったマリーが、母のベッドの前の小さな折りたたみ式テーブルに食器を並べていた。テーブルクロスとしてのナプキン、二枚の皿、二つのコップ、冷たい水の入った水差しからなる、いたって質素な食器一式である。夕食の料理は、背中の曲がったマリーが工夫を凝らした。マリーは野菜だけでつくったいくつかの料理に近所のレストランに掲げられたメニュー様の、仰々しい名前をつけ、たまに質の悪い鶏肉を添えた。

さて、その夜、皿の上には誇らしげに料理と呼ぶにふさわしい、クレッソンで飾られた、切り分けられた鶏肉がのせてあった。

リリーはすっかり驚いて叫んだ。

「これどうしたの？　鶏肉みたいだけど！……鶏肉なの？」

「そう……そうよ……」背中の曲がったマリーは、リリーが驚いて目を丸くしたので笑った。「そうよ、鶏肉よ」

「鶏肉、本物？」

「本物よ、二本足の、二つの羽の……骨全体が身で覆われた」

リリーはびっくり仰天していた。彼女はこの鶏肉をながめながら、なぜこの鶏が自分たちの食卓に飛び込み、こんなふうにこんがりと焼かれ、切り分けられ、テーブルの上に提供される好意を彼女たちに示したのか理解できなかった。

「どんな奇跡によって？」

「もうひとつ見て！」背中の曲がったマリーは言った。「ねえ、リレット、見てよ」

するとと彼女はもうひとつ料理と呼ぶにふさわしいひと皿をテーブルに置いた。リリーはその上にあるものを見ると、またうれしそうに驚き叫んだ。

「パテ！……」

彼女は手を合わせ、椅子の背にのけぞり、そのまま、微笑む母と勝ち誇ったようなマリー、そして輝くパテをかわるがわる見た。

「パテ！……本物なの、これも？」

「本物よ、パイで包まれたね。なかにはとても美味しいものが入っているのよ」

驚きと感嘆のせいで詰まった息を整えると、彼女は大きな声で言った。

「こんな驚きはどこからやってきたの？　説明してくれる？」

「私たちのいいお友達のフェルナンさんが」身体の不自由な娘は言った。「私たちに全部送ってきてくれたのよ」

「なんですって、フェルナンさんが？」

「どうやら」背中の曲がった娘は言った。「工場で福引きがおこなわれて鶏二羽とパテ二つを、引き当てたらしいの」

「なんて運がいいのでしょう！」

「彼の家で同じものが二つになっちゃうって、私たちにくれたのよ。鶏肉は新鮮なまま食べないといけないし、パテも美味しく食べるには置いとけないから」

「いい人ね、フェルナンさんは！　こんな素晴らしいパテと……立派な鶏肉を！」

背中の曲がった娘は続けた。

「お母さんのために胸肉はとっておいたわ、私たちは残りよ」

「一週間分のご馳走になるわね！」

うれしそうに、無邪気な食いしん坊のように、リリーはその美しい歯でひと切れのパテをかじり、味わい深くとても美味しいと言うと、姉と一緒にパテに負けない手羽先を分け合った。すべての料理があまりに美味しかったので、リリーは姉が言ったことをまったく信じられず、このサプライズの本当の理由を考えようと頭を悩ませた。

実をいえば、彼女が説明されたことの半分は本当、半分は嘘だった。もっとも母も姉もそれ以上のことは知らなかった。このようなことがあったのである。

ロベール先生は、この家にささやかな幸せをもたらそうと、この福引きという作り話を思いついたのだった。彼女たちの家に自分で贈り物を持っていくわけにもいかなかったのでフェルナンに会いにいき、母と二人の若い娘の自尊心を傷つけずに贈り物を受け取ってもらえるよう、フェルナンに口実の役割を与えたのである。作戦は見事に成功した。悲しみに支配されるこの家にささやかなよろこびが舞い込んだのだ。

ロベール先生はとてもうれしかったが、しかしながら、それだけで満足しなかった。うすうすと、このみすぼらしい住居の困窮が思ったより深刻だと彼は考えていた。貧しい人々にあっては家賃の支払いがどれほど重大であるかを彼は知っていたし、メナルディエ夫人と娘たちがこの点においても大変な不安を抱えているのではないかと思ったのだ。彼はフェルナンにそれとなく尋ねてみた。

フェルナンは包み隠さずにこう言った。背中の曲がったマリーとリリーはとても自尊心が強く、自分たちの苦しみについて語らないので正確にはわからないが、彼女たちが家賃の支払いに遅れていることは考えられる、と。

「よし、フェルナンさん」先生は言った。「こうしてください。なにか適当な口実で、マリーさんとリリーさんにこう言うのです。少し余分なお金があるのでお貸ししますと……」

労働者は頭を振った。

「ダメですよ」彼は言い切った。「決して彼女たちは私の言うことを信じませんよ」

「なぜです？」

「だって、彼女たちはとってもよく知っているんです。労働者である私たちの家には必要なものしかないこと……子どもがいるので金を余分に持っていないこと……そして、折りよく不意に落ちてくる大金は貧乏人の家の屋根をさけてすべり落ちるということをね！……それじゃ、うまくいきません」

「でも……」

「そう、鶏とパテの作り話……あれはうまくいきましたよ！……でも、余分な金があるだなんて、そう簡単には鵜呑みにしませんよ」

「それじゃ、どうすればいいんだ？」

「きっと、方法はありますよ」

「なんだろう？」

「それはポールさんです。彼女たちの親類みたいな人で、彼女たちは彼に大きな信頼を寄せています。彼はリリーさんと結婚したがっていたように思いますよ……」

「えっ！」先生は言った。「リリーさんと結婚したがってるって。誰です、そのポールさんとは？」

「才能豊かな芸術家ですよ。彫刻の、彫像をつくるね……」

「彼の手を借りてなにができるんですか？」

「こういうことです……つまり、メナルディエ夫人のために私に預けるお金を、ポールさんに与える。つまり、あなたがポールさんから彫像を購入するんです。ポールさんはお金ができれば、急いで自分の親戚を助けようとするでしょうね。彼女たちを本当に慕っているし、リリーさんに惚れているわけですからね」

お人好しのフェルナンは無邪気にそんなことを言って、どれほどロベール先生を苦しめたのか気づいていなかった。彼は医師の心を傷つけ、執拗にその傷を痛ぶっているなどとはつゆ知らずだったのだ。

「それはきっといい方法だろう」ロベール先生はやっとの思いで言った。「あなたの言う通りですね。そう、われわれの友人たちを苦しみから引っぱり出すのにすべきはそれですよ。どれくらいの金額が必要だと思いますか？」

「正確にはわかりません、どうでしょうか……。ただポールさんもお金に困ってますから、みんなが利益を得るには、たぶん一千フランといったところでしょうか……多すぎますかね？」

先生は答えた。

「いや。明日、二千フラン、あなたに預けます……」

「二千フラン！」

「でも、彫像は？」

「あなたが好きなように使ってください」

「あなたが自由に決めてください、匿名希望の愛好家だとお伝えください。そして、私がお伝えするところへ彫像を持ってきてください」

「なぜご自分で選ばないんです、先生？」

「私が！　いや、私が姿を見せちゃダメでしょう。この芸術家に購入者が医者だと知られたら、全部バレてしまいますよ」

「それはその通りですね！」

「彼が私の名前を知るべきではないのです。私としても彼を知りたくありません」

「わかりました、先生……わかりましたよ、最善を尽くしましょう……」

立ち去りながら、ロベールは苦し紛れにこう思った。

「こうやって俺はいつも苦しむんだ。いいことをするたびに苦悩に襲われる！　もう一度、これらの貧しい人たちを助けようとしなかったら、この彫刻家がリリーを愛していることを知らずにすんだのに！　俺はこの芸術家、この親しい友人の存在をすでに知ってるが、リリーのそんな話も、彼女がこの親類を大切に想っているなんてこともまったく知らなかった」

ロベール医師は自問した。

「彼が彼女を愛しているように、彼女も彼を愛しているのだろうか？　彼らはなんらかの愛の言葉、誓いを交わしたのだろうか？　二人は婚約したのだろうか？　二人は幸せを確実にするために、貧困にあえぎつつ事態の好転を待ち望んでいるところなのだろうか？」

この新たな不安にもかかわらず、自分の苦しみをおくびにも出さずロベール先生は寛容に愛想よく診察しにきたのだった、リリーの、ポールが愛するリリーの、おそらくはポールを愛するリリーの、そして彼が熱愛するリリーの母を！　ラウールもまた愛するリリー・ラ・ジョリの母を！

それから数日後、協力者フェルナンのところに企てについてのその後を聞きにきたロベールはすっかり驚いた。親切心からおこなった心づもりが、思った結果なしのままであることを知ったのだ。

「なぜです？」彼は恐るおそる尋ねた。「ポールさんが拒んだんですか？」

「おお！　ちがいますよ。彼は……彼はよろこんで彫像を売ってくれました。それはとても素晴らしく、とても美しいですね。あとでわかりますよ……」

「それで？」

「で、リリーさんをびっくりさせるために、マリーさんには秘密を打ち明けようとポールさんが門番に会いにいったところ、こう言われたんです。大家の命令によって、家賃領収書が暫時的に、すなわち家賃を支払うことが決定的に取り下げられたのです」

「おお！」

「これが私に伝えられたことです」

「してみると、大家はいい方ですね！」

「わかりません……でも、それには私たち全員が驚かされましたよ。ただ、彼が家賃領収書を取り消したのであれば、彼には、貧乏な賃借人らをこのようなやりかたで助ける心づもりがあるということです」

「そうでしょうね」

「それに、どうやら三ヶ月前から彼はすでに命じていたようなんです。メナルディエ夫人をそっとしておきなさいと」

「なんというお方ですか、この素晴らしい大家は？　名前を知っていますか？」

「ヴァン・カンブル男爵です」

「ヴァン・カンブル男爵！」ロベールは言った。「何度か彼の噂を聞いたことがありますよ。銀行家、投資家だったように思いますが、その名前は、証券界ではとても有名ですね」

「彼ですよ、そうです、ロベール先生……競馬界でもとても有名でね、厩舎を持ってるんですよ。私の工場でも彼は話題になってたんです。彼はなかなかの馬を何頭か持ってましてね。ジョッキーや予想屋、要するに競馬関係者とつきあいのある同僚たちは、みんな彼のことを知っていますよ……もちろん、顔だけですけどね。彼の噂も聞いています……」

「親切な人物ですか？」

「わかりません……奥さんはいるみたいですね、ヴァン・カンブル男爵夫人。パリの服飾業界の女王だと言い張っています。リリーは彼女のために仕事したことがあったように思います、奇縁ですね……太った女性でね、昔はずいぶんと綺麗だったんでしょうね……。男爵の馬に賭けて負けた同僚が言うには、ヴァン・カンブル男爵夫人は太っているのと同じくらい感傷的で、髪の長い若い詩人に詩を献呈させて、彼をアカデミー・フランセーズに入れたがっているそうですよ」

ロベール先生は苦笑いし結論づけた。

「この男爵と詩の話のなかで、われわれが専念すべきは撤回された家賃領収書ですが、そうであるからには、われわれはただ待つのみですね」

そして彼は加えた。

「でも、フェルナンさん。意表をつかれないようにしましょう、騙されないようにしましょう。もし裏で、私たちの知らないなんらかの罠が張られているのなら、すぐさま攻撃をかわさなければなりませんよ」

「もちろんです」

「また新しい情報を仕入れて、すぐに知らせてください」

「はい、先生。ところで、二千フランは？」

「彫刻家にとっておいてもらいましょう。彫像は、私がお伝えするところに持ってきてください」

「ロベール先生は優しいですね、みんなに優しいです。友達のポールさんに代わってお礼いたします。これで彼も立ち直りますよ」

さて、同じ考えがラウールにも浮かんでいた。この窮乏ではリリーの母は家賃を払えないだろうとの考えに、彼もまたつきまとわれていたのだ。パリの大家たちは、その善良な大家でさえ、家賃の支払いを長く待つのを好まず、しょっちゅうそうすることもできないことを彼は知っていた。彼はこの不幸な家族の強制退去を心配していた。意を決してみずから門番のところへ手紙を持っていったとき、彼は貸し部屋を告げる貼り紙に気づき、それがメナルディエ夫人の部屋であると疑わなかった。

そこで彼は策略を考えた。彼自身では計画を実行できないので、その任務を自分の召使いに託した。最近いくつか不可解な出来事があったにもかかわらず、彼はまだ召使いを信頼したかった。それに召使いは、この任務を委ねられる唯一の人物だった。彼はまだ若く、器用で頭のいい男で、何ヶ月か前からとても献身的にラウールに仕えていた。

「マルスラン」ガヌロン小路を指し示し、例の建物を教えると彼は言った。「あの部屋を借りなさい。もちろん、おまえの名前で借りる。そして二ヶ月分の家賃を前払いしたら門番に伝えるのだ、すぐにこの部屋には自分は住むことはできないと。そうすれば彼女は、少なくとも次の家賃の支払いまでは、いま住んでいる人たちを住まわせることになるから」

「承知しました、ムッシュー。そして、次の家賃の支払いのときも同じことを伝える、それでよろしいですね！」

「その通り……」

「承知しました。あなたがしようと思っていることは素晴らしいことです」

「しかし、どんな口実でもいいから、くれぐれも私の名前を言うのは避けるように」

「承知しました。ムッシュー」

彼は頼みを受け入れた。ただ彼はガヌロン小路まで行かなかった。彼はグランダルメ大通りの、運転手たちゃ整備工たちが足しげく通うバーに向かったのだ。そしてそこで彼は、奇妙なことにも、ド・ラ・ゲリニエール伯爵の運転手と会ったのである……。

翌日、マルスランは引き受けた任務について報告したとき、貼り紙はもう剝がされていて、すでに数日前から部屋は借りられているとラウールに伝えた。

ラウールは大いにがっかりした。ただ冷静に考えれば、そこまで過度に不安になる必要はない。すでにリリーに手紙を書いているし、もう一度、もっと素直に、まだ主張できていないいくつかの事柄を彼女に書くこともできよう。もっとはっきりと、もっと親しみを込めて彼女の意向に応えられるだろう。必要ならば母親のところに出向く許可をリリーから得て、与えうる手助けをもっと上手に、もっと正々堂々と約束することができるだろう。それに、あの気立てのいいトマ夫人に何枚かの紙幣を与えれば、なにか不測の事態があの家で起こっていないか知れるし、自分に苦痛を引き起こすような事態が生じていないか確かめられるのだ！　それから新しい賃借人と話し合い……なんらかの折り合いをつけて、最終的に自分の計画を実現できるようになるだろう。

「借りたのは真面目な男性でしたよ」門番は言った。「もう年配で、昼間、とりわけ夜になにをしているかわからない人です。管理人の友人ですよ」

管理人の友人ならば、ことは少々むずかしくなった。しかしラウールは、もっとも反抗的な人々を懐柔させる方法、もっとも粗暴な人々を手なずける方法を持ってはいなかったか？　金だ、支配者！……金である！……

サロンでド・ラ・ゲリニエール伯爵はヴァン・カンブル男爵を部屋の隅に連れていき、ほとんど力ずくでソファの横に座らせた。

「ねえ、男爵」彼は言った。「重要な手助けをお願いしたいんですが、ぜひとも私をよろこばせてください」

「もちろんですよ、あなた。なんなりと言ってください。で、要件はなんですか？　金に困っているとか？　窮地から救い出してほしいとか？」

「ちがいますよ！　金じゃない。あなたが私の役に立ち、私の大切な女性を大いによろこばすのです」

「お金を貸すことなく、あなたのご友人を助けられるのなら、よろこびは二倍ですよ」

「この女性は、あなたのご友人の一人なんですよ。リュセット・ミノワです」

「ああ、べっぴんさんですね……ええ……彼女のために……あなたのために……彼女がよろこぶことならなんでも……彼女に親しみの情を示せれば私としてはうれしいですよ……」

「さて、ファションの話をしましょう」

「ええ。われわれはいくらかそれに精通していますからね、そうでしょ？　だいぶつぎ込んでいますからね……」

「いまパーキンズ服飾工房では、リュセットのために、とても綺麗な衣装をつくっているらしい」

「そうでしょうね。彼のところで仕立ててもらっている妻が言うには、パーキンズは衣装屋の王です」

「知ってますよ。袖は同じお針子の手によってつくられなければなりませんね……それで、奇妙な偶然なんだが、それを担当しているお針子が、あなたのせいで大変な苦境にあるのですよ」

「私のせいで？」

「あなたの賃借人の一人なんですよ」

「ああ！　私の賃借人の一人ですか。リュセットの袖をつくっているその可愛らしいお針子が袖をつくり続けられるように、あなたはなにを望んでいるのですか？　新しい壁紙ですか？　ペンキ塗りですか？」

「彼女があなたに支払うべき、延滞している家賃の領収書を私に渡してほしいんです」

男爵はビクッとした。

「えっ。では、私がリュセットの袖の家賃を払うということですか？」

「いいえ。私があなたからこれらの家賃領収書を購入するのです」

「よろしい！ そのお針子はどこに住んでいるんです？」

「ガヌロン小路です」

「ガヌロン小路！ ああ、はい……若い娘、背中の曲がった娘、ひどく具合の悪い年老いた母親ですね？知ってますよ……管理人にはそのことでいくつか指示を出しています」

ヴァン・カンブル男爵は加えた。

「遅れている家賃領収書をあなたにお譲りしましょう。ところで、彼女たちに関心がおありなら、ほかのところに住むよう勧めてください。母親はまもなく亡くなるでしょうし、ご存じのように、こうしたことが起こると、いつも物件の価値が少し下がるんですよ……」

男爵は管理人宛のメッセージを伯爵に与えた。翌日から伯爵は家賃領収書だけでなく、この小さな部屋の家賃をも引き受けることになるのだ。そして彼は、メナルディエ家を引き継ぐ賃借人を管理人に紹介した。それは彼が気にかけている真面目な男で、男爵の都合のいいときに入居を申し入れれば、メナルディエ家はただちに強制的に退去させられるのだ……出ていくことを強いられ、住むところがなくなれば、伯爵が恩人としてリリーに提供する家を受け入れざるをえないのだ。

伯爵はこうして、またもや、二人の兄弟の先手を打ったのだった。二人よりも大胆で巧妙な彼は決断が早く、往々にしてロベールとラウールを躊躇させるデリカシーの問題で時間を無駄にすることはなかった。美しいリリーの獲得競争において、彼はかなり先を行っていた。あとは、これが本当に実を結ぶのか、そしてこの方法によって自分が望むように、絶対にそうしようと思うように、リリーをつかみとれるかどうかだった。リリー、姉、死にかけた母を、あのあばら家から追い出すことがすべてではない。恋する伯爵がリリーに与えようと思っている手厚いもてなしを、動転し苦悩するリリーが受け入れることが必要だった。それに関してはリリーただ一人の意志にかかっていたのだ！

「しかしながら」ド・ラ・ゲリニエール伯爵は思った。「リリーは俺のものになるはずだ。この宝を、そう、こんな富を、モントルイユのヤツらのために残しておくなんて、俺はあまりにもバカすぎるぜ……」

つまらないことで時間を浪費し、意味のないことに関わらないド・ラ・ゲリニエール伯爵は、確固たる利益によってこの冒険に駆り立てられていたのだ。彼のような男が用意周到にリリーをものにしようとするからには、単に愛を満足させること以外のなにかがあったにちがいない！

しかし伯爵の言ったことを、言葉の真の意味で解釈することも可能ではないか。

「この宝を、そう、こんな富を、モントルイユのヤツらのために残しておくなんて、俺はあまりにもバカすぎるぜ」

きっとド・ラ・ゲリニエール伯爵は、リリーの美しさという宝、その品格という富だけを考えていたにちがいない。あばら家で赤貧に喘（あえ）ぎ、死にかけた母を持つこの若く、じつに美しい娘の場合、ほかにどんな富も、どんな宝も問題になりえないからだ！

その日、ロベールはマテュラン通りにラウールと借りていたアパルトマンに一人でいた。若き弁護士はまだ裁判所から戻っていなかった。医師は診察日で、最後の患者を見送ったところだった。何件かのカルテを整理し、いつものようにガヌロン小路の患者のところへ訪ねようと準備をしていた。そのとき召使いが、レモンド嬢の訪問を告げた。

「お邪魔じゃないかしら、ロベールお兄さま?」診察室として使っている部屋に入ると若い娘は言った。

「かまわないよ、レモンド、おまえに会えてうれしいよ。うれしい驚きだ。ただ……」

彼は妹の手をとり肘掛け椅子に案内し、笑いながら加えた。

「ただおまえが兄じゃなくて、医者に会いに来たのなら別だけどね……」

「私が会いに来たのはお兄さまよ」

「彼は満足しているさ」

「同時にお医者さまにも会いに来ました」

「おやおや!」

そこで診察するような真面目な態度になり、彼は言った。

「よろしい。さあさあ、マドモワゼール、お話しください。気分はいかがですか? 舌をお出しください……脈拍を教えてください」

レモンドは笑いはじめた。

「おお! 病気なのは私じゃないのよ」

「ああ! あなたは代理として診察に来たのでしょう。言っておくが、そんなやりかたや手紙では、私は診察しないよ。それができるほどの学識はないからね」

「友達のアリスのために来たのです」

ロベール医師はこの名を聞いて冗談をやめた。

「アリス・ド・ブリアル？」彼は尋ねた。

「そう」

「病気なのは彼女か？」

「ちがいます、彼女じゃないわ」

「ああ！　ほっとした。レモンド、かなり心配になったよ」

「彼女の母親や兄、妹を奪ったあの謎の、恐ろしい病気に、今度はアリスが罹ったと思ったの？」

「そうだ。もう一度訊くが、病気になったのは彼女じゃないんだな？」

「ちがいます、婚約者よ」

「婚約者、ド・カゾモン大尉？」

「そう。わかると思うけど、アリスがひどく心配しているの。死が彼女のまわりを襲ったから、また新たな不幸がこれまでの不幸に加わるんじゃないかって思って」

「その心配はないと思うけどな。でも、友達のアリスが怯えているってことは理解できるよ」

「ああ！　それだけの理由があるのです」

「確かに。ド・カゾモン大尉が病気……彼がどんな様子か彼女は言ってなかったか、なんの知らせもないのか？」

「あるわ。婚約者は、部屋から出られず休んでいて、仕事に戻れない。帰ってきてから、ひどい熱に襲われている、以上です、彼女が私に言ったのは」

「ああ！　心配だな。アリスの友だちであるおまえを思い、親友であるド・レンヌボワ大尉の婚約者であるおまえに同情して、ド・カゾモン大尉はわれわれの不幸な父さんの葬式に参列するためオルレアンから来てくれた。優しく律儀で、愛想のいい、好感のもてる若者だよ」

「ええ、まったくその通り、優しい心の持ち主だわ。ロベールお兄さまもわかるでしょ、私たちみんな、アリスとド・カゾモン大尉のことを愛しているのです」

「そうだな……だけど突然の熱か……まあ、健康そのものといった感じだったけどな、大尉は。とても活力があって丈夫そうだったし。どうしたんだろうか？　医者はなんて言ってる？」

「熱だと」

「どんな？」

「熱だわ……」

「なぜわかるんだ？　アリスが手紙を書いてきたのか？　もっと詳しいことを伝えてきてるのか？」

「これが手紙です、読んでみて。いま言ったことが書かれているわ」

レモンドは医師に友人の手紙を渡した。

「ほら、婚約者のことが書かれているのはこの部分です。といっても、ほとんど手紙の全部です。読んでみて」

ロベールは手紙に目を通し、レモンドに頼まれて声に出して読んだ。

「親愛なるレモンド。自分の悲しみを語り、さらなる激しい不安に襲われている私のことで心配をかけて、大変な苦悩にあるあなたを動揺させてごめんなさい。でも、この苦しみのなかで私はあなた以外の誰に助けを求めればいいのでしょうか。あなたの心以上に、どんな心が私の心を理解してくれるのでしょうか？

私はあなたに手紙を書きながら涙しています……泣きながらあなたに語りかけるように手紙を書いているのです……私の気持ちを汲みとり、察してください……。

たぶん、あのいくつもの不幸が次から次から次からへと降りかかったあとだから、そのせいで必要以上に不安になっているのだと思います。私はそう思っているし、そう信じたい。それでも怖い、ああ！　とても怖いのです。

私の婚約者が一昨日、会いに来ました。父と一緒に私がパリからオルレアンに戻ったときです。父はいまはますます打ちひしがれています。ジャックがあまりにも衰え、疲れていたので、私は自分の不安な気持ちを隠せませんでした。彼は私を安心させようとしました。

〈なんでもないよ〉彼は私に言いました。〈ちょっと疲れているんだ、働きすぎでね。調教のために馬に乗ろうと思って、それでふりまわされてしまった。なんでもないよ〉

でも私は気づいたのです。顔色が変わり、ぶるぶると震え、それと同時に彼は熱さのせいで苦しみ、ひどく汗をかき、そしてまた震えたのです……彼はもう自分の足で立ってられず、倒れ込みそうになりました。〈僕はやっぱり弱虫だな！〉彼は苦笑しながら大きな声で言いました。〈ほら、醜い笑い者だ。退散したほうがよさそうだな。対面を重んじ、愛する女性から寵愛を受け続けたいと思う婚約者が、こんな嘆かわしい状態で結婚相手の前に現れたことはかつてなかったからね〉

私は彼に薬を飲んで、手当てを受けてほしかった。だって、いくら勇気をふりしぼり努力して苦痛を隠そうとしても、彼がどれほど苦しんでいるか私にはわかったから。彼はとても熱いグロッグ〔ラム酒を水または湯で割った飲み物。身体を温める効果がある〕しか飲もうとはしませんでした。

〈申し訳ない、アリス〉彼は私に言いました。〈君のそばにあまりいられなくて。やっぱり今夜、僕はあまりにも役立たずだ、連隊で言うようにね。帰って医者を呼ぶよ。それでも十分じゃないなら騎兵隊の獣医もね。キニーネ〔解熱剤〕を丸めていくつか飲んで活力を取り戻し、明日、元気に君のところに来て、こんなにも虚弱し、廃兵院の入所希望者もかくやのくだらない悪ふざけを謝るよ〉

彼が帰ろうとすると、もう馬に乗ることもできなかった。落馬してしまいそうだった。父と私は、彼に城に残ってもらうようにしつこく頼みました。彼は決して望まなかった。翌日、なにかの演習があって参加しなければならないというのが、その口実でした。

〈約束に――彼は言いました――馬を置いていくよ！〉

彼は自動車に乗って行ってしまった、私たちを――あなたなら想像できるでしょう――不安にさせたままに。戻ってきた運転手の話だと、大尉は着いたときには非常に具合が悪くなり、自室まで運んでもらい、寝かされたそうです。

私が不安な夜をどう過ごしたかあなたならわかるはずです。私は一秒も眠ることができず、ずっと婚約者のために祈っていました。

朝になるとすぐに、父が私に会いにきてくれました。

〈悪いね、かわいそうな娘よ〉父は言いました。〈こんな朝早くにおまえの部屋に来てしまって……。ただおまえもまた苦しんでいると思ってね、おまえの様子を見にきたのだよ〉

父は、私の目が涙で赤くなっているのに気づきました。そしてロウソクの芯が黒くなり蠟受皿に到達していたから、私が夜ふかしをしたことを理解しました。だから父は私をゆっくりと抱きしめてくれました。彼の目もまた赤かった。私には、ほとんどひと晩中、大きな柱時計の響きのようにゆっくりと規則正しい単調な歩みが、父の部屋の床を軋ませているのが聞こえていました。眠気はその瞼から去り、いまや涙にとり憑かれているのです。かわいそうなお父さま、とても優しく、とても暖かく、とても愛情深い父は、いったいどれほどの悲しみに押しつぶされているのでしょうか、いったいどれほどの絶望が彼を圧倒しているのでしょうか！　私は自分が父をこの世につなぎとめる唯一の鎖だと思うのです。

〈愛する娘よ〉父は言いました。〈天がこうして私たちに罰を与えるほど、私が知らずうちにどんな悪事を働いたのか、私にはわからない。主をこれ以上怒らせぬように、この苦しみのことで異議を申し立てたくはない。だが、この苦しみがおまえを襲うなら、あまりにも度を越している！　神を汚すことになるから、私は不公平だと叫びはしない。だが、旧約聖書が語る残酷な神についてを思って、私はひどく震えているんだよ。しかしながらこの私が絶望するにしても、このような運命が最終的におまえの人生の前で阻止され、おまえがこの罰からまぬがれると信じたい。おまえは、不幸な父さんほど、そんなことには値しないのだから〉

打ちひしがれた哀れな父はいまや肘掛け椅子に座り込んでいました。両肘を椅子の肘掛けに置き、痩せこけた震える両手で重たげな頭を抱えていました。彼は泣いていたのです。かつて、とてもけなげで、満足げで、いつも楽しそうだった父がこんなふうになっているのを見たとき、私の心は哀れみでいっぱいになったのです。このとき私はかつてなくこんなふうに感じました。さっき想起された残酷な神の容赦ない手が私たちの家に重くのしかかり、そして耐えがたい運命の、解きほぐせない網で私たち二人は縛り付けられているのだ、と。

ようやく父は顔を上げました。

〈おまえと同じように〉彼は言いました。〈昨日、私はド・カゾモン大尉の状態に驚いた。私は彼が高熱に冒されていることに気づいた。私はそれが深刻にならないことを信じている……彼の年齢で、彼のように丈夫で屈強ならば、熱にうち負かされないだろうし、つねにそれを克服できる。だが、運転手が伝えてくれたことのせいで私は心配しているんだ。私は安心したいし、またおまえの不安という不安を和らげたい。だから自動車を準備するよう命じたのだ。身支度を整えたら、二人でおまえの婚約者の様子を見にいってみよう〉

私がすぐにそうしたかったことを感じ取ってくれた父に、なんてお礼を言っていいかわかりませんでした。

彼は加えました。

〈大尉自身がわれわれを安心させ、不安から解放されることを願っているんだ〉

〈天がお父さまの願いを叶えてくれますように！〉

〈それじゃ、娘よ、身支度を整えなさい。出発の合図をするのはおまえだよ〉

彼はもう一度抱きしめてくれました。そして、私は父の顔を自分の腕に包み込み、とっておきのキスで包みました。

あなたならわかるでしょう。その日の朝、私がとてもすばやく身支度を済ませたことを。朝食の時間もほんのわずかだったほどに。ド・ブリアル城からオルレアンまで二十分とかかりません。けれど私には数時間のように感じました。ようやく私たちは、ド・カゾモン大尉の小さなアパルトマンのある建物の前に到着しました。

〈待っていなさい〉父が言いました。〈独身男性の家には、朝一人で行くのが慣例だ。でもすぐに戻ってきておまえを安心させるよ〉

父は、この哀れな人は、私たちが恐れていたように婚約者の具合がずっと悪くなって、私が不意に悪い知らせを受けることを望んでいなかったのです。私はそれをしっかりと理解しました。

ああ！　私の予感は間違っていませんでした……。

大尉はひどく具合が悪いのです。ひどくひどく、具合が悪いのです。すぐあとに父は私に配慮の限りを尽くしてそのことを伝えねばなりませんでした。

大尉は恐るべき熱に冒（おか）されています。ひと晩中、彼は錯乱状態にありました。彼の連隊の医者やほかの医者たち、仲間たちは、彼の枕許で夜を過ごしました。まさしく全員が怯えているのです。医者たちは驚くばかりで、なぜこんなに激しく発熱するのか、彼らはなにも理解していません。キニーネを大量に服用してもそれを抑えることができないのです。

それから、予想だにしなかったいくつかの症状もあり、医者たちは心配しています。彼らはそこにマラリアの兆候とチフスの特徴を見ています。しかし、ジャックはすでに高校時代にチフスに罹っています。この病気に二回罹るのは極端に少ないのです」

レモンドは兄が読むのを中断させた。

「こんなことってあるの？」彼女は尋ねた。「こんな長い間隔で二度もチフスに罹るなんてありえるの？」

「うん、あるよ」ロベールは答えた。「ある、ありえるんだ」

「じゃあ、二度目は一度目と同じくらい危険？」

「いつも同じように危険だ」

医師はふたたび手紙を手にとり、小声で繰り返した。

「マラリアの兆候に、チフスの特徴か……」

それから考えながら彼はこう加えたが、レモンドには聞こえなかった。

「マラリア……チフス……そうだ、それだ。また同じだ」

そして彼は結論づけた。

「奇妙だ……かなり奇妙だな！」

彼は不幸なアリスの手紙をふたたび読みはじめた。

「午前中に彼がもう一度診察を受けるはずだったから、父は結果を待とうと思いました。そういうわけで私たちはオルレアンに残りました。そこには、あなたも知っている、町で買い物するための仮住まいとして使っている小さな家があります。でも私は、この診察結果を待っていたくはありません。私にしてみれば、苦しみが増すだけかもしれないからです。私は自分の部屋へ上がり、あなたにこの長い手紙を書いています。

私がいまなにに耐え忍んでいるかわかったいま、ねえ、レモンド、あなた自身も苦しんでいると思いますが、私の大きな不安を分かち合ってください。私はあなたの思いやりを理解しています。私は恥じることなく、憚ることなく、あなたの思いやりに助けを求めているのです。

私を不安という不安から引き出せないまでも、私に安らぎを与えてください。わかるでしょ、私は、ジャックのまわりにいる医者たちの技量を否定していません。彼らが尽くしてくれると信じています。でも私はたった一人の人物にしか期待できないのよ、彼の知性と知識は非常に優れていますから。私は確信していますが、決定的で正確な診断を下すことができるのは彼です。大尉を襲うこの奇妙で不可解な病を特定できるのは彼なのです。彼だけがこの病と闘って最後に勝つことができるのです。彼だけが婚約者を私に返すことができるのよ。

この人物、あなたはわかっているわよね。それはあなたのお兄さま、モントルイユ先生なのよ。ああ！　あなたが彼、お兄さまを決心させてくれれば……彼が来てくだされば……」

ロベールは最後まで読まなかった。

「さあ、レモンド」妹に手紙を返しながら彼は言った。「おまえの友達のアリスに電報を送ろう。私が行くことを告げるためだ」

レモンドはよろこんで兄の首に飛びついた。

「ああ！　ロベールお兄さま。なんてお兄さまは優しいの、なんて優しいの！　私はお願いできなかったわ。たけどお兄さまの思いやりが命じたんだわ、私の思いやりと同じようにね。大好きなアリスの代わりにお礼を言うわ」

ロベールは深刻な面持ちで妹に応えた。

「レモンド、お礼はしなくていいよ」

「なぜ？」

「われわれは、おまえの友達のアリスとその婚約者ド・カゾモン大尉には、大きな恩義があるんだ」

「どういうこと、ロベールお兄さま？」

「アリスと父のド・ブリアル侯爵は、われわれの父さんの葬儀に来てくれた！　ド・カゾモン大尉はおまえの婚約者と一緒に、この苦悩のときにわれわれを励ましてくれたんだ。彼らはわれわれのそばにいてくれた。喪に服するわれわれの家からみんな離れてしまったときにな。われわれはそれを忘れちゃダメなんだよ」

「本当だね、ロベールお兄さま。本当だね」

それからレモンドは尋ねた。

「ロベールお兄さま、いつ出発しようと思ってるの？」

「すぐ次の列車でだ」

そしてレモンドは兄に言った。

「お兄さまについて行けたらなあ、一緒に行けたらなあ！」

「そうだとうれしいけどね」

「苦しんでいるアリスのそばにもう一度いられたらなあ、私たちが悲しいとき彼女がそばにいてくれたように」

「私はおまえが来ることに賛成だけど、お母さんを一人にすることになるぞ」

「ラウールお兄さまが私たちの代わりをしてくれるでしょう。お母さんだって事情をわかってくれます。そして認めてくれるわ、私たち二人が恩義を返すこのような任務を果たすのを」

「そうだな」

「どうするの？」

「こうしよう……おまえは家に帰って自分の荷物を準備して、私の荷物も準備してもらってくれ。私は、待っている一、二の患者を診(み)ないといけない。向こうにいる二、三日のあいだ、私がいなくても体調を崩すことなく過ごせるように指示を出しにいく。それから家でおまえと落ち合うから」

「ラウールお兄さまは？」

「ラウールにはひとこと書いてここに置いておく。できるだけ早く家に来るようにね」

「それがいいわ。電報はまかせます！」

「わかった。よし」

「私はイレーヌ・ド・ヴァルトゥールにひとこと書き送るようにします。これらすべてのことを伝えるためにね」

「じゃあ、イレーヌ・ド・ヴァルトゥールはパリにもういないのか？」

「ええ。彼女はアリスみたいに、葬儀のために来ただけで翌日に帰っていったのよ。彼女はブルターニュの奥まったところ、知ってるでしょ、人づきあいの悪い人のように古い館に住んでいるお父さんのところにいるの。話すのはもう十分ね。時間を無駄にしないようにしましょう。列車は決めてください、頼りにしてるから……じゃあとで」

レモンドは愛情を込めて、彼女が優しいロベールお兄さまと呼ぶ兄の手を握ると、母のところに車で急いで戻った。

一人きりになったロベールはいくつかの言葉を書き、ラウールのデスクの目立つところにピンで留めた。それからド・ブリアル侯爵宛の電報を作成した。自分とレモンドの到着を告げ、列車の時間を教えるためだ。

それから彼は二通目の電報を書いた。

ブリアル城にすぐに来てください、オルレアンの近くです。あなたの存在が不可欠です。あとで説明します。ド・カゾモンが深刻な病に罹(かか)っています。

彼は署名した、「医師ロベール」と。

そしてこの電報を、フォンテーヌブローのド・レンヌボワ大尉に宛てた。

ちゃんと送信されるかを自分で見届けるために、彼は二通の電報をキャピュシーヌ大通りの電報局に持っていった。それから彼は車に乗り、クリシー広場まで行った。しばらくして彼はメナルディエ夫人の枕許にいたが、彼がこんなにも間をあけずやってきたことに驚いていた。

「マダム、処方しにまいりました」彼は病人に言った。「三、四日のあいだ、元気よく過ごしていただくためにです」

「どういうことでしょうか、先生?」不安げに病人は尋ねた。

「そのあいだ、私は不在になりますので、あなたを診察できないのです」

「いいえ、先生。前にも言いましたが、あなたは親切すぎます。私のためにたくさんの時間をお使いになり、こうして毎日私を診察しに来なくてもいいんですよ」

「原則では、マダム、医者というものはできる限り患者さんを訪問しなければならないものです。そうして彼らは患者さんの病気を治すのでしょうね。私といえばこう思うのですが、医者が遠いところにいるときこそ、患者さんはよくなっていくのです。こんな経験をもう一度できたらむしろ私はうれしいのです。だから、ある患者さんが地方に私を呼びつけていますので、私は数日間、心配なくあなたから離れられるのですよ。戻ったら、この新手の治療法によって病状が好転しているのを見にきますから」

とはいえ彼は、マリーにいろいろな指示を与えた。もっとも、この哀れな女性の容態がほぼ安定しているのに安心した彼は、不測の事態が起こらなければ、心配すべき危険がないことをわかっていた。

念には念を入れて、彼が大いに信頼するフェルナンの忠誠心を頼ってひとこと書き送った。それから彼は安心して、シャルグラン通りに行った。そして彼はレモンドと一緒に、オルレアン行きの一番の夜行列車に乗ったのである。


アリス・ド・ブリアルがモントルイユ銀行家の死亡を知らせる電報を受け取り、パリに駆けつけたとき、レモンドの腕のなかに身を投げて、こう言ったのをおぼえているだろう。

「私ほどあなたの苦しみを理解できる者はいないわ。次々と三つの死別が、私を打ちのめしたのだから。私は母と兄さんを、科学のすべてと献身のすべてを無力化するような、恐るべき未知の病で失ったのよ。そして最後に妹がこの不治の病に同じように襲われたとき、あなたは私に会いにきてくれたわ」

ロベール医師はド・ブリアル夫人もその息子も診ることができなかった。それほどまでに彼らの死は突然に訪れたのだ。彼らはいうなれば即死だったのである。彼には、ラウールとレモンドとともに葬儀に参列するためのパリから到着する時間しかなかった。それでも彼は、幼い娘の最期には立ち会うことができた。

さて今回、ド・カゾモン大尉の突然の病気の初期段階は、彼が見るに、不幸にもこれまで三度この家に死をもたらした病気の初期段階とかなり酷似していた。ロベール医師はブリアル家の友人としてだけでなく、彼には察しがついているがその名称をいまだ公言できずにいるこの病を観察し研究したい医師として、急いで駆けつけたのだ。この病が同一ならば、それを見極め、科学的に解明し、最終的にこの未知の恐るべき病がもたらす不安をしりぞけたいと彼は望んでいたのである。

実際に、ド・ブリアル夫人の死因はわからなかった。医者たちは、淡白尿、尿毒素、全身性の不調、故人が告白することのなかった潜在的な病、あるいは、なにかの不注意を原因とする血液の変質であると結論した。

一方、息子の死亡は、体内組織の変異や筋肉膨張、膿瘍の化膿、急速な腐敗の症状が見られたので、破傷風と診断された……それは的はずれではなかった。実際、ブリアル家のこの若者は、父の農業や家畜の世話を手伝っていた。彼はつねに畑や家畜小屋や馬小屋にいた。したがって、彼は炭疽菌を宿したアブに刺される可能性があったのだ。さらに彼は、病気の馬の処置法について馬丁たちに説明したとき指を擦りむいたことをおぼえていて、そうまわりに言っていた。もしかしたら、彼を死なせた恐るべき病の原因はまさにそれだったのかもしれない。

例の幼い娘といえば、彼女はとても元気でとても丈夫で、健康そのものだった。彼女は兄のように農業や家畜の世話をしなかった。彼女が田舎でしたことはカゴのついたポニーに乗るだけで、農場や小作地に行くにしても搾りたての泡立つ牛乳を飲むおやつの時間だけだった。彼女は動物にも農機具にも手を触れることはなかった。加えて彼女は、その可愛らしい顔を大きな帽子やベールで保護し、いつも手袋をつけていた。だからアブや悪い虫に襲われることはなかったのだ。医者たちは、彼女を襲う病を前に困惑した。症状という症状があまりにも奇妙で予想できず、フランスではほとんど未確認のものだったゆえ、この病気に確定的な名称を与えることをためらったのである。しかしながら、長い診察のあとに彼らがとりまとめた見解によれば、自分たちが直面しているのはチフス、つまり、かなり異様な形態を示すあの残酷な病ということだった。幼い娘の病状は、チフスのありとあらゆる症状を示し、脳膜炎を併発させていた。幼い娘には助かる見込みはなかった。彼女の若さは病と闘ったが、さまざまな治療の甲斐なく、現代科学でもたらされた手当ての甲斐なく、最終的に死が残酷にも勝利したのだ。

ロベール・モントルイユ医師はそのときブリアル城にいた。彼は妹レモンドに同伴していたのだ。彼は遅きに失した到着だったから、医者たちの診察に参加できず、病気による損傷を亡骸に確認しただけだった。ロベール医師は奇妙な印象に襲われた。彼もまた自分の患者や病院でこんなケースを見たことがなかった。

ただ、診察に呼ばれた自分の恩師が見解を述べていたので、敬意から自分の意見を控えるべきと彼は思ったのだ。それでも彼は、この病をさらに研究し、遺体の解剖を許してもらおうと、打ちひしがれて状況を把握していないド・ブリアル侯爵にではなく、アリスに申し出たのである。あたりまえのことだが、アリス・ド・ブリアルは妹を思う良心の咎めから、そんなことをしたら無意味な冒瀆になると思い、苦しみ、変形し、いまやすっかり見るに耐えなくなったこの小さな身体が外科用メスで切り刻まれるのを望まなかった。ド・ブリアル侯爵の甥ド・マルネ伯爵も、自分の従妹と同じ意見だった。

そういうわけでロベール・モントルイユは親類の意志を尊重した。彼は小さな娘の亡骸に手を触れなかった。彼は彼女の納棺に参加した。数日前は何度もキスをされ、活発で笑顔が絶えなかった幼い娘だったこの身体に、いまや死の光景に慣れた修道会の看護師をもぞっとさせるこの身体に、最後の身繕いをするのを手伝いながら、医師は観察を続けたのである。それで満足しなかった彼は、少女の身体を最後までくるんでいた、傷口の膿が付着する肌着とガーゼをこっそり持ち去った。入念に、誰にも気づかれることなく彼はそれらを脇に置き、革鞄に忍び込ませ、持ってきたトランクの奥にしまい込んだ。

訊いてきた妹のレモンドに彼は答えた。

「解剖させてはもらえなかったけど、この哀れな子どもがどんな病で死んだかはわかるような気がする」

「チフスじゃないの？」

「ちがう！　まあ、私の恩師やほかの医師たちは真実に近づいていたけどね……この病はかなり奇妙なものだから、これらの専門家たちがその可能性を疑わなかったり、ありえないもの、想像のものとしてその名称をしりぞけたのは当然なんだ」

「で、ロベールお兄さまはどう思う？」

するると、周知のように、医師はこう答えた。

「私は……私はまずは分析したい。自分で持ち出したものを顕微鏡でね。発見したいんだよ、これらの排泄物のなかに、これらの傷跡のなかに、細菌(バチルス)を。私は見つけられると思っている。この病の名前を公表する前には自分の確信を裏付ける、反論できない証拠を得なければならない。それほどこの名前は恐ろしく、恐怖を引き起こしうるのだ」

ロベール医師はパリへ帰ると仕事にとりかかった。だが彼は、研究結果についてはなにも語りたくなかった。考えていた以上に研究は長期化するだろうと言うにとどめ、レモンドには研究の秘密を守るように頼んでいた。

そうとなれば、アリス・ド・ブリアルの絶望的な呼びかけに応じる彼の熱意がどれほどのものだったのか理解できるだろう。


翌朝、ロベールはド・カゾモン大尉の部屋にいた。病人に惜しみなく手当てをする軍民の医者たちの尊厳を傷つけないよう、ド・ブリアル侯爵がロベールに付き添い、その名声ある肩書きや家族ぐるみの友人であることを引き合いに出しながら、彼みずからロベールを紹介した。

モントルイユ医師の名前は同業者のあいだでも有名だった。彼らは敵意も嫉妬心も抱くことなく、この若き医師をよろこんで迎え入れた。彼らはロベールの医学的な権威を認め、また彼の謙虚な態度、誠意ある慎ましさを評価していたのである。彼らは自分たちを大いに悩ませるこの症例について、モントルイユ医師の意見をぜひ聞きたいと言っていた。こうして彼らは、ロベール医師が必要としたすべての情報をよろこんで与え、自分たちが二日間おこなった観察結果のすべてを伝えたのである。

そうしてからロベールは大尉に近づいた。

大尉はロベールにほとんど気づかなかった。彼はあいかわらず虚弱し、熱反応によって身体が揺れ、四肢が引きつったり、昏睡状態に似た麻痺状態に陥ったりしていた。ときどき彼は震え、そうでないときは熱で息苦しそうにし、きつく鼻持ちならない匂いを放つ大量の汗をかいていた。いくつかの緑がかった斑が身体に現れて、脇の下や鼠蹊部に腫瘤ができ、それは貫通しようとする大きな釘のようだった。

ロベールはこれらすべてを観察すると医者たちに言った。

「先生方、あなた方の診断は正確です。われわれが直面しているのはまさにマラリア熱です。大尉は湿地帯での探検や狩猟パーティで罹患したのかもしれない。実際、フランス国内でこれほど激しい発熱が確認できるのは稀ですが、不幸にも、ほかの分野と同様、医学でも例外が生じることがあります。しかし、わが国では幸いにもこの稀な激しい発作に対して、原因とはいえないまでも、説明をつけることはできます。ただどうぞ、あなた方でご判断ください。あなた方の見解にこの説明を押しつけようとは思っておりません。この熱は通常ならこれほどひどくなりませんが、そこにマラリアの特徴がはっきりみられるのは、私の見解ですと、突然再発したチフスと合併症を引き起こしているからです。大尉はすでに一度チフスに罹ったことがある……さらに、このような条件におけるチフスの再発はつねにきわめて深刻なものとなる。したがってこの熱は非常に激しいだけでなく、こう言ってよければ倍加され、チフスによる病状の悪化と複雑に絡み合っているのです」

軍民の医師たちは、彼らが下した総合的な見解を補完する、ロベールの明言に同意を示した。それから彼らは患者に施した治療についてロベール医師に説明した。彼はそれに賛成した。ひとつだけロベールはキニーネの服用量を増やすよう助言した。

「なにがなんでも」彼は言った。「この熱を下げなければなりません。それからあとは自然によくなるでしょう」

アリスとレモンドは大きな不安に包まれて、診察を終えてロベールが戻ってくるのを待っていた。彼がこれから伝えることは、彼女たちにとって、無謬の神託となるにちがいなかった。

「どうでした？」医師はドア口に現れるとすぐに訊かれた。

病人がかなり深刻な状況だったので、ロベールは若い娘たちや侯爵にそれを隠さねばならないと思った。

「ええと」彼はなんとか平静さを装って言った。「ええと、まあ、それほど悪くはないです」

アリスは大きな声で言った。

「ああ！　話してください、先生、話して。本当のことを言ってください」

「言いましょう、マドモワゼール。はっきり言いますと、そんなふうに恐れるのは大きな間違いだと私は思っているということです。確かに理解はできますけどね」

「では、ジャックは助かるんですね？」

「今晩、明日に、彼が馬で飛びまわるのを見られるとか、そんなふうには思わないでくださいね」

「でも彼を治せるんでしょ？」

「そう望んでます」

「彼を救えると誓ってください……」

「医者というものは決して誓ったりしませんよ」

「とにかく、約束してください」

「約束はしますよ……まあまあ、マドモワゼール、彼を回復させるためなら、なんでもすることを約束しましょう」

「おお！　あなたがそう望むのなら、それをお引き受けください……」

「私が魔法の力を持っているなどと考えないでください」

レモンドはアリスに言った。

「お兄さまは決して約束はしないの。あなたがお兄さまを知っているなら、わかるでしょ、お兄さまがかつてないほどに思いきったことを言ったってこと。あなたの婚約者を助けられるかもしれないとお兄さまが言った以上、大尉はこの瞬間からすでに危険を脱していると見なされたということなのよ」

うれしくなったアリスは緊張から解放された。アリスはなにか話し、ロベールに礼を言いたかったが、言葉にできずに嗚咽しながらレモンドの腕に崩れ落ちた。微笑みながらロベールは今度は若い娘を助けるために、自分の職務を果たさねばならなかった。

それでも希望と安堵がブリアル家に戻ってきた。レモンドとアリスは城に戻ることができた。

㉝章　優れた注射

ロベールと侯爵はオルレアンに残った。もう一度、病人の様子を看(み)るためである。ロベールの頼みに応じて侯爵は、この家のひと部屋を彼に与えた。大尉により近いところにいられるからだ。ロベールはもうひと部屋をド・レンヌボワ大尉のために頼んだ。緊急の電報を受け取って、間違いなく駆けつけてくるはずだった。

実際、若い娘たちが城に帰ったとき、彼女たちはそこでド・レンヌボワ大尉が馬車から降りるのを見た。彼は時間を無駄にしなかった。上司たちに不在許可を申し出て、列車に飛び乗り、到着する。彼はこれらすべてのことを可能な限り迅速におこなった。レモンドは兄がなにも言わなかったので、思いがけず婚約者と会えて大いによろこび、驚いたことは想像にかたくない。

しかし、こんなふうに秘密を漏らさずにいたロベールが侯爵をともなって到着したとき、今度は彼はすっかり驚かねばならなかった。ド・レンヌボワ大尉と一緒に、誰も待ってはいなかったド・マルネ伯爵も城に着いたのである。

ド・マルネ伯爵は、従妹のアリスとレモンドに敬意を表すと、侯爵に挨拶した。

「なぜです、叔父上」愛情はこもっているが咎めるような調子で彼は言った。「あなたがまた困ったことになり、親愛なる従妹が苦しんでいるのに、なにも教えてくれないなんて！　知らせてくれないなんて！」

アリスはさっそくド・マルネ伯爵に尋ねた。

「どうやって知ったの、ジャックが病気のこと？」

「僕には自前の警察がいるんだ。なんでも教えてくれる警察がね……」

「説明してよ」

「オルレアンの新聞で読んだだけだよ、偶然ね……ド・カゾモン大尉の病気を告げる記事が目にとまったからには、僕には直感や予感があったにちがいない。ねえ、アリス、君が苦しんでいるのを僕が知ってるのに、君に協力し、手助けしに駆けつけに来なかったと思ってるんだね」

「お礼を言うわ」アリスはそっけなく言った。

「そして、幸運にも」ド・マルネ伯爵は加えた。「列車でド・レンヌボワ大尉と会ったんだよ。僕たちは一緒に来たというわけさ」

ロベールは恐れながら心のなかで言った。

「ド・レンヌボワが、俺の電報を同伴者に見せていなければいいが！」

彼はこの点についてはっきりできなく、もやもやした。

侯爵が将来の娘婿の奇妙な病についての詳細を甥に伝えているあいだ、ロベールは大尉を脇に呼んで、自分を不安にさせた点について尋ねた。

「安心してください、ロベールさん」大尉は彼に答えた。「ド・マルネ伯爵にはなにも見せないよう、言わないよう十分注意しましたから」

「ああ！　よかった！」

「彼は、じつに誠実な人である侯爵の甥で、アリス・ド・ブリアルの従兄だけれど、彼がド・ラ・ゲリニエール伯爵の友人で、決闘の介添人であることをよく知ってますからね。それで十分ですよ」

ロベールは大尉の手を握りしめた。二人の若者はこれについてそれ以上話さなかった。彼らは理解し合っていたのだ。

ド・マルネ伯爵は食事中ほとんど一人で話し、昼食が終わるとまた侯爵に話しかけた。

「叔父上。ド・カゾモン大尉が病気だと知らずに、彼が苦しんでいるときに居合わせなかったら、僕はとても申し訳なく思いましたよ。最近パリで彼をもてなしただけにね」

ロベールとド・レンヌボワ大尉は、この言葉を聞いて思わずビクッとした。

侯爵は甥に尋ねた。

「なぜおまえが大尉をもてなしたんだ？」

「叔父上。お亡くなりになったモントルイユさんの心痛む葬儀に参列するために、あなたが私の親愛なる従妹と一緒にパリに来たとき、ド・カゾモン大尉もあなたたちのお供をしていましたね」

「確かに」

「ホテルなんかに泊まる面倒をかけないようにと、私は彼に自分の独身者用アパルトマンのゲストルームを提供したんですよ。彼は親切にもそれを受け入れてくれたんです」

「ああ！　その通りだ」侯爵は言った。「おぼえているよ」

すると、哀れな侯爵は信用し、無邪気に加えた。

「それなら好都合だ。彼のパリ滞在についていくつか情報を教えてくれないかね。彼が不注意を犯さなかったか、なにか悪いものを食べなかったか、なにか有害なものを飲まなかったか、教えられるだろう……」

「そんなことないと思いますよ、叔父上」ド・マルネ伯爵は答えた。「大尉はサロンで食事をとりましたから。私や私の友人たち、デュ・ジャール男爵、ヴァン・カンブル男爵、デュポン男爵と一緒にです」

「男爵がたくさんですね！」ド・レンヌボワ大尉が指摘した。

「ええ」ド・マルネ伯爵は苦笑いしながら返した。「でもみんな由緒正しい本物の貴族です。それから銀行家のグットラックさんもいました」

「なぜ？　彼は男爵じゃないでしょ？　彼は目立つでしょうね……男爵の紋章は貴族の教育功労勲章みたいなもので……みんなそれを持っていますよ」

それからド・レンヌボワ大尉は加えた。

「話を脱線させて申し訳ない。それで、ジャックはあなたとあなたのご友人の方々と一緒に食事をしたのですね？」

「そうです。サロンの料理は有名です。しかし、ごらんの通り私の友人たちも私も、誰も体の不調などみじんも感じていません」

「でも」侯爵は言った。「夜、おそらくカフェなんかで、たとえばだがね……」

「大尉は私たちと一緒に夜を過ごしました。彼の愛する婚約者、つまり私の美しい従妹は、父親と一緒に悲しみに暮れる友人たちのところにいましたからね。ああ、いまは後悔していますが……私は大尉を気晴らしに誘ったんです。おお！　たいしたことじゃありませんよ。友人たちと一緒に、パリ全体で流行し、地方をざわつかせる喜劇『パリにはそれがある』に拍手を送りに連れていったんですよ。歌手リュセット・ミノワに拍手を送りにね」

　侯爵は驚いて大きな声で言った。

「でも、ええと……そのリュセット・ミノワというのは……おお！　申し訳ない、レモンドさん、それからアリス、おまえにもだ。君たちの前でこんな話をして……。ええと、そのリュセット・ミノワとは、例のド・ラ・ゲリニエール伯爵の愛人ではないかね？」

「それを否定することはできません、叔父上」

「では、おまえは心づかいにおいて過ちを犯したことになるぞ。大尉の婚約者がモントルイユ夫人のところにいるというのに、彼をド・ラ・ゲリニエール伯爵の愛人を讃えに連れていくものではない。ド・ラ・ゲリニエール伯爵には、そのとき大変な嫌疑がかけられていたんだ」

　ド・マルネ伯爵は答えた。

「もっとも彼は、銀行家自身によって公然とその嫌疑が晴らされましたよ。ド・ラ・ゲリニエール伯爵は一番よい友人ですし、きわめて誠実ですばらしい人物だとみなしています。具合の悪い偶然の一致のなせるわざで、彼はこの心痛む事件で犠牲者になったんです。ただそれだけのことですよ。それでも、ここでこんなことを思い出させたことにお詫びします。だけど、大尉について話すには、そうしなければならなかったんです」

　ド・レンヌボワ大尉が口を開いた。

「その夜に、ド・カゾモン大尉はあなたのご友人、ド・ラ・ゲリニエール伯爵と会いましたか？」

「いえいえ……それから正直に言いますけど、叔父上、あなたがおっしゃったように、私が大尉をリュテシア座に連れていったのが野暮な間違いだったことに、私は彼のおかげで気づきました。ド・ラ・ゲリニエール伯爵はわれわれと一緒にいませんでした……しかし、もうすぐ彼が現れるということをわれわれの友人の一人が話すのを聞いた大尉は、伯爵とは面識もないし、それにリュセット・ミノワがド・ラ・ゲリニエール伯爵の恋人だと知ったので、桟敷席を離れました。疲労と翌日の出発時間を口実にして」

「ブラヴォー！」ド・レンヌボワ大尉は叫んだ。「私は真面目なド・カゾモン大尉を評価する」

彼は加えた。

「なぜなら、ド・マルネ伯爵。失礼を顧みずに言えば、私は友人のジャックと同意見だからです。確かに、ド・ラ・ゲリニエール伯爵は私の愛する婚約者の不幸な父によって無実だと宣言されました、それはいいでしょう……しかし彼に対して遺憾なのは、このような嫌疑をかけられたことなのです。さらに困ったことに、パリがいっときこの嫌疑が根拠あるものだと信じていた！」

すると突然、ド・マルネ伯爵は言った。

「とにかくこの紳士については以上です。立派で誠実なド・カゾモン大尉に戻りましょう。私は彼に会うのが待ち遠しいんですよ。先生、彼に会いにいく時間でしょう？」

「そうですね」ロベールは言った。「一緒に来ますか？」

「もちろん」

出発の準備でがやがやしているあいだ、レモンドはちょっとだけ兄と二人きりになることができた。

「ロベールお兄さま」彼女は急いで言った。「いまは私たちだけよ。誰にも私たちの話すことは聞かれません。さあ、言ってちょうだい、真実を！」

「どんな真実だよ、レモンド？」

「アリスの婚約者は、この家で、とても悲しい三つの欠員をもたらしたあの謎の病気と同じものに冒(おか)されているという真実です」

ロベールは驚いて妹を見た。

レモンドは続けた。

「アリスの妹が亡くなったとき、私はお兄さまと一緒にここにいました。私はおぼえているのよ、お兄さまが小さな亡骸を解剖したがっていたこと……そしてこの冒瀆が拒まれたから、下着を持ち出し、それを分析し、哀れな子どもの死因となった病を思う存分研究しようとしていたことを」

「そうだよ、レモンド」

「ねえ、大尉を襲ったのは、お兄さまが名前を言うことをためらっている、あの恐ろしい病気なんでしょう？」

ロベールは嘘をつくことはできなかった。

「まだそうとは言えないよ、レモンド。もう一度、患者を診る必要がある。そもそも私はここで集めた試料の研究をパリで終えてないんだ」

そのときアリスが現れたので、ロベールはレモンドとそれ以上長く話せなかった。

まもなく車が侯爵とその娘、レモンドとその婚約者を運んでいった。二台目にはロベール医師とド・マルネ伯爵が乗った。若い娘たちは昨日と同じように、病人を尋ねて戻ってくる男たちを仮住まいで待つことになった。

大尉のそばには、看護師を手伝う軍医助手が常駐していた。病人の症例は、治療にあたる軍民の医者たちが研究として医学アカデミーへ報告するのに一分たりともその場を離れず、この奇妙な病の経過を観察し、その症状を確認すべきものだったのだ。

ただ大尉の病状はわずかに回復が感じられた。少なくとも友人たちが到着したとき、大尉は小康状態にあった。彼は一同に気がつき、ロベール医師と軍隊仲間のド・レンヌボワ大尉の存在をはっきりと感じ取った。

それから、婚約者のアリスがどうしているかを尋ねた。ロベールは彼女が翌日尋ねてくると約束した。

「結局のところ」彼は医師に尋ねた。「私はどうしたんです？　どんなひどい病気なんですか？」

「熱病です」ロベールは率直に答えた。「要するにチフスの再発を原因としています」

「助けてもらえますか？」

「もちろん」

「ありがとう……」

ド・マルネ伯爵といえば、やけに愛想よくふるまい、すでに従弟と呼ぶこの人物にこのうえなく大きな同情を示していた。

一同はできるだけ長く病人と一緒にいた。それから仮住まいに戻り、若い娘たちに病人の状態がよいことを知らせた。ド・ブリアル侯爵、レモンド、そしてアリスはふたたび城に戻った。ロベールとド・レンヌボワ大尉はオルレアンにとどまった。ド・マルネ伯爵は彼らに付き添うことを望んだ。


ロベールは、夜に自室で大尉と話すための手はずを整えた。そのあいだド・マルネ伯爵は、彼の言い分では葉巻を吸い、寝る前に最後のラム酒を飲むところだった。

誰にも話を聞かれぬようしっかりと確認したあと、ロベールは大尉に言った。

「ねえ、ファビアンさん、あなたをここに呼んだのは深刻な出来事が生じているからです……私があなたの協力を必要としているからです」

「なんでも申しつけてください」

「そう期待していましたよ。簡単に言いますと、あなたのご友人のド・カゾモンさんはもう助かりません」

「もう助からない？」ド・レンヌボワ大尉は叫んだ。

「ええ、助かりません。迅速に効く薬を与えなければですが」

「それで彼はいったいどうしたんです？」

「熱病……確かにそうなんですが……彼は血液中毒に冒されているんです」

「中毒！」

「あとで全部説明します。いまは細かいことはたいして重要じゃない。やるべきことはまず彼を救うことです」

「もちろんです。で、どうするんです？」

「よく聞いてください。キニーネの服用量を増やすことで、私は熱に対抗し、病の影響を止めることができました。しかし、これは一時的なもので、明日になれば再発し、病の猛威はさらにひどくなるでしょう……そして夜になれば、よく聞いてください。夜になれば、彼は死にます……」

「おお！」

「恐るべき死です……」

「なんともそれは嘆かわしいことだ！　救わなければ、われわれの実直な友人を。あなたなら、先生なら、それができる」

「そうですね」ロベールは言い切った。「ええ」

彼は続けた。

「患者の症状を予測して、薬を持ってきました」

「よし！」

「この薬はここ、このポケットのなかにあります」

「なぜそれをまだ投与していないのですか？」

「ええっと、この薬は確実に病人を救える。でも私には、そう私には、それを投与できないんです」

「なぜ?」

「なぜなら、私がそれを使ったことを知られたくないんです」

「それは極秘なんですか?」

「まったく」

「それじゃ?」

「軍民問わず、同業者たちの前ではそれを使いたくないんです。彼らはそれについて話すかもしれないし……それから、よく聞いてくださいね。私がここで名前を挙げられない連中に、大尉が助かることが知られちゃダメなんですよ」

ド・レンヌボワ大尉とロベールは黙ってたがいを見た。さきほど同様、二人は言葉を交わさなくても理解し合っていた。

ロベールは続けた。

「そういうわけであなたを頼りにしているんです。私の代わりに薬を投与してもらうためにね。私がされたように、あなたは監視されたりはしません。あなたは質問されることもなく、そのふるまいが警戒されることもなく、行動できる」

「わかりました。なにをすべきか教えてください」

「とっても簡単なことです。こうです。このケースに、血清が充塡された準備万端のプラヴァーズ注射器が入っています。安全つまみをはずすだけです、そうするとピストンが動きます。それから患者の太ももにかなり強く刺してください。針を差し入れたらピストンを押す。皮膚の下、筋肉のなかにしっかりと深く……できるだけ注射器の中身が注入されるようにです……以上です」

「わかりました、簡単ですね」

「ええ。でもあなたが一人で部屋にいるときにしなければなりません、誰にも見られないときにです。それが肝心です」

「了解しました」

「いま注射しにいければ申し分ないんですがね。大尉は眠っているか、苦しんでいるにちがいない。アヘンの入った水薬を飲ませましたから、彼は動かないでしょう……注射されることも感じないと思います。行ってください……」

ロベールは黒革の小さなケースを開け、将来の義弟に、先の尖った小さな注射器の扱い方を説明した。それからロベールはド・レンヌボワ大尉を友人のもとへ行かせた。


大尉は理解していた。すぐあとに彼はド・カゾモン大尉の部屋にいた。一人の看護師が病人を見守り、目を離さずにいた。彼はわずかな変化でも不安を抱くようなら、隣りの部屋で休んでいる軍医に知らせるよう命令を受けていたのだ。大尉はベッドに近づき、ジャックを見た。

「よく眠っていますね！」彼は言った。

「ええ」彼の横にいた看護師は答えた。「水薬の効果です。彼が目を覚まし、飲み物を要求したら、スプーン一杯の水薬を入れたコップ一杯の水を与えることになっているのです。それで彼はまた眠りますから」

「わかりました」

ド・レンヌボワ大尉は注射するために、この煩わしい証人を遠ざける方法を探していた。彼は看護師がさきほど指し示したコップを見た。そして、出ていきしなに振り向くそぶりで、彼はナイトテーブルの上にあったこのコップに肘をぶつけた。

「ああ！　なんて私は軽率なんだ！」大尉は大きな声で言った。

「たいしたことじゃありません、大尉殿」看護師は言った。「かまいません。台所にほかのコップをとりにいくまでです」

「では、お願いします……そのあいだ、私が病人を看(み)ていますから」

看護師は出ていった。大尉はポケットからケースを急いで取り出した。プラヴァーズ注射器を手にとり、小さな安全つまみをはずした。そして病人の掛け布団をまくると、現れた太腿にためらうことなく、大胆に、決然と、注射器の先を突き刺した。ピストンを強く押すと注射器の奥まで下りた。病人はわずかにビクッとしただけだった。

「よし」プラヴァーズ注射器を引き抜きながら大尉は言った。「全部注入されたな……完璧だ！」

三分後、看護師が現れたが、彼にはなにがあったか疑うことはなかった。

「あなた」すぐあとに大尉が自分の任務を報告するとロベールは言った。「ド・カゾモン大尉はあなたに命を助けられるにちがいありません」

実際翌日になると、回復がみられた。二日後、医者たち、軍医たちは、患者が危機を脱したとはっきり言うことができた。

「いいですね」ロベールはド・レンヌボワ大尉に言った。「完璧ですよ。でも今度は、アリス・ド・ブリアルをつきっきりで看病しなければなりませんね！」

オルレアンとブリアル城でこれらの出来事が起こっているあいだ、パリでは、ロラン氏が最初の手形の支払い期日の到来を恐れながら待っていた。彼が支払いに応じることができないこの手形には、イトンヴィルの村長の裏書、あの強情なビルマン氏の偽造署名がなされていた。ロラン氏は、破産と汚名の瞬間があまりにもすばやく自分のほうへと向かってくるのを見ていた。彼が義父を訪ねて、レーグルから戻ったとき、妻は彼に質問をする必要はなかった。がっかりし、イライラした様子から、彼女は心配していたように、夫がその苦渋の奔走に失敗したとすぐに理解したのだ。

「当然だ！」ロラン氏はただこう言った。「あの人は石のように冷たい心をしてる」

ロラン夫人は父の癒しがたい恨みを理解していた。彼女はわかっていたのだ、ロラン氏が強引に家族の一員となったそのやりかたを父が絶対に許さないことを。夫に義父の同情にすがるよう試みに行かせながらも、彼女はほんのわずかな希望しか抱いていなかった。手紙を書き、絶望的な状況を説明し、破産が確実だと知らせても、父は譲歩しないだろう、彼女はそう確信していたのである。だから彼女は失望したわけではなかった。夫の旅が失敗に終わったことを知ったとき、ただただ悲しかったのである。

「断られたんでしょ？」彼女はただこう言った。「迎え入れてもらえなかったの？」

「そんなことはない。とても優しく迎えられた。彼は、俺の話をよく聞いてくれた。でも、こう言われたよ、俺のためにはなにもできない、俺の借金を払う気なんて全然ないとね。はっきりと言われたんだ。もう救われないのだから、いまやすべてを放棄してグズグズせずに自殺するほうがいいと。もうどうにもならなかった」

「じゃあ、そんなことになったら私は？　お父さんは娘のことを考えてないの？」

「おお！　考えてないよ……反対を押しきって自分が選んだ夫を尊重すべきだと彼は言い切った。それが嫌なら君は離婚するまでだとね」

「離婚する、あなたが大変なときに！」

「だから、離婚するか……未亡人になるかということだ……」

「未亡人？」

「そう、未亡人。彼は両手を広げて君を受け入れ、君の人生をやり直してくれる。君の幸せを保証してくれるってことさ」

「でも、あなたが私に言っていることはとてもひどいことよ！」

「これがお義父さんとの話し合いの結果だ。それ以外は、君のお父さんは感じよかったよ」

「彼はよくもてなしてくれたの？」

「そうだ。パリでは食べられないような、本物のキャベツと本物の豚の赤身肉を使ったキャベツのスープを食べさせてくれた。特別な日に飲む蒸留酒も飲ませてもらった。そのあと彼はおだやかに眠りについた……それだけだ！」

　ロラン夫人は当惑し、沈黙した。彼女は両目からゆっくりと流れる涙を拭った。

「あなた、思ってないでしょうね」彼女は夫に言った。「私がお父さんの考えに屈し……彼の助言を聞き入れるなんて……一瞬たりとも思ってないでしょうね。おお！　離婚だなんて！　あなたを見放すなんて！」

「そんなふうに思ってないよ。もしそうなら、オクタヴィー、君はすっかり変わってしまったことになる。俺は君がやさしく、愛情深い心を持っていることを知っている。君を信頼しているんだ」

「おお！　信頼していいのよ！　思う存分、信頼していいのよ！　不幸なときこそ、本当に愛している人を認めることができるのよ。そして私は、そう私は、あなたを深く心から愛している。今日が私たちの愛し合った最初の日のように！　私はあなたを欲していた……私はあなたの妻になった、私はあなたを愛していたから。私はあなたについていく、どこへでも。永遠にあなたのそばにいる、あなたを愛しているから」

「妻よ、愛する妻よ……ああ！　君の愛は俺をよろこびで包み、俺の悲しみをかきたてる。俺の過ちで、俺のせいで、君はまさに不幸になるのだから！」

「あなたと一緒なら絶対にそんなことない……あなたのそばでなら絶対にそうならない！」

「きっと君のためには、お父さんの助言に従ったほうが、離婚したほうがいいんじゃ……」

「なんでそんなこと言えるの！」

「どんな地獄に俺が君を道連れにするか、わかってくれ……」

「そんなことどうでもいい！」

「破産なんだぞ」

「いいの。私たちは若いのよ、私たちは熱意があるのよ、新しい生活をはじめましょう」

「ああ！　すべての不幸は、手に入れた質素な幸せに俺が満足できなかったからだ。君が裕福に、とても裕福になるよう、もっとも愛されている君がすべての女性のなかで一番幸せになるよう、金を、たくさんの金を、さらにたくさんの金を稼ごうと俺が望んだからなんだ！」

「ねえ、あなた、がんばって。いまにわかるわ、私たちはやり直せるのよ」

「もう無理だ」

「なぜ？」

「時間がない。数日後には、君のお父さんの署名が記された最初の手形が満期になる。俺はそれを払うことができない！」

　ロラン夫人は敢然として答えた。

「落ち着いて……払えるかもしれないわよ」

「どうやって？　君のお父さんだけが俺たちを救えたんだ。彼はそれを拒んだ」

「メリーおばさんが残っている」

怪訝そうにロラン氏は頭を振った。

「メリーおばさんか……彼女もそれを拒むだろう」

「それは私がやるわ。彼女を譲歩させるのは私が引き受ける」

「かわいそうに！　俺が君のお父さんのところでそうだったように、失敗するさ」

「同じにはならないわ。お父さんは過去のことであなたを許すことができないの……メリーおばさんは私たちに対して不満はない。彼女は私をとても愛しているし、彼女は私の名付け親よ。安心して、彼女は譲歩するわ、見ていて。彼女に会いに行くとあなたに約束したのだから、行くわ」

「無駄な旅になる」

「いいえ、私は行くわよ」

「やれやれ……俺を安心させるほど君は自信があるようだね」

「もちろんよ」

「いつ行こうと思っているんだ、メリーおばさんのところに？」

「緊急だから、明日出発するわ」

「明日か……付き添ってほしいかい？」

「おお！　いいえ」ロラン夫人はすぐさま大きな声で言った。「いいえ……一人で行かせてちょうだい。そもそも、あなたはここに残るべきよ。会社にあなたがいることは不可欠だから。それに、メリーおばさんと二人きりのほうがいいわ」

「君が望むようにしてくれ……」

翌日、ロラン氏は妻と一緒にモンパルナス駅への道をふたたび歩いていた。ただ今回は、客車に乗り込むのはロラン夫人で、ホームに残るのは彼だった！　列車は、ロラン夫人の隣りの客室に二人の旅行者を乗せて出発した。二人のうちの一人をわれわれは知っている。彼が自分の身元を知らせるためにホテルの部屋のドアにブーツをぶら下げるのを待つことなく、率直にラモルスだと言っておこう。

彼女はレーグルに着くと、メリーおばのところへ向かうため馬車に乗った。彼女は郵便局に立ち寄り、とても厚い旅行用のヴェールを顔にかけて、二通の電報を送った。

一通は夫宛で、無事に到着したことを告げた。

もう一通はヴィル＝ダヴレー宛で、こう書いてあった。

明日五時、私を待っていてください！

それからロラン夫人はメリーおばのところへ向かった。彼女はベカン通りの端の、古いノルマンディー様式の家に住んでいた。そこで彼女は年老いた使用人と二人きりで生活し、金利収入を貯め込み、近所の教会の典礼のためにだけ外出していた。

メリーおばはオクタヴィーの母の姉妹だった。しかし彼女はビルマン氏の家族の一員にふさわしかった。ケチであるという点では、彼女はビルマン氏に優っていたかもしれない！　彼女の財産はそうとうなものだった。彼女は、家の裏手に広がる小さな庭や鶏小屋からもたらされる生産物、小作料として農民たちが持ってくるじゃがいも、りんご酒（シードル）、豚の赤身肉で生活していた。彼女はまったく無駄遣いせず、決してロウソクをともさぬよう陽の光とともに生活し、台所のわずかな火で暖をとっていた。衣服といえば、三度、莫大な費用をかけた。一回目は姉妹の結婚式で新しい服をつくってもらったとき……二回目は姪オクタヴィーの最初の洗礼でこの服を当時の流行に仕立て直したとき……三回目は姉妹の喪のためにこれと同じ服に修繕を加えたとき……。彼女にしてみれば、身だしなみに関してはそれで十分だったのだ！

本当のことを言えば、おばをよく知るオクタヴィーは成功する望みを抱いていなかった。だが彼女は、夫のためにとにかく奔走したかったのだ。

そういうわけで彼女は、メリーおばの小さな扉のベルを鳴らした。差し錠をはずし、鎖をほどき、掛け金を戻し、鍵がギイギイ鳴ったあと、ようやく彼女は開けてもらった。扉のうしろには、年老いた二人がいた。メリーおばと召使いである。扉は安全鎖がまだかけてあったせいでもう一度止まった。

「ご用件は？」家の者は予想通りとげとげしく言った。「ご用件は？」

「私です、メリーおばさん」

「どなたです、あなたは？」

「オクタヴィーです」

「おお！　オクタヴィー！　ああ！　あなたなのね！」

オクタヴィーは、メリーおばがあまりよろこばず、そっけなく出迎えたので、まだかけたままの鎖をはずして本当に家に入れてくれるのか自問した。

一方でメリーおばは用心して自問していた。

「なにしに来たの？　なにを望んでいるのかしら？」

しかし、彼女は自問したが不安はなかった。自分自身に自信があったし、なにを頼まれようとなにひとつ与えないことを彼女はわかっていたのだ。

ようやく彼女は名付け子である姪をなかに入れる決心をした。心情の発露がどれほど抑えられていたかは言うに及ばないだろう。

「なにしに来たの？」

「おばさんに会いたかったからよ」

「本当に？」

「本当ですとも」

「ああ！……そんなことのために、あなたはパリからレーグルまでの旅費を払ったの？」

「旅費はかからなかったわ。そうじゃなかったら……考えてもみて……」

「なぜ旅費はかからなかったの？　あなたは無料で鉄道の旅をしてきたというわけ？」

「無料じゃなかったら旅はしないわよ！　でも、鉄道会社の常連の夫が切符を二枚もらったの。彼はそれを私に使わせてくれたのよ。だからおばさんを抱きしめにきたの」

「ああ！　そう。ああ！　そうなのね……どのくらいいるの？」

「おお！　ほんの少しだけです。次の列車で帰るわ」

「そう……わかったわ！」気が楽になったメリーおばは言った。「準備してれば、よろこんで明日まであなたをここにいさせられたのに……でも年老いた召使いと一緒だと、そうもいかないのよ」

「私も甘えることはできないわよ」

「旦那さんの仕事はうまくいっているの？」

「おお！　とっても。たくさんお金を稼いでいるわ」

「とにかくお金はとっておいてるんでしょ？」

「二倍にしているわ」

「結構ね！　お金を稼ぐことはいいことだから……それにとっておくのはもっといいことよ。それで、あなたは満足しているの？」

「とっても……」

「あいかわらず愛し合っているの？」

「とっても……」

「子どもはいないの？」

「ええ」

「よかった。知ってるでしょう、こんなふうに言われていること。〈子どもというのは、小さいときはただただイライラさせ、大きくなるとただ遺産相続するだけ〉だとね……」

沈黙があった。ロラン夫人は、この訪問に大きな期待を寄せていた夫のことを考えた。疑ぐり深いメリーおばは狡猾なノルマンディー人として、同じように狡猾なノルマンディー人である姪が虚勢を張ったあと、訪ねてきた本当の理由をようやく打ち明けるだろうと期待していた。彼女は無料切符の話などひとことたりとも信じていなかったのだ。

だが、ロラン夫人は立ち上がると言った。

「メリーおばさん、元気なあなたとお会いできてとてもうれしかったです。もうさよならを言わねばなりません」

「わかったわ……さよなら、オクタヴィー」

彼女は扉まで姪を見送った。

「本当はなにか出してあげたかったんだけど」彼女は言った。「ここには質の悪いりんご酒（シードル）しかないわ。それにいまやあなたはパリの人だから、そんなのもう好きじゃないでしょ」

「なにもいりませんよ、おばさん。ありがとう」

「それに昔みたいに、化粧道具とか、なにかを買うためのお小遣いを渡せればよかったんだけどね。でも、小作料を待っているところなの、まだ入ってきていないの。そもそも、私なんか必要じゃないわね。旦那さんがお金を稼いで、それを二倍にしているわけだから。さあさあ、さよなら、さよなら！」メリーおばは、オクタヴィーが着いたときと同じ態度で彼女を帰らせた。ロラン夫人は去った。彼女は悲しみでいっぱいで、嗚咽しないように必死だった。

列車に乗るには遅すぎた。だいぶ夜がふけてからじゃないと列車がないことを知っていたので、疲れないようにレーグルに一泊するとロラン夫人は夫にすでに伝えていた。そういうわけで、彼女はグラン＝デーグル・ホテルに投宿し、そこで夜を過ごした。

朝になると彼女は、郵便局へ行って夫に電報を打った。

おばに会った……予想外の成功、満足している……今晩十一時に帰る予定……。

そして一時頃、彼女は列車に乗った。四時少し前にヴェルサイユのプラットホームに彼女は降りた。そこから彼女は馬車でヴィル＝ダヴレーに向かうと、古い木々と見事に咲き誇る植物に囲まれた、美しく、鮮やかな邸宅の鉄格子の門のベルを鳴らした。二匹のフォクステリアがベルの音を合図に大声で吠えながら駆けてきた。二匹は彼女を見ると、よろこびに狂い身をよじらせて小さな尻尾の先を振り、彼女のうしろを飛び跳ねた。二匹は撫でてもらおうと、彼らなりのやりかたで愛情を込めて挨拶した。

「こんにちは！　こんにちは！」ロラン夫人は二匹のフォクステリアを撫でながら繰り返した。「はい、はい、わかりましたよ……ハンサムのタンタンに……プラン、わかりましたよ……あなたたちはいいお犬さんね！……」

召使いが彼女のところまでやってきた。召使いは彼女を邸宅まで案内した。二匹の犬は若い女性から離れると、狂ったように家をめがけて駆けて行った。邸宅の階段には病人用の頑丈な杖をついた、まだ若い男が立っていた。痩せてやつれた顔は落ち着かない様子だった。閉じた綿の上着のボタンホールに、レジオンドヌール勲章のほっそりとした赤いリボンを付けていた。

それはアンドレ・ジラルデだった。

若い女性を見ると、若い男の表情が幸せそうに輝いた。

「なんてあなたは親切なんでしょうか、オクタヴィー」彼は言った。「こんな病人に会いにきてくれるなんて！」

彼は彼女の手をとり、優しく口づけた。

「部屋に入りましょう」ロラン夫人は言った。「不注意にも起き上がって、ここまでやってくるなんて、おこりますよ」

彼女は彼に腕を貸した。ゆっくりと、やっとの思いで病人と彼女はサロンにたどり着いた。大きな寝椅子のクッションの上にタンタンとプランは飛び乗っていて、鼻先を突き出し、場所を譲るよう言われるのを厚かましくも待っていた。ロラン夫人は寝椅子の、いつもの位置にアンドレ・ジラルデを座らせた。彼がその弱々しい両足を伸ばし、幅の広いクッションに寄りかかるのを彼女は手伝った。

「なんてあなたは親切なんだ、オクタヴィー」病人は言った。「あなたに会えてなんて幸せなんだ！」

ロラン夫人はすぐそばにあった小さな肘掛け椅子を前に出し、若い男の正面に座った。

「さあ」アンドレ・ジラルデは尋ねた。「レーグルへの旅について、例の気立てのいいメリーおばさんについて話してくれませんか？」

若い女性は目に涙をためて、ケチな老婆との会話について語った。また父がどのように夫を迎えたかを伝え、奔走の結果を教えた。さらにロラン氏が犯した過ちを、弱さから文書偽造を犯したことを打ち明けた。最後に彼女は、とても悲しく絶望していると嗚咽しながら話した。

アンドレ・ジラルデは彼女を優しく引き寄せた。

「あなたは子どもなんです」彼は愛情を込めて言った。「なぜレーグルになんて行ったのです？　旦那さんをはぐらかすため？……そこから彼に電報を送ってここに来ることを隠すため？……私もそうしてほしいですよ！　でも、以前に私の言ったことをよく聞いていたら、あなたはこの新たな悲しみを避けることができたでしょうね。さあさあ、泣くのはやめて。好きじゃないんです、苦しんでいるあなたを見るのが。ここには微笑みだけを持ってきてほしいんです！……あなたの旦那さんを私は詳しくは存じ上げないが、とても金に困っている。彼はあなたをとても愛している。私は彼に嫉妬すべきところだが、彼はあなたを幸せにしている……だから私は彼に大きな愛情を抱いている！　それゆえ、彼が友人だと信じていたすべての人々から見捨てられたとしても、彼がこれまで会ったことがなく、おそらくこれからも会うことのないだろうこの私が、彼を窮地から救います……それがあなたを、私が不幸な心と引き裂かれた哀れな魂のすべてで慕うオクタヴィーを、よろこばせる唯一の手段だから」

「アンドレ……いま私たちにこのいまいましいお金の問題がなかったら、私がどれほどあなたを慕っているか、私がどれほど深い愛情をあなたに抱いているのか伝えられるのに！」

「わかってます！　わかっていますよ！」

若い男は続けた。

「私たちは、人間の悪意と偽善、世間の不誠実な言葉の犠牲者なんです。私たちがこんなふうに慕い合っているがゆえ、あなたが誠実で罪なき女性であることも、私があなたの献身的な友人であることも、誰も認めようとはしない！　あなたがここに来て、好意と優しさでもって苦しむ不幸な男をなぐさめ、その傷つけられた心を素敵な思いやりで励ますことを誰も認めないのだ。ほかの人々は悪事を隠すけれど、私たちは自分たちの誠実さを隠さねばならない。だから、私はあなたの兄でしかないのに、私たちは禁じられた愛、不倫という憎むべき芝居を演じている！　バカらしいことだが、ほかにどうすることもできない」

「それでも、あの人なら理解してくれるでしょう……」

「おそらく。でも彼はまさしくなにも伝えてはいけない人なんだ」

それから彼は続けた。

「さあさあ、感情的になるのはよそう。真面目な用件について話しましょう。聞いてください……私にはどうすればいいのかわからないほどの莫大な財産があります。だから、あなたのおかげで私はよろこんでいますよ、あなたの役に立てますからね」

「あなたは親切ですわ……本当に親切です、アンドレ……」

「さてと……あなたは私に面倒な手形のことを打ち明けてくれました。いいでしょう。これらの手形が満期になるとき、イトンヴィルの頑固な村長に知られないように、あなたは支払期日の前日にここへ来る……そしてそれは、親切なメリーおばのところへの旅ということにする……そういうことです！」

「どのようにお礼をすればいいでしょうか？」

「私が言うよりも上手にお礼する方法を、あなたはいつも知っているでしょう……身体の動かなくなったこの哀れな男にときどき会いにきて……あなたの太陽のような美しさと輝くばかりの笑顔を持ってくるだけでいいのです……。この男がこの世でたった独りではないこと……ある一人の人間がこの男の苦悩の秘密をよく知り、理解し、慰めていることを証明し……この男がある女性のために死ぬほど苦しんだとしても、ある女性がこの男の苦しみを和らげ、最後にはこの男を蘇らせることを証明してくれるだけでいいのです……」

それから涙で目を濡らした彼は、泣いているロラン夫人の顔をすぐさま抱きしめ、どうにか微笑んで言った。

「こんなことを話すのはよそう。食欲をなくさないようにしましょう。食事を出してもらいましょう。ここで、ちょっとした美味しい夕食が準備されていると思いますよ。食べるのはお好きですか？」

「あなた、私がそうだってことよく知っているでしょ」

「もちろん。あなたは欠陥だらけだ……本物の女天使のようにね！　本物のキャベツと本物の豚の赤身肉を使ったキャベツのスープがなくても……あなたの好きな最高のフォアグラがあると思いますよ、イトンヴィルではあまり食べませんが。待ってください、聞き分けの悪い食いしん坊さん。食事を出してもらうよう、ベルを鳴らしますから！」


ロラン夫人が駅でつかまえた馬車でヴェルサイユから、あの風変わりなメリーおばが住んでいることになっている花咲く邸宅へ向かっていたとき、同じように駅でつかまえた馬車がヴィル＝ダヴレーのほうへ向かっていた。この馬車には、前日からロラン夫人を見失うことのなかったラモルスが乗っていた。

アンドレ・ジラルデの邸宅から数歩のところにラモルスは馬車を停車させ、御者に支払い、帰らせた。彼はロラン夫人が入り、二匹のフォクステリアが彼女をよろこんで迎えたのを鉄格子の門越しに見た。そして、玄関の階段で病人用の杖をついた若い男に気がついた。ラモルスは、この男が訪ねてきた女性の手に口づけし、彼女の腕をとって一緒に邸宅に入るのを確認した。ラモルスは十分情報を得たので、これからここで時間を失うのは無駄だと思った。

すると突然、彼の前をラッパをやかましく鳴らした自動車が猛烈なスピードで通過した。ラモルスはすばやく脇に寄った。自動車が猛スピードで通過したにもかかわらず、ラモルスはそれがド・ラ・ゲリニエール伯爵の車だとわかった。そしてこの車にはブロンド髪の若い娘が乗っていて、閉じた窓から、怯え上がって、そのモーヴ色の大きな目で飛び去る景色を見ていたのだ。この若い娘に、彼女にラモルスは気づいた。

彼は叫んだ。

「リリー！……」

㉟章　醜い罠

実際、それはリリーだった。

仕立屋パーキンズは重要な顧客の急な頼みで、いろいろな生地見本の入った箱を持たせてリリーをこの客の自宅へと派遣したのだった。顧客は店に足を運ぶことができなかったが、すぐに生地を選びたかったのである。仕立屋の入口で待っていた車が、若いお針子を乗せて連れていくことになっていた。

それゆえ、疑うことも不安になることもなくリリーは、ただそれでも用心して車に乗り込んだ。もっとも、彼女は優雅で快適な自動車での散歩にすっかり満足していた。ただ彼女は、どこに顧客が住んでいるのか知らなかった。そして、車がブーローニュの森へ入ったのを知っても驚かなかったが、森を横切り、例のシュレンヌの坂をのぼりはじめると、不安を抱きはじめた。彼女は運転手に、どこに行くのか尋ねたかった。耳ラッパを探したが、なかった。このことは彼女をいささか驚かせた。この贅沢な車が運転手とのコミュニケーション手段を備えていなかったのだ。それで彼女は、ドアのガラス窓越しに話そうとしたが、窓を下ろすことができなかった。同時に彼女は、どんなに努力をしてもドアも開けられないと知った。そのときリリーは自分が罠、つまり、待ち伏せにはまったことを理解した。彼女は車の窓越しに困った様子でジェスチャーで訴えたが、そもそもこのスピードでは誰も気がつかなかった。

車は大きな音を立てて到着した。ある邸宅の鉄格子の門が開いているのを確認すると、スピードを緩めることなく入っていった。車が通ると、鉄格子の門はすぐに閉まった。門の裏側は鉄板で覆われ、敷地のなかで起きていることは通りから見えなかった。

正面入口の石段の前で自動車は停まり、ドアが開いた。気むずかしそうで、やけに礼儀正しい召使いが前に出て迎えた。

「夫人が待っておられます……」

「ここでですか？」リリーは不安になって言った。

「私についてきてください、マドモワゼール……」

邸宅のなかである声がとんだ。

「小さなサロンに入っていただくように」

顧客と思しき背の低いでっぷりとした女が、玄関広間の物陰の奥に消えた。

この堂々たる人物から声が発せられ、リリーに言った。

「いま行きますわ……少しお待ちになって……またすぐに降りていきますから」

リリーはかなりほっとして召使いのあとについていった。すると目の前のサロンのドアが開いた。リリーは手に箱を持ったままなかに入った。彼女はこの部屋をながめ、贅沢な家具が備えつけてあるのを見た。昼間だというのに十字のガラス窓は締め切られ、クリスタルのシャンデリアでこの小さなサロンは照らされていた。

リリーは数分待った。ようやくドアカーテンが上がり、誰かが現れた。

瞬間、リリーは驚いて叫んだ。

「ド・ラ・ゲリニエール伯爵！」

伯爵は微笑みながら、若い娘のほうへ進んだ。

「やっぱり私はあなたを大いに怖がらせている、リリーさん」彼は言った。

「いいえ、ムッシュー」リレットは平静を装いながら答えた。「いいえ、怖くありません」

「それならうれしいですよ！」

「でも私は、お店のお客さまのためにここに来たんです……」

「あとで降りてきますよ。お待ちくださるあいだ、私が代わりをするよう申しつけられたのです」

「私は生地見本をいろいろ持ってきました、これです……置いていきます。選ぶのに私がいる必要はありませんから。こんなにも遠くへ私が連れて来られたなど、工房では誰も知らないでしょう。私は帰らなければなりません」

「まあ、お待ちください……」

「いいえ、ムッシュー、帰りたいのです」

「やれやれ、そんなに私と話すことがお気に召さないのですか？」

「お願いです、帰らせてください……」

「少しだけ私に時間をください、どうかお願いします」

「いいえ、ムッシュー、お願いですから」

そう言いながらリリーはサロンのなかをまわり、入ってきたドアの前にいった。彼女はそれを開けようとしたが、ドアは動かなかった。開かなかったのだ！　リリーはこのとき、自分の推測が間違っていないと確信した。憎むべき罠にはまったのだ。

しかし、その優雅で美しい外見のもとで、彼女は勇敢な心を秘めていた。危険を察知し、立ち向かう覚悟を決めた。

「ドアを開けてください」彼女は伯爵に言った。

伯爵は笑みを浮かべつつ、彼女のところまでやってきた。

「お許しください、リリーさん」彼は言った。「私はこんな手を使わねばなりませんでした。心を開いてとにかく、あなたと話ができるようにするためにね」

「無駄なことです、ムッシュー……話なんて聞きませんから」

「私の手紙は読まれましたか？」

「帰ります……」

「私はそこであなたへの深い愛をお伝えしました」

「帰らせてください……」

「工房へ向かうあなたに声をかけたとき、私はあなたへの愛をわかっていただくよう努めました。ただ場所がよくなかった。私は思ったんですよ、この家でなら、きちんと気兼ねなく、あなたにもう一度お話しできるのではとね」

「私はあなたの話を聞かないし、あなたに応じたりもしません。こんな卑怯で憎むべき罠を使って、私に不快な思いをさせ、傷つける言葉を無理やり聞かせようだなんて無駄なことです」

「リリーさん……」

「もうたくさんです、ムッシュー！」リリーは伯爵から離れながら叫んだ。

「私はあなたが好きなんだ。おお！　だから私から逃げないでおくれ……私の言葉を信じておくれ……ありふれた愛、単なる気まぐれであなたに惹かれているわけではないんだ。もっとも純粋な、もっとも情熱的な愛なんだ。それは私の全存在をとらえ、私の人生の最期まで私の全存在を縛り付ける愛なんだ」

伯爵は若い娘を追いまわした。彼女は逃げた。この小さなサロンのなかをぐるぐるとまわり、椅子と椅子のあいだや、家具のうしろを通って、この男から身を守ろうとした。伯爵はさらに追いかけ、ますます彼女を追いつめ、サロンの角、ソファのところに追い込んだ。

「ムッシュー、あなたのふるまいは卑劣です！　こんなことをされては、あなたには憎しみしか感じません。もうこれ以上、私を引きとめても無駄です」

「いや、愛するリリーよ。私の考えでは、あなたの気持ちは変わる。あなたがもっとよく私を知り、私の愛がどれほど大きいかを知り、あなたに対する私の情熱の強さを認めたときにね」

彼は彼女を捕まえようと手を前にのばした。

「ああ！　触らないでください」リリーは叫んだ。「触らないで！」

「まあまあ！　まあまあ！」伯爵は言った。「そんなふうに意地悪をしないで！……」

いまや勝利を確信した彼は、突然口調を変えてひやかした調子で正体を現し、続けた。

「そんなことをしてなんになる、そうでしょう？　考えてもみろ、あなたは私のところにいるんだ、私の家に。よろこんで私の話を聞いたほうがいい……」

いまやリリーは伯爵の狙い通り角に押し込まれ、悲鳴をあげた。

「ここです、助けて！」

伯爵は嘲笑った。

「呼んでも無駄だ。あなたの声は聞こえない、誰もやってきはしない。私の言うことを聞け！　抵抗は無駄だ。私はその気になれば力にも訴えられるが、あなたが進んで譲歩するのを望んでいるんですよ」

「いいえ！　そんなこと我慢なりません！」

「愛というものはすべてを許す……私の愛は無限だ。話を聞くんだ、リリー。あなたが私の愛人になることだけが望みではない、あなたは私の妻になるんだ。わかりますか、私の妻だ……そう、あなたは伯爵夫人になる。もっとも美しく、もっとも愛され、もっとも祝福された伯爵夫人に」

「あなたは卑劣な人です！　私は貧乏な娘です……私には、身体の不自由な姉、死にかけた母しかいません。私には、守ってくれる父も、私の仇をとってくれる兄弟もいない。あなたは私を汚すため、私を破滅させるため、自分の力を乱用している。それは卑しいことです。卑怯です！」

「だから償うよ、だからあなたは私の妻になるんだ」

「帰らせてください！　帰らせて！」

「いまさらそんなことなんになる？　みんな知っているんだ、あなたが私の車に乗ったことを。あなたが田舎の私の家に来たことを。みんなはこう思うでしょう、あなたが私の愛人だってね。あなたが望もうと望むまいと、いまからあなたは私のものなんです。そう、私のものなんだ！」

さらに歩み寄り、彼は言い放った。

「だから、リリーさん、すべての抵抗は虚しいんですよ。そんなことまったく無駄なんだ」

彼はいまや、若い娘にほとんど触れていた。

「離して！」彼女は言った。「離して。あなたを軽蔑します、恨みます」

伯爵は両手を広げ、彼女をつかんだ。

「さあ！　そんなことすべては戯れ言だ……時間の無駄だ……あなたを愛しているんだ……あなたがほしい……あなたは私のものになるんだ……」

彼はソファの上にリリー引きずり込んだ。哀れな娘は悲鳴をあげ、助けを呼び、抵抗した。彼女は伯爵の手に嚙みついた。真珠のような歯を渾身の力で深く肉に突き刺したので、伯爵は痛みに叫び、思わず腕を緩めた。リリーは身を引き離し、逃げ、叫び、助けを呼んだ。

しかし伯爵は、いまや怒り狂って迫ってきた。怒りで目をぎらつかせ、彼女に向かって突進した。

「さあ」彼は言った。「お芝居は十分だ。終わりにしよう！」

ハンカチを握り、クロロフォルムでいっぱいの小さなガラス瓶をつかんでいた。

するとリリーは突然身を起こした。彼女はなにも言わず、もう悲鳴もあげなかった。勇敢に、力をみなぎらせ、裁ちバサミを小さな手に握った、それが短刀であるかのように。リリーは自分を守ろうとしたのだ！

伯爵は驚き、止まり、ためらった。

それから彼は大笑いした。

「あっははは！」彼は言った。「見事な武器だ！ 摘み取られまいとする……バラの棘だな」

彼がリリーのほうへ近づくと、リリーは勇敢にも彼に飛びかかった。伯爵の攻撃より先にありったけの力で、彼の喉にハサミを突き刺したのだ。

伯爵は痛みに吠えた。ハンカチとクロロフォルムの小瓶を床に落とし、後ずさりした。

リリーは、血でいっぱいに染まったハサミを手にもう一度伯爵を刺し、ガラス窓へと走った。そして、こぶしの一撃でガラスを叩き割ると、助けを呼んだ。

「助けて！ 助けて！」

すると、外から声が答えた。

「やってきたぞ！ がんばれ。どこだ？」

「ここよ！」リリーは叫んだ。「ここです！」

彼女は鎧戸を開けようとしたが、南京錠がかかっていた。それでも彼女は、その上から何度も叩いた。

すぐに、外から鎧戸が壊された。手斧が何度か打ちつけられ、その一発でこじ開けられ、隙間があいた。

一人の男が部屋に飛び込んできた。

それと同時に、ハサミの攻撃の痛みを、この数分でもち直したド・ラ・ゲリニエール伯爵がリボルバーを手に取り、撃った。

入ってきた男はかなり大柄で、しっかりと手入れされた先の尖った黒いあご髭を蓄え、きちんとした身なりをしていた。その男は伯爵の銃撃から彼女を守ろうと、リリーの前に身を置いた。一方、彼女のほうは傲然と身構えていた。堂々と動揺することなく直立し、うれしそうに勝ち誇り、伯爵を微笑みながら見据えていた。伯爵の思いがけない突然の敗北に、彼女はよろこびを感じていたのだ。リリーはリボルバーの銃撃を少しも恐れていなかった！

彼女は美と勇気で輝いていた。

さて、先の尖ったあご髭の男は彼女を保護し、銃撃から守ろうと、彼女の前に立ちはだかると、すぐさま彼女を壁のほうへ押しやった。それと同時に、手斧をぐるぐるまわし、ド・ラ・ゲリニエール伯爵めがけて投げつけた。ヒュッという音を立てて、銃撃をやめ、サロンのドアへ逃げ込もうとしていた伯爵に命中した。

頭を打たれた卑劣な男はよろめき、ドアカーテン近くで倒れた。黒いあご髭の男は伯爵のほうへと急いだ。しかし彼は、リリーがさっき逃げまわったときにひっくり返した家具を迂回しなければならなかった。彼がドアカーテンまでたどり着いたときには、伯爵は垂れ布のうしろに消えてしまっていた。男は、閉まった、壁のようなドアにぶつかった。大きな血の跡だけが、伯爵が通った道を示していた。

もう一人の男が――今度はわれらがラモルスだ――すぐあとに同じ十字窓を通って小さなサロンに入ってきた。

ラモルスはすばやくリリーを抱きかかえた。

「どこも怪我はありませんか？」

「いいえ、ムッシュー……いいえ……ありがとう……あなたたちのおかげで私は助かりました……ありがとう！」

伯爵を追う男は手斧を拾い、ドアを破壊しようとした。すると彼は動きを止めて、仲間に叫んだ。

「気をつけろ！　急げ、壁のそばに行くんだ！　壁のほうだ！」

壊そうとしたドアから彼も離れ、壁に寄り、ソファに飛び乗った。その助言は正しかった。その瞬間、床を覆う大きな敷物が沈み、床の下に丸い穴が出現したのだ。大きな罠が作動し、深淵が穿たれ……落とし穴が開いたのである。

とはいえ、壁の近くにこの種の罠を仕掛けるのはむずかしい。だからラモルスとその仲間、若い娘は、壁側の床のしっかりした部分にとどまり、穴に落ちずにすんだのである。

一方で、黒いあご髭の男はソファの上に寝そべりながら身をかがめると、負傷した伯爵が投げ捨てたハンカチと小瓶を手際よく拾った。そして彼は、十字窓近くの仲間と若い娘に合流した。そして手斧の一撃で錠を壊し、窓を大きく開け放った。

ラモルスはリボルバーを握って庭に飛び降りた。彼はすばやく周囲を見渡すと、十字窓に戻り、両手を差し伸べた。

「行けます」彼は言った。

手斧の男はリリーをラモルスに託すと、自分は庭に飛び降りた。二人は若い娘を護るため、自分たちで両側から挟んだ。リボルバーを手に、すぐに防御できる姿勢で、冷静に彼らは邸宅から鉄格子の門まで走った。いまや邸宅や庭に誰もいないようだった。鉄格子の門の前には一台の車が停まっていた。

リリーは見上げるほど勇敢で、うっとりさせるほど豪胆だったが、いったん危機を脱するやいなや血まみれの自分に気づき、声をあげて卒倒してしまった。あまりに荒々しい動揺と緊張のあとの緩みは、若い娘の繊細な体には強すぎたのだ。

ラモルスと仲間は彼女の手とブラウスが血で覆われているのを見て、伯爵のリボルバーによって彼女が重傷を負っていると思った。ゆえに、彼女を車に担ぎ上げて乗せるのはむずかしいと判断した。

銃声を聞いて、すぐ隣りの邸宅から人がやってきた。彼らは手助けを買って出た。手斧の男は了解した。彼は両腕でリリーを抱え、急いでこの邸宅に運び込んだ。

邸宅の階段の上に、若い男が、美しく若い女性の腕に支えられて立っていた。彼は家の者たちに命じた。

「急ぐのだ、怪我人をここに連れてくるんだ。応急処置に必要なものを準備するように。それから車で医者を迎えに行くのだ。急げ！　急ぐのだ！」

それはアンドレ・ジラルデとロラン夫人だった。隣りの邸宅での銃撃に、彼らの静かな食事が妨げられたのだった。

「おお！」ロラン夫人は叫んだ。「怪我をしているのが若いお嬢さんだなんて！　ああ！　かわいそうなお嬢さん。死んでしまったんだわ！」

「いいえ、マダム」リリーを抱きかかえた男が言った。「いいえ、死んでいません。ただ重傷かどうかが心配です」

「彼女を治療し、救わねばなりませんわ。お急ぎください、ムッシュー！　このかわいそうなお嬢さんをどうぞこちらの部屋へ。そこのソファに降ろしてください、ゆっくりとそこへ、ゆっくりゆっくり」

ロラン夫人は、アンドレ・ジラルデに頼まれて取り仕切り、このいたましい状況のなかで家の主人(あるじ)として役割を全面的に果たした。

リリーをソファの上に置くと、男はラモルスにこう言って立ち去った。

「必要なことをするのだ！」

36章　兄

アンドレ・ジラルデはサロンに入り、深々とした肘掛け椅子に座った。彼は自分のそばにラモルスを呼び、この奇妙な出来事について質問をした。

ラモルスは、アンドレ・ジラルデの質問に答えるふりをしながら、いつものやりかたで、必要なポイントや知りたい人々についての情報を引き出そうと算段を整えた。

「あの邸宅は」彼は言った。「あなたの邸宅に隣接していますが、本当に奇妙ですね……普通じゃない……。まずもって、この邸宅がこの種の出来事の舞台となったのはこれがはじめてではないと言えるでしょう」

「そんなことありません」病人は答えた。「それどころか、私がここに来てから、隣人のところで異常な事態が起こるのを見たのははじめてです」

「今日のように、争う物音や助けを呼ぶ声、叫び声が聞こえたことはなかったと？」

「まったく。大勢の人が来ていたのは確かですがね！　この邸宅の所有者は、年老いた女性で未亡人だと聞いています……名前は存じ上げませんが、たくさんご友人がいて、多くの人たちをもてなしていました。パーティの騒ぎやピアノの音や歌い声、ジプシー楽団の演奏の音しか聞こえませんでした」

「カジノのようですね」

「実際、家のなかはいつもお祭り騒ぎのようでした。熱心にブリッジに興じていたようです。ほかのゲームもしていたかもしれません……あえて言えば、この邸宅はありふれたまともな別荘というよりは、遊びの館といった感じで」

「なにか娯楽施設のような……中国の花船のような」

ラモルスはこの邸宅が違法賭博場だと気づいていた。そうすればサロンの床のトリックも説明がつく。危険が迫ったり、警察の手入れが入れば、賭け台、ルーレットもろとも地下に消す……そして、サロンには、小さなテーブルを囲んで健全で馴染みのゲームに興じるおだやかな人たちだけになるのだ。


ロラン夫人がぬるま湯でリリーの顔や手を覆う血を拭いているあいだ、今度はアンドレ・ジラルデがこの事件についてラモルスに質問した。

「事件そのものは」ラモルスは彼に言った。「いたって単純です、つまりこういうことです……。この若い娘は、その質素な服装と使い古された靴からおわかりのように、花々で飾られた邸宅でたくさんの優雅な人々をもてなす善良なマダムの常連の一人でも、その友人の一人でもありません」

「確かに……」

「この若い娘は、あなたもすぐにおわかりになるでしょうが、きわめて美しい。かなり貧しく、けれどとても誠実な家の普通のお針子です。針ひとつで、その仕事ひとつで彼女は、身体の不自由な姉と、身体が麻痺して死にそうな母を養っています」

「本当ですか?」

「彼女の家は貧困のどん底ですが、名誉は無傷のままです」

「おお! かわいそうな娘さんだ!」アンドレ・ジラルデは言った。「そういうことでしたら、ムッシュー、どうぞご了承ください。私はとても裕福で、この不幸を和らげることは私にとってよろこばしいことだと。私をお使いください、そうしていただければ感謝いたします」

「ありがとうございます、ムッシュー……。この若い娘は美しく、かつ高潔です。あなたのご想像の通り、彼女は賞賛されたり、言い寄られたり、情熱をかきたてないわけではありません。彼女が今日憎むべき罠の犠牲者となったのは、気を引くような言い寄りに対して決して応じなかったからなのです」

「本当にそうなのですか？」

「証拠ですか？　あとでリリーが――彼女はリリーと呼ばれているのですが――、目を覚ましたら彼女がそれを示してくれることでしょう」

「あなたはこの若い娘さんのご親戚の方ですか？」

「いいえ、ムッシュー。私は親戚でも友人でもありません。彼女には知られてさえいません」

「ではなぜ、彼女がリリーと呼ばれ、罠にかけられたとご存じなのですか？」

ラモルスはアンドレ・ジラルデのほうへぐっと身をかがめ、抑えた声で言った。

「とても丁寧に愛情深く彼女の世話をしている、魅力的で優しいマダムがレーグル出身であることを知っているように、そのことを知っているんですよ……」

「どういうことでしょうか！」

「このマダムは十時の列車で、パリのセバストポール大通りへ帰るはずだということです……」

「ムッシュー！」

「彼女はロラン夫人であるということです……」

仰天したアンドレ・ジラルデは不審に思いながら、こんなことを言う人物を見つめていた。

「それであなたはどなたなんです？　誰なんですか？　ここでどんな役割を担っておられるのですか？」

ラモルスはおだやかに答えた。

「ご安心ください、ムッシュー。誠実な人々の味方として、親切な心の持ち主たちの味方として、私はここにいるのです……あなたの味方として、この善良なマダムの味方として、この美しい若い娘の味方として、ここにいるのです」

そして彼は加えた。

「すべてを申しますと、私は、ポーラン・ブロケの分隊に属している者です」

「あの優れた刑事の！」

「ええ、ムッシュー。でも、もっと低い声で話しましょう」

「だから、ご友人たち、同僚の方たちとあなたは、この犯行がおこなわれたとき、隣りの別荘にいたのですか？」

「そうです。だからこそわれわれは、この娘を助けるために幸いにもタイミングよく到着したのです」

アンドレ・ジラルデはラモルスに手を差し出した。

「ムッシュー」彼は言った。「握手させてください、あなたを心から賞賛させてください。私があなたにさきほど申し上げたことを、いま重ねて思い出していただきたいのです……あなたが関心を寄せておられるこの娘と、その不幸な家族を助けるための方法を教えていただければ幸いです」

すると、リリーは意識を取り戻した……。

ロラン夫人は彼女の手や顔を覆う血を拭きとると、その出どころの傷を探した。傷は見つからなかった。こうした検査に優れ、手伝いを申し出たラモルスの助けを借りて、ロラン夫人は若い娘がまったく怪我をしていないことを得た。それはみんなにとって大いなる安堵だった。

ほどなくしてリリーは目を開いた……怯え上がって、取り囲む人々を見た。

「落ち着いてください、リリーさん」ラモルスが言った。「あなたは安全なところにいます。ある友人たちの家です。あなたが怪我なく助けだされたのを見てよろこぶ親切な人々、優しい心を持った人々にあなたは囲まれているのですよ」

　リリーは安心し、この親切な口調で話す人物と、自分を囲む人々を順々に見た。これら裏のない顔、優しい目、微笑みによって、彼女はいま自分が聞いた言葉のひとつひとつが本当のことを言っているのだと確信した。そこで彼女もまた、可愛らしい笑顔で微笑んだ。

「ありがとうございます、マダム」彼女は言った。「ありがとうございます、みなさん……でもなぜ私はここに？」

　手短かにロラン夫人は彼女に説明した。ロラン夫人は彼女の手を優しく握って、撫でてやった。彼女にとってこの目覚めが少しでも楽になるよう、リリーを気絶させた恐怖を遠ざけようとしたのだ。

「医者はもう必要ありません」アンドレ・ジラルデは召使いたちに伝えていた。

　彼はみなに引きとってもらい、野次馬や誰であれ出入りを禁じた。

　そして彼はリリーに言葉をかけた。

「マドモワゼール」彼は言った。「マダムと私が食事していると、あなたはわれわれに会いに来るという、いまとなってはうれしい僥倖をもたらしてくれました」

「ムッシュー……申し訳ありません……お許しください……わざとじゃないのです……」

「そういうことならあなたも、あなたを救ったお方も……」

　この言葉に、リリーはラモルスのほうをふり向いた。

「ああ！　そうです、ムッシュー……私はあなたがどなたかわかっています……そうです……おお！　ありがとうございます。十字窓から入ってきたのはあなたです、手斧を持ったご友人とともに。あの卑劣な男から私を引き離し解放してくれたのはあなたです！　おお！　ありがとうございます。本当にありがとうございます」

彼女がラモルスに手を差し出すと、彼は誠意を込めて握った。元ピエロの、あの人のいいシモンと同様、彼はこの若い娘に愛情を抱いた。彼女がつましい生活のなかでけなげで、誠実で、清純であるのと同じくらい、危機のなかでは勇敢であると彼は知ったのだ。それはこの女性の稀有な性質、貴重な性格だった。

ところで、ポーラン・ブロケの教えでは、誠実な心の持ち主を認め、評価するよう教えられていた。リリーは純朴で、感じがよく、魅力的だった。はじめは彼女をよく知らないままに、単に職務としてラモルスは、悪党のリボルバーの銃撃に立ち向かった。彼女を間近に見て、実際の彼女を知ったいま、彼は彼女の笑顔のために犯罪者グループに立ち向かい、炎のなかを突き進む覚悟をしたのだった！　ああ！　これで、この若い娘のブロンド髪一本にただ触れることでさえ危険になるのだ。今後、ラモルス、シモン、そしてポーラン・ブロケの分隊が彼女を守ることになったのだ。

そこへ、アンドレ・ジラルデが微笑みながらふたたび話しだした。

「マドモワゼール、あなたがここに着いたとき、マダムと私は夕食をはじめるところだったとお伝えしましたね。あなたは、はからずもここへ来られたわけですが、いまとなってはご自分の意志で残っていただきたく私は願っています……」

それでも、すっかり回復したリレットは立ち上がった。

「ここに残るですって！　おお！　ムッシュー」彼女は言った。「本当に感謝いたします、そのような提案を私にしてくださって。でも、私はあなたの親切なご提案を受け入れることはできません。帰らなければなりませんので……私は自分がどこにいるのかわかっていません。いきなり自動車で連れてこられ、どこをどう通ってきたのかわからないのです」

「あなたはヴィル＝ダヴレーにいるのですよ」

「ヴィル＝ダヴレー！　とても遠い！　それに、そろそろ工房から帰る時間です……私は家に帰らなければなりません、姉と母が心配するでしょう。あなた方のおかげで危険はもうなくなりました。あとは家の者が心配しなければ安心なのですが」

「安心してください、マドモワゼール。あなたはすぐにご自宅に送って行ってもらえますよ。あなたを危険から救ったお方が、あなたのご家族が心配しないようにしてくれるでしょう。車が数分で工房から帰るいつもの時間にあなたをご自宅へ送り届けますから」

「おお！　ムッシュー、なんてお礼を言っていいか！……なんというご迷惑をかけているのでしょう！……」

「いえいえ……まったくですよ……お許しいただければ、食事を続けたいのですが」

「どうぞどうぞ！」

「いや、あなたは私のお客さんです、どうぞマダムの横に座って私をよろこばせてください。あなたを救ったお方も私の横にお座りになられます」

「でも、ムッシュー……本当に……」

「いえいえ！　あなたにも食事を出してもらいますよ。ベルを鳴らしておきました。ほら、あなたの食器一式です。

　いまやマダムが優しくあなたを守ってくださっています。私なんかより彼女のほうが、ひどく動揺したあとに元気づけ、すっかり回復させるために適切なことをよく知っておられるでしょうから。あなたは彼女の言うことをただ聞くだけでいいのですよ……彼女の助言にしたがうことは本当に簡単なことだとわかるでしょう」

　そういうわけでロラン夫人は、リリーの世話をした。ラモルスも、リリーのために用意された、いくつかのビスケットとスペインワインを与った。リリーはその美しい歯で少しずつ食べ、スペインワインを味わいながら、食事に招いてくれた人たちにあの小さなサロンで起こった出来事について話した。

「あなたは、この卑劣な男の名前をご存じないのですか？」アンドレ・ジラルデは尋ねた。

「いいえ、ムッシュー、工房では私たち全員が彼の名前を知っています……」

「なんという名前なんです？」

「ド・ラ・ゲリニエール伯爵です」

この名を聞いてロラン夫人は震えあがり、強い不安の動揺を抑えられなかった。だが、アンドレ・ジラルデはリリーのほうを見ていたから、ポーラン・ブロケの助手が見逃さなかったこの動揺に気づかなかった。

アンドレ・ジラルデは率直に言った。

「私はそんな貴族を知らないな。でも卑劣な男だと確信しています……ああ、私が、重度の障害者でなかったら、よろこんで私の考えていることを彼に言ってやるのに」

ラモルスはひとことも発しなかったが、頭を動かしてアンドレ・ジラルデの発言に同意を示した。

やがて、心配をかけずに自宅に到着するに、リリーがヴィル＝ダヴレーを出発する時間となった。

アンドレ・ジラルデは言った。

「マドモワゼール、往々にして天の意志の表れである偶然によって、私はよろこばしいことにあなたと知り合った。私は、われわれがこれっきりにはならないことを心から願っています。あなたはたった一人で生きている。いまや私はあなたががんばり屋で勇気ある人だとわかっていますが、この先なにか別の深刻な問題があなたに生じるかもしれない。すべてに備える必要があるのです。そのため私は大いによろこんであなたの保護者になりましょう、あなたがこの資格を光栄にも私に与えてくだされればですがね。不幸にも私は身体が不自由だ。そこで、パリにいる私のある友人へメッセージを書きましょう。彼は高潔で勇敢な心の持ち主です。あなたに寄り添ってくれることでしょう、私がそうしたようにね。私の言うことをご承知くださいい……あなたが心に不安を抱いたらすぐに、少しでも危機に陥ったらすぐに、彼に訴えてください、あなたが私にそうしたように。私はそれを望んでいるのです」

「はい、ムッシュー」

「私と同様に彼を誠実で献身的な友人、兄とみなしてください」

アンドレ・ジラルデは、ロラン夫人が彼の前でおさえていた下敷きを支えにし、いくつかの言葉を便箋にすばやくしたためた。それから住所を記し、その手紙をリリーに渡した。

「これを大切に持っておいてください、そしていざというときにそれを使うことを私に約束してください」

「約束します、ムッシュー。お礼を申し上げます……」

彼は名刺を渡しながら加えた。

「これが私の住所と名前です……。あなたがどんなふうに夜を過ごし、どんな具合かを明日、一本電話を私に入れてくれたら幸いです」

「約束いたします、ムッシュー。本当に私は、あなたの善意に恐縮しています。私がほんの少し前に知り合った貧乏なお針子でしかないのに、あなたはたくさんの共感と誠実さをもって私に接してくださっています、昔からの知り合いのように……」

「一分でじゅうぶんなんです」アンドレ・ジラルデは言った。「それにふさわしい人を評価し、好きになるにはね。むしろ長い歳月があっても、それにふさわしくなかったら、敬意を得ることはできません！　さあ、あなたはいまのいまから、私のなかに友人を、そう、こう言ってよければ、あなたを誠実に愛する兄を見つけたのですよ——私は自分のこんな状態のおかげであなたのような若く魅力的な娘さんにこんな打ち明けができるのです——」

リリットはロラン夫人に礼を伝えた。

ロラン夫人は愛情を込めて彼女を抱きしめ、工房に会いにいくこと、つきあいを続けることを約束した。

礼を言いながらリリーはアンドレ・ジラルデに手を差しのべ、微笑みながら待っているロラン夫人を見ると、彼女はそのピンク色の頰をとてもおくゆかしく差し出した。

こうして、彼女はラモルスとともに車で走り、クリシー並木通りに着いた。

ラモルスは彼女をクリシー広場で下ろし、数歩、彼女のあとを追い人混みに消えた。しかし、彼女がガヌロン小路に入り、醜い妖精（カラボス）こと背中の曲がったマリー、ますます虚弱する母がその帰りを待っている、あの悲しい住処、薄暗い家にたどり着くまで目を離さなかった。

部屋に入ると、さっそくリリレットは自分の小箱にアンドレ・ジラルデからもらった手紙を大切にしまった。彼女にとってとても大きな助けになるにちがいない手紙、忠実で高潔で勇敢な男性の、つまり兄のごとく支えを、彼女に見出させる手紙を。

そしてこの手紙には、住所とともに、この名が記されていた。

「ロベール・モントルイユ、弁護士」

㊲章　巨大な墓場

ヴィル＝ダヴレーでこれらの出来事が起こっていたとき、サークルのサロンでは、いろいろな飲み物、食前酒、ヴァン・カンブル男爵のためのヴィシー水が置かれたテーブルを囲んで、ヴァン・カンブル男爵、カールした美しい髭をたくわえ、ボタンホールに花をさし、見栄えのいい華麗な外見のもう一人の男爵、つまりデュポン男爵、それからグットラック銀行家、そしてド・ラ・ゲリニエール伯爵が集まり、静かに葉巻を吸っていたのだ！

　ヴァン・カンブル男爵は、そのときパリの道路工事によって引き起こされた面倒の数々を友人たちに話していた。ガス管の爆発のせいで自分の家を直し、ガヌロン小路の所有物件の補修を強いられたのだった。

「なんだって！」ド・ラ・ゲリニエール伯爵は叫んだ。「爆発の話はまだ続いていたんですか？　クリシー通り、アムステルダム通りからトリニテまで塞いだ……そもそもそれは悪い癖ですね。通りという通りを塞いで、工事するなんて。交通は妨害するし、工事はまだ相変わらず、ずっと続いている」

「それは変わらんでしょ」デュポン男爵は加えた。「アルファン〔Jean-Charles Adolphe Alphand, 1817-1891 ナポレオン三世統治期のパリ大改造に参加した土木技師〕が死んでしまったからにはね」

「ところで、死ぬといえば」グットラック銀行家が言った。「爆発のとき、地下には下水道清掃員たちがいたと、そしてこれらの不幸な人々のうち二人が爆死したと伝えられましたね」

「かわいそうな人たちだ！」ド・ラ・ゲリニエール伯爵は言った。

「地下から二つの死体が引き上げられたんです。モンセー通りのマンホールから。遺体を運んだのは、ブランシュ通りの消防署の隊員です……」

　そのとき召使いがグットラック銀行家に言付けにきた。

「ジェームズ・トゥイル氏からお電話がありました。今晩のことを許していただきたいと、待っていないでほしいとのことです。彼は工場で仕事中で、作業から離れられないようで……明朝、ご自宅にうかがうとのことです」

「よし！　結構！」銀行家は言った。

　召使いは下がった。それは非常に知的そうな若者で、きらきら輝き、茶目っ気のあるその目は、上向き加減の滑稽な鼻の上に乗っていて、口の形はかなり奇妙に変形し、顔はピエロのようだった。ここで考え込ませても無駄である。率直に言おう、それはポーラン・ブロケの助手の一人、シモンだったのだ。

彼が部屋を出ると、グットラック銀行家は友人たちに言った。

「あなた方に紹介しようと招待しておいたんですが、いま来られないと言ってきたこのジェームズ・トゥイルというのはアメリカ人でね、驚くべき男なんです」

「アメリカ人はみんなそうですよ！」伯爵は言った。

「この男は飛行機を発明したのですぞ」

「またですか！　彼もですか！」

「そうです！　彼の飛行機はまったく新しい、前代未聞の諸原理に基づいています……これまでつくられたものとは別物だ」

「結構！　結構！」ヴァン・カンブル男爵は言った。「それであなたは会社をつくろうとでもいうのですか、この飛行機開発のために？」

「その通り。それで私はあなた方に話したかったのですよ、この仕事のパートナーとしてね。お気に召しましょうか？」

「考えてみましょう、まずは飛行機を見てみないとね」

「もちろん。あなた方のお望みのときに……近いうちに……」

「結構……」

そして話題が移っていった。夕食の時間、それからリュセット・ミノワが例の拍手喝采を受ける風刺喜劇の時間がやってきた。友人たちはともに夕食をとり、葉巻を吸い終えると、それぞれ自分の好きな方面へと向かった。伯爵と見栄えのいいデュポン男爵は静かに談笑しながらリュテシア座までのぼって行った……。

というわけで、ヴィル゠ダヴレーでリリーが手当てを受けているあいだ、彼女のハサミの一撃でド・ラ・ゲリニエール伯爵から流れ出た血が彼女の手から拭い去られていたときに、ド・ラ・ゲリニエール伯爵はサークルのサロンで友人たちと一緒にいたのである！　彼らとド・ラ・ゲリニエール伯爵はあれやこれや……爆発のこと、ブランシュ通りの下水道で発見された死体のことを話し、空気よりも重いものによって生じる技術的問題点について議論していたのである［「空気よりも重いもの」とは写真家ナダール（Nadar, 1820-1910）の表現で、当時飛行機を意味した］。それから彼はコンサートへ行き、娯楽の夜を過ごそうとしていたのだ。

だが一方で、ヴィル゠ダヴレーのアンドレ・ジラルデ宅に隣接する家で、卑怯な罠を仕掛け、小さなサロンでリリーを襲ったのも、ド・ラ・ゲリニーエル伯爵だったのだ。

リリーが深い傷を負わせたのはド・ラ・ゲリニエール伯爵である。

若い娘を助けに駆けつけたラモルスとその仲間に対して発砲したのは、彼である。

黒いあご髭の男の手斧が額のど真ん中に命中したのは、彼である。

二度ひどく負傷して倒れたのは、彼である。

ところがそのとき彼は、このサークルのサロンに……ロワイヤル通りに、それからレピュブリック広場からマドレーヌに至る大通りにいて、最後に彼はリュテシア座でいい格好をしていたのだ。きどって微笑み、友人たちに何度も挨拶する彼が、そこでしっかりと目撃されたのだ。ちょうどベジャネ氏の金庫が荒らされた夜、ロベールとラウールがこの公証人の強盗犯のなかにド・ラ・ゲリニエール伯爵を認めたのに、その彼がリュテシア座にいてリュセット・ミノワにこんなふうに喝采を送っていたように！

さて、グットラック銀行家は下水道で発見された二つの死体について話していた。二つの死体は、ブランシュ通りの消防隊員によって地上に引き上げられた。

なるほど、クリシー広場から少し離れた地下で、二つの死体、つまり警視の死体と勇敢なクラフの死体が発見されたが、借り物の衣服を身につけ、泥で覆われていたためにしっかり特定することはできなかった。二つの遺体はすぐに都市救急車でラリボワジエール病院に搬送された。ところが搬送から一時間後、クラフは肩の傷を治療してもらい元のクラフに戻ると、もういつものカウンターのなかにいたのである。ビパールによる短刀のひと突きはクラフの巨大な肩甲骨をかすめただけだった。一方、警視といえば、午前中、郵便物に署名し、前夜の調書を確認していた。

二人を根絶するはずだった爆発は、言うなれば二人の救出をもたらしたのである。確かに彼らは崩れ落ちた土砂、石や資材が堆積した二つの山のあいだに閉じ込められた……すると、被害を調べにきた作業員たちはこれらの瓦礫の山に気づき、その崩れ落ちてまもない様子に自分たちが爆発現場にいると信じたのである。こうして、応急のため、ガス管の破損箇所を確認するのに崩れてまもない壁に立ち向かい、二人の男を発見したのである。彼らは超然とした様子でタバコを吸いながら、この墓のような奥まった場所から引き出されるのを待っていた。しばらく前に彼らは、作業員たちに自分たちが壁の反対側にいることを、すでに知らせていたのである。

作業を監視し、捜索を指揮するポーラン・ブロケの部下ガブリエルはすぐに報告を受け、きっと刑事長だろうと期待して駆けつけた。しかしご存じのように、彼はクラフと警視を見つけただけで、残念ながら二人からはポーラン・ブロケの消息のいかなる情報も得られなかった。

しかしながら、Z団が周辺に放ったにちがいないスパイたちに用心する必要があった。ガブリエルは、裏をかくために、まず崩れ落ちた土砂から二人の下水道清掃員の死体が引き出されたと信じ込ませようとした。それで担架を持ってきて、幸いにも深刻な傷を負わなかったクラフと警視をラリボワジエール病院に搬送したのだった。こうしてZ団は、自分たちのスパイからの報告に欺かれ、計画が成功し、ビパールによってラ・バルボティエールの地下通路に導かれた警察官たちが、自分たちの望み通りにあの世で刑事長と合流したと信じたのである。けれど、この巧妙で用心深く、効果的な策略は、ガブリエルとその部下たちに捜索中の人物ポーラン・ブロケの運命を明らかにするものではなかったのだ！

警察の捜索を指揮するガブリエルは、土木作業の技術的な指揮を市の作業員たちにまかせていた。彼は土木作業員の、下水道清掃員の、消防隊員のそれぞれのグループに、自分の班の人間を一人つけ、なにか発見があればすぐに知らせるよう命じた。さらに、ポーラン・ブロケの教えを守り警戒を怠らない彼は、この仕事に携わる道路管理課の主任たちに、誠実で、信頼でき、口の堅い者を使うよう頼んでいた。なるほどガブリエルには、市の道路管理課のなかにZ団の誰かが紛れ込むのを恐れるだけの理由があったのだ。

そういうわけで用心に用心を重ねて、彼は注意深く作業を見守った。彼はパリのこの地域の下水道や管や地下工事の図面を入手した。ただそれだけでは不十分だった。彼は古い図面や、かつてモンマルトルの丘の石膏採掘場を開発しようとした企業家の古い資料を調べに行ったのだ。これらの図面はいささか大雑把だったが、今日では打ち捨てられ、壁で塞がれ、埋め立てられるはずがそのままにされた採掘場の地形図を十分親切に示していたのだ。

ガブリエルはこの地形図の採掘場の位置を、現在の下水道の図面に書き写した。さらに青鉛筆で古い地下坑道の線を加えた。こうして彼は、新しい下水道に古い地下坑道の重なりを見出すことができた。一時的に、つまりフランス語で言えば永久に使用されるいくつかの古い地下坑道を特定することができたのだ。彼は古い地下坑道と現在の下水道の一致を明らかにし、道路局のマンホールが設けられている地点に印を付けた……とりわけ、これらのマンホールから地下に降りて、古い地下坑道に到達できる地点にである。ガブリエルはこれらのマンホールのひとつひとつに自分の部下からなる班を配置した。そしてよくあるやりかたで通行人をそこから遠ざけようと、それぞれの班は担当するマンホールを鉄柵で囲んだのである。この配慮はきわめて有効だったにちがいない。
ピガール広場近くの、ゲルマ袋小路の地下室からはじまる地下坑道は延々と続いていた。ビパールに伴われたクラフと警視が地下の散歩をかなり長く感じたことを思い出しておこう。ポーラン・ブロケ自身もZ団の集会に行ったとき、ガソリンランプに導かれ、いくつもの別れ道で合言葉を要求してくるZ団のメンバーにとめられ、地下坑道から地下坑道へと長いあいだ歩かねばならなかった。これらはブランシュ広場の下に広がり、クリシー通りまで伸びていたのである。

また地下鉄の建設は、この地下坑道に突きあたり、かなりの路線をそれに沿って進んだ。今日（こんにち）、さまざまに工事されてこの地下坑道は封鎖されている。これらは埋め塞がれ、市の業務に使われる正式の地下通路だけが使用されている。例の爆発と地下鉄路線の地盤沈下のせいでこの穴埋めと岩盤補強が必要になったが、地下坑道が一時的としながらも永久に埋められることを期待しよう。

さて、悪党たちの集会場であるあの大きな部屋は、ラ・バルボティエールと呼ばれていながら、ラ・バルボティエールそのものからは遠いところにあった。この大きな部屋は、クリシー大通りの角の修道院の庭の下に位置し、ヴァンティミル小広場の下にまで達していた。ちなみに修道院はかつて教会の地下礼拝堂としてまさにこの地下坑道の一部を使用し、亡くなった宗教者を安置していたようだ。今日（こんにち）ではもうそれらすべては存在しない。

そういうわけでポーラン・ブロケは、クリシー大通り近くの、市が道路管理のために保存し、使用している地下坑道のひとつに通じる穴に捨て落とされたのである。

ポーラン・ブロケは、六メートル、あるいは八メートル上から水に落ちた。彼は水面に叩きつけられ、四肢が砕かれ、気絶したかもしれない……。

Z団はそれを期待し、さらに、自分たちの手強い敵が絶対確実に死ぬよう、続く溺死にも期待したのである。彼らはこれまでの経験から、例の穴からは誰も生還できないことを知っていた。それは、刑を宣告された者にとって即死、つまり、もっとも優しく、もっとも苦しまない死か、さもなければ、より長く続き、耐えがたい苦しみの死だった。そして、死体は多かれ少なかれ長い時間をかけてセーヌ河へ流れ着くことになる。下水道の水が死体を少しずつ大河まで運んでいくのだ。

しかしながら、数日前からパリでは大量の雨が降り、下水道はあふれていた。ポーラン・ブロケが落ちた下水道はほとんどいっぱいだった。モンマルトル地区の通りという通りの排水溝のドロドロして黄色っぽく汚い、凍るほど冷たい水が流れ込んでいたのだ。おお！　実際に、刑を宣告された者をこの深い穴で待っていたのは、恐ろしい死だったにちがいない。しかし、まさにこの大量の水がポーラン・ブロケにとっては有利だったのだ。大量の水は、彼の転落を和らげた。彼は一時的にショックでぼうっとし、ぐらぐらしたが、少なくとも手足が折れていないことはわかった……それはこの時点で重要なポイントだった。

さらに凍るように冷たい水によって、致命的な気絶は避けられた。意識も力もなければ、ポーラン・ブロケは水のなかを漂い、そのまま溺れてしまうだろう。

さて、刑事はすぐさま立ち直り、落ち着きを取り戻した。

「殺されなかったぜ……死ななかった！」彼は思った。「順調だ！……どこも折れてないし……手ひどくやられたわけでもない……よし！　また死を切り抜けてやろう！……」

そして彼は、大いなる含みをもって加えた。

「オールライト！」

そして天井に向けてこぶしを突きあげ、彼は叫んだ。

「またな、ジゴマ！……」

第2部

ライオンとトラ

①章　生のほうへ

ポーラン・ブロケは悪党たちに死刑宣告されたあと投げ落とされた竪坑のなかで立ち上がると、自分の足許で開き、その頭上でふたたび閉じた揚蓋の天井に向かって、脅すようなこぶしを突きあげた……。

「またな、ジゴマ！」彼はそう叫んでいたのだ。

こんな状況で、こんな状態で、こんな墓場で、豪胆にもそんなふうに叫ぶことは、よほどの慢心か、もしくは完全なる無自覚をあからさまにすることだった。しかし、ポーラン・ブロケは少しも慢心していたわけでもなく、自分の置かれた状況をはっきりと認識していたのである。

敵の連中は死刑を宣告すると、その場で判決を実行した。判決が猶予なしにその完全な結果、容赦ない結末を得るためにである。死刑執行人たちは、犠牲者たちがその慄然とする運命から逃れられないことを経験的に知っていた。この小さな竪坑のなかでは、この下水道のなかでは、刑を宣告された者すべてにとって死は約束されたものだった。最期は、確実で恐ろしく、ぞっとさせるものであり、遅かれ早かれやってくるのだ。むしろ彼らは残忍の極みから、犠牲者がすぐに死んでしまうのを望まなかった。竪坑の底から自分らのところまで聞こえてくる絶望の叫びや助けを求める声を楽しんだのである。結局こうしたことは、なんらかの理由でジゴマを裏切ろうとしたり、彼の怒りに歯向かい、その裁きを受ける危険を犯そうとする人々にとって、いい教訓であり、優れた警告となった。

今回のポーラン・ブロケに関しては、叫び声もうめき声も唸り声も不気味な竪坑からいっさい上がってこなかった。Z団には、ポーラン・ブロケが立ち上がりながら発した挑戦と希望の叫び声さえも聞こえなかった。ゆえに、刑事は転落したときに即死したのだろうと思ったのである。

「残念だぜ!」あるメンバーは思った。「ゆっくりと慎重にヤツを泥水に下ろすべきだったな!」

そうして彼らは、恐れるほどに強い不可視の支配者の栄光、ジゴマの栄光を叫びながら、かつてないほどに祝福し合い、この勝利を祝ったのだ。

彼らが上でよろこび、上機嫌で安心し、次の実り多き所業になんの心配もなく乗り出せると話しているあいだ、その敵対者たるポーラン・ブロケは、竪坑のなかですでに復讐について考えていた。それは驚異的な活力、強い意志、意欲、勇気だった……彼が投げ落とされた竪坑からは、生きて脱出した者は誰もいなかったからだ。

ポーラン・ブロケは四方を壁で塞がれ、水に囲まれていた。外部からの救助はいっさい期待できなかった。部下たちが駆けつけるにしても、自分を死の手から救い出せるほどに早急にはたどり着けないだろう。奇跡がなければ、この身の毛もよだつ運命から逃れられないのだ。ところでポーラン・ブロケは無神論者ではなかったが、奇跡というものをほとんど信じていなかった。だが反対に、彼は正義を堅く信じていた。そして彼はここでもやはり法を体現していた。上には、成功を維持し続けられるかわからないのに思い上がって勝利を宣言する犯罪があった……。

正義が下に、犯罪が上にあったのだ。

「まさかな」彼は思った。「こんな異常な状況が長く続くわけないぜ！　バランスは修正されるにきまってる……正義の乗った天秤はいまは下がっているが、かならずや上がるにちがいない。いま犯罪が大っぴらに狂喜する天秤は永遠に深淵のなかに沈まねばならないんだ！」

　ポーラン・ブロケはそう信じていた。ところで、信じる気持ちが山をも動かすのであれば、まさにこの信じる気持ちが、彼とほかの人々とを隔てる、つまり彼と生きている者たちとを引き離すこの数メートルの地面を克服する手段を与えるのである。こうして、奇跡を少しもあてにしない彼は、奇跡と呼ばれることを自分自身で実現しようとただちに企てたのだ！

　まずポーラン・ブロケは立ち上がると、できるだけ高く両足で立った。水はベルトの高さほどに達していた。ただ彼は転落したとき全身を濡らしていたから、肩のほうが寒かった。

「よし！」彼は言った。「たいしたことないな。準備にかかろう……」

　まず彼は脇のポケットに手を入れて、水の通さない、しっかりと閉まった銀製の葉巻ケースと、同じく防水の銀製のマッチ箱を取り出し、口にくわえた。このような事態を想定し、水に転落したあとにも葉巻が吸えるよう、彼はこうした代物をつくらせておいたのだ。

「死ぬんだったら」彼は思った。「おだやかに死のう……最後の葉巻が臨終を安らかにしてくれますように」

　彼は真っ暗闇にいた。凍てつくような冷たい水でいっぱいの地下坑道の真っ暗闇は恐ろしく、すさまじい責め苦をさらに恐ろしくしたのだ。

　それでもポーラン・ブロケは、とても暗く寒いことは確かに認めていたが、この時がそれほど危機的だとは思わず、絶望的だともまったく考えていなかった。彼は生きるよろこびを、もっとも素朴で、もっとも単純で、かつ最高のよろこびをもう一度味わうこと……つまり上等の葉巻を味わうことを考えていたのだ！

　銀製の葉巻ケースとマッチ箱を口にくわえながら、彼はもうひとつのポケットを探った。

「まずは、はっきりと見えなければな……」彼は言った。「灯りがあればいいが！」

こうして、水に浸かっていたほうのポケットのなかに、彼は灯りをつけるのに必要なものを探そうとした。同時に彼はアーチ状の天井に目を向けた。上からも、転落した穴からも、わずかな光も漏れていないことを暗さに慣れた目で確認した。そして彼の耳に聞こえたのは、絶えまない水の滴る音と、わずかな小さく鋭い鳴き声だけで、これはつまりこの穴のなかで彼が唯一の生き物ではないことを教えてくれた。

「ネズミか！……よし！　餓死することはないな……」

上からのわずかな灯りもなく、声も聞こえない状態から、ポーラン・ブロケはこんなふうに理解した。自分が転落したあと、竪坑を閉め、演壇を元に戻した悪党たちは、自分がすでに死んだと思い込み、もう自分のことを考えていないだろうと。

そこで、監視されていないと確信した彼は水に濡れたポケットから取り出したあるモノを絞ると、彼が望んでいたように、灯りがついた。この灯りは小さな懐中電灯で、幸いにも転落したときに壊れてはいなかったのである。ようやく彼はそこで見えるようになった……はっきり見えるようになると危険というものは小さくなるようである。

まずポーラン・ブロケは、自分のまわりの状況を見るより先に、彼は小さな懐中電灯の光を用いて葉巻ケースを観察した。

「ブラヴォー」彼は言った。「水が入り込む時間はなかったな！」

そして彼は一本選ぶと、それを歯で噛み切り、唇にくわえた。次にマッチの入った銀製の箱を開けた。しっかりと閉まったこの箱にもまた、水が浸入していないことは確実だった。

なるほど、マッチは損傷していなかった。

「葉巻よし！　マッチも乾いてる！」彼は思った。「完璧だ。でもここからだぜ、面倒なのは……」

どうやってマッチをつける？

確かにむずかしい！　むずかしいというより、ほとんど不可能だ。いい葉巻とマッチを持っていることは、たいしたことだ。だがマッチをつけることがこの冒険のうちでもっとも重要なポイントである。

ほかのこと以上に、マッチを製造・管理するフランス政府は、マッチに例の〈一時的な〉性質を与えたようだ。つまりフランス政府は、製造者がマッチを手で扱い箱詰めできるよう、マッチを〈一時的に〉不燃性にしてしまったのだ……かくして、この〈一時的な〉性質は使用者にとってつきまとうことになる。なぜならマッチは決してつかないからだ！

地上で側薬を使い、乾燥し、風のないときでもマッチがなかなかつかないのなら、いわんや濡れた側薬で、まさに水のなかで、ジメジメした地下坑道で、なにができようか？　こんなふうにして、ポーラン・ブロケは少なからず不安になった。彼にはこんな問題がもたらされたのだ。つまり、マッチを擦る乾いたものがなく、マッチを持つ指は水に濡れ、どのようにして葉巻に火をつけるのか？　それは諦めるべきなのだ！

しかし、ポーラン・ブロケは困難がどれほど大きく見えようとも、それを前に途方にくれる人間ではないことをわれわれは知っている。

彼はびしょ濡れで、まわりは湿気でいっぱいで、水が滲み出ていた。

「それでも俺は、水のなかでマッチをつけなければならないんだ」彼は思った。

彼は地下坑道の岩肌を見た。ああ！　救いの側薬となる乾いた石を発見することは望めなかった。彼にはそれが不可能だとわかっていた。思いがけず理想の側薬を発見したとしても、濡れた指でマッチをつかみ、その頭を押さえつけねばならないからだ。ここでは、水に濡れた指のなにげない動きが非常に危険だったのだ……。

「おやおや」彼は思った。「光の都たるパリの土壌から、火の粉のひとつもおこせないなんて驚きだぜ！」

かつての石膏採掘場の内壁は火打ち石や燧石の破片を含んでいた。するとポーラン・ブロケは懐中電灯を使って適当と思われる破片を探しだした。彼はナイフでその表面を削り剝がし、余計なものを払い、それ以上濡らさぬよう慎重に慎重を重ねてなるだけ触れずに乾かした。そうして彼はその上にしっかりとマッチを置いた。さらにナイフの背を火打金として使い、彼は火打ち石にぶつけた。

閃光がひとつ……もうひとつときらめいた……。

何度か失敗したあとうまくいき、情深い火の粉がマッチのリンのほうへと向かい熱すると、おお、見事に、燃え上がった！　ジュッと音がして炎があがった。こうして葉巻には心地よさげに火がついた。

「よし」ポーラン・ブロケは言った。「さて、行くか」

用心して彼は葉巻ケースとマッチ箱を襟首のなかに入れ、できる限り水に浸からないようにした。

それから懐中電灯のほのかな光を使い、閉じ込められている場所を観察した。予想したように、それは地下坑道、管だった。

ポーラン・ブロケは、お守りとして時計の鎖につけていた飾りのなかに、小さな方位磁石を持っていた。この方位磁石を見て、坑道の状況を把握し、船乗りが海上でするように方位を測定した。パリを熟知している彼は、すぐに地下坑道の方向や、そのおおよその位置を把握した。水に沿ってゆけば——もっともそれが彼のできる唯一のことだったが——、クリシー広場から放射する通りのひとつにたどり着くはずだ。

「大丈夫だ！」彼は言った。「起こりうる最悪なことは、俺が通れなくなるほど管が狭くなることだ」

しかし、彼はそんなことはありえないと思った。彼が通っている管は幅の広い通路からはじまっていた。つまりこれらの通路は、道路管理課によって、職員、下水道清掃員、電気技師、ガス技師、要するに地下で作業する労働者のための作業通路だった。

ところで彼は、マンホールがこれらの地下通路に通じていることを知っていた。彼は思った。

「そのマンホールのひとつにたどり着こう」

そして彼は電源を節約するため懐中電灯を消し、葉巻の灯(あか)りだけで、穴に落ちないよう注意しながら慎重に水のなかを進み、一歩一歩くだって行った。こうして彼はだいぶ長い距離を歩いた。そして入念にも彼は自分の歩みを数えていた。一歩を一メートルと見積れば、クリシー通りか、アムステルダム通りあたりに到達したはずだ。

すると、水がさっきよりもずっと弱く、遅く流れているようになった。

「行きどまりか、どんづまりか、きつい曲がりか……急な角があるな……」彼は思った。

ポーラン・ブロケはそれを確かめようと、懐中電灯をつけた。その通りだった。自分の前に仕切り壁があり、地下坑道を塞いでいたのだ。水は下の狭い隙間を通り、市が設けた下水道のひとつに流れ込んでいるのだろう。

それは、ポーラン・ブロケが恐れていた危険だった。

水に潜ってこの下水道の向こうへすり抜けるという、バカを犯すつもりはなかったからだ。それは進んで確実に溺れ死ぬことだった。

「ちくしょう！　ちくしょうめが！」刑事は言った。「面倒なことになったぜ！」

そのとき水がどっと増え、さきほどよりはるかに速く迫り上がってきた。彼は上流へ戻ることにした。ここにいては、下の隙間に流れ込む以上に水が流れてくるがゆえ、必然的にアーチ状の天井にまで到達し……まもなく溺れ死ぬだろう。すでに水は胸のあたりまできていた。ゆえにいまや彼は苦労しながら上流へとのぼった。それでも水はさらに彼を襲ったのである。

それが、ものすごい雷雨がパリを襲った直後で、通りという通りがまるで川のようになっていた時だったことを思い出しておこう。その水のすべてが下水溝に流れ込んだのだ。すぐにこの地下坑道は水でいっぱいになるにちがいない。

ポーラン・ブロケは危険を察知し、自分が突き落とされた穴まで泳いで戻り、水没しない場所でもちこたえなければならないと思った。そこでなら、増水が終わるまでやりすごせるだろう。そしてふたたび下流に降りて地下坑道の端から脱出できるかどうかチャンスをうかがうのだ。

それから彼は、この恐るべき闇の唯一の灯(あか)りである葉巻の火が消えることも心配していた。さきほどの方法を使ってもう一本葉巻に火をつけることは不可能だったからだ。ゆえにこの葉巻がなくなれば、水を、汚く凍りつくような水を照らし出すこの赤く小さな光がなくなれば、一巻の終わりだと彼は思った。葉巻の火が輝く限りは、彼はひとつの星を追っているようだった。

だが、自然の力というものは、優れた才能にめぐまれた人間の意志に勝るときもある。愚かしいほどに無機的な物質はよく鍛えられた精神を凌駕するのだ！　突然、水が見るまにどんどんと上がり、ポーラン・ブロケは水に襲われてふんばることができなかった。彼は泳がねばならなかった。

はじめ彼は、貴重な葉巻を守ろうと背泳ぎをした。すると葉巻は地下坑道の天井を弱い光で照らし出した。彼はそこから数センチと離れていなかった。ポーラン・ブロケは全身全霊で水の速度に打ち勝ち、天井から数センチのところに身体を維持し、あの竪坑のほうへ、少しでも息のできる、あのわずかなスペースへたどり着こうとした。

だが、葉巻がジュッと音を立てた。水が触れたのだ……こうして葉巻は消えた。

同時にポーラン・ブロケは天井に顔をぶつけた。あと数秒でポーラン・ブロケは溺れてしまうだろう！　天井に押しつけられ、泳ぐことができないのだ……そこへ、突然地崩れが起こった。壁が決壊し、水は刑事をさらいながら、滝のように流れ出した。

クラフと警視を殺そうとしたZ団による採掘場の爆発が、その結果をもたらしたのだ。この地下坑道の壁のひとつが崩壊し、大量の水の通り道が生じたのだった。そこから流れ出した水はアムステルダム通りへと通じる地下道のひとつに浸入し、歩道という歩道や車道に洪水を引き起こした。この界隈は当然、大騒ぎになった。

諦観におそわれたポーラン・ブロケは身をゆだねた。もっともこの出来事を前にしてはなにもできなかった。

ふと水がなくなると、彼は別の地下道にいた。乾いてはいないが、地面の上にいて、上方には、息をするための、ふたたび生きるための、戦いを続けるための、十分な空間があった。疲労し、いくばくかの傷を負った彼は、水のなかに、泥のなかに座り込んだ。天井がとても低かったので立つことはままならなかったが、懐中電灯をつけて彼は方位磁石を見た。

「思った通りだぜ！」彼は大きな声で言った。「道は正しいな！　行こう、がんばれ！……」

今度は四つんばいで彼は進んだ。

自分の近くに鉄製のパイプやケーブルがあるのに気づいた。どうやら市の道路局が整備した地下通路にいるようだ。ところで、これらの地下通路には、作業上の必要性から竪坑が設けられ、鉄蓋で閉じられている。これがパリの歩道に散在するマンホールだ。

これらのマンホールのひとつにたどり着くこと、それがポーラン・ブロケにとっての救いだった。

「マンホールだ、マンホールだ！」彼は自分に言い聞かせた。「そのひとつを見つけるんだ！」

彼は自分が助かることをもはや疑っていなかった。

こうして、苦労して長い時間を歩いたあと、彼はようやく竪坑のひとつにたどり着いた。ひどく疲れてはいたが、下水道清掃員がはしごとして使う何本もの鉄のバーを見ると、勇気と活力と体力のすべてを取り戻した。

彼はこの鉄のはしごにしがみつき、なんとか立ち上がった。だが、この数段のはしごをのぼる力は残ってなかった。しかし彼は不安を感じなかった。救いはそこにあったのだ！　マンホールの小さな穴から、光が見えた……彼のための日の光、自由、生！　彼にとって夜明けがこんなにも輝いて見えたことはなかっただろう！

彼は竪坑の壁に背中でもたれかかり、マンホールのほうを見上げながら休息し、わずかばかりの力を回復し、それからほどなくしてもう一度のぼろうとした。今度はうまくいった。自分と、生者たちを隔てる鉄の板に手が届いたのだ。

ここで、彼は板を持ち上げようとはしなかった。それが不可能なことだと前々からよく知っていたのだ。それをながめ、触り、言うなればそっと撫でただけだった。彼にとって、もはやそれは墓の石蓋ではなく、生への扉だったのだ！　彼には足音が聞こえていたからだ！　声が聞こえていた！　馬車が走る音、馬の蹄の響きが聞きとれたのだ。彼は励まされた。もうすぐ自分が発見される。そして彼は、自分の存在を知らせ、自分がここにいることをわからせるための手段を探したのだ！

叫ぶこと、呼びかけること……無駄な骨折りだ……通りの騒音のなかでは聞こえないだろう。

地下に、この鉄蓋の下に人がいることを通行人たちの目に示さなければならない。鉄蓋はかなり厚かった。ポーラン・ブロケは、その厚い鉄蓋を通り抜け、歩道の上に十分飛び出し人目を引くなにかを探す必要があった。そこで彼ははしごを降り、腰を下ろした。ああ！　杖が、棒があれば、合図なんてすぐできるのに！　だが、そんなものはない、それに代わるものを見つけよう。

ポーラン・ブロケはポケットを探った。万年筆、鉛筆、紙、ナイフ、そして葉巻を持っていた……これらいずれもが、鉄蓋を揚げる労働者がテコを差し入れるマンホールに穿たれた穴を通ることは確実だった。しかしこれらいずれもが、穴の外に大きく出るほど長くはなかった。ゆえにポーラン・ブロケは、ひとつで十分じゃなかったら、二つ……可能ならば三つにしようと思った！

これが彼が組み合わせたものだ。

彼はナイフを開き、鉛筆をナイフの先に固定した。それから彼はメモ帳から一枚ちぎり、それを旗のように葉巻のまわりにつけた。そしてこの葉巻のなかに、彼は鉛筆を差し込んだ……。こうして彼は見事な目印を手に入れたのだった。

それから彼ははしごをもう一度のぼった。そして、興奮を抑えつつ、この紙の切れっ端に、この葉巻に委ねた希望が不注意な足蹴りによってバカらしくも台無しになるんじゃないかと不安になりながらも、彼は目印をマンホールの隙間にすべり込ませたのだ！


ポーラン・ブロケの部下ガブリエルが、クリシー通りとアムステルダム通りのすべてのマンホールの前に、配下の男たちを配置したことをわれわれは知っている。ゆえに刑事長の目印が気づかれないことはありえなかった。そして実際すぐに気づかれたのである。

さっそくマンホールの前に立っていた男が身をかがめ、呼びかけた。

「誰だ、そこにいるのは？」

ポーラン・ブロケは質問に応えなかった。反対に彼は用心深く問いかけた。

「話してるのは誰だ？」

男は名前を告げた……。

「よし！」そこで刑事は言った。「ガブリエルを知っているか？」

「ガブリエル、ラモルス、そしてシモン……知っております、刑事長！　がんばってください、ちょっとお待ちください、すぐにとりかかります！」

男はいまやポーラン・ブロケの声だと認めていた。大急ぎで彼は、与えられた指示通りに仲間の一人をガブリエルのもとへ行かせ、それからマンホールを開けた。

ポーラン・ブロケが彼の前に現れた。

「あなた！　刑事長、あなたなんですね！　お怪我は？」

「ないよ……」

しかし、なんたるありさま！　誰もポーラン・ブロケだと見分けることはできないだろう。彼の顔は泥に覆われ、髪はべったりと張り付き、黒っぽい泥がへばりついていた。破れた衣服は顔よりも醜く、汚れていた。

だがポーラン・ブロケはそのまま竪坑から離れなかった。

「下水道清掃員の作業着をくれ」彼は言った。「こっちに投げるんだ……目立たないようにしないとな」

見張り番は、下水道に降りるのに備えてあった革製の服を渡した。ポーラン・ブロケがこのおかしな服をすばやく着て、見張り番の助けを借りてマンホールから出たそのとき、ガブリエルが、同じように下水道清掃員の服をまとったシモンとラモルスとともに駆けつけた。死んだと思った刑事長と再会するよろこびは大きかった。彼らはうれしくて泣いていた。だが、湧き出るよろこびに身をゆだね、感傷的になっている時でも場所でもなかった。ポーラン・ブロケは部下の腕にもたれかかった。そして、マンホールが閉められるのをあとに、彼は部下たちとゆっくりその場を離れた。仕事が終わって、作業班が現場から引き上げるかのように。それから彼ら三人は、ブランシュ通りの居酒屋に入った。その直後、一台の車が入口の前に停まり、別の三人の男を拾った。彼らは下水道清掃員の姿をまったく想起させなかった。そして、車はヌイイのほうへと走り去った。

ポーラン・ブロケは、周知のアパルトマン、つまりトリュデーヌ大通りの自宅ではなく、おおやけにはされていない別宅で少し休むつもりだった。こんなふうにしか言えないのだが、彼はヌイイのある通りにある一種の小さな邸宅を使っていた。そこは職業上の必要性とその芸術的趣味に応じて改修されていた。彼は喧騒や活気から遠く逃れるために、またときとして、骨の折れる捜査のあと数日間の休息を楽しむためにそこへ来ていたのだ。この小さな館は、大きな木々で詮索好きの目から守られ、かなり広い四角い庭園の真ん中にあった。かつての公園の跡地で、現在では分譲されて、いくぶんキザな造りの館が散在している。さらにここは、荒々しい握りこぶし、研ぎ澄まされた耳、鋭い目を備えた、引退した元警察官である屈強で逞しい二人の男がどう猛な番人として邸宅を監視し、護っていた。

ポーラン・ブロケはそこへ連れていってもらったのである。

彼はまずシャワー室へ向かった。よく体を洗い、それから食べるものを出してもらった。空腹で死にそうだったのだ。元通りになり、しっかり回復すると、彼は葉巻を吸ってコーヒーを飲みながら、部下たちにZ団の巣窟、ジゴマの王国への侵入の話を聞かせた。

それから彼は加えた。

「いまやアイツらは俺が死んだと思ってるんだ……殺され……溺れたとな……それはいいことだ。とりあえずのところ、殺され、溺れ、死んだってことにしておこうぜ……俺たちの仕事を簡単にしてくれるからな」

そういうわけで、トリュデーヌ大通りの家でポーラン・ブロケが見かけられることはなかった。しかし彼は、これまで以上に自分に突きつけられたこの重要な問題を解決しようとしていたのだ。

「このド・ラ・ゲリニエール伯爵とはいったい誰なのか？」

そのあとポーラン・ブロケは、この紳士の家の近辺でガブリエルと一緒にいると、伯爵の車が車庫からからっぽのまま出てきて、家の前で主人（あるじ）を待つことなく、パリの中心部へと向かうのを目撃したのだ。

ポーラン・ブロケは、車が主人を迎えに行くその行き先を知りたかった。

「確かめにいくぞ」彼は部下に言った。

彼らはすぐ近くに停めておいた自分たちの車に飛び乗り、伯爵の車を追跡した。伯爵の車は平和通りの有名な高級婦人服デザイナー、パーキンズの店の前で停まった。店はいくつもの試着用ルームとともに通りの大部分を占めていた。

その直後ポーランン・ブロケとガブリエルは、驚いたことにリリーが店から出て車に乗り込むのを見たのである。二人は若い娘が罠にはめられたと直感した。自動車がブーローニュの森を抜けてヴィル＝ダヴレーに着いたとき、彼らはもはや疑わなかった。

ポーラン・ブロケの運転手がド・ラ・ゲリニエール伯爵の車を見失わなかったことは言うまでもない。運転手は、道中一度だけ、つまりアンドレ・ジラルデ邸の前でラモルスを拾うために停まったにすぎない。

もっともド・ラ・ゲリニエール伯爵の車が入った邸宅が、アンドレ・ジラルデ邸にほとんど接触して隣り合っていることをわれわれは知っている。だが邸宅の道側は高い壁と鉄格子の門で守られていた。特定されないよう黒い口髭を付けたポーラン・ブロケと、同じように顔に変装を施した部下たちは、いまリリーが導き入れられたこの邸宅に侵入する方法をあたった。彼らは私有地をひとまわりし、目撃されずに庭に侵入しようとだいぶ離れた壁に飛びついた。ガブリエルはその壁に残り見張りをした。

これらには少し時間がかかった。

ポーラン・ブロケは手斧で武装していた。こんな場合に備えて車に置いておいたのだ。ラモルスはリボルバーを持っていた。彼らは運よくいいタイミングで着いてリリーを助けたのだった。リリーは見事に身を守っていたにもかかわらず、誰かがド・ラ・ゲリニエール伯爵の加勢にきたがゆえ、力尽きる寸前だった。

リリーのハサミで首に重傷を負い、ポーラン・ブロケの手斧が命中して伯爵が血まみれで倒れたことをわれわれは知っている……。

彼は共犯者たちによって巧みに運び去られた。ポーラン・ブロケは彼を捕らえることはできなかったが、ド・ラ・ゲリニエール伯爵がかなり傷つき、しっかりとその跡をとどめていることをわかっていた。

しかしながら、ここヴィル゠ダヴレーでこれらの深刻な出来事が起こったのとほとんど時を同じくして、ド・ラ・ゲリニエール伯爵は元気に笑顔で格好いい男のままで、あいかわらず見栄えのいいデュポン男爵、グットラック銀行家、ヴァン・カンブル男爵をしたがえてサークルのサロンにいて、これらの友人たちと飛行機の問題について、アメリカ人ジェームズ・トゥイル氏について話していたのである……。

②章　母の苦悩

ロベールは毎晩ガヌロン小路にやってきた。患者のメナルディエ夫人は、彼が看病してからというもの、かなり具合がよくなったようだ。

「ああ！　先生」ある晩のこと彼女は、肌が透き通り、おぞましいほどにやせ細った手を差し伸べながら言った。「あなたは私たちの貧しい家に幸せというものを導いてくれました」

「どういうことでしょうか、マダム？」

「まずあなたは、その科学と献身とで奇跡的に私を生きながらえさせました。それから、リレットが、愛するリリーが、働く店の顧客と親しくなりました。この顧客のご主人もしくは親御さんは、弁護士であるあなたのご兄弟と仕事上のつきあいがあると私は思っているのです」

「幸せですね、確かに……」

「このご夫人は素晴らしい心をお持ちで、わざわざこの建物までおいでになり、私たちのみすぼらしい住処にまで上がってきてくれたのです。私がおぼえている限りでは、彼女はロラン夫人とおっしゃいます」

「ロラン夫人！」ロベールはビクッとした。

ロランという名がド・ラ・ゲリニエール伯爵の名とともに、殺人未遂があった日に父を最後に訪ねた人々のなかに挙げられたことを、彼は知っていた。そのロラン夫人がロベール・モントルイユその人が看病するメナルディエ夫人の家に来たのはなぜか？　どんな目的でリリーの友人になったのか？　これにはなにが隠されているのか？　ロベールはこの状況についてポーラン・ブロケに相談しようと思った。かなり妙なことだと思ったのだ。

自分の言葉が先生の心に当惑を引き起こしたとはまったく気づかないメナルディエ夫人は、続けた。

「自分と少しお話ししてくださる愛想のいいご夫人とまたお会いできて、とても満足でした。ずっと昔の、幸せだった時間に私を立ち返らせてくれました。私に少しばかり昔を蘇らせ、あの時代に連れ戻してくれたのですよ。あなたが慈善から看病してくれるこの哀れな病人が……」

「そうじゃありませんよ、マダム！　好意から、と言ってください。私があなたのそばにいることを認められて日が浅いがゆえ、愛情という言葉がおおげさに感じられるのであれば」

「あなたはいいお方です、先生……。では、愛情から、と言いましょう」

「それが正しいんです」

「……こんな粗末なベッドに横になるあなたの哀れな病人が、人々の羨む美しく幸せな社交界の女性だった時代に連れ戻されたのです……私はとても裕福だったのですよ、先生。私を愛し、私が愛する立派で知的で優れた夫が私にはいたのです。私は二人の子ども、二人の娘の母親でした。そのうちの一人は不幸にも私の唯一の苦悩と苦労をもたらした。彼女は幸せな生活と引き換えに、悲劇的な運命が要求する大きな代償を支払ったのです……」

ロベールは、弱々しい、ほとんど聞きとれない声でゆっくりとやっとの思いで話す病人に、とても注意深く耳を傾けていた。

「不幸にも」メナルディエ夫人は続けた。「奇形で生まれてきたかわいそうなマリーの代償だけでは足りず、私の幸せはそれだけでは埋め合わされませんでした。ある日、厄災に見舞われたのです……夫の遺体が運ばれてきました。親友の家で自殺したのです。むしろ夫は、私たちの財産を委ねていたこの友人に殺された、この悪人が財産を盗んだという噂ですが、私もそう思っています……」

メナルディエ夫人は手をあげて大きな声で言った。

「ああ！　この男が呪われればいいのに！」

それから落ち着きを取り戻すと、メナルディエ夫人は言った。

「おお！　ごめんなさい、先生。つらい数々の思い出と、こんな復讐の渇望のためにあなたの前で取り乱してしまいました。

おお！　復讐……もう私はそのためには天の裁きにしか期待できないのです。だって私は……不幸にも！……私は！……」

彼女は痩せて蒼白で哀れな顔を振った。シワだらけの肌の下に骨格が見えた……そして、老化と苦悩によるシワのあいだから浮かび上がる微笑みと、いまにも消えそうだがときどき光る目の輝きが、このみじめな身体がまだ生きていることを、ミイラを前にしているわけではないことを教えてくれた。

「でも、こんな話はよしましょう」彼女は言った。「ロベール先生に、こんな悲しいことをお話しすべきではありません。私があなたにお見せしているいたましい光景によって、あなたが不快にならないだけで、もう十分ですから。

あの素晴らしいロラン夫人のおかげで、私が過ごせた幸せな時間についてだけ話しましょう。

私には、砂漠を行く旅人がオアシスを見つけたときの大きな歓喜が理解できます……。

もちろん、私は親切な人たちに囲まれています。あの素晴らしいフェルナンさん、その奥さんは、ありったけの思いやりを私に見せてくれます。彼らはその思いやりに優しさを込めてくれますが、だけど、彼らの励ましや慰めは少しばかり無邪気で、つらいものです。私はそれによって自分の没落の深度……自分の境遇の卑しさ……そして自分の不幸をよりいっそう感じるのです。

ああ！　私が財産を失ったとき、私たちの家に来ていた社交界の人々が失墜した未亡人の家への行き方をすぐに忘れてしまったとき……私が社交界の女性たち、親愛なる友人たちから冷たく見捨てられたとき……確かに私はとてもつらかった……でも私は自分をなぐさめました。それはごく普通のことだ、世の中はそういうものなのだと私は知っていましたから。押し寄せる人波のなかでのように、世間の荒波のなかでは、倒れてしまってはいけないのです。倒れた人々は無情にも踏みにじられ、情け容赦なく潰されますから……。

お金を失った人々は友人をも失うのです……」

ロベールは、自分の前ではじめてその心の恨みを爆発させたこの哀れな女性の話をさえぎろうともせず真剣に耳を傾けていた。

メナルディエ夫人は続けた。

「社交会の人々に見捨てられることに私はすぐに慣れました。これらの人々にあってはすべてが誇示であり、すべてが見せかけであること、笑顔という笑顔がうわべだけで、凝った七宝焼きの型にはまったようなものであること、誠実な言葉がひとつもないこと。差し伸べられた、繊細に手袋に包まれた手は獲得するため、あるいは拒絶するためのものであって、励ましたり、勇気づけたり、助けたりするためではないことを知りましたから。

もっとも私はこうして社交界で見捨てられるのを待っていたわけではありません……立ち去ったのは私のほうなんです……身を引いたのは、裏切られるのを待つことなく社交界と縁を切ったのは、哀れにも私のほうなんです。

でも、それから貧困とともに病気になると、下層の人々に同情を、私のように貧しい人々に憐憫の情を抱かせてしまったのです、ああ！　ねえ、私がどれほど苦しんだかあなたにわかっていただければいいのですが！　そのときです、ええ、自分が堕落したのだと理解し、希望のすべてを永遠に失ったのです……。

私としては、未亡人になってからというもの自分の人生は終わったものと思っていました。私は心のない身体でした……でも私は、唯一私をこの世につなぎとめる二人の子どものせいで苦しんでいました。私は苦しんでいたのです。彼女たちは可愛がられ、幸せに生きることを約束され、そのよろこびに満ちた毎日が輝くばかりの夜明けではじまり、最高潮の黄金の黄昏で締めくくられるのを思い描いていたにちがいありません。

私は、この私は、社会から抹殺されました。でも子どもたちはこの社会に仕えるところでした。彼女らは生きるために働くところでした。一人は服飾店に入り、身体に障害のあるもう一人は、扇子や飴の箱、絵葉書に絵を描きました……こんな仕事で彼女たちは生きねばならないのです。そしてそんなふうにして取るに足らない稼ぎで彼女たちは自分たちだけで、なんの支えもなく、幾多もの危険にさらされながら、パリの生活に立ち向かわなければならないのです。もちろん、働くことは称えられ、尊ばれるものです。労働は手を神聖なものとすると予言の書では言われています……でも哀れなマリーは身体の不自由な身です。彼女はとても弱い……そしてリレットはとても美しい……彼女は宝石です、労働の道具ではありません。ああ！　私の子どもたちは。裕福で、支えられ、幸せであるべきだったのです。私の可愛い子どもたちは……どうなってしまうんでしょう！」

メナルディエ夫人は目を拭った。

「私の苦悩のなかに、太陽の、希望の一筋の光がありました。ロベール先生が敷居を跨いだときです」

「マダム……」

「二番目に幸せな日がありました。先日ロラン夫人がいらして、こう言われたときです。〈マダム、リレットとマリーの境遇についてご心配なさらないでください。リリーは、彼女を大いに愛する私という誠実な友人と出会いました。私には子どもがおりません。だから私の母性愛はリリーを大事にするために力を尽くすのです、彼女はそれに値しますから。今後あなたは、将来に対する不安や心配からすっかり解放されるにちがいありません。あなたのお子さんたちは、私や夫、私たちのまわりにいる親切で信頼できる友人、助力者、保護者を見出すことでしょう。生きるうえで彼女たちはもう孤独ではありません。彼女たちはその魅力、その美徳、その孝行によって新しい家族を手に入れたのです〉」

「それはいいことです！　ええ、いいことですね！……」ロベールはつぶやいた。

「ああ！　先生、これらの言葉が私の心にどんな慰めをもたらしたか。神を疑いはじめていたこの私が、神の摂理に感謝したのです。まずロベール先生を私の家に遣わし、私を生きながらえさせてくれました。だから私は、子どもたちが少しの幸せを手にするのを見られるのです。そしてこれから彼女たちは安心し、愛情に包まれ、貧困から守られ、パリから保護されながら、青春を生き、春を味わうのです。母親のせいであれほど苦しみ涙した自分たちの人生に、ようやく微笑むことができるのです！」

「マダム」ロベール先生は言った。「私がその誠意と立派な心を尊敬するロラン夫人が、あなたにこのような約束をしたとき、兄弟のラウールと妹のレモンドが前々から決めていたことを私たちに先立ってあなたにおっしゃっただけだということを信じてください」

「おお、ありがとうございます、先生。あなたのご好意が私だけのものではないとわかっていました……」

「妹のレモンドもリレットを知っています。レモンドがリレットに示す関心は、リレットがどんな人か、その母親がどんな方かを私から教えられたとき、愛情に変わったのですよ」

「おお、先生……」

「この私といえば、独身の男ですので、あなたにこんなことを言うことはできませんでした。でも、誠実な私の友人フェルナンが、あなたにそのことをお伝えしたはずです」

「先生、こんなことをお話ししていますので、私があなたのお考えをすでに見抜いていることがおわかりになるような告白を、ひとつさせてください……。

あなたの技量にもかかわらず、あなたの質の高い治療にもかかわらず、私の日々はもうそんなに長くないとわかっています」

「希望を持ってください、マダム」

「私は決めていたのです。死が近づいているのを感じたら……あなたにこう言おうと決めていたのです。〈ロベール先生、私はもうすぐ死にます。でも私は、娘たちの父親に会いに行く前に、あなたに二人の子どもをおまかせしたいのです……ロベール先生、私の代わりにマリーとリリーのそばにいてくださいませんか？〉と」

先生は病人の手をとった。

「あなたは私の答えを確信していましたね、そうでしょ、マダム？」

「ええ……だからこそ私は安心して、子どもたちの運命をあなたの手に委ねたのです」

「ありがとうございます！」

「あなたが、先生が、私にありがとうと言うのですか！……でも、それならこの私はなにをすべきなのでしょう？……私にはもうあなたに感謝の意を示す方法はありません」

「ありますよ、マダム。私の治療があなたの役に立つということを見せて、私を助けるのです。できるだけ早く健康な体に戻るのです……」

「ああ！　先生、そんなこと私にはできません……あなたでさえ、もうどうにもできないのですよ……」

この長い会話でメナルディエ夫人はだいぶ疲れてしまった。彼女は愛情を込めてロベールの手をしっかりと握った。それからもう一度彼に微笑むと、少し前に部屋に入ってきた背中の曲がったマリーが優しく頭のうしろに差し出した枕に身をゆだねた。

③章　金はどこから来たか？

ロベールとラウールは、父であるモントルイユ銀行家がかつて執務室として使っていた事務所にいた。もちろん銀行家が亡くなったあとも銀行は営業を停止しなかった。だがロベールもラウールも金融には向いていないと感じていたから、その指揮を執ろうとはしなかった。モントルイユ銀行は人手に渡り、ほかの銀行と合併することになった。ベジャネ氏がこの件の処理にあたった。

さてそのあいだ、二人の兄弟は会計課主任ブリュネル氏に銀行家の金庫で発見された例の書類の整理を依頼していた。会計・訴訟課の主任であれば把握しているべきはずが、ブリュネル氏はこの書類の存在をまったく知らなかったのである。書類の整理は時間のかかるむずかしい仕事だった。ほんの数日前から、ブリュネル氏はこの仕事にとりかかることができた。事件翌日に施された封印が、ようやく解かれたばかりだったのだ。

二人の兄弟はブリュネル氏に、まずロラン氏の書類にとりかかるよう頼んでおいた。銀行家の金庫の棚に置かれ、殺然と保管され、丹念すぎるほど整理された何件もの書類のなかで、唯一この書類だけが荒らされた状態で発見されたことを思い出そう。ブリュネル氏は作業が大いにはかどったので、さっそく二人の兄弟にいくつか情報を与えることができた。そういうわけで二人はブリュネル氏に会いに銀行家の父の執務室にきて、彼の説明を聞くところだったのだ。

「あなた方のにご用命通りに、ロラン氏の書類を確かめました」会計課主任は言った。「書類をできる限り整理してみました……ある意味で書類は整理できたはずです」

「お礼を言いますよ、ブリュネルさん。あなたには重大でむずかしい仕事を引き受けていただきました。あなたはわれわれのもっとも大切な協力者です。書類を元通りにするにはたくさんの時間と労力を費やしたことでしょう」

「大変でした。そうです、お二方、大変でしたよ……ご存じでしょう、なにしろモントルイユ氏に対して憎むべき襲撃がおこなわれたあの不幸な日、あなた方のお父上の金庫は犯罪的でありかつ熟練した手によって荒らされたのですから」

「ええ」

「どれくらいの金額が盗まれたかを言うことはまったく不可能です。帳簿も領収書もいっさい見つかっていませんから……」

「そのことは、いまわれわれがやりたいことにとって、まったく重要ではありませんよ」ラウールは言った。「極秘の書類がなにかをわれわれは知りたいのです。なぜこれらの書類があなたの手を経由しなかったのか、その理由を知りたいのです。本来ならば、これらの書類はあなたを経由するはずなんです」

「あなた方のご要望はよく承知しております、お二方」

「そうするとあなたは、あなたの好意と手腕でもって、ロラン氏の書類を復元されたのですね」

「そうです、お二方。こちらになります、だいたいのところは完全です。それからそれを補完する略述も」

「結構」

「まずお伝えしたいのが、こちらが一万フランと一万五千フランの二通の手形に関するメモです。最近、返済されることになっていました……」

「ああ！　これらの手形は？」

「支払われました……」

「ロラン氏にはもう借金がないと？」

「いやまだです、お二方。私が作成した明細書によれば、ロラン氏はモントルイユ氏に数回の分割でだいたい四十万フランの金額を支払っています。しかし、本当のところロラン氏は……モントルイユ氏の貸付対照表によれば、ロラン氏はまだたくさんの借金を抱えていますが、本当のところ彼が借りたのはわずかに……」

会計課主任はためらった。彼は最後まで言わずに二人の兄弟を心配そうに見た。

「続けてください、ブリュネルさん」ラウールが言った。「すべてを理解し、すべてを見て……とりわけすべてを償うために、われわれはここにいるのです」

「わかりました、お二方。ですから、ロラン氏は実際にはわずか五万フランしか借り受けていないのです」

「それで彼が返したのは？」

「四十万フランです！」

二人の兄弟は悲しげな目でたがいを見た。それから二人はブリュネル氏に続けるよう合図した。

「モントルイユ氏が、ロラン氏に、さらにほかの顧客に対しておこなったのはこんな方法なのです」会計課主任は言った。「それは簡単に明らかにすることができました。モントルイユ氏は最初の貸金に年利三パーセントを加えていました……」

「それは通常の公定金利です」

「そうです。ですがモントルイユ氏は三ヶ月以上の貸付に同意しませんでした……」

「おお！　そうすると、一二パーセントになりますね」

「債務者が弁済すれば、それでよし。債務者は、結局のところ、特別な条件において合意し、取り決められた貸金の利子を払うだけですから」

「債務者が支払わなかったら？」

「モントルイユ氏が契約更新に改めて同意するのです。債務者がそれに耐えられる場合はですが」

「で、この更新のために？」

「モントルイユ氏は金利を二倍にするのです」

「しかし何度も更新をしたら、金利はありえないほどのものになってしまう。裁判になれば……」

「いいえ……モントルイユ氏はそれでも金利を三パーセントに設定しているのです」

「どういうことです？」

「モントルイユ氏は新たな手形に、借入金として支払うべき利息の総額と同時に……新たな利率の新たな利息の総額を加えるのです」

「高利だ！　恐るべき高利だ！」

「ところでモントルイユ氏は四回の更新を超えることはありませんでした。それは債務者にとって一二パーセントの利率の貸付になります。この利率は、信頼できない債務者とのむずかしく例外的な状況においても、まだ受け入れられるものです」

「それで、この四回の更新のあとは？」

「債務者が支払えなかったらですか？　手形がグリヤール先生のところへ渡ることになります」

「執達吏」

「必要なことを無慈悲にもおこなうわけです。差し押さえ、売却です。売却が良好な場合、つまりは店、工場、農場、城が競売での付け値よりもはるかに価値がある場合、モントルイユ氏は部下に購入させる。こうしてその後の売却のための思惑買いをするのです……」

「おお！　ひどいことだ！」

「不幸にも、お二方、この事務所でおこなわれた貸金が、不幸や破産や自殺の原因になったのではないかと思われるでしょう……おお！　お二方、こんなことを話してしまい申し訳ありません。ですが、これらの書類を整理しながら、私は動揺し、恐怖に震えていました。それにあなた方を思うととてもつらくなり、とても不憫に思いました！」

「ブリュネルさん、われわれがこの仕事をお願いしたんです。あなたの誠実さと良心を頼りにして。すべてをわれわれに伝えるべきです……われわれはすべてを了承すべきなのです。続けてください……」

「モントルイユ氏の顧客には、あらゆる社会階層に属する人々の名前がありました。私は、誰も予測できないような、思いがけない名前を見出しました。著名な名前もです……ありうることですが経済的に困窮し、そこで同じように社交界の名士であり、親切で気が利くモントルイユ氏にすがった人々です。彼らはモントルイユ氏とよい関係にあり、見事に歓迎されたのです……」

「ひどいことだ！」

　すると二人の兄弟はつらそうに言った。

「ようやくわかった、家に来ていた友人らが父の葬列に加わらなかった理由が。そうなのか、悲しいことだが、そうなんだ！」

それから悲痛な沈黙の瞬間が過ぎると、ラウールが会計課主任に言った。

「ロラン氏に話を戻しましょう……」

「ロラン氏の借金は」ブリュネル氏は言った。「その書類のひとつひとつが証明するように、五万フランでしたが、あなた方もご存じの利率が加わって、およそ五十万フランになります」

「かわいそうに！」

「ロラン氏は、ほかの何人かの人々のように優遇されました……つまり、グリヤール先生は取り決め通りの時期に彼の家に現れなかったのです。モントルイユ氏は債権を分割し、それを延期することに同意したのです。しかしそれは、ロラン夫人の父親でかなり裕福な地主ビルマン氏の担保によってです」

「知っていますよ……」

「ところで、ビルマン氏は不仲の娘婿の手形に裏書きしたくありませんでした……。これについてモントルイユ氏は知らないわけではありませんでしたが、ロラン氏の新たな手形に記された偽の署名を認め、有効とみなしたのです」

「ようやく理由がわかりました……」

「いまロラン氏は支払わなければ、文書偽造と詐欺で逮捕される恐れがあります」

「それじゃ、ブリュネルさん、ほかの債務者と同じようにロラン氏にも、借金として請求されているものを資産として確保してください。彼がその金を自由に使えるようにしてください」

会計課主任はそこで二人の兄弟に言った。

「私の年齢、この種の案件に対する私の経験、この銀行での私の長期の宮仕えとあなた方への愛情にかけて、ひとつ所見をお許しいただけませんか？」

「おっしゃってください、ブリュネルさん……」

「あなた方のお望みを私がよく理解していればですが、あなた方はモントルイユ氏の債務者らに、このような条件で獲得された金を返したいと……」

「奪われた金と言ってください。われわれの父が問題となっているわけですから、盗まれた金とは言いたくありません！……しかし言葉などなんにもならない！　われわれが受け入れられることはひとつだけです。われわれの手に負える限りにおいて、生じた損害を賠償することです」

「わかりました、お二方。しかしながら、あなた方は破産するかもしれないと言わねばなりません」

「それでも、名誉が汚されることからは逃れられます！」

ブリュネル氏はお辞儀をした。

「この金は」ラウールは言った。「われらのものではない、返すべきものなのです。ブリュネルさん、お願いです、金の所有者たちを見つけだし、できるだけ早急に、できるだけ目立たないかたちで彼らに返金することを手伝ってください……」

「財産の売買証明が預けられたベジャネ先生の助けや、とくに取り立てをおこなうグリヤール先生の助けを借りて、われわれ独自の方法によってなら、それは簡単なことでしょう」

「お願いしましたように、グリヤール先生に来ていただくよう伝えてくださいましたか？」

「あなた方のご要望にしたがうと言っておられました」

「結構」

二人の兄弟はブリュネル氏と一緒に数冊の書類をさらに調べた。自分たちが返還、償いと呼ぶ仕事を彼らははじめたのだった。この巨万の富を、あんなふうにしてかき集められた金を、彼らは一銭も残しておきたくなかったのだ。二人は、自分たちの名前を復権し、父の死後の名声を救い、自分らの才能や仕事にふさわしい、つまり自分らがこれまで勝ちとった評価を貶めるものを、なにひとつとして残したくなかったのである。

そのために、極度の苦しみにもかかわらず、彼らは二人とも父の生涯を調べることを苦渋にも受け入れたのだった。そして彼らは必要ならばみずからを犠牲にしてでも、出どころの怪しい金をすべて返すことを決心したのである。ブリュネル氏が言っていた通り、彼らは破産に向かっていた。だが、そのせいで、彼らがその堅い決心において一瞬でも立ちどまることはなかった。

これまで二人は父に対してとても大きく、深い家族愛と強い尊敬の念を抱いていた。二人は彼のなかに、もっとも善良な父だけでなく、きわめて知性の高い人間、もっとも傑出した財界人を見ていたし、さらにはもっとも誠実で、名誉を重んじる人間だとみなしていたのだ。

多くの友人たち、悲しむ数多くの参列者たちによって、最後の住処へ見送られるはずだった人物の棺のまわりにひとけがないのを確認することは、すでに見たように、彼らにとって深刻で、心を引き裂くものだった。

彼らはこの心痛む問題で不安になり、その理由を虚しくも探し求めた。彼らは可能性のある、あらゆる推論を立てた。しかし、彼らの悲しげな目の前で、反論しえない証拠とともにいま明らかにされたことが真実だとは、一瞬たりとも考えていなかったのである。

④章　親切な助言

レモンドの兄二人がブリュネル氏と一緒に調べていた書類のなかで、ほかにもまして二件の書類が彼らの注意を引いた。

一件目の書類はそれほど分厚くなく、何枚かの証書を含んでいた。しかし、これらの証書に記されたものは、モントルイユ銀行家の息子たちにとって非常な重要性を持っていたのである。

まずは一万フランの約束手形があり、その角には〈更新済〉という言葉と日付が記されていた。

それから、より最近の手紙があり、この手形に記される日付よりも数日前に、十三万二千フランの二通目の手形の更新を要求していた。

この手紙とともに、銀行家の回答を示した手紙の写しがあり、更新には絶対に応じられないことが明言されていた。

そしてこの写しには、〈支払済〉と青鉛筆で記されていた。

それですべてだった。そして、二通目の手形の日付は銀行家殺害未遂の日付に近かった。さらに、更新要求された手形の振出人と、更新要求の署名者はフォスタン・ド・ラ・ゲリニエール伯爵だったのだ。

「すると」二人の兄弟は言った。「ド・ラ・ゲリニエール伯爵は、尋問のときに公言したように、われわれの不幸な父と取引上の関係があった」

「ええ、お二方」ブリュネル氏は答えた。

「したがって、殺人未遂の日に彼がそこにいたことは十分に説明がつくわけですね」

「説明がつきます、ええ、お二方。しかし、ほとんど説明のつかないのが、このもうひとつの書類に含まれるものなんです……」

「あなたが話しておられた、不可解な書類ですね」

「これです。ご判断ください……私が見誤ったのか、私が不可解だと呼ぶのがおおげさかどうか確認してください」

ラウールは二件目の書類を開いた。

なにも書かれていない、ボール紙でできた薄い書類ばさみのなかに、ゴムバンドで束ねられた、しおれて黄ばんだ何通かの手紙と、銀行家の簡単なメモが挟まれていた。

これらの手紙には、青鉛筆で、〈返答済〉を意味する〈R〉が記されていた。

メモにはいくつかの数字と日付が書かれていた。数字は明らかに送られた金の総額を示し、日付は手紙の日付に一致していた。さらに送られた金の総額はこれらの手紙で要求される金額だった。ところで、これらの手紙には署名、手紙が発送された場所の記載、住所がなかった。そして文体はかなり月並みで平凡だが、女性の筆跡をうかがわせた。

それはこの種の唯一の書類であり、不可解な書類だった。

「これがなんなのか思うところはありますか？」二人の兄弟は会計課主任に尋ねた。

ブリュネル氏はまったくわからないと答えた。だが彼の意見では、この書類は銀行ではなく、モントルイユ氏の私生活に関わるものだろうとのことだった。従業員である彼には、それに深入りすることはできなかった。

「われわれの父は」そこでラウールは言った。「おそらく、あらゆる人間のように弱みを持っていたんです。そして、この不可解な書類が含み持つものは、父のちょっとした過去なんです」

「高くつく過去ですな」それからブリュネル氏は言った。「送金明細書は二十万フラン以上に達していますから」

「これがなにを意味するかも知るべきなのかな？」ラウールはロベールに尋ねた。

「俺の意見ではそうさ。なにひとつとして闇に埋もれたままではいけないんだ……それに手落ちや失念があっては俺たちの償いの仕事が台無しになるかもしれない」

「その通りだ。でもいったい誰がわれわれに教えてくれるんだ？」

「父さんの一番古くからの友人。グリヤール先生とベジャネ先生だ、たぶんな」

「父さんの死を引き起こし、俺たちがいまだにその悩ましい秘密を解明できていない文書以上に、今回のことを彼らは話してくれるかな？」

そのとき、使用人がグリヤール氏の訪問を告げた。すぐに彼に入ってもらった。

グリヤール執達吏は二人の兄弟と会計課主任と握手すると、椅子に座り、即座に言った。

「私にはわかっているよ、君たち。なぜ私を呼びつけたかをね。ブリュネルさんから君たちの意向と計画を伝えていただいたからね」

「わかりました。骨は折れるが必要不可欠の仕事のために、あなたに助けていただくことを期待しているのです……」

執達吏は天を仰いだ。

「でもね、君たち。君たちがやろうとしていることは狂気の沙汰だよ！」

「どういうことですか？　あなたはそう思うのですか？」

「むずかしいと同時に無駄なこんな仕事にとりかかる前に、人生やビジネスの経験を君たち以上に持っていて、君たちを先導できる人々に意見や助言を求めるべきだったと言っているんです。まずは君たちのお父さんのもっとも古い友人である、ベジャネさんと私に相談すべきだったんだよ」

「なぜです？」

「私たちなら、こんな理屈に合わない計画を確実に断念させることができたからね」

「ロベールも、この僕も、良心の忠告にしたがったんです」

「君たち、君たちは若いんだよ。君たちの血は沸き立っているんだ。君たちの豊かな想像力と寛大すぎる心が幻想を引き起こしているんだよ。君たちは夢想を追い求めることに乗り出しているんだ……」

「そうではなくて、名誉を得ることとです」

「すまない……失礼だが……大げさな言葉は使わないようにしよう。われわれは金融家の執務室にいるんだ。数字について話し合うことにしよう……ビジネスでは、簡潔に話し、甘言のような美辞麗句に騙されてはならない。ビジネスはビジネスだ……すべてはそれを成功させることにある」

「誠実な方法によってですね、まあいいでしょう」

「取引における誠実さとは、法を犯さないということだ。君たちの投機がどんなものであれ、罪に問われない限り、君たちは誠実なんだ。これが原則だと思いなさい。これが有益に行動するための本質であり、唯一の手段だ」

ラウールは身ぶりで執達吏を制した。

「われわれは『裁判新報』を読みました」

「読んだのか！」グリヤール氏は叫んだ。

「父が対抗しなければならなかったすべての訴訟を知っていますよ。メナルディエ氏が父に対して起こした訴訟から……」

執達吏は声を荒げた。

「彼はすべての訴訟に勝ったのだ！」

「そうです」

「じゃあ、そんなこと蒸し返す必要はないじゃないか……君たち息子が」

「そんなことありません。われわれ息子は正義を貫き、法が巧妙に解釈されることでおこなわれた不正を糾さなければならないのです」

「裁判官よりも自分たちのほうが優れているとでも思っているのかね？」

「裁判官には法規があり、その本文は絶対的なものです。この法規に従って彼らは委ねられた証拠書類について判決を下した。彼らはほかのやりかたで判決を下すことはできませんでした。しかし、父の主張を認める判決理由が、有罪判決よりも恥ずべきことなんです」

「いったいなにを言ってるんだ？」

「父は抜け目がなく、驚くほど有能で、抗しがたいほどに武装していました。彼の犠牲者は……」

「顧客だよ」グリヤール氏はさえぎった。

「いいえ……父の犠牲者はその要求に耐えなければならなかった。そして父は、後々にその行為を裁くかもしれない法に則りながら、彼らから法外な金をむしり取る手はずを整える術（すべ）を知っていた」

「しかし、やるべきことはそういうことなんだ」

「そんなふうには思いませんね」

「君たちは世の中を知らないからだ」

「そんなふうに世の中を理解していなくて、われわれは自分たちを誇りに思いますよ。あなたにとっては巧みでじつに有能な父が、実際には高利貸しだということを認めるのは、われわれにとってかなりつらいことです……」

またグリヤール氏は驚いた。

「高利貸しだと」彼は言った。「高利貸し……君たちのお父さんが……高利貸しだと……」

「父は、その不正行為が高利貸しを凌駕するような、まさしく詐欺となるような利率と条件で金を貸していたのです……」

「失礼！　誤解してはならんぞ。説明させてくれたまえ」

「お話しください」

「君たちのお父さんは金を貸していた、というよりは売っていたのだ。貸付というのは、金の販売にほかならないからね。彼はそれを自分の望み通りに売る権利を持っていた。顧客はただ承諾しなければよかったということだよ」

「問題はそこではありません」

「いや、すべてはそこにあるのだ。人々は彼のところにやってきた、お願いをしにね。彼は与えた……でもただで与えるのは愚かなことだからね」

「限度というものがあります」

「金の分野に関してはない」

「法定金利というものがあるのです、法で定められたね」

「それは法規における不平等で、異常なことだ……悪習なのだ。そもそもすべて改正すべきなんだ！」

執達吏は興奮して続けた。

「なぜだ！　普通の商品に対しては公定価格も料金も定めていないのに、ほかと同じようにひとつの商品である金に対してだけ！　ひとつ例を挙げるからね……君たちが宝石商のところへ行く、真珠の首飾りを購入する、それには三万フランかかる、君たちはそれを支払う、なにも言わずにね。それは決められ、承諾された値段だからだ。十分後に、この三万フランの首飾りを君たちは売ろうとする、それはちょうど一万フランだと言われる！　ということは宝石商は、君たちから二万フラン盗んだことになる。これは適切で……認められ、公然たる、公正で、誠実な商売なんだ！　今度は、現金一万フランがほしい。君たちは金の商人のところへ行く、彼は一万フランを君たちに与えるために、君たちに、利息、手形割引料、契約を更新したいなら手数料を要求する……だけど、それらすべては首飾りのように差額が二万フランにはならないのだ！　ところで、真珠の価値は名目額だから変動し、消滅さえするが、金の価値は決してなくならない、それ自体の価値を持っているのだ！　それではなぜ、その取引が百倍も顰蹙を買うようなところでは非難されないのに、銀行取引を高利貸しや恥ずべきものと呼べるのだ？」

そこでラウールは言った。

「グリヤール先生、父が正しくふるまったことを説明してくださりありがとうございます」

「まさしく、彼はまことに適切で立派な取引をしたのだよ。だから文句を言う人なんて誰もいないんだ」

「お礼を申し上げます。しかしながら、会いに来ていただいたのは、われわれの決定を取り消すためではなく、償いという仕事を手助けしてもらうためにです。われわれはなにがなんでも最後までやり遂げたいのです」

それからラウールは、執達吏がモントルイユ銀行家をもう一度弁護することを許さずに、尋ねた。

「教えていただけないでしょうか。父の知り合いのなかで、これらの手紙を書いてよこし、父が返事として金を送っていた人物をご存じかどうか？」

グリヤール氏は、ラウールが指さした書類に目をやった。そして彼は書類をめくり、そのうちのいくつかを読んだ……。

しばし沈黙が流れた。

執達吏が頭を傾け、この不可解な書類に目を通しているあいだ、二人の兄弟はたがいにすばやく目を合わせた。彼らは同じことを考えていた。

「グリヤール先生は知っている。しかしなにも言わないだろう」

二人の兄弟は間違えていなかった。

グリヤール氏は顔を上げた。彼には時間が必要だった。これらの書類を目にしたことで生じた驚きから立ち直り、友人の息子たちに与えるべき返答を見つけるために。

「へえ！」彼は言った。「私が君たちの立場なら、こんな書類になんの重要性も与えないだろうね。だから安心して火にくべるだろう」

「そんなことするんですか？」

「少しのためらいもなくね。これらの書類すべてになんの意味もないよ」

「でも。父がずいぶん前からとっておいたからには……」

「君たちはこれについて私の見解を言ってほしいんだね？」

「お願いします」

「よろしい。これは、しつこくせがんだ人々の手紙、借金の常習者や、君たちのお父さんの善意につけ込んだ人々の手紙なんだ。モントルイユ氏は、最後には彼の功績は認められることになるのだが、極端に寛大でね、どんな人にもいつでも簡単に多くを与えていたんだよ」

「父が周囲の人たちに寛大だったことは、われわれも知っています。しかし、父の心づかいがいかに大きくても、簡単な手続きで、この手紙に記してあるように、毎回一万フラン、三万フラン、さらには五万フランを与えるまでにはならないでしょう。あなたがおっしゃるように、借金の常習者なら、その人はどのように金をねだるべきかを心得ていた。ずいぶんと前から彼は金をねだっています。およそ三十年前の日付の手紙がありますからね」

「恐らくは慈善事業に関わることだろうね」

「先走らないでください。これは女性の筆跡なんですよ」

「だったらなおさらそうだね」

「教えたくはないんですね？」

「銀行の取引については好きなだけ訊いてもらってもいいが、友人モントルイユの私生活についてはなにも求めないでくれ。知らないんだ、なにも知らないんだよ」

「では、お礼を申し上げます」

グリヤール氏は立ち上がった。

「君たち、信用しなさい。最後の助言だ、いますぐに君たちの計画を断念しなさい。得られた金は適切に得られたものだ！　返すことは困難だ、それをやろうとすることはバカげてる。そんなことをしても誰も君たちに感謝しないし、みなが悪口を言いふらすのを防ぐことなんてできないよ。世の中はそんなものなんだ！　金が必要なときは、みんなひざまずくが、金を得られれば歯牙にもかけず、そして金を返さなければならないときは高利貸しだと叫ぶ。返済を強く求めれば盗人呼ばわりする。そしてしばらくするとまた訪ねてくる。

そもそも、そんなことをしても、君たちのお父さんの名誉を回復することはできない、その必要はないんだ。それどころか、君たちはお父さんを苦しめることになる。彼の不正行為を認めたと公言することにほかならないし、その償いを望んでいるにしても、反対に息子である君たちは自分の父親は高利貸しで、盗人であると宣言することになる！」

「われわれが返金すれば、なにも言われないでしょう」

「まったく反対だ、なおさらそうなる」

「かまいません！」

「君たちは用心深く、君たちより人生経験のある老人の言うことを聞き入れたくないんだね……まあいいだろう、失礼させてもらう。私に関しては、いまは亡き敬うべき、君たちのお父さんのおかげでたくさん金を得たが、この世のなにものも私の金庫からこの金を一銭たりとも持ち出すことはできない。この金は私のものであり、適切に手に入れたのだから、とっておいていいものなのだ！　さようなら！」

二人の兄弟は執達吏を出ていかせた。この男は取引においてモントルイユ銀行家を助けるにふさわしかった。

残すはベジャネ公証人だけだった。父の、この二人目の友人はなんと言うだろうか、どう考えるだろうか？　彼も執達吏のように話すのだろうか？　ラウールとロベールはそうは思わなかった。公証人についてはまったく別なふうに考えていた。それでも、彼に対して試みた最初の奔走が教訓として役立った。あの最初の文書以上に、この新たな秘密が公証人によって明かされることはないと思ったのだ。試してみる必要はなかった。だからベジャネ氏を詰問しないことに決めた。そもそも、グリヤール氏がモントルイユ銀行を出たあと、二人の兄弟との言い争いとその意図について伝えに、すぐにベジャネ氏のところを尋ねたのは十中八九間違いなかった。

しばらく彼らは問題の書類を脇に置き、ブリュネル氏とともに別の書類に目を通した。それでも彼らは夜、この問題の書類をマテュラン通りのアパルトマンに持ち帰った、それをじっくりと見直し、もっとしっかりと調べてみたかったたからだ。

⑤章　汚辱の重み

ロベールとラウールは、これらの書類を調べるだけで満足したくなかった。なにひとつとして闇に葬ることなく、自分たちの調査をやり遂げたかった。過去の完全なる償いを達成するために、なにも見落としたくなかったのだ。

彼らは例の書類のなかに父が記したメモを発見したが、単にこう書かれていた。

「○年△月×日に起こされた訴訟
○年△月×日に勝訴」
これは彼らに新たな情報源を示すものだった。

「明らかに」ラウールは言った。「父さんはたくさんの訴訟を受けたはずだ。長いあいだこんな取引方法が、裁判所の介入なしにおこなわれることはないからな。だから裁判所にその痕跡を見つけに行くんだ。父さんに関わる書類の収集は俺がやるよ」

「担当した弁護士に、書類を渡してもらいに行くのか?」

「ちがうさ、ロベール。俺の同業者たちは、不完全な資料しか渡してくれない、俺たちはいち側面しか理解することができないだろう」

「じゃあ、どうするんだ?」

「もっといいものがある。法廷での弁論の完全な報告、公判の様子、判決理由、下された判決だ。俺は『裁判新報』の目録を調べにいく」

「ああ! そうだな……やるべきはそれだ」

「全部ではないにせよ、少なくとも父さんに対して起こされた重要な訴訟の多くが記録されているだろう。そうすれば、結局のところこれらの訴訟が実際なんだったのか、さらには勝利したものとしてメモに記されていた訴訟について知ることができる」

「その通りだ。もしかすると」ロベールは言った。「かわいそうな父さんを弁護し、擁護し、彼の評判を浄化し、汚辱の重みに押しつぶされてる俺たちの心を軽くするような資料も見つけられるかもしれない」

「そう願おう、ロベール……そう願おう……」

そうしてラウールは裁判所の記録資料を調べ、父の名前が現れるすべての訴訟を検索した。それから彼は、これらの件について詳述している『裁判新報』と、さまざまな新聞や法律関係の刊行物を入手した。これらはかなり分厚い資料の束になった。当然だが彼は、これらの資料を両親の館ではなく、マテュラン通りの自分の書斎に持っていってもらった。

それから二人の兄弟はこれらの資料を調べ、裁判報告書を読んだ。ラウールはロベールのために声に出して弁護士の口頭弁論を読み、判決理由を分析してやった。毎回、モントルイユ氏は公判で勝利していた。しかし、判決理由は彼にとって厳しいものだった。原告の供述は、何年も経ってもなお、勝者たる銀行家の息子たちをひどく苦しめるものだった。そのときにはもう最悪なことを予想してはいたものの、いまや父は自分たちの想像を絶する姿で浮かび上がっていたのだ。

「悪徳商人、無情な男、高利貸し」と原告は言っていたのである。

そしてときとして、こんな恐るべき言葉も現れた。

「人殺し!」

敵対者の一人は、こんなふうにはっきりと主張するに及んだ。

「あなたは自分の顧客から盗んでいる」彼は言った。「それは許されることではないにせよ、もっともなことなのかもしれない……しかしそれだけでなくあなたは、自分の一番の、最高の友人の財産をも奪った。この人物が不注意にも委ねた金をあなたは預かっていないと言い張った。そしてあなたは彼を破産させた、以前窮地からあなたを救った彼を! あなたは彼を、彼とその家族を貧困に打ち捨て、彼の死の原因をつくった。さあ、ひとことで言いましょう、あなたが彼を殺したのだ!」

ラウールは、口頭弁論のこの部分を読んで震えた。彼は読むのをやめた。

「続けてくれ」ひどく不安になったロベールは言った。

「わかった……わかったよ……〈あなたは彼が自分のところで自殺したと証言したらしいが、あなたが彼を撃ってないにしても、その手に武器を持たせたのはあなただ。あなたが彼を殺した。あなたは直接ではないにせよ、少なくとも精神的には、メナルディエ氏の殺害者なのだ……〉」

一斉に二人の兄弟は叫んだ。

「メナルディエ！」

慄き見つめ合った彼らは二人でもう一度言った。

「メナルディエ！」

ラウールは『裁判新報』を落とした。

「ちがう、間違いだ」彼は叫んだ。「ちがう！　残りのこと全部は本当かもしれないが、これは……おお！　これは……ありえない、ありえない、ありえない！」

この恐るべき一撃でもたらされた熱のせいで破裂しそうな頭を抱えながら、いまや彼は部屋のなかのなにも目に入らず家具や壁にぶつかって歩き、そして嗚咽しながら壊れた機械のように繰り返した。

「ちがう、ちがう！　そうじゃない、そうじゃない！　ひどすぎる、そうじゃない！」

ロベールといえば、彼はラウールを見ていた。苦しそうな視線で彼を追っていたのだ。

それからラウールは胸を引き裂くような大声で何度も繰り返しながら、部屋の端の肘掛け椅子に倒れ込んだ。

「ちがう！　残酷すぎる。ちがう、父さんはメナルディエさんを殺してなんかない。ちがう、ちがうんだ、そんなの不可能だ、そんなことありえない……ちがう！」

ロベールは『裁判新報』を拾いあげた。彼はページをめくり、抑えた声でふたたび読みはじめた。

「さて、あなたの所業はこうです。あなたは、誰もが遺憾にもその尊い思い出を崇める誠実な人を破産させる。彼の若い妻を貧困に打ち捨て、彼の子どもたちのパンまでをも奪う！　破産、自殺、さもなければ殺人……一人の未亡人と二人のみなしご……これがモントルイユ銀行家がしたことなのです」

今度はロベールが『裁判新報』を落とした。彼は、ラウールのように叫ばず、狂おしい苦悩で頭を抱えなかった。彼は、この責め苦から逃れるかのように歩かず、ただ肘掛け椅子に倒れ込み、長いあいだ静かに泣いた。

ラウールは立ち上がると、ロベールのもとへ寄った。

「この『裁判新報』、ウソだよな、そうだろ？」彼は大きな声で言った。「これ全部が真実なんかじゃない。これが真実だなんてありえない。これは弁護士の言葉だ。間違っているんだ、認められない……こんなのありえない！」

ロベールは頭を振った。

「本当だと思ってるのか、おまえ！」ラウールは言った。「おまえ、認めることが……」

「知ってるんだ、もう……この『裁判新報』を読む前にね」

ラウールは兄弟を見た。

「知ってた！　なにを？　どうやって知ることができたんだ？」

ロベールはおだやかに答えた。

「知っていたんだ、メナルディエ夫人が破産したってことを。この悲惨な出来事は知っていたが、破産を引き起こした張本人の銀行家の名前までは知らなかった」

「誰が言った、そんなこと？」

「メナルディエ夫人自身だ！」

ラウールは飛び上がった。

「メナルディエ夫人！　彼女が……メナルディエ夫人が……でもどうして彼女は話したんだ？……じゃあ、おまえ、知ってるのか、彼女のことを？　彼女と話したことあるのか？」

「毎日会ってるよ」

「どこで？」

「メナルディエ夫人はこの不幸にうちのめされて、もう先がない。二人の娘たちのためにあと何日かを生きながらえさせようと、ある医者が彼女を看病しているということだよ。この医者は貧しい人々のあいだでは、ロベール先生と呼ばれてる医者だ」

「おまえが？」

「そうだよ、ラウール、俺だよ！」

「おまえが、おまえが、例の男の未亡人のメナルディエ夫人を診てる、俺たちの父さんが……」

ラウールはふたたび嗚咽し、兄弟に言った。

「でもおまえは知らない、ロベール……おまえにはわかりっこないんだ、このことがどれほど恐ろしく、おぞましく、我慢ならないことなのか。おまえは気づいてない、これからこのことがどんな新たな不幸を、重大で癒されることのないどんな苦悩を引き起こすのか……おまえにはわからないんだ……」

ロベールは立ち上がった。彼はラウールのところに来て、愛情深く彼を抱きしめ、言った。

「いや、わかっているさ！　俺はわかっている、おまえがリリーを好きだってことをな！」

彼はラウールに質問する時間を与えず、まるで苦しんでいる子どもにするように彼を自分の胸で落ち着かせ、言った。

「おまえを見たんだ、ガヌロン小路でね。俺はおまえの愛を知っている。俺にはわかるんだ、おまえがどれほど強くこの素敵なリリーを愛しているか！　泣いていいんだぜ、ラウール、泣いてくれ。涙とともに心がからっぽになるよう泣いてくれ！」

兄弟の嘆かわしい苦しみを前にロベールは、自分もまたリリーを愛していることを忘れ、ラウールがいま耐え忍んでいるものに自分も長いあいだ苦しんだことを忘れ、ラウールのせいで自分が苦心していることを忘れ、彼は優しくラウールを元気づけ、励まし、なぐさめようとした……。それは、高潔な犠牲的精神と兄弟愛と偉大な心に満ちた、本当に見事な場面だった。

⑥章　ガラス窓が破られる

ポーラン・ブロケはラ・バルボティエールの地下の冒険からやっと回復した。彼は自分で言っていたように、トレーニングを再開した。まだ正式には職務に復帰したわけではなかったから、パリでは彼がどこに消えたのか誰も知らなかった。姿を消したかと思うと、センセーショナルな事件の解決や重要な逮捕の発表に突然姿を現すのに見慣れている友人たちは、彼の帰りを心配せずに待っていた。一方、ポーラン・ブロケの敵対者たち、つまり、どちらかの完全なる敗北、すなわちどちらかの死で終わる闘いを彼とはじめた者たちは、いまやポーラン・ブロケの姿が見えなかったから、最初の小競り合いでもはや自分たちが勝利したものと思うことができた。

だからZ団のメンバーたちは見誤っていたのだ！

そのミステリアスな首領、あの集会を取り仕切り、演説し、大胆な刑事に対して死刑を宣告した人物、自分は不死身であると主張し、Z団はつねに勝利するものと断言したあのジゴマ、赤い覆面のせいで声がゆがんでいたにもかかわらず、その響きがポーランン・ブロケによって聞き分けられたあのジゴマ……要するにあの悪党の集団を支配し、指揮しているだろうジゴマは、警戒しなかったわけでも、監視しなかったわけでも、自分が望んだように企てが成功したという確証を得ようとしなかったわけでもなかった。Z団が今後その手強い敵をまったく恐れる必要がないという証拠を、彼は求めていたのだ。

それゆえ、周知のようにポーラン・ブロケが公然と自宅を構えるトリュデーヌ大通り付近やロディエ通りの角で、ガブリエルとラモルスは――彼らもロディエ通りとトリュデーヌ大通りの角にある家に住んでいるのだが――帰宅する際に、頻繁に奇妙な様子の通行人や散歩者、その種の人々を目撃したのだ。彼らは一日中ショーウィンドウの前で立ちどまったり、アンヴェール公園の木陰を長々とぶらついたり、熱のこもった会話に終始熱中するかのように歩道に立ちどまったりしていた。そこにいたこれらの連中はスパイ以外のなにものでもなかった。ポーラン・ブロケの補佐として訓練された男たちにとっては、これらの連中の正体を暴くことは簡単なものだった。

現在までのところ、ポーラン・ブロケの別宅はZ団の調査からは見逃されているようだった。彼らはその存在を知らないのだろうか？　あるいは彼らはポーラン・ブロケが別宅には行っていないと信じているのだろうか？　それについてはわれわれは少しもわからない。目下のところ、スパイたちの努力はもっぱら、パリの、ポーラン・ブロケのおおやけに知られている家のほうへと向けられていた。

しかしながらポーラン・ブロケは、草木を描くことなどしている一方で――というのもわれわれが知っているように、彼は素晴らしい絵描きであり傑出した音楽家だったからだ――別宅にてほとんど体力を回復したと感じ、パリの自宅へと戻って、職務に復帰したくなっていた。しかし彼は、Z団には自分が戻ったことを絶対に知られたくはなかった。ゆえに疑念を引き起こすことなく、秘密のまま行動しようとしたのである。

ポーラン・ブロケはこの住居を偶然で選んだわけではない。最近建てられたこの建物は快適で、好都合なことに、ポーラン・ブロケのアパルトマンは、その正面、つまり、トリュデーヌ大通りをはさんだ側に隣人がいなかった。すなわち彼のアパルトマンのガラス窓の向こうはアンヴェール公園とロラン中学校だった。だから彼の家で起こっていることを多少でも見ることのできる隣人はいなかったのである。

ガブリエルとラモルスは、前者がポーラン・ブロケの建物に、後者が刑事の建物と背中合わせにする、ロディエ通りの建物に住んでいた。これらは壁が共有されていて、二人の家主は特別だがもっともなはからいでもって、三つのアパルトマンを連絡させるための扉をこの壁に穿（うが）つことに同意し、そのことを秘密にしてくれた。その結果、ロディエ通りを通ってトリュデーヌ大通りのアパルトマンに入ったり、トリュデーヌ大通りを通ってロディエ通りへ抜けたりすることができた。この描写からわかるように、このことは大きな利点を持っていた。

その職務にもよるが、毎日、あるいは毎晩、ラモルスとガブリエルはいたって普段通りに帰宅していた。まるで自分らの住居近辺が厳重に監視されているとはまったく疑っていないかのようにである。ポーラン・ブロケも同様である。だが彼は毎回、変装したり、なにかしらの策略を使わねばならなかった。こんなふうに敵たちにいわば服従し、いちいち策を弄して連中と戦うことに彼はひどくイライラしていた。

それでも彼は、自宅にいるときに存在が外へバレないよう寝室の灯（あか）りをつけず、部下のどちらかのところで食事をとったから食堂の窓は真っ暗に保たれていた。しかしここへは仕事のために来たのであって、ファイルを探したり、書類を調べるために、彼は書斎の灯りをつけざるをえなかった。カーテンが引かれても、なお漏れ出す灯りが外から見えないようガブリエルは窓ガラスに写真の黒い印画紙を貼った。したがって、通りからはわずかな灯りの筋も見えなかった。こうして、ポーラン・ブロケはすっかり安心して、彼が習慣とする夜に仕事をすることができた。

ところが彼は難敵に出くわした。なるほど彼は、灯りではなく、タバコの煙のせいで暴かれたのである……。

ポーラン・ブロケは熱狂的な愛煙家だった。彼がタバコを離すのは葉巻に火をつけるときだけで、そして葉巻をひと休みするときはパイプを吸った。その結果、朝方になって彼が書斎を出るときは、巷間で当を得る表現を使えば、ナイフで切れるほどの煙が充満した部屋から出てきたのである。そして彼がそこから出てくるとすぐに、忠実な召使いが駆けつけて新鮮な空気を入れるために十字窓を開けるのである。

ある朝、忠実なジュールが窓を開けると、正面の歩道の脇に荷車の質素な女商人がいた。この界隈の主婦たちにカリフラワーやニンジンを売るところだった。彼女は、路上販売を許可する銅製プレートを腰の左側にこれ見よがしに着けていた。この小さな荷車を押していたのは、ラシャのハンチングをかぶり、粗末なベロアのズボンをはいた、モジャモジャの白い髭の年配の男だった。女商人とその同伴者はその朝、ちょっと休憩でもするようにポーラン・ブロケのアパルトマンの窓が見える歩道沿いに停まり、商売の準備をしながら、奇妙なことにこっそりとこの窓に視線を投げかけていた。

そのときたまたま、気まぐれから寝る前にどんな天気かを確認しようと、ポーラン・ブロケはレースの半カーテンの隙間から大通りをながめた。すると、小さな荷車、女商人、そして質素な男が彼の目に入った。この時間の、この道路に小さな荷車の女商人が通るのは異様に思われた。素朴な商売人たちが普段通るような道ではないし、商売をはじめるには時間が早すぎる。ポーラン・ブロケは大いに不審に思い、しばらく、二人の行商人を観察した。彼らがこちらを見ているのに気づいた。執拗に注視していたので装っていてもバレたのだ。

ポーラン・ブロケは驚くべき視力と、どんな変装のもとでも特定する天賦の才能を持っていた。

「おやおや！」彼は言った。「銅製のプレートを着けたこの質素な女商人を、俺は知らないわけではない……前に彼女を見たことがある！」

彼はさらに注意深く見つめ、笑いながら大きな声で言った。

「それから荷車を押しているあの男は、見栄えのいいデュポン男爵だ！」

ポーラン・ブロケは彼らがそこにとどまる限り、目を離さなかった。

「あれはまさに、俺が対質のためにド・ラ・ゲリニエール伯爵をモントルイユ銀行家のところへ連れていくときに乗っていた車のドアに身をかがめてきた、あのモジャモジャ頭、あの下層民風情の男だ。あれはまさに、ヤツの友人の伯爵と新聞記者のマルク・コラの決闘を仕切った礼儀正しい紳士の目つきだ。あれはまさに、クラブの店に子どもたちをダンスに連れてきた基礎工事の請負業、一家のいい父親の顔だ。そしてもちろん！　この質素な女商人は……ダンスパーティで、一家の素晴らしい母親という親しみのある役を演じていた人物だ」

こんなことをつぶやいているとポーラン・ブロケは、女商人とその助手がビクッとするのが見えた。と同時に彼は、その忠実なジュールが書斎の窓を開ける音を聞いた。そしてポーラン・ブロケは、この男が自分のほうに最後の一瞥を送ると、そのモジャモジャの髭のなかで笑みを浮かべながら荷車の柄を握り、同じように笑いはじめた質素な女商人と話しながら去るのを見た。

「ああ！　ああ！」ポーラン・ブロケは思った。「ヤツらは望んでいたものを見やがった。知ろうとしていたことを知って満足げに帰っていく……」

しかし彼は自問した。

「だけど、あいつらはいったいなにを知りたいんだ？」

彼が書斎に入ると、忠実なジュールは部屋からなるだけ早くタバコの煙を出そうと雑巾を振りまわしていた。ジュールが雑巾を振って空気の流れをつくったにもかかわらず、渦巻きをつくっただけで重たげなタバコの煙はなかなか出ていかなかった。

「こう言ってはなんですが、ご主人さま」召使いは主人を見ながら言った。「今晩は吸いすぎでございます！　あなたの書斎は、列車が通ったあとのバティニョールのトンネルのようです」

しかし忠実なジュールの冗談に笑うどころか、ポーラン・ブロケは腕組みすると、厳しいことを言いたげな口調で問いただした。

「やれやれ！　するとおまえ、ジゴマの陣営に寝返ったのか？」

ジュールは止まった。彼は理解できずに目を丸くし、口をポカンと開けて刑事長を見た。

「どうだ」ポーラン・ブロケはたたみかけた。「ジゴマのところに寝返ったのかと訊いているんだ？」

「僕が……ジゴマのところへ！」面食らったジュールがようやく言った。「この僕が！……」

「その通り」

「でも、ご主人さま……どんなふうに？　なぜ？……どこでそれがわかるのです？」

「おまえは、俺を裏切っている最中なんだ」

「あなたを裏切っている？　なにをしてです？」

「おまえは旗を振っている」

「これはホコリ用の雑巾でございます……」

「合図を送ってるんだ」

「ここで……書斎でですか？」

「外へだ！　タバコの煙を追い出しているように見えるが、おまえは言っているんだ。そこの正面に立ちどまって見張っていたZ団のヤツらに……おまえの仲間に言っているんだよ……〈はい、ご主人さまはひと晩自分の書斎で過ごしました。このタバコの煙がその証明です！〉とな！」

「もういまや、窓ガラスに黒い紙を貼ることも、ロウソクなしで寝ることも必要ないということだ。もし俺がここにいることをおまえが昼間知らせているならな！」

と言いつつも、ジュールの悲嘆にくれた様子を前にポーラン・ブロケは少々かわいそうになり、笑いながら言った。

「まあいい、いいよ。済んだことは仕方ない。ヤツらにはそんなに得るところはないだろう。自分の役目を務めるんだ。さあ、ジュール」

「ご主人さま、僕がZ団の一味だなんて少しも思っていないですよね？」

「もちろん」

ポーラン・ブロケはなにが起こったのかを理解し、ジュールがはからずも敵たちにわからせてしまったことを見抜いていた。実際、ハンチングの男は立ち去る際、女商人に言っていた。

「誰かが今晩ポーラン・ブロケの書斎で長い時間を過ごしたな」

「ええ、すでにそんなことを言われていましたね」

「この誰かは一人だろうか？　何人もいたのだろうか？　タバコの煙が多かったから……」

「それだけでは、それが誰かはわかりませんよ」

「誰がポーラン・ブロケの自宅に入れるんだ？」

「部下たち」

「あるいはポーラン・ブロケ自身」

男は加えた。

「それがポーラン・ブロケなら、ヤツはラ・バルボティエールの惨事をうまく切り抜けたということだ……

地下から……下水道の氾濫から……地下坑道の爆発から……ヤツは逃れたということだ」

「それはたいしたものだね！」女は言った。

「そうだ。それは異常で、信じられないことかもしれんが、ヤツのような男に対しては、あらゆることを予測しなければならない」

しばし沈黙したあと彼は、荷車を押しながら続けた。

「ポーラン・ブロケが逃げたのならば、われわれにとって災難だ……ゆえに首領はそれを知ろうと強く望んでいる。どうあっても、われわれはそれを知る必要がある」

「いま確かなことは、ひと晩中、ポーラン・ブロケの書斎で誰かが仕事していたということだね。でもいったい誰が？」


ポーラン・ブロケはといえば、部下のガブリエルと話し、十字窓の一件と二人の荷車の商人について説明した。

「はい、刑事長」ガブリエルは言った。「よりいっそう注意しましょう」

「明らかなことは」ポーラン・ブロケは言った。「ヤツらは知りたがっているってことだ、俺がまだ生きているかどうか、俺が自宅にいるかどうかをな」

「刑事長、Z団の連中を騙して困ることはありません。あなたがよろしければですけど」

「そう望んでいるよ。しかし自由に行動できないし、このズル賢いヤツらとかくれんぼするのにはイライラさせられるよ」

「いずれにしても、今朝ヤツらが知り得たことはたいしてヤツらの役に立つことはありませんよ」

「わからないぜ。いまにわかるさ！」

それ以来、ポーラン・ブロケと部下たちは、Z団による家のまわりの監視が倍増したように思えた。Z団はスパイ戦線を強化したのだ。

「きっと」ポーラン・ブロケは言った。「ヤツらは悪事を準備している」

「いいでしょう……やらせておきましょうよ。様子を見ましょう。刑事長、あなたと一緒なら、われわれは敵の計略に不安になることはありませんよ。ヤツらの策略なんていつだってヤツらの不利になります」

「攻撃は一回成功すれば、それで十分なのだよ」

ガブリエル、ラモルス、元ピエロのシモンとしても、刑事長を守り、Z団が思いつくすべてにくじけず彼の計画を容易に進めるため、警戒に警戒を、準備に準備を重ねた。

さて、それから数日後の晩、ポーラン・ブロケは書斎で仕事をしていた。彼と一緒にちょうどガブリエルとラモルスがいた。ポーラン・ブロケは、窓が黒い紙で覆われていることで電灯をつけていた。

午前二時だった。

先日の明け方に女商人の荷車が停まった大通りのほとんど同じ場所に、一台の自動車が停まった。ポーラン・ブロケも部下たちも話に夢中で、それを疑うことも、気にすることもなかった。彼らがタバコを吸い、ビールを飲みながら話していたそのとき、なんの発砲音もすることなく、窓ガラスの一枚が砕け散り、銃弾が書斎に落ちた。黒い紙はこの銃弾によって引き裂かれ、ガラスが割れ、電灯の光が大通りに漏れた。

「急げ！」ポーラン・ブロケは部下たちに言った。「姿を見せろ、二人ともだ！　窓を開けろ、よく見せるんだ。ヤツらがおまえたちを見分けるようにだ」

彼は書斎の隣りにある洗面所の先の寝室に急いで向かった。そこで暗闇、夜陰に紛れて彼は、前の朝に荷車の女商人とその奇妙な同伴者の行動と仕草を見張った監視場所にふたたびついた。

ガブリエルとラモルスは窓をいっぱいに開けた。彼らは天井から吊るされた電灯の光と、歩道に立つ、窓とほぼ同じ高さのガス灯の灯りにしっかりと照らされるよう外に身を乗り出した。

そうして二人は大声で話しだした。

「なんだこれは？　誰だよ、人の家の窓ガラスに石を投げてよろこんでいるのは？　いたずら好きのガキどもめ！」

ガブリエルは、脅かすような握りこぶしを宙に突きあげ、通りの、いもしないガキどもに向かって叫んだ。

「待ってろよ、クソガキ！　石の遊び方を教えてやるぞ！　降りていって耳を引っぱってやるぜ！　まったく、こんなおふざけをやめさせる巡査はいないのか？」

もちろん通りには一人のガキもいなかった。

しばらくラモルスとガブリエルは目を凝らして探した。ガラスを割った犯人たちを見つけだしたいかのように、それがガキ、不良、アパッチ予備軍の仕業だと言わんばかりに……そのなかで、彼らはすぐそばの歩道を見逃さなかった。

この歩道を二人の男が通っていたが、ガブリエルとラモルスが上で大声で話し、目に見えないガキどもに罵るのを聞いて、また二人が開けた窓でおおげさな身ぶりをするのを見ると、立ちどまり、興味深そうに見上げたのである。そうしてこれら通行人はふたたび歩きはじめた。

するとそのあとポーラン・ブロケの部下たちは、通りの並木に眠るスズメを撃ち落とそうと窓ガラスを割った大胆不敵な若き盗人に対してブツブツ言いながら、必要なときにいつだってそこにおらず、役立たずの巡査に対して文句を言って、窓を閉めたのだった。

そのとき車が動きはじめた。ポーラン・ブロケは、この車が少し離れたセー通りの角に停車し、さきほどラモルスとガブリエルが演じたちょっとした素人コメディに大いに関心を示した二人の通行人を拾うのを見たのである。

　ポーラン・ブロケはすぐに書斎に入ってきた。とても満足そうに笑っていた。

「ブラヴォー！」彼は言った。「ブラヴォー！　俺たちは願ってもない、小さくとも素晴らしい勝利をZ団のヤツらにおさめたんだ！」

「どういうことでしょう、刑事長？」

「俺が死んだかどうか、ラ・バルボティエールで開かれたジゴマの裁判で反論の余地なく死刑宣告されたポーラン・ブロケの死体が、いま現在、地中の、パリの下水道のなかを漂い、風変わりでほとんどお勧めできない道を通って、ゆっくりとセーヌ河のほうに下りつつあるかどうかを、敵の野郎どもはなにがなんでも知ろうとしている、ということがわかったんだよ」

「なるほど」

「それで、俺たちが注意しているにもかかわらず、この抜け目ない奴らは——認めなければならないが——かなり有能だからなにかに気づいたんだ」

「おそらく」

「おまけに前の朝、困ったことにジュールのヤツが俺の書斎の窓を開け放つなんてことを思いつきやがった……。そのとき、正面に野菜売りの女と、その同伴者であの見栄えのいいデュポン男爵が、小さな荷車の梶棒を持って居座っていたんだ」

「だからヤツらは、誰かがここで夜遅くまで仕事をしていたと確信した」

「そうだ。でも、ヤツらにとってはそれだけでは十分じゃない。誰が俺の書斎で仕事をしているかをぜひとも知りたいんだよ」

「ポーラン・ブロケか、それともその部下か、ということですか？」

「その通りだ！　おまえたちがとても器用に黒の印画紙を窓ガラスに貼ったにもかかわらず、ヤツらは今晩誰かが書斎にいることに気づいたのかもな」

「たぶんそうですね」

「それでヤツらは、窓ガラスを割るという策略を使った、かなり巧妙なものだ。そうやって、本当にここに誰かいるかどうかを知りえたわけだ。割れたガラス越しの灯りを確認してな」

「その通りですね」

「さらにアイツらは、期待してたんだよ。こんな場合によくあるように書斎で仕事している人、あるいは人たちが間髪入れずに窓へ駆け寄り、ガラスを割った犯人を見つけようとすることをな」

ポーラン・ブロケの部下たちは吹き出した。

「わかりましたよ、刑事長。Z団のヤツらは何日も前から……あなたが死んで以来、ヤツらがあなたを殺して以来、誰かがあなたの家で仕事をしていることを知った。そして、今晩、不意をつかれた部下だけしか確認できなかったから、アイツらは当然信じることになるわけですね、われわれ二人だけがここにいたと。われわれがあなたの代わりに、あなたの書類を整理し、あなたを引き継ぐために、仕事をしていたのだろうと」

「そう望んでいるよ。そして、いま俺は死んだか、あるいはとても遠くにいるとヤツらが信じていることもね。俺たちがヤツらの計画を見抜いたことも、俺たちが驚いたその瞬間ヤツらの巧妙な罠にかからなかったと、ヤツらは想像できないだろうからな」

「ヤツらはまだポーラン・ブロケという人をよく知らないんだ」ガブリエルは言った。

刑事は新しいタバコに火をつけ、続けた。

「俺たちは銃声を聞かなかった。ということは、アイツらはリボルバーを撃ったわけではない」

「ええ、刑事長」

「そもそも、リボルバーを撃ったらヤツらの目的は達成されなかったんだ……」

ポーラン・ブロケは自分の考えを部下たちに説明した。

「今回の件を成功させるためには、ヤツらと俺たちだけのあいだで済まされなければならなかった。そうすると、リボルバーの発砲音はやっぱりパンクの破裂音とつねに混同されるわけではないから、この静かな大通りの住人たちを確実に十字窓に引き寄せてしまっただろう。人々や野次馬が窓に駆けつけただろう。それは彼らを当惑させるちょっとした出来事になったろうし、それに、この距離で発砲すれば、ガラスにはただ小さな穴を開けるだけだったろうから、ヤツらにとって、それでは十分ではなかったんだよ。ヤツらはガラスが砕け、大きな穴が開くことを望んでいたんだ……ただヤツらは小石を手で投げなかった、その動作を目撃されるかもしれないからな……。ヤツらは投石機を使わなかった、なぜならヤツらは腕に自信がなかったし、目標の窓を打ち損ね、別の窓を壊してしまう可能性があった……さらに、投石機の操作には、しかるべきスペースと動作が必要になるだろう。また、ガキが使うゴム製パチンコも十分に効果的ではなかった……ゆえに、アイツらは空気銃を使ったんだ。強力な威力を備え、照準を合わせることができる。その弾丸は拳銃の銃弾よりも弱い威力でここに到達するから、ガラスを貫通するのではなく、ガラスを確実に砕いて突き抜けるからな」

ポーラン・ブロケが説明しているあいだ、ラモルスは寄木張りの床の上に弾丸を探していた。ほどなく彼はそれを見つけると、刑事長の前のデスクの上に置いた。

「間違ってなかったな」ポーラン・ブロケは言った。「見てみろ、鉛の弾丸だが、長くて先が尖(とが)ってない……空気銃の弾丸だ」

「本当ですね、刑事長……」

「よし。いまやヤツらは俺が死んだと思ってる、仕事にとりかかろう」

そして刑事は加えた。

「俺たちはZ団のヤツらに二回一杯食わされている、二回攻撃された。今度は俺たちの番だ、俺たちが反撃する番だ、俺たちが勝負を仕掛ける番なんだ！」

ポーラン・ブロケの書斎でこんなことが起こっているあいだ、歩道の前に停まり、窓際にガブリエルとラモルスが現れたあと走りだした車は、エトワールのほうへ行くために外周道路に向かって高速で走っていた。

後部座席には、きちんとした紳士風情のデュポン男爵が座っていて、その横では、見た目に若そうな男がハンチングを目のところまで下ろし、自動車用コートの高い襟を立て完全に顔を隠していた。前の座席も、同じように二人の若い男で、それはセー通りの角で車が拾った二人の通行人だった。彼らの一人は先日の決闘でド・ラ・ゲリニエール伯爵の証人の一人だったデュ・ジャール男爵で、もう一人はアメリカ人の名刑事トム・トゥウィックだった。

顔を隠した男は隅で身を沈めていた。彼は両足でスズメを撃つための空気銃をはさんでいた。それで彼はポーラン・ブロケの窓ガラスに弾丸を打ち込んだのだ。デュポン男爵は高性能のオペラグラスを手に持っていたが、ガラスの割れた窓に駆け寄った男たちをそれで確認したのである。

リムジンの後部座席のこの男はなにも話さなかった。だが、彼と行動をともにするデュポン男爵とデュ・ジャール男爵は話していた。

「いま」彼らは言った。「誰かがポーラン・ブロケのところで仕事をしている。だが、ヤツではない。ヤツの資料を処理したり、ヤツがはじめた仕事を引き継ぐため書類を整理している部下たちだ」

「そうだな、疑うべきものはもうあるまい。ポーラン・ブロケはもうそこにはいないんだ……」

「ううむ」トム・トゥウィックは言った。

「そうでなければ、ほら、ヤツはなにも警戒せずに部下たちと一緒に窓際に来ただろう」

「そうですね……」

そこで、リムジンの後部座席に座っていた男は、一同の視線が向けられると加えた。

「私はいま疑っているんだ、われわれは不手際を犯してはいないだろうか？」

「どういうことだ？」デュポン男爵は問いかけた。

「ええ。最終的にわれわれにはなにがわかったのか、ということだ。わかったことはなにもないか、わずかのいずれかだ。われわれは、ポーラン・ブロケの書斎で誰かが夜に仕事をしているという確信を得た……ただわれわれはそれをすでに知っていた」

「しかし、誰がそこで仕事をしているかは知らなかった」デュポン男爵は言った。「いまわれわれは確実だとみなすことができる、それはヤツではないと。白状するが、自分の疑いが立証されないのをまのあたりにしてとても安心している。この数日間、ポーラン・ブロケが夜ここに、ヤツの家にいるのだと信じ込んでいたからな」

「われわれもだ」彼の連れの男たちは言った。「だからいま、それがこの手強い野郎じゃないとわかってよろこんでいるんだ」

「ヤツがそこにいなかったこと、証明するもの、なにもないよ！」アメリカ人刑事が言った。

「おお！　姿を現すさ！」

「たぶん姿、現さないね！　ガラス割るアイデア、誰かを外におびき寄せるため、絶対有効ね……」

「成功しただろ……」

「イエス！　イエス！　でもポーラン・ブロケのような男の場合、反対の結果になるはずね！　ヤツ、驚かない、茫然自失しない。ヤツそこにいれば、すぐに、われわれの狙い理解するね。ヤツ見抜いたよ、ガラスにするね」

砕け散るのと同時にね。そして、ヤツほど抜け目ないなら、君たちの罠、簡単に暴いて、はめられないよう

「われわれはそうは思わない。いいや、そうは思わない。ようやくヤツから解放され、安心して自分たちの計画を実行できると望みたいものだ」

そこで襟を立てた男が言った。

「みなさん、君たちの確信を共有できればうれしいんだが。しかし……われわれはまもなく知ることになろう、ポーラン・ブロケ、ないしその部下たちが、われわれが張った罠に気づいたかどうかを」

「どうやってそれがわかるんだ？」

「彼らはかならずや仕返しをしようとする」

「いいだろう、待ち受けてやろう」

「そうだ、みんな。ただ、用心に用心を重ね、いまからはこれまで以上にトリュデーヌ大通りとロディエ通りの角を監視することを勧告しておく」

ポーラン・ブロケ自身は、実をいえば、いくぶんか自尊心を傷つけられたように見えた。

「このジゴマという野郎は」彼は思った。「俺の家でなにが起こっているかを知るために、これほどありきたりな策略しか見つけないんだから、想像力がないのか、あるいはヤツは、俺のことをこんな簡単に騙されるバカだと思っているんだな」

彼は結論づけた。

「アイツは自分が間違ったことを知る必要がある」

しかし、ポーラン・ブロケはそれ以上あからさまに不満を見せることなく、行き帰りに必要ならば身元を

隠すために変装する生活を、彼はふたたびはじめたのだった。そうすることで、彼がその正体を見抜き、この界隈にいる理由を知っている連中の鼻先を、彼は通過したのである。

⑦章　男爵夫人の首飾り

大金持ちのグットラック銀行家（アムステルダムのグットラック銀行パリ支店長）の妻であるグットラック夫人がボワ＝ド＝ブーローニュ大通りのその見事な館で催すパーティは驚くべき大盛況を得て、毎年パリのイベントとなっていた。芸術界、文学界、財政界、海外の植民地において、名声を持つすべての人々がこの館のいくつもの広間に集まったのだ。

その夜、まずは芝居がおこなわれた。このパーティのために特別に書かれた風刺劇が上演され、美しいリュセット・ミノワが口上役だった。オペラ座の幾人かの魅力的な踊り子はパントマイムを演じ、その台本は館の主人（あるじ）によるものだった。それから、若き詩人アンティム・スフレの象徴劇に拍手喝采が送られた。さらにはオペラコミック座の女性歌手がこのアンティム・スフレの散文詩を歌い、それに曲をつけたのは、作曲家としての才能が知られるヴァン・カンブル男爵夫人だった。芝居のすぐあとにダンスがはじまった。

リュセット・ミノワがいるということは、すなわちド・ラ・ゲリニエール伯爵がいることを意味していた。一同は、この女性歌手が好評を得たので彼を褒め称えていた。ヴァン・カンブル男爵夫人へといえば、一同がその音楽を拍手喝采で迎え、素晴らしい、卓越していると声高に言った。だが、趣味の悪い冗談と感じ取るかもしれない作者のことを考えて、壮大な、とはあえて言わなかった。

男爵夫人は謙虚さを醸し出しながら、きどった様子で静かに扇子であおいでいた。

「おお！　わたくしは」彼女は言った。「わたくしはほとんどなにもしていませんわ。私の音楽はただ詩人の詩句に追従したにすぎませんのよ」

もっともそれは価値のない功績ではなかった。というのも、これらの詩句はいろいろな長さの音節を持っていたので調子がおかしかったのだ。

結局のところ、この詩は誰にも理解されなかった……アンティム・スフレは自分では前衛詩人だと公言していた！　進んで彼を褒めちぎる人もいれば、その一方で、別の広間で吹き出して笑う者もいた。詩人はといえば、かたじけもなくこれらのお世辞を受け取っていた！　ベストのポケットに片手を入れ、堂々と首を伸ばし、厳かな様子で髪の毛をうしろになびかせ、空虚なまなざしをきどる彼は、人類が足許にいるのを見てもまったく動じないうぬぼれの強い人々のように、自信に満ちて賞賛を受け取っていたのである。

しかし、ある人物がこの詩的な栄光にかげりをもたらし、理解不能な詩を書くこの前衛的な天才という太陽が燦々と輝くのを妨げたのだ。それは、近い将来、有名になるだろうアメリカ人ジェームズ・トゥイルだった。

ジェームズ・トゥイルは、既存の飛行システムを凌駕するにちがいない、新たな飛行システムの開発者だった。グットラック銀行家とヴァン・カンブル男爵は、彼がその空飛ぶ機械を成功させるために、すぐにでも実験ができるようにと会社を設立する約束をしたのだった。こうしてグットラック銀行家は彼を何人かの株主に紹介するためパーティに招待したのである。

ジェームズ・トゥイルは少し色のついた肌の楽天家で、赤毛でかなり背が高く、骨格はがっちりしていた。そしてまさにアメリカ人的な強い意志を示すあごを持ち、口では涼しい顔で皮肉を言い、そして目は生きいきとして、並はずれた洞察力を持っていた。彼はアメリカ訛りにフランス語を話したが、それでも理解することはできた。

一同がアンティム・スフレを褒め称えるのを見て、遅れをとりたくなかったので、彼は詩人の踊り子たちの優美さを賞賛したのである……彼は詩人がダンスコーチ、ダンスの先生だと取り違えたのだ。一同は彼にこの間違いを理解させ、詩というものがなんたるかを説明するのに難儀した。

アンティム・スフレはかなり気分を害したが、ペガサスとなんら共通するもののない空飛ぶ機械の開発者を奥ゆかしくも恨まなかった。

「アメリカ人というのは！」その軽蔑したような口許から彼は吐き捨てた。「なんという機械的な脳みそなんだ！　彼らが詩の素養を備えることは絶対にないだろう……」

男爵夫人といえば、彼女は憤慨し、この詩人の、広く認められた素晴らしい才能を評価できない人間がいることが理解できなかった。

ヴァン・カンブル男爵夫人は、自分の詩人のきらめく詩句に敬意を表してか、宝石で身を飾り、元日の平和通りのショーウィンドウのように輝いていた。肩の上、見晴らし台のように幅の広い胸元に、広く開いたブラウスの襟ぐりに、あふれんばかりの川のような首飾りが……ダイヤモンドの首飾りがひけらかされていた！

それは百万フラン以上の価値があると言われていたのだ！

彼女は腕に宝石とダイヤモンドで縁取られたブレスレットを身につけ、両手は、前衛詩人がタダで前衛芸術風に制作してもらった、いびつな装飾過多の指輪でいっぱいだった。しかし、彼はこれらの指輪をある散文で賞賛し、こんなふうに謳い、男爵夫人をうっとりさせた。

君の指は王の頭だ、

だからそれぞれの指は王冠が必要なのだ。

人の目につくことなく——一同は微笑みながら気づかないふりをするよう示し合わせていた——男爵夫人は早々にダンスパーティをあとにした。詩人はもちろん彼女に同伴し、送っていった。

一方、男爵といえば、彼はずいぶんと前から、踊り手の一人と消えていた。

さて、詩人アンティム・スフレが男爵夫人を連れていったのは彼女の自宅ではなかった。また彼の自宅でもなかった。彼はモンマルトルの丘の、ムーラン・ド・ラ・ギャレットそばの、パリでもっとも高い建物のひとつの七階に住んでいたが、男爵夫人は決してそこにたどり着くことはできなかった。

そこで連れていったのは、詩人の友人の一人、彼の支持者の一人、彼のもっとも熱心なファンの一人、彼を褒めそやし、彼の銅像が建てられる場所を見せてくれる人たちの一人の家だった。その友人とはド・マルネ伯爵で、マク゠マオン大通りに、独身者用アパルトマンを所有していた。前衛詩人の望み通りに快適な家具が備えつけられたモダンな部屋だった。

ド・マルネ伯爵は前衛詩人をよく昼食また夕食に招待し、自分の好む詩句を朗読してもらった。そしてド・マルネ伯爵は、詩人に対して、この天才に対して、賞賛と同じくらい愛情を示していた。彼は詩人にルイ金貨を数えることなく渡していた。詩人にとって彼は、ファン以上のもの、信奉者以上のものだった。彼は親友だったのだ！　彼は、未来の詩人と、過去の女性である男爵夫人の情事をよく知っていた。そして彼は親切にも、詩と音楽の才能豊かな二人の芸術家に、自分の小さな一階の部屋を自由に使わせていたのである。ド・マルネ伯爵は、女神（ミューズ）と一緒に独身者用アパルトマンで偉大な芸術の夕べを過ごすため、グットラック銀行家のダンスパーティを口実にすればいいと、詩人に進言さえしていた。それは受け入れられた。かくして詩人は、この天国のような一階の部屋を開けるための銀メッキの鍵をポケットに持っていたのだ。

彼は車に乗り込んだが、男爵夫人は隅へほとんどつめなかった。自分の近くに詩人をより感じるためにである。すべて早熟の天才がそうあらねばならぬように、アンティム・スフレはかなりガリガリに痩せていた。腹が出るのはもっとあとで、彼がアカデミー会員になったときだろう、彼がかたじけなくもそこに入ればだが！　一方、男爵夫人は少なくとも二人分の太さだった。それでバランスがとれたのだ。

車はマク＝マオン大通りの建物の前に停車した。その一階に件のド・マルネ伯爵からの部屋があった。前衛詩人がまず降り、男爵夫人が車からちゃんと抜け出せるよう手伝うため手を差し伸べた。

そして彼が呼び鈴を鳴らそうとしたとき、突然彼の前に空飛ぶ機械の開発者ジェームズ・トゥイルが現れたのだ！

アメリカ人は、こんなところで男爵夫人と詩人に遭遇したことに驚いた。

「なんで！」彼はアメリカ訛りのフランス語で叫んだ。「ここに住んでいるの！……奇縁ね！　私、この建物に住んでるよ、友人のところね！　じゃあ、私、とても幸運よ。だって、あなた方にご挨拶するのを、楽しみにできるね、詩も聞けるね」

詩人と男爵夫人はこの遭遇に少し困ったようだった。でもどうすればいいのだろう？　それに建物の扉は開いていたのだ。アメリカ人は、非常に礼儀正しく男爵夫人を通すために脇へ寄った。彼は二番目に通り、詩人は三番目に続いた。

詩人は少しためらったあと、一階の部屋のドアを開けようと進んだ。すると彼は驚いた。アメリカ人がまったく無礼にも、このドアまでついてきたのだ。それでも、この廊下にとどまっていぬよう彼は独身者用アパルトマンのドアを開けた。

アメリカ人は男爵夫人の音楽を褒めそやしながら独身者用アパルトマンに同じふうに入り、ますます詩人を驚かせたのだが、まったく当然のように彼のうしろでドアを閉めた。

だが男爵夫人は、この無遠慮なふるまいにあまり気を悪くしていなかった。

彼女は詩人に言った。

「黙っているように彼に言いましょう。明日、このことについてなにか言ったり……誰かに話したりしてはならないと彼に理解させましょう」

「あなたの言う通りです」

さて三人は、独身者用アパルトマンの小さなサロンにいた。冷えた夜食が小さなテーブルに出されていた。ド・マルネ伯爵はもてなすときは、気前がいいのだ。

アメリカ人は、フランス流のしきたりなど一向に気にもとめずふるまい続けた。この小さなサロンのいたるところ、家具の下を見たり、壁を叩いたり、壁掛けをめくったりして、さらには寝室である隣りの部屋を見にいった。ドアの外側に鍵がついたままで、彼はその鍵をまわし、そしてポケットに入れた。

詩人はアメリカ人が度が過ぎていると感じはじめた。

ジェームズ・トゥイルは小さなサロンに戻ってきた。彼はゲームテーブルを見ると、その引き出しを開けた。

「カード！」彼は言った。「ブリッジできるよ。どう？」

「そんな冗談を言うような時間じゃないですよ」前衛詩人は注意した。

「あなたの言う通りよ、詩人殿。それでは、真面目な話を。ここにひとつあるよ、リボルバーね……見事な武器ね。詩人殿、リボルバー詳しい？」

「私はすべてのスポーツを嫌悪しているんでね。憎いんですよ、筋肉が。私は頭脳しか鍛えないんです」

「よくわかったよ。私、スポーツ好きよ……武器や……いいリボルバーがね……」

詩人の言うこと聞きながら、アメリカ人はリボルバーをいじり、観察し、シリンダーを動かしていた。

「見事な武器」彼は言った。「ホント見事ね……」

彼はリボルバーを元の場所に戻すと、小さなゲームテーブルの引き出しを閉めた。

詩人はこの遠慮のないふるまいにイライラしていた。

「ねえ、あなた、ジェームズ・トゥイルさん」彼は風刺を効かせて言った。「高いところで生活するのが習慣でも、礼儀作法を軽視してはなりませんよ」

「イエス、イエス！」アメリカ人は肘掛け椅子に座り葉巻に火をつけながら言った。「おっしゃる通りね」

「あなたにはあきれますね……」

「まだ全然よ」

「本当に？」

「いまから、はじまるね……」

彼は男爵夫人に合図し、彼女の首飾りを指差した。

「それ、ください！」

男爵夫人は、アメリカ人がこんなふうに要求しているものがなにかわからなかった、さもなくばわかっていないようだった。彼女はアンティム・スフレに困ったような視線を向けた。前衛詩人は仲裁すべきだと思った。

「なにがほしいというんですか？」詩人は言った。

「首飾りよ……」

「はあ？」

「それ、ホント美しい！」

「確かに……でも……」

「もっと近く、見ていい？」

「礼儀に反しますよ……」

「はずしてください（デフェット）〔ここでは「礼儀に反しますよ」の反意語の意も含む〕」言葉遊びだと思ったのかあざ笑いながら彼は言った。「マダム、それはずしてね……詩人殿、マダム首飾りはずすの、手伝って」

詩人は大きな身ぶりで声を荒げた。

「ああ、ムッシュー、我慢にも限界がありますよ」

「そうよ、とくに急いでいるときね。ところで私、急いでるよ……」

「もうたくさんだ！　すぐにお引きとり願いたい」

「願ってもないね。すぐに、マダムの首飾りはずして」

詩人は震え上がる男爵夫人に自分が単に前衛的な人間であることだけでなく、古い騎士道の伝統を守り続けているところを見せたかった。彼は腕を伸ばし、長い指でアメリカ人にドアを示した。

ジェームズ・トゥイルも同じ仕草をした。彼の手は詩人の長髪の頭の方へ伸び、そしてその手に彼はリボルバーを持っていた。

「ようやくわかった？」彼は詩人に言った。「はやく首飾り、お願いね」

男爵夫人は恐怖に悲鳴をあげた。

「強盗！　強盗！」

「マダム、叫ばないで」アメリカ人は言った。「無駄よ。おしゃべりして、時間を無駄にしないよ。あなたの気を損ねて後悔してるね……でも、あなたの首飾りホント気に入ったよ。それに私、ちょっと急いでる。はやくしてね！」

前衛詩人はいまや全身を震わせていた。彼は銃器が大嫌いだった。それでも彼は抵抗しようとした。

「とにかく、これは卑劣な行為だぞ！　卑怯だ！」彼は繰り返した。「まさしくこれは強盗だ……強盗だぞ！」

「イエス！　イエス！　あなたと同じに、私だって、これがなにかわかってるよ」

「まあ、ちょっと、ムッシュー、あなたにはできないですよ」男爵夫人は言った。「こんなふうに盗むことなんて！」

「失礼！　失礼！　飛ぶことなんて、私、お手のものね。私、空飛ぶ機械の開発者よ、なにがなんでも私、飛ぶよ。そもそも私の会社の創設者の一人、つまり、私の才能、もっとも熱心な信奉者の一人は、ヴァン・カンブル男爵、あなたのご主人よ」

「でも、ムッシュー……」アンティム・スフレはなにか言おうとした。

アメリカ人はそっけなくリボルバーを詩人に向けた。

「あなた、黙って！　さもないと銃弾で、あなたの髪の毛に巣ごもりしている、すべての詩、吹き飛ばすよ」

男爵夫人はいまやすっかり怯え、首飾りをはずし、それをアメリカ人の前のテーブルに投げた。

「ありがとう」彼は彼女に言った。「それと、そのブレスレット……その指輪も……」

「全部ということ？」

「あなた魅力的ね、こんな無駄な装飾品、必要ないよ！」

男爵夫人は言われた通りにした。彼女はブレスレット、指輪、宝石としての価値を持っているすべてのものをはずした。

ジェームズ・トゥイルはすべてをかき集め、乱雑にポケットに突っ込んだ。それから立ち上がると、挨拶をした。彼が帰ろうとしたそのとき、入口の扉が開く音が聞こえた。誰かが独身者用アパルトマンに入ってきたのだ。

　不安げな男爵夫人と詩人はさらに震えた。

「たぶん泥棒！」アメリカ人は冷静に言った。

　そして彼は加えた。

「もしくは、あなたたちの、不意をつく男爵」

　それから彼は微笑んだ。

「もし彼なら、あなた方、私の家にいると言って。それで、全員救われるよ」

　そしてすぐさま言った。

「どうぞ！　首飾りを着け直してください、彼なにも、気づかないように」

　彼みずから男爵夫人の首に首飾りを留めて、胸元にダイヤモンドを広げた。

　ドアが静かにノックされた。

「開けて！」アメリカ人がアンティム・スフレに言った。「開けてください。怖がらないで、私、いるから！……」

　生きた心地もしない詩人は開けにいった。アメリカ人はドアの横にすばやく移動したので、ドアを開けたとき彼が見られることはなかった。

　夜会服をまとった、かなりシャレた男が現れた。彼がサロンに入り、礼儀正しく男爵夫人に挨拶をすると、ジェームズ・トゥイルはドアを足蹴りで押した。

　男はこの音に驚いて振り向いた。男は目の前に、アメリカ人が構える二丁のリボルバーの砲身を見た。彼は唖然とし、怯えて後ずさりした。

「両手挙げろ！」アメリカ人は彼に叫んだ。「両手挙げるんだ！」

彼は冷静に加えた。

「合図出さない、叫ぶな、さもなければ、あなた殺す……」

男は拿捕されていた。彼は従うのみだった。

⑧章　泥棒、さらに腕のいい泥棒

激しい怒りをおぼえながら、男は両手を頭の上に挙げた。

ジェームズ・トゥイルは、いまや歯をカタカタ鳴らし、細い両足に支えられてブルブル震える前衛詩人に話しかけた。

「詩人殿」彼は言った。「この紳士、ズボンの右ポケット入れているリボルバー、取りあげて……うしろよ、燕尾服の裾の下ね」

「私には……私には……私にはできない！」アンティム・スフレは口ごもった。

「できるよ、できる、やるね……。いいです、この紳士、こんなふうに宙に両腕挙げて、疲れるよ。さあ、リボルバーを……」

アンティム・スフレはブルブル震えながら、ジェームズ・トゥイルが要求する通りにふるまった。

「燕尾服の内ポケット、財布とって」アメリカ人は重ねて言った。「取って……取るね……」

紳士は抵抗し、自分を守ろうとしたが、アメリカ人は笑い、リボルバーをわずかだが近づけた。

「よし！」アメリカ人は言った。「親愛なる詩人殿。今度、ベストのなか、調べるよ、左ね……そこ、なか……ベストとシャツの、胸あてのあいだ。短刀あるね、取りあげて」

アンティム・スフレは詫びながら、何度も謝りながら、紳士のベストのなかを詮索した。

「よし！」ジェームズ・トゥイルは言った。「親愛なる詩人殿、このお土産全部、私の燕尾服のポケットに、移すよ……」

詩人はまた従った。

それから彼は紳士に言った。

「よろしい！」アメリカ人は笑いながら言った。「あなた、手先器用ね、スフレ殿。詩、うまくいかないなら、私のスリ高校に、会いに来てね。あなた、たいした人物にするよ」

「さあ、両手下ろしていいよ。許してね、長いこと宙に、両手挙げてもらったね」

そして男爵夫人に向かって、

「マダム」彼は言った。「この紳士と私に、座るよう申しつけて。あなたと詩人殿も、同じくね」

四人が座ると、アメリカ人は紳士に尋ねた。

「なぜ、いらっしゃったの？」

紳士は言葉で答える代わりに身ぶり手ぶりをはじめた。アメリカ人は興味深そうに見ていたが、その意味を理解できなかった。

「もしや、あなた」彼は尋ねた。「突然、口きけなくなった？」

紳士はアメリカ人のほうに身をかがめ、彼の耳のそばでつぶやいた。

「ジゴマ！」

するとジェームズ・トゥイルは、すっかり興奮して叫んだ。

「おお！　おお！　あなた、ジゴマ？」

男爵夫人と詩人はこの名前に全身を震わせた。ジゴマを前にして誰が身震いしないものか！　ジゴマ、とびきりの悪党、大胆に略奪を働き、おぞましい数々の犯罪を犯す恐るべきZ団の首領！

「おや！　おお！　あなた、ジゴマね」アメリカ人は続けた。「祝福するよ。アメリカで、あなたの噂たくさん聞いたよ。あなた、そこにいくつか支部、出先つくったようね」

しかしそのとき、紳士は意を決して話しだした。彼は完璧な英語で話した。

「おいおい！」ジェームズ・トゥイルは大声で言った。「なぜすぐにお話しにならない？　少なくともわれわれは理解できる」

すると男爵夫人のほうを向いて、彼は尋ねた。

「英語、わかる？　わからない……残念。とにかく、あなたの前で外国語話して、ごめんなさいね。でも、この尊敬すべき紳士と交渉するに、それ便利ね。それにマダム、あなたに関わるとき、教えるね」

それから会話はすばやく英語で続けられた。ジェームズ・トゥイルは話しながら、あいかわらずリボルバーを手に握り、相手から目を離さなかった。

「さあ、お話しください」彼は言った。「おうかがいします」

「さきほど」紳士は言った。「私は密かにジゴマの名前を発しましたが、それは自分がどんな種類の紳士を相手にしているのかがわかり、また、この著名な首領の名前がわれわれのあいだに、私にとって幸運な関係をつくってくれるように思ったからです」

「あなたはジゴマなんですか？」

「全然ちがいますよ！　誰もジゴマではありません！」

「えっ？」

「どんな人間も、ジゴマだと自慢することはできません。ジゴマは命令を下し、行動し、人々が従い……

人々が仕え……人々が忠誠を尽くす不可視の力なのです」

「では、あなたはここへ、ジゴマのためにいらしたと？」

「ええ」

「この私は自分のためですよ」ジェームズ・トゥイルは言った。「私だけのためにね」

「ジゴマは絶対的な力を持っています」

「私は、そんな力にそうめぐまれていません。でも、あなたがごらんになったように、自分のちょっとした盗みで、なんとか暮らせないわけではありません。そして、それを通じて、すぐ近くに私には何人かの仲間がいて手伝ってくれますし、彼らもまた、自分たちの境遇に文句を言ったりしません」

「あなたはジゴマと同じ考えを持ったのです……」

「この考えは正しかったことが証明されますね」

「この夫人の宝石を奪うというね」

「イエス！　ダンスパーティのあいだにやろうとしたのですが、できませんでした。ここまで彼女の跡をつけてきました。あなたは絶好のタイミングに、到着したわけです」

「それについては申し訳なく思っています、信じてください……しかし……」

「それは、この職業ゆえの偶然なんです」

「どうしますか？」

「私は優先権ある者として、アメリカの習わしにしたがって、あなたにはすぐに立ち去ってくださいとお願いしたいところですが、真の支配者であり、私が称賛する、あなたの首領ジゴマに敬意を表して……」

「譲ってくれるのですか？」

「いえ！　そこまではできません！　あなたにそんなことは要求できませんよ……」

「では？」

「マダムの首飾りを賭けましょう」

「なんだって、賭ける？」

「その通り。負けたほうが身を引く、それでいいですね？」

「いいでしょう！　どんな賭けで？」

ジェームズ・トゥイルはアンティム・スフレに呼びかけた。

「詩人殿、ドル、持ってる？　返すから、安心するね。コイントスのためよ」

しかし、Z団の紳士は大きな声で言った。

「失礼ながらあなた、賭けられたものがあまりにも高価すぎます。そんなふうに、一発勝負の偶然に委ねるには。勝率を上げなければなりません」

「リボルバーを使いますか？」

「いいえ。私はこの家をよく知っています、このゲームテーブルのなかにトランプがあります」

「カード！　おお！　それじゃ、いいですよ……ブリッジにしますか？」

「ちょと長くなりそうですよ。それにわれわれ二人でやらないといけません。それでは首飾りをエカルテで賭けましょう」

「エカルテですか、いいでしょう。カードを持ってきてください」

紳士は立ち上がると、アメリカ人に背を向けて、ゲームテーブルへと向かった。彼はすぐさま引き出しのなかを探すと、ジェームズ・トゥイルがさきほど見つけてその品質を褒め称えたリボルバーを自分のポケットにすべり込ませた。

そのあいだ、ジェームズ・トゥイルは暖炉の前で新しい葉巻に火をつけ、紳士に背を向けていた。

そして紳士は部屋の真ん中にゲームテーブルを持ってくると、それを広げ、緑色の敷物の上にカードを扇型に投げた。

ジェームズ・トゥイルは紳士の正面に座った。しかし突然、彼は紳士にリボルバーを向けた。

「はじめる前に」彼は言った。「リボルバーを床に置いていただけませんか。あなたがさっきポケットに忍ばせた」

「どういうことでしょう……」

「否定しようとしても無駄ですよ、見たんです」

彼は、さきほどその前で葉巻に火をつけた鏡を指差した。さらに彼は、ルイ十五世様式の鏡が正面の壁に斜めに掛けられていて、リボルバーが収納されるゲームテーブルの引き出しの面をちょうど映し出していたと教えた。すなわちジェームズ・トゥイルは、ゲームパートナーのわずかな動きもなんなく追っていたのである。

「余裕があるなら」彼は言った。「その武器もポケットに入れるんですが、いっぱいなんですよ。私の二丁のリボルバーに、あなたのリボルバー、ひと振りの短刀。私は武器収納庫に変身できません。なので、リボルバーを床に置いてください」

紳士は言う通りにするしかなかった。彼はリボルバーを床に置いた。すぐにジェームズ・トゥイルは、遠くのソファの下に武器を蹴り飛ばした。そこには男爵夫人と前衛詩人がこの騒ぎがはじまって以来、びくびくしながら座っていた。

自分たちのところまで武器が来たのを見て、詩人と男爵夫人は恐怖で悲鳴をあげた。男爵夫人はその太った足を持ち上げようとソファから床へひっくり返り、アンティム・スフレはその痩せた脚を逆にひどく高く上げたから、陶器と素焼きの小さな像でいっぱいの小さな家具をひっくり返してしまった。それから彼はありったけの力で男爵夫人を引き起こし、彼女をソファに戻すと、ソファは大きく軋(きし)んだ。

そのあいだにも二人の紳士は彼らを気にするふうもなく、黙って真剣勝負をはじめるところだった。ジェームズ・トゥイルはリボルバーをつねに手の届くところに置いていた。ゲームパートナーが殴りかかってきたり、不意打ちを仕掛けるのを未然に防ぐためである。

そして勝負ははじまった。

しばらくすると、ジェームズ・トゥイルがカードの表を見せた。

「負けた！」彼はあっさりと言った。「ジゴマが勝った。ならず者同士でも、誠実であるべきだ。私は身を引きます、祝福しますよ」

彼は立ち上がると、男爵夫人に挨拶した。

「マダム」彼は言った。「あなたの、この美しい思い出、とっておけなくて残念ね。幸運な私の同業者、心からあなたに敬意表します。おいとまします！」

彼は後ずさりして挨拶をしつつ立ち去った。それからドアを開けると、疾風のごとく出ていった。

彼が部屋から出たそのとき、ゲームテーブルの前で固まって微動だにしなかった紳士は、急いでソファに駆け寄りひっくり返し、かわいそうなアンティム・スフレを向こうに転げ落とした。彼はソファの下のリボルバーを拾い上げた。

「おい！　そう簡単にジゴマからは逃れられないぞ！」彼は叫んだ。

彼はリボルバーを手にドアへ急ぎ、勢いよく開けると、控えの間に入ったが、ジェームズ・トゥイルはちょうど玄関の扉を開けたところだった。

「なにか言いたいことでも？」立ちどまると、すっかり落ち着いた様子でアメリカ人は言った。

「ある！……これだ！　これはジゴマからだ！」

彼はジェームズ・トゥイルの顔の真ん中を狙い、発砲した。

撃鉄が六回落とされ、シリンダーが乾いた音を立てた。が、一発も発射されなかった。

「武器はとても素晴らしい」アメリカ人はすこぶる冷静に言った。「私は知っていましたよ。もう試したんでね！　あとで弾薬も試しますよ、ポケットに入っていますからね！」

彼は葉巻をひと吹かしすると、平然と立ち去った。

困惑し激怒した紳士は、ますます怯える詩人と男爵夫人がいる小さなサロンに戻ってきた。

ヴァン・カンブル男爵夫人は、死刑執行人がやってくるかのように、紳士が戻ってくるのを待っていた。

わずかでもたてついたり、歯向かったりする気力もないと彼女は感じていた。

紳士はみずからを抑え、不満を隠しながら、彼女のところにやってきた。そして、とにかく早く終わらせたかったので紳士は彼女に言った。

「マダム、あなたの首飾りを渡していただけないでしょうか」

男爵夫人はすでにそれをはずしていた。彼女からそれを差し出された紳士は、礼を言いながら受け取った。

「さあ、立ち去っていただいてかまいせん」彼は言った。「スフレさん、マダムをお送りください。マダムは一刻も早くご自宅で少し落ち着きを取り戻すことを望んでおられます」

男爵夫人は前衛詩人の腕をとり、彼を連れていった。しかしドアの敷居に来ると、紳士は彼女を呼びとめた。

「マダム……マダム……この首飾り、本当にあなたのものですか？　これは例のあなたのダイヤモンドの首飾りですか？」

「もちろん、そうですわ……」

「確かですか？　これは本当にあなたがダンスパーティで着けていたものですか？」

「確かですわ。二つ同じようなものは持っていません。その代わりとなるものはありませんのよ」

「しかしながら……ほら、この首飾り……普通じゃありませんよ……。ジェームズ・トゥイルはあなたからこれを奪おうとしませんでしたか？」

「しました！　自分のポケットに入れさえしました」

「それから、あなたの首にそれを着け直したのですか？」

「あなたが入ってきたときに……」

紳士は叫んだ。

「ほら！　わかったぞ！　ほら！　すべてが納得できた！　彼はわれわれを騙したんです！」

「どういうことでしょう？」

「だから、マダム、ジェームズ・トゥイルはあなたの本物の首飾りを持っていったんです、ダイヤモンドの首飾りを……そして彼は、本物の首飾りとこれを交換した」

「じゃあ……これは？……」

「偽物です！」

⑨章　糸口

ポーラン・ブロケはその朝かなり遅く起きた。簡単に身支度をすると、冷たい濡れタオルで顔を拭き、丈の長いガウンをはおり、呼び鈴を鳴らして朝食を頼むと、書斎に入った。

すでにずいぶんと前から二人の部下、ガブリエルとラモルスが彼を待っていた。彼は心を込めて二人と握手した。

「昼食は？　ココア、カフェ・オレは？　いらない！　なにもほしくないのか？　いいだろう。じゃあ、ポルト〔ポルトガル北部の町ポルトから出荷されるワイン〕にしよう、もうそんな時間だからな……」

忠実なジュールが食事を出した。

ポーラン・ブロケは、バタートーストをココアに浸しながら、ラモルスに言った。

「さてと、暖炉の上の小箱を取ってくれ。開けて、なにが入っているかガブリエルに見せてやってくれ」

ラモルスは小箱を取りにいった。テーブルの上、ガブリエルの前にそれを置くと開けた。するとガブリエルとラモルスは感嘆し、驚き、啞然として叫んだ。

「男爵夫人の首飾り！」

「その通り」ポーラン・ブロケは新しいトーストを取りながら言った。「その通りだよ、おまえたちは見抜いているな。ヴァン・カンブル男爵夫人の首飾りだ」

「なぜ持っているんです？」

「昨晩、奪ってきたんだよ、この気立てのいい男爵夫人からな。ジゴマの鼻先でだ！」

ガブリエルとラモルスは当然のこと、この冒険のあらましに興味津々だった。

ポーラン・ブロケはココアを終えて水を飲むと、葉巻に火をつけた。竹製のソファに横になり、笑みを浮かべながら、ド・マルネ伯爵の独身者用アパルトマンが舞台となった騒ぎを部下たちに語った。

部下たちは大笑いし、延々と刑事長を褒め称えた。

「おまえたちはわかってるだろ」ポーラン・ブロケは言った。「俺たちは、ジゴマを包み隠す謎を最終的に明らかにして逮捕するそのときまで、ヤツにたくさん仕返しをするんだ。絶対に復讐するんだ。下水道で風呂に入れられた恨みを晴らすんだ。ヤツは俺がまだなかで浮かんでいると思っているがね。それから、果敢にも俺を助けにきた勇敢なクラフと警視を生き埋めにしたんだ。いまこそジゴマと俺たちのゲームがはじまったんだ」

「刑事長、われわれは」刑事たちは言った。「ジゴマの陣営よりもポーラン・ブロケと一緒のほうがいいですけどね」

「これは見ものだな。いずれにせよ、おまえたちに約束できることは、俺たちがいかに苦労するかということだ。俺たちが戦うのは手強い男たちなんだ」

ポーラン・ブロケはしばし口を噤(つぐ)んだが、ふたたび口を開いた。

「おぼえてるだろう、レーグルでホテル泥棒のポケットから見つけた文書のこと」

「はい、刑事長」

「俺たちはそのなかで、かなり不可解な一件の文書を見つけた……」

「スーツケースの男の暗号化された手紙!」

「その通り」

「〈掌握する、ロラン〉」部下たちは言った。「〈日曜、クラフ〉」

「そうだ」

「〈連れていく、男爵夫人、首飾り、夜、ダンスパーティ、マオン〉」

「そうだ、おまえたち。この手紙の前半部分の意味を俺たちはすぐに理解した、ロラン氏に関してな。それから俺たちはクラフの店に行った」

「それから、ラ・バルボティエールへも」ガブリエルは言った。

「そうだ」ポーラン・ブロケは言った。「手紙の後半部分は俺たちを大いに悩ませた」

「その後半部分がいま解決した。そしてこれは、ポーラン・ブロケの数ある手柄のなかでとりわけ小さいものではない」

「おまえたち。この件の成功の多くはおまえたちのおかげだ」

「刑事長。あなたはなにもしていない、そう言いたいのですか？」

「ふん！　俺は、俺はな、簡単な盗みをしただけさ、どんな素人でもできるね。だけどおまえたちは、驚くべき利発さを見せてくれたんだ、この手紙の暗号化された不可解な言葉の意味を明らかにするためにな。俺が悪事を働けたのはそのおかげだ。俺に面白いアイデアが浮んで、ジゴマがトム・トゥウィックを使って俺を罠にはめようとしたから、アメリカ流にジェームズ・トゥイルを使ってヤツに対抗したのだ！」

　ポーラン・ブロケは活力に満ちあふれ屈強だったが、ラ・バルボティエールの竪坑に落ちて、下水道で過ごした影響を依然として感じていた。そこで彼はかならずや死ぬはずだったのだ。自分の巨大な墓場になるにちがいなかったところから脱出すると、周知の通り、彼はヌイイの奥まったところに所有し、誰にも知られていない家に向かったのだった。そこで何日ものあいだ休み、回復したのだ。

　だが、ポーラン・ブロケにとって休息することは、なにもしないことを意味しない。捜査には出なかったが、新たな捜査の準備をしたのである。

「暗号化された手紙の後半部分の意味を知るときだ」彼はそう部下たちに言った。

　ガブリエル、ラモルス、そしてシモンはすぐに捜査をはじめた。彼らは、マク＝マオン大通りで開催予定のダンスパーティについて手際よく調べた。こうしたことは時間さえかければ、かなり簡単に情報を入手できるからだ。ポーラン・ブロケの部下たちは、花屋、納入業者、菓子屋、電気屋、つまり、マク＝マオン大通りで開催されるダンスパーティのように、社交界で重要なダンスパーティがおこなわれる際に仕事を依頼する人々に問い合わせたのである。

ラモルスは招待客の、ほぼ完全な名簿を入手することができた。だが結局のところ、この時期にマク゠マオン大通りで開催予定のダンスパーティはそれほど多くなく、これらは時期的にだいぶあとだった。

「それはちがうに決まっている」ポーラン・ブロケは言った。「俺たちは間違っていると思うぞ」

「われわれもそう思います、刑事長。しかし、別の意味はこの手紙には認められません。ほかのどんな手がかりを追えばいいのか、ほかのどんな目的に向かえばいいのか、わからないんです」

「俺の意見では、マク゠マオン大通りのダンスパーティではなくて……別のところでおこなわれるダンスパーティの夜に、この首飾りの男爵夫人をマク゠マオン大通りに連れていくことが問題なんだ」

「刑事長、核心に近づいている気がします」

「たぶんな。まだわかってないのが、男爵夫人と呼ばれるこの女は誰かってことだな？　俺たちが関わっているのが正真正銘の男爵夫人なのか、それともよくあるように、単に渾名でそう呼ばれただけの女なのか」

さて、ある日の午後、ポーラン・ブロケは部下たちと一緒に、みずから自慢に思う巨大なヤシの下のバルコニーにいた。それは、ラ・バルボティエールの冒険から二日か三日後のことだった。彼は、竹製のソファに横になっていた。それはインドにあるようなもので、しなやかで心地よい理想の寝椅子だった。

部下たちは、幅が広く深々とした籐の肘掛け椅子でくつろいでいた。彼らは刑事長の正面にいて、一同を隔てるテーブルにはそれぞれの好みに応じて、湯気立つ紅茶、トースト、熱いココア、ラム酒、ポルト酒、焼き菓子類……そしていくつかの葉巻ケースが置いてあった。

ポーラン・ブロケは静かにティーカップを置いた。葉巻ケースから一本とると、その先を念入りに切り取り、木のマッチで火をつけた。良質の葉巻に蠟マッチで火をつけることは真の喫煙者からは邪道と見なされているからだ。フランス公社のマッチの蠟は実際にステアリンでできていて、このステアリンが焼け焦げた仔牛のカツレツのような嫌な風味を葉巻につけてしまうのだ！

さて、慎重に葉巻に火をつけると、ポーラン・ブロケはふたたびソファに横になり、体を伸ばした。両腕を肘掛けの上に置き、少し痩せているが筋肉質の長い両手をだらりと下ろした。頭をうしろに倒し、葉巻をまっすぐにくわえ、それを玄人らしく味わい、煙の青い渦巻きがゆっくりと立ち昇り、ヤシの高い葉っぱのなかで戯れるのをながめていた。

部下たちもまたそれぞれ葉巻に火をつけ、刑事長を注意深く見ていた。彼らは待っていたのだ。ポーラン・ブロケをよく知る彼らは、刑事長が黙り葉巻の煙をながめながらじっとしているときは、なにか重大なことの予兆だとわかっていた。

ポーラン・ブロケがこのようにしているとき、部下たちはこう言った。

「刑事長は猫になってるな」

実際に、猫という、この不可思議な動物はかつて神であったことをおぼえていて、金の薄片がちりばめられた深い緑の瞳できわめて注意深く葉巻の煙をながめるのだ。

猫は考え、よく考え、観察する。

かつて崇拝されていたことをおぼえているが、今日、ほかのたくさんの神々と同様に――当然？――不遇をかこつ神である猫は、葉巻の煙が立ち昇るのを見つめながら、昔自分の前でのぼっていたお香の煙を悲しげに想っているのかもしれない。

さて、ポーラン・ブロケは猫のようだった。煙が立ち昇るのをながめながら、彼は考えに考えていたのである。

しばらくすると彼は、ゆっくりと右手を挙げ、灰を壊して落とさないようそっと唇から葉巻をとり、考えていることを口に出して言った。

「ジゴマとは誰なんだ？……誰なんだ、ジゴマは？」

彼はまた黙り、そのあとすぐに続けた。

「ジゴマとは誰だ？　誰なんだ？……俺たちはそれを明らかにするんだ！　それを解明するんだ！　そのときは来るだろう」

部下たちは彼の言うことを注意深く聞いていた。

ポーラン・ブロケは、葉巻を何度かふかすと加えた。

「Z団は、モントルイユ銀行……ベジャネ公証人の事務所……イトンヴィルの村長の家を襲撃した……どの襲撃でも、俺たちは例のド・ラ・ゲリニエール伯爵に出会っている。ということは、ド・ラ・ゲリニエール伯爵はZ団の主要メンバーの一人だ。この男が不可視の支配者、真の支配者なのか？　偉大なるジゴマを演じる男なのか？　俺に死刑宣告し、刑を執行したヤツなのか？　この男なのか？……それともトム・トゥウィックか？　難題だぜ……だけどいずれにせよ、俺が確証するのは、ヤツもまたこの男爵夫人とこの首飾りをめぐる秘密の計画に一枚嚙んでいるってことだ。ヤツはマク゠マオン大通りの件に関わっているんだ！」

部下たちは黙って頭で同意を示した。

「だから、俺たちがこの男爵夫人を探すべきところは、ヤツと親しい人たちのなかだ。知り合いにちがいない。こんなふうに、おそらくは簡単に、マク゠マオン大通りに連れていくことができるんだからな。この男爵夫人とは誰なんだ？　あの見栄えのいいデュポン男爵の妻か？……デュポン男爵は公式には独身だ、デュポン男爵としてはな。ヤツが父親になるのはクラフの店にいるときだけだし、そこでのヤツの女房は、男爵夫人ではない。この女は気のいいアルセーヌ母ちゃんだ、欲望を刺激するような首飾りを持ったことなど決してないだろう。それに彼女はアルセーヌ母ちゃんなんだから、その旦那——別のときは豪奢な男爵——が彼女をマク゠マオン大通りでZ団の手に投げ捨てはしないだろう。そうでなければなにも理解できない」

こんなふうに独り言を言うように彼が小声で、しかし部下たちがはっきりと理解できるように言ったことのすべては、まったく理に適(かな)っていた。

「ちがう」ポーラン・ブロケは続けた。「探すべきは別のところだ。つまり、ド・ラ・ゲリニエール伯爵と見栄えのいいデュポン男爵の社交界の交友関係なんだ。そこには、もっとも親密な友人として……デュ・ジャール男爵がいる……だけどヤツは結婚してない。もう両親もいないらしいから、母親としての男爵夫人もいない。それでかなり金持ちな……グットラック銀行家がいる……だがグットラックは莫大な財産を持っているが、まだ男爵になるべきだとは思っていない。それでも遠からずそうなるだろうな。ああ！　すると残ってるのはヴァン・カンブル男爵だ……もっと金持ちのな。この男爵といえば、由緒正しくがっしりとした、堅実な地位を持っている……男爵冠を与えられて十五年来よろめいたことがない。おまけにヴァン・カンブル男爵には妻がいる、彼の地位のようにがっしりとした重量級でびくともしない男爵夫人だ。社交界の雅の手本を示すとみずから任じて、リリーが働くパーキンズで服を仕立ててもらっているヴァン・カンブル男爵夫人だ。男爵夫人は芸術的センスで知られ、作曲もする……それから、そのダイヤモンドは有名だ」

そこでポーラン・ブロケは部下たちのほうに顔を向けた。

「ヴァン・カンブル男爵夫人だ、暗号化された手紙が示しているのは」ポーラン・ブロケは言った。「わかったぞ」

部下たちは勢い込んで叫んだ。

「ええ、刑事長、われわれはわかったんです！」

「よし。さあおまえたち、俺は外に出ることはできない。死んだものとみなされなければならないからな……この謎の最終的な答えを探しにいくのはおまえたちだ」

ガブリエル、ラモルス、そしてシモンはすぐに捜査をはじめた。グットラック銀行家夫人がダンスパーティの開催をともなう夜会を準備していることを知るのに、さほど時間はかからなかった。喜劇を上演し、ヴァン・カンブル男爵夫人の音楽を喝采し、ダンスすることになっていたのだ。

「それで」ポーラン・ブロケは、この夜会の詳細を伝えたガブリエルに尋ねた。「夜会はどこでおこなわれるのだ？」

「銀行家のグットラックのところです」

「すると、おまえは知らないのか、銀行家のグットラックの館はボワ゠ド゠ブーローニュ大通りのもっとも豪華なもののひとつだぞ」

「そうですね」

「ということは、マク゠マオン大通りという謎をさらに探らないとな」

ガブリエルは答えた。

「わかりました、刑事長。さらに調べてみましょう」

この謎のカギを見つけたのはラモルスだった。

いつものようにラモルスは、男爵夫人に仕える人々から巧みに話を引き出した。でっぷりとした男爵夫人がその艶やかさに比例する愛情を持っていること、またその体重と同じくらい感傷的であることを知った。さらにラモルスは、彼女に関する淫らできわどいエピソードを引き出し……そして、アンティム・スフレという運のいい男が、彼女から惜しげもない格別の寵愛を受けていることを教えてもらったのである。

ラモルスは、男爵夫人とそのひもじそうな前衛詩人がやるせない声で愛の歌をささやく屋根裏部屋がどこにあるのかを考えた。それでラモルスは、アンティム・スフレにつきまとうことにした。ラモルスもまた詩人になりすました。アンティム・スフレという天才をとめどなく讃える、恥ずかしがり屋の下流詩人である。

やがて世界を明るくする、このまばゆい太陽の照り返しをただただ味わいたいと、彼は言いつのった。

前衛詩人は満足げに聞いていた。詩人は、こんな大雑把なへつらいの香りを悦に入って吸い込み、この弟子をかたじけなくも特別にはからうことを誓い、励ますと約束したのである。はなからラモルスはアンティム・スフレは完全なバカで度を越した虚栄心でうぬぼれる、愚かな知性のかわいそうなヤツだと思っていたが。

ラモルスはルピック通りの小さなカフェで何度かこの前衛詩人と会った。そこで詩人は小ジョッキを貢がせ、自分について語ったり、あるいは褒めちぎられるのを聞きながら、気さくに飲んでいた。ラモルスはこのカフェで前衛詩人本人の口から、近いうち彼の最新の詩を聞く集いが催され、ヴァン・カンブル男爵夫人が彼のいくつかの詩句に曲を付けることを聞き出したのである。

ラモルスは褒めに褒めちぎった。そして彼は、芸術界にセンセーションを巻き起こすはずのこのニュースと同時に、この前衛詩人が、そのもっとも熱心なファンの一人によってすでに大絶賛されていることを知ったのである。

「私を理解し、賞賛するお人。その方は、ド・マルネ伯爵です」

ド・マルネ伯爵の名前がポーラン・ブロケの部下の関心を呼び起こしたことは間違いない。

何杯もの小ジョッキの力を借りてついにラモルスは前衛詩人から、ド・マルネ伯爵が詩人に親切で、仕事でもなんでもよろこんで彼を援助していることを聞き出したのである。つまり、男爵夫人と協働しやすくするために、詩人に自分の独身者用アパルトマンを貸したのである。そこでなら男爵夫人は自分の館よりも快適に彼の詩のためにつくった曲を、彼に聞かせることができる。加えて、とてもシャレたこの独身者用アパルトマンのおかげで、詩人と女流音楽家はくつろいでともに活動することができたのだ。それで、独身者用アパルトマンはまさしく、マク゠マオン大通りにあったのだ。

こうして、ポーラン・ブロケは謎を解くためのカギを得たのである。彼は、ダンスパーティの夜に男爵夫人がどこに連れていかれるかわかったのだ。今度は彼が捜査をはじめた。

それで、最大限に警戒するよううながされた敵たちの疑いを呼び起こすことなしに、男爵夫人に接近するために彼は、その驚くべき俳優の才能でもって飛行機開発者のジェームズ・トゥイルという人物を演じたのである。そうすることでさらに、例のアメリカ人刑事トム・トゥウィックとふたたび対峙するにちがいなかったからだ。彼は銀行家のグットラックに接触し、必然的にヴァン・カンブル男爵、そのほかの友人たち、デュポン男爵、ド・ラ・ゲリニエール伯爵に紹介してもらったのだ。

アメリカ人であるジェームズ・トゥイルはかなり前から告知され、その季節における上流階級の催し物のひとつのグットラック夫人のパーティに、物珍しさから呼び物として招待された……。おそらくZ団もまた、首飾り窃盗を成し遂げるためにこのパーティを待ち望んでいただろう。

ポーラン・ブロケは間違えていなかった。われわれは、彼が夜会で前衛詩人を賞賛するのを見た。あるいはわれわれは、ド・マルネ伯爵のシャレた独身者用アパルトマンで彼がわがもの顔でふるまうのを見た。

「俺は期待していたんだ」ジェームズ・トゥイルの冒険を話しながら、ポーラン・ブロケは部下たちに言った。「俺は期待していたんだよ、ダンスパーティで男爵夫人の首飾りをかすめ取ることをな。そのために俺は、奪おうとする首飾りの代わりに芝居用の豪華な首飾りを持ってきていた。この偽の首飾りのおかげで、盗みはすぐに気づかれないはずだった。上流社会では宝石をながめ、感服することはあっても、間違ってもそれを鑑定することはないからな。この交換がうまくいけば、俺はそれを確信していたが、だいぶあとになってから取り替えられたことに男爵夫人は気づくにちがいなかったんだ」

ポーラン・ブロケは、独身者用アパルトマンで繰り広げられた場面を部下たちに語ると、加えた。

「ところで、このジゴマの仲間は偽の首飾りのために苦労に苦労を重ねたんだ！　Z団はこの敗北をのんきに受けとめないのは確実だ。ヤツらは復讐し、なにがなんでもジゴマが絶大な力であることを証明しようとするだろう。そして、俺が騙したあの紳士は名誉の挽回をはかると思う。おれは推測しているんだよ、男爵夫人はZ団のヤツらとかかずらうのをやめられないとね。そしてヤツらが派手な新しい悪巧みを準備するのに、あの気の毒な前衛詩人を利用するんじゃないかとね。まあ見てろ……いまにわかる！……」

ガブリエルは口を開いた。

「刑事長、この面白い冒険でひとつ私を驚かせることがあります。なぜです、このジゴマの仲間を捕獲しながら、手錠をかけなかったのは？　なぜ逮捕しなかったんです？」

「できなかったんだよ！　そうしてはダメだったんだ！　まず、俺の正体がバレてしまう。それから、あんな場所で、あんな状況で、一人の男を逮捕することは、この立派な男爵夫人の名誉を汚し、まったく意味のない大変なスキャンダルを引き起こすことになるからな」

「おっしゃる通りです、刑事長」

「それに俺は自分の目標を達成した。俺はダイヤモンドの首飾りを救い、ジゴマと戦い、ヤツの犠牲となる女性を守りたかった……俺はそれに成功した。それ以上先に進んでなんになる？」

「その通りですね、目標は決して越えるものではない。刑事長、それは慎重に行動するという、あなたの行動規範のひとつですからね」

「おまえたち、俺が描いた計画を正確に遂行する一方で、俺たちにとってことのほか重要なある事実を確認しただけになおさらだ」

「どんな事実です、刑事長？」

「グットラック夫人のサロンで、ド・ラ・ゲリニエール伯爵に会ったんだ……」

「えっ！」

「おまえたちが知っているように、ヤツはグットラック銀行家の友人だ。おまけにリュセット・ミノワが演目に載っていた。で、ド・ラ・ゲリニエール伯爵はリュセット・ミノワと同時に帰ったんだ。まもなくして、男爵夫人と長髪の前衛詩人もダンスパーティをあとにした、こっそりとな。俺は彼らの跡をつけ、そして夢見心地に二人きりでいるところを邪魔してやったんだ」

「ええ、刑事長！」

「だが、シモンの確認によれば、ド・ラ・ゲリニエール伯爵はその後リュテシア座にいた。伯爵がいつものようにリュセット・ミノワと夜食をとり、彼女の家に送って行ったとシモンははっきりと言っているんだ」

「その通りです」

「いいだろう。だが俺は確信しているんだよ、男爵夫人の首飾りを狙っていたこの泥棒紳士がド・ラ・ゲリニエール伯爵だとな」

ポーラン・ブロケの部下たちは飛び上がった。

「ああ！　ヤツは見事に化粧し、姿を変え、特定するのがむずかしかった。だが、目、いくつかの仕草、声のイントネーションでヤツの正体が暴かれたんだ」

ポーラン・ブロケは加えた。

「それから……おまえたち、これから言うことをよく聞いてくれ……気づいたんだよ。俺がド・ラ・ゲリニエール伯爵だと信じているこの男、つまり、盗みをしにきてリボルバーで俺を殺そうとしたこの男が、コイツが左利きだったたってことにな！」

「左利き！　左利きだと！」

ガブリエルとラモルスは叫んだ。

「そうだ！　この男は左手で俺にリボルバーを向けたんだよ。ヤツは左利きだ、モントルイユ銀行家を殺そうとした男と同じようにな！」

この主張はポーラン・ブロケの部下たちに、けたはずれの結果をもたらした。それによって新しい展望が開かれ、悲劇的な銀行家殺人未遂事件を捜査しているときポーラン・ブロケが言明していた、諸々の仮説を裏付けるような確かな事実が確立されたのだ。

「この男が」ポーラン・ブロケは続けた。「俺がカードで遊び、一時間も俺のリボルバーの脅威のもとに激昂したままさらされ、よく観察するために制圧し、無力化し、悔しさでいっぱいにしてやったこの男が、もう一度言うが、本当にド・ラ・ゲリニエール伯爵だとしたら、疑いの余地はまったくない。それはヤツなんだ、モントルイユ銀行家を左手で刺した、あのド・ラ・ゲリニエール伯爵なんだよ」

刑事は笑いながら加えた。

「それからな、あらゆる戯曲では喜劇と悲劇が隣り合うものだ。だからおまえたちに言うのだが、独身者用アパルトマンの、俺たちがいた小さなサロンに続く寝室に物陰に隠れて、おそらく仲間の援護に備えて、あの見栄えのいいデュポン男爵、それからあの偉大なアメリカ人刑事トム・トゥウィックがいたんだよ。ヤツらを閉じ込めてやったぜ……で、鍵はここにある！」

滑稽にも寝室に閉じ込められた、もったいぶって偉そうなデュポン男爵が浮かべたにちがいない表情を思って、刑事たちは大笑いした。

「結局のところ」ポーラン・ブロケは言った。「この紳士が、ド・ラ・ゲリニエール伯爵であろうと、別のヤツであろうと、ジェームズ・トゥイルが俺だと気づいているとは思わない。じゃなきゃ、ジゴマを知っていると俺に言って自分の正体を暴くことなんてないだろ。それにZ団のヤツらは、俺の死刑執行が、ほかの死刑執行と同じように完璧に成功したと確信しているはずだ。ヤツらは固く信じているんだ、いまごろポーラン・ブロケは不気味な死体となって、パリの地下の悪臭放つ下水道のなかを、いつの日かセーヌ河の悲しく灰色の波間に浮かび上がるのを待ちわびながら、さまよっているとな！」

しかしながらことのついでに、ポーラン・ブロケは部下たちにこう言った。すでにヴィル゠ダヴレーで、敵である自分たちにあんなふうにうち負かされたド・ラ・ゲリニエール伯爵は——彼は介入してきたのが有名な刑事の部下たちだったと思っている——、この新たな失敗に甘んじるような男ではない、と。

「首飾り、男爵夫人の首飾りの件に関しては」ポーラン・ブロケは言った。「ヤツは俺に気づいていないから、自分よりも抜け目ない強盗を相手にしたと思っているだろう……そしてヤツは首飾りを諦めるだろうな」

笑いながら彼は大きな声で言った。

「だけどな、ヤツがポーラン・ブロケを相手にしたと知ったところでどうってことはないんだ。ポーラン・ブロケらしいイタズラで一杯食わされたとヤツが悟ったとしてもな。ジゴマはその巣窟で、下から書きはじめなければならない例の青鉛筆のZを使って、俺をうまくはめやがった。俺はといえば、バカみたいに筆順通り上から書きはじめた！　そのせいで下水道の水だ……俺が首飾りで失敗を挽回したとヤツが知ったとしても、俺にはどうってことないんだ！」

それから真面目に彼は言った。

「だがな、ヤツは二回の敗北を絶対に認めたくはないだろう。だからヴィル゠ダヴレーの一件の仕返しをするだろう！　それにしても、Z団のヤツらがあの若い娘を追いまわすにはどんな利益があるんだ？……ド・ラ・ゲリニエール伯爵がリリーを好きだってことは、俺にしてみれば、口実でしかないからな。なにかほかのことがあるにちがいない。俺にはまだわからない！……だが、賭けてもいいが、リリーはもう一度ヤツらの攻撃にさらされることになるぜ。Z団のヤツらはふたたびはじめるだろう。

これからヤツらがなにをするか？　俺にはわからない……だが、この愛らしい若い娘をしっかり見張ってやらなければならないんだ」

⑩章　健康な患者

その日、ポーラン・ブロケはマテュラン通りの銀行家の息子たちのところへ赴いた。いまや彼は二人と親密になっていたのだ。

ポーラン・ブロケは彼らの心、誠実さを賞賛した。償いをおこなう二人の計画に賛同し、ほかの人たちにはしっかりと身分を隠しながら、二人を助け、むずかしく骨の折れる任務を容易にしてやったのだ。

ラウールとロベールもまたポーラン・ブロケの数々の優れた能力、その高潔な資質、誠実さ、勇気を高く評価していた。二人は、けたはずれに勇ましい兵士として、ある種の善行の勇者、正義の騎士として彼を尊敬していた。

そういうわけで二人の兄弟は、自分たちを大いに悩ませるあの不可解な書類をポーラン・ブロケに見せたのだ。

「ロベールと私はこう思うんですよ」ラウールは言った。「黄ばんでしわくちゃになった、これら数枚の紙には多くの不幸な父の生涯が書かれていると」

ポーラン・ブロケは一枚ずつメモを順番にながめ、観察し、比較し、言うなれば診断し、分析した。それから、長い沈黙のあと若者たちに尋ねた。

「お二人とも、この不可解な書類の内容を知りたいと」

「そうです！」

「かなりつらく、悲しい思いがけないものであっても、すべてを知ることを決心しましたか？」

「はい」ロベールとラウールは、はっきりと言った。

「わかりました」ポーラン・ブロケは言った。「では、われわれは知ることになるでしょうね」

ポーラン・ブロケはそれからラウールに言った。

「ここに一番新しいメモがありますね。それらの日付は最近のようです。つまりお父上は、ずいぶんと前にはじまったこのゆすりの被害をごく最近までこうむっていたことになります」

「それは明らかです」

「モントルイユ銀行家のように、慎重で有能で熟練した人間がこんなゆすりからまぬがれられないとすれば……」

「スキャンダルをかなり警戒し、ゆすりを働く人物が握っている秘密が深刻なものだったと認めなければならない、そうですよね？」

ポーラン・ブロケはこの質問に答えなかった。

彼はラウールに言った。

「明日、モントルイユさんのデスクに置いてあるメモ帳から何枚か持ってきてください。それはお父上が使っていたものでしょ？」

「同じものです、確かに。ブリュネルさんが言うには、父がメモ帳をもらったのは殺人未遂の数日前だったそうです」

「わかりました。モントルイユさんがこのメモ帳をもらった日をできるだけ正確に思い出すよう、ブリュネルさんにお願いしてください」

「かならずそうします」

「最後になりますが、モントルイユさんの御者に明日のこのぐらいの時間に来るように言ってください。彼が私と関わっていると疑わないようにですよ」

「もちろんです」

翌日、ラウールはポーラン・ブロケにメモ帳の一部を渡した。ポーラン・ブロケはそのメモ用紙と、送金を要求する最近の手紙に銀行家自身がクリップで留めた、もっとも新しいメモ用紙とを比較した。

この手紙には、ほかの手紙と同じように、Rの文字が青鉛筆で記されていた。銀行家はかなり急いで対応し、金を送ったのだ。モントルイユ銀行家が送ったこの金は一万フランだった。そしてメモ用紙には、この金額の下に五月十五日と記されていた。

「ということは」ポーラン・ブロケは言った。「先月の五月十五日に、モントルイユさんは一万フランの金を未知なる人物に支払ったわけですね……」

彼は微笑みながら加えた。

「いまわれわれに提起された問題は、かなり簡単に言い表すことができます。つまりこうです。一万フランの金は先月の五月十五日に支払われた……それがどのように……誰に支払われたかを知ることであると」

「その通りです」

「この問題を解決することは、言うほど簡単ではありません。この送金の恩恵を受けた未知なる人物をこの社会に探さねばならない。しかも社会は広い！」

「おそらく」二人の兄弟は言った。「この捜査は諦めて、時間を無駄にせずにもっと有益な問題にあてるべきでしょう」

「お言葉ですが」ポーラン・ブロケは言い返した。「私たちはモントルイユ銀行家を殺そうとした犯人を探しているんじゃないんですか？」

「ええ」

「息子であるあなた方お二人は知りたくないんですか、友人のベジャネ先生と執達吏のグリヤール先生がやってきてお父さまに渡した文書が包み隠していることがらを？」

「もちろん知りたいですよ」

「この文書の内容を知ろうとしてあなたたちは強盗になり、いまやためらわずに言いますが、あやうく本物の強盗の犠牲となり、例のジゴマの襲撃のもとに倒れるところだったんですよ」

「おっしゃる通りです」

「それじゃ、この不可解な問題の解決が苦労と時間の浪費に値することを示すためはっきり言いますが……このメモ用紙が提起する問題の答えのなかに、お父さまに渡された文書の内容のみならず、殺害理由と殺人犯の名前が見出されるのですよ」

ラウールとロベールは不安げにポーラン・ブロケを見ていた。しかし彼は力強く結論した。

「だから、われわれはこの未知の人物を見つければいいのです……この問題のXを！」

使用人が、ラウールとロベールに御者が着いたと知らせにきた。

「彼を連れてきなさい」ラウールは言った。

ポーラン・ブロケは治安局の立派な捜査官の顔だった。髪を銀灰色に染め、グレーの太い眉毛、鼻の下には年老いた近衛兵の堂々たる白い口髭を付けていた。御者はモントルイユの館で、髭がなく、髪が褐色で、眉毛が黒いポーラン・ブロケを見たことがあったが、この捜査官がポーラン・ブロケだとは確かに気づかなかった。

「なんの心配もない、ジョゼフ」ロベールは言った。「捜査官殿はいくつか最近の情報をあなたに聞きに来られたのだ」

りますよ」

「心配しておりません、ロベールさま」御者は応えた。「それに質問のすべてにお答えする準備はできてお
ります」

「おぼえているかね」ポーラン・ブロケは彼に尋ねた。「五月十五日にモントルイユさんがあなたにまわら
せたコースを？」

「おわかりになるでしょう、その日の前後のことも……その日のことも……思い出せません……けれども私
がモントルイユさまとまわった最近のコースならお伝えできます。特別なことはなにもありませんでした」

「つまり？」

「館からル・ペルティエ通り、フランス銀行、証券取引所、いろいろな金融機関、あるいはベジャネ先生の
事務所のコースです」

「では、そのときは特別なコースをまわっていないと……」

「まったく。ただあなたがお尋ねになられている頃に、気になったことがひとつございます」

「ああ！　どれどれ！」

「前日にベジャネ先生の事務所に行ったモントルイユさまは、その翌日にもまたノートル＝ダム＝デ＝ヴィ
クトワール通りへ赴いたということです」

「その日を正確に言えないかね？」

「それはできません、みなさま。しかし、五月十五日から遠くないのは確実です。数日前か、数日後か。と
にかく、その頃です」

「いいでしょう」ポーラン・ブロケは言った。「ご退出ください」

しかしすぐに彼は御者を引きとめた。

「待ちたまえ、ジョゼフ。ここにおられるお二人と私は、あなたに完全な黙秘をお願いする必要はあるまい

ね」

「ラウールさまもロベールさまも私がどれほど口が堅いかご存じです」

「結構。この尋問のことを館の誰にも話さないでほしい、誰にもだ……とくにマルスランには」

御者は力みなぎる態度をとった。

「おお！」彼は言った。「彼だけには話しませんよ」

「なぜ？」二人の兄弟は尋ねた。

「彼を信用しておりませんから。私は余計なことを言わないほうがいいのかもしれませんが、ロベールさまもラウールさまも私がどれほどこの家に愛着を持っているかご存じです。もっとも、ほかのすべての召使いもそうですが、マルスランをのぞいて……」

「えっ！　でも、彼は大変よく仕えているが……」

「ええ。しかしこの献身的な熱心さはいささか四六時中続いております。マルスランは廊下にいて、話し声のするドアをいつも拭いているのが目撃されています。それから、ほかの部屋の手入れをするときにも彼は手伝うのです」

「なにか企んでいるってことか……盗みとか？」

「そうは思いません、ちがいます。ただ館のなかで起こっていることを知りたいようなのです」

ジョゼフはためらいつつ、ふたたび言った。

「それから……それからですね、まだあるのです」

「どうかしたのか、ジョゼフ？」ラウールは尋ねた。

「この家に仕える者の陰口を言っているとは思われたくありません……」

「ジョゼフ、われわれはおまえのことをずいぶん前から知っているんだ。それにわれわれはおまえを、わかってるだろうが、とても尊敬している。おまえのことを悪く思ったりなんてしないさ」

「そうだといいんですが……ええっと、こんなことがありました。マルスランが用足しに行ったとき、じつはグランダルメ大通りの一軒のバーの前で立ちどまるのを何度も目撃されているのです」

「彼が酒飲みだとは思えないが」

「飲むためにそこへ行ったわけではありません。そこで友人と会っていると、目撃者は私に言いました。とくに、競馬のブックメーカーをしている白い髭の男、それからもっと若い二人の人物、この界隈ではすべての召使いは顔見知りですが見たことのない数人の召使い。そしてさらにもう一人、人伝てですが……これには私も驚きましたが……この人物はどうもド・ラ・ゲリニエール伯爵の召使いらしいのです」

ロベールとラウールは震えあがった。

「みなさま、そうなのです、おわかりになるでしょ。私にこのことを教えてくれた人物も言っていますが、私はそれはやっぱり少しひどいんじゃないかと思いました」

「おまえにそれを教えた人物は信用のおける人なのか？」

「おお！　彼は私と同い年で、三十年来知っています。私のように、ほとんど同じ時期からずっと同じ家にいますのでね。彼は、私のお仕えする方々を襲った不幸も、ド・ラ・ゲリニエール伯爵があのいたましい出来事に関与していたことも知っているのです。だから彼は、ラウールさまとロベールさまの召使いがド・ラ・ゲリニエール伯爵の召使いと友人関係にあるのを普通じゃない、なにかの間違いではないかと思い、それで、私に知らせてきた次第です」

ロベールとラウールは、献身的な御者がこの役立ちそうな情報を与えてくれたことに礼を言った。

主人（あるじ）たちに警告するのに満足したらしいジョゼフは続けた。

「もうひとつ付け加えねばならないことがございます。ここにおうかがいするためさきほど館を出たとき、奇妙にも、マルスランもまたなにか用事があると言いました。彼は途中まで一緒にと言いましたが……礼を言って私は外周道路の地下鉄で出発しました。彼はといえば、ヴァンセンヌのほうに行くのだと言っていました。私はヴィリエで乗り換えて、コーマルタン通りで降りました。マテュラン通りのすぐ近くです。ところがです、車と車のあいだを急いですり抜けた姿なので確信はありませんが……しかし地下鉄から出たときオスマン通りの向こう側の歩道に私はマルスランを見かけ、彼だという気がしたのです」

「本当か？」

「およそ断言することができます。オスマン通りは、ヴァンセンヌへ行くための道ではありませんが」

「確かに！」ラウールは言った。「ジョゼフ、ロベールも私もおまえには感謝している。おまえはわれわれに献身の印を示してくれた。もう帰ってよろしい、ただ用心はするのだぞ。もし、またなにか新しく知ったり、発見したら、密かに教えるように」

ジョゼフが退出すると、召使いが来て、二人の人物がサロンでロベール医師を待っていると告げた。

「わかった」ロベールは言った。「すぐ行く」

ラウールは少し驚いた。

「でも、おまえの診察時間、終わってるよな」

「うん。きっと、この人たちはだいぶ前からいたんだろう。俺に知らされることなくね」

ロベールは診察室に行くと、患者に入ってもらった。しっかりと手入れされた、立派な白い髭をたくわえた年配の男が胃痛を訴えていた。サロンには召使いが告げたように二人ではなく、一人の訪問者だけだったので医師はいくらか驚いた。

ポーラン・ブロケは、静かに吸っていたタバコを終え、その吸い殻を灰皿に捨てた。

「断言しますが」彼はラウールに言った。「ロベール先生の診察室にいる訪問者はあなたと同様に病気じゃないし、私ほど傷ついているわけでもありませんよ」

それから彼は弁護士の手を握った。

「お見送りの必要はありません……ここから動かないでいてください。誰なのか見にいってみます……」

彼は音を立てずに小さなサロンを出ると、廊下に忍び込んだ。このときロベール医師は患者を帰らせようと診察室のドアを開けていた。この診察室に続く控えの間の先には、帰る患者のためにドアを開けようと召使いが控えていた。患者は医師に最後の挨拶をすると、もう一度こんなにも遅くに来たことを詫びて、控えの間を通り、彼の前で召使いが開けたドアを通って階段に出た。

患者が出るとすぐに、誰かが駆けつける足音、大騒ぎする音、家具がひっくり返る音、ものが壊れる音がアパルトマンの奥のほうで聞こえた。すると一人の男が廊下へ急ぎ、玄関のほうへ駆け抜けていった。「ドアを閉めろ！」廊下の奥で声が叫んだ。「閉めるんだ！　ソイツを出しちゃダメだ！」

駆けつけたのはポーラン・ブロケだった。

召使いは、患者を送り出したあといつもの職務に戻っていた。そこでポーラン・ブロケの叫び声を聞いて、彼は控えの間に戻ってきた。すると、逃走中の男が召使いの前を通り、彼は顔面を殴られ、床に転がされたのだ。男は逃げ出し、ドアを閉めた。

ポーラン・ブロケが大急ぎでドアに着くと、外から鍵を掛ける音が聞こえた……彼は大笑いした。

「上出来だ！」彼は心配になって駆けつけた二人の兄弟に言った。「見事だ！　鍵をかけられましたよ。ヤツらはわれわれを閉じ込めたんです。かなりの腕前ですよ」

そして彼は迷うことなく、さきほどモントルイユ兄弟と一緒にいた小さなサロンへ向かい、通りを見下ろす窓に駆け寄った。彼は窓を開けると手を叩き、通りに向かって手を振った。そして彼は窓を閉めると、さきほど座っていた席につき、平然とタバコに火をつけた。

そうしてから彼はロベールに言った。

「先生、あなたの召使いを手当てしなければね。このかわいそうな男、すさまじい一発をもらいましたよ」

それから、物問いたげな不安そうな二人の兄弟に、彼ははっきりと言った。

「そこの診察室にいた、あの二人の健康な病人はZ団のヤツらです！」

「Z団！」

「そうです！　御者のジョゼフが呼び出されたことをマルスランから伝えられたヤツらは知りたかったんですよ。ジョゼフが誰に、なぜここに呼び出されたのかをね。それでヤツらはひと芝居打ったわけです。一人が診察室にいるあいだ、もう一人がアパルトマンのなかをうろつき、小さなサロンで話されていることを探った」

「驚いたな！」

「私はそれを疑っていました……それを感じ取っていました……建物の間取りをもっとよく知っていたなら、ヤツを捕まえられたでしょうね。だけど、ヤツのほうは間取りをよく知っていた。断言しますが、ヤツはすでに何度もここに来ています。ヤツは鍵を持っていました。それをごらんになられましたでしょ！」

「ええ」

「私は次のことは確信できると思っています。つまり、ヤツらがここへ来たのは、ジョゼフが話すことを知るというだけでなく、誰が御者を尋問するのかを知るためだ、と。もっともヤツらは話を聞くことはできませんでしたがね。ところで、私はこの変装のせいで、私を特定することはほとんど不可能です。私の顔は、Z団のヤツら全員がよく知っている治安局の捜査官、有名なルグレの顔です。ヤツらは確実に私をルグレだと思っているでしょう。その一方で私は……」

するとポーラン・ブロケは、続けるのをためらうように話すのをやめた。

「その一方であなたは？」二人の兄弟は尋ねた。

「その一方で私は知っているんですよ、声を特定しましたのでね。デュポン男爵が羨むような見事な白髭の自称病人は、私の親愛なる同業者、アメリカ人刑事のトム・トゥウィックだってことをね。そしてもう一人は……」

「もう一人は？」

「それは、ヴァン・カンブル男爵夫人の首飾りを盗むという悪事を企てた怪盗紳士、つまりマク＝マオン大通りの独身者用アパルトマンで、前衛詩人アンティム・スフレの女神（ミューズ）から素晴らしいダイヤモンドを巧みに取り上げようとした人物ですよ。それは、鍵のかけられた部屋でヤツの連れの仲間トム・トゥウィックとデュポン男爵がかなり困惑し不安になって閉じ込められているあいだ、悪事を働いたあの怪盗紳士です。そして、アメリカ人スリのジェームズ・トゥイルにすっかり騙されたこの紳士は、この騒ぎの少し前に友人のグットラック銀行家邸のサロンをきどって歩き、そのときはド・ラ・ゲリニエール伯爵と名乗っていました！」

ロベールとラウールは飛び上がった。

「ド・ラ・ゲリニエール伯爵！」彼らは叫んだ。

「その通り！　ヤツが怪盗紳士に姿を変えたとしても、ジェームズ・トゥイルの目をすり抜けることはできなかった。なぜなら、このジェームズ・トゥイル、それは私だからです！　そして今日は治安局の捜査官ルグレが、元気すぎる病人トム・トゥウィックの奇妙な仲間のなかにド・ラ・ゲリニエール伯爵を見抜いたんです！」

⑪章　ブルトン人の乳母

　この打ち明け話で二人の兄弟は深く動揺した。

「ド・ラ・ゲリニエール伯爵」彼らは言った。「いつもヤツはわれわれの前にいる。ベジャネ先生の事務所でも俺たちの先を越しているのだ……」

「いつ俺たちは、この憎たらしいヤツから解放されるんだ！」

「ああ！」ポーラン・ブロケは言った。「ヤツは結構な好敵手ですよ！」

　そしてポーラン・ブロケは帰る前に二人の兄弟にいくつか指示をした。こうしてブリュネル氏に、モントルイユ銀行に保管されている郵便送金控えを彼らは要求することになった。五月十五日前後数日の日付の控えである。

「そのなかに一万フランの送金控えがあるかもしれません。モントルイユさんが銀行を通じて書留で送ったのであればね。そうすれば、受取人までたどり着け、われわれがそのメモだけを持つその謎の人物の名前を知り、不可解なこのメモの解決が簡単になるでしょう、おそらくね」

　ラウールはブリュネル氏と一緒にその手続きをおこなった。そして翌日、ポーラン・ブロケにこう伝えたのだった。不可解なメモに記された日付の近辺では、一万フランの送金は確認できなかった、と。

「残念ですね」ポーラン・ブロケは言った。「そうすると、この不可解なメモを解決するには二つの説明が残ります。一つ目は、モントルイユ氏は自分自身でこの送金をおこなったというもの。この場合、なにかを得ようとするのは諦めるべきでしょう。そもそも控えが見つかっていませんからね」

「そうなら絶望的ですよ」

「で、二つ目の説明は？」

「私には二つ目の説明がより適切で正しいと思われるのですが、この件でモントルイユさんには協力者がいるというものです」

「協力者ですか？」

「ええ。私の意見では、この協力者のところでは、われわれは最後の送金控えのみならず、それに先行する、最初からのすべての送金控えを見つけられるでしょう。ここにある大変興味深いこの書類と対になるもの、もしくはそれを補完する書類が協力者のところにあると思いますよ」

「で、その協力者とは？」

「ベジャネ先生！」

二人の兄弟はポーラン・ブロケの言葉を不安げに聞いていた。この言葉に彼らは困ってしまった。

「それなら」二人は意気消沈して言った。「われわれはなにも知ることはないでしょうね……一度目の、父の死を引き起こした文書のとき以上に、ベジャネ先生は守秘義務にしばられ、なにも話さないだろうし、友情を裏切ることはないでしょうから」

「間違いありませんね！　では、ベジャネ先生の協力なしでやりましょう」

「なんですって？　あなたはわれわれ以上にうまくやり、ド・ラ・ゲリニエール伯爵のように、公証人の金庫を打ち破り、略奪するのを望んでいるのですか？」

「それは無駄なことです。そもそもそんなことをしても、いまはなんの役にも立ちません」

「なぜです？」

「この書類はもうベジャネ先生の金庫にはありませんから」

「どこにあるんです？」

「ド・ラ・ゲリニエール伯爵のところです！」

ラウールとロベールはすっかり仰天した眼差しで刑事を見た。ポーラン・ブロケは時間をかけてゆっくりと新しいタバコを巻くと入念に火をつけた。

そうしてから彼は続けた。

「私が了解しているところでは、Z団の連中が――お望みならド・ラ・ゲリニエール伯爵でもいいですが――、公証人の金庫を略奪した理由のひとつは、お二人が確認したいと思い、そしてヤツらも確実にその存在を知っていたあの文書を調べるためだけではないのです……。ここにある書類を補完し、われわれに正しい筋道、糸口を見つけることを可能にする書類、つまり最終的に犯罪者たちを裁きの手に追いやる、名前や動機や証拠を含み持つ書類を消し去ることだったのです」

「しかし」ラウールは言った。「この告発の決め手となる書類を、ド・ラ・ゲリニエール伯爵が盗んでしまったのなら……」

「それなしでやる、それだけです！」

ポーラン・ブロケは加えた。

「それに、われわれはすでに答えの端緒をつかんでいるんです」

「どこにあるのです？」

「ここですよ、メモそれ自体にです。すべてじゃなくてその何枚かにです。正確に言えば最近のメモにです」

「どれどれ……」

ポーラン・ブロケはこれらのメモの角を指差した。

「わかりますか、〈返答済《レポンデュ》（Répondu）〉を意味する〈R〉の横のこの印。これもまた文字です」

「これですか？」

「その通り。よく見てください、〈V〉です」

「〈V〉！　これはなにを意味するんです？」

「たくさんのことをですよ、うまく見極めなければなりませんがね。つまり、〈確認済《ヴュ》（Vu）〉……〈要確認《ア・ヴワール》（à voir）〉……〈支払済《ヴェルセ》（versé）〉……〈有価証券《ヴァルール》（valeur）〉……〈来る《ヴニール》（venir）〉……〈金曜日《ヴァンドルディ》（vendredi）〉……ほかにもいろいろ、〈勝利《ヴィクトワール》（victoire）〉とか……。〈ヴィクトワール〉、それがこの入り組んだ謎を解く糸口だ」

「〈ヴィクトワール〉？」二人の兄弟は叫んだ。

「そうです！　ノートル＝ダム＝デ＝ヴィクトワール通り、ベジャネ先生の事務所があるところです」

「その通りだ。これはあなたの説を裏付けるものです」

「まずはそう考えられます……もしくは、宛先人の名前、われわれが探している名前、われわれが知ろうといろいろ試みている名前のイニシャルの可能性もありますよ」

「おそらく」

「いまにわかりますよ」ポーラン・ブロケは言った。「だからいま急いでやるべきは、モントルイユ銀行家が誰にこの金を異常で不可解なやりかたで送ったかを知ることです。誰に、どんなふうにかをね。そうすれば問題は解決されますよ」

「確かに……でもどうすれば？」

ポーラン・ブロケは笑みを浮かべながら答えた。

「不可解な書類が問題となっていますので、私にも秘密を保持することをお許しください！」

数日が経過した。

あいかわらずロベールとラウールは召使いを雇い続けた。彼を解雇すれば外でZ団の注意を引くかもしれないし、また、母や妹がその理由を知りたがり心配するかもしれないからだ。そういうわけで、銀行家のモントルイユの館では、すべてがいつもの通りに平穏に過ぎているようにみえた。

ポーラン・ブロケの家の周辺も同様である。刑事長と部下たちは、なんとかZ団のスパイ行為の計略の裏をかこうとし、首尾よく成果をあげていた。

こうしたある日の午後、トリュデーヌ大通りとアンヴェール公園を囲む通りを涼ませ、洗い流す仕事を引き受ける市の散水作業員によって、思いがけない形でこの見せかけの平安は乱された。

そこは独特で楽しげな一角で、ちょうどいい日陰をつくるロラン中学校に沿った、アンヴェール通りとトリュデーヌ大通りのかなり幅のある歩道では、天気がいい日には毎日たくさんの乳母車が見られた。赤ん坊に外の空気を吸わせにくるこの界隈の乳母とママたちの溜まり場である。大きい子たちを歩道や、往来の少ない車道で遊ばせているあいだ、ママや乳母たちは折りたたみ椅子に座って乳母車の赤ん坊を見守ったり、読書をしたり、あるいは裁縫や刺繡のちょっとした仕事をしたり、とりわけ界隈の噂や召使いの悪口に尾ひれをつけて井戸端会議に興じるのである。

いつもの夕方の四時頃になると、一人の散水作業員がとりわけ丁寧に、まんべんなく車道を濡らして、少しばかりの涼を与え、何匹かのずうずうしいフォクステリアに水浴びさせていた。犬たちは勢いの弱くなった水を追って飛び跳ねていた。これには子どもたちも大よろこびだった。この散水作業員は真面目な年老いた男だった。何年も前から、比類なき親切心から、きまった時間に手際よくこの奉仕を果たすのが見られたのだった。

ところで、その日、彼がトリュデーヌ大通りの木製ブロックの舗装路に水を撒いていると、なんの拍子か突然、車道の真ん中で半円を描いていたホースの水が説明のつかぬ動きで向きを変え、歩道の乳母車に襲いかかった。それは数日前からここに散歩に連れてきていた、若くてみずみずしい、ふっくらとしたブルトン人乳母の乳母車だった。噴射する水は革製の日よけカバーの下から侵入し、なかをすっかり水浸しにした。

ママや乳母たちは気も狂わんばかりに叫んだ。子どもが溺れたと思ったのだ。同じ災難を恐れて、みんなして乳母車を押し、自分たちの赤ん坊を避難させていった。無我夢中で逃げてみんなちりぢりになった。

年老いた散水作業員は、自分が犯した不手際にショックを受けているようだった。ノズルを止めて、車道に投げ捨てると、すぐさまブルトン人乳母を追いかけていった。彼女に謝り、弁明し、損害をできる限り償うためである。

しかし乳母は、気が狂ったかのように「助けて！　助けて！」と叫んだ。

彼女は水に完全に浸かった赤ん坊をすばやくつかむと、乱暴に持ち上げ、脇に抱えた。それからスカートをまくりあげ、叫び続けながら、太ったブルトン人乳母は似合わぬスピードで全速力で走りだしたのである。

年老いた散水作業員が水浸しの乳母車に追いつくと、乳母車はからっぽで、乳母はジェランド通りのほう、はるか遠くにいた。年老いた散水作業員は跳ねるようにして駆けだした。この親切な男は不似合いなスピードでブルトン女に向かっていった。

しかし、怯えて押し合いへし合い逃げるママや乳母たち、子どもたち、叫び声を聞いて駆けつけた人々が、追跡する彼を阻み、止めようとした。ブルトン人乳母がますます遠ざかる一方で、人々は彼につかまったり、しがみついたり、その衣服を引っぱったりして邪魔をした。公園の管理人や善意の野次馬らはともかく、この男を捕らえることが誠実な市民の務めだと思い込んでいたのだ。

しつこく攻め立ててくる猟犬の群れに囲まれたイノシシのごとく体をブルっと震わした親切な散水作業員は、煩わしい人々を、なにも考えずに躍起になる人々をなんとか追い払おうとした。

「乳母だ！」散水作業員は叫んだ。「急げ、乳母だ！　ブルトン女だ！」

彼は打開するのに力をふるわねばならなかった。何度か足払いをかけ、みぞおちに数発のパンチを入れ、ひどくしつこい連中を歩道に転がし、彼はふたたび追跡した。

すると乳母は、折りよくジェランド通りをゆっくり流す自動車を見つけた。ブルトン女は飛び上がり、赤ん坊と一緒に後部座席のクッションになだれ込んだ。

車が急発進したそのとき、散水作業員はステップに飛び乗り、乳母の首をつかもうとした。しかしこの並はずれたブルトン女は丈夫な脚、健康そうなふっくらとした頬のみならず、頑丈なこぶしも持ち合わせていた。こぶしが雨あられに年老いた散水作業員の頭に襲いかかった。彼はあたう限り応戦した。

エンジンの推進力で一気に加速した車によって散水作業員がバランスを崩さなかったら、この一風変わった格闘はまだまだ続き、この奇妙で突如はじまったボクシングの腕くらべはずっと継続したにちがいない。散水作業員は叫び、車道に転がった。

それでも彼は落下するとき、乳母の腕から水でビショビショの赤ん坊を奪い取った。するとまわりから激しい不安と恐怖の悲鳴があがった！　赤ん坊が年老いた散水作業員とともに落下したのが見えたのだ。赤ん坊はあえなく後輪に轢(ひ)かれ、解き放たれた車はすさまじい速度で逃走した。

この残忍な事故が引き起こした不安と恐怖が少しひくと、人々は年老いた散水作業員のもとへと急ぎ、押しつぶされ、ペシャンコになり……筆舌に尽くしがたい状態になった赤ん坊を拾い上げようとした。

そこで散水作業員は一人立ち上がった。彼は手を伸ばし、人々が近づく前に生気のない赤ん坊の片方の小さな手をしっかりとつかんだ。

そして、二人の巡査が駆けつけると、「いいでしょう……」と彼は言った。「警察署へ行きましょう、説明します」

すると彼は完全に押しつぶされた小さな体を持ち上げ、それを二つに折り曲げ、落ち着き払った様子で小脇に抱えたのである。

このおぞましい場面を目撃した人々は不安になり、心配し、恐れ慄(おのの)いたが、続いてすっかり驚いた。よく走り、パンチを見事に浴びせたブルトン人乳母は男だったのだ。そして、彼女が乳母車に乗せていた子ども、散水作業員によってびしょ濡れになり車に轢かれた子どもは、じつは人形だったのだ！

二人の巡査は、散水作業員をボシャール＝ド＝サロン通りに近い警察署に引っぱっていこうとして、群衆に向かって言った。

「さあさあ！　立ち止まらないでください！　映画のロケだということがわからないのですか？　映画のためですぞ！」

するとみんな人だかりはすっかり大笑いした。みんなはこんなコメディに騙されたのかと、隣り同士からかった。

その一方で、署長の執務室で自宅へ戻るために化粧を落としていると、ポーラン・ブロケは二人の巡査を演じた部下ガブリエルとラモルスに言った。

「この水撒きのおかげでジゴマは、俺たちがヤツの策略のすべてを見抜いていることを理解すると思うよ。そして、俺たちをそっとしておくんじゃないかとね」

そして彼は加えた。

「それにしても、俺がやりたかったのは乳母の化粧を剝ぎ取ることだったんだ……俺が間違ってなかったかどうか、この魅力的なブルトン女がド・ラ・ゲリニエール伯爵かどうかってことを確かめるためにな」

三つのテーブルが並んでいた。真ん中のテーブルはより小さく、一段高くなっていた。黒い布がこれら三つのテーブルにかけられ、床まで覆い隠していた。この黒地の中央の赤い刺繍の大きなZが、血のように見えた。真ん中のテーブルの上には、リボルバー、短刀、そして輪奈結び〔輪の大きさが自由に変わる結び方〕のロープが置かれていた。

テーブルの置かれた部屋は屋根裏だった。部屋の照明には石油ランプが使われていた。鉄線の先に大きな鉛製のかさを付けた竪琴型のアームで天井からぶら下がっていた。あちこちに使用できない家具、破れたマットレス、山積みになった布切れ、空ビン、穴の開いた浴槽、二台の古い自転車、壊れた家庭用品、旅行鞄、箱など、要するにガラクタが、パリのある家屋の屋根裏部屋をいっぱいにしていたのだ。

屋根裏部屋は八メートルから十メートルの奥行きで、幅は五メートルもなかった。十字窓があったが、黒い布がそれを覆っていた。ランプの光が外に漏れるのを防いでいた。そして、たったひとつの入口が、こんなふうに奇妙に整えられ、ラ・バルボティエールを髣髴とさせるこの屋根裏部屋へと通じていた。

実際にそれは、まだ正式には決まってはいなかったが、ラ・バルボティエールが修繕される、もしくはモンマルトルの入り組んだ地下坑道のような安全性と利便性を備える隠れ家を見つけるまでのあいだ、Z団が一時的に選んだ新しいアジトだった。

この隠れ家のある建物はグルネルにあった。ただこの建物はいまはもう存在していない。現代様式で建てられた賃貸の建物が、われわれがこれから入っていくことになる古いボロ家にとって代わったのだ。

この建物には三つの階と屋根裏部屋しかない。一階の、入口の両側、向かって右に居酒屋、左には古物商の店があった。建物の上の二つの階には、いまは引退した軍の需品課の曹長が住んでいた。ラ・トゥール・モブールの兵舎と、軍用ベッドの倉庫の行き来をして過ごしてきたので、この界隈を去る決心がつかなかったのだ。

メリドン氏は退職するとジュルマと結婚した。

ジュルマは十六歳のときからこの界隈で洗濯屋をしていた。客は半分が民間人で、半分が軍人だった。ジュルマは今日（こんにち）四十五歳にならんとしていたから、昔の古参兵のごとく、腕まくりした袖に勲章をつけることもできるというわけだ。ああ！ 彼女はよく自分の仕事を務め、軍に対するその愛情は決して衰えなかった。彼女は七年制兵役、それから五年制、また三年制を知っていたが、若いうちに男の基礎を養成する二年制兵役に確固たる信念を持っていた［一七九三年に導入されたフランスの徴兵制の期間は目まぐるしく変化した。七年制が導入されたのが一八三二年以降、五年制は一八六八年以降、三年制は一八八九年以降である。その後、一九二〇年は一年、一九二三年は一年半、一九三五年は一年半または二年に定められる］。だが、もう自分自身でアイロンをかけなかった。何年も前からジュルマは、従業員だった店の主人（あるじ）になっていて、洗濯物を配達することはなかったのである。もっとも、メリドン氏にとってそれは我慢ならなかっただろう。

ジュルマは感じのいい褐色髪の女性だった。腕をまくり、上半身をかがめ、ぴったりした薄手のブラウスの彼女が洗濯かごを持ってくるのを見るのは、男たちにとって本当に楽しみだった。彼女から返してもらう、白く輝く、艶のある洗濯物を彼女と一緒に確かめるのは心地よい気晴らしだったのだ。彼女は自分の雇われた店の財産、それから自分の財産をつくった。

メリドン氏は伍長のときから、つまり彼が胸あての付いた白いワイシャツを奮発できるようになって以来の彼女の客だった。軍規定のワイシャツではなかったが、ジュルマはひとつひとつのボタンホールの細かい縫い目をアイロンで立て、しっかりと真っ白にして二週間に一度、彼のところへ持ってきた。そしてメリドン氏は軍曹になると、白いワイシャツを二枚奮発した。するとジュルマは、二週間に一度ではなく、毎週日曜日にワイシャツを彼に持ってくるようになった。その頃になるとメリドン氏は、ほかの客のところへは、これまで以上に見習いに持っていかせるべきだとジュルマに言った。次に曹長になると、メリドン氏は伍長時代にワイシャツがはじめて真っ白になったときからはじまったこの関係を正式にしようと言った。彼は、ワイシャツを持ってきたジュルマが自分の家にいる一時間だけはアイロンをかけることをすっかり忘れていると、無邪気にも、あるいは極端なうぬぼれからか、その関係を信じていた。彼はといえば、自分の責任ある立場に忠実で、軍用ベッドの数や編成や配置の秘密を絶対に敵に明かさなかったように、ジュルマを裏切ることをよしとはしなかったのだ。彼は一点の曇りもなく彼女に身を捧げた。彼女と結婚したとき、彼女もそうなのだと思うと幸せだった。

ジュルマはふっくらとした体型だった。この体型は男たちを魅了したが、ただそれだけだった。しかしジュルマは気を許しやすい性格でいっときの感情に流されやすかったので、男たちを魅了するだけでは済まないこともあった。メリドン氏はしばしばジュルマの成長を観察しながら、メリドン夫人を収めるには、少なくとも三つの軍用ベッドが必要になろうと思っていた。一方彼の場合は、事務所生活にはもってこいのその腹を締めるためには二本の軍用ベルトが必要になったろう。

見事なカップル、お似合いの結婚だった。要するに、信頼できる真面目な人々、一目置かれる友人だったのだ。彼らは近所でとても尊敬されていた。そこでは彼らはみんなを知っていたし、みんなも彼らを知っていた。彼らは少しばかりの貯金があった。ジュルマは洗濯屋をよく切り盛りし、二人はとても幸せだった。

時宜を得て、ジュルマは店を売った。二人は例の建物の二つの階を購入し、家具付きのアパルトマンを経営したのだ。彼らは、近所の工場の職工長たちや、何人かの士官に賃貸していた。メリドン氏は士官たちを若い戦友として迎え、小粋なメリドン夫人は、しっかりアイロンがけされた洗濯かごを小脇に抱えていたかつてのように、心優しくもてなした……。

家具付き部屋を貸すのに、メリドン夫妻は女中と小間使いを雇っていた。小間使いは夜、門番をしていた。消灯時間を過ぎると、メリドン氏はファゴットのようなイビキをかき、メリドン夫人は喘息気味のソプラノで彼に対抗したのだった。

建物の三階には、四部屋あった。二部屋は空室だった。メリドン夫人にだいぶ惜しまれながら少尉と中尉が出ていったのだ。

だが、彼女の悲しみはなぐさめられた。軍職でいえば中尉、せいぜい大尉ぐらいの若い男が現れ、ひと部屋を借りたのだ。また同じ日の夜、今度は少なくとも大佐くらいの年齢の年配の男がもうひと部屋を借りた。大佐はムリノーの鉄道員、若い男は写真技師と自称した。若い男はさらに屋根裏部屋も要求した。そこに現像室を設け、暗室作業するのだという。火を使う実験や、建物を損傷する作業をしないと彼に誓わせたうえで、メリドン夫妻は屋根裏部屋を貸すことに同意した。彼は好きなように改装し、彼だけがその鍵を持った。陽の光にあたってはいけない印画紙や乾板、薬品があったからだ。

じきに鉄道員と若い写真技師の隣りの部屋も空になったが、すぐに二人の公教育省の若い役人によって借りられた。

こうして同じ階の四人の下宿人は知り合いになり、やがて友人となった。彼らはやけに真面目で、音も立てずに出入りし、大家には大いに慇懃な態度を示していた。

だが、メリドン夫妻がいい人だったから住人たちが慇懃な態度を示したわけではない。この家がパリ市内ですぐれて居心地がよかったからでもない。この家の裏側が、大観覧車からほど近い、広い空き地に面していたからである。万博の折りにスイス村が設営されたのはそこである。

さて、この空き地には、暮れなずむ頃合いになれば、柵板を持ち上げて目撃される心配なく入ることができた。メリドン夫妻の家の空き地側には炊事場と、かなり高い十字窓があった。三つ折りの、場所をとらない軽量の木製はしごがこの三階の十字窓と空き地をつないでいた。このはしごを使って、秘密を委ねられたり、幹部に呼び出されたZ団のメンバーたちは、かつてのラ・バルボティエールのように、指定された集会に行くことができた。はしごで三階の十字窓までよじのぼり、さらになかを通って写真技師が作業しているとされる屋根裏部屋にたやすくたどり着けた。

とはいえ、この新たなラ・バルボティエールを知るのはわずかなメンバーだけだった。メンバーが呼び出されるときには、幹部がクラフの店まで迎えに行くことになっていた。そうして、幹部はメンバーを車に乗せる。道中、目隠しをされ、手を引いてはしごまで案内する。ようやく三階に着いたときに目隠しがはずされる。ゆえにメンバーは自分がどこにいるのかわからないし、あとで建物を特定することもできないのだ。

さて、その日の夜、Z団の重要な評議会が招集されていた。

ジゴマは一段高い小さなテーブルにつき、四人の参謀が両側に並んだ。中央には一脚の椅子が置いてあった。

ジゴマは手で合図した……この日の夜、衣の下、覆面カグールの下には、ラ・バルボティエールのときのようにマネキンではなく、人間がいたからである……すると、同じように覆面カグールを、ただし黒い覆面カグールをまとった二人が現れた。彼らはある男を両側から挟んでいた。さて、〈アヴェロンっ子たち〉の客のような身なりのこの人物を、われわれは知っている。それはガンシューズの、凶暴なほどに嫉妬深い恋人ビパールだった。

「座れ」ジゴマは彼に言った。「座れ、ビパール、そして落ち着け……」

ビパールはジゴマに、そして左右の参謀に頭を下げると、テーブルに囲まれた椅子に座った。

「ザラヴィ！」ジゴマは言った。

「ザラモール！」参謀は応えた。

「ジゴマ！」

「ジゴマ！　ジゴマ！」

　すると沈黙が流れた。Z団の規律では決して話してはならないこと、ジゴマの質問にだけ答えることが強く要求されていた。

　それからジゴマが口を開いた。

「安心しろ、ビパール、今日Z団は裁判ではなく、最高評議会のために招集された。ジゴマは、おまえの知的で勇敢な行動を賞賛するために長く待つことを望まなかった。すべての仲間が、すべてのラモギズが、すべてのメンバーが集まることのできる新たな神殿、新たな王宮を手に入れ次第、おまえは賛辞と敬意を正式に受け取ることになる。おまえにはその権利があるのだ。目下のところ、ジゴマがその戦士たちのなかで、おまえのように役立つ働きをし、命を捧げた者に与える特別報酬を、おまえはすぐに与えられるということだ……」

「ザラモール！」参謀たちが手を挙げ、象徴的なZの文字を宙に描きながら言った。

　ジゴマは少し黙り、ふたたび続けた。

「今日ジゴマは、必要としているいくつかの情報をおまえに訊きたいと思っている。さて、おまえは、外周道路で巡査と喧嘩になったとわれわれに伝えてくれた。その点、おまえは過ちを犯した。組織に利益をもたらさず、メンバーのうち何人かを失ってしまうだろうリスクを、ジゴマは望んではいない。ジゴマは利益が望めるときにだけ戦いを求めるのだ。話を進めよう……それで、おまえはどの警察署に連れていかれたのだ？　外周道路の近辺には警察署が二つある。ラ・ロシュフーコー通りの警察署と、ラ・トゥール＝ドーヴエルニュ通りの警察署だ。さらにはボシャール＝ド＝サロン通りには派出所もある……さあ、記憶を呼び覚まし、正確に言うのだ。警察署と派出所の三つのうちどこに連れていかれのだ？」

「わかりません、首領」ビパールは答えた。「わからないんです……あなたのために思い出すよう、あらかじめ言われましたが。ええっと、努力に努力を重ねましたが、記憶が戻ってこないんです」

「なぜだ？」

「顔面に一発くらって、それで脳が揺れて。大通りでノックアウトされたんです」

「おやおや……おまえはひどい状態で運ばれた、おまえはなにも思い出せない、認めよう……だが、おまえは意識を取り戻した。すぐあとでおまえはわれに返った」

「そうです、首領」

「よし。それでは、われわれが賞賛する自発的かつ大胆な行動を成し遂げるべくおまえを捕まえた連中を引き連れていたとき、自分がどこに行くのか、おまえはわかっていたのか？」

「首領、それもおぼえているはずなんですが、あの状態では……頭が痛くて、それから脛に蹴りをもらってひどく痛くて」

「長い時間歩いたのか？」

「あんな状態でしたから、道のりはとても長かったように感じました」

「道はわからないのか、通りは見なかったのか？」

「いずれにせよ、ピガール広場を横切っていることはわかりました」

「ああ！」

「ラ・バルボティエールで、だから俺たちのところで、ようやく俺は回復したんです。あとのことは、首領、あなたはご存じです」

「そうだ……いいだろう……ということは、逮捕後のことは詳しく伝えられないんだな。ほかのことを思い出せるか、どの警察署に連れていかれたかを言うことはできるか？」

「いいえ、首領……」

「わかった」

ジゴマは手を挙げた。

「ビパール、帰っていいぞ」

ビパールは立ち上がった。彼はジゴマ、それから参謀たちに挨拶し、黒い覆面カグールの二人に挟まれて、Z団がさしあたり神殿、ないし王宮と呼んでいる屋根裏部屋を出ていった。

ドアが閉められると、ジゴマはふたたび口を開いた。

「みなの者、ジゴマにとって状況は深刻だ！」

完全に静まりかえるなかで、彼は加えた。

「みなの者、ビパールがわれわれに詳細を伝えられず残念だ。それをのぞけば、彼のふるまいはジゴマの完全なる賞賛に値するのだが。ビパールのおかげでこの非常に厳しい状況から抜け出せるかもしれないのだから。われわれはラ・バルボティエールの地下坑道のひとつを吹き飛ばし、非常に実用的かつ便利なわれわれの集会所を塞いだ。われわれはこの犠牲に喝采をもって敬意を表した。なぜなら、ビパールを逮捕した警察署長と巡査が瓦礫の下にいるとわれわれは考えていたからだ。しかし今晩、見張りにつけたビパールの仲間に区のすべての巡査の顔を確かめさせた。このなかに彼は、自分とビパールが運悪く相手にした巡査を見つけられなかった。

この仲間は巡査を特定できるだろうと断言しているが、見つけられていないわけだ……そこで期待できるのは、この巡査がラ・バルボティエールの爆発で死に絶えたことだ。だが、われわれを混乱させるのは、どこの警察署長も派出所の主任も姿を消していないし、みなが毎日欠かさず仕事にやってくることだ。だが、現場には巡査ともう一人が同行しているがゆえ、論理的に考えれば巡査と運命をともにしていなければならない。一人が死ねば、もう一人も生きてはいられない。一人が生きているのであれば、もう一人も死をまぬがれたことになる。

みなの者、ジゴマが今晩明らかにしたいのはこれだ。これがなんとしても知るべきことなのだ。探すのはおまえたちだ、この気をもませる問題の解決を見出すのはおまえたちだ！」

⑬章　素敵な中尉

ビパールは目隠しされて建物の外に連れ出された。はしごで降ろされ、車でオルナノ大通りまで連れていかれた。同行したZ団はそこで彼の目隠しをはずし、彼を車から降ろした。そしてメンバーたちはビパールとともにカフェバー〈アヴェロンっ子たち〉に入り、古いマークブランデーをクラフに出してもらった。Z団は、新しい集会所がこれからも長く知られずに済むように、あらゆる注意を怠らなかった。

通常、強盗団というものは、地下道や地下室、あるいは洞窟をアジトとして選ぶ。ゆえに屋根裏部屋に集まるというのは、なかなか独創的なアイデアだった。だが、その独創性にもかかわらず、秘密を保持しようと用心したにもかかわらず、すぐにポーラン・ブロケの知るところとなった。

ジゴマが彼らの高等裁判の証人席にビパール呼び出したこの夜、いままで通り警戒されずにいた男が古いマークブランデーを注いでいると、こう告げられるの聞いたのだ。モンマルトルからグルネル地区へ行く、

〈アヴェロンっ子たち〉からジュルマの家へ出向く、と。

ジュルマ（Zulma）、Zからはじまる名前……それはジゴマに宿命づけられた名前だった。古いマークブランデーを注ぎ終えると、クラフは目立たないようしばらく店を出た。商売上それはよくあることで、決して長く離れるわけではなかったから、誰も驚かなかった。今回もクラフはわずかな時間しか外にいなかった。けれど、万一に備えて様子を見にきていたガブリエルに、こう言うだけの時間はあったのだ。

「注意しろ。俺のところからビパールが出ていくぞ、二、三人の仲間もだ。ヤツらは馬車に乗って、ジュルマのところへ行くつもりだ」

「ジュルマ？」

「それは新しいラ・バルボティエールの名前だよ」

「よし」

「うまくやれよ、ヤツらの跡を追え。そして刑事長に伝えろ」

「了解、ありがとう」

ビパールとその仲間たちを乗せた馬車の背後に、一台の馬車が距離をおいてついていった。ガブリエルがポーラン・ブロケの専用馬車に乗っていたのだ。彼はビパールとその仲間たちが乗り物から降りるのを確認した。要領を得ているガブリエルの御者はいったん通り過ぎ、少し離れたところで停まらせた。

ガブリエルは馬車から飛び降り、ビパールとその仲間たちの跡をつけた。彼らが柵板の一枚を持ち上げ、空き地へ入っていくのを見た。そして彼らがはしごをのぼり、目を塞がれおっかなびっくりのビパールのせいでゆっくりと、順番に、三階の十字窓から入っていくのを目撃したのだ。すると、はしごは引き上げられ、家のなかに回収された。なにごとにもめげぬ強靭な忍耐力のガブリエルは待った。疑われぬよう彼は、泥酔のふりで物陰に横になった。じきにビパールとその仲間たちが出てきた。それでもガブリエルはそのままでいた。何度かにわか雨に降られながらもひと晩中この物陰で過ごしたのだ。ようやく夜が明けて、はしごを降りて誰も出てこないのを確信すると、立ち去る決心をした。びしょ濡れで寒さに震えながら、彼は車でヌイイのポーラン・ブロケのところへ向かった。

刑事長は、部下が忠誠を尽くしたばっかりに肺炎に罹るのを心配し、すぐに彼の服を脱がせ乾いた服を着せ、十分に温められたベッドに入るよう命じた。香辛料をかなり効かせたグロッグを飲みながらガブリエルは、倒れ込む前に自分の発見を刑事長になんとか報告しようとした。

それが重要であることをポーラン・ブロケは疑わなかった。

「私たちはZ団の新しいアジトがわかったんです」彼はうれしそうに言った。「ジュルマ！　ジュルマです！……」

ポーラン・ブロケは部下の手を握った。

「さあ」彼は言った。「よく眠るんだ、できるだけ汗をかくようにしろよ。おやすみ、そして、いい一日を」

彼は部下に与えた部屋のカーテンを引いて、バルコニーに戻った。そしてヤシの木の下のソファに横になり、葉巻をくわえ、芳香の煙の軽やかな雲を空に描きながら、いつものように思索を深めはじめた。

「ジュルマ！」彼は繰り返した。「ラモルスが俺たちのために狩り出してくれるだろう」

彼の部下たち、ラモルスとシモンがいつものように、代わるがわる、同じ道を通らず刑事長からの情報をもらいにきたとき、ポーラン・ブロケはいまも眠っているガブリエルの冒険を彼らに聞かせた。

そうしてラモルスに言った。

「おまえは、いいか、グルネルの、前にスイス村があったあの場所の近くの建物を、ジュルマを調べて情報を得るんだ。うまくやってくれ」

「わかりました。刑事長」

ラモルスは人々をしゃべらせて打ち明け話を誘いだす、あの才能を持っていた。

「グルネル＝アンヴァリッド」彼はつぶやいた。「工場……軍人……オッケー……十分イメージはできたぜ！」


午前中、歩兵隊のある兵士がラ・モット＝ピケ大通り近くの小さなカフェに座っていた。そこには数人の兵士と何人かの労働者がいた。

ジュルマという名前が発せられた。ラモルスは耳をそばだてた。

パリから遠いところに派遣されたある中尉の元従卒の兵士が、この中尉と一緒だった楽しい頃を同僚に話して聞かせていたのだ。

「プレヴァラン中尉はいい男で、ある家に住んでいたんだけど、そこの大家は軍人に対しては尋常じゃないもてなしだったそうなんだ。旦那さんは、軍の需品課の元責任者で、軍隊に従事している人々のことを忘れなかった。奥さんは、旦那さんよりも軍服が好きで、賃貸人の従卒に甘い菓子をあげていた……ああ！　メリドンさんや、メリドンおばさん……つまりジュルマおばさんはなかなかお目にかかれない人たちだったよ」

ラモルスはすでに多くを知っていた。この真面目な軍人が仲間たちと出ていくと、願ってもなく、彼はこの小さなカフェの店主から多くを聞き出した。メリドンの家は、ラモルスの予想通りに、ほとんど正面にあった。したがって、小さなカフェの店主はメリドン氏とジュルマのことをよく知っていた。店主は、二人の恋のなれそめから、堂々として女ながら偉丈夫のジュルマとの結婚、需品課の曹長が引退するまでの全歴史を、時期ごとに、こう言ってよければ軍隊の階級章ごとに知っていた。彼はよろこんでラモルスに情報を与え、ラモルスは一語一句逃さずに耳を傾けた。

翌日、若くすらりとした感じのいい顔つきの、決然とした雰囲気で目の澄んだ、カイゼル髭の下の口がよく笑う一人の中尉が、メリドンのところ、つまりジュルマのところに現れた。

「自分はプレヴァラン中尉の友人であります」彼は言った。「自分を寄こしたのは中尉であります。自分はこれからパリに駐屯するのであります」

メリドン氏は、年長者が軍隊に入る若者に与えるすべての温かいもてなしをこの中尉に与え、この新米者を自分の下宿人のようにもてなした。一方、メリドンおばさんは、ほっそりとして陽気で若くたくましいこの初々しい士官を見ると、その幅の広い胸に、二十歳のジュルマの心臓が激しく鼓動するのを感じた。彼女はため息をついた。

「ああ！　若ければ、陶器みたいに、軟磁器みたいに襟を糊づけして……しっかりとアイロンをかけてやりたかった！」

「つまり」メリドン氏は言った。「親愛なるプレヴァラン中尉があなたを通じて、われわれに挨拶をお伝えになっている、そういうことですね」

「それだけではありません……挨拶、友情、親愛の印、メリドン夫人への敬意もであります……そしてこうも言っておりました。〈パリには、君のような中尉が住むことができるところは一軒しかない。それはメリドンさんのところだ〉と。そういうわけで自分は、メリドン殿のところに住むことになったのであります」

ジュルマは太く短い両腕をあげ、喘息のヒューヒューいう音が混じった大きなため息をつきながら、またおろした。

「残念だ！」メリドン氏は言った。「残念ですよ！　中尉さん……」

「なぜです！」中尉は大声で言った。「なぜです、どうか断らないでいただきたいのであります……」

「いいえ、どうしても無理なんです。だってできないんですよ」

「どうしてでありますか？」

「すべての部屋が埋っているんですよ……」

「軍人でありますか？」

「二階は軍人です」

「では三階は民間人でありますか？」

「そうです」

「おお！　よし」ラモルス中尉は言った。「かまうことはないのであります」

「どういうことです？」

「民間人に賃貸契約解除を通告していただきたいのであります。この者のところに仮住まいするのであります」

メリドン氏はすまなそうだった。

「しかし、中尉さん。そうお望みでも、それはできない」

「一般人！　民間人のせいで、軍人が寝ることもできないとは……」

「それは……」

「おやおや、メリドン殿、躊躇すべきでありますか？　いったい、その民間人とはどんな人でありますか？」

「本当に礼儀正しい人たちです」

「それは当然であります！」ラモルスは大きな声で言った。「メリドン殿が犯罪者グループなどを住まわせるなんて思っていないのであります」

彼、ラモルス中尉はそう言った。笑うことなく真面目にそう言ったのだ！

「では」彼は続けた。「これら民間人はなにをしているのでありますか？」

「鉄道員だ」

「鉄道員！　重要なのは工兵隊だけであります。工兵隊は橋を架けたり、水路を掘ったり、幹線道路をつくったり、われわれに道を準備してくれるのであります。でありますから、民間の技師たちは、自分に部屋を準備し、消え失せてほしいのであります」

「確かに。でも……私にはできんよ……彼らはちゃんと支払っているし、おとなしく暮らしているからね」

「まあ、そうでなかったら最悪であります。ほかに誰がいるのでありますか？」

「若い技師だ」

「またでありますか？」

「写真技師だ」

「この職業とはなんでありますか？」

「彼は写真について研究しているんだ」

「ここで、メリドン殿の家で！　彼のアトリエはどこでありますか？」

　メリドン氏はラモルスに写真技師との取り決めのことを話した。メリドン氏は詳細な説明を中尉に与えたが、自分がどれほどラモルスの興味をひいているのかに気づきはしなかった。

「アトリエは」メリドン氏は加えた。「屋根裏部屋だよ。写真技師のグランデルさんは、好きなようにそれを改修した。陽があたってはいけないからね、わかるでしょ？　それから彼は鍵を持っているから、誰もそこに入ることはできない」

「結構。結構であります！」ラモルス中尉は言った。「そもそも自分が住みたいのは作業場ではないのであります」

う。

「そうだと思ってますよ」

「二階か三階のひと部屋であります。どちらの階でも結構であります」

　そうしたいのは山々であったが、メリドン氏は中尉を満足させられなかった。彼はすまなそうだった。しかし公正な彼は善良な賃貸人たちに解約を通知し、この新米者を住まわせることなどできなかったのだ。たとえ中尉であっても、たとえプレヴァラン中尉の推薦だったとしてもである。

　一方ジュルマのほうは、そうしたかったのかもしれない。彼女は解決策を、つまり、いまの賃貸人を不当に扱うことなく、新米者を収容する方法を探しはじめたのである。ややもすれば彼女は自分の部屋に彼を住まわせただろう。しかし、この部屋にはすでにメリドン氏がいたのだ。三人となると、この部屋はメリドン氏とジュルマでもうほとんどいっぱいだったから……中尉は体の向きを変えることもままならなかっただろう。

「さあ、あなたを住まわせる方法をなんとか探してみましょう」ジュルマは言った。「探してみましょうね」

　彼女がいくつかアイデアを出していると、事務所と呼ばれる部屋の前を誰かが通った。事務所は、昼間に大家が居座るサロンのようなものだった。この部屋は板ガラスのドアで閉められていた。この板ガラスには小窓があり、ドアを完全に開けることなく賃貸人と言葉を交わせた。メリドン氏は軍人だったとはいえ、ドアが完全に開いて隙間風が吹き抜けるのをひどく恐れていた。

　自分の部屋から降りてきた賃貸人はガラス窓をノックすると、小窓を開けて尋ねた。

「私宛になにか届いていますか、メリドンさん？」

　ラモルスはこの声の調子にすかさず振り向き、賃貸人を見た。

「いいえ、グランデルさん」メリドン夫妻が同時に答えた。「あなた宛にはなにもありませんよ」

「ありがとう、次の郵便ですね。それではまた」

「そうでしょうね。それではまた、グランデルさん」

ジュルマは満足してラモルスに言った。

「ほら、彼がグランデルさんですよ、写真技師のね」

「ああ！」ラモルスはこのうえなく冷たい調子で言った。「そうでありますか」

するとすぐに彼は言った。

「結局、あなた方は自分を住まわせることはできないのであります。仕方ないのであります。しかし、解決方法があります」

「ああ！　どんな方法？」

「自分が考えているのは、こうであります……近所で一時的に部屋を借り、そこで、あなた方の部屋が空くのを待つのであります」

「そうね、ええ、いいアイデアよ」

こうしてラモルスは建物をあとにすると、陸軍士官学校のほうへのぼって行った。学校に入ると歩哨に敬礼し、守衛兵になにかを頼みにいき、それから返事をもらうと礼を言い、敬礼して立ち去った。そのときラモルスがしたことはスパイを巻くことだったにほかならない。気づかれ、正体を疑われ、追跡されはじめたようなのだ。ラモルスは陸軍士官学校に入り、守衛兵のところへ行き、ある士官について尋ねた。名前は彼が勝手にでっちあげたもので、守衛兵はその名前がわからなかったので書類を調べた。彼は事務局に問い合わせにいき、しばらくして戻ってきて、問い合わせの士官は陸軍士官学校にはいない旨、彼に言った。

ラモルスはそこを離れた。ラ・モット＝ピケ大通りをしばらく進み、目でなにかを探していた。一台の馬車が士官学校からほど近いところを徐行していた。ラモルスは合図した。御者は停まった。中尉は乗り込んだ。馬車はトロカデロのほうへ向かって進みだし、それからグランダルメ大通りに入ると、あるカフェの前で停まった。

中尉が乗っていた馬車から運転手が降りてきた。馬車はその場を離れた。運転手はそこに停まっていた自動車の前部座席に飛び乗ると、その横でハンドルを握る運転手はギアを入れ、ヌイイの方面へ走りだした。ヌイイのいくつかの通りを何度か迂回した数分後、車はラッパの合図で門が開いたある邸宅に入っていった。

そして直後、ラモルスはポーラン・ブロケに調査結果を報告した。彼は結論づけた。

「メリドン氏とジュルマのところで写真技師のグランデルと名乗っている人物ですが、私はこの男をまずは声で、それから物腰と、眼差し……そして総合的において特定しましたよ。写真技師のグランデル、この男はド・ラ・ゲリニエール伯爵です」

ポーラン・ブロケは笑みを浮かべた。

「それは俺も予想してたよ。屋根裏部屋、メリドンとジュルマの家、それがまさに新しいラ・バルボティエールだ」そして彼は加えた。「地下室のあとは屋根裏部屋か！……当然だな！　さあ、おまえたち、見にいってみるか」

それはまた、積極的に危険を冒(おか)すことだった。部下たちはこの点に関して何度もじっくりと話し合った。だが結局は、部下たちはZ団をその巣窟で捕まえるのを躊躇すべきではないと思った。今度の討伐は、場所が場所だけにそれほど危険ではないと思われた。身の毛もよだつラ・バルボティエールへの侵入のときのように、部下たちは刑事長のこの偵察を止めなかった。むしろ部下たちは刑事長を激励し、彼に同意したのである。建物を包囲し巧妙に網を張れば全員を捕まえることは簡単だろうと、彼らは考えたのだ。

⑭章　ジュルマの家で

ラモルスはメリドン夫妻に会いに戻った。ジュルマと長く話し込んだが、それ以上新しいことはなにも得られなかった。最初の情報が裏付けられたにすぎなかった。彼の確信、ポーラン・ブロケとガブリエルの確信がいまや現実のものとなった。写真技師のグランデルはド・ラ・ゲリニエール伯爵の新たな姿で、真面目な鉄道技師はあの見栄えのいいデュポン男爵だった。そして厳重に警備され、閉ざされたこのアトリエは、まさに新たなラ・バルボティエールだった。

そういうわけでポーラン・ブロケは討伐を決行することにした。いつもそうしているように細心の注意で準備し、部下たちや、自分が使うことになる配下の一人ひとりに仕事を割り当て、各々に指示や指針を与えた。もっとも、これらの命令はガブリエルによって伝達された。ガブリエルとラモルスは配下の男たちにいわば予行演習をおこなった。ポーラン・ブロケは姿を見せなかった。部下たちは自発的に行動しているように見えた。全員にとって刑事長は不在だった……しばらくのあいだ不在だったのだ……。

そもそもラ・バルボティエールの一件が明らかにされていなかったので、ポーラン・ブロケを目にしていない刑事長の分隊のメンバーたちは、実際のところどう考えるべきかわからなかった。Z団のメンバーたちがクラブの店でひそひそ言ってるように、ポーラン・ブロケは死んだのだろうか？　部下たちが望んだように、ひどい怪我を負いながら九死に一生を得たのだろうか？　分隊のメンバーたちにとっては不可解なことばかりだった。ガブリエルもラモルスも、問いつめられても最後まではぐらかし続けたのだった。

「刑事長は死んだ」二人は言っていた。「われわれは刑事長の仇をとらねばならない」

ポーラン・ブロケの指示にしたがって二人はむしろ、刑事長のために復讐すべきことをそれとなく言っていたのである。それは、絶えず見張っているZ団の耳に失言や秘密の漏洩が入るのを防ぐためだった。Z団のメンバーたちはポーラン・ブロケの配下の男たちを監視していたのだ。その監視は、名高いポーラン・ブロケの分隊の監視と同じ水準で厳重だった。

ポーラン・ブロケは分隊のメンバーたちを信頼していた。しかし、もっとも忠実な味方、もっとも献身的な協力者であっても約束を守るとは限らない。なにも知らなければなにか言うこともない。このほうがよかったのだ。

ポーラン・ブロケは部下たちに対して、合図があったとき、特別な抑揚の警笛が鳴ったとき、あるいは銃声がしたときのみ駆けつけるよう命じた。それ以外は、いかなる場合でも、彼が現れるのに時間がかかったとしても動いてはならず、合流してもいけなかった。はじめの夜の捜査は単なる調査であり、小手調べ以上の意味はなく、決定的な攻撃を仕掛けるのは別の日、もっと適切な時になる場合もあったのだ。

一人ひとりの役割が理解され、各人持ち場がしっかりと決められると、あとは奇襲の夜を決定するのを待つのみだった。

通称〈ブロケ精鋭部隊員〉と呼ばれるポーラン・ブロケの分隊のメンバーたちがさまざまな変装のもと、一斉にメリドンの家の界隈に放たれた。彼らは土地を調べ、戦場を偵察し、親切でお人好しのメリドン夫妻の建物の出入りを監視したが、夫妻はその寛大な屋根の下にどんな種類の賃貸人が住んでいるのかいっかな疑ってはいなかった。

そこにクラフが、ジゴマの新たな宮殿でZ団の集会がおこなわれる日付としてある夜を知らせてきた。ポーラン・ブロケはその夜に決行することにした。

真夜中頃にポーラン・ブロケとガブリエルは、かなり質素な労働者の身なりで大衆酒場で時間を過ごしたあと、シュフレンヌ大通りに入り、ガブリエルが雨のなかでつらく長い時間を過ごした場所に向かった。そこで二人は何人かの男たちが路地に入り込むのを見た。

すると、ポーラン・ブロケは部下の手を握った。

「また、あとでな」彼は言った。

続いて彼が路地に入り込んだ。この路地は空き地を取り囲む柵板に続いていた。二、三人の男が板を持ち上げ、また元通りにして入口を塞いだのが見えた。これらの男たちは注意を怠らず空き地に入った。ポーラン・ブロケは柵板に近づいた。雑に組まれた板と板の隙間から、これらの男たちが空き地を横切り、メリドン夫妻の家の裏側の壁の下に着いたのを容易に確認できた。三階で灯りがつき、消えた。すると、廊下の十字窓から木のはしごが降りてくるのが見えた。そういうわけで今晩もまた、ガブリエルがビパールを連れたZ団のメンバーたちの跡をつけた夜と、すべてが同じように運んでいった。

壁の下で、しばしはしごを待っていた男たちはすぐさまのぼった。するとはしごは引っぱり上げられた。このはしごがいくつもの部分に分かれ、折りたためられ、簡単に家のなかに入れられることをわれわれは知っている。

「よし」ポーラン・ブロケは思った。「集会をはじめるな。ヤツらはなにも疑ってないし、俺たちがここにいることもわかっていない。ヤツらは俺たちを巻こうとしなかった。ここまでは順調だ」

なるほど、ポーラン・ブロケは、Z団がこんなふうにはしごを片づけたのは、近くに自分がいると彼らが疑っていないからだと考えた。そして、この推測は有効だった。そうでなければ、Z団ははしごをそのままにして、刑事長ほど慎重でないがゆえ簡単に騙されてはしごをよじのぼって狼の巣に身を投じてしまう部下の一人をおびき寄せようとしただろう。もちろん、ポーラン・ブロケはそんなやりかたで侵入しようとは考えなかった。ゆえに彼は、このはしごが片づけられたことをよい前兆に思ったのだ。

ここでいったん彼はシュフレンヌ大通りに戻ると、ラ・モット゠ピケ大通りに入り、メリドン夫妻の家の扉の前にたどり着いた。Z団の尾行を絶えず警戒し、一瞬の過失も、わずかなミスも犯すことなくしてやり遂げなければならないので、まず戸口でベルを鳴らすふりをした。それと同時に彼は、入口の扉の鍵穴に鍵を差し込んだ。ラモルス中尉が何度か訪れた際に巧妙にも鍵の型を取るという配慮をしていたのである。ポーラン・ブロケは合鍵を持っていたから、なんなくすみやかにドアを開けることができた。まるで夜番がなかから扉を開けたかのように、すっかり落ち着き払って家のなかに入ることができた。

暗い路地で、ポーラン・ブロケは早わざで服を替えていた。さっき柵板のまわりをうろついていたのは労働者、いま家のなかに入ったのは気立てのいいジュルマが住まわせるだろうような善良なプチブルだった。

こうしてポーラン・ブロケは、その屋根裏部屋が偽写真技師のグランデル、別名ド・ラ・ゲリニエール伯爵がアトリエと呼び、ジゴマの犯罪グループがラ・バルボティエールとして使う家のなかにいたのである。控えの間に入ると、彼はドアのそばで立ちどまった。彼は待ち、耳を澄ました。怪しい物音はいっさい聞こえず、通りに面した扉の開閉は気づかれていないようだった。

「よし！」彼は言った。「行くか……」

ポーラン・ブロケはこの建物ははじめてだったが、ガブリエルが彼に建物について詳しく教えていた。はじめてながらポーラン・ブロケがすぐに自分の位置を把握するためだ。もっとも彼は手探りで進んだわけではない。階段の壁には小さなガソリンランプが掛けられ、常夜灯の役割を果たしていた。さらに、夜間に賃貸人に扉を開ける夜番が寝室として使っているメリドン夫妻の事務所の灯り（あか）によってもまた照らされていた。そこには、壁龕をかたちづくる小さな窓のヘリに、ガソリンランプと携帯用ロウソク立てが置かれ、賃貸人の鍵が部屋番号を振ったボードに掛けられていた。賃貸人はそこでロウソクをともし、自室に戻れるようになっていた。ただ大部分の賃貸人は自分で鍵を持っていたので、ここでロウソク立てを取ることはなかった。彼らはだいたい直接自室に戻った。ポーラン・ブロケはこんな些細なことを知っていたが、それはラモルスがジュルマの口から聞き出したのである。そういうわけで彼はロウソクを取ることなく、誰かの名前を口のなかでつぶやきながら、常夜灯の前を通った。

夜番は、みな夜番たちがそうであるように、深く眠っていた。パリのすべての門番の無意識的で本能的習慣で、彼は賃貸人がベルを鳴らすと目を覚まさないままドアを開けた。あるいは半分目覚めていたとしても、この動作を終えるとふたたび深い眠りに落ちた。

こうしてポーラン・ブロケは夜番の前を首尾よく通過した。ここにやってきたにしてもラ・バルボティエールでの冒険を繰り返し、同じ不注意を犯すつもりはなかった。というのも彼はこんなふうに考えていたのだ。ジゴマは、敵が前回生還不可能なところから奇跡的に戻ってきたにしろ、今度ばかりは自分から逃れないかどうかを、敵が死んだかどうかをじっくりしっかり確かめるだろう、と。

ポーラン・ブロケは自分が最初の冒険から十分に回復しているとは感じていなかったし、そう間隔をおかずに一戦交えることはむずかしかった。彼が望んでいたのは、バカらしい軽挙になりかねない戦闘に自分の分隊を投げ込むことではなかった。強盗たちを、いわば〈ブロクテ〉〔造語：「ブロケ団が討伐する」の意味〕する前に、彼はこの〈ブロカタージュ〉〔造語：「ブロケ団による討伐」の意味〕が失敗してしまわないことを、捕まえようとしているのがまさに捜索中の強盗たちであることを確認したかった。それを自分自身で確認したら、自分が好機と判断するときに窓へ行き、取り決めの合図を送る。するとすぐに、〈ブロケ精鋭部隊〉全員がガブリエルとラモルスを先頭に駆けつけ、包囲網を引き締め、逮捕を実行する。このためにすべてはしっかりと練り上げられ、すべては準備されていた。分隊の男たちは、家に侵入するための合図をただただ待ちながら、そこにいたのである。

さて、ポーラン・ブロケは影のように忍び込み、なんなく二階にたどり着いた。彼は驚くべき洞察力で静けさを聞き分け、分析した。そして、三階へと続く階段のステップをのぼる決心を固めた。

三階には、写真技師、鉄道員、そしてZ団に属するほかの者たちの部屋があった。ゆえに、ポーラン・ブロケにとってそれは危険なゾーンへ侵入することだった。怪しい物音が聞こえないかしっかりと耳を澄ませ、階段に入り込んだ。そして彼は一段一段ステップをのぼっていった。こうして彼はこの恐るべき三階の踊り場に近づいていった。

踊り場に足を踏み入れる直前、彼はふたたび立ちどまり、耳を澄まし、見まわした。危険がないと確信するに及び彼は意を決して先に進んだ。そうして彼は三階の廊下を進み、次の階段の最初の一段に足を置いた。彼は振り向いた。廊下で動くものはないか、階を貫く廊下に面し、今のいままで閉まっていたいくつものドアから誰か出てきはしないか確認し、だまし討ちを警戒した。しかし、疑いを抱くものはなにもなかった。ポーラン・ブロケはふたたびのぼっていった。

この階段の途中、つまり、階段が屋根裏部屋のある最上階へと到達するためにぐるりとまわりはじめる地点に、ひとつの扉があった。ラモルスはこの扉について彼に知らせていた。それは、それぞれの階に存在していた。この扉は壁の部分と同じく大理石風に塗装され、挿ったままの鍵とガラス製のハンドルの台座によってようやく気がつくものだった。この扉の向こうになにがあるかはくどくど言わないが、この扉が階の全員で使用するものであることは理解できよう。

慎重に慎重を期して、ポーラン・ブロケはこの扉に近づいた。下の階のときと同じようにそっと鍵をまわし、閉めた。もし誰かがいるのであれば、Z団の一人であろうこの誰かは小さな部屋に閉じ込められたことになる。なるほど、はじめポーラン・ブロケはこの扉を開けようと思った。この小さな部屋に誰かいるかどうか知るためにだ。しかしそうとなれば、すぐさま格闘せざるをえなくなり、計画は水の泡となる。こうして鍵を閉めてしまえば誰かがいたにしろ、この男を監禁し、より安心だった。この男は動くことも助けを呼ぶこともできないだろう。そういうわけでポーラン・ブロケは鍵を掛け、またのぼりはじめた。

するいと、彼が注意深く閉めたばかりのこの扉が、二歩も歩かないうちに開いた。たちまち二人の男が出てきた。ポーラン・ブロケが防御の姿勢をとるまもなく、羊毛の袋が頭に襲いかかり、彼の自由を奪った。と同時に、彼はうしろに引っぱられた。彼はバランスを崩し、しがみつこうとデタラメに両腕を伸ばし、空を叩きころんだ。両腕がつかまれ、一瞬のうちに固く縛られた。両足もである。そして彼は足と肩をつかまれ、運ばれていくのを感じた。

すべてはあっというまの出来事で、完全な沈黙のうちにおこなわれた。

レオン・サジ
Léon Sazie　1862-1939
仏領アルジェリア・オラン生まれのフランス人作家。演劇の脚本書きで大成せずも小説家になり、新聞連載小説『ジゴマ』で大ヒットを飛ばす。以降シリーズ化され、『ジゴマ』（1909-10年）、『赤銅色がかったブロンド髪の女』（1910年）、『ウナギの皮』（1912年）、『ドイツに与するジゴマ』（1916年）、『歪んだ口』（1917年）、『ジゴマ対ジゴマ』（1924年）、『ジゴマの新たな悪事』（1938年）の全7作を執筆。小説としては75篇を書いた。1911年、日本で映画『ジゴマ、強盗の王』が公開されると少年たちにジゴマごっこが大流行、ついに上映禁止となる爆発的人気となった。抄訳に久生十蘭訳『ジゴマ』。

安川 孝
やすかわ・たかし
1978年生まれ。明治学院大学大学院文学研究科フランス文学専攻博士課程中途退学後、2013年フランス・リモージュ大学博士号取得（文学）。専門は19世紀とベル・エポックの大衆小説。現在、明治学院大学、東洋大学ほか非常勤講師。著書に『フランス大衆小説研究の現在』（宮川朗子、市川裕史との共著、2019年、広島大学出版会）。

ベル・エポック怪人叢書

ジゴマ　上

2022年7月25日　初版第1刷発行

著者　レオン・サジ
訳者　安川 孝
発行者　佐藤今朝夫
発行所　株式会社国書刊行会
〒174-0056 東京都板橋区志村 1-13-15
Tel.03-5970-7421　Fax.03-5970-7427
https://www.kokusho.co.jp

印刷・製本　中央精版印刷株式会社
装幀　コバヤシタケシ

ISBN978-4-336-07355-6
落丁・乱丁本はお取り替えいたします。

ベル・エポック怪人叢書

【全３巻４冊】

四六変型判上製

首都パリ震撼、怪人たちが跋扈する！　ベル・エポックの華やかなりしフランス新聞連載小説と廉価本から、キャラクター随一の悪のアイコンを一挙集成。怪人ものの源流たる、初訳・完訳のダークヒーロー犯罪小説。犯罪は文学を刺激し大衆の欲望を満たす。

レオン・サジ

ジゴマ

上・下

安川孝 訳

上　520頁　ISBN978-4-336-07355-6　3,520円
下　512頁　ISBN978-4-336-07356-3　3,520円

ガストン・ルルー

シェリ＝ビビの最初の冒険

宮川朗子 訳

ISBN978-4-336-07357-0　近刊

ピエール・スヴェストル
マルセル・アラン

ファントマと囚われの王

赤塚敬子 訳

ISBN978-4-336-07358-7　近刊

ソーンダイク博士短篇全集

R. オースティン・フリーマン
渕上瘦平 訳

【全3巻】
四六変型判上製

20世紀初めに数多登場したシャーロック・ホームズのライヴァルたちのうち最も人気を博した名探偵、ジョン・ソーンダイク博士。〈ソーンダイク博士シリーズ〉の中短篇42作を全3巻に集成。初出誌から挿絵・図版も収録する、完全新訳による決定版全集。

ソーンダイク博士短篇全集 I 歌う骨

576頁　ISBN978-4-336-06674-9　3,960円

ソーンダイク博士短篇全集 II 青いスカラベ

504頁　ISBN978-4-336-06675-6　3,850円

ソーンダイク博士短篇全集 III パズル・ロック

614頁　ISBN978-4-336-06676-3　4,180円

10％税込価。価格は改定することがあります。